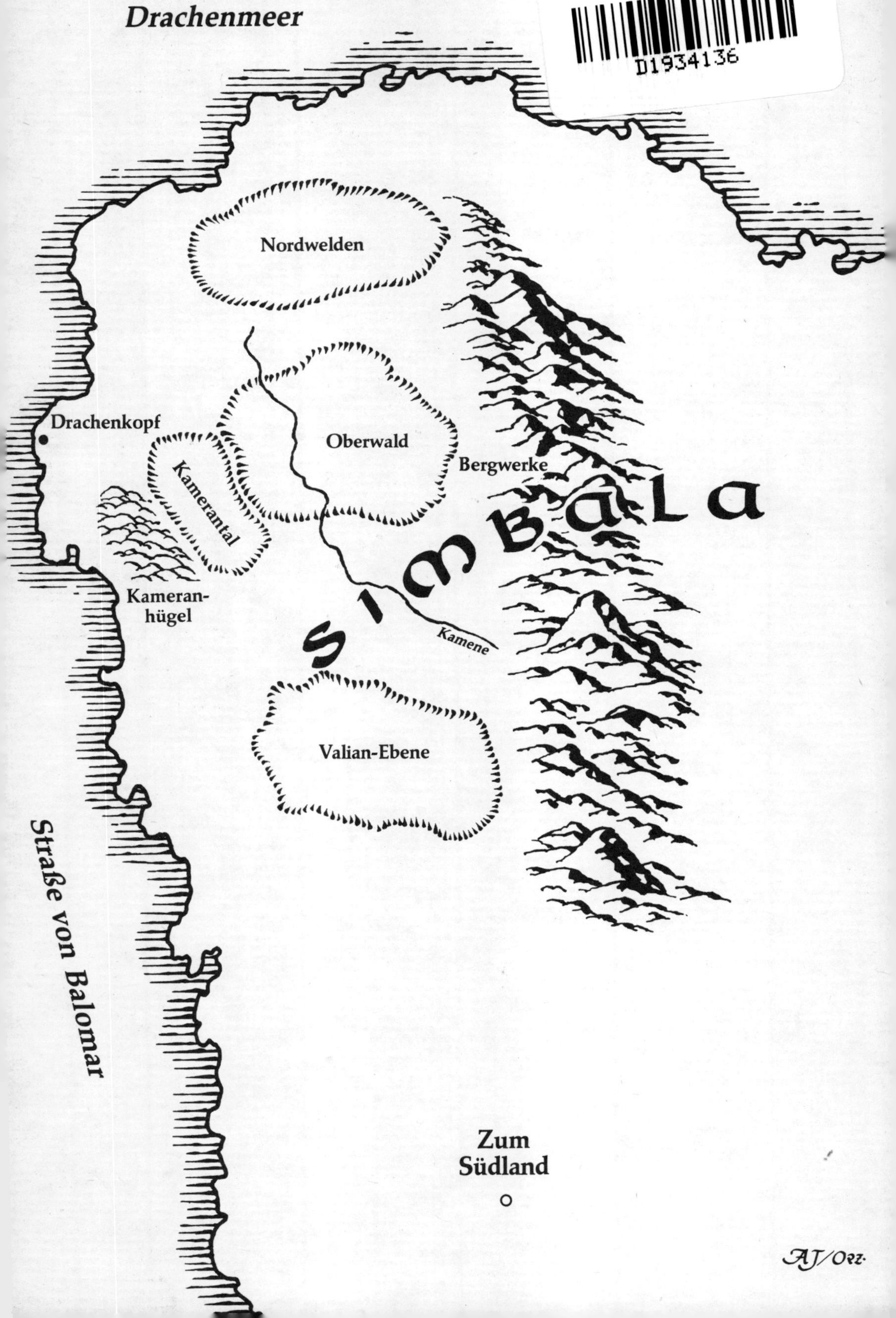
Drachenmeer
Nordwelden
Oberwald
Drachenkopf
Kamerantal
Bergwerke
SIMBALA
Kameran-
hügel
Kamene
Valian-Ebene
Straße von Balomar
Zum
Südland
AJ/Orz

Byron Preiss
J. Michael Reaves

Drachenland

Byron Preiss
J. Michael Reaves

Drachenland

Ein Fantasy-Roman

Illustriert von Joseph Zucker
Deutsch von Karin Polz

mvs
marion von schröder verlag

Die Originalausgabe erschien unter dem Titel
DRAGONWORLD
bei Bantam Books, Inc., New York

2. Auflage 1985

Gesetzt aus der Palatino der Fa. Linotype GmbH
Satz: Computersatz Bonn GmbH
Papier: Papierfabrik Schleipen GmbH, Bad Dürkheim
Druck und Bindearbeiten: Pustet, Regensburg
Printed in Germany
ISBN 3 547 77587 6

Zur Erinnerung an meinen Onkel
David Gold, der gerne Kinder zum Lachen brachte
B. P.

Für meine Großmutter
Lela Donaldson
J. M. R.

Für meine Eltern
Pearl und Jack Zucker in Liebe
J. Z.

1

Es war schon spät am Morgen, als Johan, Sohn des Jondalrun, am Rand des Kliffs stand und auf die Meerenge von Balomar hinausblickte. Er strich sich die feuchten blonden Locken aus der Stirn und schirmte seine Augen gegen das Sonnenlicht ab. Johan war müde. Er hatte bereits vor Beginn der Morgendämmerung mit dem Aufstieg begonnen und auf seinem Weg über die Hügel zur nördlichen Steilküste die Schwinge vorsichtig durchs Gestrüpp getragen. Trotz aller Sorgfalt waren die straffe Lederbespannung und der Holzrahmen der Schwinge von Brombeerzweigen und scharfkantigen Felsen zerkratzt worden. Das letzte Stück des Aufstiegs war am steilsten, und der Wind vom Meer her hatte die Schwinge springen und bocken lassen wie einen Hengst. Aber Johan hatte durchgehalten. Er war entschlossen, an diesem Tag zu fliegen, und nichts würde ihn davon abhalten.

Nachdem er die Schwinge sorgfältig verankert hatte, setzte er sich auf einen großen Felsblock. Er aß eine Nektarine aus dem Garten seines Vaters und blickte hinauf zu den schaumigen Wolken über ihm.

Er war ein Bauernsohn, jung, aber kräftig und geschmeidig. Während der Wind mit seinem Haar spielte, schlang Johan die Arme um sich vor lauter Freude über seine eigne Kühnheit; außerdem war die Frühlingsluft noch kühl in Fandora. Sein Vater würde zornig sein. Sich zum Vergnügen in Gefahr zu begeben war töricht, war etwas, was man nur in Simbala tat. Aber Johan hatte eines wunderschönen Morgens Amsel über ebensolchen Wolken schweben sehen, hoch oben wie die Drachen aus der Sage, und da wußte er, daß Fliegen viel mehr war als ein Vergnügen und gewiß das Risiko wert.

Die Schwinge zu holen war leicht gewesen. Der Riesenbaum, der einen

Teil von Amsels Haus bildete, erhob sich unmittelbar neben der Bergebene, der Mesa, und seine mächtigen oberen Äste befanden sich auf einer Höhe mit dem Rand des Kliffs. Johan war einfach in den Baum eingestiegen, zu der Verzweigung hinuntergeklettert, wo die Schwinge aufbewahrt wurde, und hatte mit der Schwinge den Baum auf demselben Weg wieder verlassen. Es sollte ja nur dieses eine Mal sein, und er würde sich bei Amsel entschuldigen, wenn er ihm später die Schwinge zurückbrachte.

Er hatte sich jetzt ausgeruht, alle Nektarinen waren gegessen, und der Zeitpunkt zum Fliegen war gekommen. Johan trug die Schwinge an den Rand des Kliffs. Ein Falke segelte tief unter ihm dicht an der Felswand vorbei, ohne die Flügel zu bewegen. Warte auf mich, Falke, dachte Johan, ich werde dir zeigen, wie man fliegt.

Hart am Abgrund richtete er jetzt die Schwinge sorgfältig gegen den Wind. Als das Leder im Aufwind schlug und knatterte, ergriff er die Steuerstange unter dem Rahmen und schob seine Füße in die langen Schlaufen, wie Amsel es ihm einmal gezeigt hatte. Dann stand er da und blickte auf das Meer tief unter ihm. Zum erstenmal wurde er von kalter Angst ergriffen. Wenn nun das Fliegen gar nicht so leicht war, wie es aussah? Aber jetzt war es zu spät. Das Gewicht des Rahmens zog ihn nach vorn, und er konnte nur noch mit den Füßen nachschieben und aus einem plötzlichen Absturz einen ungeschickten Sprung machen. Seeluft klatschte gegen seine Wangen, und er schrie vor Entsetzen auf. Er stürzte ab! Amsels Erfindung hatte versagt, und Johan betete, daß er nicht sterben müsse. Mit fest zugedrückten Augen drehte er sich verzweifelt hin und her, und nach einer Ewigkeit spürte er, daß sich unter dem ledernen Segel Luft fing. Plötzlich fiel er nicht mehr, sondern stieg. Er öffnete die Augen: Eine Wolke empörter Möwen stob um ihn herum auseinander und protestierte gegen sein Eindringen. Er flog!

Vom lachenden Wind in der Höhe gehalten, experimentierte Johan mit dem Gewicht seines Körpers und lernte die Gesetze des Fliegens. Er lernte sie mühelos, während er über dem Wasser dahinglitt. Welch reine Schönheit! Johan hatte in den acht Jahren seines Lebens kaum etwas anderes als Pflügen und Säen, Eggen und Ernten kennengelernt. Das hier war völlig neu, es war wunderbar! Süße Luft füllte seine Lunge und explodierte dann in einem Ruf des Entzückens auf seinen Lippen, während er hinunterstieß und Kreise zog.

Als die erste Begeisterung verklungen war, fing Johan an, die Landschaft unten zu studieren. Er schwebte in einem beständigen Aufwind genau über den senkrecht emporragenden Klippen. Die Straße von Balomar trennte sein Land, Fandora, von der verschwommenen purpurnen

JOE ZUCKER

Küstenlinie im Osten. Hinter den Nebelschleiern über dieser Küste lag Simbala, die Heimat der geheimnisvollen und mit Argwohn betrachteten Windsegler.

Wenn Johan einmal Zeit zum Spielen hatte, kam er gern mit seinen Freunden Doly und Marl zu den Klippen, und dann saßen sie dort stundenlang und starrten nach Osten in der Hoffnung, die prächtigen, langsam fliegenden Windschiffe Simbalas zu sehen. Es war allgemein bekannt, daß die Sim Magier und Zauberer waren und daß auch der kleinste von ihnen mit einem einzigen Blick Getreidehalme zum Schrumpfen bringen konnte. Obwohl Johan und seine Freunde sich eigentlich vor dem Zauber der Sim hüten sollten, gingen sie immer wieder zu den Klippen.

Die Fandoraner hatten noch nie ein Windschiff aus der Nähe gesehen, und bis zur letzten Woche war auch noch nie eins über die Straße von

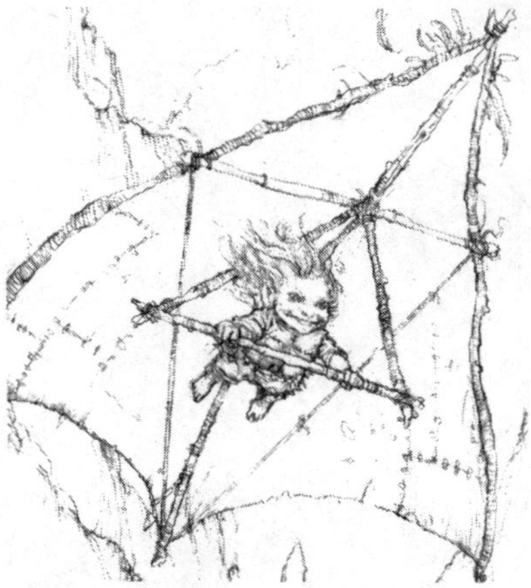

Balomar herübergekommen. Johan erinnerte sich, wie Kuriere ganz aufgeregt von einem Schiff erzählt hatten, das ohne Warnung vom Himmel heruntergestürzt war, mit Segeln, die flatterten wie der Wintermantel einer alten Hexe, bis es in den Dachboden eines Stadthauses in Gordain gekracht war. Aus der kleinen Gondel unter dem Segel hatte sich ein Schauer glühender Kohlen ergossen, und das daraus resultierende Feuer hatte ein halbes Dutzend Häuser beschädigt. Man fand keinen Steuermann in dem Schiff, und der Absturz des Fahrzeugs wurde der Zauberkunst Simbalas angelastet.

Johan segelte in einem schwindelerregenden Bogen über dem Wasser. Die Sim, so hatten die Kuriere gesagt, waren bestimmt Magier. Wie sonst könnten sie Boote zum Fliegen bringen? Aber hier bin ich, dachte Johan, ich fliege ebenso schnell wie jeder beliebige Sim, und ich bin kein Magier. Er hatte gesehen, wie Amsel die Schwinge selbst gebaut hatte, ohne Zauberei. Vielleicht hatten die Sim ihre Windschiffe genauso gebaut wie Amsel seine Schwinge?

Viele Leute, darunter auch sein Vater, machten sich Sorgen, weil sie einen weiteren Angriff der Magier von Simbala für möglich hielten. Und wenn sie nun keine Magier waren, sondern Menschen wie Amsel und er selbst? Vielleicht waren die Sim gar keine Leute, vor denen man sich fürchten mußte. Vielleicht hatte Amsel recht, wenn er sagte, daß man sich vor dem Unbekannten nicht fürchten sollte, nur weil es unbekannt war.

Erfüllt von der Freude des Fliegens war Johan sicher, er würde seinen Vater und alle anderen überzeugen können, daß Amsel ein Mann mit Weitblick war. Johans Träume stiegen höher als die Schwinge, die er flog, und er stellte sich vor, wie sein Freund Amsel, dieser scheue und seltsame Mensch, die Fandoraner großartige Dinge lehrte. Und er, Johan, würde dann als sein Lehrling in all die wunderbaren Geheimnisse und Erfindungen eingeweiht, die Amsels Waldhaus füllten ...

Johan flog durch den strahlenden Tag, glücklicher, als er je gewesen war. Er flog und träumte, und vor lauter Träumen sah er das Schreckliche nicht, das sich ihm näherte – bis es viel zu spät war.

Anblick und Geräusch des Schreckens kamen gleichzeitig: Als Johan landeinwärts steuerte und die weiße Sichel eines Strandes zweihundert Fuß unter ihm überquerte, sah er, wie sein kleiner Schatten überlagert wurde von einer riesigen, fledermausflügeligen Schwärze. Er hörte einen ohrenbetäubenden gellenden Schrei, und gleich darauf traf ihn ein Orkan, von Riesenflügeln verursacht. Dann stürzten die Träume in Dunkelheit und der Träumer in den Tod. Johan hatte kaum Zeit, zu begreifen, daß dies das Ende seines Lebens bedeutete; das zerrissene Leder und der zerbrochene Rahmen stürzten hinab, und er stürzte mit ihnen, schreiend

und in den hohnlachenden Wind greifend. Während er fiel, sah er für einen winzigen Augenblick den Drachen, dessen aufgerissenes Maul die Welt auslöschte. Der Schmerz war barmherzig kurz.

Der Junge war spät dran. Der Tag ging zur Neige, und Johan war noch nicht nach Hause gekommen, um das Ackerpferd durch das Nordfeld zu führen oder um die Jitefasern trockenzuwringen. Johans Abendessen aus Haferflocken und Fisch war schon kalt. Er war schon öfter zu spät gekommen, und Jondalrun war zornig.

Jondalrun war ein grauer, abgestumpfter Mann, ein fandoranischer Bauer. Er besaß zwei kleine Felder, ein kleines Haus und eine Scheune, und er arbeitete von Tagesanbruch bis zur Dunkelheit. Er bebaute sein Land und kümmerte sich um das Vieh. Im Sommer brachte er seine Erzeugnisse Tag für Tag auf den Markt in das etwa eine Meile entfernte Tamberly. Er war einer der Gemeindeältesten, einer von dreien, die gelegentlich zu einer Sitzung zusammenkamen, um über die Probleme und Mißstände zu sprechen, die in jeder kleinen Gemeinschaft auftreten.

Jondalrun lächelte selten; er hatte selten Grund dazu. Die Haut um seine Augen war so durchfurcht und braun wie die Felder bei seinem Haus, und Kopf- und Barthaar reichten ihm fast bis zum Gürtel. Gewöhnlich hatte er einen kräftigen Stock aus Eichenholz bei sich, und seine Hände waren so knorrig, daß man sie kaum vom Holzstock unterscheiden konnte. Er war ein Mann, der keinen Grund sah, mit seinem Schicksal zu hadern. Und doch gab es Zeiten, da er seinen Pflug durch die steinige Erde zog, als sei er ein Schwert im Kampfgetümmel, oder das eingebrachte Korn drosch, als benutze er eine Peitsche. Er war seit dreißig Jahren Bauer und seit zwanzig Jahren Vater. Beim Gedanken an seinen älteren Sohn, Dayon, der das Elternhaus vor vier Jahren verlassen hatte, verdüsterte sich Jondalruns Gesicht, und er schüttelte den Kopf. Würde auch aus Johan ein Vagabund werden, so wie sein Bruder? Warum konnte der Junge nicht verstehen, daß es immer Arbeit gab, die abgeschlossen werden mußte? Das Leben war hart, und so sollte es auch sein. Es war den Menschen nicht bestimmt, wie die Sim zu leben – die wohlhabenden, dekadenten, parfümierten Simbalesen.

Jondalrun folgte langsam dem sich windenden Pfad zu den Klippen hinauf. Er hatte Johan so gut aufgezogen, wie er konnte – wie eine Hirse- oder Gerstesaat, mit überlegter Sorgfalt und Hingabe. Die Hingabe war selten offensichtlich, doch stets vorhanden. So war er selbst aufgewachsen, und so sollte es auch ausreichen. Offenbar war es aber für Dayon nicht genug gewesen, und es schien auch für Johan nicht zu genügen...

Besorgt schüttelte er den Kopf. Der Fehler lag nicht bei ihm. Johan hatte nicht das Recht zu spielen, wenn Arbeit zu erledigen war. Jondalrun klopfte mit seinem Stock wütend gegen seine Hand. Er hatte ihn nicht nur mitgenommen, um sich den Weg bergauf zu erleichtern, denn obwohl er alt war, hatten Jahrzehnte der Arbeit unter der heißen Sonne ihn braun und hart gebrannt. Er trug den Stock auch deshalb bei sich, weil er Johan eine Lektion erteilen wollte. Der Junge war zu verspielt – wie sein Bruder vor ihm. Es war an der Zeit, daß er erwachsen wurde.

Jondalrun wußte, daß die Possen seines Sohnes mit dem verrückten Amsel, dem Irrgläubigen, zu tun hatten, mit dem Narren, der seinem Sohn ständig gefährliche Ideen in den Kopf setzte. Einmal hatte Johan ihm erzählt, daß laut Amsel alles lebendig sei – die Felsen, die Luft, das mit Lehm beworfene Flechtwerk von Jondalruns Scheune –, alles. Der einzige Unterschied sei die Menge des Lebens in allem – »Bewußtsein« hatte Amsel es genannt. Danach hatte Johan sich gescheut, die Dreckklumpen in den Furchen auseinanderzubrechen, aus Furcht, sie zu töten. Jondalrun schüttelte wieder wütend den Kopf. Amsel war gefährlich, ohne Frage. Der Einsiedler mußte ein Simbalese sein, und sicher hatte er etwas mit dem Angriff der Sim auf Gordain zu tun.

Jondalrun überwand das letzte steile Stück des Pfades und stand auf einer Klippe, von der man das Meer überblickte. Das reine Blau des Ozeans und die Erhabenheit der Spitzen und natürlichen Türme der Klippen ließen ihn blinzeln. Die eisenhaltige Erde hatte Streifen in Braun- und Rottönen, die sich mit dem weißen Sand tief unten vermischten. Jondalrun beobachtete, wie die Wellen an den Felsen den Seetang abstreiften, und lauschte den Schreien der Möwen. Er holte tief Luft und genoß widerstrebend den salzigen Geschmack. Als er noch ein Junge war, hatte er viele glückliche Stunden damit verbracht, die Höhlen und Spalten dieser Klippen zu erforschen. Es war irgendwie tröstlich, zu wissen, daß sie immer noch da waren, unverändert seit seiner Jugend. Er stand dort einen langen, stillen Augenblick, betrachtete die Schönheit des Ganzen und fühlte sich schuldig, weil er es zuließ, daß er den Anblick genoß. Dann erinnerte er sich plötzlich an etwas, das seine Frau ihm vor Jahren über Dayon gesagt hatte. »Ein Paar junger Beine kann nicht ständig auf demselben ausgetretenen Weg von der Scheune zum Haus bleiben«, hatte sie gesagt. »Sie müssen auch Berge besteigen und durch die Brandung laufen.« Jondalrun starrte auf das Meer. Seine Frau war jetzt tot und Dayon schon seit langem fort. Johan tat seine Arbeit in Haus und Hof, wenn auch manchmal verspätet. Jondalrun dachte an Abende seiner eigenen Jugend zurück, wie die Kliffischer damals volle Netze die steilen Felswände heraufkurbelten, und er mit offenem Mund ihren Legenden von Riesenseewürmern und Drachen lauschte. Versunken in Erinnerungen an

seine Kindheit stand Jondalrun sinnend da. Dann fiel ihm der Grund für seinen Ausflug wieder ein. Er runzelte die Stirn und versuchte, wieder den Zorn zu empfinden, der ihm irgendwie abhanden gekommen war. Er versuchte, ihn neu zu entfachen, indem er an Amsel dachte, aber selbst das ließ ihn nicht mit größerer Strenge an Johan denken. Sein Sohn war ein guter Junge. Nun, dachte Jondalrun, vielleicht würden dem Jungen die Schultern diesmal nicht ganz so weh tun. Vielleicht würden sie gar nicht weh tun. Er wollte nicht noch einen Sohn verlieren ...

In diesem Augenblick sah der alte Mann den Trümmerhaufen auf dem Strand unten, von den Wellen sanft hin und her geschoben, und den stillen Körper, dessen Bekleidung er kannte.

Dann folgten graue Minuten, Felsen und Schmerzen. Jondalrun hing an abbröckelnden Felsensimsen, rutschte steile Böschungen hinunter, und zweimal fiel er hin und mußte eine Zeitlang um Atem ringen. Danach, als er klagend auf dem Boden kauerte und Johans toten Körper in den Armen hielt, blickte er einmal das Kliff hinauf und fragte sich flüchtig, wie er den unmöglichen Abstieg fertiggebracht hatte. Aber für solche Gedanken war jetzt kein Raum, kein Raum für etwas anderes als den tiefen, wortlosen Kummer. Er blieb lange Zeit am Strand, bis der Mond aufgegangen war und die hereinkommende Flut seine Beine überspülte. Da zog er Johan sanft den Strand hinauf. Die gebrochenen Beine des Jungen waren in Streifen aus Rohleder verwickelt, und zum erstenmal untersuchte Jondalrun die Trümmer.

Sie gehörten Amsel, dem Einsiedler – Jondalrun hätte das auch dann gewußt, wenn er nicht die in das Ledersegel eingebrannte charakteristische Rune gesehen hätte. Jondalrun hatte von der fliegenden Schwinge des Einsiedlers gehört. Johan war also geflogen, wie ein junger, unerfahrener Vogel, verführt von Amsels verrückten Geschichten. Jondalrun sah sich um. Die Trümmer waren über ein großes Gebiet verstreut, als habe etwas die Schwinge mitten in der Luft auseinandergerissen. Auch das schwere Segel aus Leder war zerrissen, ebenso wie Johans Kleider – zerrissen und aufgeschlitzt. Jondalrun blickte fragend nach oben. Dann starrte er über das Wasser auf die ferne mondhelle Küste Simbalas, und vor der Scheibe des zunehmenden Mondes sah er die Silhouette eines Windschiffs, das sich langsam nach Osten bewegte.

Zitternd starrte Jondalrun auf das Schiff. Er hob langsam seinen Stock, der dabei im Mondlicht kalt aufglänzte – wie vor Zorn. »Mein Sohn ist tot«, sagte er. »Mein Sohn ist tot!« schrie er. »Dafür werden eure Bäume brennen! Blut wird in eure Flüsse laufen und das Meer verfärben! Ob ihr Zauberer seid oder nicht, ihr werdet euch vor mir fürchten! Mein Sohn ist tot, und ich werde ihn rächen!«

2

Es war Abend in Tamberly, und es roch angenehm nach Eintopfgerichten und gebackenem Brot. Unter Fenstern, deren Läden noch geöffnet waren, saßen Hunde, leckten sich das Maul und warteten auf Abfälle. Die weißgekalkten Häuser standen in den schmalen Straßen dicht beieinander, und vereinzelt zogen immer noch Hausierer und Messerschleifer durch den Ort und riefen ihre Waren aus. Aus der Graywood-Schenke hörte man, wie mit Bierkrügen angestoßen wurde.

Auf dem kleinen Rathausplatz hatte ein Kurier gerade sein durstiges Pferd am Wassertrog zurückgelassen und war damit beschäftigt, an der Rathausmauer die Ankündigung eines Getreide- und Viehverkaufs in Kap Bage anzubringen. Müde Frauen in langen, von der Küchenarbeit beschmutzten Röcken liefen hinter lachenden Kindern her, um sie zum Abendessen in die Häuser zu holen. Laternen, die an rostigen Schleusentoren oder den Enden von Dachbalken hingen, wurden angezündet und tauchten die Straßen in Licht. Es war eine fröhliche, entspannte Tageszeit, doch mitten in dem heiteren Treiben verstummten die Straßengeräusche nach und nach. Das Quietschen und Klappern eines Hausiererwagens auf dem Kopfsteinpflaster erstarb, Straßenmusiker hörten mitten im Lied auf, die fröhlichen Rufe der Kinder kamen stockend zum Schweigen. Langsam, mit mühsamen Schritten erschien der Gemeindeälteste Jondalrun auf dem Rathausplatz von Tamberly. Sein Blick war starr und steinern, Tränen glänzten in den Falten seiner Wangen, und in den Armen trug er den zerschlagenen Körper seines Sohnes Johan.

Die Leute auf der Straße beobachteten ihn mit stummem Entsetzen. Jondalrun blieb im gelben Lichtkreis einer Laterne stehen und rief: »Gerechtigkeit für meinen Sohn! Mein Sohn ist ermordet worden!«

Sein Ruf durchdrang die ganze Stadt und erfüllte sie mit quälenden Echos. Fenster wurden hochgeschoben, Fensterläden geöffnet. Jondalrun ging die Straße entlang und wiederholte seinen Ruf alle paar Schritte. Hinter ihm, vor ihm, überall an der Straße entstand ein Murmeln, zuerst fragend, dann teilnahmsvoll. Ein junger Mann sprang von einem Fenster auf ein steiles Dach, von dort auf die Straße und schloß sich dem alten Bauer mit dem Ruf »Ja, Gerechtigkeit!« an. Bald kamen noch mehr hinzu, und aus dem Aufschrei eines einzigen Mannes entstand der fordernde Chor einer ganzen Prozession auf dem Weg zum Haus des ranghöchsten Ältesten.

Jondalrun beachtete sie alle nicht. Er ging seinen Weg weiter, mit steifen, schlafwandlerischen Schritten, und blieb nur stehen, um seiner Klage Ausdruck zu geben. Die Leute aus der Stadt traten zurück, um ihm und seinen Begleitern Platz zu machen. Vor dem Haus Pennels, des ranghöchsten Ältesten, blieb Jondalrun stehen. Die Menge, die ihm gefolgt war, stand abwartend hinter ihm – alle schienen den Atem anzuhalten.

»Pennel!« schrie Jondalrun. »Gerechtigkeit für meinen Sohn! Mein Sohn ist ermordet worden!«

Einen Augenblick lang geschah gar nichts. Dann öffnete sich der Laden eines Küchenfensters einen Spaltbreit, und eine Frau mit einem grauen Haarknoten blickte heraus. Ihre Augen weiteten sich, dann verschwand sie wieder und zog den Laden leise hinter sich zu. Wieder Stille. Dann waren im Haus Schritte zu hören. Die Tür wurde aufgestoßen, und Pennel trat auf den Vorplatz.

Der ranghöchste Älteste war ein magerer, kleiner Mann mit großen, aber kurzsichtigen Augen. Er hatte vor dem Abendessen ein Schläfchen gemacht, darum waren seine Kleider zerdrückt und seine Haare zerzaust. Er trat gähnend vor, strich sich das Haar aus den Augen – und stand plötzlich dem Vater und seinem toten Sohn gegenüber, die er beide seit Jahren kannte.

Die Menge wartete.

Jondalrun sagte nur: »Hol Agron. Wir müssen miteinander sprechen.« Dann wandte er sich einem Pferdefuhrwerk in der Nähe zu, bettete sanft die Leiche seines Sohns auf das Stroh, kletterte auf den Kutschersitz und nahm die Zügel. Der Besitzer des Fuhrwerks, der in der Menge stand, wollte protestieren, aber Pennel bedeutete ihm zu schweigen. Jondalrun zog die Zügel an, und das Pferd trabte hufeklappernd davon.

Keiner rührte sich, bis das Fuhrwerk um eine Biegung der Straße verschwunden war und die Geräusche sich verloren hatten. Dann fanden sich die Stadtleute, wie von einem Bann erlöst, in kleinen Gruppen zusammen und diskutierten aufgeregt. Pennel legte die Hände auf das

Holzgeländer vor ihm, umklammerte es mit aller Kraft. Er atmete tief aus, kniff dann die Augen zusammen und wandte sich an den Mann, dessen Wagen Jondalrun genommen hatte. »Suche Agron« , sagte er. »Sag ihm, er soll sich auf Jondalruns Hof mit mir treffen.«

Er sah dem Mann nach, wie er die Straße hinuntereilte, stolz, die Anordnung des Ältesten zu überbringen. Pennel blickte wieder auf seine Hände. Sie zitterten.

Er wußte nicht, was den Mord nach Tamberly gebracht hatte, und er fürchtete sich davor, es herauszufinden.

Auch Agron war mager und klein; er sah sogar Pennel so ähnlich, daß er sein Bruder hätte sein können. Auch im Temperament glichen sie einander; beide waren schweigsam, drückten sich leise und deutlich aus und waren konservativ in ihren Ansichten. Sie hielten einander für zurückhaltend und schroff. In einem Punkt aber stimmten sie vollkommen überein: in ihrer Zuneigung zu dem mürrischen alten Mann, der ebenfalls zum Ältestenrat gehörte. Als Agron von Jondalruns Verlust hörte, sattelte er hastig sein Pferd und ritt aus der Stadt hinaus über die staubige Straße, die südlich der Toldenarhügel zu Jondalruns Hof führte.

In der Scheune muhten die ungemolkenen Milchkühe klagend. Pennel und Agron hasteten die Steintreppe hinauf in das Haus, wo sie Jondalrun fanden: Er war auf dem Schaffell neben seinem Lieblingsstuhl zusammengebrochen. Im Schlafzimmer lag Johans Leiche auf dem Bett, die Steppdecke war blutbefleckt.

Pennel blickte Agron an. »Wir müssen das für ihn richten«, sagte er. Agron nickte, und gemeinsam trugen sie Johans Kinderbett aus der Dachkammer nach unten. Agron zündete im Kamin ein Feuer an und legte eine Wärmflasche für Jondalrun in die Nähe des Feuers. Während es im Haus warm wurde, trugen sie Johan zu seinem Bett, das sie weit entfernt vom Kamin aufgestellt hatten, und versuchten, ihn möglichst so hinzulegen, daß es aussah, als ob er sich nur ausruhe. Das kostete Mut und Nerven, denn der gewaltsame Tod hatte ihn so entstellt, daß er kaum noch zu erkennen war.

Im Schlafzimmer wechselten sie die Steppdecke aus und brachten es fertig, den schweren Jondalrun aufs Bett zu schaffen. Erschöpft machten sie sich dann daran, die nötigen Arbeiten außerhalb des Hauses zu verrichten, und setzten sich anschließend vor den Kamin, wo sie Seite an Seite zusahen, wie die Scheite zu rosenroter Asche verbrannten. Sie sprachen nur wenig in dieser Nacht, und wenn sie es taten, ging es nur um die Kühle der Nacht oder ähnliche Dinge. Sie erwähnten weder Jondalrun noch Johan, und auch über die Zukunft sprachen sie nicht.

Südwestlich von Tamberly lag das Hügelland von Warkanen, eine einsame Gegend, wo auf dunklem Sandboden zottiges Gras und hier und da Disteln wuchsen. Vereinzelte rundliche Hügel waren gerade hoch genug, um der Phantasie entsprungenen Ungeheuern ein Versteck zu bieten. Weit verstreut standen vom Wind gebogene Bäume, die die Kargheit der Landschaft nur unterstrichen. Manchmal saßen Lerchen und Kiebitze auf ihnen und sangen mit dem Wind von Einsamkeit.

Im Augenblick jedoch sangen keine Vögel auf den Bäumen, denn es war Nacht. Der fast volle Mond berührte den westlichen Horizont, und der Wind wehte in kühlen Böen über das Land und wirbelte Sand und Blätter auf. Zwei Wagenspuren, Warkanenstraße genannt, führten durch die Landschaft und wanden sich um die kleinen Erhebungen und Baumgruppen. Diese Straße entlang kam ein einsamer Wanderer – ein junges Mädchen in einem dunkelgrünen Mantel. Sie schritt rasch aus und warf dann und wann besorgte Blicke nach hinten auf den untergehenden Mond.

Hoch oben bewegte sich ein stummer Schatten vor den Sternen.

Das Mädchen war jung, kaum älter als dreizehn oder vierzehn. Sie hieß Analinna und war eine Schäferin. Sie war auf dem Weg zu einem Stelldichein mit einem Jungen aus Kap Bage, der bei einem Schmied in der Lehre war und Toben hieß. Sie hatte ihn kennengelernt, als sie für ihren Vater Wolle in die Stadt brachte. Seine braunen Augen und seine einnehmende Art zu sprechen hatten sie bezaubert, und sie wollten sich nun an der Kreuzung treffen und von dort zu einer in der Nähe gelegenen verlassenen Viehtreiberhütte gehen. Sie sah sich wieder ängstlich um; der Mond war fast untergegangen, und sie war spät dran.

Der unbemerkte Schatten über ihr wurde größer, eine schwarze Wolke, die sich furchterregend zielbewußt voranbewegte.

Die Straße wand sich um den letzten der rundlichen Hügel, und Analinna sah die Kreuzung vor sich. Von Toben war weit und breit nichts zu sehen. Sie blieb verwirrt stehen und ging dann langsam auf den Wegweiser zu. Er stand schräg; sein Fuß war mit Felsbrocken befestigt. Die beiden rissigen grauen Schilder, die die Richtungen angaben, sahen aus wie die Finger eines Skeletts. Das linke zeigte nach Kap Bage, wo Toben in seiner Kammer hinter der Schmiede tief und fest schlief, erschöpft nach einem harten Tagewerk – doch Analinna konnte dies nicht wissen. Das andere Schild zeigte zu den »Treppen des Sommers«, der Stätte der Ratsversammlung für die Ältesten aller Städte. Doch inzwischen war es so dunkel, daß Analinna die Schilder nicht entziffern konnte.

Während sie zögernd dastand, schien direkt von oben ein plötzlicher Windstoß zu kommen. Staubwolken stiegen auf. Analinna unterdrückte ein Niesen und blickte nach oben. Sie sah nichts, hörte aber ein schwaches Geräusch, ähnlich wie der Blasebalg, den Toben benutzt hatte, um das Feuer in der Schmiede anzufachen, nur viel tiefer und langsamer.

Sie drehte sich ein-, zweimal um und blickte über Himmel und Land. Der Mond war jetzt untergegangen, und hohe Wolken verhüllten die Sterne. Es wurde allmählich sehr dunkel, zu dunkel sogar, um die Straße zu erkennen. Eine plötzliche Angst von solcher Gewalt überkam Analinna, daß sie unfähig war, einen Schritt zu tun: Sie stand mitten auf der Kreuzung, hielt den Atem an, lauschte, wartete.

Da war das Blasebalggeräusch wieder, viel lauter diesmal – und ein gewaltiger Windstoß streckte sie zu Boden. Der Wegweiser schwankte. Staub und Sand drangen ihr in die Augen. Sie erhob sich taumelnd und begann zu laufen.

Sie rannte in blindem Entsetzen, ohne auf die Richtung zu achten. Es war in der Dunkelheit etwas über sie hinweggeflogen, etwas Unsichtbares und Riesenhaftes. Seine Anwesenheit erfüllte die Umgebung mit dem Atem des Grauens. Sie rannte weiter, wie von Sinnen und so verschreckt, daß sie nicht einmal schrie, bis sie über einen verfaulten Baumstamm stolperte und hinfiel.

Wieder hörte sie das Geräusch; es kam näher. Jetzt hörte es sich so an wie das Schlagen riesiger Flügel. Analinna kannte kein so großes Lebewesen, das fliegen konnte. Sie versuchte zu rufen, nach ihrem Vater zu rufen, in der verrückten Hoffnung, er könnte irgendwie auftauchen und sie retten. Aber bevor sie seinen Namen auch nur halb herausbrachte, verschlug ihr eine Sturmbö explosionsartig die Sprache, und sie wurde vom Boden gehoben.

Das Schlagen der Flügel wurde langsam leiser, bis es wieder still war in den Warkanen. Wie ein sterbender Vogel flatterte ein grüner Stoffetzen zu Boden und blieb mitten auf der Kreuzung liegen.

3

Ein frischer und klarer Morgen zog über dem Spindeliner Wald herauf, im Westen von Tamberly. Singvögel begrüßten die ersten Sonnenstrahlen. Im Wald, wo die Bäume bis dicht an die Mesa wuchsen, stand ein großes altes Haus. Seine Wände waren aus Stein und Holz, und das Strohdach befand sich in schlechtem Zustand. Das hintere Ende des Hauses war direkt in den hohlen Stamm eines besonders großen Baumes hineingebaut. Ein Bach floß am Haus entlang und drehte ein Wasserrad mit einem beruhigenden, gleichmäßigen Geräusch.

Amsel kam aus dem Haus mit einem Faß voller Abfälle, die er in seinem Gartenstück eingraben wollte, um Kompost zu gewinnen. Er ließ sich auf einer verwitterten Holzbank nieder, holte tief Luft und sah zu, wie sich sein Atem in der kühlen Frühjahrsluft milchig abzeichnete. Amsel hatte es sich zur Gewohnheit gemacht, morgens eine Weile dem rieselnden Wasser und dem Gesang der Vögel zu lauschen. Er war klein – klein und drahtig, mit einem dicken Schopf weißen Haars unter seinem Schlapphut und einem Gesicht, das auf irgendein Alter zwischen dreißig und fünfzig schließen ließ. Er trug lose sitzende grüne und braune Kleidung mit vielen Taschen. In den Taschen befand sich alles mögliche: ein in Leder gebundenes Pergamentnotizbuch, ein Federkiel, der einen Vorrat an Tinte mit sich führte (Amsels eigene Erfindung), ein Magneteisenstein, ein kleiner Hammer (für das Abschlagen von interessanten Gesteinsproben), ein kleines Netz aus Tanselgewebe (für das Fangen von interessanten Insektenarten) und eine Brille (ebenfalls Amsels Erfindung). Er war gern für jede Möglichkeit vorbereitet.

Er lebte allein in diesem alten Haus, fern der Stadt und ohne Nachbarn, und er hatte nicht das Gefühl, daß ihm deshalb etwas fehlte. Bei seiner

unersättlichen Neugier und seinem Drang, die Natur zu untersuchen, war dieses Leben gerade recht. Er hatte sich gut angepaßt, wenn auch mit einigen verschrobenen Angewohnheiten. Er band seine Kleider am Wasserrad fest, um sie zu waschen, und er führte oft Selbstgespräche. Das tat er auch jetzt. Er rieb sich die Schläfe mit einem Knöchel und grübelte: »Was stand also für heute auf dem Arbeitsplan?« Mit geschlossenen Augen versuchte er, sich zu konzentrieren, gab dann seufzend auf und zog sein Notizbuch aus einer seiner Taschen. Mit einem Kopfnicken und einem »Aha!« bei einer der dichtbeschriebenen Seiten erhob er sich und ging um das Haus herum einen Pfad hinunter zu der Lichtung, wo sein Experimentiergarten ihn erwartete. Es gab lange Reihen seltener und ungewöhnlicher Pflanzen hier; bei einer blieb Amsel stehen und betrachtete sie. Es war ein Busch voller kleiner schwarzer Schoten mit knotiger Schale. Nachdenklich zog Amsel eine vom Stengel herunter, worauf die Schote platzte und ein kräftiger, aber angenehmer Geruch ausströmte; er glich fast dem von Zitrusfrüchten und erinnerte Amsel an Nektarinenblüten. Vorsichtig pflückte er mehrere Schoten und ging dann zurück ins Haus.

In seiner Werkstatt untersuchte er eine Schote genau; dann zog er das Notizbuch aus der Tasche und machte mit seiner Feder einen Eintrag. Die Werkstatt war geräumig und gut beleuchtet, mit einer niedrigen, von Balken durchzogenen Decke. Auf mehreren Borden waren sehr unterschiedliche Dinge untergebracht: Kalender, Schriftrollen, Pergament und Velin zum Schreiben und Zeichnen, eine große Sammlung versteinerter Knochen und Steingutbehälter, gefüllt mit Kräutern und Flüssigkeiten. Auf einer riesigen Werkbank lag alles nur mögliche Werkzeug. Andere Gegenstände, von Gartengeräten bis zu einem Sternhöhenmesser, standen in Ecken oder hingen von den Balken herunter. Schriftrollen und Experimente, an denen Amsel gerade arbeitete, waren über den ganzen Raum verteilt – Amsel war kein sehr ordentlicher Hauseigentümer. Er steckte jetzt die Schoten für eine spätere Untersuchung in eine seiner Taschen und befaßte sich dann mit dem Überprüfen brodelnder Destillierkolben und dem Auswiegen verschiedener Stoffe.

Gewöhnlich war er damit zufrieden, den größten Teil des Tages derart zu verbringen, aber heute stellte er fest, daß sein Interesse an der Laboratoriumsarbeit allmählich nachließ. Er fühlte eine innere Unruhe; sein Haus, in dem er sich sonst so sicher und geborgen fühlte, schien ihn einzuengen. Er blickte aus dem Fenster auf die oberen Zweige, die leise im Wind schwankten, und kam schnell zu einem Entschluß. Heute war ein Tag für draußen. Er würde sich einer Spielerei hingeben und es Arbeit nennen – er würde seine neueste Erfindung, seine Segelschwinge, hinauf zum Hochspitzpaß tragen und den Tag damit verbringen, die Geheimnisse des Fluges zu erforschen.

Nachdem er diesen Entschluß gefaßt hatte, ging Amsel nach draußen und zu dem gewaltigen Stamm des Baumes, wo eine Reihe von Stufen hinauf in die belaubten Höhen führte. Er kletterte schnell bis zu einem großen breiten Ast, der durch das Laubwerk hindurch in den klaren Himmel ragte.

Dies war der Ort, wo Amsel seine umfangreicheren Erfindungen unterbrachte. Der Ast reichte bis über die flache Hochebene der Mesa, so daß er aus dem Wald auf das Gras treten konnte, um mit Hilfe seines Fernrohrs die Krater des Mondes zu zählen oder mit seinem Tretrad über die flachen kahlen Felsen zu fahren, die das Innere der Mesa bedeckten. Amsel betrachtete diese und andere seiner Erfindungen voller Stolz und kniff dann verdutzt die Augen zusammen. Etwas fehlte. Er machte eine sorgfältige Bestandsaufnahme und stellte schließlich fest, daß seine Segelschwinge nirgends zu sehen war. Er warf einen Blick in sein Notizbuch, um sich zu vergewissern, daß er sie nicht woanders abgestellt und dann vergessen hatte. Es gab keinen Hinweis auf einen anderen Standort, Amsel zog die buschigen Augenbrauen hoch.

»Mir scheint, ich bin bestohlen worden«, sagte er.

»Wo ist mein Sohn?«

Die Stimme weckte Agron und Pennel, die vor dem erloschenen Feuer dösten. Einen Augenblick lang waren beide ganz benommen und wußten nicht, wo sie sich befanden, auch das Zuschlagen der Schlafzimmertür half ihnen nicht, wieder zu sich zu kommen. Bevor sie sich erheben konnten, war Jondalrun zu dem schmalen Bett hinübergegangen, wo er jetzt stand und auf Johans Leiche hinunterblickte.

Dann drehte er sich um, schnell trotz seines massigen Körperbaues, und starrte seine Mitstreiter im Ältestenrat an, die jetzt am Kamin standen. »Was ist geschehen?« fragte er, fast knurrend. »Ich wollte mit euch sprechen . . . euch berichten.«

»Du bist zusammengebrochen, Jondalrun«, sagte Agron voller Mitgefühl. »Kein Grund, sich zu schämen.«

Jondalrun sah sich um, als suche er etwas, an dem er seine Wut auslassen konnte. Pennel fragte: »Warum sagst du es uns nicht jetzt . . .«

»Bei den vier Jahreszeiten, das werde ich!« donnerte Jondalrun. »Ich werde es der ganzen Stadt sagen . . . dem ganzen Land! Die Simbalesen haben meinen Sohn getötet!«

»Was?« fragten Pennel und Agron einstimmig.

Jondalrun berichtete mit einer solchen Leidenschaft, daß sie ihn hin und wieder davon abhalten mußten, die Einrichtung zu zertrümmern. Der hinterhältige Zauberer Amsel, den er schon seit langem im Verdacht habe, mit den Sim verbündet zu sein, habe seinen Sohn Johan mit Zaubermacht dazu verführt zu fliegen – und dies im vollen Bewußtsein, daß Johan leichte Beute sein werde für ein Windschiff der Sim. Ob sie die Absicht gehabt hätten, seinen Sohn gefangenzunehmen oder zu töten, wisse Jondalrun nicht, aber die Verschwörung habe zu Johans Tod geführt. »Es ist eine kriegerische Handlung!« Jondalrun, dessen Gesicht ziegelrot war, schlug mit der Faust auf den Tisch. »Die Simbalesen spielen mit uns«, brüllte er, »und ich sage euch, wir müssen ihnen zeigen, daß sie nicht unsere Kinder ermorden können! Wir müssen sie angreifen!«

Die Eindringlichkeit seiner Worte schockierte Pennel und Agron – sie hatten gewußt, daß Jondalrun streitlustig und leicht erregbar war, aber nicht in diesem Ausmaß. Der Kummer über den Tod seines Sohnes hatte sich in Raserei verwandelt, eine Raserei, die ihn aufrechterhalten würde, wie ein Anker für sein in Aufruhr geratenes Leben.

»Wir müssen eine Ratsversammlung einberufen!« sagte Jondalrun abschließend. »Die Sim und dieser Mörder Amsel müssen ihre Strafe erhalten!«

Sie versuchten, ihn zu beruhigen, aber er ließ es nicht zu. »Ihr glaubt mir nicht! Was ist mit dem Angriff auf Gordain letzte Woche . . .«

»Was du sagst, ist nicht unmöglich, Jondalrun«, sagte Pennel. »Aber wir haben keinen tatsächlichen Beweis, daß die Sim uns feindlich gesinnt sind. Wir müssen untersuchen, ob diese . . .«

»Beweis, sagst du? Hier ist der Beweis!« unterbrach Jondalrun ihn und zeigte auf die Leiche seines Sohnes. »Es wird noch mehr Beweise geben und schon bald, davon kannst du überzeugt sein.« Er wandte sich zur Tür. »Laßt uns in die Stadt zurückkehren. Ich muß die Beerdigung meines Sohnes bekanntgeben.«

Schweigend fuhren sie nach Tamberly zurück; die beiden Pferde stapften hinter dem Wagen her. Der Morgen war hell und freundlich, aber Jondalrun brütete vor sich hin. Er war bei aller Schimpferei eigentlich nie rachsüchtig gewesen. Aber empfand er einmal ernsten Groll, so trug er ihn mit sich herum, und Hauptanlaß für Groll waren für ihn die Simbalesen. Wie die meisten Fandoraner wußte Jondalrun sehr wenig über Lebensart und Gebräuche der Sim. In Übereinstimmung mit den meisten seiner Landsleute hielt er die Simbalesen für Hexen und Zauberer. Er ärgerte sich über ihr angebliches Leben im Überfluß, hatte aber immer widerwillig zugegeben, daß Simbala Fandora noch nie Schaden zugefügt hatte. Der dürftige Handel der Fandoraner mit den Ländern im Süden beschränkte sich weitgehend auf Getreide und gewebte Produkte und bedeutete kein Problem für die Simbalesen, die mit Edelsteinen, Windschiffen und seltenen Kräutern handelten. Simbala war bisher friedlich geblieben – bis zu dem Angriff auf Gordain vor kurzem. Der daraus entstandene Schaden bedeutete für viele eine Katastrophe, aber für Jondalrun war der Verlust seines Sohnes unvergleichlich schlimmer. Jondalrun war überzeugt, daß die Simbalesen ihre vermeintliche Überlegenheit ausspielen und mutwillig zur Schau stellen wollten. Ihre Windschiffe und ihre Zauberkunst gaben ihnen das Gefühl, sie seien unverletzbar, immun gegen Vergeltungsmaßnahmen. Nun, sagte er sich grimmig, sie würden bald erfahren, wie verletzbar sie waren.

In Tamberly war die Stimmung gedämpft und nachdenklich, als erwarteten alle einen Urteilsspruch, der jeden von ihnen betreffen würde. Diese angespannte Stimmung, so erfuhren die Ältesten, war nicht allein auf das Unglück der letzten Nacht zurückzuführen: Dort, wo Jondalrun vor Pennels Haus gestanden hatte, stand jetzt ein Schäfer, alt und ergraut, mit von Kummer gezeichnetem Gesicht. Mit einer Hand umklammerte er einen Fetzen grünen Stoffes.

Er regte sich nicht, begann aber mit langsamer, monotoner Stimme zu sprechen, als der Wagen vor ihm hielt. Er sah nicht die Ältesten an, sondern sprach wie zu sich selbst.

»Sie ging spazieren letzte Nacht, ging spazieren, nachdem ich eingeschlafen war, und sie kam nicht zurück, kam nicht zurück. Sobald es hell war, begann ich, nach ihr zu suchen. Ich brauchte nicht lange zu suchen. Dies hier«, er blickte auf den Stoffetzen, den seine Faust fest umklammerte, »dies habe ich bei der Kreuzung in den Hügeln gefunden. Nicht weit entfernt davon fand ich sie, fand ich sie. Sie ...« Er hielt inne, sein Gesicht von Gram verzerrt. »Sie war abgestürzt ... von hoch oben ...« Er schloß die Augen. Seine Schultern bebten.

Pennel schwang sich vom Wagen hinunter und führte den weinenden Mann ins Haus. Jondalrun blickte Agron an. Agron atmete tief ein und langsam wieder aus. »Du sagtest, es würde noch mehr Beweise geben«, sagte er. »Offensichtlich hattest du recht.«

Jondalrun nickte. »Ich schlage jetzt die Bekanntgabe vom Tod meines Sohnes an«, sagte er. Und dann, fügte er in Gedanken hinzu, werde ich Amsel aufsuchen.

Überall und zu jeder Zeit gibt es immer Leute, die besonders wißbegierig sind. Amsel war ein solcher Mensch. Zu allem stellte er Fragen, versuchte, Geheimnisse zu ergründen, wo andere keine Geheimnisse sahen, und wie die meisten wissensdurstigen Geister stieß er auf kein großes Verständnis bei seinen Mitmenschen. Die Mehrheit der verschlossenen Bewohner Fandoras mißtraute ihm und mied ihn. Für sie bestand das Leben aus dem, was sie dem Boden und dem Meer entreißen konnten.

Amsel wußte sehr gut, daß er bei seinen Landsleuten nicht sehr beliebt war, und die Tatsache ließ ihn, so glaubte er jedenfalls, gleichgültig. Obwohl sie ihm mißtrauten, hatten sie ihm nie Schaden zugefügt. Gelegentlich hatte er den Bauern heilende Umschläge und Arzneien für kleinere Beschwerden verordnet und hatte sich so ihre Nachsicht erworben. Manchmal waren Krankheit oder Unglücksfälle seinen »magischen« Kräften zugeschrieben worden, aber der ranghöchste Älteste in Tamberly war ein gerechter und vernünftiger Mann, der es ablehnte, ohne Beweismaterial etwas zu unternehmen.

Nun sah es so aus, als hätte es jemand gewagt, sich dem »Zauberer« in seiner eigenen Höhle entgegenzustellen. Amsel war traurig und wütend zugleich. Er hatte sehr viel Zeit auf Entwurf und Bau seiner Schwinge verwandt, und jetzt hatte man sie ihm gestohlen, und er hatte keine Ahnung, wo er mit dem Suchen beginnen sollte.

Eine ganze Weile saß er in dem Baum und dachte über das Problem nach; jetzt erhob er sich und begann, langsam hinunterzusteigen. Aber bevor er weit gekommen war, hörte er ein Rascheln im Unterholz, ein Klopfen, als hämmere jemand an seine Tür, und eine Stimme, die seinen Namen rief.

»Hier oben!« rief Amsel.

Er hatte sehr selten Besucher; er konnte sich nicht vorstellen, wer es sein könnte. Die Blätter raschelten wieder, und dann trat der Bauer Jondalrun, einer der Ältesten von Tamberly, auf den breiten Ast. Amsel blickte ihn überrascht an. Das Gesicht des alten Mannes war verhärmt, seine Augen blickten wild, fast wie im Fieber. Wortlos näherte er sich Amsel und griff ihm mit beiden Händen nach der Kehle. Amsel blickte sich rasch nach hinten um und trat dann vom Ast hinunter ins Leere, fiel zwölf Fuß tief und landete mit oft erprobter Sicherheit auf einem anderen breiten Ast. Jondalrun starrte verblüfft und zornig hinunter zu ihm. »Verräter!« brüllte er. »Dreckiger Sim!«

»Was willst du damit sagen?« fragte Amsel verwirrt.

Jondalrun antwortete nicht. Er kletterte schwerfällig hinunter zu Amsels neuem Sitz und stürzte sich erneut auf ihn. Amsel sprang ihm aus dem Weg und landete mit den Füßen voran auf einem dünnen federnden Zweig, der ihn nach oben schnellen ließ. Er sauste an dem fassungslosen Jondalrun vorbei, packte einen Ast oberhalb des Bauern und ließ sich dort rittlings nieder.

»Jondalrun, was ist geschehen?«

»Du weißt, was geschehen ist!« rief Jondalrun. »Und du wirst für deine

Teilnahme daran zahlen!« Keuchend hob er seinen Stock, um ihn auf Amsel zu schleudern.

Da mit dem Ältesten nicht vernünftig zu reden war, sprang Amsel hinunter, genau vor Jondalrun, und entriß ihm den Stock. Dann schob er den Ältesten rasch in eine aus zwei Ästen gebildete Gabel und klemmte den Stock zwischen Jondalrun und ein Gewirr kleinerer Zweige. Der Älteste saß in der Falle.

»Und jetzt berichte mir«, sagte Amsel, »was geschehen ist.«

Jondalrun fuchtelte mit den Armen, aber ohne Erfolg – der Stock hielt ihn fest. Er trat nach Amsel, aber Amsel wich dem Stiefel geschickt aus. Endlich sprach Jondalrun.

»Du weißt . . ., was du getan hast.« Die Worte des alten Mannes klangen bitter, wurden von Keuchen unterbrochen. »Du hast Johan dazu verführt . . ., deine üblen Tricks nachzuahmen. Jetzt hat er dafür bezahlt . . . mit seinem Leben!«

Amsel wurde sehr blaß. »Johan«, sagte er leise. »Johan hat die Schwinge genommen.« Es leuchtete ihm mit schrecklicher Deutlichkeit ein – Dummkopf, der er war, sonst hätte er es früher geahnt. Die Schwinge hatte den Jungen immer besonders fasziniert, und er hatte Amsel oft um die Erlaubnis gebettelt, damit fliegen zu dürfen.

»Ihr Sim seid die Mörder unserer Jugend. Ihr fürchtet euch vor einem offenen Angriff.«

»Jondalrun, was willst du damit . . .«

»Versuche nicht zu bestreiten, daß du ein Simbalese bist, Amsel! Sie haben dich hergeschickt, um uns mit euren Zauberkünsten zu unterlaufen!« Jondalrun spuckte nach ihm; Amsel wich ihm aus. »Ein Windschiff aus Simbala hat Gordain angegriffen und die Hälfte der Stadt abgebrannt! Ein weiteres hat die kleine Analinna getötet! Und wieder ein anderes hat meinen Sohn aus den Wolken geholt, wohin *du* ihn geschickt hast!«

Amsel schüttelte verwirrt den Kopf. Mit Jondalrun konnte man nicht reden – er tobte. Amsel beobachtete den alten Mann argwöhnisch, während Erinnerungen an den kleinen Johan ihm durch den Kopf gingen – einer der wenigen Freunde, die der Einsiedler je gehabt hatte. »Jondalrun«, fing er an, »ich hatte keine Ahnung, daß Johan . . .«

»Du hast es gewußt! Du hast ihm die falschen Gedanken eingetrichtert! Du hast ihn ermutigt, die Naturgesetze zu brechen, und darum mußte er sterben! Ich schwöre es, Einsiedler, ich werde mich dafür an dir und ganz Simbala rächen!«

Mit einer gewaltigen Anstrengung zerbrach Jondalrun den Stock, der ihn festhielt. Amsel sprang rasch zurück. Sie standen einander gegenüber.

»Hier kann ich dir nichts anhaben«, sagte Jondalrun schließlich. »Du kennst dich auf diesen Baumwegen zu gut aus. Aber der Tag der Abrechnung wird kommen, Amsel, und deine ganze Zauberkunst wird dich nicht davor schützen.«

Er wandte sich ab und stieg die hölzernen Stufen hinunter. Amsel blickte ihm nach.

Das Geräusch von Jondalruns Schritten durch den Wald schwand dahin. Amsel stand still da, regungslos. Der alte Mann war kein Wahnsinniger – Johan war tot. Johan, für den er selbst väterliche Zuneigung empfand, hatte diese Welt verlassen – und es war allein seine Schuld.

Amsel ließ sich langsam auf dem Ast nieder, legte das Gesicht in die Hände und fing an zu weinen.

4

Jondalrun kehrte nach Tamberly zurück. Er lenkte sein Pferd durch die gewundenen Straßen und blickte weder nach links noch nach rechts, kümmerte sich nicht um Geflüster und neugierige Blicke. Die Atmosphäre war gespannt wie die Saite eines Bogens. Eine neu angeschlagene Mitteilung wies auf die bevorstehende Ratsversammlung der Ältesten hin, die erste seit Jahren, die an den »Treppen des Sommers« stattfinden sollte. In alle Städte und Dörfer Fandoras waren bereits Kuriere entsandt worden, sogar bis ins ferne Delkeran an der Westgrenze. Jondalrun machte eine kurze Pause vor der Rathausmauer und blickte stumm auf das Blatt Papier, das sich neben seiner Ankündigung von Johans Beerdigung leicht im Wind bewegte. Dann ritt er langsam zum Haus des Steinmetzen, um einen Grabstein zu bestellen.

Am gleichen Nachmittag begrub er Johan. Die Sonne stand am wolkenlosen Himmel. Es war hell und kühl – ein Tag, dachte Jondalrun bitter, wie ihn Johan geliebt hatte, mit frischer Luft, die die Wangen rot färbte. An solchen Tagen hatte Johan sich immer mit seiner Arbeit beeilt und war dann mit seinen Freunden in die Toldenarhügel zum Spielen gelaufen. Jondalrun beschloß, ihn auf dem höchsten Gipfel dort zu begraben.

Es war in Fandora Brauch, die Toten schnell und still zu begraben und später die Beileidsworte anderer entgegenzunehmen. Mit Hacke und Schaufel lockerte Jondalrun den Boden, hob ein tiefes Grab aus und ließ die kleine verhüllte Gestalt behutsam hinunter. Dann stand er am offenen Grab und blickte hinab, immer noch von einem so tiefen Kummer beherrscht, daß er es nicht fertigbrachte, das Grab zuzuschaufeln und sein Kind für immer von Himmel und Sonne zu trennen. Wie die meisten Fandoraner war er gläubig, und jetzt betete er darum, daß seinem Sohn ein ewiger Frühling beschieden sein möge. Nach dem Gebet stand er regungslos da und blickte ins Grab. Es war schwer, sehr schwer, die erste Schaufel voll Erde hinunterzuwerfen.

»M-Meister Jondalrun . . .«

Jondalrun drehte sich um und sah auf dem nahen Felswall, der wie ein Grat neben dem ersten Hügel entlanglief, zwei kleine Jungen stehen. Er erkannte sie – zwei Freunde von Johan, Marl und Doly. Sie standen verloren im hellen Sonnenlicht, mit schmutzigen Jacken und Kniebundhosen und tränenverschmierten Gesichtern. Jondalrun blickte sie an und wußte nicht, was er sagen sollte. Es gehörte sich nicht, eine Beerdigung zu stören. Doch er brachte es einfach nicht übers Herz, sie fortzuschicken. Er stand nur da und blickte sie wortlos an.

Der kleinere der beiden – er wußte nicht mehr, welcher Name zu welchem Jungen gehörte – hielt ein kleines Spielzeug in den Händen. Er hielt es Jondalrun hin.

»Johan h-hat es mir geliehen«, sagte der Junge. »Es war sein Lieblingsspielzeug, und er hat es mir geliehen. Ich dachte, vielleicht möchte er es jetzt gern behalten.«

Jondalrun öffnete langsam seine vom Wetter gegerbte Hand, und der Junge legte das Spielzeug hinein. Dann drehten sich die beiden Jungen um, als seien sie froh, einer Verpflichtung nachgekommen zu sein, und eilten, so schnell sie konnten, ohne zu rennen, den Hügel hinunter auf die Stadt zu.

Jondalrun sah sich das Spielzeug an. Es war ein kleines Pferdefuhrwerk aus Holz, aus verschiedenen Einzelteilen geschnitzt, so daß die Räder des Wagens sich drehten und das Pferd ausgespannt werden konnte. Jondalrun packte das zerbrechliche Spielzeug plötzlich so heftig, daß er es beinahe zerdrückt hätte, denn er erkannte es wieder. Amsel hatte es Johan geschenkt. Jondalrun starrte es erregt an. Schon die Tatsache, daß das Ding auf seiner Handfläche lag, bereitete ihm Pein – es war unsauber, ein simbalesisches Machwerk, hergestellt von denselben Händen, die Johan in den Tod geschickt hatten. Zweimal hob er es in die Höhe, um es auf den Boden zu schmettern und zu zertreten, und zweimal hielt er inne, weil er daran dachte, daß es Johans liebstes Spielzeug gewesen war.

Endlich drehte er sich um, beugte sich mit steifen Bewegungen hinunter und legte das Spielzeug auf die stille Gestalt. Mit abgewendeten Augen begann er zu schaufeln. Schwer atmend warf er die lehmige Erde in das Grab, bis der Körper bedeckt war. Danach arbeitete er langsamer. Als das Grab zugeschaufelt war, bezeichnete er die Stelle mit einer vorläufigen Gedenktafel, die ihren Dienst tun würde, bis der Grabstein fertig war. Ohne aufzublicken, sammelte er sein Werkzeug ein und ging mit schweren Schritten den Hügel hinunter.

Es sprach sich langsam in Fandoras Steppen und Hügeln herum. Ein Händler erwähnte die Tragödie gegenüber den Bewohnern mehrerer kleiner Dörfer. Ein Kurier brachte die Nachricht nach Silvan. Und die Nachricht verbreitete sich: Zum erstenmal seit über zehn Jahren wurde eine Ratsversammlung aller Ältesten einberufen.

Bemerkungen von Viehhändlern und Wegwächtern führten auch zu Gerüchten auf Marktplätzen und in Tavernen, daß simbalesische Windschiffe im Norden Fandoras eingefallen seien und jetzt nach Süden und Westen kämen; und Zauberer aus Simbala schlichen sich in der Gestalt von Wölfen und Bären durchs Land. Bei all diesen Geschichten hatten es die Gemeindeältesten schwer, eine Panik zu unterdrücken.

In Borgen waren die Vermutungen zu einem erregten Höhepunkt gekommen. Jeden Morgen lehnten sich alte Frauen und Schwätzer aus ihren Fenstern unter den Spitzdächern und ergötzten einander mit erfundenen Zahlen von Opfern. Einige begannen sogar, Vorräte von gepökeltem und eingesalzenem Fleisch, Brot und Käse in ihren Speisekammern und Schränken anzulegen.

Tenniel, der Sandalenmacher, war gerade damit fertig geworden, die Lederumwicklung am Stockgriff der alten Dame Mehow zu erneuern, als ein Junge in die Tür seines Ladens trat und ihm mitteilte, daß ein Treffen der Gemeindeältesten einberufen worden sei. Während Madam Mehow von einem Komplott dieser korrupten Kliffischer sprach, die nur den Preis ihrer miesen Fische in die Höhe treiben wollten, nickte er höflich und geleitete sie hinaus. Dann schloß er den Laden und lief die Straße hinunter, wobei er sich das Öl von den Händen rieb, mit dem er das Leder geschmeidig gemacht hatte. Er war einer der jüngsten Ältesten in ganz Fandora – erst achtundzwanzig –, und seine Ernennung war nicht ohne Debatte erfolgt. Die Verantwortung des Amtes machte ihm Angst, aber er bezwang sie, weil er entschlossen war, sein Bestes für seine Geburtsstadt zu tun. Er liebte Borgen zutiefst; wenn seine Arbeit es zuließ, wanderte er gern stundenlang durch die Stadt und schaute sich Hütten und Häuser, die lauten Stände am Marktplatz, die Obstgärten vor der Stadt und die verschiedenen Wappen über den Haustüren an.

Während er jetzt durch eine Gasse hinter dem Brunnenhof eilte, dachte er über die Einberufung einer Sonderversammlung der Ältesten nach. Die Vermutung lag nahe, daß es mit den Gerüchten über einen Krieg mit Simbala zusammenhing. Als er um eine Ecke kam und das Haus des ranghöchsten Ältesten vor ihm lag, sah er Axel, den dritten Ältesten, gerade das Haus betreten, und er lief das letzte Stück, um nicht zu spät nach ihm einzutreffen.

Talend, der Ranghöchste, war ein alter Mann von mindestens siebzig

Jahren mit einem verkrüppelten Fuß als Folge eines Jagdunfalls, der sich lange vor Tenniels Geburt ereignet hatte. Axel runzelte die Stirn, als der jüngere Mann sich leicht keuchend setzte; auch er war viel älter als Tenniel. Er war ein mürrisch aussehender Mann, dem mehrere Geschäfte in der Stadt gehörten und der Tenniels Laden auch gern übernommen hätte. Doch der jüngere Mann weigerte sich standhaft, seinen Laden zu verkaufen; das Geschäft hatte schon seinem Vater gehört und gewährte ihm ein gutes Auskommen.

Talend gab vor, diesen Konflikt nicht zu bemerken. Als ranghöchster Ältester hatte er die beiden Männer ausgewählt, unter dem Vorbehalt, daß die Bürger seiner Stadt seiner Wahl zustimmten, und er hatte das Gefühl, daß es eine gute Entscheidung war. Er war der Ansicht, daß Tenniels Betrachtung der Dinge, gerade weil er jung war, ein gutes Gegengewicht zu seiner eigenen bilde.

Mit einer für sein Alter überraschend kräftigen Stimme verlas Talend den Aufruf, den ihm ein Kurier gebracht hatte. Die Ältesten von Tamberly baten um eine Einberufung von Vertretern der Ältesten aller Städte Fandoras zu einer Ratsversammlung, um über die jüngsten Angriffe simbalesischer Windschiffe zu diskutieren und sich für Maßnahmen zu entscheiden.

Tenniel saß starr vor Erregung auf seinem Platz. Eine Ratsversammlung! Die letzte hatte stattgefunden, als er siebzehn war, damals, als der Fluß Wayen drei Städte unter Wasser gesetzt hatte. Wenn jetzt eine Versammlung erforderlich erschien, mußte die Möglichkeit eines Krieges wirklich ernst sein.

Talend zwinkerte ihm zu, und Axel sagte: »Einer von uns muß daran teilnehmen.«

»Haltet ihr es denn für möglich, daß es Krieg gibt?« fragte Tenniel und hörte mit Erleichterung, daß seine Stimme fest klang. Es hatte in Fandora noch nie Krieg gegeben, auch keinen Bürgerkrieg, seit es vor über zweihundert Jahren gegründet worden war. Kein anderes Land wollte je dieses Gebiet aus unfruchtbaren Hochsteppen, felsigen Hügeln und Sumpfland annektieren. Die Fandoraner selbst hatten bisher auch kein Verlangen, untereinander oder gegen andere Krieg zu führen; den eigenen Lebensunterhalt zu bestreiten war schwer genug. Die Vorstellung von Krieg erschien Tenniel zuerst unglaublich. Es fiel ihm sogar schwer, sich Fandora als ein Land vorzustellen, das überhaupt so vereinigt war, daß es daran denken konnte, einen Krieg zu führen.

»Das haben wir drei nicht zu entscheiden«, sagte Talend in Beantwortung seiner Frage. »Unsere Aufgabe ist es, zu bestimmen, wer von uns Borgen auf der Ratsversammlung vertritt. Ich bin alt und lahm – ich könnte nicht die Reise machen und dann noch in guter Verfassung sein. Darum muß die Wahl auf einen von euch beiden fallen.«

Tenniel sagte sofort: »Dann muß Axel gehen.« Dies war so offensichtlich, daß es kaum einer Bestätigung bedurfte. Axel war älter, darum erfahrener und besser geeignet für die Aufgabe. Es war im Interesse von Borgen, und Tenniel versuchte, sich einzureden, er sei zufrieden damit, obwohl er wußte, daß es nicht stimmte. Er wollte an dieser Versammlung teilnehmen, mitsprechen bei dieser Entscheidung, die vielleicht einer der wichtigsten Beschlüsse war, die jemals in Fandora gefällt wurden. Aber es ging um Borgen. Axel hatte nicht viel übrig für falsche Bescheidenheit und würde für sich selbst stimmen, und Talend war bestimmt damit einverstanden.

Doch zu Tenniels maßlosem Erstaunen sagte Axel kurz angebunden, wie es seine Art war: »Tenniel geht.«

Tenniel war überzeugt, er habe nicht richtig gehört. Er konnte Axel nur voller Verblüffung anstarren. Doch Talend nickte und sagte: »Ganz meine Meinung. Tenniel, du wirst Borgen auf der Ratsversammlung vertreten.«

»Ich? Aber ...« Tenniel fand buchstäblich keine Worte; seine Kiefer bewegten sich auf und ab und hin und her wie eine Marionette an lockeren Fäden. Talend lachte in sich hinein, und sogar der mürrische alte Axel fühlte sich veranlaßt, einen Mundwinkel zu einem Lächeln zu verziehen.

»Ja, du – Sandalenmacher«, sagte Talend. »Wir alle wissen, daß nur du es sein kannst. Du hast die Energie und die Hingabe, die die Ratsversammlung braucht. Es ist eine lange Reise und eine schwierige Aufgabe.« Seine Stimme wurde ernst. »Es werden genug Stimmen dasein, den weisen und ehrwürdigen Standpunkt zu vertreten. Es soll auch Jugend anwesend sein, da es immer die Jugend ist, die einen Krieg entscheidet.«

»Ja«, sagte Axel. »Deine Liebe zu Borgen ist allen bekannt und wird von keinem übertroffen. Du wirst uns nicht schlecht vertreten, denke ich.«

Tenniel blickte Axel voll erstaunter Dankbarkeit an. Axel schnaubte barsch, als wolle er einen Teil seines Lobes wieder zurücknehmen.

Später, am gleichen Tag, packte Tenniel eine kleine Reisetasche in seinem Zimmer hinter dem Laden und verließ dann Borgen. Nedden, sein Pferd, trug den schönsten Sattel, den Tenniel je gemacht hatte. Der Sandalenmacher war stolz. Er mußte den Bereich seiner Loyalität vergrößern – von der kleinen Stadt, in der er lebte, auf ganz Fandora. Es war eine erregende Vorstellung. Er wußte so gut wie nichts über die Simbalesen, doch wie konnte ihre Loyalität und Liebe zu ihren Städten sich am Einsatz der Fandoraner messen? Aber Krieg, dachte er, war nicht nur eine Frage von Loyalität und Begeisterung. Er wußte, daß sich die meisten Fandoraner Krieg sehr einfach vorstellten: Große Scharen von Männern, die aus verschiedenen Richtungen aufeinander losrannten, schwerterschwingend und pfeileschießend; nach wenigen Minuten war der Sieg errungen, und die Verlierer mußten verdrossen zusehen, wie sich die Sieger ihre Beute aussuchten, meist edle Seide, Juwelen und manchmal Prinzessinnen.

Das war natürlich durchaus in Ordnung, aber er fragte sich, ob es wirklich so einfach sein würde. Schließlich war es bekannt, daß die Sim allerlei Zauberei beherrschten – was eine schreckliche Waffe sein konnte. Irgend etwas müßte unternommen werden, um sie unwirksam zu machen. Tenniel überlegte, daß er bei einer Abstimmung für oder gegen Krieg nicht dafür stimmen konnte, falls es kein Mittel gegen die Zauberkunst der Sim gab. Er war sicher, daß er und seine Landsleute mit jeder *normalen* Armee, die gegen sie antrat, fertig werden konnten – das wäre mit Sicherheit ein großes Abenteuer. Während er nach Westen ritt, fielen ihm Bruchstücke eines alten Kriegsliedes ein, das er einst von einem Reisenden aus den südlichen Ländern gehört hatte, und er sang vor sich hin, was ihm davon noch in Erinnerung geblieben war, wobei er den Namen des Helden durch seinen eigenen ersetzte. Es klang gut.

Lagow war sowohl Stellmacher als auch Zimmermann in Jelrich, und als solcher hatte er ein gutes Einkommen. Viele der Häuser und Läden in der Stadt waren von ihm gebaut worden, sein eigenes eingeschlossen, ein hübsches zweistöckiges Haus mit Mansarden und Vorratskammern und einem Weinkeller, um den ihn viele beneideten. Seine Ehefrau, die er vor siebenundzwanzig Jahren geheiratet hatte, hieß Dina, und gelegentlich beglückwünschte er sich immer noch zu seiner Wahl; an gesundem Menschenverstand, fand er, war sie ihm durchaus gewachsen. Sie hatte ihm zwei Söhne und eine Tochter geboren. Einen der Söhne hatten sie während der Fieberepidemie vor Jahren verloren, aber dieses traurige Ereignis war vorübergegangen, und jetzt war sein zweiter Sohn bei ihm in der Lehre, um das Geschäft einmal zu übernehmen. Seiner Tochter wurde von mehreren vielversprechenden jungen Männern der Hof gemacht. Lagow aus Jelrich war zufrieden mit seinem Leben, es war geordnet und behaglich. Er war stolz auf sich selbst und auf seine Familie und stolz auf die fünfzehn Jahre, die er der Stadt als einer der Ältesten gedient hatte. Er war der Meinung, daß er sich das Recht auf ein friedliches Alter verdient hatte, und darum durchaus nicht begeistert, als man ihn für die Ratsversammlung wählte.

»Ein lächerliches Unterfangen«, murrte er, während er Dina beim Pakken seiner Taschen zuschaute. »Unruhe in das Leben eines alten Mannes zu bringen für solchen Unsinn. Ich werde ihnen meine Meinung sagen. Du wirst ja sehen.«

»Tu das nur«, sagte Dina munter. »So alt bist du doch gar nicht, Lagow. Achtundvierzig ist nicht alt.«

»Es ist auch nicht jung, keineswegs.«

»Betrachte es als Kompliment. Sie wissen deine Meinung zu schätzen.«

»Sollen sie doch herkommen, wenn sie sie so sehr schätzen. Warum muß ich meinen geplagten alten Körper den ganzen Weg bis zu den ›Treppen des Sommers‹ schleppen, nur um diesem reizbaren Dummkopf Jondalrun zu sagen, daß er Vernunft annehmen soll?«

»Nun hör sich das einer an! Als wäre der Mann ein seniler Alter, für den du die Verantwortung trägst!«

Lagow schnaubte. »Ich habe ihn auf der Ratsversammlung kennengelernt, bei der wir über die Überschwemmungen sprachen. Er war schon damals leicht erregbar, und es hört sich nicht so an, als habe er sich geändert. Alt und halsstarrig geworden, nehm' ich an.«

»Du nicht?« fragte sie, während sie ihm seine Taschen reichte und ihm eine Mütze über die Ohren zog. Dann sagte sie in leicht verändertem Tonfall: »Sei freundlich zu ihm, und hüte deine Zunge, Gemahl. Ich habe letzte Woche auf dem Markt von seinem Verlust gehört.«

Lagow seufzte. »Ich habe dich schon verstanden, Dina. Ich weiß, daß der Mann schwer getroffen ist. Aber mit seinem Kummer verursacht er noch mehr Leid, und es wird nur zu Unglück führen. Ich halte es für meine Pflicht, ihm das zu sagen.«

Sie seufzte. »Dann stell dich darauf ein, Beefsteak für deine Verletzungen zu besorgen – wenn das stimmt, was ich über Jondalrun gehört habe.«

Er ging die Treppe hinunter und trat vor die Tür, wo sein Sohn stand und die Pferde hielt, die vor Lagows beste Kutsche gespannt waren. Lagow warf seine Taschen auf die Rückbank, drückte seinem Sohn fest die Hand und drehte sich um, um Dina zu küssen – ein Kuß, der lange genug dauerte, um sie beide zu überraschen. Er sah seinen Sohn über das ganze Gesicht grinsen. »Was gibt's da zu lachen?« rief er in scheinbarem Zorn. »Hör mir lieber gut zu. Ich möchte, daß das Spinnrad für die Witwe Annese fertig und poliert ist, bis ich zurückkomme. Und leg dich nicht auf die faule Haut, wenn du damit fertig bist – such dir eine andere Arbeit, wenn du nächsten Winter nicht frieren willst!«

Sie lachten und winkten, und er lächelte und winkte zurück, während er die Zügel ergriff und sich die Straße hinunter auf die Reise begab. Sein Lächeln jedoch war etwas mühsam. Dieses Gerede von Krieg – es war eine ernste Sache, eine sehr ernste Sache. Er machte sich Sorgen. Nicht nur seinetwegen – wenn es auch bitter wäre, wenn ihm ein sorgenfreies Altern versagt bliebe, nachdem er so hart dafür gearbeitet hatte –, sondern auch um seinen Sohn. Krieg war soviel schlimmer für die jungen Menschen. Er hatte nie an einem Krieg teilgenommen, aber sein Großvater hatte ihm von den Schlachten im Süden erzählt, nach denen die Gründer von Fandora über die Berge gezogen waren, um die Steppe zu besiedeln. Lagow war froh, daß jener Krieg ihm erspart geblieben war. Er wünschte, daß seinem Sohn auch dieser erspart bliebe. Er hoffte, daß es nicht zum Krieg kommen würde.

Die steilen Klippen von Fandora erhoben sich sechzig bis neunzig Fuß aus dem Meer, und ihre Tiefe unter den Wellen war nie ausgelotet worden. Jener Teil des Ozeans war heimtückisch; Höhlen und Grotten unter der Oberfläche verursachten plötzliche Strömungen und Strudel, die manchmal die Fischerboote gegen die Klippen trieben. Doch war hier immer gefischt worden; die Gemeinde von Kap Bage lebte sogar davon. Denn nur hier, im tiefen Wasser, fanden sie den großen Telharnafisch, aus dessen Haut sich ein sehr widerstandsfähiges, doch feines Leder herstellen ließ und dessen Öl während der langen Winternächte viele Häuser mit Licht versorgte. Auch waren hier Schwärme von Puneys zu finden, den kleinen mild schmeckenden Fischen, die, mit Temnuß gewürzt, zu den Hauptnahrungsmitteln Fandoras gehörten.

Gefischt wurde mit großen Winden und Stöcken, an denen von den Klippen hinunter Netze ins Wasser gelassen wurden. Die Anordnung der Leinen und Netze war kompliziert, und das Ergebnis war ein aus Jitefaser hergestelltes Sieb, das widerstandsfähig genug war, den Strömungen standzuhalten, doch elastisch genug, um Fische hereinzulassen.

Tamark war seit seinem dreiundzwanzigsten Lebensjahr Kliffischer in Kap Bage. Sein Vater war auch Fischer gewesen, und sein Großvater hatte die Fischnetze erfunden. Tamark war von mächtiger Gestalt; er hatte einen kahlen Kopf, der glänzte, als sei er mit Telharnaöl eingerieben, und einen aggressiven Bartbüschel. Vor Jahren hatte er sich die Nase gebrochen, als ihm ein Hebel entglitten war, während die Netze eingezogen wurden. Seine großen Hände waren voller Narben von Brandwunden, die ihm durchgehende Seile beigebracht hatten, und voll schimmernder Schwielen vom Kurbeln der Winden. Er war auch sehr stark, denn es bedurfte der Kräfte eines Riesen, um die Netze voll glänzender, zappelnder Fische bis zu vierzigmal am Tag das Kliff heraufzuziehen.

Er stand jetzt in einem der Körbe – das waren mit Gitter versehene Böden aus Weide, die vom Kliff herunterhingen – und blickte hinunter auf die Leinen, die im nebelverhangenen Meer verschwanden.

Es war ein schlechter Fangtag gewesen. Dunst und Nebel schienen die Fische ebensosehr zu deprimieren wie die Fischer. Zwanzigmal waren die Netze hinuntergelassen worden, und sie hatten kaum drei Wagen mit Fisch gefüllt. Tamark starrte trübsinnig in den Nebel hinunter, in die feuchten Schwaden, die aussahen wie das Ende der Welt. Drei Wagenladungen Fisch würden ihm kaum genug Anteil für eine anständige Mahlzeit bringen. Das Leben eines Fischers war oft hart. An glücklosen Tagen wie heute wünschte Tamark manchmal, er wäre damals nicht zurückgekehrt nach Fandora, zu dem Beruf seines Vaters: Als er ein junger Mann war, hatte er die Welt sehen wollen und sich als Lehrling eines Kaufmanns verdingt. Die Karawane (sie bestand aus vier Pferden und ein paar mit Stoffen beladenen Wagen, aber für ihn war es eine Karawane gewesen, sogar eine sehr beeindruckende) war nach Bundura, einem der fernen Westlande, gereist. In den Wochen dort war Tamark ganz geblendet von den Wundern Dagemon-Kens, der Hauptstadt – den Wasserfontänen, Steinplatten und riesigen Gebäuden. Aber erst die Frauen dort! Er verliebte sich heftig in die rehäugige Tochter eines Viehbarons, mußte aber bald erfahren, daß seine Liebe nicht erwidert wurde; er diente ihr und ihren Freunden nur als bäurische Kuriosität zur Unterhaltung. Als Tamark das erkannte, war er nach Hause zurückgekehrt und hatte sich geschworen, seine Geburtsstadt nie wieder zu verlassen.

Er seufzte. Das lag viele Jahre zurück, und obwohl er dann und wann immer noch gebeten wurde, von den unglaublichen Dingen zu berichten, die ihm auf seinen Reisen begegnet waren, erweckten die Erinnerungen nur noch selten das gleiche erregende, abenteuerliche Gefühl in ihm wie einst. Er war jetzt ein Fischer in Fandora – nicht mehr und nicht weniger –, und das würde er bleiben, bis er starb. Es traf zu, daß er auch einer der Ältesten von Kap Bage war, aber obwohl er seinen Pflichten gewissenhaft nachkam, fand er es manchmal schwer, sie ernst zu nehmen. Zu entscheiden, welches Huhn in wessen Stall gehörte oder wem die Äpfel zustanden, die an der anderen Seite des Zauns herunterfielen, waren kaum Probleme, die eine Kenntnis ferner Gegenden und Städte erforderten. Tamark seufzte noch einmal. Er wünschte, er hätte die Gelegenheit, etwas Nützliches zu tun, für sich selbst wie auch für seine Stadt, wie sein Großvater es getan hatte, als er die Netze erfand.

Es war an der Zeit, den Fang einzuholen, darum verließ Tamark den Korb und nahm seinen Platz an einer der Winden ein. Etwa zwanzig andere Fischer taten es ihm gleich. Tamark beobachtete sie, wartete, bis alle an ihrem Posten standen, die abgenutzten hölzernen Kurbeln fest in der Hand. »Betet, daß es diesmal ein guter Fang ist!« rief er, wurde aber nur mit ein paar mutlosen Blicken bedacht. Wenigstens war er nicht der einzige unzufriedene Fandoraner. »Also kurbelt!« brüllte er, und im Gleichklang zogen sie die Kurbeln auf sich zu.

Ihre Anstrengungen hätten auf einen ziemlich starken Widerstand stoßen sollen, ein Gewicht, dessen sie langsam, aber sicher Herr wurden. Auch ein großer Fang bedeutete für zwanzig Fischer keine völlig erschöpfende Anstrengung. Darum war Tamark überrascht, als die Kurbel nach etwa einer halben Umdrehung stehenblieb, als sei er mit den Knöcheln an eine unsichtbare, unüberwindliche Mauer geraten. Er schaute zu seinen Kameraden – sie sahen genauso verdutzt aus wie er. Es mußte ein Fang von noch nie dagewesener Schwere sein.

»Noch einmal . . . kurbelt!« brüllte Tamark, und wieder zogen sie. Die Leinen gaben einen halben Meter nach, dann begannen die dicken Holzstangen, die gefurcht waren, um die Leinen zu führen, bedenklich zu ächzen. Was sie auch gefangen haben mochten: es war schwer genug, die Winde herauszufordern. Wenn sie nicht aufpaßten, konnte es die ganze Konstruktion ins Meer reißen.

Tamark sah sich die Leinen an. Sie zeigten nicht das vertraute Hin- und Herschlagen, das sonst einen ungewöhnlich großen Fang begleitete. Aber sie schwirrten fast vor Anspannung. Er hatte sie noch nie unter einer solchen Belastung gesehen, selbst nicht, wenn sich gelegentlich Wracks in den Netzen verfangen hatten. Er hoffte, daß die Leinen dem Gewicht standhalten würden. Kein Taucher konnte in die Strömungen dort unten geschickt werden, um sie zu entwirren, und etwa das wertvolle Jitegewebe, aus dem die Netze bestanden, abzuschneiden war unvorstellbar. Sie würden Monate brauchen, um sie zu ersetzen.

»Zieht!« brüllte Tamark wieder. »Zieht mit aller Kraft! Dreht die Kurbeln und zieht!«

Sie stemmten sich mit dem Rücken hinein; an ihren Schultern und Seiten traten die Muskeln hervor. Tamark merkte, wie er ins Schwitzen geriet, während die klamme Luft sich kalt auf seine Haut legte. Der graue Himmel schien von oben herunterzukommen, und der Nebel stieg; Dunstschwaden krochen über die Klippen. Tamark lauschte dem gedämpften Tosen der Brecher tief unten, als könnte es einen Hinweis auf ihre unbekannte Fracht geben. Das Ächzen der Winden drang durch die Luft, unterbrochen von dem Keuchen der Männer.

Inzwischen umgab sie grauer Nebel gespenstisch von allen Seiten. Tamark hatte plötzlich das eindringliche Gefühl, daß das, was sich im Netz befand, was es auch sein mochte, nicht für Menschenaugen bestimmt war. Dieses bleierne Gewicht war unheilvoll in seinem Widerstand, seinem Widerstreben, jene lichtlosen Tiefen zu verlassen, aus denen es heraufgezerrt wurde. Er mußte tief atmen, damit diese plötzliche Angst ihn nicht überwältigte. Aber er gab nicht den Befehl, die Leinen zu kappen, weil man die Netze schließlich nicht kindischen Ängsten opfern durfte. Er biß die Zähne zusammen, schüttelte den Kopf und drehte weiter.

Sie merkten jetzt, daß die Netze an die Oberfläche kamen, da das Kurbeln etwas leichter wurde. Doch es konnte niemand an den Rand des Kliffs treten, um nach der Beute zu sehen – alle Mann wurden an den Rädern gebraucht. Langsam ächzten die Leinen durch die Furchen.

»Fast geschafft«, keuchte Tamark plötzlich. Das eine ermutigende Wort wurde von den anderen aufgegriffen: »Fast! Fast geschafft!« An der Länge der um die Trommeln gewickelten Leinen konnte er sehen, daß die Netze gleich auftauchen würden. Er sehnte sich danach, es hinter sich zu haben, seinen Muskeln eine Ruhepause zu gönnen. Doch im Innersten fürchtete er sich davor.

Die Netze kamen über das Kliff.

Einen Augenblick lang verbarg der Nebel sie, dann zerteilte ihn eine Brise vom Meer. Die Fischer hörten auf zu kurbeln. Sie starrten auf das, was dort hing, in die Netze verwickelt und von Nebelfetzen umhüllt.

Es war das weiße, sauber abgenagte Skelett eines Wesens aus dem Meer, wie Tamark es noch nie gesehen hatte. Es war gigantisch, über fünfzig Fuß lang, der Kopf größer als ein ganzes Pferd. Eine lange, gewundene Wirbelsäule deutete auf einen gekrümmten Hals hin, während der Rumpf, nach der Länge der Rippen zu urteilen, etwa zehn Fuß dick gewesen sein mußte. Kein Fitzelchen Fleisch hing mehr an den Knochen – die Aasfresser der Meere hatten dafür gesorgt. Und doch hing das Skelett noch zusammen, gehalten von den Bändern und Sehnen, die hart wie Taue schienen. Am Schädel fehlte der Unterkiefer, aber die mächtigen gebogenen Zähne des Oberkiefers zeigten, daß es sich um ein Raubtier handelte. Zwei der Zähne waren länger und dicker als Tamarks Arm. Aus den schwarzen Augenhöhlen tropfte Wasser – eine beunruhigende Andeutung von Tränen.

Niemand bewegte sich. Niemand sprach. Außer dem Ächzen der Leinen war kein Geräusch zu hören. Dann erklang von hinten das unheimliche Jammern von Luft, die durch die Spalten im Kliff drang. An der anderen Seite entfuhr einem der Männer ein Schrei.

Als habe das Geräusch sie zerschnitten, riß eine der Leinen, die den riesigen Schwanz hielten. Mehr als dieser plötzlichen Gewichtsverlagerung bedurfte es nicht: eine Leine nach der anderen zerriß, mit Geräuschen, als brächen Knochen. Die Männer hatten kaum genug Zeit, sich auf die plötzliche Gewichtsentlastung einzustellen. Die dicken Stangen schnellten auf und nieder wie Reitgerten, und als die letzte Leine riß, schien der glänzende Schädel Tamark auf seltsame, schreckliche Weise verständnisvoll zuzunicken. Dann stürzte das Skelett zusammen mit den zerfetzten Netzen in die Tiefe. Mehrere Fischer liefen an den Rand des Kliffs, um zu sehen, wie es im watteartigen Nebel verschwand, und um das Aufklatschen zu hören, schwach und gedämpft. Tamark rührte sich nicht – er hatte noch im Geist den augenlosen Blick des Ungeheuers vor sich, das ihn ausgewählt zu haben schien.

Die Männer waren wie betäubt, sowohl wegen ihres Verlustes als auch wegen des Wesens, das den Verlust verursacht hatte. Allmählich durchdrangen einzelne Stimmen Tamarks Betroffenheit.

»Was war das nur?«

»Noch nie was Ähnliches gesehen.«

Die hohe, zitternde Stimme vom alten Kenan, dem Netzeflicker, übertönte die Betrachtungen. »Ich sag' euch, was ihr da eingefangen habt«, sagte er. »Das waren die Überreste eines Seewurms, einer Ozeanschlange – alter Schiffzerquetscher nannten wir sie. Sie konnten ein Fischerboot umschlingen und zu Kleinholz zerdrücken. Ich hab' nur einmal einen gesehen, aus der Ferne, wie er sich durch das Wasser wand, rein und raus, wie ein Stopffaden durch eine Jacke. Das war vor vierzig Jahren, aber ich vergess' es nie.«

Die Diskussion wurde wieder lauter; schon jetzt wurde die Geschichte immer weiter ausgeschmückt. Tamark drehte sich um und ging mit schwerfälligen Schritten davon. Heute war nicht mehr an Fischen zu denken und auch an vielen kommenden Tagen nicht, bis Netze und Leinen wieder in Ordnung waren. Die Männer gingen zurück in ihre engen Unterkünfte oder in die Schenken von Kap Bage.

Tamark atmete schwer, wie um die dunkle Luft zu vertreiben, von der er sich umgeben fühlte. Er war unzufrieden gewesen mit seinem Schicksal, obwohl es ihm besser ging als den meisten in Fandora. Nun gut, dachte er wehmütig, vielleicht würde es ihm jetzt aus der Hand genommen. Etwas hing drohend über seiner Zukunft, dessen war er sich sicher. Er war nicht begierig zu erfahren, was es war.

Als er seine Wohnung hinter der Bäckerei betrat, fand er eine kurze Mitteilung vor, die ihn zu einem Treffen der Ältesten in Tamberly einberief. Tamark las sie ruhig durch. Er hatte sich eine Gelegenheit gewünscht, etwas für seinen Heimatort zu tun, einen Beitrag zu leisten ähnlich dem seines Großvaters vor vielen Jahren. Vielleicht ist dies jetzt die Chance, dachte er. Er hatte ein Gefühl für das Dramatische, und die Ankunft des Briefes und die schreckliche Erfahrung auf den Klippen an ein und demselben Tag hatten mit Sicherheit eine besondere Bedeutung.

Er setzte sich auf sein Bett und legte Pergament auf den Hocker vor sich. Er hatte vor Jahren während seiner Reisen die hochgeschätzte Fähigkeit zu schreiben erworben, und jetzt notierte er mühsam Anweisungen, die seine Männer während seiner Abwesenheit befolgen sollten. Dann erhob er sich, nahm zwei oder drei kleine Münzen örtlicher Währung von seinem Hocker und zog an einer kleinen Glocke am Fenster, um einen Boten an seine Tür zu rufen.

Aber nachdem der Junge die Mitteilung abgeholt hatte, fand Tamark es immer noch schwer, das Gefühl einer inneren Unruhe zu verbannen. Trotz all seiner Träume sah er der Versammlung nur ungern entgegen.

5

In ganz Tamberly schwirrten die Stimmen durcheinander, und auf dem Marktplatz herrschte eine Aufregung wie schon lange nicht mehr. Die Menschen in der Stadt waren inzwischen so angespannt, daß sie von Zeit zu Zeit die Köpfe nach oben reckten, als kreise womöglich schon ein simbalesisches Windschiff über der Stadt.

»Ich habe gehört, daß die Sim wahre Teufel sind«, sagte die Edle Sarness zu ihrer Schwester. »Sie sollen im Nu jede beliebige Form oder Gestalt annehmen können, sich etwa in Bienen oder Spinnen verwandeln, um in dein Haus zu schleichen und dich im Bett zu erdrosseln!« Sie führte es so anschaulich vor, daß ihre Schwester vor Angst weinerlich aufschrie und nach Hause lief, wo sie dann einen Nachmittag lang ihr Haus energisch von allen Insekten befreite.

»O ja, Zauberei«, sagte der Barbier bedeutungsvoll zum Fleischer. »Sie brauchen nur eine Haarlocke von dir oder einen Schnipsel von einem Fingernagel, und sie bringen dich dazu, Dinge zu tun, die du dir in deinen schlimmsten Träumen nicht vorstellen kannst!«

»Wenn sie mir zu nahe kommen, werde ich ihnen nicht nur eine Haarlocke absäbeln«, versprach der Fleischer und fuhr mit seinem schwieligen Daumen prüfend über sein Hackmesser.

»Glaub den Geschichten nicht, die du hörst«, meinte Agron beruhigend zu seiner Frau. »Die Simbalesen sind auch nur Menschen wie wir, und die Vorstellung, es könnte Krieg geben, macht ihnen sicher genauso Angst.«

»Es sind ja nicht diejenigen, die Angst haben, um die ich mir Sorgen mache«, sagte seine Frau. »Das sind die Vernünftigen. Aber diejenigen, die Krieg wollen – vor denen habe ich Furcht.«

Auf den Alleen und Straßen spielten kleine Kinder Krieg. Sie kämpften mit Schwertern aus Distelstengeln und verwandelten mit kindlicher Zauberei Wagen und Körbe in Windschiffe.

Es war eine Woche vergangen, seitdem Jondalrun die Ältesten aus den benachbarten Städten zusammengerufen hatte. Da der Aufruf von Tamberly ausging, hatte die Stadt auch die Rolle des Gastgebers, und so rüstete man sich an einem ungewöhnlich frischen und klaren Frühlingsabend, zwanzig Älteste aus Fandora zu begrüßen.

Die Spannung der vergangenen Woche schien durch den festlichen Anlaß gemildert. Die ganze Stadt gemeinsam hatte ein Festessen wie für gekrönte Häupter auf dem Marktplatz vorbereitet. Von den Fenstern der höheren Gebäude hingen Fahnen herunter, Kinder sahen aufgeregt zu, wie Laternen über den Straßen angebracht wurden, und junge Leute boten Pantomimen und Tänze dar.

Die angereisten Ältesten waren beeindruckt. Lagow aus Jelrich aß mit Genuß das erste Stück Seezunge seit Jahren. Während er die zarten weißen Gräten abnagte, erfuhr er von einem anderen Ältesten, daß der Fisch ein Geschenk von Kap Bage an Tamberly war. Lagow hörte das gern. Tamark aus Kap Bage war ein großzügiger und erfahrener Ältester, und die Geste war seiner Stellung angemessen. Als Lagow den Fischer unter einer leuchtendroten Fahne entdeckte, eilte er hinüber, um ihm zu danken.

Es dauerte nicht lange, bis er mit Erstaunen die Veränderung bemerkte, die seit ihrer letzten Begegnung mit Tamark vor sich gegangen war. Der Fischer war kurz angebunden und trübsinnig und bedachte das ausgelassene Treiben mit zynischen Bemerkungen. Zuerst hielt Lagow das für die Wirkung des Weins, aber als dann Jondalruns Name erwähnt wurde, machte sich Tamarks Verstand wieder bemerkbar.

»Ich finde, Tod sollte nicht gleichbedeutend mit Gerechtigkeit sein. Gibt es irgendeinen Grund für uns, Lagow, unsere jungen Leute in den Kampf gegen Zauberer zu schicken? Wenn Jondalrun denkt, die Sim seien für unsere Tragödien verantwortlich – warum schickt er dann nicht einen Kurier nach Simbala, wie es unser Brauch mit dem Südland ist?«

Lagow nickte. »Ich verstehe dich, Tamark, aber Simbala ist nicht das Südland. Kein Fandoraner hat Simbala je betreten, und es scheint offensichtlich, daß die Sim die Schuld tragen. Jondalrun ist der Meinung, ein Kurier würde den Überraschungseffekt verderben.«

»Überraschungseffekt? Wenn wir nicht einmal wissen, wie sie in Wirklichkeit sind?« Tamark hob seinen Bierkrug und zog den Schaum am Rand mit dem Finger nach. »Überraschung allein ist ohne jeden Wert. Ein winziger Himmelsfisch kann einen Telharna überraschen, aber der Telharna wird ihn trotzdem fressen. Überraschung ohne Wissen bedeutet« –

der Fischer hob mit der Fingerspitze eine Schaumkugel und blies sie zu Lagow – »nasse Luft.«

Der jüngste Älteste, Tenniel aus Borgen, war gerade mit seiner zweiten Putenkeule beschäftigt, als sich eine schwere Hand auf seine linke Schulter legte. Er blickte auf und sah überrascht Jondalruns Gesicht. Er wischte sich schnell die fettige Hand ab und streckte sie dem Ältesten entgegen. »Eine Ehre, Euch kennenzulernen!« sagte er. »Seid Ihr es nicht, der gegen ein simbalesisches Windschiff gekämpft hat, um zu versuchen, Euren Sohn zu retten?«

Jondalrun starrte ihn an, dann schnaubte er verächtlich. »So«, sagte er schroff, »so werden also Legenden geboren.« Er musterte den verwirrten Tenniel. »Du bist sehr jung für die Schärpe eines Ältesten.«

»Ich bin achtundzwanzig«, verteidigte Tenniel sich.

Jondalrun schüttelte den mächtigen grauen Kopf. »Erstaunlich. Ich würde gern einmal deine Heimatstadt besuchen. Zweifellos stehen Babys in den Schmieden und Bauern in Windeln hinter dem Pflug.« Bevor Tenniel protestieren konnte, fuhr er fort: »Was deine Frage betrifft: Laß dir die Geschichte erzählen, wie sie sich wirklich zugetragen hat.« Dann erklärte er in wenigen Worten, was geschehen war. Als er zum Ende kam, zitterte seine Stimme vor Erregung.

Er tat Tenniel leid. Tenniel wunderte sich auch, daß der boshafte Amsel immer noch in seinem Baumhaus wohnte. »Warum sind die Leute nicht mit Fackeln und Stöcken zu ihm gegangen und haben ihn vor Gericht gebracht?« fragte er. »Ich finde, wir sollten uns sofort auf den Weg machen und . . .«

»Diese Dinge werden nach den Gesetzen Fandoras entschieden!« sagte Jondalrun scharf. Dann spürte er, wie unaufrichtig dies war, und fügte hinzu: »Ich habe es schon selbst versucht, aber zu dem Zeitpunkt war ich wahnsinnig vor Kummer. Wir sind keine gewissenlosen Gesetzesbrecher wie die Sim. Wir werden die Dinge ordnungsgemäß erledigen!«

»Wie Ihr meint«, stimmte Tenniel zu, aber insgeheim wünschte er sich, diesen Amsel einmal zu treffen.

Amsel hatte beschlossen, den Spindeliner Wald an diesem Abend zu verlassen und sich eine Zeitlang in die große, trockene Höhle zurückzuziehen, die er als Rastort für längere Unternehmungen eingerichtet hatte. Die Geschichte von Johans Tod würde sich sicher verzerrt herumsprechen, und vielleicht plante man sogar, gegen Amsel vorzugehen. Er mußte jetzt über alles nachdenken.

Daß Johan tot sein sollte, schien immer noch unfaßbar. Amsel dachte an ihre erste Begegnung, in der Nähe des Waldrandes, am Ufer des kleines Baches, der an seinem Haus vorbeilief. Johan hatte mit einer Schildkröte gespielt und sie auf den Rücken gedreht.

»Willst du das alte Schnappmaul essen?« fragte Amsel Johan damals, und Johan, durch das Auftauchen des Einsiedlers überrascht und erschreckt, schüttelte nur den Kopf. »Dann solltest du aber wissen«, fügte Amsel freundlich hinzu, »daß das Tier an der Sonne austrocknet und stirbt, wenn du es lange so liegen läßt. Für Nahrung zu töten ist entschuldbar, zum Spaß zu töten nicht.«

Sehr zur Überraschung des Erfinders erwiderte Johan: »Das leuchtet mir ein«, und ließ die Schildkröte ins Wasser zurück. Dies war der Anfang einer Freundschaft. Amsel bemerkte, daß Johan ein aufgeweckter Bursche war, wissensdurstig und jederzeit zum Lachen bereit. Als er ihn besser kennenlernte, hielt er sich mit seinen Ratschlägen öfter zurück, denn Johan gehörte zu den seltenen Menschen, die beachten, was andere sagen, und manchmal sogar Ratschläge annehmen. Da wußte Amsel, daß er vorsichtig sein mußte.

Offensichtlich war er nicht vorsichtig genug gewesen. Seine Schuld war überwältigend, weil er bei Johan ein Interesse für Dinge erregt hatte, die über das tägliche Einerlei im Leben eines Bauern hinausgingen, ohne die Verantwortung für mögliche Folgen zu übernehmen. Vielleicht war es nicht richtig gewesen, den Horizont des Jungen zu erweitern – er wußte es nicht. Andere Menschen hatten ihn immer durcheinandergebracht und verwirrt; er hatte nie gewußt, was er zu ihnen sagen sollte. Jetzt war das Kind, das ihm vertraut hatte, tot.

Amsel packte eine kleine Tasche und machte sich auf den Weg zur Höhle. Er überquerte die Mesa und kletterte hinauf in die Toldenarhügel. Irgendwann mußte er eine Pause einlegen, um wieder zu Atem zu kommen und sich auszuruhen. Zwischen diesen Rissen und Spalten Bergziege zu spielen war nicht mehr so einfach wie früher. Er hätte ja nichts dagegen, älter zu werden, dachte er ein wenig kläglich, wenn er dabei auch wenigstens etwas klüger würde.

Er war im Begriff, weiterzuklettern, als er ganz nahe einen Hauch flüsternder Stimmen vernahm und dann das Poltern von Steinen. Er spürte, wie ihm plötzlich kalt wurde. Was war jetzt besser – den Leuten gegenüberzutreten, wer es auch sein mochte, oder fortzulaufen und sich auf seine sichere Ortskenntnis zu verlassen? Die Entscheidung wurde ihm abgenommen. Hinter einem Felsblock ertönte ein plötzliches Scharren von Schritten, und Amsel sprang mit klopfendem Herzen auf, um seinen Angreifern gegenüberzutreten.

Drei kleine Kinder standen neben dem Felsen und starrten ihn an. Er erkannte sie; es waren die Freunde Johans, die er einmal kennengelernt hatte. Sie waren auf Johans Aufforderung bis zum verrückten Einsiedler mitgekommen, anfänglich vor Angst zitternd. Die hatten sie bald vergessen; Amsel hatte ihnen Zuckerwerk und Apfelmost angeboten und ihnen seine Erfindungen gezeigt, und sie hatten versprochen, wiederzukommen. Das hatten sie nie getan, zu seiner Erleichterung. Seine Experimente und Forschungsarbeiten wären zu einem raschen Ende gekommen, wenn er den ganze Tag Gastgeber spielte.

Er nickte ihnen zu, an ihre Namen erinnerte er sich nicht mehr.

»Was führt euch hierher?« fragte er.

»Wir haben Berühr-den-Stein auf dem Hügel da gespielt«, sagte das größte der Kinder, ein stämmiger braunhaariger Junge. »Wir haben Euch gesehen.« Er sprach furchtsam, mit weitgeöffneten Augen und, dachte Amsel, einer Spur von Kummer im Gesicht: Kein Zuckerwerk und Apfelmost wird sie veranlassen, mich jetzt noch zu mögen.

»Mach schon, frag ihn«, sagte eines der beiden anderen Kinder, ein kleines Mädchen mit greller Stimme. »Du hast gesagt, du tust es.«

Der stämmige Junge blickte weg und schüttelte den Kopf.

»Was wolltet ihr mich fragen?« erkundigte sich Amsel freundlich. »Ist es wegen Johan?«

Das Kind blickte ihm immer noch nicht in die Augen.

»Es war nicht meine Absicht. Es war ein Unfall.«

»Aber es ist passiert«, sagte das Mädchen. »Und jetzt ist Johan tot. Was tut Ihr jetzt?«

»Ich weiß es nicht«, sagte Amsel einfach. »Ehrlich, ich weiß es nicht.« Er hielt inne. »Ich denke, ich sollte . . . mit ein paar Leuten sprechen.«

»Mit was für Leuten?« fragte das Mädchen.

»Ich weiß es noch nicht genau. Aber ich habe das Gefühl, einer der Hauptgründe, warum dies geschehen konnte, war, daß einige Leute – ich selbst, Johan, Jondalrun – nicht genug miteinander gesprochen haben.«

»Geht Ihr zur Versammlung?« fragte das dritte Kind plötzlich. Es war ein schmaler Junge mit einem leicht deformierten Arm, der nutzlos an seiner Seite hinunterhing.

»Was für eine Versammlung?« fragte Amsel. Das Treffen der Ältesten hatte doch längst stattgefunden.

»Bei den ›Treppen‹«, sagte das Mädchen. »Alle gehen hin. Es ist eine große Versammlung, die größte, die es jemals gab.«

Amsel zwinkerte erstaunt mit den Augen. Eine Ratsversammlung war einberufen worden! Er konnte sich an eine andere erinnern, wegen der Überschwemmungsopfer, vor Jahren. Nach seinen Schriftrollen über die Entwicklung Fandoras hatte es in der Geschichte des Landes nur fünf Ratsversammlungen gegeben.

Es konnte nicht allein um ihn gehen. Was aber war der Grund? Vielleicht hatte es überhaupt nichts mit ihm zu tun. Aber Amsel bezweifelte das; er erinnerte sich deutlich an Jondalruns Drohungen und Beschuldigungen und an seinen abschließenden Racheschwur.

Amsel hatte plötzlich einen schrecklichen Verdacht.

»Wann soll die Versammlung sein?« hörte er sich fragen. Seine Stimme klang wie aus weiter Ferne, und aus der Ferne kam die Antwort des Mädchens: »In drei Tagen, bei Sonnenaufgang. Werdet Ihr kommen?«

Amsel zwinkerte mit den Augen und warf den Kopf zurück, wie um ihn klarzubekommen. »Nun«, sagte er, »ich glaube nicht, daß ich willkommen wäre.« Dann fühlte er einen Windstoß über die Hügel fegen. »Es wird kühl, Kinder. Ihr geht jetzt besser nach Hause.«

Die drei Kinder drehten sich um und liefen über die flechtenbedeckten Felsen fort in Richtung Tamberly. Amsel blickte ihnen nach. Dann schaute er zu den Hügeln, wo die »Treppen des Sommers« warteten. »Nein, ich bin keineswegs willkommen«, murmelte er. »Aber ich denke, ich muß hingehen.«

Es war dunkel, viel zu dunkel für den Morgen, aber eine Wolkenbank vor der Sonne kündigte ein Unwetter an. Der Wegwächter saß mit dem Rükken zur Tür der Graywood-Schenke. Es war früh, viel zu früh, um schon zu trinken, aber mit seinem guten Auge sah er zu, wie der Roséwein in seinem Glas zur Neige ging.

Es war zu dunkel für den Morgen, es war zu früh, um zu trinken, er war zu intelligent, um ein Wegwächter zu sein, doch alle drei Dinge trafen zu. Durch das Fenster der Taverne sah er, wie die Fandoraner zu viert oder fünft vorbeimarschierten. Es war Zeit für die Ratsversammlung, und die Bewohner von Tamberly befanden sich auf dem Weg zu dem Ereignis. Viele hatten Decken und Lederumhänge dabei, um sich gegen den Regen zu schützen. Sie würden zweifellos auf den sich windenden Treppen des Hochspitzpasses lagern, um die Entscheidung der Ältesten abzuwarten.

Der Wegwächter lächelte. Die Fandoraner waren gute Menschen mit einem Gefühl für Gerechtigkeit. Er kam aus dem Südland und war das Opfer von weniger anständigen Verhaltensweisen. Er war nach Fandora geflüchtet, nachdem sein Handelsunternehmen und sein linkes Auge einer Bande von Dieben zum Opfer gefallen waren. Nicht in der Lage, seine Schulden zu bezahlen, war er nach Norden gereist, bis er in Fandora eine Stelle als Wegwächter fand. Es war eine angemessene Tätigkeit für einen Außenseiter. Seine Aufgabe war es, durchgebrannte junge Burschen und Frauen aufzuspüren, die das harte Leben in Fandora satt hatten, oder kleine Diebe, die hin und wieder die Bauern und Kaufleute Fandoras belästigten. Obwohl der Wegwächter einer der wenigen Ausländer war, die im Land wohnten, war er beliebt und geachtet. Seine Erfahrungen im Südland waren bei seiner neuen Tätigkeit von hohem Wert, und seine Größe und breiten Schultern machten die Werbung neuer Kunden leichter, als er erwartet hatte. Er blieb für sich, sparte seine Einnahmen und erkundete in seiner Freizeit die Landschaft.

Es gab etwa dreißig Orte in Fandora, das sich über ein Gebiet innerhalb der natürlichen Grenzen von etwa fünfzig Meilen Küste im Norden und Osten erstreckte. Der Wegwächter hatte etwa die Hälfte der Orte gesehen und viele Übereinstimmungen festgestellt. Doch mit Ausnahme der Ratsversammlung waren alle verhältnismäßig autonom, mit einer Verwaltung, die sich im allgemeinen auf die örtlichen Verhältnisse beschränkte. Abseits gelegene Bauernhöfe und Siedlungen erkannten die Gesetze der nächsten Stadt an. Streitfragen zwischen aneinandergrenzenden Gebieten wurden gewöhnlich von Ältesten geregelt. Es war ein einfaches System, verglichen mit dem komplizierten Regierungssystem des Südlands, einfach – aber ausreichend.

Der Wegwächter erhob sich und wandte sich zur Tür der Schenke. Jondalruns Redekunst hatte Tamberly in Aufruhr gestürzt, und jeder Unglücksfall und jede Verletzung der vergangenen Monate wurden jetzt den Sim angelastet. Der Wegwächter wußte einiges über die Simbalesen, und es war ihm klar, daß die Leute hier weder den Windschiffen noch der militärischen Strategie der Sim gewachsen waren. Aber die Fandoraner hatten ihm eine Heimat gegeben, und wenn sie beschlossen, einen Krieg anzufangen, würde er helfen, so gut er konnte. Im Grunde seines Herzens aber hoffte er, daß die kühleren Köpfe sich durchsetzen würden.

Amsel war auf dem Weg zu den »Treppen des Sommers«. Er nahm eine gefährliche Abkürzung. Er sprang von Felsrand zu Granitgipfel, über Abgründe, die sicher mindestens siebenhundert Fuß tief waren. Er bewegte sich behende an Simsen entlang, die kaum sechs Zoll breit waren. Obwohl er nicht mehr so schnell wie früher war, kam er doch gut voran. Ein Gewitterregen zog herauf, und er wollte nicht von ihm überrascht werden. Außerdem lag ihm daran, den Ort vor den Ältesten zu erreichen, damit er sich einen Platz aussuchen konnte, wo er sie hören, aber nicht gesehen werden konnte. Er machte sich Sorgen, denn es war drei Tage her, seit er von der Versammlung erfahren hatte, und seitdem hatte sich in Tamberly bestimmt viel ereignet, was er aus der Ferne nicht erkennen konnte. Er sprang von einem Vorsprung und landete auf dem dünnen Rand eines Kamins, der die den »Treppen« parallele Kliffwand spaltete.

Er stieg den Kamin hinunter, Rücken gegen die eine Wand, Füße gegen die andere, und kam schließlich zu einer natürlichen Nische mit einem steinernen Balkon, von dem aus ein Teil des Amphitheaters zu überblikken war. Amsel ließ sich dort nieder, sein Notizbuch und den Federkiel in der Hand, und wartete.

Viele der Stadtleute waren den Ältesten zu den »Treppen des Sommers« gefolgt, doch es war nur den Ältesten gestattet, die Treppen zu dem auf natürliche Weise entstandenen Amphitheater hinaufzusteigen, wo die Abstimmung stattfinden sollte. Jondalrun kam als letzter. Bevor er mit dem Aufstieg begann, wandte er sich den Männern und Frauen am Fuß der Treppen zu. »Bleibt hier unten«, ermahnte er sie. »Ihr werdet das Ergebnis unserer Sitzung früh genug erfahren.«

»Was könnte es schaden, wenn wir zuhören?« fragte ein hochgewachsener Mann. »Wir würden die Versammlung nicht stören.«

»Es geht nicht«, sagte Jondalrun entschieden. »Wir müssen uns an das Gesetz halten.« Damit wandte er sich um und begann, langsam die Stufen hinaufzusteigen, um sich den anderen Ältesten anzuschließen.

Es waren keine Aristokraten, diese Ältesten von Fandora. Einige von ihnen umklammerten immer noch die Sicheln und Hacken, die sie benutzt hatten, um die Felsen hinaufzuklettern. Die meisten trugen die einfache Kleidung eines Bauern. Doch ihre Haltung war die von Männern, die wußten, daß ihre Stimme sich auf das Leben ihrer Landsleute auswirken würde.

Gemäß den Satzungen hatten die Ältesten schon vorher aus ihren Reihen einen Vorsitzenden für die Ratsversammlung gewählt. Die Wahl war auf Pennel gefallen. Er stand auf einem niedrigen Steinsockel im Zentrum des Amphitheaters und blickte auf die von Fackeln beleuchtete Versammlung. Er sah angespannte Gesichter, verbitterte Gesichter, Pennel rief den Namen des Ältesten auf, der die Versammlung beantragt hatte.

»Das Wort hat Jondalrun, Ältester in Tamberly.«

Johans Vater stand vor der Versammlung und hob voller Leidenschaft und Zorn seine Stimme: »Es hat Morde gegeben! Wir leben in einem Belagerungszustand, fürchten um das Leben unserer Kinder und unser eigenes. Wir suchen den Himmel ab nach den heimtückischen Windschiffen, und wir trauen uns nachts nicht mehr auf die Straße. Wir haben hart gekämpft, um dieses Land aufzubauen, und wir haben viel ertragen, um hierzubleiben, zuviel, um uns jetzt von jenen bedrohen zu lassen. Dies ist entweder der Beginn eines Großangriffs von Wahnsinnigen oder der zufällige Blutdurst von Zauberern. Ich verlange Gerechtigkeit! Ich verlange Krieg!«

Jondalrun kehrte zu seinem Platz zurück. Einige Augenblicke war es still. Keiner wagte in Frage zu stellen, daß die für Johans Tod Verantwortlichen ihre gerechte Strafe verdienten. Aber es gab Fragen, Bedenken, die nicht unausgesprochen bleiben konnten. Pennel erteilte einem Ältesten aus Gordain das Wort, der über den Absturz des simbalesischen Windschiffs berichtete. Dann betrat Lagow, der Stellmacher, den Sockel. Tamarks Worte beim Festessen und seine eigenen Einwände veranlaßten ihn, seine abweichende Meinung darzulegen. »Warum sollten die Simbalesen überhaupt daran interessiert sein, uns anzugreifen?« fragte er die Versammlung. »Wenn sie ein so leichtes, angenehmes Leben führen, warum sollten sie dann unser Land wollen?« Lagow sprach aufrichtig und eindringlich. Er wollte Jondalruns Bürde nicht noch schwerer machen, aber noch weniger verspürte er den Wunsch, sein Land in einen Krieg zu schicken.

»Sie beneiden uns um unsere Unabhängigkeit, unsere blühende Landwirtschaft und Fischerei!« schrie Jondalrun. »Wir haben erfahren, daß sie gezwungen sind, Lebensmittel aus dem Südland einzuführen.«

»Ich könnte mir vorstellen«, sagte Lagow, »daß Zauberer keine Schwierigkeiten haben, sich mit Lebensmitteln zu versorgen.«

»Aber wo!« rief Tenniel aus Borgen. »Sie kennen das Land nicht – sie verstehen kaum etwas von Landwirtschaft.«

»Ja!« sagte jemand anders. »Sie können nie genug bekommen. Sie beneiden uns um unsere reichen Ernten und um unsere gesunden Kinder. Jedermann weiß, daß Zauberer Opfer brauchen, an denen sie ihr übles Handwerk üben können!«

Als der Protest abflaute, kehrte Lagow an seinen Platz zurück. Eine Invasion Simbalas schien viel Unterstützung zu finden. Die Hartnäckigkeit war erschreckend, aber er hielt es für angebracht, jetzt zu schweigen. Sonst würden sie sich nur noch mehr erregen. Er beschloß, sich wenigstens für eine Mäßigung aller Aktionen einzusetzen, die die Ältesten vorschlugen, und auf jeden Fall gegen eine Invasion zu stimmen.

Tamark aus Kap Bage beobachtete Lagow; ihm gefiel dessen aufrichtige Art. Die Beschuldigungen, die erhoben worden waren, waren nicht bewiesen, stützten sich auf Gerüchte und sogar auf Lügen. Die Leute stürzten sich in einen Krieg, ohne zu wissen, was Krieg war. Er war gereist, hatte zuverlässige Informationen über die Simbalesen, und was er wußte, mußte wohl jeden von einem Krieg abschrecken. Die Zauberer waren genial in der Verteidigung und Experten im Kampf; sogar Frauen nahmen daran teil. Tamark bedauerte den Tod der Kinder, aber er wußte, daß es eine andere Antwort geben mußte. Er stand auf, um die Ältesten herauszufordern.

»Wir sind hier zusammengekommen, um über die Frage zu entscheiden: Krieg oder kein Krieg? Und ich sage euch: Es darf keinen Krieg geben!« Tamarks Stimme hallte aus dem Amphitheater wider.

»Dummkopf!« kam ein Ruf aus den hinteren Reihen. »Verräter!« hallte ein zweiter Ruf. »Es sind Kinder ermordet worden!«

Der Fischer sagte abwehrend: »Auch ich trauere mit Jondalrun, aber es gibt keinen Beweis dafür, daß ein Windschiff verantwortlich war für das tragische Ereignis. Ich habe noch nicht von einem einzigen Tatbestand gehört, der eine Verbindung herstellt zwischen den Simbalesen und der Ermordung von Jondalruns Sohn.«

»Die Schwinge war zerfetzt. Ich habe es selbst gesehen«, sagte Agron aus Tamberly.

»Vergeßt Tamark«, brüllte ein Ältester aus Delkeran. »Er ist ein törichter Fischer. Ich fordere eine Abstimmung!«

»Nein!« Tamark lief rot an und schlug mit seiner linken Faust in die rechte Hand. »Ihr alle werdet euch anhören, was ich zu sagen habe! Ich bin gereist; ich habe mehr gesehen, als ihr jemals sehen werdet! Ich weiß Bescheid über diese Zauberer! Ihre Armee würde uns schrecklich mitspielen! Wir *dürfen* wegen dieses Unglücksfalls keinen Krieg mit ihnen anfangen. Dein Sohn ist getötet worden, Jondalrun, aber wir wissen nicht, ob es Mord war.«

»Lügner! Es *war* Mord!« Jondalrun ging zornig auf den Sockel zu.

»Was ist mit der Tochter des Schäfers?« fragte ein anderer Ältester. »Da gab es kein Kliff, von dem sie hätte abstürzen können, keinen einsiedlerischen Hexenmeister, der sie in den Himmel zaubern konnte. Es kann nur ein Windschiff gewesen sein!«

»Ihr habt gehört, wie die Simbalesen Gordain angegriffen haben«, brüllte Jondalrun. »Ohne den Regen wäre die halbe Stadt im Feuer untergegangen!«

»Ich mache mir Sorgen um die Sicherheit meiner Kinder«, sagte ein Ältester aus Gordain. »Wir müssen uns verteidigen.«

Viele der Ältesten begrüßten diese Forderung lautstark. Amsel murmelte in seinem Versteck: »Das hört sich gar nicht gut an.« Wenn es so weiterging, würde es Krieg geben.

Er erhob sich. Jetzt mußte er sagen, was er zu sagen hatte. Er mußte sie überzeugen, daß er nichts mit den Simbalesen zu tun hatte – daß er allein die Schuld an Johans Tod trug.

Pennel, dem Vorsitzenden, war es gelungen, die Menge zu beruhigen. »Möchte noch jemand sprechen?« fragte er.

Amsel holte tief Luft und trat von seinem Balkon auf die Stufen. »Ich möchte sprechen«, sagte er. Seine Stimme kam ihm sehr schwach vor.

Empörte Schreie wurden laut, als man ihn erkannte. Jondalrun sprang auf die Füße. »Spion!« brüllte er.

»Ich möchte zur Versammlung sprechen«, sagte Amsel »Ich habe das Recht, zu sprechen . . .«

»Du hast keine Rechte, Mörder!« schrie ein anderer Ältester.

»Du hast spioniert! Dich in den Felsen versteckt, der Ratsversammlung heimlich gelauscht!«

»Wartet!« rief Amsel. »Ich habe nicht . . .«

»Er ist ein Spion!« rief Jondalrun. »Faßt ihn!«

Mehrere der jüngeren Ältesten, unter ihnen Tenniel, liefen die Stufen hinauf auf Amsel zu. Der Erfinder wurde von Panik erfaßt und lief ihnen voran die alten natürlichen Stufen hinauf. Jenseits des ersten überwölbten Durchgangs war die Felswand eingebrochen. Amsel kletterte behende den Steilhang hinauf und war nicht mehr zu sehen.

Zum zweitenmal sorgte Pennel dafür, daß allmählich wieder Ordnung eintrat. Wieder fragte er, ob sich noch weitere Sprecher zu Wort melden wollten. Diesmal erhielt er keine Antwort.

»Dann«, sagte er mit schwerer Stimme, »kommen wir jetzt zur Abstimmung.«

Amsel blieb nicht stehen, nachdem er auf der Kuppe des Steilhangs angekommen war. Er lief und sprang weiter, bis er sich endlich in luftiger Höhe in Sicherheit niederkauern konnte.

Von dort aus lauschte er. Er sah die vor dem Amphitheater versammelten Stadtleute, die spielenden Kinder und die in düsterer Stimmung wartenden Männer und Frauen. Dann kam das erste Echo, als die Stimmen der Mitglieder der Ratsversammlung durch die Wände und Spalten der Berge hallten. Er hörte das erste »Ja«, dann ein zweites und noch eins, mit entschlossenen Stimmen gesprochen. Nur wenige stimmten mit »Nein«.

Kurz danach verließen die Ältesten das Amphitheater. Die Wolken lichteten sich, doch schien die Luft jetzt noch drückender als vor der Versammlung. Amsel seufzte. »Kein Zweifel, überhaupt kein Zweifel. Sie haben für Krieg gestimmt, und wieder ist es zum Teil meine Schuld. Wenn ich nur nicht fortgelaufen wäre – aber was sonst hätte ich tun können? Sie waren in übler Stimmung; sie hätten nicht auf mich gehört. Und ich weiß ja selbst nicht, warum Johan tot ist.«

Er senkte den Kopf. »Johan, Johan«, murmelte er. »Wenn sie auf diesem Unsinn bestehen, wirst du nur der erste von vielen sein.«

Er blickte zu den grauen Wolken hinauf. »Irgend jemand muß etwas unternehmen«, sagte er, »und es sieht so aus, als müßte ich das sein.«

6

Die Kuriere gaben die Nachricht schnell weiter. Zum erstenmal in seiner zweihundertjährigen Geschichte rüstete Fandora zum Krieg.

Auf dem Marktplatz von Tamberly richtete Jondalrun, umgeben von den anderen Ältesten, das Wort an die Stadtleute: »Wir werden eine Armee aufstellen. Die Wälder und Windschiffe der Sim werden brennen, und ihre Übeltaten werden nicht mehr unsere Küsten verheeren. Sie werden ihre Strafe erhalten für den Tod, den sie nach Fandora gebracht haben.« Zögerndes Beifallsgemurmel ertönte. Tamark stand vor der Schmiede und beobachtete die Menschenmenge. Sie haben bekommen, was sie wollten, dachte er, und jetzt sind sie unsicher geworden.

Nach der Ansprache traten Tenniel, Agron und Lagow zu Jondalrun, der mit finsterem Gesicht an einem Brunnen am Rand des Platzes stand. Lagow sprach als erster: »Ich werde mich an die Entscheidung der Ratsversammlung halten, und ich erkenne deine Berufung zum Anführer unserer Armee an.«

»Du erkennst sie an, aber du billigst sie nicht, Lagow.«

»Es liegt nicht mehr in meiner Hand. Wir sind immer noch Nachbarn, Jondalrun, und ich bin immer noch ein Fandoraner. Hast du dir schon überlegt, wie du deine Armee ausheben und bewaffnen willst?«

»Wir werden Waffen herstellen«, sagte Jondalrun. »Ein Mann weiß, wie man kämpft. Unsere wichtigste Waffe wird die Tatsache sein, daß wir im Recht sind und es wissen.«

Lagow blickte hinunter auf seine schweren Stiefel, die mitgenommen waren von der Reise und dem Regen. »Es wird mehr als Enthusiasmus nötig sein, um die Simbalesen zu besiegen.«

»Wenn du nicht genug Vertrauen hast, um dich uns anzuschließen, Lagow – ich bin sicher, es gibt andere in Jelrich, die nur zu gerne deinen Platz einnehmen würden.«

Lagow blickte auf. »Komme mir nicht so, Jondalrun! Du wirst jeden Mann brauchen für diese törichte Invasion!«

Jondalrun trat drohend näher. »Ist es etwa töricht, wenn ein Vater nach der Ermordung seines Kindes Gerechtigkeit fordert?«

»Nein«, entgegnete Lagow mit rauher Stimme, »aber ich hätte erwartet, daß du vorsichtiger wärest, wenn es darum geht, die Söhne anderer Männer in den Tod zu schicken!«

Jondalrun hob die Faust gegen Lagow. Lagow wich geschickt aus und sprang vor. Die beiden packten einander.

»Bitte!« rief Agron. »Das ist doch für Älteste keine Art, sich aufzuführen! Die Kinder können euch sehen!« Er machte einen vergeblichen Versuch, die beiden auseinanderzubringen. Jondalrun schob ihn weg und stürzte sich wieder auf Lagow. Lagow brachte Jondalrun zu Fall, und beide wälzten sich auf dem matschigen Boden herum.

Tenniel brachte den Kampf zu einem Ende, indem er Jondalrun mit dem Eimer aus dem Brunnen einen ungeschickten Schlag auf den Hinterkopf versetzte. Jondalrun rollte benommen auf den Rücken.

Tenniel hielt entsetzt den Atem an. Rasch holte er Wasser aus dem Brunnen und bespritzte Jondalrun. Währenddessen hatte Lagow sich nach ein paar kurzen Worten zu Agron entfernt.

Als Jondalrun wieder zu sich kam, war Lagow nicht mehr da. »Der Feigling«, sagte Jondalrun.

»Nein«, erwiderte Agron. »Er ist ein Patriot. Er ist fortgegangen, um einen Kurier mit der neuen Nachricht zu seiner Stadt zu schicken. Du mußt dich auf Widerstand gegen die Entscheidung gefaßt machen, Jondalrun. Die Fandoraner haben Angst vor den Simbalesen.«

»Ja«, sagte Tenniel. »Viele.«

»Wir brauchen etwas, um uns gegen die Sims zu schützen. Wir brauchen einen eigenen Zauber«, sagte Agron. »Eine Art Gegenbann.«

»Nein!« protestierte Jondalrun und hämmerte mit der Faust auf den Ziegelrand des Brunnens. »Wir werden nicht mit ihren üblen Methoden Gerechtigkeit suchen!«

»Sei doch vernünftig, Jondalrun«, sagte Agron. »Dies ist ein Krieg, und wir müssen auf alles vorbereitet sein!«

»Aber wo sollen wir einen solchen Zauber finden?« fragte ein anderer Ältester, der zur Szene des Tumults geeilt war.

»Ich habe von einem Ort gehört«, sagte Tenniel widerstrebend, »im Alakan Fenn, wo eine Hexe leben soll . . .«

»Nein!« brüllte Jondalrun. »Keine Schwarze Magie!«

»Was ist so schrecklich an dieser Hexe?«

»Sie hat einmal in Tamberly gewohnt«, sagte Agron. »Als die Fieberseuche am schlimmsten wütete, befand man sie für schuldig, das Ausbreiten der Seuche zu fördern, indem sie Ratten damit impfte.«

»Sie behauptete, sie versuche, die Verbreitung der Seuche aufzuhalten, indem sie die Ratten mit bestimmten Nahrungsmitteln fütterte. Sie hätte genausogut versuchen können, ein Feuer mit Öl zu löschen!« sagte Jondalrun. »Ein Sturm warf die Käfige um, die Ratten entkamen, und mehrere Menschen starben an ihren Bissen. Danach wurde sie verbannt. Wir wollen nichts mit ihr zu tun haben!« Er blickte die anderen finster an.

»Nach allem, was ich gehört habe«, sagte Tenniel, »hat sie auch viel Gutes getan; sie hat Getreide mit großen Ähren gezüchtet und euch gesagt, wo ihr den Schacht für diesen Brunnen hier ausheben sollt.«

»Das stimmt«, sagte Agron langsam. »Dieser Brunnen ist nie versiegt, nicht einmal während der großen Dürre vor drei Jahren.«

Es bedurfte schließlich einer improvisierten Ältestenversammlung und einer Abstimmung, um Jondalrun umzustimmen. Man bekannte sich zu dem Risiko, obwohl die meisten Ältesten Jondalruns Bedenken gegen die Frau teilten.

Amsel studierte eine alte Karte von Simbala, die er vor Jahren von einem Händler aus dem Südland gekauft hatte. Verzweiflung hatte seinen Plan hervorgebracht. Alles hing ab von einer erfolgreichen Überquerung der Straße von Balomar. Dann wollte er die Simbalesen selbst um Hilfe bitten. Wenn sie Windschiffe bauen konnten, so schloß er, mußten sie ein intelligentes Volk sein, und wenn sie ein intelligentes Volk waren, ob nun Zauberer oder nicht, mußten sie auch gegen Krieg sein. Es war ein verzweifelter Plan, aber ihm fiel einfach nichts Besseres ein.

»Zauberer! Ergib dich!«

Die Tür seines Baumhauses brach unter einem schweren Stiefeltritt auseinander. Einen Augenblick später tauchten drei Älteste auf – dieselben, die ihn die »Treppen des Sommers« hinaufgejagt hatten. »Wir sind gekommen, um dich nach Tamberly zu bringen und dort als Mörder und Spion unter Anklage zu stellen!« rief der Jüngste.

»Tut mir leid«, sagte Amsel, »aber ich wollte gerade gehen.« Er drehte sich um und lief. Die drei Ältesten rannten hinter ihm her; einer von ihnen stolperte über ein Tischbein und warf eine unter einem Destillierkolben brennende Kerze um. Die Kerze fiel in eine mit Telharnaöl gefüllte Steingutschale. Das Öl stand plötzlich in Flammen und setzte einen Stapel Schriftrollen neben der Sammlung versteinerter Knochen in Brand.

Die drei Ältesten entkamen nur knapp nach draußen. In dem Durcheinander schlüpfte Amsel durch ein Seitenfenster hinaus. Er kletterte rasch den alten Baum neben seinem Haus bis zur Mesa hinauf, versteckte sich dort hinter einem Grasbuckel und sah zu, wie der Rauch aufstieg. Sein Haus und sein ganzer Besitz standen in Flammen – sein gesamtes Lebenswerk, Ergebnisse von Experimenten und Untersuchungen, die zwar allein von Wissensdurst motiviert, aber deshalb nicht weniger wertvoll waren. Amsel sah schweigend zu, während ihm Tränen über die Wangen liefen. Als der Rauch dünner wurde, wandte er sich ab und machte sich auf den Weg. Ihm waren nur noch die Dinge in seinen verschiedenen Taschen geblieben – seine Brille, ein Notizbuch, die Schoten, die er vor ein paar Tagen hatte untersuchen wollen, und ein Messer. Die Karte von Simbala hatte er verloren.

Er lief durch das Licht des frühen Morgens auf die Klippen zu. Bei jedem Geräusch machte er einen nervösen Satz in die Luft, in jedem Schatten glaubte er die Ältesten sprungbereit lauern zu sehen. Hungrig und müde, wie er war, fragte er sich, warum er versuchte, diese Menschen zu retten, die ihn ins Gefängnis stecken wollten und sein Haus in Brand gesteckt hatten. Er hatte nie einem Menschen ein Leid zugefügt, hatte sich sogar bemüht, allen aus dem Weg zu gehen, und so dankte man es ihm jetzt. Sollten sie doch ernten, was sie in ihrer Dummheit gesät hatten! Es würde ihnen recht geschehen, wenn die Simbalesen Zauberer waren und jeden Fandoraner zu Stein verwandelten!

Wenn er auch nur über eine Spur von Vernunft verfügte, sagte Amsel sich, würde er versuchen, sich im Südland ein neues Leben aufzubauen. Aber er lief weiter aufs Meer zu. Und da kam es ihm so vor, als sähe er einen Jungen mit hellem Haar und lachendem Gesicht an einer Schwinge durch die Lüfte gleiten. Dann sah er ihn abstürzen, sah, wie die Freude in seinem Gesicht sich in Entsetzen verwandelte ...

Amsel schloß die Augen und preßte die Handballen einen Augenblick lang fest dagegen, bis er leuchtende Mosaike sah. Dann schüttelte er den Kopf und ging weiter. Johan hatte es nicht verdient, Anlaß für einen Krieg zu werden.

Spät am Nachmittag kam Amsel an die Straße von Balomar. Vor einigen Wochen hatte er ein kleines, mit Proviant und Wasser ausgerüstetes Ruderboot in einer Höhle am Strand festgemacht. Zu seiner Erleichterung befand es sich noch an Ort und Stelle. Er stach sofort in See, ruderte an den Brechern vorbei und setzte dann das einzige Segel aus Jitewand. Er segelte gegen den Wind und mußte langsam und ermüdend lavieren. Er war nervös. Er hatte sich beim Segeln nie weit vom Land entfernt, aber er mußte es schaffen – Johan zuliebe.

7

Die ersten Strahlen der Morgensonne drangen durch die Wolken, die Simbala seit Wochen umhüllt hatten. Papageien, Aras und andere Vögel erhoben sich in die Lüfte, gaben sich freudig der Sonne hin, und ihre Federn schillerten im Licht. Es war, als wäre über dem hohen Blätterdach ein Regenbogen in schimmernde Scherben zerbrochen. Für einen Augenblick schienen sie das Ende des Regens zu feiern – dann waren sie in einem Ausbruch rauher wie melodischer Rufe verschwunden. Im Bruchteil einer Sekunde war der Himmel einem einzigen Vogel überlassen, hoch oben, der sich rasch auf einen Spalt in dem Meer aus Grün fallen ließ.

Es war ein Falke. Groß, mit gewölbten und starren Flügeln, schoß er durch die verflochtenen Zweige und Kletterpflanzen, die noch naß waren vom Sturm. Affen mit orangefarbenem Fell schnatterten vor Furcht und drückten sich eng an Baumstämme, als der Falke an ihnen vorbeischoß. Eichhörnchen verschwanden in Astlöchern und spähten blinzelnd daraus hervor.

Der Falke beachtete sie nicht. Er brach durch das Blätterdach und tauchte in das gedämpfte grüne Licht des Oberwaldes. Er flog zwischen riesigen Bäumen hindurch, über einen Waldboden, der dicht mit verschlungenem, nassem Unterholz bedeckt war. Dann überquerte er eine niedrige Steinmauer, an deren anderer Seite das Gras kurz geschoren und das Unterholz durch gepflegte Blumenbeete ersetzt war.

Hier und dort standen einzelne Büsche, die als Löwen, Bären und Vögel zurechtgestutzt waren; der Falke flog an einer lebendigen Skulptur seiner selbst vorbei, mit einer Flügelweite von fünf Fuß. Bäume, deren Stämme mit Edelsteinen geschmückt waren, säumten die Wege.

Der Falke flog weiter, an den ersten Gebäuden vorbei, kleinen, efeuumrankten Häusern und Hütten. Hin und wieder war in einen der dickeren Bäume eine primitive Tür geschnitten.

Der Falke flog jetzt an Leuten vorbei, Männern und Frauen in derben, geflickten Kleidern, darunter Bergleute mit den Spuren ihrer Graberei an Kleidern, Schuhen und unter den Nägeln. Sie saßen auf Bänken und Hockern vor ihren Häusern wie auch verschiedene Zimmerleute, Händler, Steinmetzen. Beim Anblick des Falken lächelten einige und zeigten auf ihn, als sähen sie ein gutes Omen, während andere ein finsteres Gesicht zogen und sich abwandten.

Der Falke setzte seinen Flug fort. Die Wohnungen wurden zahlreicher und vornehmer, integrierten sich aber in den sie umgebenden Wald. Es gab immer mehr Bäume mit Türen, Fenstern und Terrassen. Einige Gebäude waren um die Bäume herum gebaut, andere standen allein. Die Architektur war kunstvoll und vielfältig. Es gab Villen mit Türmen und Giebeln, Bauten aus Marmor und kleine Häuser mit sorgfältig angelegten Gärten. Die Dächer bestanden aus Ziegeln oder Schindeln oder hatten Kuppeln aus gehämmertem Messing.

Der Falke flog jetzt an Leuten vorbei, die den breiten, plattenbelegten Wegen folgten oder Bäche auf Brücken aus gewaltigen Baumwurzeln überquerten. Die Männer trugen Tuniken in gedämpften Farben, gefältelt und mit Filigranarbeit verziert; die Frauen Kleider, die seidig raschelten. Auch diese Menschen reagierten in verschiedenen Abstufungen des Entzückens oder der Verärgerung auf den Anblick des Falken.

Der Falke wich nicht von der eingeschlagenen Richtung ab, außer um hin und wieder Hindernisse wie ein Spalier süß duftender Blumen zu umfliegen. Er flog weiter, bis die weiträumige Anordnung der Bäume immer mehr einem Park glich und im dunstigen Grün des Waldes Spuren der verborgenen Sonne in Gold und Rot aufleuchteten. Dann flog er in eine offene Lichtung, und dort stand er – wahrlich der Vater aller Bäume: fünfhundert Fuß im Durchmesser, seine Krone zerspalten von den Blitzen unzähliger Gewitter. In anderen Ländern hätten Bäume vom Durchmesser seiner Äste schon Aufsehen erregt. Am Fuß dieses erhabenen Riesen, dieses ältesten aller lebenden Dinge, führte eine breite Treppe zum Eingang des Palastes. Auf verschiedenen Ebenen waren in den Stamm Terrassen, Balkone und Fenster geschnitzt. Der Falke flog zu einem sehr schmalen Fenster hoch oben und verschwand.

Zwei schattenhafte Umrisse hasteten durch die Dunkelheit. Der erste war ein junger Mann, der zweite ein alter, aber das trübe Licht im Treppenhaus ließ den Unterschied nicht erkennen.

»Falkenwind«, sagte der hintere, »du läufst so schnell, daß ein alter Mann nicht Schritt halten kann!«

Der junge Mann lächelte. »Du bist nicht älter, als Monarch Ambalon es war, als er dich lehrte, Simbala zu regieren.«

Der alte Mann schüttelte den Kopf. »Ich bin nicht mein Vater!«

»Die Leute sagen, du seist ihm ebenbürtig, Monarch Ephrion.«

»Unsinn.«

»Sogar meine Gegner bestreiten das nicht.«

»Pah! Sie sagen, ich sei ein alter Mann, der die Tragweite seiner Entscheidungen nicht mehr überblicken kann.«

Der jüngere Mann lachte. »Vielleicht haben sie recht«, sagte er verschmitzt.

Der weißhaarige Mann im beigefarbenen Umhang stimmte in das Lachen ein, aber es klang abgehackt, eher wie ein Husten. »Vielleicht haben sie recht!« sagte er. »Wie hast du mich nur zu diesem Unternehmen überredet? Ich hätte es dir überlassen sollen, diese Hinterhallen allein zu erforschen!«

Der jüngere half ihm die Treppe hinunter. »Ja«, sagte er, »aber kaum jemand kennt den Palast so genau wie du.«

»Stimmt«, sagte der ältere Mann. »Es herrscht seit so langer Zeit Frieden, daß die Familie das Interesse an Geheimgängen und versteckten Treppen verloren hat. Ich bedaure es nicht.«

»Ich auch nicht, Monarch Ephrion. Nur fällt es mir schwer, in einem Gebäude zu leben, das Geheimnisse vor mir hat.«

»Vielleicht stellst du fest, daß der Palast dir zu sehr ähnelt.«

Auf diese Bemerkung entgegnete der junge Mann nichts. Die beiden gingen schweigend weiter hinunter, auf ein gedämpftes Licht am Fuß der Treppe zu.

Falkenwind, der jüngere Mann, war groß und hager. Seine Augen, schwarz wie ein sternenloser Himmel, hoben sich scharf ab von seiner blassen Haut. Er war der Sohn eines Bergarbeiters, und in seinen dreiunddreißig Jahren hatte er schon Armut wie Überfluß kennengelernt. Er ging mit geraden Schultern und hocherhobenem Kopf. Es war die Haltung eines Helden, und nur wenige kannten das bescheidene Herz hinter der Legende, zu der er geworden war. Es gab Geschichten über ihn und seinen Mut, und es gab auch Geheimnisse, denn er war in fernen Ländern Träumen nachgejagt, an die sich die meisten nur aus ihrer Kindheit erinnern konnten. Er hatte eine tiefe Stimme, die Vertrauen in seinen Freunden und Unruhe in seinen Gegnern erweckte. Und Unruhe gab es derzeit viel in der königlichen Familie. Denn Falkenwind war ein Mann aus dem Volk und zum neuen Monarchen von Simbala gewählt.

Monarch Emeritus Ephrion, der Mann mit den weißen Haaren, hatte eine leise Stimme und war achtzig Jahre alt. Sein unsicherer Gang verriet die Folgen eines schwächenden Schlaganfalls, seine Augen aber ließen einen Mann erkennen, der kaum etwas – oder gar nichts – von der Intelligenz und dem Einfühlungsvermögen eingebüßt hatte, die ihm die Liebe Simbalas eingetragen hatten. Als erster Monarch seit Jahrhunderten hatte er sich außerhalb der königlichen Familie nach einem Nachfolger für die Regierung Simbalas umgesehen. Seine Wahl fiel auf Falkenwind.

Jetzt blickte er Falkenwind liebevoll an. Er dachte an damals, als er die Mitternachtsaugen des jungen Mannes zum erstenmal gesehen hatte, und erinnerte sich an das Gefühl, das in ihm aufgestiegen war. In Falkenwind sah er die Zukunft Simbalas: ein Mann, dessen Liebe zum Leben und zu den Menschen, dessen Sinn für Aufrichtigkeit und Gerechtigkeit das Land hinaustragen konnte über die Probleme der Kaufleute, die Armut der Rayaner, die Unzufriedenheit der Leute aus Nordwelden und die Anmaßung der königlichen Familie – hinüber in eine noch schönere Epoche, als die vierzig Jahre seiner eigenen Amtszeit es gewesen waren.

Er hatte gehofft, daß der Widerstand gegen Falkenwind einer neuen Begeisterung weichen würde. Seine Schwester, Lady Morgengrau, hatte Falkenwind als einzige aus der ganzen königlichen Familie unterstützt, und zwar rückhaltlos. Ephrion war auf das Volk angewiesen, um die Anerkennung Falkenwinds durchzusetzen, und Falkenwinds allgemeine Beliebtheit hatte tatsächlich den »Kreis« überstimmt. Aber es gab immer noch zu viele Ränke gegen den jungen Mann.

Ephrion sah das Fenster am Fuß der hohen und engen Treppe. Wie er lächelte auch Falkenwind. Der alte Mann war entzückt über die Art, wie der düstere Gesichtsausdruck des jüngeren sich völlig veränderte. Die Leute sollten ihn häufiger lächeln sehen, dachte er. Es würde jenen, die meine Entscheidung in Frage stellen, helfen, sie besser zu verstehen.

Als sie das Fenster erreichten, durchschnitt ein Schrei die Stille, und mit lautem Flügelgeflatter kam der Falke herein und ließ sich auf Falkenwinds Schulter nieder. Der junge Monarch richtete sich auf, deutete aber durch nichts an, daß das Gewicht des Vogels ihn störte.

Ephrion zog die Augenbrauen hoch. »Unheimlich. Wieder einmal hat er dich gefunden.«

Falkenwind antwortete nicht gleich. Er zog ein Getreidekorn aus einer Tasche in seinem Umhang und gab es dem Falken. Der Vogel nahm es mit wachen und unbewegten Augen entgegen.

»Wir bewegen uns in Kreisen, Monarch Ephrion.«

Ephrion faßte Falkenwind am Arm. »Werd nicht anmaßend!«

Falkenwind lächelte. »Der Falke und ich bewegen uns in Kreisen. Wir bewegen uns auf einem Weg, der uns dorthin zurückbringt, wo wir anfingen.«

Ephrion nickte. Ob dies bedeutete, daß Falkenwind eines Tages den Thron verlassen und zum Bergwerk zurückkehren würde, wußte er nicht. Manchmal konnte der junge Mann einen zum Verzweifeln bringen. Ephrion trat vor und spürte den festen Boden eines Treppenabsatzes unter den Füßen. Falkenwind, der ihm folgte, blickte auf die Mauer vor ihnen.

»Hier?« fragte er Ephrion.

»Ja. Taste die Schwelle aus Temholz mit der Hand ab. Du müßtest eine tiefe Kerbe spüren. Meliphon, der Architekt dieser Geheimgänge, hat sie so entworfen, daß sich nur Eingeweihte zurechtfinden. Wenn du die Kerbe gefunden hast, zieh sie nach links.«

Falkenwind fand nach einer Weile die Kerbe und zog: Die ganze Täfelung verschwand und setzte sie dem hellen Licht eines Zimmers aus.

»Monarch Falkenwind!«

Vor ihnen stand General Vora, Minister der Armee von Simbala, ein rundlicher, bärtiger Wirbelwind in Uniform – seidene Kniehosen, verschnürter Überrock und silberne Tunika. Rechts von ihm stand Ceria von Shar-Wagon, eine Rayanerin und die Ministerin des Inneren, zugleich Beraterin Falkenwinds.

Das Zimmer war klein, aber eindrucksvoll. Die Nordwand war ein großes offenes Fenster mit Blick auf den tief unter ihnen liegenden Wald, in dem sich Tiere frei bewegten. Ein sanfter Wind bauschte die Vorhänge an den Seiten des Fensters auf. Direkt davor stand ein Thron, vier flache Stufen über dem geschnitzten Boden. Falkenwind ging um den Thron herum und »warf« mit einer kräftigen Armbewegung den schweren Vogel hinauf in die Lüfte. Dann kehrte er zurück, nickte den beiden Ministern zu und nahm Platz auf dem Thron.

Er blickte Ceria an, und Feuer sprang von seinen Augen über auf ihr Gesicht. Sie erwiderte seinen Blick und lächelte, ein schönes und doch rätselhaftes Lächeln. Ihre Augen waren blau, nicht durchdringend wie die Falkenwinds, und doch schienen sie in das Herz aller Dinge zu blikken. Sie spiegelten den dunklen Blick des jungen Monarchen und hellten ihn auf. Für andere war Ceria eine Bedrohung, eine Außenseiterin. Für Falkenwind war sie die Liebe.

»Eure Majestät«, sagte sie und schob die Kapuze eines einfachen roten Umhangs zurück, so daß schwarzes gelocktes Haar zum Vorschein kam, »ist es nicht Aufgabe Eurer Minister, darauf hinzuweisen, wenn Politik und Vorschriften nicht dem Interesse unseres Volkes dienen?«

»Das ist es«, sagte Falkenwind und sah eine Falte auf Voras Stirn, »aber vielleicht könntet Ihr solche Angelegenheiten mir selbst erklären, bevor Ihr sie mit meinen anderen Ratgebern besprecht.«

»Ihr wart nicht hier. Der General und ich haben nur unsere verschiedenen Standpunkte wiederholt, um Euch eine knappe Darstellung geben zu können.«

»Knapp, sagt sie!« General Vora lachte. »Der Tag, an dem Ihr Euch knapp ausdrückt, meine Liebe, wird der Tag sein, an dem die Sonne innerhalb einer Stunde aufgeht und wieder untergeht.«

Die Frau nagte sanft an ihrer Unterlippe. »Monarch Falkenwind, ich behaupte nur, daß es nicht erforderlich ist, daß unsere Truppen auf der überschwemmten Valian-Ebene bleiben, wenn sie nachts nach Hause zurückkehren können. Sie dort zu lassen verursacht unnötiges Ungemach und böses Blut. Wir befinden uns nicht im Krieg.«

»Eine Armee ist eine Armee!« sagte der General. »Während der Manöver ist es erforderlich, daß alle Vorbereitungen für eine kriegerische Auseinandersetzung getroffen werden. Und die Zeit ist hervorragend geeignet dafür! Falkenwind hat beinahe die Hälfte unserer Truppen ins Südland geschickt, um die Karawane des Barons Tolchin zu eskortieren. Die Manöver liefern dem Rest der Truppen die Härten, denen Soldaten im Einsatz gegenüberstehen.«

Ceria hob protestierend die Hände. »Sie sind stark genug, Vora. Wir sollten die Ansichten der Soldaten mehr beachten.«

»Ansichten? Mischt Euch nicht in die Angelegenheiten anderer ein! Diese Rayanerin ist unerträglich, Falkenwind.«

»Unerträglich? Ihr habt die Manieren eines Fandoraners, Vora! Ich bin unerträglich? Ich verlange . . .«

Ephrion sprach rasch, als sei er kurzatmig: »Diese Angelegenheit ist unbedeutend, Lady Ceria. Unsere Stollen sind überflutet von den ungewöhnlich heftigen Frühjahrsregen, und die Sicherheit unserer Bergleute muß gewährleistet sein. Es ist weitaus wichtiger, darüber zu diskutieren als über die Meinung von Voras Truppen.«

»Unerträglich!« murmelte Vora vor sich hin, während er das Zimmer verließ.

Falkenwind seufzte. »Ceria, Ihr müßt lernen, Eure Gedanken für Euch zu behalten.«

»Wenn sie aber zutreffen, darf ich sie dann nicht aussprechen?«

»Natürlich«, sagte Ephrion. »Aber Ihr müßt diplomatischer sein. Obwohl unsere Armee aus Männern *und* Frauen besteht, ist General Vora zu stolz, als daß er sich von einem Ratgeber herausfordern ließe, der so jung ist wie Ihr. Wenn Ihr Voras Meinung ändern wollt, müßt Ihr es vorsichtiger angehen.«

Falkenwinds ruhige Stimme beruhigte die gespannte Atmosphäre, als er begann, über die Termine des Tages zu sprechen. »Minister Elloe wird über die Stillegung der Sindril-Mine berichten. Dann gehen wir zur Berufung von Prinz Kiorte. Sind alle Vorbereitungen getroffen?«

»Ja«, sagte Ceria. »Die Zeremonie wird auf dem Podium von Beron stattfinden. Die königliche Familie ist unterrichtet und wird an dem Ereignis teilnehmen.«

»Gut. Das Ereignis könnte Prinzessin Evirae vielleicht sogar erfreuen.«

»Unwahrscheinlich«, sagte Ephrion, und in diesem Augenblick tauchte General Vora wieder auf. Seine gute Laune schien wiederhergestellt, und er war damit beschäftigt, eine Handvoll Prasselbeeren zu essen.

»Wenn es nach Evirae ginge«, sagte der General, »würde sie sich selbst berufen. Es ist kein Geheimnis, daß sie den Rubin will. Und ihre Eltern wären nur froh darüber.«

»General Jibron und Lady Eselle hätten gerne die gesamte königliche Familie im Palast«, sagte Ceria.

»Genug der Vermutungen!« Falkenwind erhob sich vom Thronsessel. »Jeder hat Anspruch auf seine eigene Meinung.«

»Haltet die Seile fest!« schrie Kiorte. Er lief über den Anlegeplatz auf die Bäume zu. Um ihn herum herrschte ein lautes Durcheinander, während die Männer versuchten, die flatternden Seile zu ergreifen, die das losgerissene Windschiff hinter sich her zog. Der starke Wind zerrte an Kiortes schwarzem Haar und riß an den Aufschlägen seiner Gala-Uniform; gelegentlich brachte er ihn sogar zum Stolpern. Aber Kiorte gab nicht auf.

Hinter ihm, auf den riesigen flachen Stümpfen, die als Abflugbasis dienten, wurden die Ballonsegel der anderen Windschiffe rasch eingeholt. Der Sturm war unerwartet aufgekommen, und sie hatten Glück, dachte Kiorte, daß sich nur ein Schiff losgemacht hatte. Und auch das wäre nicht geschehen, wenn der blöde Bursche vom Bodenpersonal des Palastes nicht darauf bestanden hätte, an Bord zu gehen.

Der Heckanker hatte sich zum Glück in einem Baum am Waldrand verfangen. Sonst wäre das Windschiff bestimmt über die Straße von Balomar abgetrieben wie das unbemannte Schiff, das vor Wochen verschwunden war. Dieses Schiff hing jetzt am Baum fest, gefangen wie ein Kinderdrachen, mit zerrenden, halb aufgeblasenen Segeln. Es konnte sich jeden Augenblick losreißen.

Kiorte, Prinz von Simbala, sprang hoch und erwischte den untersten Ast des Baumes, zog sich in die Höhe und begann zu klettern. Blätter schlugen ihm ins Gesicht, und er zerkratzte sich die Hände an der rauhen

Rinde. Er fühlte den Baum schwanken, wenn das Windschiff am Ankerseil zerrte. Er sah es über sich, das kleine Boot unter den riesigen Segeln, die im Sturm schlugen und knatterten.

Der Anker hatte sich fast fünfzig Fuß über dem Boden verfangen. Kiortes Bruder Thalen und andere klammerten sich an die übrigen Seile; einen Augenblick lag das Schiff während einer Flaute einigermaßen ruhig. Kiorte kam zu einem Ast, der auf gleicher Höhe mit dem Ankerseil war. Er holte tief Luft, sprang und packte das Seil. Er hing dort oben und pendelte, während das Seil seinem Gewicht nachgab; einen atemberaubenden Moment lang dachte er, es löse sich vom Baum – doch es hielt. Im Klimmzug hantelte Kiorte sich rasch nach oben.

Als er endlich die hölzerne Reling erreichte und sich an Bord zog, zitterten seine Arme von der Anstrengung. Das Boot lag schräg auf der Seite. Der Brenner, solide befestigt und gegen Wind geschützt, brannte auf Hochtouren – das Treibgas aus Sindril-Edelsteinen strömte in die Gaskanäle der Segel. Kiorte sah den Mann vom Bodenpersonal, der darauf bestanden hatte, ohne Beaufsichtigung an Bord zu gehen, um die Vorräte zu überprüfen. Er lag jetzt mit vor Angst geweiteten Augen im Heck des Bootes.

»Ich weiß nicht, was passiert ist«, stammelte er, als Kiorte über das schrägliegende Deck zur kleinen Kajüte rutschte. »Ich muß versehentlich den Zündhebel für den Brenner berührt haben – die Edelsteine begannen zu brennen!«

Kiorte schwang sich auf das niedrige Kajütendach, wo der Brenner befestigt war. »Du kannst das Ventil nicht so weit geöffnet haben, daß die Edelsteine sich derartig vollsaugen!« sagte er, während er seine Augen abschirmte und in den Brenner starrte. »Was hast du noch getan? Sag schon!«

»Ich ... ich sah, daß sie brannten«, sagte der Mann, ein magerer Knirps. Seine Tressen und seine Schärpe waren verrutscht und beschmutzt. »Darum habe ich ... versucht, das Feuer zu löschen.«

Kiorte sah sich um; In einer anderen Ecke des Hecks sah er einen leeren Wasserbehälter. »Du Idiot!« brüllte er. »Die Sindril-Edelsteine werden mit Wasser entzündet, nicht gelöscht!« Kein Wunder, daß das Schiff in die Luft geschossen war wie ein von einer Biene gestochener Hengst. Nur weil das Deck so schräg lag, daß das meiste Gas außerhalb der Gaskanäle hochstieg, hielt das Ankerseil noch. Sonst wäre das Windschiff schon außer Sicht, mit zerplatzten Segeln – ein kostspieliger Verlust, von dem kleinen Mann ganz zu schweigen.

Kiorte schob die in hellen Flammen stehenden Edelsteine mit einem Schürhaken auseinander; an der Luft erloschen sie schnell. Dann kletterte er ins Takelwerk und zog an den Seilen, die die Abzugsschlitze in den Ballonsegeln öffneten. Die Segel entleerten sich langsam. Er kehrte an Deck zurück, durchschnitt das Ankerseil und hielt das sinkende Windschiff mit einer langen Stange von den Ästen fern. Unten zogen Thalen und die anderen an den Seilen, und langsam landete das Windschiff wieder an seinem Liegeplatz.

Der Palastangestellte kletterte verlegen aus dem Boot und stolperte auf den Wald zu; er hielt sich den Magen und murmelte etwas wie »Inspektion abgeschlossen«. Die Windsegler blickten ihm lachend oder auch angewidert nach.

Kiorte sprang über die Reling auf den Boden. Wie jedesmal, wenn er ein Windschiff verließ, verspürte er Bedauern. Mit dem Wind und den Wolken eins zu sein, ungehindert in den Lüften zu schweben, über den höchsten Bäumen, sogar über Bergen – das war für ihn das Schönste im Leben. Er blickte dem kleinen Palastangestellten erheitert nach: Er hatte eine Gelegenheit gehabt, wie sie kaum jemandem außer den Brüdern des Windes geboten wurde – zu fliegen, wenn auch nur für einen Augenblick. Mit Thalen ging Kiorte zu den Baracken, während mehrere Windsegler ihn zu der mutigen Bergung beglückwünschten.

»Wer hat die Inspektion angeordnet?« fragte Kiorte auf dem Weiterweg.

»Monarch Emeritus Ephrion«, erwiderte sein Bruder etwas ungeduldig. »Vielleicht ist doch etwas Wahres an den Gerüchten über seinen Kräfteverfall. Oder vielleicht sollten wir Falkenwind Vorwürfe machen, daß er ihm die Aufsicht über die Flotte Simbalas anvertraut hat. Ich wage gar nicht, mir vorzustellen, wie es der Nordküstenflotte unter seinen Inspektoren ergehen wird.«

Sie betraten die Baracken, ein kuppelförmiges Gebäude in vier Abteilungen, mit Rundfenstern aus Horn. Die Brüder gingen auf ein großes Faß zu. Es war mit Kalasaft gefüllt, da Wein Windseglern im Dienst nicht erlaubt war. »Ich vertraue Monarch Falkenwind nicht, wie du weißt«, sagte Kiorte, »aber ich finde es anerkennenswert, daß er Ephrion mit Aufgaben betraut – dieser angesehene Mann würde sonst einfach verkümmern.«

Thalen ließ Saft in einen Becher aus Holz laufen. »Ich bin überrascht, daß du Falkenwind den Titel Monarch zubilligst, Bruder.« Er setzte sich auf eine Bank und zuckte die Achseln. »Ich verstehe, daß Ephrion Falkenwind regelrecht adoptiert hat, da Königin Jeune kinderlos starb. Aber einen Mann wie Falkenwind für den Palast zu wählen, einen Bergarbeiter nichtköniglichen Bluts, kommt mir vor wie die Verzweiflungstat eines Monarchen ohne rechtmäßigen Erben.«

»Verzweiflungstat? Vielleicht«, sagte Kiorte. »Doch sogar ich gebe zu, daß der Vergleich zwischen Falkenwind und meiner Frau als möglicher Thronfolgerin zugunsten Falkenwinds ausfällt. Aber was bedeutet das schon: Falkenwind ist eben bei aller Erfahrung ein Außenseiter in unserem Kreis und darum nachlässig bei seinen Ernennungen. Ich frage mich, ob er etwa die Absicht hat, den Palast mit Ausländern und Bürgerlichen zu füllen. Er hat ja schon damit angefangen.«

»Aha!« sagte Thalen gutmütig. »Jetzt nimmt die Wolke an deinem Himmel Gestalt an!«

»Keineswegs. Ich habe nichts gegen die Rayaner als Menschen, aber sie haben keine Ahnung von den Schwierigkeiten und Nuancen des Regierens. Aus diesem Grund halte ich es für einen großen Fehler von Falkenwind, daß er Ceria zu einem seiner Ratgeber gemacht hat.«

»Sie soll ja nicht nur seine Ratgeberin sein . . .«

»Ja – und wenn das stimmt, werden aus ihren geflüsterten Vorschlägen womöglich noch Gesetze – und was für welche!«

»Ich weiß«, sagte Thalen und stellte seinen Becher ab.

»Das solltest du auch. Ich habe dir die schrecklichen Möglichkeiten oft genug ausgemalt. Wenn Falkenwind auf sie hört, könnten wir in Zukunft durchaus Frauen unter den Brüdern des Windes haben, eine unerträgliche Vorstellung! Keine Frau ist stark oder schnell genug, um ein Windschiff zu beherrschen!«

Thalen hob eine Hand, um einem ihm wohlbekannten Redefluß Einhalt zu gebieten. »Trotzdem«, sagte er, »mußt du deine Zunge hüten, denn jedermann weiß, wie sehr Evirae den Rubin begehrt.«

»Um Evirae mache ich mir keine Sorgen, sondern um Simbala. Ich betrachte die Ernennung dieses Bergarbeitersohnes als Abirrung von der herrschenden Regierungsform trotzt aller guten Absichten; und ich bin nicht der einzige. Er hat noch nicht das volle Vertrauen des Volkes. Vielleicht wird er es nie haben. Sollte es zu einer Krise kommen, werden sie sich schnell gegen ihn wenden.« Kiorte zog den Kragen seiner Uniform gerade.

»Das gehört zum Berufsrisiko eines Monarchen«, sagte Thalen und wischte den Staub vom Hut seines Bruders.

»Richtig. Aber Monarchen kommen und gehen, die königliche Familie von Simbala besteht seit jeher. Das ist es, was mir Sorgen macht, Thalen, daß sie untergehen könnte.«

8

Die Reise über die Straße von Balomar war zu einem Alptraum geworden. Segeln hatte Amsel immer nur als Hobby betrieben, und das bedauerte er jetzt. Er hatte gehofft, daß er für die Überfahrt nur einen Tag brauchen würde, auch gegen den Wind, und hatte daher nur wenig Vorräte dabei.

Seine Unkenntnis der Schiffahrtsverhältnisse in der Meerenge war sein Verhängnis. Zuerst war die See verhältnismäßig ruhig, aber dann, als er sich der Mitte der Straße näherte, wo die beiden großen Meere aufeinandertrafen, wurde ihm klar, wie töricht sein Unterfangen war. Vom Wind und von entgegengesetzten Strömungen getrieben, prallten die Wellen auf jede nur vorstellbare Weise aufeinander. Er steckte mittendrin, bevor ihm die Gefahr voll zum Bewußtsein kam, und nur die Leichtigkeit seines kleinen Bootes hatte ihn vor dem Kentern bewahrt.

Das Boot wurde auf der schäumenden See hin und her geworfen, und Amsel war bald so seekrank, daß er sich nur hilflos festklammern konnte. Zuerst bewegte er sich in Kreisen, dann packte ihn eine starke Strömung und trug ihn hinaus aus dem schlimmsten Kern der Turbulenzen in ruhigere Wasser, doch geriet er dabei mit großer Geschwindigkeit immer weiter nach Norden. Anfangs versuchte er, gegen die Strömung zu segeln, aber die schweren Wellen hatten ihn erschöpft, und ihm wurde bald klar, daß die Strömung ihn von dem Punkt, wo er hatte landen wollen, weit abtrieb. Den Rest des Tages und die lange Nacht hindurch trieb er hilflos dahin. Als die Sonne am Ende seines zweiten Tages auf See unterging, stand ein starker Wind der jetzt landwärts gerichteten Strömung entgegen. Im Abendlicht konnte Amsel mit Mühe ein paar Leute auf dem fernen Strand erkennen. Er winkte, aber niemand reagierte darauf.

Der Wind nach Nordwesten wurde stärker. In hilflosem Entsetzen erkannte Amsel, daß er an Simbala vorbei hinaus auf das Nordmeer getragen wurde, das Drachenmeer der Legenden. Erst spät in dieser Nacht ließ der Wind nach, und die Strömung verlief im offenen Meer. In der Windstille fiel Amsel endlich in einen erschöpften Schlaf.

Als er am nächsten Morgen erwachte, war der Himmel bedeckt; es war keine Sonne zu sehen, die ihm hätte eine Vorstellung vermitteln können, wo Land lag. Da es aber völlig windstill war, spielte dies auch kaum eine Rolle. Das Segel hing schlaff gegen den Mast.

Er billigte sich ein paar Schlückchen Wasser und einen Mundvoll Käse zu. Die Tatsache, daß seine Landsleute sich auf einen selbstmörderischen Krieg gegen ein anderes Land vorbereiteten, während er hilflos auf dem Wasser trieb, war zum Verrücktwerden, aber er gab sich selbst strenge Weisung, keine Energie mit dem Nachdenken darüber zu verschwenden.

Seine Gedanken wurden von einem seltsamen Geräusch unterbrochen; einen Augenblick lang klang es wie ferne Brecher, und sein Herz machte einen Satz. Dann wurde ihm klar, daß das Geräusch von *oben* kam. Amsel starrte nach oben. Es kam ihm so vor, als hätte er in den grauen Wolken über ihm flüchtig eine merkwürdige, gleichmäßige Bewegung erkannt wie die Bewegung von den Flügeln eines Vogels – aber welcher Vogel, der so hoch flog, daß die Wolken ihn verdeckten, konnte so groß sein?

Er lauschte konzentriert, aber das Geräusch war verschwunden. Er blinzelte und rieb sich die Augen – die Bewegung war ebenfalls verschwunden. Alles war still, Amsel schüttelte den Kopf. »Schon Halluzinationen – ein schlechtes Zeichen«, murmelte er.

Später am Vormittag lösten sich die Wolken auf. Dies, so sagte sich Amsel, war zu begrüßen – und auch wieder nicht: Er konnte seinen Kurs jetzt nach der Sonne richten, aber er mußte auch mit der Hitze und dem blendenden Licht fertig werden. Er war schon wieder hungrig und durstig, aber seine Vorräte mußte er streng rationieren. Wer weiß, wann er auf Land stieß.

Unter dem Sitz lag ein einzelnes Ruder. Langsam und mühevoll begann er, nach Südosten zu paddeln.

Zur Mittagszeit herrschten im Oberwald ein grüngoldenes Licht und einschläfernde, feuchte Wärme. Auf der Allee der Händler stand ein Marktstand neben dem anderen. Hier konnte man Trockenfrüchte und Lebensmittel kaufen, auch etwas frisches Obst und Gemüse, Hühner und Fisch, aber die meisten Lebensmittel kamen in kleinen Wagen aus Nordwelden und in Karawanen aus dem Süden. Es gab Damastballen und gewirkte

Tapeten, hauchzarte Spinnenseide, kostbare Schnitzereien aus Edelsteinen und Holz – die Erzeugnisse eines Landes, in dem es viele Kunsthandwerker gab. Die ganze Allee war mit Laternen geschmückt; verschiedene Öle und Harze verbreiteten Licht in mehreren Farben und Düfte, um die Insekten zu vertreiben.

Überall versammelten sich Leute, die auf den Beginn der Prozession warteten. Rayanische Schausteller aus dem Süden jonglierten mit buntbemalten Flaschenkürbissen oder spielten Mandoline und Flöte, um Tukas zu verdienen, die Edelsteinwährung Simbalas. Bergarbeiter saßen müde im Schatten der Bäume; Soldaten und das einfache Volk säumten die Straßen. Der Geruch von gebackenen Pasteten und ein Durcheinander aus Musik, Gelächter und Stimmen hingen in der Luft.

In einer Gartenschenke sagte ein junger Bergmann zu seinem Gefährten: »Es ist einfach nicht fair. Falkenwind war ein Bergmann, genau wie wir, und jetzt ist er Monarch von Simbala.«

»Du glaubst also, das könnte auch dir passieren?« fragte der andere Bergmann – vielmehr eine Bergfrau.

»Das habe ich nicht gesagt. Nur, eine Zeitlang dachte ich, jetzt hätten wir einen Freund, und die Zustände in den Bergwerken würden sich bessern. Aber die unteren Schächte sind immer noch überflutet, und in den Höhlen von Sindril ist alles feucht. Jedesmal, wenn wir dort den Pickel schwingen, besteht die Gefahr, daß wir eine Ader in Brand setzen.«

»Selbst ein Monarch hat keinen Einfluß auf das Wetter. Die meisten Abstützbalken und Streben sind ersetzt worden, und man gräbt Entwässerungskanäle. Ich finde, Falkenwind macht seine Sache gut.«

»Er war ein Bergmann«, wiederholte ihr Gefährte.

»Du wirst erst zufrieden sein, wenn du in einem Seidenumhang und mit einem edelsteinbesetzten Pickel zur Arbeit gehst«, sagte sie spöttisch. Er zog ein finsteres Gesicht und blickte weg.

An einem Stand meinte eine junge Frau zur Marktfrau: »Es ist das erste Mal, daß eine Frau zum Innenminister ernannt worden ist, und ich glaube nicht, daß mir das gefällt. Einige Aufgaben sollte man den Männern überlassen, sage ich immer. Und dann ist sie auch noch eine Rayanerin . . .« Sie schüttelte den Kopf.

»Mir kommt es gar nicht so übel vor«, sagte die Marktfrau. »Zumindest mal eine Entscheidung!« fügte sie hinzu und blickte anzüglich auf die Melonen, die die Kundin in den Händen abwog.

Die Menschenmengen wurden dichter, als die Zeit für die Prozession näherrückte. Geschichten und Ansichten wurden ausgetauscht, aber in einem Punkt stimmten alle überein: es würde ein denkwürdiges Ereignis sein. Und sie sollten nur allzu recht bekommen.

In den nördlichen Waldgebieten bewegte sich ein einsamer Wanderer rasch und leise zwischen den Bäumen und wich aus Gewohnheit instinktiv knackendem Untergehölz und ungeschützten Stellen aus. Seine Kenntnis des Waldes, das Grün und Braun seiner Kleider, sein großer Bogen mit den Pfeilen im Köcher ließen auf den Jäger aus Nordwelden schließen. Sein Name war Willen. Er war ein gutaussehender Mann mit langem, blondem Haar und einer hohen Stirn, der gerne lachte. Doch jetzt wirkte er herb und abweisend. An seinem Gürtel war ein kleiner Beutel befestigt. Von Zeit zu Zeit umschloß er ihn liebevoll mit der linken Hand, dann ballte er die Hand zur Faust.

Von ferne drangen Festgeräusche zu ihm. Sollen sie lachen und ihr Vergnügen haben, solange sie es noch können, dachte er. Sie werden wenig Grund zur Freude haben, wenn ich meine Geschichte erzählt habe! Die königliche Familie blickt schon seit Jahrhunderten auf uns herab, aber wenn der Oberwald Nahrungsmittel braucht, sind wir ihnen plötzlich gut genug. Mag sein, wie es will – unsere Leute haben sich nie beklagt. Wir haben es nicht nötig, mit Windschiffen oder Palästen zu protzen. Nordwelden kann selbst für sich sorgen. Aber was gestern geschehen ist, geht über all das hinaus. Jetzt werden wir fordern, was uns als rechtmäßigen Bürgern Simbalas zusteht.

Lady Morgengrau hatte ihm von der Prozession erzählt. Sie hatte nicht die Absicht, dabeizusein, aber Willen war auf dem Weg dorthin. Gab es einen günstigeren Zeitpunkt, Monarch Falkenwind über das Geschehene zu informieren?

Er war nervös; er ging seine Worte im Geist durch, immer wieder. Er war erst einmal in seinem Leben im Oberwald gewesen, als kleines Kind, und konnte sich nur noch verworren an prunkvolle Gebäude, vornehme Gestalten und an die riesigen Baumschlösser erinnern – sicher wunderschön, aber er lebte viel lieber in Nordwelden: steile bewaldete Berge und von eisigen Bächen durchschnittene Täler, Kiefernduft und das Geräusch des Windes in den mit Prasselbeerblüten bedeckten Wiesen. Lieber die kleinste Holzhütte in Nordwelden als den schönsten Palast im Oberwald. Es war seine Heimat, und er war nicht gewillt, einen Angriff auf seine Heimat ungerächt hinzunehmen.

Seine Hand griff wieder nach dem Beutel an seiner Seite; diesmal öffnete er ihn und entnahm ihm mehrere scharfkantige Teilchen strahlendbunter Muscheln. Er hielt sie behutsam und betrachtete sie, bis Tränen die Farben vor seinen Augen ineinanderlaufen ließen. Diese Teilchen hatten die Finger der kleinen Kia umklammert gehalten, als sein Sohn sie zerschmettert und mit gebrochenen Gliedern am Strand entdeckte. Man hatte sie seit Wochen vermißt; Suchtrupps hatten das Gebiet durchkämmt, doch nur durch Zufall war Willens Sohn auf einem Streifzug auf sie gestoßen. Offensichtlich hatte sie Muscheln gesammelt, als die Barbaren aus Fandora sie angriffen. In der Nähe hatte sein Sohn noch mehr Schalenteile gefunden, zweifellos die Überreste eines großen Weichtiers, das das Meer an Land gespült hatte.

Natürlich waren es die Fandoraner gewesen, die sie überfallen hatten. Wer sonst? Im Ödland an der See gab es keine Lebewesen, und es gab keinen Grund auf der Welt für das Südland oder Bundura, sie anzugreifen. Simbala lebte in Frieden mit seinen Nachbarn.

In der letzten Nacht jedoch war im Nebel, der über der Meerenge lag, ein kleines Fischerboot aus Fandora gesichtet worden, weit entfernt von der Küste. Willen legte die Muscheln zurück in den Beutel. Die Fandoraner waren Barbaren – das wußte man. Jetzt war es erwiesen, daß sie auch Mörder waren. Er hatte Kia gekannt und geliebt, als wäre sie seine eigene Tochter gewesen. Die Fandoraner durften nicht ungestraft davonkommen. Er würde die Leute aus dem Oberwald um Unterstützung bitten.

Vor ihm markierte eine niedrige Steinmauer den Rand des Oberwaldes. Willen sprang mit einem Satz hinüber und eilte den Weg hinunter. Die Geräusche fröhlichen Treibens waren jetzt sehr nahe.

Von den breiten Stufen des riesigen Baumes, in den der Palast hineingebaut war, begann die königliche Familie über die in weitem Bogen verlaufende, »Monarchenmarsch« genannte Straße ihre Prozession zum Podium von Beron. Die die Straßen säumenden Menschen schlossen sich dem Marsch fröhlich an, und nach wenigen Augenblicken schien praktisch die ganze Stadt der zwanglosen Parade zu folgen.

In der vordersten Reihe gingen Falkenwind und Ephrion mit General Vora und Ceria. Ceria warf einen Blick über die Schulter auf die gewaltige, fröhliche Menschenmenge hinter ihnen. Dann blickte sie Falkenwind an und sagte lachend: »Dies droht außer Kontrolle zu geraten!«

»Hör ihnen zu, Falkenwind«, fügte Ephrion hinzu. »Da soll noch jemand behaupten, du wärest nicht beliebt!«

»Wenn du es sagst, Monarch Ephrion«, sagte Falkenwind, aber der General an seiner anderen Seite entgegnete: »Am ersten sonnigen Tag nach einer Woche Regen würde ich mich jeder Parade anschließen, selbst wenn ein Drache sie anführte!«

Hinter ihnen gingen in lockerer Ordnung die übrigen Mitglieder der königlichen Familie: Lady Eselle und General Emeritus Jibron waren die ersten. Eselle, Ephrions jüngere Schwester und Mutter der Prinzessin Evirae, glänzte in einem Gewand aus Spitze und Goldlamé. Ihre Schönheit war vom Alter beeinträchtigt, aber immer noch beachtlich. Sie flü-

sterte ihrem Ehemann Jibron mit durchdringender Stimme zu: »Sieh nur, wie zwanglos Falkenwind und Ceria miteinander sprechen. Sicher nicht über Staatsgeschäfte. Ist es nicht hinreißend?«

»›Skandalös‹ würde besser passen«, schnaubte General Emeritus Jibron. Er war hochgewachsen, grauhaarig, aber ungebeugt und seiner Meinung nach in besserer körperlicher Verfassung als viele der simbalesischen Soldaten, die seine Söhne hätten sein können. »Wieder mal ein Zeichen für die Laxheit des gegenwärtigen Regimes«, teilte er seiner Ehefrau mit. »Es ist eine Komödie – der Monarch und seine wichtigste Ratgeberin stammen aus dem Volk, und wahrscheinlich ist sie auch seine Geliebte; der General, mein Nachfolger, ist ein Schandfleck, dessen Ansprüche auf direkte Abstammung von der Familie äußerst dünn sind, und der Vorgänger des Monarchen ist senil. Hier wird mehr Theater gespielt als in den Sälen des Südlands.«

»Sprich nicht so von Ephrion«, sagte Estelle in hörbar kühlem Ton. Jibron sah seine Frau an, im Begriff, noch etwas hinzuzufügen, doch da Ephrion ihr Bruder war, hielt er es für besser, zu schweigen.

Hinter ihnen ging der Anlaß für die Prozession, Prinz Kiorte, der sich in seiner Galauniform offensichtlich nicht wohl fühlte. Obwohl sie in aller Eile gereinigt und gebürstet worden war, zeigte seine Uniform immer noch Zeichen der Bergung, die er mitten in den Vorbereitungen zu der Zeremonie vollbracht hatte. Der Stolz jedoch, der von ihm ausging, hielt auch seine engsten Freunde davon ab, eine Bemerkung darüber zu machen.

Neben Kiorte ging eine junge Frau. Sie war groß und sehr schön, größer sogar als ihr Ehemann wegen ihres kegelförmig aufgesteckten Haares; die Flechten hatten die Farbe des Sonnenuntergangs und waren mit Ketten aus Edelsteinen und Perlen geschmückt. Ihre Haut war blaß, fast durchscheinend, und ihre Augen waren von dem Grün des sie alle umgebenden Waldes. Der etwas schmollende Ausdruck ihres Mundes verlieh ihr eine jungmädchenhafte Schönheit, die viele Männer hinreißend fanden. Ihre Nägel waren fast ebenso lang wie ihre Finger, und jeder war in einer anderen Farbe lackiert. Sie ging mit starr geradeaus gerichtetem Blick und lächelte nur gelegentlich nach rechts oder links. Es war Evirae, Prinzessin von Simbala, Gemahlin von Kiorte.

Evirae verlangsamte ihre Schritte, bis sie sich auf gleicher Höhe mit einem jungen braunhaarigen Mann befand, der die Uniform eines Palastbeamten trug. Er sah sie nicht an, als sie sprach. »Lächelt, Eure Hoheit«, sagte er leise und mit einer Spur von Zynismus. »Dies ist ein freudiges Ereignis. Euer Gemahl wird bestallt zum rechtmäßigen Haupt der Brüder des Windes. Seid Ihr nicht entzückt?«

»Natürlich bin ich das, Mesor.« Sie lächelte strahlend und winkte den Zuschauern zu. »Es ist nur schwer, die richtige Freude aufzubringen, wenn die Empfehlung von einem Monarchen aus den Minen stammt.«

Kiorte sah sich um nach seiner Frau und ihrem Ratgeber, sagte aber nichts. Evirae hielt den Atem an. »Hat er uns gehört?«

»Bestimmt nicht«, sagte Mesor. »Es ist einfach nur schlechter Stil, für länger als einige Augenblicke von seiner Seite zu weichen. Ihr wißt, wieviel Wert Prinz Kiorte auf die Wahrung der Form legt. Wolltet Ihr mich etwas fragen?«

Sie seufzte. »Nein. Eigentlich nicht. Ich wollte nur sagen, wie sehr ich es verabscheue, hinter denen herzulaufen.« Das *denen* klang böse gedehnt und wurde von einem bedeutungsvollen Blick auf Falkenwind und Ceria begleitet.

»Aber Ihr müßt hinter ihnen gehen – jedenfalls für den Augenblick.«

Evirae blickte Mesor an und lächelte. »Du bist spitzfindig.« Das Lächeln verschwand. »Ich fürchte, ich bin es nicht. Du weißt, was man über mich sagt – das Volk?«

»Das Volk redet immer«, sagte Mesor vorsichtig.

»Eine Redensart aus jüngster Zeit: Wenn jemand von einem heftigen Wunsch besessen ist, heißt es, ›sich etwas wünschen, wie Evirae sich den Rubin wünscht‹.« Sie machte eine Pause. »Bin ich zu leicht durchschaubar, Mesor?«

»Wie könnte jemand die rechtmäßige Erbin als leicht durchschaubar beschreiben?« entgegnete Mesor. »Aber vielleicht wäre es . . . diplomatischer, wenn Ihr Eurem Groll nicht so offen Ausdruck gäbet. Früher oder später wird sich herausstellen, daß der Bergmann und das Zigeunermädchen unfähig für die Aufgabe sind. Schließlich sind sie nicht von königlichem Geblüt. Euer Tag wird kommen, Prinzessin Evirae, davon bin ich überzeugt.«

»Ja . . .« sagte Evirae. »Aber wir müssen nachhelfen.«

»Ich habe immer Eure Interessen im Augen, königliche Hoheit. Kehrt jetzt lieber zu Eurem Gemahl zurück.«

Evirae nickte und beschleunigte ihre Schritte. Mesor folgte ihr mit den Augen und lächelte.

Hinter ihm gingen Baron Tolchin, Vorsitzender der Kaufmannsgilde, und Baronesse Alora, die Vorsitzende der Kämmerer Simbalas. Beide waren klein und rundlich und sahen einander bis auf den wehenden weißen Bart des Barons sehr ähnlich, wie es bei älteren Ehepaaren häufig der Fall ist. Trotz der Hitze trugen beide Kleider aus Seide und Hermelin. Sie schlenderten dahin und unterhielten sich angeregt in dem bei den Kaufleuten Simbalas üblichen singenden Tonfall.

»Die Karawane müßte inzwischen die Grenze des Südlands erreicht haben«, sagte Tolchin. »Ich bin froh, daß Falkenwind die Truppen zu ihrem Schutz geschickt hat.«

»Die Bergräuber werden es sich diesmal wohl anders überlegen«, stimmte Alora zu.« Und das ist gut so. Unsere Verluste begannen schon dem Handel mit Südland zu schaden.«

Tolchin nickte: »Unser Land kann ohne Handel nicht leben. Es wurde Zeit, daß Falkenwind uns hilft. Ich habe mir Sorgen gemacht seit jener Auseinandersetzung über die Jagd seltener Vögel in Nordwelden. Jetzt bin ich bereit, dem jungen Mann eine Chance zu geben, und sei es nur aus Achtung vor meinem Vetter Ephrion. Bist du auch der Meinung, Alora?« Seine Gemahlin antwortete nicht. Sie hatte in der Menge das vertraute Gesicht eines Bankiers entdeckt und dachte darüber nach, wie man den Gerüchten über seine Affären ein Ende setzen könnte.

Die Prozession führte durch den Wald, der von Musik, Gesang und Tanz widerhallte. Wer immer der Prozession nicht folgte, bevölkerte die Straßen und Wege, um zuzuschauen, zu winken und zu jubeln. Mochten die Bürger Falkenwind mit gemischten Gefühlen gegenüberstehen, über Kiorte waren sich alle einig. Die Nachricht von der Bergung des Windschiffes ließ ihn in noch hellerem Glanz erscheinen als zuvor. Er war der Held des Tages.

Nicht alle Zuschauer jubelten. Von einem günstigen Punkt auf einem Baum in der Nähe des Podiums von Beron beobachtete der Nordweldener Willen das Nahen der Bürger von Oberwald. Es würde jetzt nicht mehr lange dauern, sagte er sich. Bald mußte sich zeigen, was für eine Art von Monarch Falkenwind wirklich war. Der Bogenschütze war immer noch nervös wegen der bevorstehenden Begegnung, aber er mußte dem Monarchen die Botschaft aus Nordwelden überbringen, und wenn seine Rede für den Geschmack der Leute hier zu einfach war, so würde sie doch für seine Mission ausreichen.

General Vora war von dem Fußmarsch nicht begeistert. »Ich habe von Anfang an gesagt, es sei ein Fehler, einen Monarchen zu wählen, der eine körperliche Tätigkeit ausgeübt hat.« Er ächzte.

Ephrion entgegnete: »Wie wird es dir ergehen, wenn du erst mein Alter erreichst, Vora! Du wirst jemanden einstellen müssen, der dich mit einer Schiebkarre durch die Gegend fährt!«

»General«, fügte Ceria lächelnd hinzu, »Ihr solltet Euren Truppen ein Vorbild sein!«

»Das bin ich«, sagte der General. »Sie brauchen nur einen Blick auf meine wohlgenährte Figur und auf meine feinen Kleider zu werfen, dann werden sie beseelt sein von dem Wunsch, sich hochzudienen.«

Darüber mußte Falkenwind plötzlich lachen – ein lautes, ungestümes Lachen. Ceria blickte ihn erstaunt an. In letzter Zeit hatte sie ihn überhaupt nicht mehr lachen hören.

Falkenwind war ihr ein Rätsel, genauso wie sie offensichtlich ihm eines war. Sie hatten nicht absichtlich Geheimnisse voreinander, waren aber beide von zurückhaltender Natur.

Als sie ihn kennengelernt und sich in ihn verliebt hatte, war er ein dunkeläugiger Bergmann gewesen, voller Leben und stets zum Lachen bereit. Jetzt war er Monarch von Simbala, nicht weniger liebevoll, aber oft ernst und schweigsam, mit Staatsangelegenheiten beschäftigt. Er war als erster aus den stolzen Reihen derer, die in den Höhlen arbeiteten, in die königliche Familie von Simbala aufgestiegen. Er schien mit der Familie vertrauter zu sein als sie selbst. Schließlich kam er aus dem Oberwald, sie dagegen nicht. Sie war eine Rayanerin, eine Frau aus Simbala, gewiß, aber eine Tochter der Valian-Ebene und des unsteten Wanderlebens. Sie hatte rayanische Fähigkeiten, für die es im Oberwald nicht einmal Worte gab. Ceria wußte, daß sie beneidet wurde, aber mehr noch, sie fühlte auch, daß man sie fürchtete. Das bekümmerte sie. Ressentiments gab es unter ihren Leuten nicht. Die Rayaner vertrauten einander; sie mußten einander vertrauen, weil niemand sonst es tat. Ceria gab zu, daß es gute Gründe für das allgemeine Mißtrauen gab; viele Rayaner kamen durch Ränke und Diebstahl an Nahrung und Unterkunft. Cerias eigene Familie war ehrlich, aber Rayaner waren Rayaner. Und trotzdem war sie Innenministerin in Simbala geworden, und sie hatte die Absicht, dieses Amt zu behalten. Weder die königliche Familie noch die Banditen von der Valian-Ebene würden sie aus Oberwald vertreiben. Sie blickte wieder zu Falkenwind. Sie hatten beide viele Jahre vor sich, in denen manches geändert werden konnte. Füreinander waren sie von königlichem Geblüt, dachte sie – und mußte lachen: Das klang ja schon so pompös wie das Gerede im Palast.

Die Prozession hatte jetzt das Podium von Beron erreicht – eine Plattform, die aus einem riesigen Baumstumpf gebildet wurde, mehr als hundert Fuß im Durchmesser. Stufen führten hinauf, und sie war von einem Gitter umgeben. In der Mitte erhob sich ein rundes Podium, um das herum in einem Halbkreis Stühle aufgestellt waren, alle aus den letzten Schößlingen des Baumriesen geschnitzt. Die ganze Oberfläche war dick mit Harz bestrichen, in das Edelsteine eingelegt waren; sie glitzerte und schimmerte und leuchtete in gedämpften Farben auf, wenn das Blätterdach Sonnenstrahlen durchließ.

Die Menschenmenge versammelte sich auf der Lichtung. Die Musikanten spielten immer noch auf, und Kinder warfen einander lachend Bälle zu oder zogen kleine Drachen in der Form von Windschiffsegeln hinter sich her. Eine Gruppe von Windseglern stand betont abseits von den anderen, mit verschränkten Armen und in düsteren Uniformen.

Monarch Falkenwind und Prinz Kiorte stiegen die Stufen zum Podium hinauf, und Schweigen breitete sich aus. Kiorte setzte sich, sein blasses Gesicht im scharfen Kontrast zu seiner mitternachtsblauen Uniform. Er sah niemanden an, auch die Windsegler nicht, sondern hielt den Blick vor Schüchternheit und Unbehagen auf den Himmel gerichtet. Falkenwind trat auf das erhöhte Podium. Er drehte sich langsam um und musterte die Gesichter in der Menge. Ceria lächelte, während sie ihn beobachtete, und die Menge jubelte und klatschte Beifall, ohne zu ahnen, daß ein anderer Eindringling in diesen Wald bald im Mittelpunkt des Interesses stehen würde.

Falkenwind sprach mit Bedacht. Er wollte der königlichen Familie beweisen, daß er schon gewandter geworden war bei öffentlichen Ansprachen. »Wir sind hier, um Kiorte zu ehren«, sagte er herzlich, »Kiorte, Prinz von Simbala. Fünf Jahre lang – seit dem Tod seines Vaters Eilat – führt er schon die Brüder des Windes an, die Verteidiger Simbalas. Sie patrouillieren an den Küsten und Grenzen unseres Landes und übermitteln wichtige Botschaften innerhalb ganz Simbalas und zu den Nationen des Südlands. Sie wachen auch über unseren geliebten Wald, um vor Waldbränden, Überschwemmungen und anderen Katastrophen zu warnen.«

Einige Mitglieder des »Kreises« fühlten sich nicht verpflichtet zu schweigen, während Falkenwind sprach. »Sieh dir nur Kiorte an«, flüsterte Baronesse Alora ihrem Gemahl zu. »Trotz aller Selbstbeherrschung kann er es nicht vermeiden, rot zu werden vor lauter Verlegenheit!«

Tolchin war weniger belustigt. »Ich würde Ärger nicht mit Verlegenheit verwechseln. Hast du nicht gehört, was Falkenwind gesagt hat? Er beschreibt die Windsegler als Boten und Waldaufseher! Kein Wunder, daß Kiorte so ein Gesicht macht!«

General Emeritus Jibron stimmte zu. »Warum besteht Falkenwind darauf, diesen Tätigkeiten Vorrang einzuräumen vor der militärischen Bedeutung der Windsegler?«

Monarch Ephrion, der vor Jibron und Tolchin stand, drehte sich um und erklärte: »Seit über einem Jahrhundert hat es keine Kämpfe gegeben. Die Windsegler sind keine Krieger mehr. Wir sollten dafür dankbar sein, Jibron. Ich glaube, Falkenwind möchte die Leute nur auf die unverminderte Bedeutung der Windsegler in anderen Bereichen hinweisen.«

Jibron und Tolchin nickten, aber es war eine Spur von Herablassung in ihrer Zustimmung. Lady Eselle, die den Worten ihres Bruders ernsthaft zugehört hatte, wandte sich an ihre Tochter: »Obwohl du und Falkenwind nicht immer einer Meinung sind, mußt du doch zugeben, daß er Kiorte in leuchtenden Farben malt.«

Evirae flüsterte ihrer Mutter leise zu: »Er versucht nur, sich beim Kreis einzuschmeicheln – als könnten kriecherische Worte einen Bergmann zum Monarchen machen!«

»Kriecherisch? Du sprichst in der letzten Zeit wie Mesor!« Lady Eselle betrachtete ihre Tochter mißbilligend. Die Prinzessin wandte sich wieder dem Podium zu.

»Indem wir Prinz Kiorte unsere Anerkennung seiner Verdienste aussprechen«, sagte Falkenwind in diesem Augenblick, »möchten wir auch den tapferen Brüdern des Windes für die ununterbrochenen Bemühungen um die Sicherheit Simbalas Anerkennung zollen.« Hierauf folgten Beifallsrufe.

Ceria, die vor der Menschenmenge stand, blickte in die grünen Waldestiefen zu beiden Seiten der Plattform. Es gab eigentlich keinen Anlaß dafür – außer einem merkwürdigen Gefühl der Unsicherheit. Für einen Augenblick sagte sie nichts, und dann war es schon zu spät. Über den Beifallsrufen ertönte eine Stimme, leicht bebend, aber klar und deutlich: »Simbala ist nicht sicher!«

Alle Augen richteten sich auf die Bäume links von der Plattform. Alle sahen einen grün und braun gekleideten Mann, der in den über die Plattform reichenden Ästen eines Baumes kauerte. Bevor jemand sich bewegen konnte, warf er etwas, was wie zwei kleine graue Kugeln aussah, in Falkenwinds und Kiortes Richtung; beide traten automatisch zurück, als das erste graue Ding – ein Stück Fels – krachend die polierte Oberfläche der Plattform berührte und über sie hinwegschlitterte, wobei er einen tiefen Kratzer in den makellosen Glanz ritzte. Die Menge hielt den Atem an. Der zweite graue Ball sprang hinter dem ersten her, mit einem Stück Jiteschnur daran befestigt. Es war ein kleiner Beutel aus Leder.

Noch bevor der Felsbrocken die glänzende Oberfläche berührte, flogen mehrere Pfeile von den Armbrüsten der Wachen am Rand der Plattform auf den Baum zu. Willen zog sich in das Blattwerk zurück und brachte sich hinter dem Baumstamm in Sicherheit.

Gleichzeitig lief Ceria die Stufen zum Podium hinauf und stellte sich zwischen Falkenwind und den noch rollenden Felsbrocken. Wenn sie auch nur eine Sekunde darüber nachgedacht hätte, wenn sie gesehen hätte, daß der auf das Podium geschleuderte Gegenstand keine Waffe war – sie hätte es nicht getan. Aber so lange wartete sie nicht.

Sie erkannte sofort, was sie getan hatte. Es bedurfte nicht des vereinten Atemanhaltens der Menge und des folgenden Gewispers, um ihr das klarzumachen. Das Gerücht, daß sie nicht nur eine Ratgeberin Falkenwinds war, hatte sich jetzt bestätigt. Nicht einmal Ephrion oder der General waren mit solchem Eifer herbeigeeilt, um den Monarchen zu schützen – und sogar die Palastwachen kamen ihr nicht mit ihren Pfeilen zuvor. Cerias und Falkenwinds Blicke trafen sich für Sekunden, und während dieser Sekunden sprachen sie in Gedanken miteinander; von ihrer Seite kamen Bedauern und Sorge, von seiner Verständnis.

Jibron wandte sich dem hinter ihm stehenden Tolchin zu und lächelte wissend: »Ich habe es ja gesagt! Sie ist seine Geliebte!«

Eviraes Finger krallten sich in Mesors Schulter; er spürte, wie ihre langen Nägel sich in den Stoff seines Umhangs preßten. »Mesor . . .« zischte sie. »Ich habe es gesehen, Hoheit«, erwiderte er leise. »Das ist unsere . . . Eure Chance.«

Die Wachen machten sich für einen zweiten Pfeilhagel bereit, aber Falkenwind rief ihnen zu: »Laßt das! Es ist kein Angriff!« Er wandte sich zum General, der seine Körperfülle auf die Plattform bewegt hatte und den Beutel aufhob. Er öffnete ihn; eine Weile mühten sich seine groben Finger mit der Zugschnur ab. Dann zog er ein zerknittertes Kleidungsstück hervor, das zu einem kleinen Knäuel zusammengedrückt war. Falkenwind untersuchte es rasch. Es war die Tunika eines kleinen Kindes, zerfetzt und zerrissen und so mit getrocknetem Blut verschmiert, daß die ursprüngliche Farbe kaum noch zu erkennen war. Wieder herrschte Schweigen, ausgenommen ein Zischen im Hintergrund, als jene, die zu weit entfernt waren, von den anderen über den Inhalt des Beutels informiert wurden.

Falkenwind blickte zum Baum hinauf. »Zeige dich!« rief er. »Niemand wird dir etwas antun. Zeige dich in Frieden!«

Willen trat wieder auf die Äste hinaus, diesmal völlig ungeschützt von Blättern. Allen war klar, daß er aus Nordwelden kam, und wieder erhob sich ein leises Gemurmel.

»Was willst du, Nordländer?« fragte Falkenwind.

Willen hielt sich mit beiden Händen an den Zweigen fest und hoffte inständig, daß die Schwachheit seiner Beine und das Zittern seiner Arme nicht zu offensichtlich waren. Es hatte großer Anstrengung bedurft, den Felsbrocken weit genug zu werfen. Doch seine Stimme klang ruhig.

»Ihr kennt uns, Monarch Falkenwind«, sagte Willen. »Die Monarchen vor Euch haben uns gekannt. Wir haben Euch noch nie um Hilfe gebeten, aber jetzt tun wir es. Wir fordern Vergeltung! Eines unserer Kinder ist in einer kriegerischen Handlung getötet worden!«

Die Menge brachte Zweifel zum Ausdruck und wartete dann auf die Reaktion des Monarchen.

»Sprich mir nicht von Krieg. Wer sind die Mörder?«

Willen beugte sich vor und sagte mit erhobener Stimme, so daß alle ihn hören konnten: »Die Fandoraner! Sie sind an unseren Küsten gelandet und haben ein Kind getötet!«

Diesmal ertönte zum erstenmal Gelächter in der Menge, nicht laut, aber die wenigen Lacher genügten, um den Mann aus Nordwelden zornig zu machen. »Hört mir zu!« schrie er. »Ich spreche die Wahrheit! Ein Fischerboot aus Fandora wurde gestern morgen vor der Küste meines Landes gesichtet, und Stunden danach wurde das Kind tot gefunden, getötet, wie nur Barbaren töten können!«

Spottrufe wurden in der Menge laut.

»Ist das auch Eure Reaktion, Monarch Falkenwind? Ihr stammt aus dem Volk!« schrie Willen. »Im Gegensatz zur königlichen Familie kennt Ihr den Unterschied zwischen nackter Wahrheit und Lügen. Was ich sage, ist wahr. Wenn Ihr das nicht erkennt, ist es möglich, daß Fandora nicht der einzige Feind Simbalas bleibt.«

Diese Feststellung war gleichbedeutend mit Hochverrat, und der General und Ephrion, die zusammen auf der Plattform standen, sahen einander bestürzt an. »Ich hatte gehofft, daß dies eine Einzelgängeraktion war«, sagte der General, »aber wenn er solche Worte riskiert, muß es in der Tat eine schwerwiegende Angelegenheit sein.«

Ephrion schüttelte bekümmert den Kopf. »Es fängt wieder an«, murmelte er. »Die alte Abneigung zwischen Nordwelden und Oberwald.«

»Wir wissen, daß die Bauern und Fischer aus Fandora uns immer beneidet haben«, sagte Baron Tolchin voller Zweifel zu Alora, »aber daß sie so weit gehen würden?«

»Pure Dummheit«, entgegnete Alora. »Wie können sie nur denken, daß sie einen Krieg gegen uns führen und gewinnen können?«

Willen kümmerte sich nicht weiter um die Menge. »Versteht mich recht, Falkenwind«, sagte er. »Wir aus Nordwelden fordern Rache an Fandora! Wir erwarten Eure Antwort in drei Tagen. Wenn keine Gerechtigkeit geübt wird, erhaltet Ihr keine Fleisch- oder Gemüselieferungen aus Nordwelden mehr!«

Tolchin ballte die Fäuste. »Das würden sie nicht wagen!«

»Ich glaube doch«, entgegnete seine Gemahlin.

»Wir haben eure Bedingungen gehört«, rief Falkenwind. »Willst du nicht bleiben und unsere Entscheidung abwarten?«

»Ihr unterschätzt uns schon wieder«, sagte Willen. »Wir werden Euch keine Geisel anbieten. Wenn ich bis Anbruch der Nacht nicht wieder bei meinem Begleiter bin, wird er nach Nordwelden zurückgehen und den Beginn des Boykotts veranlassen.«

»Wir werden sehen«, erwiderte Falkenwind. Dann wandte er sich an seine Wachen, die immer noch mit gespannten Armbrüsten bereitstanden. »Gebt ihm freies Geleit zurück nach Nordwelden.« Zu Willen sagte er: »Ihr werdet von uns hören.«

Willen nickte und verschwand rasch im Laubwerk. Kaum ein Rascheln kennzeichnete seinen Weg.

Als er verschwunden war, herrschte einen Augenblick völliges Schweigen, da alle auf den Wald blickten, dessen Schatten jetzt viel dunkler wirkten. Falkenwind hielt immer noch das zerfetzte und blutverklebte Stück Stoff in der Hand, das ein Kinderkleid gewesen war. Er starrte es an, dann legte er es behutsam auf den Rand des Podiums. Er wandte sich zu Kiorte und unterhielt sich leise mit ihm.

Plötzlich sprach und bewegte die Menge sich wieder. Ceria hörte Bruchstücke erregter Gespräche. »Die Leute aus Nordwelden waren schon immer verrückt ...« – »Warum sollten die Fandoraner so etwas tun?« Falkenwind hob die Arme. Als wieder Ruhe herrschte, sagte er: »Angesichts der Umstände hat Prinz Kiorte einer Abkürzung der Feierlichkeiten zugestimmt. Er wird hiermit zum Befehlshaber der Windschiffmänner ernannt.«

Kiorte nahm schweigend die Medaille entgegen, einen makellosen Smaragd, der an einer Pfauenfeder hing. Dann verließen beide das Podium, Kiorte über die Strickleiter eines Windschiffs, das jetzt über der Lichtung schwebte.

Die Menge löste sich schnell auf; alle hatten es eilig, die Neuigkeiten nach Oberwald zu bringen. Falkenwind schloß sich dem General, Ephrion und Ceria an.

»Es hieß ja, eines Bergmannes Sohn auf dem Thron würde nur Leid über das Land bringen«, sagte er, mehr zu sich selbst als zu den anderen. Die anderen schwiegen betreten. Dann seufzte Falkenwind und bedeckte für einen Moment seine Augen mit der Hand. »Ich werde euren Rat brauchen«, sagte er. »Laßt uns zurückgehen. Heute nacht wird es wenig Schlaf geben im Palast.«

Evirae stand immer noch vor dem Podium, während die Lichtung sich langsam leerte. Mesor stand abwartend daneben. Sie hatte die Finger verschränkt und schlug ihre langen, eleganten Nägel leicht gegeneinander. Dann hob sie den Kopf und sah Mesor an.

»Schnapp ihn dir«, sagte sie.

Ihr Vertrauter verschwand schnell im Wald.

9

Jondalrun, Tenniel, Lagow und Tamark ritten in südlicher Richtung zum Alakan Fenn. Die Ältestenversammlung hatte sie gewählt, die Hexe aufzusuchen, und das Fenn, wo sie lebte, lag fast einen ganzen Tagesritt von Tamberly entfernt. Sie brachen schon bei Morgengrauen auf, und Jondalrun trieb die Gruppe unbarmherzig an; ihre Rationen Trockenfisch und Mais aßen sie im Sattel. Sie ritten durch karge Wälder und über vom Wind gepeitschtes Hochland, bis sie zum Opain kamen, dem sie in südwestlicher Richtung folgten. Ihr Weg führte sie bergab und an mehreren kleinen Seen vorbei, die vom Opain und seinen Nebenflüssen mit Wasser versorgt wurden. Als die Sonne ihren höchsten Stand erreichte, ritten sie immer noch, und ihre Pferde begannen zu stolpern. »Eine Ruhepause!« rief Lagow. »Bevor meinem Pferd das Herz durch die Rippen platzt!«

»Am Fenn«, brüllte Jondalrun zurück, weil er niemandem Zugeständnisse machen wollte, der seinen Kriegsplänen offenen Widerstand geleistet hatte. »Die Pferde können sich am Rand des Fenns ausruhen und werden dort auch Gras finden. Von dort aus gehen wir zu Fuß.« Die Männer ritten weiter durch Staubwolken, die ein aufkommender Wind in die Höhe blies. Besser noch vor der Dunkelheit dort ankommen, dachte Jondalrun. Über einen mit glitschigen Flechten und Moos bedeckten Felsboden näherten sie sich endlich dem Haus der Hexe.

Als Lagow das Labyrinth aus Bäumen und Schlingpflanzen entdeckte, stieg er von seinem Pferd ab, ließ es an einem nahe gelegenen Bach trinken und führte es dann hin und her. Zornig sagte er zu Jondalrun: »Ich frage mich nur, warum sie nicht tot umgefallen sind!«

»Sie haben die Nacht, um sich auszuruhen«, sagte Jondalrun, während er sein Pferd zum Wasser führte.

Tamark stieg ab. »Es gibt hier Wölfe, Jondalrun! Vielleicht sollte einer von uns bei den Pferden bleiben.«

»Die Wölfe jagen in den Bergen, Tamark; sie meiden den Treibsand des Fenns. Die Pferde werden hier, wo sie weiden können, ganz sicher sein.«

Der Fischer rieb seinem Pferd die Flanken trocken, nicht völlig überzeugt.

Tenniel beobachtete die drei anderen Ältesten stumm. Er hatte nicht mit einer so heftigen Verbitterung zwischen ihnen gerechnet. Obwohl er schon manch einen Streit hatte schlichten müssen, war er überrascht. Es waren schließlich Älteste, keine Stallknechte. Wenn sie einander schon bekämpften – wie konnte man dann von ihnen erwarten, daß sie sich den Simbalesen entgegenstellten? Er selbst empfand tiefe Reue über den Tod des Erfinders Amsel. Er hatte sich in einem Augenblick begeisterter Liebe zu Fandora den beiden anderen Ältesten angeschlossen, aber als er sah, wie der kleine, freundliche Mann in seinem brennenden Baumhaus von Flammen eingeschlossen wurde, war er entsetzt gewesen. Er hatte geholfen, einen Mann zu töten, einen Verräter vielleicht, aber er hätte trotzdem auf Jondalrun hören sollen. Bei all seiner Starrköpfigkeit hatte der alte Mann dennoch eine faire Verhandlung für Amsel gefordert.

Lagow stand am Ufer des Baches. »Machen wir weiter«, sagte er mit einem Seufzer und ging auf das Fenn zu. Er hatte sich freiwillig gemeldet, als einer von vier Ältesten die Kriegsvorbereitungen zu überwachen. Eine Invasion schien unvermeidlich, und er hoffte, als Inspektor besser in der Lage zu sein, so viele Leben wie möglich zu retten. Ein Menschenleben würde er mit Gewißheit retten: Seinen Sohn ließ er nicht in den Krieg ziehen, und wenn er ihm deshalb das Bein brechen müßte.

Tamark suchte in seiner Satteltasche nach der Karte, die Pennel ihnen gegeben hatte. Er hatte ebenfalls versucht, sich mit dem Wahnsinn eines Krieges abzufinden, und war der Meinung, er könnte Fandora am besten helfen, wenn er Inspektor mit Entscheidungsbefugnis bei den Invasionsplänen würde – falls es überhaupt zu einer Invasion kam, dachte er zynisch; wenn die Bauern beim Überqueren der Straße von Balomar nicht innerhalb einer Stunde ertranken. Auch für einen Mann mit seiner Erfahrung waren die Gewässer zwischen Fandora und Simbala noch gefährlicher als die Zauberer. Er wünschte, Dayon wäre nach Kap Bage zurückgekehrt. Der junge Mann wußte mehr über die Meerenge als viele erfahrene Seeleute, weil er in seiner Unerfahrenheit den Mut gezeigt hatte, der nötig war für Fahrten in Gewässer, von denen es keine Seekarte gab. Aber Dayon war vor zwei Wochen ausgefahren und noch nicht zurückgekehrt. Tamark machte sich Sorgen.

Die Ältesten suchten sich einen Weg durch verschlungene Bäume, Schilf, Binsen und Farn. Von Zeit zu Zeit sanken ihre Stiefel tief ein in rostfarbigem Sumpf. Nebel umgab sie und berührte sie in trägen, feuchten Liebkosungen an Kopf und Nacken. Vögel flogen plötzlich ganz in ihrer Nähe auf, und hin und wieder sahen sie etwas Großes, Undeutliches im Nebel, das sich langsam von ihnen entfernte.

Mit Sensen durchschnitten sie Vorhänge aus Rohrkolben. Von allen Seiten umgaben sie die Geräusche des Fenns: brodelnd stiegen tückische Gase aus dem stillstehenden Wasser auf, Frösche quakten mit tiefer trauervoller Stimme, und manchmal hörten sie aus der Ferne ein solches Brüllen, daß sie die Hände mit hervorstehenden Knöcheln um die Schäfte ihrer derben Waffen preßten und stehenblieben. Je tiefer sie in den Sumpf eindrangen, um so dunkler wurde es, als sei dort im Zentrum immer Abend. Sie sahen den kalten Schimmer phosphoreszierenden Lichts von faulen Holzstümpfen. Der Gestank wurde immer schlimmer, bis sie das Gefühl hatten, sie müßten sich erbrechen – widerliche, bösartige Gerüche von Zerstörung und Tod. Gelegentlich kamen sie an einem mit kleinen schwarzen Samenschoten bedeckten Busch vorbei, und als Lagow versehentlich eine dieser Schoten zwischen seiner Hand und einem Baumstamm zerdrückte, war er erstaunt über den erfrischenden scharfen Zitrusgeruch, den sie ausströmte. Danach trug jeder von ihnen eine Handvoll Schoten bei sich und zerdrückte sie, wenn die Gerüche aus dem Sumpf zu eindringlich wurden.

Dies war das Alakan Fenn, ein ausgedehnter Sumpf, der das flache Land zwischen den Cirdulan-Bergen bedeckte. Sumpf und Berge verhinderten einen leichten Zugang vom Südland nach Fandora. Es gab eine gefährliche Handelsstraße über den Kamm der Berge, die schließlich durch den Hochspitz-Paß wieder zur Ebene führte. Davon abgesehen war Fandora völlig isoliert – und stolz darauf.

Stundenlang, so schien es den Männern, kämpften sie sich auf das Innere des Sumpfes zu, schlugen nach Mücken und wischten sich immer wieder den kalten Schweiß vom Nacken. An einer Stelle biß eine rote Natter von einem umgestürzten Baumstamm nach Tenniel; ihre Giftzähne gruben sich in das Leder seines Stiefels, und er hüpfte erschrocken und furchtsam zurück. Tamark packte ihn an den Schultern, dann beugte er sich hinunter, ergriff die Natter direkt hinter dem Kopf und warf sie in hohem Bogen in den Sumpf.

»Du scheinst keine Furcht zu kennen«, sagte Tenniel zu Tamark.

»Ich habe das gleiche mit Giftaalen gemacht, die in mein Boot gesprungen waren«, sagte Tamark. »Giftzähne erschrecken mich nicht.«

Endlich lichtete sich der dichte Pflanzenwuchs. Der Boden stieg leicht

an, und nach einer Weile fanden die vier Ältesten sich in einer öden, offenen Steppenlandschaft, die mit braunem Gras bedeckt war und übersät von kleinen stehenden Gewässern. Mitten in dieser Einöde stand eine kleine, aus Lehm, Schilf und Steinen errichtete Hütte. Vorsichtig näherten sie sich.

Vor der Hütte schwelte ein Feuer, und daneben kauerte etwas, das wie ein Bündel aus Lumpen und Haar aussah. Nachdem er einen Augenblick lang hingestarrt hatte, erkannte Tenniel ungläubig, daß in dem schmutzigen, übelriechenden Haufen Leben war.

Sie richtete sich aus ihrer kauernden Haltung auf und hob den Kopf, starrte die Männer an. Sie sah noch schlimmer aus, als sie erwartet hatten – verschrumpelt und alt, ihr Gesicht durchzogen von schmutzverkrusteten Runzeln und an einigen Stellen fleckig und geschwollen von irgendeiner Krankheit. Sie hob einen Arm, der wie ein in verwelkte Blätter gewikkelter Stock wirkte, und richtete ihn auf die Männer.

»Was wollt ihr?« Ihre Stimme überraschte sie. Etwas fehlte; die Hexe hatte den Ruf, allwissend und weise zu sein. Eine Andeutung davon hätte in der Stimme zu hören sein müssen – Sicherheit, Arroganz. Statt dessen war es lediglich die Stimme einer alten Frau, nörgelnd und sogar etwas furchtsam.

Die vier Männer bauten sich vor ihr auf: Tenniel und Lagow auf ihre Stöcke gelehnt, Tamark unbewegt und Jondalrun mit verschränkten Armen, bereit, dachte Lagow, der alten Frau den dürren Hals umzudrehen, wenn er keinen Talisman erhielt.

»Frau«, sagte Jondalrun mit entschiedener, harter Stimme, »Fandora wird gegen Simbala Krieg führen. Wir brauchen etwas, was unsere Männer vor der Zauberei der Simbalesen beschützt. Ich selbst halte das für dummes Zeug, aber die Mehrheit wünscht es. Gib uns also irgendeinen Zauber, der unseren Sieg garantieren wird.« Er fügte einen kurzen Bericht über den Tod der Kinder hinzu. Dann schwieg er, und um sie herum war das Schweigen des Fenns.

Die alte Frau senkte den Kopf. Tenniel dachte zuerst, sie sei eingeschlafen, so ruhig und bewegungslos hockte sie da. Dann hörte er ein leises trockenes Geräusch wie zwei Stück ungegerbtes Leder, die aneinander gerieben werden, und plötzlich kam ihm zum Bewußtsein, daß die alte Frau lachte. Oder weinte? Er war nicht sicher.

Sie starrte sie wieder an, und in ihren Augen sah er eine tiefe Traurigkeit. Mit trockener, zischender Flüsterstimme sagte sie: »Wer bin ich, daß ihr dieses von mir verlangt? Ich weiß«, und sie hob eine abgezehrte Hand, um einer Antwort zuvorzukommen, »ich bin die, die ihr die Hexe vom Fenn nennt. Die bin ich«, schrie sie plötzlich, »verdammt zu einem

Exil aus Schlamm und Nebel und dem gelegentlichen Geschwätz von Dummköpfen!«

Nach diesem Ausbruch verstummte sie, murmelte nur leise vor sich hin. Tenniel und Lagow blickten einander unsicher an; sogar Tamark schien überrascht. Allein Jondalrun zeigte sich unbewegt.

»Du bist die mit dem Wissen, das wir brauchen«, sagte er derb. »Wir haben keine Zeit für müßige Unterhaltung. Gib uns, was wir brauchen.«

Sie lachte freudlos. »Schon lange kauere ich hier auf diesem trostlosen Hügel«, sagte sie langsam. »Das ist meine einzige Abwechslung in der Eintönigkeit – Besucher wie ihr. Im übrigen bin ich vergessen. Kennt einer von euch auch nur meinen Namen?« schrie sie.

Tenniel stellte zu seiner großen Überraschung fest, daß er Mitleid mit ihr hatte. Ihm war plötzlich klargeworden, daß sie einmal jung gewesen war, vielleicht sogar hübsch, wenn man sich das auch schwer vorstellen konnte. Sie hatte eine Vergangenheit, hatte Eltern gehabt, hatte vielleicht sogar Liebe gekannt. Sie hatte sich in die Geheimnisse der Natur vertieft und war bestraft worden. Vielleicht hatte sie nichts Böses im Sinn gehabt. Aber sie hatten sie »Hexe« genannt und sie verbannt. Tenniel spürte eine tiefe Traurigkeit in sich aufsteigen.

»Lassen wir sie in Ruhe«, murmelte er, halb zu sich selbst. Jondalrun blickte ihn an, und zu seiner Überraschung sah Tenniel Unsicherheit in dem Blick. Dann wandte Jondalrun sich wieder der Frau zu.

»Es tut mir leid, alte Frau«, sagte er. »Aber wir müssen unsere Männer schützen.«

»Ich würde euch anlügen, wenn ich das könnte«, sagte sie. »Ich würde dafür sorgen, daß ihr eure Reise umsonst gemacht habt, aber ihr kämt doch nur zurück, um Rache zu nehmen. Auch Wesen wie ich hängen am Leben.« Sie tauchte mit einer Hand in die Falten ihrer Gewänder und zog sie wieder hervor, gefüllt mit kleinen schwarzen Schoten. Lagow erkannte sie überrascht als die gleichen Schoten, die sie bei sich getragen hatten, um die üblen Gerüche des Fenns abzuwehren.

Sie bot Jondalrun die Schoten an: »Diese gibt es im Sumpf überall. Macht Armbänder daraus und gebt gut auf sie acht, denn sie sind alles, was euch vor einem Feind beschützt, den ihr gar nicht kennt.«

Jondalrun steckte sie in seine Tasche. »Was meinst du damit?« fragte er. »Wie sollen wir sie benutzen?«

»Mehr werde ich nicht sagen«, entgegnete sie. »Fort mit euch, ihr Männer, die ihr eine Familie und ein Zuhause habt und so töricht seid, sie für einen Krieg aufs Spiel zu setzen.« Sie kauerte sich wieder nieder und wurde zum zweitenmal zu einem regungslosen Lumpenhaufen.

Die Männer zogen sich langsam und still zurück. Als sie den Sumpf wieder betraten, blieb Jondalrun stehen, um weitere Schoten zu pflücken, und forderte seine Begleiter barsch auf, es ihm nachzutun. Sie pflückten, bis die Dämmerung nahte. Danach beeilten sie sich und folgten ihren eigenen Spuren zurück. Sie hielten am Rand des Sumpfes Lager und verbrachten eine unruhige, von Mücken geplagte Nacht. Am nächsten Morgen sammelten sie wieder Samenschoten, bis ihre Taschen und Satteltaschen zu platzen drohten.

Auf dem Rückritt nach Tamberly fiel Tenniel Jondalruns Schweigsamkeit auf. Er war auch auf dem Ritt zum Fenn meistens schweigsam gewesen, aber dies war eine andere Art von Schweigsamkeit, beinahe so, dachte Tenniel, als ob er sich schämte.

10

In der Nähe von Oberwald stand ein Mann an einen Baum gefesselt, mitten in einer abgelegenen Lichtung. Es war Willen, der Nordweldener. Die Lichtung war von gepflegten Sträuchern umgeben, ein Ort, der eigentlich zur inneren Einkehr bestimmt war. Willen jedoch war gar nicht danach zumute. Als er das Podium verlassen hatte, war er noch stolz auf sich gewesen. Er hatte sein Ultimatum gestellt und Eindruck gemacht. Er war, um die Wahrheit zu sagen, so in selbstgefälligen Betrachtungen versunken, daß er seine übliche Vorsicht vergessen hatte. Da fiel plötzlich von einem Baum herunter ein Netz über ihn, man brachte ihn an diesen Ort, und da stand er nun schon seit Stunden. Es war jetzt später Nachmittag.

»Ich sage es dir noch einmal«, sagte er mit gepreßter Stimme zu seinem Bewacher, »ich bin hier als Abgesandter von Nordwelden! Dies wird zu ernsthaften Unannehmlichkeiten führen! Wenn ich nicht bald zurückkehre, wird mein Begleiter in Nordwelden Bescheid geben!«

Der Bewacher zuckte nur die Achseln. Er gehörte zu Prinzessin Eviraes persönlichem Gefolge, ausgewählt, weil er die bewundernswerte Fähigkeit besaß, Befehlen zu folgen, ohne viel darüber nachzudenken. Mesor hatte ihm den Auftrag gegeben, und er hatte ihn ausgeführt; die Beschimpfungen seines Gefangenen störten ihn überhaupt nicht.

Seine Gelassenheit sollte jedoch bald gestört werden. Willen hatte von dem Moment an, als er an den Baum gefesselt worden war, die Stricke an seinen Gelenken an der Baumrinde hin und her gescheuert. Jetzt, nach mehrstündiger Arbeit, standen sie kurz vor dem Zerreißen. Der Bewacher bemerkte es erst, als Willen seine Fesseln zerriß und über die Grasnarbe auf die Sträucher zulief. Es mangelte dem Bewacher zwar an Intelligenz, nicht aber an Schnelligkeit. Er holte Willen ein und packte den Nordweldener in dem Moment, als sie den Rand der Lichtung erreichten. Sie rollten auf dem Rasen hin und her, um sich tretend und schlagend. Der größere Körperumfang des Bewachers begann sich schließlich durchzusetzen; Willen lag auf dem Rücken, vom Bewacher zu Boden gepreßt. Plötzlich ertönte ein Knacken in den Sträuchern. Beide blickten erstaunt auf – in lächerlicher Stellung.

»Laß den Mann frei!« sagte die Prinzessin Evirae. Sie war auf einem schönen Schecken aus den Sträuchern aufgetaucht. Aus Willens Sicht schien ihr hochgestecktes Haar über die Baumwipfel hinauszureichen: Edelsteine glitzerten darin, und kleine Glocken umgaben sie mit Musik. Ihr Reitkleid war von einem strahlenden Gelb, und ihre langen Ärmel wurden von silbernen Schleifen zusammengehalten.

Hinter ihr folgte ein Mann, ebenfalls zu Pferd. Willen hatte ihn neben ihr bei der Zeremonie gesehen. Es war Mesor, Eviraes wichtigster Ratgeber. Die beiden Reiter zügelten ihre Pferde knapp vor den beiden Männern auf dem Boden. Evirae zeigte mit einem ihrer langen Fingernägel theatralisch auf den Bewacher. »Wie kannst du es wagen, einen Abgesandten aus Nordwelden so zu behandeln!«

Der Bewacher stolperte verwirrt auf die Füße. »Ich bitte um Verzeihung, Hoheit, ich habe doch nur getan, was Ihr . . .«

»Schweig still!« rief Evirae. Das Pferd bäumte sich ein wenig auf und schnaubte, als sie an den Zügeln riß, was ihren Befehl noch unterstrich. »Kehre nach Oberwald zurück und warte auf meine Anordnungen!«

Der Bewacher schluckte, nickte und verließ sie. Evirae lächelte jetzt auf Willen hinunter, der noch immer auf dem Boden lag. »Mesor«, sagte sie, »kümmere dich um unseren Gast.« Mesor schwang sich von seinem Pferd hinunter, half Willen hoch und bürstete Schmutz und Zweige von seiner Tunika. Er erkundigte sich nach dem Namen des Nordweldeners und teilte ihn der Prinzessin mit. Evirae saß ab und streckte ihm die Hand entgegen. Willen ergriff sie, sorgsam die Nägel vermeidend; er hatte gehört, daß sie sie mit Gift färbte, obwohl es ihm angesichts ihrer Schönheit schwerfiel, das zu glauben. »Ich möchte mich bei dir entschuldigen«, sagte sie zu ihm, und ihre Stimme war süßer als das erste Vogellied nach einem Regen. »Ich hatte keine Ahnung, daß dieser Dummkopf dich mit Gewalt festhalten würde. Ich habe ihn nur angewiesen, dich zu bitten, an diesem abgeschiedenen Ort auf mich zu warten. Ich möchte über eine dringende Staatsangelegenheit mit dir sprechen, Willen aus Nordwelden.«

Trotz der Jahre, die er als Jäger verbracht hatte, stand Willen den Methoden des Oberwalds völlig naiv gegenüber. Die Schönheit und sanfte, zarte Art dieser Frau bewegten ihn tief und weckten seine Beschützerinstinkte; gleichzeitig kam er sich selbst tölpelhaft vor. Sie führte ihn anmutig in den Schatten des jungen Baums, und sie setzten sich nieder. Mesor hatte eine Decke ausgebreitet und zog sich diskret zurück.

Willen konnte Eviraes Parfüm riechen, fühlte sich ungewaschen und hoffte, daß der Wind zu seinen Gunsten wehen würde.

»Ich brauche dein Vertrauen, Willen«, sagte Evirae ernsthaft. »Was ich dir sage, sage ich unter dem Siegel der Verschwiegenheit. Es könnte die Zukunft Simbalas bedeuten. Versprichst du mir, niemandem etwas zu enthüllen?«

Willen zögerte. »Ja?« fragte Evirae. »Sprich offen – wir sollten diese Sache nicht mit diplomatischer Etikette belasten.«

»Hoheit, ich muß von vornherein sagen, wenn Ihr versuchen wollt, mich zu überreden, das Ultimatum zurückzuziehen, das ich Falkenwind gestellt habe . . .«

»Aber auf keinen Fall!« sagte Evirae. »Ich bin im Gegenteil der Ansicht, daß Nordwelden im Recht ist. Wirst du mir jetzt zuhören?«

»Wie Ihr wünscht«, sagte Willen, völlig gefesselt von ihrem geschickten Verhalten. »Aber«, fügte er hinzu, »wenn ich bis zum Sonnenuntergang nicht zurück bin, wird die Handelssperre in Kraft treten.«

»Ich werde mich kurz fassen. Der Tod eines Kindes ist etwas Tragisches. Wenn es wirklich die Schuld der Fandoraner war . . .«

»Mein eigener Sohn hat die Leiche am Strand gefunden.«

»Dann sind wir in großer Gefahr«, sagte Evirae. »Ich bezweifle, daß Oberwald im Augenblick die richtige Führung hat, um mit dieser Krise fertig zu werden. Die Regierung ist durchsetzt von Leuten, die sie für ihre eigenen Zwecke benutzen wollen.«

»Was meint Ihr damit?« fragte Willen.

»Ich meine dieses: Falkenwind und Ceria beabsichtigen, mit der Hilfe von General Vora Simbala zu ihrem eigenen Vorteil zu benutzen, vielleicht im Bunde mit dem Südland.«

Willen starrte sie ungläubig an.

»Monarch Ephrion«, fuhr Evirae fort, »hat schwer gelitten. Er war krank, als er Falkenwind auswählte. Er wird allmählich senil, hat weder Ehefrau noch Kinder, und Lady Morgengrau, seine geliebte jüngere Schwester, bleibt in ihrem selbstgewählten Exil in Nordwelden. Falkenwind sieht diese Dinge. Ephrion hat ihn für seinen Mut in den Minen ausgezeichnet, und er benutzte die Gelegenheit, um sich einzuschmeicheln. Nachdem sie erst im Palast waren, stand Ephrion völlig unter dem Einfluß von Falkenwind und dessen Zigeunerliebchen Ceria.

Obwohl ich ein Mitglied der königlichen Familie bin, war ich zuerst nicht gegen Falkenwind, aber ich merke mehr und mehr, daß er schwach ist. Er regiert Simbala nicht, er ist eine Marionette und spricht selten zum Volk. Es ist Ceria, die die Fäden zieht, unterstützt vom General. Ein erschreckender Plan beginnt sich abzuzeichnen, Willen. Falkenwind hat zum Beispiel nichts bei früheren Auseinandersetzungen mit Fandora unternommen . . .«

»Verzeihung, Hoheit«, sagte Willen zögernd. »Aber . . . frühere Auseinandersetzungen?«

»Das ist zu kompliziert, um jetzt darauf einzugehen – du hast selbst gesagt, daß wir nicht genug Zeit haben. Ich bat dich, mir zu vertrauen, nicht wahr?« sagte Evirae mit einem entwaffnenden Lächeln. Ohne auf eine Antwort zu warten, fuhr sie fort: »Falkenwind ist Cerias Marionette. Niemand kennt ihre genaue Herkunft, außer daß sie eine Rayanerin ist. In Nordwelden hat man schon häufiger Probleme mit Rayanern gehabt, oder nicht?«

»Das kann man wohl sagen!« erwiderte Willen erregt. »Diebe und Vagabunden, alle zusammen! Nie für ehrliche Arbeit zu haben . . .«

»Genau«, sagte Evirae, ihn geschickt unterbrechend, »aber sie sind schlau, sehr schlau. Ceria hat Pläne, die durch Falkenwinds Aktionen unterstützt werden, und ich muß herausfinden, um was es geht. Und dafür werde ich Hilfe brauchen, die Hilfe eines Volkes, das sich nicht fürchtet, sein Recht zu fordern, und sei es beim Monarchen von Simbala.«

»Ich verstehe«, sagte Willen.

»Gut, gut. Denke bitte daran, daß diese Unterhaltung geheim ist, aber wenn du mit ein paar Leuten deines Vertrauens sprechen möchtest, dann tue das. Nur nicht mit Lady Morgengrau, ich fürchte, sie ist Falkenwind treu ergeben.«

Willen war beunruhigt. Diese Informationen Lady Morgengrau vorenthalten? Wie konnte er das?

Evirae spürte Willens Unbehagen und sagte: »Schließlich wurde Falkenwind von Lady Morgengraus eigenem Bruder ernannt.«

Willen nickte. Das gab einen Sinn. Die Prinzessin sprach so überzeugend, viel überzeugender als die Leute aus Oberwald, mit denen er in der Vergangenheit zu tun gehabt hatte. Und doch – im tiefsten Inneren störte Willen irgend etwas. Es fiel ihm schwer, einem Menschen zu trauen, der für alles eine Antwort hatte.

Evirae beugte sich zu ihm. »Denke daran«, sagte sie vertraulich, »es gibt Gerüchte über die Rayaner. Es sind Nomaden. Sie könnten ohne weiteres in einem anderen Land gelebt haben, vor vielen Jahren, vielleicht in . . . Fandora?«

Willen zuckte zurück und starrte sie an. Er richtete seine Gedanken auf das Land jenseits der Straße von Balomar. Evirae hob rasch die Hand. »Natürlich ist dies alles nur eine Vermutung. Aber ... es ist etwas, worüber man nachdenken sollte.« Sie machte eine Pause. »Kehre jetzt zurück und warte auf meine Nachricht. Ganz Simbala ist in Gefahr.«

Willen nickte. Er stand auf, wandte sich zum Gehen und erinnerte sich dann daran, ihr die Hand zu geben. Sie lächelte ihn an, und im Bann ihres Lächelns sagte er: »Ihr könnt Euch auf mich verlassen, Hoheit.« Dann eilte er davon in den Wald.

Evirae blickte ihm nach, sorgsam darauf bedacht, ihre Gelassenheit zu bewahren. Für einen Augenblick herrschte Stille, dann raschelten die Büsche wieder, und Mesor trat auf die Lichtung. Sie blickte ihn an, und jetzt zitterte sie vor Nervosität.

»Hast du alles gehört?« fragte sie ihn.

»Das meiste«, erwiderte er. »Ihr wart sehr überzeugend.«

Sie seufzte. »Das hoffe ich. Es ist schwierig, aus so unhaltbarem Material einen Verdacht aufzubauen.«

»Ihr habt Euer Aussehen sehr wirkungsvoll eingesetzt. Er hätte Euch alles geglaubt!« Mesor machte eine kurze Pause und fragte dann: »Um was für frühere Auseinandersetzungen mit den Fandoranern ging es da?«

Sie lächelte matt. »Keine, von denen ich wüßte.« Dann erhob sie sich und lehnte ihren Kopf an seine Schulter, fast wie ein kleines Kind, das Trost sucht. Es war nichts Verführerisches in der Geste, noch spürte Mesor irgendein Verlangen. Er klopfte ihr beruhigend auf den Rücken. Dies gehörte zu seinem Amt.

Sie sagte leise: »Ein Teil von mir liebt die Intrigen, ein Teil von mir fürchtet sie. O Mesor, was ist, wenn er Verdacht schöpft, mit Morgengrau spricht und Falkenwind etwas erfährt?«

»Das wird nicht geschehen«, sagte er scharf. »Spinnt Euer Netz weiter. Bald werden Falkenwind und Ceria so verwickelt darin sein, daß der Palast Euch gehört.« Und mir, fügte er in Gedanken hinzu.

Amsel träumte. Eingeschlafen in seinem sanft schaukelnden Boot, sah er wieder, wie das Feuer mit leuchtenden Krallen sein Baumhaus zerriß, sah, wie aus Blättern schwarze Zipfel wurden, wie Möbel und Geräte in Flammen standen und Behälter von Flüssigkeiten in der Hitze explodierten. In seinem Alptraum war sein Fluchtweg zur Mesa abgeschnitten, und er mußte weiterklettern, immer höher. Der Baum schien kein Ende zu nehmen, und das Feuer breitete sich aus, bis es den ganzen Wald ergriffen hatte. Dann erreichte er den Wipfel, und auf dem höchsten Ast

stand Jondalrun, riesig und schrecklich, ein Messer in der Hand. Er hörte eine Stimme seinen Namen rufen und sah Johan ganz nah, auf der Schwinge. Amsel sprang hoch und packte die Querstange. Die Schwinge sackte ab, und während sie stürzten, begann Johan zu schreien . . .

Schaudernd wachte Amsel auf: Er war im Boot, das Feuer war die sengende Sonne – doch etwas anderes stand direkt über ihm.

Als er endlich begriff, stockte ihm schier der Atem: ein Windschiff! Es befand sich nicht höher als zwei Mannslängen über ihm. Ein schiffartiges Fahrzeug, größer als Amsels Boot und mit einem kunstvoll geschnitzten Bären mit gefletschten Zähnen als Galionsfigur hing es mit Seilen an einem komplizierten Aufbau von Segeln. Die Segel waren wie Ballons von Spanten umgeben und hatten sanft wogende Buckel, die sich im Wind mit einem fast melodischen Geräusch dehnten. Offensichtlich waren die Segel mit Gas gefüllt, aber was produzierte dieses Gas in solchen Mengen, ohne das Windschiff nach unten zu drücken?

Wissenschaftliche Neugier packte Amsel, doch da schlug ein Pfeil dumpf im Boden seines Bootes auf. Er betrachtete ihn. Der Schaft war mit einem blauen Band umwickelt.

»Dies ist simbalesisches Hoheitsgebiet. Verlasse dein Boot!«

Amsel blickte auf und sah zwei Männer in dunkelblauen Uniformen, die sich über die Reling des Windschiffes beugten. Der größere der beiden zielte mit einer Armbrust direkt auf ihn.

»Verstehst du mich?« brüllte der Mann.

»Ja«, erwiderte Amsel. Die Sprache der Simbalesen glich der der Fandoraner, aber die Betonung machte sie schwer verständlich.

Eine Strickleiter wurde vom Windschiff heruntergelassen. »Verlasse dein Boot«, sagte der Windsegler wieder, und ein zweiter Pfeil bohrte sich neben Amsel in die kleine Holzbank.

»Offensichtlich habe ich keine andere Wahl«, sagte der Erfinder, aber als er aufstand, um nach der Leiter aus Jitefaser zu greifen, merkte er, wie geschwächt er war. Mit großer Mühe ergriff Amsel sie und blickte dabei übers Wasser: Zu seiner Überraschung war nur wenige Meilen entfernt Land in Sicht. Er hatte den ganzen vergangenen Tag gepaddelt und sah erst jetzt, daß er die Strömung verlassen und sich dem simbalesischen Ufer genähert hatte. Diese Feststellung gab ihm Auftrieb, und er begann, die Leiter hinaufzuklettern. Doch unter seinem Gewicht begann sie sich zu drehen, und es wurde ihm schwindelig. Er verlor den Halt und fiel mit einem Platscher ins azurblaue Wasser.

Die beiden Windsegler blickten angewidert nach unten. »Ein Fandoraner«, sagte der erste.

»Das erklärt alles«, sagte der zweite.

11

Jondalrun sah den Kindern von Tamberly beim Kicken mit einem Stoffball zu, dem Beti-Spiel. Einige von ihnen würden ihre Väter und Brüder verlieren, dachte er traurig, und der Krieg würde ihr bislang so ruhiges Leben in Verwirrung stürzen. Noch waren sie ahnungslos. Er seufzte.

Der Ball sprang in seine Richtung. Jondalrun hob ihn auf und warf ihn den Kindern zurück. Für einen Augenblick wünschte er, daß man alles vergessen, Fandora zu seinem geregelten Alltag zurückkehren könnte. Aber das war unmöglich. Jondalrun wandte sich ab; er konnte den Kindern nicht länger zuschauen und in jedem Gesicht Johan sehen. Langsam ging er zur Graywood-Schenke; dort wollte er sich mit Agron treffen.

Schweigend saß er in einer Nische, ohne etwas zu trinken. Nach einer Stunde betrat Agron die Schenke.

»Sie sind wieder da«, sagte er. Kurz darauf erschienen zwei mit Ruß und Asche verschmierte Männer. Sie trugen Schriftrollen, gebundene Bücher und Gegenstände, die Jondalrun nicht kannte, alles aus den Ruinen von Amsels Haus.

»Bier für diese Männer!« rief Agron und half den Männern, die Sachen an Jondalruns Tisch zu schaffen. Die drei blieben bei ihm und tranken Bier aus Steingutkrügen, während Jondalrun ihren Fund untersuchte. Er nahm ein langes schwarzes, vom Feuer verkohltes Rohr vorsichtig in die Hand. Er sah, daß es hohl war und an beiden Seiten eine Linse aus klarem Glas hatte. Er drehte es mehrmals hin und her und hielt es sich dann vor das Auge. Mit einem erschrockenen Ausruf ließ er es fallen, und der Tonzylinder zerbrach auf dem Boden.

»Was hast du gesehen?« fragte Agron.

»Ich habe Meyan, den Wirt, und das Bierfaß, das er gerade anzapft, so nahe vor mir gesehen, als wären sie eine Handbreit entfernt!« sagte Jondalrun. Er schauderte. »Amsel war ein Zauberer, da gibt es gar keinen Zweifel!«

Die beiden Männer blickten einander voller Unbehagen an; sie hatten diese Sachen meilenweit getragen.

Jondalrun nahm eine der Schriftrollen auf – auch sie war angekohlt und brüchig. Mit äußerster Vorsicht entrollte er einen Teil. Jondalrun konnte recht gut lesen, nicht aber die feine Handschrift auf diesem Pergament entziffern, obwohl sie ihm auf beunruhigende Weise vertraut schien. Agron sagte: »Es scheint rückwärts geschrieben zu sein. Halte es vor einen Spiegel.«

»Nicht nötig«, sagte Jondalrun mit Befriedigung. »Die Tatsache, daß er seine Aufzeichnungen in einer Geheimschrift gemacht hat, beweist genug. Ich hatte recht – Amsel war ein Spion.« Er öffnete eine weitere Schriftrolle. »Hier ist der endgültige Beweis!« Er zeigte ihnen eine detaillierte Karte von der Küste Simbalas. »Diese Karte wird uns helfen, unsere Invasion vorzubereiten. Es ist nur recht und billig, wenn der Mörder meines Sohnes uns hilft, sein eigenes Volk zu vernichten.« Er wandte sich an die Männer: »Habt ihr einen Beweis für seinen Tod gefunden?«

»Es lagen viele verkohlte Knochen unter den Trümmern«, sagte einer von ihnen.

Jondalrun nickte. »Dann ist er tot«, sagte er mit grimmigem Gesicht. »Ich hätte es vorgezogen, wenn es auf andere Weise abgelaufen wäre ... aber es ist nun einmal geschehen. Laßt die Leute wissen, was wir in Erfahrung gebracht haben.«

Innerhalb weniger Stunden wußte ganz Tamberly, daß man Beweise für Amsels Tätigkeit als Spion für die Simbalesen gefunden habe, und viele Zweifel und Befürchtungen wegen des Krieges schwanden. Die Ältesten kehrten in ihre Heimatorte zurück, um die Bevölkerung vorzubereiten; jede Stadt sollte einhundert Mann für die Armee entsenden.

Die Vorbereitungen waren unglaublich schwierig. Seit Menschengedenken waren keine Schwerter mehr aufeinandergeprallt, keine Pferde mehr über die steinigen Felder und heidebewachsenen Moore galoppiert. Zwar waren genug Männer zu finden, die bereit waren zu kämpfen, aber Waffen für sie aufzutreiben war eine andere Sache. Das Land verfügte über genügend Eisenerz, aber die Zeit reichte nicht, es abzubauen, zu feinen und Waffen daraus zu schmieden. Also erwartete man von jeder Stadt, daß sie ihre Männer bewaffnete, so gut es eben ging.

Während die Erregung wegen des bevorstehenden Krieges wie ein Fieber in Fandora um sich griff, reagierten die Menschen unterschiedlich. Klinken und Türschlösser wurden geölt, und Riegel quietschten protestierend, als sie zum erstenmal seit Jahren vorgeschoben wurden. Jedesmal, wenn die Nacht einbrach, ging die Furcht in den Straßen um wie die schwellenden schwarzen Segel eines Windschiffs.

Lagow, vor kurzem nach Jelrich zurückgekehrt, betrachtete dies alles erbittert als ein weiteres Problem, das Jondalrun verursacht hatte. Widerwillig gab er jedoch zu, daß es ihm dadurch leichter fiel, seine Quote von Soldaten anzuwerben. Die Männer standen praktisch Schlange in ihrem Eifer, ihre Familien zu beschützen.

»Es ist leichter für mich«, sagte er zu seiner Frau, »wenn sie so versessen auf diesen törichten Kreuzzug sind. Um nichts in der Welt könnte ich ihnen befehlen, Soldat in Jondalruns Armee zu werden.«

»Es war der Beschluß der Ratsversammlung«, sagte seine Frau, »wie töricht es auch erscheinen mag. Die Verantwortung liegt nicht mehr bei dir, Lagow.«

»Das ist die Frage«, entgegnete er. »Die Sache wird nicht besser, nur weil ein Haufen alter Männer so entscheidet!« Dina seufzte und drehte sich im Ehebett um, eine weitere schlaflose Nacht vor sich.

In Borgen gab es heftigen Widerstand gegen den Krieg. Es war eine verhältnismäßig wohlhabende Stadt, und viele der Einwohner wollten nicht riskieren, das zu verlieren, was sie in Jahren harter Arbeit aufgebaut hatten. Viele äußerten auch ihre Besorgnis darüber, was mit den Frauen und Kindern geschehen würde, falls die Männer nicht zurückkommen sollten. So kam es, daß in Borgen die Quote der angeworbenen Soldaten nur langsam stieg. Tenniel diskutierte das Problem mit den beiden anderen Ältesten, Talend und Axel. »Wir müssen sie dazu bringen, die Lage zu verstehen«, sagte Talend. »Wenn Fandora sich jetzt nicht wehrt, werden die Zauberer unser Land immer häufiger heimsuchen!«

In seiner Jugend hatte er im Hochland Wildschweine und Büffel gejagt, und er wußte aus Erfahrung, wenn ein Pfeil nur verwundete, ohne das Opfer kampfunfähig zu machen, konnte der Jäger von Glück sagen, wenn er der Rache des Tieres entkam. Talend hatte das Glück nicht gehabt, wie sein verkrüppeltes Bein zeigte. Fandora müsse auf Simbala wie ein verwundetes Tier reagieren, so argumentierte Talend, und dazu brauchten sie Männer. Er berief eine Versammlung auf dem Marktplatz ein und sprach ausführlich zur Bevölkerung.

Als Ergebnis meldeten sich viele Männer beschämt und erschrocken freiwillig. Tenniel war beeindruckt und niedergeschlagen zugleich; er war eigentlich verantwortlich für das Anwerben von Männern, und nun hatte Talend eingreifen müssen. Aber die Quote war immer noch nicht erfüllt. In seiner Verzweiflung kam Tenniel auf die Idee, Aufrufe anzuschlagen, die besagten, daß jeder Bandit, Straßenräuber oder fortgelaufene Landarbeiter, der von den Wegwächtern gesucht wurde, Zuflucht in der Armee finden könne, und daraufhin erschienen mehrere Männer, die nicht gerade vertrauenerweckend aussahen.

Talend mißbilligte diese Methode, aber sie hatten keine andere Wahl – und die Quote wurde erfüllt. Der nächste Schritt war, das Truppenkontingent nach Tamberly zu schaffen, wo die gesamte Armee sich versammelte.

Dies, so sagte Tenniel sich, würde keine Schwierigkeiten bereiten. Er hatte das Schlimmste ja schon hinter sich. Er sollte eine herbe Enttäuschung erleben.

Es war Mitternacht in Kap Bage, als unheilverkündend die Glocken des Turms am Narrenhof zu schlagen begannen. Träumer und Trunkenbolde stolperten aus den Schenken, und vom Turm schrie Tamark mit voller Lautstärke: »Freiwillige! Eine Armee für Fandora! Wir brauchen Freiwillige, um unsere Heimat zu verteidigen!«

Wer die Worte nicht verstand, kehrte zu den Bierkrügen zurück, aber die meisten Bürger blieben auf den Straßen und fragten sich, ob der Fischer den Verstand verloren habe. Wie konnte Fandora nur so verwegen sein, gegen die Zauberer im Osten zu kämpfen?

Unter denen, die ihm beunruhigt zuhörten, war auch Dayon, ein junger Seefahrer, der gerade zurückgekehrt war von einer gefährlichen Reise durch die Meerenge. Als Tamark mit hastigen Schritten aus einer kleinen Seitentür des Turms kam, packte ihn Dayon an der Schulter. Tamark sah zornig aus und begann, sich loszureißen, als er das Gesicht des jungen Manns erkannte. »Dayon!« Er lächelte. »Dir ist nichts passiert!« Er streckte ihm die Arme entgegen.

Die Zuneigung, die der Älteste zeigte, machte Dayon verlegen. Er hatte nicht gewußt, daß Tamark ihn so gern hatte. »Ja, Herr«, sagte er steif. »Ich wurde in den schlimmsten Teil der Strömungen hinausgetragen. Schließlich strandete mein Boot auf einer kleinen Insel, und ich brauchte Tage, es wieder zu reparieren.« Er schauderte. »Eine fürchterliche Erfahrung. Jetzt höre ich von neuen Problemen. Was soll das Gerede von Krieg?«

Tamark runzelte die Stirn. »Leider nicht nur Gerede – die verdammten Dummköpfe in Tamberly treiben Fandora in den Krieg.«

»Tamberly, Herr? Das ist meine Heimatstadt!«

»Dann mußt du den Ältesten Jondalrun kennen. Der hitzköpfige Narr hat die Ratsversammlung auf seiner Seite.«

Dayon lächelte. »Jondalrun ist mein Vater.«

Tamarks Gesicht verzog sich, und er hatte plötzlich ein trockenes Gefühl im Hals. »Dein Vater?«

Dayon nickte. »Eindeutig nach Eurer Beschreibung!«

Tamark senkte die Augen. »Ich habe schlechte Nachrichten für dich«, flüsterte er. »Ich muß dich allein sprechen.« Die beiden Männer bahnten sich einen Weg durch die wachsende Menschenmenge zu Tamarks Zimmer hinter der Bäckerei.

Dann war eine weinende Stimme zu hören, Dayon lief über das Kopfsteinpflaster zu seinen eigenen Räumen, packte hastig Kleidung und Nahrung für eine Tagesreise zusammen und lief die dunkle Straße nach Tamberly hinunter.

12

Die Klippen an der Westküste Simbalas, nördlich der sanften Strände, waren nicht annähernd so steil wie die Fandoras, aber auffallend geformt und gefärbt. Dort erhob sich ein gewaltiges Gesteinsmassiv, einsam und abgeschieden im Licht der Sterne. Wind und Regen hatten ihm die Form eines riesigen Tierschädels gegeben, im Volksmund Drachenkopf genannt. Von oben konnte man die Straße von Balomar ungehindert überblicken.

Ein dunkler Reiter tauchte aus dem Nebelvorhang auf, der Fels und Abgrund verhüllte. Neben dem schädelförmigen Massiv saß der Reiter ab – es war Falkenwind, in einem schweren Umhang, den Falken auf seinem Schulterkragen. Einen Augenblick später folgten drei andere Reiter; die Eisenhufe ihrer Pferde schlugen auf dem Felsenboden Funken. Der zweite Reiter, eine kleine, zierliche Gestalt, warf die Kapuze zurück, und Cerias hübsches Gesicht kam zum Vorschein. Falkenwind trat an den Rand des Abgrunds und blickte auf das diesige Meer hinab. Der Falke ließ sich mit einem Schrei in den Nebel gleiten und beschrieb in der kalten, nassen Luft einen Bogen. Der Vogel war unruhig, und Ceria fragte sich nach der Ursache. Ihr war schon vorher aufgefallen, daß die Stimmungen Falkenwinds und die des Vogels sich manchmal auf unheimliche Weise glichen. Falkenwind schien jetzt weit entrückt, auch ihr selbst. Zu ihrem Kummer wußte Ceria nicht, warum.

Die beiden anderen Reiter waren Palastwachen. Der ältere, Lathan, reichte Falkenwind jetzt eine Fackel.

»Gibt es einen Grund, warum du dein Schwert dabeihast?« fragte Ceria Falkenwind leise. »Erwartest du etwas, mein Liebster?«

»Seit den letzten vierundzwanzig Stunden rechne ich mit allem.«

Die Antwort genügte Ceria nicht, aber sie hielt sich dicht an Falkenwind, als sie auf den Drachenkopf zugingen. Vor ihnen öffnete sich ein schroffer, unregelmäßig geformter Spalt, schwarz wie ein Minenschacht. Falkenwind hob seine Fackel, und sie stiegen die feuchten Granitwände hinunter.

»Ich weiß nicht, wodurch das Kind aus Nordwelden umkam«, sagte er, »aber nach dem, was der Mann aus Nordwelden uns gesagt hat, hört es sich so an, als sei das Kind zermalmt und zerfetzt worden, fast als hätte man es vom Kliff heruntergeschleudert oder mit Keulen erschlagen. Es sieht nicht nach einem Raubtier aus.«

Sie kamen zu einer Weggabelung – rechts führte der Gang steil nach oben, links ebenso steil nach unten. Falkenwind schlug den linken Weg ein.

»Und doch«, sagte Ceria, »bist du der gleichen Meinung wie ich. Es können nicht die Fandoraner gewesen sein.«

Falkenwind lächelte. »Ephrion hat mir oft genug gesagt, daß ein Monarch immer, soweit möglich, alles erwägen und untersuchen sollte. Ich bat Kiorte, ein Windschiff hinauszuschicken, um die Küste Fandoras überprüfen zu lassen, aber er sagt, daß die Winde zur Zeit zu heftig dazu sind. Wir müssen sehen, was wir selbst herausfinden können.« Seine Fackel beleuchtete eine große Wasserlache in dem ebenen Boden, den sie jetzt entlanggingen. Falkenwind trug Ceria hinüber, schüttete dann das Wasser aus den Stiefeln und trocknete sich die Füße an seinem Umhang. Sie gingen weiter. Der Pfad wand sich jetzt steil nach oben, und frische kalte Luft wehte zu ihnen herunter und ließ die Fackel flackern: Sie landeten in einer ausgedehnten, tiefen Felsmulde – den Augenhöhlen des schädelförmigen Felsens. Tief unter ihnen erstreckte sich wie schwarzer Samt die Straße von Balomar. Watteartige Streifen aus Nebel und Dunst wanden sich um die Spitzen der Klippen, und dann und wann sahen sie in den Wellen Plankton phosphoreszierend aufleuchten wie explodierende Sterne. Die Brecher klangen wie fernes leises Trommeln. Der Himmel über ihnen war klar, und der tief im Westen stehende Halbmond beleuchtete die entfernten nebelumschleierten Klippen von Fandora.

»Die Sicht ist heute nacht nicht besonders gut«, sagte Falkenwind. »Aber vielleicht sehen wir trotzdem etwas.« Er zog ein Fernrohr aus seinem Gürtel und hielt es ans Auge.

»Was siehst du?« fragte Ceria, nachdem sie das Gefühl hatte, er habe sie lange genug warten lassen.

»Sehr wenig. Der Mond ist hell, aber es herrscht dichter Nebel. Ich sehe kein Zeichen von Leben.«

»Aber der Mann aus Nordwelden bestand darauf, daß ein Schiff aus Fandora gesichtet worden sei«, sagte Ceria nachdenklich.

»Vielleicht ein Fischerboot, das abgetrieben worden ist«, sagte Falkenwind. »Vieles könnte geklärt werden, wenn es mehr Kontakt zwischen den beiden Ländern gäbe. Die gefährlichen Gewässer der Straße haben das verhindert, aber trotzdem sollte es möglich sein. Es ist etwas, was ich in die Wege leiten möchte.«

Hinter ihnen war ein Geräusch – ein Schritt auf steinigem Boden. Falkenwind drehte sich rasch um. Ceria sah die Bewegung. Er erwartet wirklich irgend etwas, dachte sie.

Einer der Wachmänner tauchte auf. Er keuchte, als sei er durch die Gänge gelaufen. »Monarch Falkenwind«, sagte er, nach Luft schnappend. »Zwei Männer zu Pferd im Wald in der Nähe! Sie hielten kurz an, und ich hörte sie sprechen. Sie sprachen wie die Leute aus Nordwelden.«

Falkenwind reichte ihm die Fackel. »Bleibe bei Lady Ceria«, sagte er. »Ich werde sie zur Rede stellen.« Ohne auf eine Antwort zu warten, lief er den Gang hinunter.

»Aber es ist schwarz wie die Minen in diesen Tunneln!« sagte der Mann zu Ceria. »Wie wird er sich ohne Fackel hindurchfinden?«

»Er schafft es«, antwortete sie.

Falkenwind tauchte aus dem Felsspalt auf und erschreckte Lathan, der die Pferde hielt. »Die Männer aus Nordwelden – wir werden sie uns vornehmen!« sagte Falkenwind. »Zeige mir den Weg, den sie eingeschlagen haben!«

»Aber ... Herr!« stammelte Lathan. »Sie reiten Hengste aus Nordwelden – wir haben keine Chance, sie einzuholen!«

»Wir werden sie einholen«, sagte Falkenwind. Sein Falke kreiste über ihm, und als er sein Pferd bestieg, flog der Vogel vor ihm her, auf den Wald zu. Lathan saß auf und folgte Falkenwind, aber das Pferd des Monarchen schien selbst wie ein Falke im Flug. Es schoß davon, in den Wald hinein und verschwand. Lathan klammerte sich an den Hals seines Pferdes, fühlte, wie Zweige und Kletterpflanzen in der Dunkelheit nach ihm schlugen, und fragte sich, wie Falkenwind es fertigbrachte, in tiefschwarzer Nacht so schnell und so sicher durch einen Wald zu reiten.

Willen hatte Tweel, seinen Landsmann aus Nordwelden, an der verabredeten Stelle getroffen, genau bei Sonnenuntergang. Willen erwähnte seine Begegnung mit Evirae nicht, obwohl ihre Worte ihm ständig durch den Kopf gingen, und ging auch sonst auf keine Fragen ein. Die beiden ritten eine Zeitlang in unbehaglichem Schweigen, bis die Sonne ganz untergegangen war und Dunkelheit sich über den Wald senkte.

Der Nebel wurde dichter; er legte sich über den Boden und umhüllte die Bäume. Nach einer Weile zog Willen wie zur Entschuldigung die Zügel an und sagte: »Es gibt viel Neues zu berichten, aber das meiste muß warten, bis wir wieder in Nordwelden sind. Die ganze Angelegenheit umfaßt viel mehr, als wir uns vorgestellt hatten. Viel mehr.«

»In dem Fall«, sagte Tweel, »reiten wir besser die Nacht durch. Wir sind jetzt nahe am Meer – ich höre die Brecher und kann die Salzluft riechen. Wenn wir stetig nach Norden reiten, sind wir bei Morgendämmerung in Nordwelden.«

Sie trieben die Pferde an und ritten dann in einem leichten Galopp weiter, den die Pferde die ganze Nacht durchhalten konnten. Sie waren jedoch noch nicht weit gekommen, als Willen über dem gleichmäßigen Schlagen der Hufe ein seltsames Geräusch hörte. Zuerst hielt er es für Einbildung. Dann dachte er, es sei der Wind. Es wurde lauter, durchdringender, ein hohes, klagendes Geräusch. Er sah sich nach allen Seiten um. Die Bäume ragten wie zugreifende Riesenfinger in den Nebel. Schlingpflanzen schienen sich zu drehen und zu winden wie große Vipern, die sich durch die Bäume schlängelten. Dann schien plötzlich die Luft vor seinem Gesicht zu explodieren, und ein Kreischen ertönte in seinen Ohren. Sein Pferd scheute, und Willen hatte Glück, daß er nicht in den Büschen landete. Er klammerte sich verbissen fest und brachte es endlich fertig, das in Panik geratene Tier wieder unter Kontrolle zu bringen. Er sah, daß Tweel ähnliche Schwierigkeiten hatte. Dann sah er gegen die Sterne etwas Dunkles herabstürzen. Zuerst hielt er es für eine riesige Fledermaus, bis er erkannte, daß es ein Falke war, der mit ausgestreckten Krallen um die Köpfe der Pferde kreiste.

Gleichzeitig erblickte er einen Reiter, der plötzlich aus Nebel und Unterholz auftauchte. Willen hielt den Atem an – ein Bandit vielleicht oder ein Rayaner?

Dann fiel der Mondschein auf das Gesicht des Fremden, und Willen erkannte betroffen den Monarchen von Simbala.

Der Falke flog zurück, um über dem Kopf des sich nähernden Reiters zu kreisen. Willen warf einen Blick auf Tweel; sein Gefährte war so bleich wie der Nebel, als Falkenwind die Zügel anzog und Willen anblickte. »Ich habe dir erlaubt, direkt zurück nach Nordwelden zu reiten. Es gibt einen guten Grund, nehme ich an, warum ich dich nicht zurück in das Gefängnis von Oberwald schaffen lassen sollte.«

Willen sah Falkenwind an. Es ging eine so starke Autorität von dem Monarchen aus, daß Willen beinahe gestand, was ihn aufgehalten hatte, doch erinnerte er sich noch rechtzeitig an das Versprechen, das er Prinzessin Evirae gegeben hatte. Er war sich ganz und gar nicht sicher, wem in dieser fremden Welt politischer Intrigen zu trauen war, aber er war ein Mann, der zu seinem Wort stand.

»Ich hatte noch eine persönliche Angelegenheit zu erledigen«, sagte er mit erstaunlich fester Stimme.

Während Lathan dazukam und sofort die Spannung der Situation wahrnahm, musterte Falkenwind Willen; Willen schluckte, erwiderte den Blick aber standhaft. Tweel schwieg. Er wußte nur zu genau, daß Falkenwind das Recht hatte, sie beide ins Gefängnis zu schicken.

»Ich frage dich zum zweitenmal«, sagte Falkenwind. »Warum hast du dich im Wald aufgehalten?«

»Wie ich schon sagte, es war eine persönliche Angelegenheit.« Dann fügte er etwas lahm hinzu: »Außerdem wurde ich von königlichen Wachsoldaten aufgehalten und mußte sie erst überzeugen, daß Ihr mir freies Geleit zugesichert hattet. Und dann bin ich im Wald vom Weg abgekommen und hatte Mühe, meinen Gefährten zu finden.«

»Ein Mann aus Nordwelden sollte sich im Wald verirren?«

»Trotzdem ist das meine Antwort«, sagte Willen.

Für einen Augenblick war die Szene wie erstarrt; Falkenwind starrte auf Willen hinunter, sein schwarzes Pferd schnaubte unruhig und zerstampfte mit den Hufen den Bodennebel zu winzigen Dunstfetzen. Der Mond drang langsam durch die dunklen Silhouetten der Baumwipfel im Osten. Endlich sprach Falkenwind. »Also gut. Ich werde dich nicht zum Sprechen zwingen. Zweifellos hast du Gründe, warum du dich weigerst. Ihr könnt gehen.«

Bestürzt und erleichtert verloren Tweel und Willen keine Zeit, ihre Pferde nach Norden zu lenken. Als sie im Nebel zwischen den Bäumen verschwanden, wandte Falkenwind sich an Lathan. »Reite ihnen nach«, sagte er leise. »Auch wenn du den ganzen Weg nach Nordwelden dafür brauchst. Reite ihnen nach und finde heraus, soviel du kannst. Sei bis morgen abend wieder zurück.«

Ohne weitere Worte ließ er sein Pferd kehrtmachen und ritt davon. Lathan sah ihm nach, wie er durch den Nebel schwebte wie ein dunkles Gespenst, und die Kühle, die er spürte, kam nicht nur von der kühlen Nachtluft.

Es war spät in der Nacht, und fast alle Fenster in den Häusern Simbalas waren dunkel. Eine Öllampe aus geschliffenem Mandelstein erleuchtete das Schlafzimmer des Baumschlosses von Prinz Kiorte und Prinzessin Evirae. Der kleine Privatraum war über eine Wendeltreppe erreichbar. Der Bettrahmen aus geöltem Holz füllte eine Seite des Zimmers ganz aus; der Betthimmel war von Pintala-Reben bedeckt. Von Zeit zu Zeit platzte eine der duftenden Schoten des Gewächses mit einem leisen Seufzer und verbreitete einen angenehmen, zarten Wohlgeruch im Raum.

Evirae lag zwischen Fellen und Seidendecken auf dem Bett und blickte zu Kiorte, der aus einem Astloch-Fenster hinausschaute. Sie schlug nervös ihre Fingernägel gegeneinander; ihr Haar war in zerzausten roten Flechten um sie herum ausgebreitet. Sie holte tief Luft, wie um etwas zu sagen, sprach aber kein Wort. Statt dessen ergriff Kiorte kurz darauf das Wort.

»Ich habe dir eine Frage gestellt, Evirae«, sagte er leise. »Warum willst du mir nicht sagen, worüber du mit dem Mann aus Nordwelden gesprochen hast?«

Evirae sagte: »Ich hatte die Absicht, dir davon zu berichten, Kiorte.« Zu sich selbst sagte sie in Gedanken: Vorsicht jetzt, äußerste Vorsicht. Irgendwie hat er eine Menge erfahren.

»Du hattest die Absicht«, sagte Kiorte trocken. Es war keine Frage.

»Ja, das hatte ich. Ich wollte ihn einfach nur ausführlicher über sein Problem befragen; da du und ich zur königlichen Familie gehören, dachte ich, wir müßten informiert sein.«

»Es ist bewundernswert, wie du dich für die Angelegenheiten Nordweldens interessierst, Evirae. Besonders nachdem du letzte Woche erklärtest, es sei dir unbegreiflich, warum Lady Morgengrau unter solchen ... ›Tieren‹, war, glaube ich, der Ausdruck, lebe.«

»Kiorte! Wie kannst du so etwas sagen? Es war der Tod des Kindes, der mich bewegt hat.«

»Ich hatte noch nicht bemerkt, daß du dir aus Kindern etwas machst, wie mir auch dein Interesse für die Weldener neu ist, aber lassen wir das. Ich werde den Verdacht immer noch nicht los, daß ich nie ein Wort von eurem Treffen gehört hätte, wenn nicht zufällig eines meiner Windschiffe über die Lichtung geflogen wäre. Ich kenne dich, Evirae. Intrigen kommen zu dir wie Adler zu einem Horst. Irgend etwas Geheimnisvolles geht hier vor, und du bist daran beteiligt. Willst du es mir sagen, oder muß ich es selbst herausfinden?«

Da er keine Antwort erhielt, drehte Kiorte sich um und sah sie an. Sie blickte mit funkelnden Augen zurück und sagte: »Wenn du die Absicht hast, mich wie ein Küchenmädchen zu behandeln, das Silber geklaut hat, habe ich dir überhaupt nichts zu sagen!« Sie drehte sich zur Wand, streckte aber herausfordernd ein Bein heraus.

Kiorte seufzte. Obwohl er Evirae liebte, zeigte er es nur auf seine kühle Weise. Bei ihm gab es keine Leidenschaft, kein impulsives Handeln. Er wußte das, betrachtete es aber nicht als Nachteil, sondern als seiner Stellung und seiner Tätigkeit angemessen. Kiortes Hingabe galt den Windschiffen und Simbala.

Evirae wagte nicht, mit ihrer Zurückweisung noch weiter zu gehen. Sie hatte schon zu oft gelogen und wußte nicht, wie sie ihre Ehe mit Wahrhaftigkeit wieder in Ordnung bringen sollte. Vertrauen bedeutete Verzicht auf die Rolle des überlegenen Partners in ihrer Beziehung zueinander, und das konnte Evirae nicht akzeptieren. Sie würde warten müssen, bis er zu ihr kam. Wenn sie nicht über Simbala gebieten konnte, wollte sie wenigstens über ihren Gemahl gebieten.

Zu ihrer Überraschung durchquerte Kiorte jedoch das Zimmer und stieg die Wendeltreppe hinunter. Die Stufen wanden sich mit einer kunstvoll geschnitzten Decke hinunter in den größten Saal des Baumes, in dem sie wohnten. Kiorte ließ sich von einer Wache am Fuß der Treppe seinen Mantel reichen und ging zur Tür hinaus.

Evirae rollte sich auf die andere Seite. In Augenblicken wie diesem bedauerte sie es, daß sie so lange Nägel hatte; sie konnte kaum die Hände zu Fäusten ballen. Sie schlug mit den Handflächen auf die Seidenlaken ein, dann war sie ruhig und horchte auf die Geräusche, die die Rückkehr ihres Gemahls ankündigten.

Es kamen keine Geräusche.

Sie war zornig und verwirrt, aber darüber hinaus machte sie sich auch Sorgen. Sie war sich der Zuneigung Kiortes nie sicher gewesen, hatte oft gedacht, daß er in erster Linie stolz darauf war, mit der Prinzessin von Simbala verheiratet zu sein. Eine Ehe war im Oberwald im allgemeinen eine gemeinsame Entscheidung, aber in der königlichen Familie ging es dabei meist um Politik. Als Prinzessin hatte Evirae das Recht gehabt, zu wählen, wen immer sie wollte. Zur Überraschung ihrer Familie war ihre Wahl auf den ernsthaften Kiorte gefallen. Sie hatte ihn nur ein einziges Mal richtig lächeln gesehen: am Ruder seines Windschiffs. Er hielt sich abseits von der Familie und der Familienpolitik. Gerade dieses Verhalten hatte ihn für sie anziehend gemacht. Mit Ausnahme vom Monarchen Ephrion sah Evirae in Kiorte den einzigen Mann in der königlichen Familie, den sie mit ihrem Charme nicht beeindrucken konnte. Es war eine Herausforderung für sie, in ihrer Ehe die Oberhand zu behalten.

Sie lag auf dem Bett und kam sich vor wie ein verlassenes Kind. Kiorte verstand sie nicht! Man hatte ihr den Rubin von Simbala verweigert. Sie fühlte das Blut in ihren Schläfen pochen bei dem Gedanken. Die Demütigung! Die Qual! Eine der Alleen von Oberwald entlangzugehen und zu wissen, daß Frauen sie hinter ihren Fächern auslachten, daß Männer in sich hinein grinsten und Witze über ihre Situation machten! Evirae, Prinzessin von Simbala, ihrer Regentschaft beraubt von einem Bergmann! Sie konnte dieses Possenspiel nicht weiter zulassen. Sie würde Falkenwind vom Thron jagen lassen, sie würde das Gewicht des Rubins auf ihrer eigenen Stirn spüren, koste es, was es wolle.

Plötzlich setzte sie sich auf, warf Felle und Seidenlaken auf den Boden. Durch das offene Fenster hatte sie Schritte auf der Treppe draußen gehört. Kiorte kehrte zurück! Hastig warf sie sich einen Umhang über die Schultern und lief die Wendeltreppe hinunter. Sie würde ihm zeigen, wie zerknirscht sie war, wie sehr es ihr leid tat. Wenn sein männlicher Stolz befriedigt war, würde er vielleicht nicht mehr an ihre Unterhaltung mit dem Mann aus Nordwelden denken, bis sie bereit war, ihm die Wahrheit zu sagen.

Sie winkte den Pförtner zur Seite und öffnete die schwere Tür. Aber es war nicht Kiorte, der dort stand, im Begriff, an die Tür zu klopfen. Sie erstarrte, als sie einen Windsegler vor sich sah, der einen versiegelten Umschlag in der Hand hielt. Er blickte sie unsicher an. Evirae wickelte sich fester in den Umhang.

»Ja?« sagte sie hochmütig.

»Verzeihung, edle Dame. Ich habe eine Botschaft für Prinz Kiorte ...«

»Ich werde sie für ihn annehmen. Er ist ... im Augenblick unpäßlich.«

Der Windsegler, ein junger Bursche mit zerzaustem Haar, blinzelte verwirrt mit den Augen. »Bitte um Verzeihung, aber der Kapitän sagte, dies dürfe nur dem Prinzen ausgehändigt werden.«

Sie richtete sich auf, ihre grünen Augen wurden zu Eis bei dem Blick, den sie so gut beherrschte. »Ich bin die *Prinzessin* Evirae! Weigerst du dich etwa, mir die Botschaft zu übergeben?«

»Nein, Hoheit, natürlich nicht.« Er überreichte ihr hastig den Umschlag. Sie riß ihn auf und trat nach drinnen, während sie ihm über die Schulter zurief: »Warte einen Moment.«

Als sie die Botschaft gelesen hatte, stand sie eine Zeitlang völlig still da und wagte nicht zu glauben, daß sie ein solches Glück haben könnte. Das muß Bestimmung sein, sagte sie sich. Das Schicksal will, daß ich Simbala regiere – warum sonst sollten mir die Umstände eine solche Information in die Hand spielen?

Sie setzte sich an einen kleinen Schreibtisch und schrieb eine kurze Nachricht auf. Sie versiegelte sie mit einem Tropfen Kerzenwachs und dem Siegel ihres Ringes und reichte sie dem Überbringer der Botschaft.

»Bring dies dem Kapitän«, sagte sie. »Sage ihm, daß ich über die Angelegenheit unterrichtet bin. Prinz Kiorte wünscht, daß der auf der Straße von Balomar gefangengenommene Fandoraner zu dem genannten Ort gebracht wird.«

Der Windsegler verbeugte sich und ging. Evirae zog an einem Klingelzug, setzte sich wieder und tauchte die Feder noch einmal in das Tintenfaß. Sie schrieb fieberhaft. Einen Augenblick später betrat ein Adjutant den Raum. Evirae versiegelte den Brief und reichte ihn dem Adjutanten.

»Bring diese Botschaft umgehend dem Baron Tolchin«, sagte sie. »Sorge dafür, daß sie ihn erreicht – weck ihn auf, wenn es nötig ist –, und sage Mesor, daß ich ihn sofort sehen möchte.«

Als der Adjutant gegangen war, umschlang sie ihre Knie vor Freude – nur beeinträchtigt durch die Tatsache, daß ihr Gemahl noch nicht zurückgekehrt war.

Der Trupp aus Borgen hatte die Nacht über vor Durbak gelagert. Proviantknappheit hatte für beträchtliche Unzufriedenheit gesorgt, besonders unter den Halunken, die Tenniel hatte anwerben müssen. Ein großer, schwarzbärtiger Straßenräuber mit dem Namen Grend, der nur noch ein Ohr hatte, trat auf Tenniel zu. »Nicht genug zu essen!« beschwerte er sich. »Wir haben Hunger!«

»Alle waren angewiesen, für unterwegs mitzunehmen, was sie ohne Mühe tragen konnten«, sagte Tenniel. »Was ist dazwischengekommen?«

Der Straßenräuber grinste ein zahnloses Grinsen. »Wir hatten nichts mitzunehmen.«

Tenniel fand, daß er Grend wegen seiner Armut keine Vorwürfe machen konnte. Er blickte nach Westen, auf Durbak.

»Dann müssen wir wohl dort Proviant requirieren.«

Grend grinste wieder wie über einen nur ihm bekannten Witz.

Tenniel führte den Trupp nach Durbak. Auf dem Marktplatz wurden sie von einer Gruppe Frauen aller Altersstufen und mehreren alten Männern empfangen. »Was wollt ihr hier?« fragte eine große, hagere, grauhaarige Frau mit energischer Stimme. Tenniel zögerte. »Wo sind die Ältesten?« fragte er schließlich. »Ich muß mit ihnen sprechen.«

»Zwei sind in den Krieg gezogen«, erwiderte die Frau. »Iben, der dritte, ist gestern krank geworden. Ich bin seine Frau, Vila. Ich habe jetzt seine Aufgaben übernommen.«

Mehrere Männer hinter Tenniel murmelten erstaunt miteinander oder kicherten. Eine Frau als Älteste? Auch Tenniel brauchte einen Moment, um das zu begreifen.

»Wir brauchen was zu essen«, sagte er töricht.

»Wir auch«, entgegnete Vila. »Ihr hättet mehr Proviant mitnehmen sollen. Kehrt in eure eigene Stadt zurück und beschafft euch neue Vorräte.«

»Dazu ist keine Zeit! Es wird bald Krieg sein!«

»Dann jagt nach Kaninchen und Eichhörnchen«, schlug Vila vor.

»Grabt Wurzeln aus, sucht nach Beeren. Aber nehmt uns nicht unsere Vorräte weg, sie sind alles, was wir bis zur Rückkehr unserer Männer haben.«

»Das glaube ich nicht!« schrie Tenniel. »Dies ist eine wohlhabende Stadt, und ihr weigert euch, Männer mit Proviant zu versorgen, die in den Krieg ziehen, um euch zu beschützen!« Zum erstenmal wurde seine Autorität auf die Probe gestellt, und er war sich nur zu bewußt, wie lächerlich er wirkte. Seine Stimme wurde schrill. Er wurde von einer Frau herumkommandiert!

»Es tut uns leid«, sagte Vila, »aber wir müssen zuerst an uns selbst und an unsere Kinder denken.«

»Und ich sage, die Leute sind uns das schuldig«, schrie Grend. »Ich werde mir mein Essen schon besorgen!« Die anderen Mitglieder seiner Räuberbande stimmten ihm lautstark zu und liefen unter Grends Führung die Straße hinunter, die Bewohner grob zur Seite stoßend.

»Halt!« brüllte Tenniel, aber es war zwecklos.

Schon nach wenigen Minuten kamen die Plünderer durch die Hauptstraße zurück, hochbepackt mit Lebensmitteln. Aber da prasselte von den Dächern plötzlich ein Hagel von Ziegelsteinen und Felsbrocken auf sie herunter. Die Männer versuchten, sich zu schützen und zu entkommen, aber Vila rief, mit Ziegeln in der Hand, von einem Dach hinunter: »Weitermachen! Sonst haben wir keine Minute Ruhe, bis der Krieg zu Ende ist!«

»Das können die nicht machen!« brüllte Grend. Er hob einen Stein auf und schleuderte ihn auf Vila. Sie duckte sich, aber der Stein traf sie an der Schulter, und sie stürzte. Sie rutschte das halbe Dach hinunter, bevor sie sich am Schornstein festhalten konnte.

Einen Augenblick lang herrschte auf beiden Seiten Stille. Selbst die wilde Horde der Plünderer konnte kaum fassen, daß einer von ihnen die Frau des ranghöchsten Ältesten angegriffen hatte. Grend sah seine Gefährten drohend an. »Sie wollte es nicht anders! Wir nehmen uns bloß, was uns zusteht! Kommt jetzt!« Er marschierte hinaus auf die Straße, gebückt unter der Last eines mit Lebensmitteln gefüllten Sackes. Die anderen folgten ihm, aber Tenniel und der Rest des Trupps aus Borgen blockierten die Straße. Die Plünderer wandten sich zurück in die entgegengesetzte Richtung, aber Tenniel hatte durch eine Seitenstraße Männer geschickt, die ihnen den Weg abschnitten.

Grend wurde vor Tenniel gebracht. »Ich sehe jetzt, daß ich auf Talend hätte hören sollen«, sagte Tenniel. »Du gehörst nicht mehr zur Armee, Grend. Wir werden dich und deine Leute aus der Stadt begleiten und euch dann freilassen. Danach seid ihr auf euch selbst gestellt.« Er hob die

Stimme und wandte sich an die anderen. »Ihr werdet die Lebensmittel sofort zurückbringen! Wer verspricht, so etwas nie wieder zu tun, kann bleiben, der Rest geht mit Grend. Wenn wir so weitermachen, bedarf es nicht der Sim, um unsere Städte zu zerstören!«

Während die Männer die Lebensmittel zurückbrachten, entschuldigte Tenniel sich wortreich bei Vila, die ihrerseits sagte: »Es könnte sein, daß wir genug Fleisch und Gemüse für einen großen Kessel Eintopf entbehren können – sicher nicht sehr viel pro Mann, aber es wird reichen, um euch heute alle gesättigt weiterziehen zu lassen.«

Tenniel bedankte sich bei Vila und verkündete ihr Angebot seinen Männern, die in stürmische Beifallsrufe ausbrachen. Tenniel jedoch machte sich weiter Sorgen. Gab es womöglich in anderen Städten ähnliche Vorfälle?

13

Tamberly erschien Dayon viel kleiner. Sonst hatte die Stadt sich nicht sehr verändert, nur waren mehr Menschen auf den Straßen. Dayon blickte forschend in die erregte Menschenmenge. Was war aus seinen alten Freunden geworden? Er wußte die Antwort. Sie waren erwachsen geworden, mürrisch und gesetzt, und jetzt waren sie es, die Kinder aus den Läden scheuchten und behaupteten, sie hätten auf dem Markt Beeren gestohlen. Dayon hatte einen oder zwei seiner Kameraden von früher erkannt, sie aber nicht angesprochen. Noch nicht. Zuerst wollte er seinen Vater Jondalrun sehen. Man hatte ihm gesagt, er würde ihn in der Graywood-Schenke finden, im Hinterzimmer, wo er mit dem Ältesten Pennel Pläne für den Krieg machte.

Dayon überquerte den Marktplatz mit schnellen Schritten und betrat die Schenke. Er war nicht begeistert von der Vorstellung, seinem Vater gegenüberzutreten, aber Johans Tod trieb ihn dazu. Wenigstens, so sagte er sich, würde er bald seine Mutter sehen. Er hatte sie in den vergangenen zwei Jahren sehr vermißt.

Er klopfte an die Tür. Jondalrun riß sie auf, warf einen Blick auf Dayon und fragte mit lauter Stimme: »Kommst du, um dich freiwillig zu melden? Kannst du deinen Namen schreiben?«

»Ja, das kann ich«, sagte Dayon ruhig. Ihm war klargeworden, daß Jondalrun ihn wegen seines Barts nicht erkannte. »Ich heiße Dayon und bin Sohn des Jondalrun.«

Der alte Mann lehnte sich gegen die Tür hinter ihm, und für einen Moment befürchtete Dayon, daß sein dramatischer Auftritt zuviel für seinen Vater gewesen sei. Aber Jondalrun erholte sich rasch und wandte sich an Agron und Pennel, die an dem Eichentisch in der Mitte des Zimmers saßen. »Laßt uns allein!« knurrte er. »Mein Sohn und ich haben viel zu besprechen.« Dayon unterdrückte ein Lächeln. Sein Vater hatte sich nicht ein bißchen geändert. Einfach so zwei Männer aus einer Schenke zu werfen! Agron wollte offensichtlich aufbegehren, aber Pennel legte ihm die Hand auf den Arm, und beide verließen leise den Raum. Pennel blickte Dayon noch einen Moment lang in die Augen, und sein Blick drückte vieles aus: Willkommen, Anteilnahme und vor allem den Wunsch, daß er bei dem Gespräch eine glückliche Hand haben möge.

Die Tür schloß sich. Die beiden Männer blickten einander eine Weile schweigend an; keiner wußte, was er sagen sollte. Irgendwo müssen wir anfangen, dachte Dayon, und so sprach er zuerst. »Vater, ich habe das von Johan gehört. Ich . . .«

»Du bist von zu Hause fortgelaufen!« schrie Jondalrun. »Jetzt kommst du zurück, um mich um Verzeihung zu bitten?«

»Ja«, sagte Dayon einfach. »Das tue ich wohl. Ich bin fortgegangen, weil ich fortgehen mußte. Es gab Dinge, die ich tun wollte.«

»Jetzt hast du sie getan«, sagte Jondalrun und musterte Dayon durchdringend, »und jetzt bist du nicht mehr mein Sohn. Nach deinem Aussehen zu urteilen, bist du ein Fischer von Kap Bage. Ich bin schon seit langem mit dir fertig. Bitte mich nicht, dich jetzt wieder aufzunehmen.«

Ein vertrautes Gefühl von Empörung packte Dayon. »Ich *bin* dein . . .«, begann er zu protestieren, aber dann erinnerte er sich an die Szenen, die sie einander vor zwei Jahren gemacht hatten. Was hatte es für einen Sinn? Sein Vater würde sich nie ändern. Dayon konnte nur seine Anteilnahme zum Ausdruck bringen und sich dann wieder zurückziehen.

»Wie geht es Mutter?« fragte er.

Jondalrun senkte die Augen. »Du weißt es nicht?« fragte er. »Nein, natürlich nicht. Du kannst es nicht wissen.«

Dayon spürte, wie Kälte in ihm aufstieg. »Was meinst du damit?«

»Sie ist bald nach deinem Weggehen gestorben«, sagte Jondalrun mit rauher Stimme.

Dayon starrte aus dem Fenster. Es war, als sei der Nebel dichter geworden, weil alles so merkwürdig verschwamm. Dann gestand er sich ein, daß er weinte.

»Willst du damit sagen, daß ihr Tod meine Schuld ist?« fragte er schroff.

Jondalrun schwieg einen Augenblick, und dann spürte Dayon die Hand seines Vaters auf seiner Schulter. »Nein«, sagte der alte Mann leise. »Sie starb am Fieber – man konnte ihr nicht helfen. Ich . . . ich wollte nicht so etwas andeuten.« Er zögerte, dann sagte er: »Ich bin ein alter Mann – ich rede zuviel.«

Dayon drehte sich um und blickte ihn an – er hatte noch nie zuvor seinen Vater so leise sprechen hören. Der alte Mann weinte nicht, aber seine Augen glänzten verdächtig. Ich würde ihn gern umarmen, dachte Dayon, aber seine Arme hingen wie Blei hinunter.

Vater und Sohn standen wieder schweigend beieinander, und es war, als hätten die Jahre sich plötzlich in Staub zu ihren Füßen verwandelt.

In den Hügeln über Tamberly versammelte sich eine Armee aus müden, frierenden, hungrigen Männern. Zwanzig Städte hatten je hundert Mann geschickt. Diese hier waren als erste angekommen – aus Borgen und Jelrich. Sie waren lange marschiert, fest entschlossen, die Nacht in weichen warmen Betten zu verbringen, eine gute Mahlzeit im Bauch. Über zweihundert Mann liefen mit Fackeln und Geschrei hinunter nach Tamberly.

Die Leute aus der Stadt sahen sie kommen, eine große, zerlumpte Menschenwoge, die an Feldern und Viehweiden entlangrollte und sich in die Straßen ergoß. Ein paar Frauen schrien auf vor Furcht und versperrten hastig Türen und Fenster. Andere sahen interessiert zu. Ladenbesitzer und Händler auf dem Marktplatz verkauften zuerst mit Begeisterung ihre frische Ware, aber dann gerieten auch sie in Panik, als die Vorräte zu Ende gingen und die hungrige Menschenmasse nach Nahrung und Unterkunft schrie. Es gab in ganz Tamberly nicht annähernd genug Betten, um die Neuankömmlinge unterzubringen.

»Schnell!« sagte ein Ladenbesitzer zu seiner Tochter. »Sage es den Ältesten! Es wird Ärger geben, noch bevor diese Nacht vergangen ist.«

Im Hinterzimmer der Graywood-Schenke bemerkten weder Jondalrun noch Dayon den zunehmenden Lärm draußen.

»Vater! Du verlangst Unmögliches! Ich bin Seefahrer und Fischer, kein Krieger!«

»Wenn du mein Sohn bist, wirst du neben mir kämpfen!«

Die alte Streitfrage war wieder da. Wieder konnte der Vater den Sohn nur vom eigenen Standpunkt sehen. Wieder konnte der Sohn seine Zukunft nur vom Standpunkt eines Seemannes sehen. »Wie kann ich dein Stellvertreter sein, Vater? Ich verstehe nichts von Kriegführung!«

Mein Vater ist halsstarrig wie eh und je, dachte Dayon, aber diesmal werde ich nicht weglaufen. »Vater«, rief er, »ihr werdet nicht einmal die Küste von Simbala erreichen! Es gibt nur selten einen Tag, an dem man die Straße überqueren kann. Die Strömungen sind reißend, und die Schiffe werden einfach kentern! Ich weiß es! Ich war dort!«

»Dann gehe für Fandora noch einmal dorthin! Wenn du nicht kämpfen willst, dann setze deine seemännischen Fähigkeiten ein, um uns nach Simbala zu bringen!«

Dayon antwortete nicht. Ein Kompromißvorschlag von seinem Vater war so selten wie ein Lächeln. Mit einem Teil seiner selbst sagte er sich, er könne seinem Vater nichts abschlagen nach allem, was er durchgemacht hatte. Aber gleichzeitig konnte er sich nicht dazu durchdringen, den Plan gutzuheißen. Er war auf seiner letzten Reise nur mit Mühe dem Mahlstrom entkommen. Wie konnte er Bauern und Schmiede in diese Gewässer führen? Er konnte keine sichere Überfahrt garantieren. Wie konnte er die Verantwortung für ihr Leben übernehmen?

Dayon dachte an die Simbalesen. Sie waren natürlich Zauberer. Er hatte gehört, daß der Monarch von Simbala sich in einen Falken verwandeln konnte. Sie herauszufordern war Wahnsinn.

Und doch, wenn die Simbalesen Johan getötet hatten: gab es irgendeinen Grund, anzunehmen, daß sie nicht auch andere Fandoraner töten würden?

»Ältester Jondalrun!« ertönte vom Fenster her ein Ruf. Es war die Stimme eines Mädchens. »Wir haben Ärger in der Stadt!«

Jondalrun wandte sich unmutig ab von seinem Sohn, der ihm noch nicht geantwortet hatte. Dayon folgte ihm. Sie hasteten durch die Schenke, die jetzt gefüllt war mit verschmutzten, nach Getränken rufenden Männern. »Gut!« sagte Jondalrun. »Die Truppen aus den anderen Städten treffen jetzt ein.«

Sie traten auf die Straße und waren entsetzt über das Bild, das sich ihnen bot: Scharen zerlumpter Gestalten, die wild durcheinanderrannten, zu stehlen und zu plündern begannen. Schreie und Schimpfworte ertönten aus den größeren Straßen zusammen mit den klagenden Rufen des verängstigten Viehs.

Dayon und Jondalrun überquerten die Straße von der Graywood-Schenke zum alten Stall. Dayon beobachtete seinen Vater genau. Zu seiner Überraschung sah er Unsicherheit im Gesicht seines Vaters, Unsicherheit und eine zunehmende Angst, die nicht gut zu den strengen Zügen paßte. Jondalrun sah sich um: An jeder Ecke tauchten weitere Männer auf.

»Das sind nur die ersten!« hörte Dayon ihn sagen. »Es werden noch Hunderte kommen!« Jondalrun setzte sich auf ein Faß. »Du siehst, wie sehr wir Hilfe brauchen!« sagte er zu seinem Sohn, und seine Hände zitterten plötzlich.

Dayon nickte. Zum erstenmal waren die Ängste, die sich hinter Jondalruns Worten verbargen, an seiner Stimme deutlich zu erkennen. Der junge Mann legte seine Hand auf Jondalruns Schulter. »Wir werden versuchen, unser Bestes zu tun«, sagte er. »Komm, Vater, ich werde dir helfen.«

14

Unter Oberwald lag ein gewaltiges Labyrinth: Obwohl die Bäume Oberwalds alt waren nach simbalesischem Maßstab, starben sie doch irgendwann einmal und verfaulten, und ihre Wurzeln wurden von kleinen Insekten und Kerbtieren im Lauf der Zeit beseitigt und ließen große Tunnel zurück.

In einem dieser Tunnel, in dem nur gelegentlich das Fallen eines Wassertropfens zu hören war, schimmerte ein gelbes Licht. Es bewegte sich gleichmäßig auf und ab und wurde stetig heller. Es war eine Fackel, ein langer, aus gepreßtem Feuermoos hergestellter Stock, der mit reiner, gleichmäßiger Flamme brannte.

Vier Menschen bewegten sich unbehaglich den Tunnel entlang, den Geruch von Fäulnis in der Nase, die Nerven angespannt wegen der Geräusche unzähliger Nagetiere und Nachtwesen, die man wohl hören, nicht aber deutlich sehen konnte in der Dunkelheit.

Die Fackel wurde sicher gehalten von Prinzessin Evirae, die in ihren langen Gewändern hier lächerlich fehl am Platze war und sich von Zeit zu Zeit tief bücken mußte, um zu vermeiden, daß ihr Haaraufbau sich in den lehmverkrusteten Wurzeln über ihr verfing. Hinter ihr ging Mesor, angespannt und selbstbeherrscht. Hin und wieder gestattete er sich heimlich ein belustigtes Lächeln, wenn die Prinzessin mit Kleid oder Haar irgendwo hängenblieb.

Baron Tolchin und Baronesse Alora waren verärgert über die Prinzessin. Dank ihrer Intelligenz und Abstammung gehörten sie zu den geachtetsten Mitgliedern der königlichen Familie. Bei allem Reichtum trugen sie nur einfache Kleider für ein so widerwärtiges Unterfangen wie dieses hier.

»Meine liebe Prinzessin«, sagte Baron Tolchin in dem ungewöhnlich förmlichen Ton, den er wählte, wenn er Unbehagen zum Ausdruck bringen wollte: »Bei allem schuldigen Respekt erwarten meine Gemahlin und ich, den Grund für diese Eskapade zu hören! Die Erklärung, daß es sich um eine dringende Staatsangelegenheit handele, genügt uns nicht.«

»Stellt Ihr die Weisheit der Prinzessin in Frage?« erkundigte sich Mesor mit sanfter Stimme.

»Nur insofern, als sie dich in ihren Diensten behält«, sagte Alora bissig. »Nimmst du dir heraus, für die Prinzessin zu antworten?«

Mesor zog sich mit einem leichten Lächeln zurück. Es verbarg den Aufruhr in seinem Magen. Aloras Zurechtweisung erinnerte ihn daran, daß trotz Falkenwinds Anwesenheit im Palast immer noch ein großer Unterschied bestand zwischen dem königlichen Kreis und der königlichen Familie. In seiner Eigenschaft als Ratgeber Eviraes gehörte er dem Kreis an, aber diese Position hatte weder die Sicherheit noch das Ansehen königlicher Abstammung. Er kam aus den Reihen von Aloras Kämmerern, von der Prinzessin selbst ausgewählt, aber ein Wort von Tolchin oder Alora genügte, um ihn wieder in die Reihen der Kämmerer zurückzuversetzen.

Prinzessin Evirae beantwortete Baron Tolchins Frage nicht. Sie versuchte, sich an den richtigen Weg durch die Tunnelwindungen zu erinnern. Evirae war vertraut mit den Höhlen. Im Lauf der Jahre hatte sie sie häufig benutzt: für heimliche Verabredungen als junges Mädchen und später als einen Ort für geheime Zusammenkünfte mit auserwählten Mitgliedern des Kreises. Dennoch verwirrten sie die labyrinthischen Gänge.

»Wir sind gleich da«, sagte sie, als sie endlich im Schein der Fackel eine vertraute Verflechtung von Wurzeln entdeckte. Sie kamen in einen breiteren Tunnel und sahen in der Ferne eine Holztür in einer gewölbten Wand. Vor der Tür hielt ein reckenhafter Mann in der Dunkelheit Wache. Er saß auf einem Hocker und stolperte auf die Füße, als er den Lichtschein von Eviraes Fackel erblickte.

Evirae wies ihn an, die Tür zu öffnen. »Gleich wirst du sehen, Tolchin, warum ich euch rufen ließ.«

Der Wächter zog einen Schlüsselring aus seinem Gürtel und schloß die Tür auf.

»Ich denke«, sagte Evirae zuversichtlich, »daß das hier wichtiger ist als ungestörter Nachtschlaf.«

Als Amsel hörte, wie der Schlüssel sich im Schloß drehte, wandte er sich um. Er war in seiner kleinen unterirdischen Gefängniszelle hin und her gelaufen, unfähig zu schlafen, obwohl er außerordentlich müde war. Ich bin jetzt fast einen ganzen Tag in Simbala, dachte er, und dem Ziel meiner Mission nicht näher als bei meiner Ankunft.

Er war bewußtlos zum Hauptquartier der Windsegler gebracht worden und hatte kaum etwas von Simbala gesehen. Der Wagen, der ihn dann vom Hauptquartiert abgeholt hatte, war mit Seide verhängt gewesen und ebenso dunkel wie die Zelle, in die er schließlich gebracht wurde.

Der Kutscher des Wagens hatte Amsel wie einen kleinen Jungen behandelt. Vielleicht war der Größenunterschied zwischen ihnen schuld daran, dachte Amsel. Vielleicht lag es auch an dem kindlichen Ausdruck des Erstaunens in seinem Gesicht, als er die ersten Riesenbäume in Simbala sah: Bei der Überführung vom verhängten Wagen in die Tunnel unter diesen Bäumen hatte er kurz die Chance, den berühmten Wald zu sehen. Vor Entzücken und Verwunderung mußte er tief Luft holen – da waren Wohnungen in Baumstämmen, bunte Glasfenster und ein herrlicher Blütenduft . . . Doch dann hatte der Kutscher Amsels Hand ergriffen und ihn rasch, viel zu rasch auf einen dunklen Seitenpfad geführt, während Amsel noch in der Ferne breite polierte Marmorstufen bei einem Garten sah.

Am Ende des Pfades lagen die Wurzeln eines weiteren großen Baumes, und in die Wurzeln war eine kleine runde Tür geschnitten. Daneben war eine Fackel angebracht, die der Kutscher vorsichtig aus ihrem Halter zog. Er schloß die Tür auf, und sie stiegen enge Treppen hinunter zu einer Reihe von Tunneln, die sich unter herunterhängenden Wurzeln wanden und drehten. Nicht ein Wort war mit Amsel geredet worden, und trotz seiner wiederholten Bitten hatte er in Simbala bisher nur Leute in untergeordneter Stellung gesehen.

Statt desssen war er in dieser Zelle gelandet.

Er war hungrig und müde, er fror und war unsagbar wütend. Er hatte eine außerordentlich wichtige Nachricht zu übermitteln, und statt dessen stand er in einem kalten feuchten Raum mit einem Holzhocker und einem Strohbündel zum Schlafen. Dann sah er die Schatten durch den Riß in der Tür. Er blickte besorgt zur Tür, als er hörte, wie der Schlüssel sich drehte. Die Tür wurde aufgerissen und ließ einen Strom kalter Luft herein. Ein Streifen gelben Lichts fiel in die Zelle, und Staub und Erde wurden aufgewirbelt. Amsel sah vier schattenhafte Gestalten hereinkommen. Er hörte die Stimme einer Frau sagen: »Ich stelle euch einen Spion aus Fandora vor.« Einen Augenblick lang erwartete Amsel, einen Spion aus Fandora zu sehen. Dann wurde ihm klar, daß die Frau ihn meinte.

Es war eine große Frau, deren hohe, kegelartige, mit Edelsteinen geschmückte Haartracht sie zwang, sich vor den von der Decke herunterhängenden Wurzeln zu bücken. Sie war sehr schön – die Fackel, die sie hielt, schien nicht so zu leuchten wie ihr rotes Haar. Sie lächelte, aber ihr Gesichtsausdruck wirkte nicht beruhigend auf Amsel. Außerdem hatte sie sündhaft lange Fingernägel, lackiert in verschiedenen Farben.

Auch die anderen Besucher wirkten für fandoranische Verhältnisse sehr elegant – ein wohlbeleibter Mann mit einem weißen Bart und eine rundliche Frau, offensichtlich seine Gemahlin. Amsel hatte jedoch das Gefühl, daß ihm diese Leute unter anderen Umständen gefallen hätten. Im Augenblick aber waren sie wohl nicht auf der Suche nach Freundschaft aus. Dem letzten Mitglied der Gruppe mißtraute Amsel auf den ersten Blick: Es war ein geckenhafter junger Mann mit einem blasierten, selbstgefälligen Ausdruck. Ein Streber, würde man in Fandora sagen.

Trotz seiner Unsicherheit war Amsel immer noch zornig. »Ich bin *kein* Spion!« protestierte er. »Ich bin ein Abgesandter von Fandora!«

Die große Frau funkelte ihn an. »Du wirst sprechen, wenn du dazu aufgefordert wirst, und nicht vorher, Fandoraner!«

»Ich heiße Amsel«, erwiderte er. Wenigstens, dachte er, ist es eine Frau, die Autorität besitzt.

»Dein Name spielt keine Rolle«, sagte die Frau. »Du bist ein Spion – und vielleicht auch ein Mörder!«

Diese letzte Bemerkung, besonders dramatisch hervorgebracht, erschreckte Amsel, der einen Augenblick lang dachte, Jondalrun sei in Simbala angekommen, um Gerüchte über ihn zu verbreiten. Plötzlich schwindelig vor Erschöpfung und Erregung, setzte Amsel sich auf den Holzhocker.

»Was bedeuten diese Anschuldigungen, Evirae?«

Der Mann mit dem weißen Bart war zutiefst beunruhigt. Seine Gemahlin trat ein Stück von den anderen zurück und beobachtete Evirae. Der wohlbeleibte Mann fuhrt fort: »Der Akzent dieses Mannes ist ebenso barbarisch wie seine Kleidung! Er kann unmöglich ein fandoranischer Soldat sein! Wenn er etwas mit der Geschichte des Mannes aus Nordwelden zu tun hat, schlage ich vor . . .«

»Ich bin in einer Friedensmission hierhergekommen!« rief Amsel dem Mann zu.

Evirae wandte sich rasch zu ihm und zeigte mit einem ihrer spitzen Fingernägel auf seine Kehle. »Unter meinem Volk geht das Gerücht um«, sagte sie, »daß die Spitzen meiner Fingernägel mit Gift lackiert sind. Wenn du nicht ungedingt feststellen möchtest, ob das stimmt, empfehle ich dir zu schweigen, bis man mit dir spricht.«

Amsel nickte und schluckte. Die Frau nahm ihren Fingernagel von seinem Hals. »Gut«, sagte sie. »Und jetzt berichte mir, Fandoraner, ob es stimmt, daß man dich vor der nördlichen Küste gefunden hat.«

»Ja«, sagte Amsel. »Ich war auf dem Weg von ...«

»Das Ja genügt, Fandoraner.«

»Aber einen Augenblick«, sagte Amsel. »Ich ...

Evirae hob bedeutungsvoll den Finger.

Amsel wartete, gleichzeitig zornig und eingeschüchtert. Die Drohung der Frau erschien ihm weniger wichtig als die Tatsache, daß es ihr Spaß zu machen schien. Wenn sie wirklich eine einflußreiche Persönlichkeit in Simbala war, saß er in der Patsche.

Mesor beobachtete Eviraes Verhalten mit Unbehagen. Wenn die Prinzessin nicht vorsichtig ist, dachte er, wird sie Aloras Mißtrauen wecken.

Evirae fuhr fort: »Du sagst, du hast unsere Ufer betreten, um uns um Frieden zu bitten, Fandoraner? Warum? Welchen Grund solltest du haben, anzunehmen, daß ein Krieg droht?«

Der Mann mit dem weißen Bart fragte: »Bist du aus Furcht vor einem Handelskrieg hergekommen?«

»Nein«, sagte Amsel. »Ich bin gekommen, weil Fandora Simbala den Krieg erklärt hat.« Im gleichen Augenblick, da er die Worte sprach, bedauerte Amsel seine Aufrichtigkeit.

»Nein!« sagte Tolchin.

Amsel spürte eine plötzliche Erregung bei der Frau, die Evirae genannt wurde, und dem Mann neben ihr. Er verstand es nicht, aber es beunruhigte ihn stärker als das Gefühl, daß die Dinge außer Kontrolle geraten waren.

»Es ist noch Zeit, einen Krieg zu verhüten!« rief er in dem Bemühen, seinen Fehler wiedergutzumachen. »Ihr braucht nur den Grund für die Handlungen meines Volkes zu verstehen! Ein Kind ist getötet worden, und in Fandora hält man einen eurer Windsegler für den Täter.«

»Lächerlich!« sagte Alora von der Tür her.

»Lügen!« sagte Tolchin.

»Für solche Anschuldigungen kannst du mit dem Tode bestraft werden!« drohte Evirae. »Jetzt sage uns die Wahrheit. Du bist ein Spion aus Fandora, und du bist mit einem Auftrag an unsere Küsten gekommen. Wenn dir dein Leben lieb ist, wirst du uns sagen, wie dein Auftrag lautet. Nimm dich zusammen, Fandoraner! Du spricht mit der Prinzessin von Simbala!«

Die Prinzessin von Simbala! Amsel erhob sich von seinem Hocker. Er reichte Evirae kaum bis zur Taille, aber seine Stimme, verstärkt durch die Dringlichkeit seiner Mission, füllte den Raum. »Prinzessin, meine Leute sind ein gutes und einfaches Volk. Es sind keine Krieger, es sind friedliche Bauern. Einige sind neidisch auf Simbala. Die meisten fürchten Euch. Ich glaube nicht, daß Simbala die Schuld an dem Tod des Kindes trifft.

Unwissenheit hat Fandora veranlaßt, diesen Krieg zu erklären. Jetzt gibt es schon Stimmen, die dagegen sprechen. Ihr müßt etwas unternehmen, um den Krieg zu verhüten! Ihr müßt einen Abgesandten schicken, um ihnen klarzumachen, daß Ihr das Kind nicht ermordet habt! Ihr müßt ein Windschiff nach Fandora schicken!«

»Eine Falle!« rief Evirae, Amsels Worte übertönend. »Fandora möchte nur ein Windschiff erobern und gegen uns einsetzen! Wir haben vom Tod eines Kindes gehört, aber es war ein Kind aus Simbala, nicht aus Fandora!«

»Nein!« rief Amsel. »Das ist nicht wahr!«

Alora wurde rot im Gesicht. »Sage du *uns* nicht, was wahr ist und was unwahr, Fandoraner! Dein Land ist ein Land von Einfältigen! Wir wissen, daß ein Kind ermordert worden ist!«

»Bitte!« rief Amsel. »Hört auf mich! Vielleicht ist die Flotte Fandoras schon bereit zur Invasion! Meine Landsleute bedeuten keine Gefahr für Euch! Ich habe Eure Windschiffe gesehen, Eure Soldaten! Seht mich an! Ich bin kaum halb so groß wie Ihr! Meine Leute können unmöglich eine Bedrohung für Euch bedeuten. Bitte helft mir, Blutvergießen zu vermeiden!«

»Kiorte hat vor wenigen Wochen im Sturm ein Windschiff verloren«, sagte Evirae zu Tolchin. »Ich denke, daß ich jetzt weiß, wo es geblieben ist.«

Amsel hörte ihre Worte. Das Windschiff in Gordain! »Ihr versteht nicht«, sagte er. »Das Windschiff kam in einem Sturm zu uns herüber.«

»Du gibst also zu, daß es in Fandora ist!« sagte Evirae halb giftig, halb frohlockend. »Wir haben die Fandoraner zu lange vernachlässigt! Wir müssen zur Tat schreiten!«

Der Mann mit dem weißen Bart trat vor. »Einen Augenblick, Prinzessin. Ich möchte dem Spion eine Frage stellen.« Mesor nickte. Tolchin hat sie schon fast überzeugt, dachte er.

Amsel sah den älteren Mann beunruhigt an. Er hoffte, daß seine Besorgnis nicht als Schuldbekenntnis ausgelegt werden würde.

»Amsel«, sagte Tolchin leise, »wenn du uns die Wahrheit gesagt hast, kann es sein, daß Fandoraner sich bald unseren Küsten nähern werden. Stimmt das?«

Amsel nickte. »Ja, aber ...«

»Es tut mir leid.« Tolchin wandte sich zu Alora und sagte: »Es besteht offensichtlich und sofort die Gefahr eines Krieges. Die Familie muß umgehend unterrichtet werden.« Dann wandte er sich an die jüngere Frau, »Evirae, du mußt sofort mit Falkenwind sprechen!«

Amsel sagte verzweifelt: »Die Invasion kann noch verhindert werden!

Ein Windschiff kann sie erreichen! Schickt einen Abgesandten nach Fandora!«

»Hinter seinen Worten steht ein Plan«, sagte Mesor. »Seine Aufgabe ist es zweifellos, uns zu verwirren und aufzuhalten, während sie sich auf den Angriff vorbereiten.«

»Ruhe!« sagte Tolchin. »Wir wissen, was wir zu tun haben.«

Dann fügte er, zu Alora gewandt, hinzu: »Ich schlage vor, wir kehren sofort nach Oberwald zurück.«

Die Baronesse nickte grimmig und blickte Evirae an. »Diesmal, Prinzessin, hast du möglicherweise richtig gehandelt.«

Evirae erwiderte liebenswürdig: »Irgend jemand in der Familie muß die Zügel ergreifen. Ich hoffe, in Zukunft wirst du immer so denken.«

Es wird Zeit, zu gehen, dachte Mesor. Evirae fängt an, ihre Karten aufzudecken. »Eure Hoheit«, sagte er vorsichtig, »ich schlage vor, wir verlassen diesen Ort.«

»Wartet!« rief Amsel verzweifelt, aber Baron Tolchin hatte schon den Wächter herbeigerufen.

»Kümmere dich darum, daß der Spion etwas zu essen bekommt«, sagte er. Dann wandte er sich an Amsel. »Es tut mir leid um dich, junger Mann«, sagte er. »Um dich und um Fandora.«

Die Tür schloß sich, und es war wieder dunkel in Amsels Zelle.

»Junger Mann!« stöhnte der Erfinder. »Ein junger Mann hätte nicht die törichten Dinge gesagt, die ich gesagt habe! Ein junger Mann wäre nicht für einen Krieg verantwortlich! Oh, was habe ich nur getan? Was habe ich getan?«

Mitten im Viertel der Kaufleute, weit entfernt von den Baumschlössern im Zentrum von Oberwald, wo die Mitglieder der königlichen Familie lebten, wohnten Baron Tolchin und Baronesse Alora. Ihre Stellung im simbalesischen Handel machte diese Umgebung erforderlich, aber sie bedauerten diesen Umstand nicht. Er bot ihnen einen einmaligen Einblick in die Angelegenheiten der königlichen Familie. Sie gehörten dazu, und doch hatten sie Abstand. Der tägliche Kleinkram der Familie ließ sie unberührt, und ihre häufigen Reisen in das Südland hielten sie aus den Palastintrigen heraus.

Sie hatten die Ernennung Falkenwinds unterstützt, weil es der Wunsch Ephrions gewesen war, und sie hatten das Eindringen eines Außenseiters geduldet, weil er eine größere Eignung für den Thron zeigte als einer der Kandidaten aus der königlichen Familie. Dennoch trauten sie Falkenwind nicht wirklich.

Die Ereignisse dieses Morgens hatten Aloras und Tolchins Einstellung zu ihm weiter belastet, weil Evirae jetzt in ihrer beider Ansehen gestiegen war. Eviraes Enthüllung, daß Prinz Kiorte ihr die Vernehmung des fandoranischen Spions anvertraut habe, hatte sie beeindruckt, und die Schnelligkeit, mit der sie die Invasionsabsichten aus dem Spion herausgeholt hatte, überraschte sie. Als sie die Tunnel verließen, hatten Tolchin und Alora zugestimmt, als Evirae sie um eine weitere Zusammenkunft vor ihrem Bericht an Falkenwind gebeten hatte. Hätten sie von Eviraes Doppelzüngigkeit gegenüber dem Mann aus Nordwelden gewußt, hätten sie gewußt, daß Kiorte sich nicht auf einer Mission im Westen befand – wie Evirae behauptet hatte –, sondern in Wirklichkeit nur nicht auffindbar war – sie hätten Falkenwind sofort informiert. Von all diesen Dingen jedoch hatten sie keine Ahnung, und so begrüßten sie Evirae in ihrem mit dem Aroma bunduranischen Tees erfüllten Wohnzimmer mit ungewöhnlicher Herzlichkeit.

»Ich bin froh, daß du deinen Schatten nicht mitgebracht hast«, sagte der Baron.

Evirae blickte erschrocken hinter sich, dann wurde ihr klar, daß der Baron scherzte. »Ja«, sagte sie mit einem verspäteten Lächeln, »ich wollte Mesor bei unserem Gespräch nicht dabeihaben.«

»Dann komm herein«, sagte Alora mit weniger Charme als ihr Gemahl. »Obwohl du uns versichert hast, daß es kein Anzeichen für eine Invasion gibt, gefällt es mir nicht, wenn wir die Nachricht dem Palast vorenthalten. Ich nehme an, du hast dafür deine Gründe, Evirae, und ich möchte sie so schnell wie möglich hören.«

Während ein Diener Tee einschenkte, setzten Tolchin und Alora sich auf die Federblattcouch in der Mitte des Zimmers. Evirae blieb stehen; ihr Haaraufbau drückte die Falten eines seidenen Baldachins ein. Sie sprach mit Bedacht. »Dies ist ein schwieriges Gespräch für mich. Wie ihr beide wißt, war ich in der vergangenen Zeit nicht besonders diplomatisch in meinem Widerstand gegen Falkenwind. Um ehrlich zu sein: Ich bleibe bei meiner Meinung, daß er nicht qualifiziert ist, Monarch zu sein. Jetzt bin ich gekommen, um euch zu sagen, daß er vielleicht nicht einmal qualifiziert ist, in Simbala zu leben.«

Alora, an die Weitschweifigkeit der Kämmerer gewöhnt, runzelte dennoch die Stirn. »Wenn du Informationen hast, mach es kurz und klar, Evirae! Wir sprechen über die Sicherheit Simbalas.«

Es kostete Evirae Mühe, Gelassenheit zu bewahren. Sie hatte das Gefühl, vor einem großen Puzzle zu stehen, in dem die Einzelteile sich allmählich für sie zusammenfügten. Wieder dachte sie: Es ist bestimmt, daß ich Simbala regiere. Die Mächte des Schicksals tun sich für mich zusammen.

Laut sagte sie: »Erscheint es euch nicht merkwürdig, daß die Nachricht einer fandoranischen Invasion zu einem Zeitpunkt kommt, da Monarch Falkenwind die simbalesische Armee auf die Hälfte reduziert hat?«

Alora runzelte wieder die Stirn. »Ja – aber dafür gab es einen sehr guten Grund, wie du vielleicht weißt.«

Tolchin nickte. »Ich habe Truppen angefordert als Eskorte für eine Handelskarawane in das Südland.«

Evirae klopfte mit ihren langen Nägeln an die parfümierte Holzwand. »Ja, ja, das weiß ich, aber in der Vergangenheit hat Monarch Falkenwind nie seine Zustimmung zu einer solchen Eskorte gegeben.«

Tolchin setzte sich auf. »Woher weißt du das, Evirae?«

Die Prinzessin lächelte. »*Irgend jemand* muß den Palast im Auge behalten.«

Alora stellte ihre Teetasse ab. »Junge Dame! Monarch Ephrion ist durchaus in der Lage, die Interessen Simbalas wahrzunehmen. Er tut es seit über vierzig Jahren.«

»Wir werden alle alt und müde«, sagte Evirae. »Mein Vater hatte den Anstand, seinen Abschied von der Armee rechtzeitig zu nehmen. Monarch Ephrion könnte sich ein Beispiel an ihm nehmen.«

Tolchin erwiderte: »Unvorstellbar, unvorstellbar! Ephrion ist kein General, meine Liebe. Er ist ein Monarch.«

»Falkenwind ist jetzt Monarch«, sagte Evirae, »mit ihm und dieser Rayan-Frau hat die königliche Familie ihre Herrschaft über den Palast verloren.«

»Bitte, Evirae«, sagte die Baronesse. »Das haben wir schon viele Male gehört! Wenn du sonst nichts Neues zu berichten hast, dann gehe sofort zum Palast und unterrichte Falkenwind.«

»Die Familie«, sagte Evirae geduldig, »man muß Rücksicht auf die Familie nehmen. Wenn die Fandoraner wirklich angreifen, werden schwere Zeiten für Simbala kommen. Wollt ihr die Zukunft unseres Landes, unserer Familie tatsächlich dem Sohn eines Bergmanns anvertrauen?«

Auf diese Frage antworteten Alora und Tolchin nicht. Es hatte Zwischenfälle gegeben, Gerüchte, aber der neue Monarch hatte noch nie etwas getan, was gegen die Interessen Simbalas ging. Dennoch – wenn es Krieg gab: War er der richtige Mann, das Land zu regieren? Sie hatten sich diese Frage noch nicht gestellt. Selbst Ephrion hatte keinen Grund gehabt, die Möglichkeit in Erwägung zu ziehen. Als Tolchin gegen die Handelsembargos protestierte, die Falkenwind verhängt hatte, sagte der alte Mann zu ihm: »Falkenwind braucht eine gewisse Anlaufzeit.«

»Falkenwind hört mehr auf die Rayanerin als auf uns«, sagte die Prinzessin vorsichtig. »Wir wissen nicht einmal, wem ihre Loyalität gilt. Ich mache mir wirklich Gedanken, Alora, wenn ich mir vorstelle, daß Oberwald in Kriegszeiten von den Plänen der Tochter eines Diebes abhängig sein könnte!«

Die Baronesse goß sich noch eine Tasse Tee ein. Tolchin stand auf und begann, im Zimmer auf und ab zu schreiten.

Evirae appellierte an ihren Patriotismus. »Für die Sicherheit Simbalas«, sagte sie, »wäre eine gewisse Vorsicht doch gewiß nicht fehl am Platze?«

Baron Tolchin fragte vorsichtig: »Was stellst du dir vor, mein liebes Mädchen?«

»Eine kleine Prüfung«, entgegnete Evirae.

»Monarch Falkenwind ist kein Kind!« sagte die Baronesse. »Er unterzieht sich doch keinen Prüfungen!«

»Wenn er von der Prüfung nichts weiß, kann er nichts dagegen einwenden.« Evirae setzte sich hin.

»Jetzt ist keine Zeit für törichte Spielchen.«

»Dieses wird nicht viel Zeit brauchen«, antwortete Evirae.

Tolchin durchquerte das Zimmer und ließ einen gelben Vorhang am einzigen Fenster des Zimmers herunter. »Sage uns«, fragte er Evirae mißtrauisch, »was dir vorschwebt.«

Lathan hatte sich immer als zivilisierten Mann betrachtet, als vernünftig und ausgeglichen und ohne Groll gegen seinen Monarchen. Aber ein anstrengender Tag- und Nachtritt durch den Wald und dann ein Abend, an dem er feucht und hungrig im Gebüsch kauerte und zusah, wie die Männer aus Nordwelden wilden Truthahn und Yamswurzeln aßen, reichten, um einem Mann unfreundliche Gedanken einzugeben. Doch allmählich schien es, als würden sein langer Ritt und sein langes Warten endlich reiche Früchte tragen.

Es war Nacht an der Grenze Nordweldens. Die Luft war frisch, und es roch nach den Kiefern, die hier im Norden gediehen. Der Wind reichte gerade aus, um Lathans unbequeme Stellung noch unangenehmer zu machen. Eine rauhhäutige Eidechse kroch auf der Suche nach Wärme in seinen Stiefel, und er mußte die Zähne zusammenbeißen, um nicht aufzuschreien, als die scharfen Schuppen an seinem Bein entlangkratzten. Gereizt zog er den Stiefel aus und warf die Eidechse weg. Dafür allein verdiene er einen Orden, sagte er sich. Dann konzentrierte er sich auf die Unterhaltung, die durch die Sträucher und Zweige zu ihm drang.

»Was sie zu sagen hatte, war mehr als ›guten Morgen‹, sage ich dir!« Der Mann aus Nordwelden berichtete zu Lathans ungläubigem Erstaunen von einer Begegnung mit der Prinzessin von Simbala persönlich. Er und sein Gefährte rasteten an einem Proviantversteck – ein kalter Bach, in dem in einem wasserdichten Lederbeutel Weinschläuche gelagert waren. Der Wein hatte Willens Zunge gelöst. Er berichtete von der Verschwörung der Fandoraner gegen Simbala und von den Beschuldigungen, die die Prinzessin gegen Falkenwind erhob. Das war mit Sicherheit Landesverrat, dachte Lathan, und er war im Begriff, sich auf den Rückweg zum Palast zu machen, als er über sich ein merkwürdiges Rascheln hörte.

Das matte Mondlicht wurde plötzlich von einem großen Schatten verdunkelt, der über dem Boden schwebte. Die beiden Weldener blickten auf, ebenso wie Lathan. Über ihnen wurden die Sterne verdeckt durch die Silhouette eines Windschiffs – ein Einmannschiff, kleiner als die meisten der Flotte, aber dennoch riesig und beeindruckend. Es näherte sich langsam dem Lagerfeuer wie ein großes schwarzes Gespenst, geräuschlos mit Ausnahme des Ächzens der Taue und des gedämpften Raschelns und Flatterns der Segel. Willen und Tweel beobachteten es wie gebannt. Es war zu dunkel, um die einsame Gestalt zu erkennen, die die Seile bediente. Der Mann wendete dem rötlichen Glimmen des Brenners den Rücken zu, und das Boot schirmte ihn gegen das Lagerfeuer ab.

Lathan wurde klar, daß der Windsegler ihn entdecken würde, wenn er dort blieb, wo er sich befand. Darum kroch er durch das Gebüsch, hinter dem er sich verborgen hatte, und ein Stück hügelabwärts, um sich in einem großen Blaukrautbusch zu verstecken. Der durchdringende, unangenehme Geruch der Blüten stieg ihm zu Kopf, aber er war wenigstens sicher, daß er nicht entdeckt werden konnte.

Das Windschiff landete. Der Segler warf eine Leine mit einem Greifhaken in eine Baumgabel hinunter, während das Schiff beinahe schwerelos vom Boden zurückprallte. Als es sich stabilisiert hatte, kam der Windsegler nach vorne, und das Licht des Lagerfeuers fiel auf sein Gesicht.

Lathan, jetzt in sicherem Versteck, hielt den Atem an. Es war Prinz Kiorte persönlich! Erst die Prinzessin, dann der Prinz! Besaß dieser Willen die Schlüssel zu einer Sindril-Mine? Er versuchte, mitzubekommen, was gesagt wurde, aber er war zu weit weg. Die Stimmen waren nicht mehr als ein sinnloses Murmeln.

Willen lehnte betrunken an einem Baum, während Tweel dem Prinzen spöttisch mit seiner Truthahnkeule zuwinkte: »Etwas zu essen, Prinz? Zweifellos habt Ihr eine lange und schwierige Reise hinter Euch.«

»In der Tat«, sagte der Prinz ausdruckslos, »aber an Essen habe ich nicht gedacht. Ich habe lange gesucht, um deinen Aufenthaltsort zu ermitteln, Willen. Ich möchte wissen, worüber du mit meiner Gemahlin Evirae gesprochen hast.«

Willen legte den Kopf schief und täuschte tiefes Bedauern vor. »Oh, es

tut mir aufrichtig leid, Prinz, Euch den Wunsch abzuschlagen, wo Ihr auch noch ein Prinz seid und so. Aber ich habe der Prinzessin versprochen zu schweigen. Ich bin ein Mann, der zu seinem Wort steht.«

Kiorte hatte offensichtlich Mühe, nicht die Geduld zu verlieren, und sagte ruhig: »Ich bin Prinz von Simbala und Eviraes Gemahl. Was sie sagt, geht auch mich an. Ihre Angelegenheiten sind meine Angelegenheiten.«

»Das ist ja alles gut und schön, aber sie hat keine Ausnahmen gemacht, seht Ihr. Bis sie mir etwas anderes sagt . . .« Willen breitete die Hände aus.

»Du bist ein Einfaltspinsel«, sagte Kiorte mit angespannter, leiser Stimme, »und du bist betrunken. Was ist mit dir?« fuhr er, zu Tweel gewandt, fort. »Wirst du dich auch einem Befehl des Prinzen von Simbala widersetzen?«

Tweel zögerte und blickte Willen an. Dann schüttelte er den Kopf. »Willen hat mir nichts erzählt. Darum kann ich Euch nichts berichten«, sagte er zu Kiorte.

Wieder war lange nichts zu hören außer dem Knacken des Feuers und dem Ächzen und Rascheln des Windschiffs. Kiorte musterte die beiden unbewegten Gestalten vor ihm. Er konnte sie nicht zwingen zu reden. Derartige Handlungsweisen waren ihm verhaßt und außerdem im Augenblick nicht durchführbar.

Evirae hatte etwas vor, das wußte er – er war zu lange mit ihr verheiratet. Diesmal jedoch ging es um etwas anderes als ihre üblichen Pläne – auch das wußte er. Sie ging mit der gleichen naiven Einstellung daran, aber sie spielte mit etwas Größerem – größer und gefährlicher. Diesmal zog sie Unschuldige hinein, davon war Kiorte überzeugt. Er mußte die Einzelheiten in Erfahrung bringen, aber mit diesen beiden Trunkenbolden war nichts zu machen – auch das war offensichtlich.

Lathan sah zu, wie das Haupt der Windsegler das Windschiff losmachte und mit ihm langsam in den Nachthimmel entschwebte. Dann erhob er sich vorsichtig und streckte sich und spürte, wie seine Gelenke krachten und ächzten. Er hatte gehofft, vor dem Rückritt etwas ruhen zu können, aber er wußte, daß es für ihn in dieser Nacht keine Ruhe geben würde. Er mußte Falkenwind sofort von dieser Begegnung unterrichten.

Mit einem Seufzer machte er sich auf den Weg zum Wald, wo er sein Pferd angebunden hatte. Manchmal lohnte es sich einfach nicht, gewissenhaft zu sein.

15

In den Minen herrscht immer Mitternacht, dachte Falkenwind. Obwohl er den Tunnel im hellen Mittagssonnenschein betreten hatte, war nach der ersten Biegung aus dem Tageslicht Dunkelheit geworden. Als er die breiten Stufen hinunterstieg, die Fackel aus Feuermoos in der Hand, hatte er das Gefühl, in eine Wirklichkeit zurückzukehren, die er lange vergessen hatte.

Er dachte: Es ist gut, daß ich gekommen bin. Es wird mir eine Gelegenheit geben, Ordnung in meine Gedanken zu bringen.

Der Tunnel war seit über vier Jahren geschlossen. Er war in schlechtem Zustand; Wände und Holzverstrebungen hatten Moos angesetzt, die Fakkelnischen waren leer, und die kriechenden Dünste von Verfall lagen in der Luft.

Seit er Monarch war, hatte er wenig Zeit für sich selbst gehabt, und dies bekümmerte ihn. Allein fühlte er sich wirklich in Einklang mit sich selbst. Mit Ceria fühlte er sich im Einklang mit der Welt, als gäbe die natürliche Ordnung von zwei Wesen, die zusammen waren, seinem Leben einen neuen Sinn. Allein jedoch fühlte er sich wie Falkenwind: Er fühlte sich wie der Sohn eines Bergmanns, der fünf Jahre in den Minen gearbeitet hatte, mit schmutzigem Gesicht und Armen, die hart geworden waren vom Schwingen eines Pickels. Hier, in den Minen, konnte er sein Leben als eine Erweiterung seiner Träume verstehen.

»Ich habe meine Träume übertroffen«, sagte er laut, als spräche er zu dem jüngeren Mann, der er früher war, »und doch habe ich noch unerfüllte Hoffnungen – nicht so sehr für mich selbst – außer vielleicht Ehe und Kinder.« Seine Hoffnungen galten jetzt Simbala.

Er ging langsam über den schräg abfallenden Boden des Tunnels. Hier und dort befanden sich die verstrebten Eingänge zu Seitenstollen, von denen viele für immer mit Backsteinen und Mörtel zugemauert worden waren. Er wußte, daß einige davon zu den Wurzeltunneln unter der eigentlichen Stadt führten. Vor ihm auf dem nackten Felsstein lag das verrostete Blatt eines Pickels. Falkenwind hob es auf, betrachtete es und erinnerte sich ...

Er war Aufseher im Taniumschacht gewesen, der am Ende des Tunnels senkrecht hinunterführte, tiefer als alle anderen. Er war so tief, daß die Luft heiß und drückend war, und manchmal ließen die üblen Gase, die aus der Erde sickerten, die Bergleute bewußtlos werden. Sie hatten eine reiche Taniumader abgebaut, ein flüssiges Metall. Es war eine gefährliche Arbeit in diesen Tiefen; der Druck der Erde von oben war so stark, daß ein unvorsichtiger Pickelhieb einen Taniumstrom freisetzen konnte, der mit der Kraft eines Rammbocks zuschlug und die Mine überflutete.

Ein Bergarbeiter war eines Tages mit seinem Pickel auf etwas gestoßen, das wie eine an den Schacht angrenzende natürliche Höhle aussah. Falkenwind war hinzugerufen worden und hatte ein Wunderland aus Stalaktiten und Stalagmiten entdeckt, Säulen und erstarrte Wasserfälle aus Felsgestein. Die Männer waren wie gebannt und wollten die Höhle sofort erkunden, aber Falkenwind hatte angeordnet, mit der Erkundung bis zum nächsten Tag zu warten, wenn sie alle ausgeruht wären.

Es war jetzt still, als er durch den verlassenen Tunnel ging. Falkenwind war sich plötzlich der Hunderte Fuß von Erde über ihm sehr bewußt und der Zerbrechlichkeit der von Menschen gebauten Wege in den alten Felsen. Er ging schneller; aus irgendeinem Grund hatte er das Bedürfnis, den Schacht am Ende des Tunnels zu erreichen.

In jener Nacht vor mehr als vier Jahren hatten Wächter vor den Tunneln aus den Tiefen der Minen seltsame, furchterregende Schreie gehört – ein Heulen wie von einem Geisterwolf. Am nächsten Tag fand man ein kleines, aus Steinen gebautes Haus in der Nähe der Eingänge zu den Wurzeltunneln offen und verlassen. Eine junge Mutter, die dort seit dem Tod ihres in den Minen arbeitenden Mannes allein gelebt hatte, war verschwunden. Auf dem Boden hatte man Spuren von Dreck und Unrat gefunden und in einem dieser Flecke den Abdruck eines merkwürdigen Spreizfußes.

Falkenwind blieb plötzlich stehen. Er drehte sich um und hielt die Fackel in die Höhe, so daß sie den Tunnel hinter ihm bis zur Biegung beleuchtete. Er glaubte, etwas gehört zu haben – vielleicht Steine, die eine der Wände heruntergerollt waren – oder vielleicht das Kratzen von Krallen auf dem steinigen Boden?

Falkenwind zögerte, dann ging er weiter. Der Anfang des Schachtes mußte schon nach der nächsten Biegung kommen, und er hatte jetzt ein ungutes Gefühl wegen dieses Schachtes. Er mußte überprüfen, ob er noch zugemauert war, wie er es vor Jahren angeordnet hatte. Seine Stiefel platschten durch Pfützen, die hereinsickerndes Wasser beim letzten Regen gebildet hatte.

Der Schacht war in einem steilen Winkel in den Felsen geschlagen worden und mit Einschnitten versehen, an denen die Bergleute einen Halt für Hände und Füße finden konnten. Es hatte auch eine Winde gegeben und einen Eimer, um die Ausbeute eines Tages nach oben zu befördern. An jenem Tag vor Jahren waren Falkenwind und eine Gruppe von Bergleuten den Schacht hinunter und in die neuentdeckten Höhlen gegangen, mit Fackeln und Waffen ausgerüstet.

Sie waren noch nicht weit gekommen, als sie den Leichnam der jungen Witwe entdeckten – verstümmelt und teilweise verzehrt. Gleich darauf strömte hinter jedem Felsblock hervor und aus jeder Spalte und jedem Riß eine Horde von abgezehrten, abstoßenden Kreaturen: die Kuln. Sie hatten eine fleckige, leichenblasse Haut und waren klein und gedrungen, mit faßartigem Körper und muskulösen Gliedern. Ihre breiten, flachen Gesichter hatten dünnlippige Mäuler mit scharfen Fangzähnen. Sie hatten große Augen und offensichtlich überhaupt keine Ohren an den Seiten ihrer kahlen Köpfe. Begleitet wurden sie von schleichenden, wolfartigen Wesen, die ebenfalls eine kahle, leichenartige Haut und große Augen hatten.

Mit schnatternden Lauten näherten sie sich den Bergleuten. Falkenwind und die anderen erkannten in ihnen sofort die lebendigen Figuren aus einem Gruselmärchen: Höhlenwölfe. Geschichten über sie hatte manch ein Bergmannskind zu Gehorsam erzogen.

Falkenwind schickte die Bergleute zurück in den Schacht, aber sie zogen sich nicht schnell genug zurück, um einen Kampf zu vermeiden. Die Bergleute waren bewaffnet, aber an Zahl weit unterlegen, und die Kuln und ihre widerwärtigen Anhänger griffen auch dann an, wenn sie dabei Glieder verloren oder Wunden davontrugen, die einen Mann getötet hätten.

Falkenwind schwang an jenem Tag sein Schwert, wie wenige Männer je ein Schwert geschwungen haben; er überwältigte fünfzehn Kuln und acht Höhlenwölfe, aber fünf Bergleute fanden den Tod.

»Klettert den Schacht hinauf!« hatte Falkenwind befohlen. »Eine Zeitlang kann ein Mann sie aufhalten.«

»Aber wie wirst du ihnen entkommen?« rief einer der Bergleute. »Wir lassen dich nicht im Stich!«

»Beeilt euch!« schrie Falkenwind wieder. »Ich befehle es euch!« Die

Bergleute kletterten einer nach dem andern hinauf, und die zurückbleibenden Männer kämpften gegen die unterirdische Horde, bis schließlich Falkenwind den Kuln allein gegenüberstand. Mit einem Schwert in der einen und einer Axt in der anderen Hand kämpfte er, bis die Leichen der Kuln und der Höhlenwölfe den Boden des Schachts fast bedeckten. Am Ende blockierten die Leichen den Eingang zum Schacht in einem solchen Ausmaß, daß die Kreaturen einige davon zurück in die Höhle ziehen mußten, bevor sie sich wieder auf Falkenwind stürzen konnten. Falkenwind, dem vor Erschöpfung jeder Knochen weh tat, schleuderte sein Schwert und seine Axt auf sie; dann ergriff er einen Pickel und hieb auf die Wand ein. Er löste einen großen Felsbrocken, aber sonst geschah nichts. Er schlug noch einmal zu, wobei der Pickel sich tief in die Wand des Schachtes grub. Er zerrte ihn heraus – wieder nichts. Ein kriechendes Geräusch hinter ihm zeigte ihm an, daß die Kuln sich durchgearbeitet hatten. Falkenwind schwang den Pickel zum drittenmal. Diesmal traf er: Ein roter Strom flüssigen Taniums, wie das Blut der Welt, schoß in einem breiten Strom hervor, schneller als ein Armbrustpfeil. Falkenwind hatte kaum Zeit, sich in Sicherheit zu bringen – der Strom des flüssigen Metalls riß ihm den Pickel aus den Händen. Dann packte das Tanium den ersten Kuln hinter der Öffnung zum Schacht, riß ihn mit sich und schleuderte ihn gegen die Wand. Die Wand ächzte und bebte, als Tonnen des flüssigen Metalls ausströmten und die kreischenden Kuln und die Höhlenwölfe in ihr unterirdisches Lager zurückschleuderten. Schon begann das Metall, mit ohrenbetäubendem Donnern den Schacht zu füllen. Falkenwind kämpfte sich mühevoll zur geneigten Wand durch und begann, sich hochzuziehen. An seinen Stiefeln haftete das schwere Tanium; er streifte sie ab und kletterte weiter, die kalte metallische Flut dicht auf den Fersen. Über ihm spornten die Bergleute ihn an. Das Tanium stieg an ihm hoch. Doch als er kaum mehr vorwärts kam, ging es langsam und zähflüssig zurück; es hatte seinen höchsten Stand erreicht. Falkenwind zog sich hoch und kletterte aus dem Schacht.

Er hatte dann angeordnet, daß dieser Schacht mit einem Felsblock abgedeckt wurde, den zu bewegen zwanzig Männer erforderlich gewesen waren. Es war für die Kuln unmöglich, ihn von unten zu bewegen, falls sie die Taniumflut überlebt hatten. Warum also beschleunigte er jetzt seine Schritte, warum wollte er sich plötzlich unbedingt vergewissern, daß der Schacht immer noch zugesperrt war?

Er kam um die letzte Biegung und stand vor dem Eingang zum Schacht. Dort hingen noch die verfaulenden Überreste der Winde, das Seil schon vor langer Zeit verfallen, das Holzrad und die Kurbel zerbrochen.

Daneben lag der Felsblock, der den Schacht bedeckt hatte – der Schacht war offen.

Vernachlässigung und durchgesickertes Regenwasser hatten einen Teil des Schachteingangs in einem Erdrutsch abgleiten lassen, und die Erde hatte den schweren Felsblock zur Seite geschoben wie ein Kinderspielzeug. Der Schlamm war getrocknet und zusammengeschrumpft, und zwischen Fels und Schlamm lag ein klaffender Halbmond. Der Schacht war offen. Im Schlamm waren Spuren.

Falkenwind zwang sich, einen Schritt vorzutreten. Er hob die Fackel und spähte in den Schacht hinunter. Er sah nichts – nicht einmal den Widerschein des Lichts auf der Taniumwand. Offensichtlich war das Tanium im Lauf der Jahre langsam in die Höhlen gesickert.

Er untersuchte die Spuren und atmete auf. Es war unwahrscheinlich, daß etwas den Schacht verlassen hatte, ohne Spuren zu hinterlassen, und die einzigen Spuren waren die eines einzelnen Höhlenwolfes. Nichts deutete darauf hin, daß auch ein Kuln den Schacht verlassen hatte. Er blickte sich um. Der Tunnel hinter ihm war leer. Falkenwind machte sich auf den Rückweg. Irgendwo in den unzähligen Tunneln und Minen trieb ein einzelner Höhlenwolf sein Unwesen. Es war unerfreulich – aber es hätte schlimmer sein können. Er schauderte bei der Vorstellung, um wieviel schlimmer es hätte sein können. Dies war nicht die Antwort auf die Frage nach dem ermordeten Kind, aber er würde natürlich anordnen, daß der Schacht wieder versperrt würde.

Die Gefahren der Anwesenheit eines Höhlenwolfes begrüßte er beinahe. Im Gegensatz zu Evirae war das Tier das, was es zu sein schien; es gab keine Fragen nach tatsächlichen Motiven, keine komplizierten Pläne aufzudecken. Ja, die Einfachheit der Minen fehlte ihm.

Er erinnerte sich an den Tag, da Monarch Ephrion ihm für seine Tapferkeit in den Minen einen Orden überreicht hatte. Es war ein Augenblick stillen Triumphs gewesen, mit Ceria an seiner Seite. Damals hatte es keine Verstellung gegeben, keine Sorgen. Nur er selbst und seine Freunde waren ihm wichtig gewesen. Jetzt spürte er das Gewicht Oberwalds, und seine Verantwortung war viel größer, als er sich vorgestellt hatte. Das neue Problem ging über die Staatspolitik Oberwalds hinaus. Der mögliche Mord an dem Mädchen war ein Angriff, der sofortige Vergeltungsmaßnahmen erforderte – falls es überhaupt ein Angriff gewesen war. Aber das einzige Beweisstück war das blutbeschmierte Kleid eines Kindes. Während er ans Tageslicht zurückkehrte, ließ Falkenwind sich allerlei Erklärungen durch den Kopf gehen. Keine ergab einen Sinn. Es gab in Nordwelden kein Tier, das ein Kind auf dem Strand angreifen würde. Es gab auch keinen Grund für die Fandoraner, ein so entsetzliches Verbrechen zu begehen. Obwohl er noch nie einen Fandoraner kennengelernt hatte, waren sie immer als friedliebendes Volk bekannt gewesen. Er dachte an seine Reisen, an die Länder, die er gesehen hatte, und an ihre Bewohner. Er sprach nie von diesen Reisen, nicht einmal mit Ceria. Sie hatten zu den aufregendsten Erfahrungen seines Lebens gehört. Die Dinge, die er kennengelernt hatte, veränderten seine Träume für die Zukunft Oberwalds. Keine seiner Erfahrungen jedoch bot eine Lösung an für den Mord an der Tochter eines Mannes aus Nordwelden.

Heller Sonnenschein fiel auf sein Gesicht, als er aus den Minen auftauchte. Er band sein Pferd von einem Baum in der Nähe los und stellte mit Überraschung fest, daß er in der letzten Zeit in Gedanken den Palast immer mehr als sein Zuhause betrachtete.

16

Weit im Norden von Fandora und Simbala, jenseits des Nordmeers, lag ein Land, das aus schroffen Gipfeln und Monolithen bestand, aus mondähnlichen Ebenen und aus Bergen, die so steil und eisig waren, daß nur wenige Lebewesen sich dort hinwagten. Hier lebten Kreaturen, riesige Kreaturen, die zu den Dimensionen des Landes paßten – und die hier zugrunde gingen.

Es war das Ende des Zeitalters der Drachen.

Dieses Zeitalter hatte lange gedauert, so lange, daß während seiner Dauer Kontinente aufgetaucht und wieder untergegangen, kleinere Arten von Lebewesen geboren und wieder verschwunden waren. Doch diesen Kreaturen näherte sich nun langsam der Untergang, und sie fürchteten sich.

Tief im Innern dieses Landes hob sich über weißen Gletschern und schwarzem Basalt ein steiler Gipfel aus Stein. In seinem Innern war ein Labyrinth aus Tunneln und Höhlen entstanden: die Lagerstätten der Frostdrachen. Seit weit über Menschengedenken hausten sie hier. Jahrhundertelanges Scheuern von großen schuppigen Leibern über den Fels hatte wurmartige Vertiefungen in den nackten Stein gehöhlt. Nebel und Dampf, die von den heißen Quellen und Geysiren am Fuß des Gipfels aufstiegen, verhüllten einen Wald gebleichter Knochen. Die Frostdrachen hatten seit Jahrhunderten hier gelebt, weit über die Zeit hinaus, da andere Lebewesen dieses Land verlassen hatten, aber es würde nicht mehr lange ihre Heimat bleiben.

Über dem Gipfel kreiste ein einzelner Frostdrache. Er war größer als die anderen, und seine Schuppen waren eher schwarzglänzend als von einem gefleckten Grau. Seine breiten, mit Rippen versehenen Flügel senkten sich, und er spürte, wie kalter Wind aufschlug und seinen Abstieg bremste. Die Kälte entlockte ihm ein Zischen voller Unbehagen und hilflosem Zorn. Der Kampf gegen den schneidenden Wind, den beißenden Schnee war jetzt ein Teil seiner selbst; eine Pein, die nie mehr verschwand. Wut quälte ihn und die dunklere Schwester der Wut, Furcht.

Die Nacht zog herauf – die lange, kalte Nacht. Der Sonnenuntergang tönte die elfenbein- und ebenholzfarbene Landschaft leuchtend rot. Der Frostdrache, eine dunkle Silhouette, ließ sich auf der äußersten Spitze des Gipfels nieder, die Flügel ausgebreitet, um das Gleichgewicht zu halten. Von diesem Punkt konnte er in alle Richtungen blicken. Es war ein Ausblick, der seiner Stellung unter den Frostdrachen entsprach. Die anderen respektierten seine Position willig; verschwommen war ihnen klar, daß seine Intelligenz der ihren weit überlegen war. Er war stärker und schneller, und er unterschied sich von ihnen auch auf andere Art, aber das wußten sie nicht.

Der Wind wurde stärker und stieß ihn hin und her. Der Frostdrache zischte vor Wut. Unten zitterten die anderen Frostdrachen in ihren dunklen Höhlen. Seine ungestüme Wut – das Zischen, das donnernde Dröhnen seiner Flügel – machte ihnen Angst. Sie verstanden seinen Zorn nicht. Sie wußten nicht, was die Wächterin ihm berichtet hatte, vor vielen Nächten, von ihrem Erkundungsflug in den Süden. Sie wußten nicht, was die Menschen getan hatten, was für eine Bedrohung sie jetzt bedeuteten. Sie wußten nur, daß der Düsterling, der Stärkste unter ihnen, sich fürchtete – darum mußte die Gefahr wirklich groß sein.

Der Düsterling hatte lange gegrübelt über das, was die Wächterin gesagt hatte. Sie hatte ihm berichtet, daß die Menschen fliegen konnten, ebenso wie sie, die Frostdrachen. Was sie getan hatten, bewies zweifellos, daß sie gefährlich und feindselig waren. Der Düsterling hob seinen gehörnten Kopf und schrie vor Wut und Hilflosigkeit, ein Geräusch, als würde ein Berg auseinandergerissen. In diesem Augenblick beneidete er die, die unter ihm in ihren Höhlen kauerten, um ihre Einfalt. Sie verstanden nicht, wie groß die Probleme waren, die sie bedrängten. Die Kälte, die von Jahr zu Jahr zugenommen hatte, die Nahrungsknappheit – diese Dinge machten ihnen Angst, aber sie konnten von ihnen nicht auf den Untergang ihrer Art schließen. In ihrem Geist brannte nicht wie bei dem Düsterling das schreckliche klare Licht, das ihrer aller künftiges Schicksal so grausam beleuchtete, ihm aber nicht zeigte, wie es zu verhindern sei.

Wenn er sich von seinem Zorn leiten ließe, würde er sie jetzt in das warme Land im Süden führen, um gegen die Menschen zu kämpfen. Aber etwas, das stärker war, zwang ihn, zu warten. Der Zugang zu den warmen südlichen Ländern war den Frostdrachen schon lange vor der

Geburt des Düsterlings von den Feuerdrachen versperrt worden. Doch der Düsterling wußte, daß etwas geschehen mußte. Die Kälte drang immer weiter vor; die Frostdrachen schienen nicht mehr fähig, ihr so wie früher zu widerstehen. Die Wärme der heißen Quellen und der Geysire konnte die Kälte nicht länger zurückhalten. Sie durften nicht hierbleiben, um zu verhungern oder zu erfrieren.

Der Düsterling wollte noch einmal die Höhlen nördlich des Meeres auf irgendwelche Anzeichen von Leben durchsuchen.

Der letzte Feuerdrache war vor langer Zeit verschwunden – der letzte seiner Art, der im Eis der sich nähernden Kälte untergetaucht war. Aber die Frostdrachen würden sich den Anordnungen der ihnen überlegenen Feuerdrachen nicht widersetzen, solange eine Chance bestand, daß er, der Letzte Drache, noch am Leben war. Wenn er jedoch nicht gefunden werden sollte, würde es an der Zeit sein, die Menschen zu prüfen, herauszufinden, wie gefährlich sie in Wirklichkeit waren. Das Land im Süden, das warme und goldene Land, wartete.

Der Düsterling ließ sich in die kalte Luft fallen und flog nach Süden.

17

Eine Kette von tausend Fackeln bewegte sich durch die Hügel Fandoras. Sie wand sich durch kleine Orte in Richtung Kap Bage. »Ältester Jondalrun!« kam ein Ruf aus dem Kontingent von Tamberly. »Die Männer bitten um eine kurze Rast!«

»Nein!« antwortete Jondalrun. »Wer es nicht bis zur Küste schafft, ist für die Invasion nicht geeignet.«

Jondalrun marschierte an der Spitze seiner Armee. Auch er war müde und hungrig, aber er war der letzte der Männer, der sich beklagen durfte. »Sie marschieren für Johan«, sagte er zu Dayon, der neben ihm ging. »Sie marschieren für Analinna und für alle Kinder Fandoras.«

Sein Sohn nickte stumm. Er sah mit Schrecken der bevorstehenden Seereise entgegen.

Die Armada – wenn man sie überhaupt so nennen konnte – wurde langsam und mühevoll zusammengebaut, aus jedem nur vorhandenen Schiff, Dingi, Segel-, Ruder- oder Weidengeflechtboot. Jeder Schiffseigner in Kap Bage wurde automatisch zum Kapitän ernannt. Gegen Mittag begannen die ersten Truppen der Armee einzutreffen, und es wurde bald klar, daß die Boote nicht alle Männer aufnehmen konnten. Zusätzliche Boote und Flöße wurden gebaut, da man eingesehen hatte, daß zwei Überfahrten den am Ufer eines feindlichen Landes zurückgelassenen Teil der Armee demoralisieren würden. Das Bauen zusätzlicher Fahrzeuge kostete fast zwei Tage. Zum Glück wuchsen in der Nähe Bäume, die das erforderliche Holz lieferten. Trotzdem waren Jondalruns düstere Vorahnungen gerechtfertigt. Es war nicht genügend Proviant vorhanden, was die Begeisterung seiner Armee für die Invasion erheblich dämpfte.

Die vier Ältesten hatten sich inmitten des lebhaften Treibens zusammengefunden. Fässer mit Pech brodelten über Feuerstellen, und kleine Gruppen von Männern kalfaterten planlos an beschädigten Booten herum. Dayon, der zwar zuletzt in Kap Bage gelebt hatte, jetzt aber zum Kontingent seines Vaters gehörte, beaufsichtigte den Neubau des Ruders eines großen Fischerbootes.

»Alles Gewinner!« sagte Tamark zynisch, als er auf ein zerfallenes Boot klopfte und fühlte, wie der hölzerne Rumpf unter seiner Hand auseinanderfiel.

»Dieser Bursche nicht«, sagte Lagow. »Dieses Ruderboot wird nicht einmal bis ans Wasser kommen!«

»Und es gehört noch nicht einmal zu den schlimmsten«, sagte Tamark. »Die Strömungen werden mehr Schaden anrichten, als Jondalrun sich vorstellen kann.« Er sah den Ältesten von Tamberly mit Tenniel über Vorräte sprechen.

Lagow lehnte sich beunruhigt an das Ruderboot. »Sag mir, Tamark, du warst so gegen den Krieg, bevor in der Ratsversammlung darüber diskutiert wurde. Wie kommt es, daß du dich jetzt so tief hast hineinziehen lassen?«

Tamark zog sich einen Splitter aus der Hand. »Die gleiche Frage kann ich dir stellen, Lagow. Du hast mich schließlich sofort unterstützt. Wir haben, glaube ich, beide denselben Grund.« Tamark zog bedeutungsvoll die Brauen hoch, bevor er weitersprach. »Wenn du auf See bist und spürst, wie der Wind zunimmt und die Wellen sich auf dich stürzen wie der Kopf eines Drachen, ist es töricht, Widerstand zu leisten. Das beste ist, du suchst dir einen geschützten Platz, kümmerst dich um dein Schiff und betest.«

Lagow nickte. »Genau. Indem wir die Invasion anführen, können wir vielleicht eine Katastrophe verhindern.« Er runzelte die Stirn. »Aber ich würde immer noch umkehren. Ich fürchte, du nicht.«

Tamark trat einen Schritt zurück. »Es ist eine Entscheidung gefallen. Ich stelle die Weisheit dieser Entscheidung in Frage, nicht aber die Gefühle, die dahinter stehen. Fandora muß geschützt werden. Ich glaube nicht, daß die Simbalesen wirklich ihren Einfluß über die Straße hinaus ausdehnen wollen, aber aufzugeben, bevor wir begonnen haben, und dann festzustellen, daß Jondalrun recht hatte – das wäre unerträglich.«

»Die Menschen in Fandora haben Angst, Tamark. Sie wissen nicht, was ein Krieg bedeutet. Ich würde immer noch gern versuchen, sie zu überzeugen.«

Der Fischer überraschte Lagow mit einem tiefen Lachen. »Sieh dich um! In Kap Bage wimmelt es von ›Soldaten‹! Es ist ihr großes Abenteuer!

Eine Reise in unbekannte Länder! Eine Begegnung mit Zauberern! In jedem Mann dort steckt ein Junge, der heraus möchte! Glaubst du etwa, daß sie ein bißchen Vernunft jetzt noch zurückhält?«

Lagow runzelte die Stirn. »Vernunft vielleicht nicht, aber ich hoffe, daß Hunger und Ungeduld den Zweck erfüllen werden.«

Der Fischer lächelte bitter. »Die Straße wird es schaffen«, sagte er.

Amsel saß in seiner kleinen unterirdischen Zelle und überdachte seine Lage. Offensichtlich hatten die Leute, die ihn befragt hatten, nicht die Absicht, ihn freizulassen.

Amsel erinnerte sich, daß der Baron von einem Mann namens Falkenwind gesprochen hatte, der wohl eine hohe Stellung in der simbalesischen Rangordnung einnahm. Vielleicht konnte er diesen Falkenwind finden. Jedenfalls half er weder Fandora noch Simbala und schon gar nicht sich selbst, wenn er weiter in der Zelle blieb. »Es gibt keine andere Möglichkeit«, sagte er. »Ich muß fliehen.«

Er durchsuchte systematisch seine Taschen. Die Ausbeute war dürftig – die Windsegler hatten fast alles beschlagnahmt, auch sein Notizbuch (dessen Verlust ihm einen Stich versetzte), sein Netz und das Messer. Tief in einer Taschen fand er seine Brille und die durchdringend riechenden Samenschoten, die er in seinem Garten gepflückt hatte. Das schien schon ein Jahr zurückzuliegen. Keines dieser Dinge würde ihm helfen, zu fliehen.

Amsel betrachtete die Decke der Zelle. Sie bestand aus einem verworrenen Durcheinander von Wurzelenden und Spinnengeweben. Berührung mit der Luft hatte die Wurzelenden ausgetrocknet, und ihre äußeren Schichten lösten sich in braunen Streifen ab. Amsel kletterte auf den Hokker, streckte die Arme nach oben aus und stellte fest, daß er die Wurzeln nur mit Mühe erreichen konnte. Er zog ein paar Streifen ab; sie waren so trocken, daß sie in seinen Händen zu einem trockenen Pulver zerkrümelten. Sie würden leicht brennen, kam ihm in den Sinn. Er grub die Hände in die Wurzeln und versuchte, ein Schaudern zu unterdrücken, als er spürte, wie ihm winzige Spinnen und Insekten über die Finger liefen. Er zog sich hinauf in das dicke Flechtwerk und stellte fest, daß er sich dort halten konnte, wenn auch nicht gerade in bequemer Stellung.

»Sehr gut«, sagte er und ließ sich wieder auf den Boden hinunter. Er sammelte mehrere der Streifen, die sich von den größeren Wurzeln gelöst hatten, zerkrümelte sie zu Pulver und füllte damit den kleinen Beutel, den er an seinem Gürtel trug.

18

Die Prinzessin schlägt also wieder zu«, sagte Ceria zu Falkenwind in einem der Privaträume des Monarchen von Simbala. Es war ein rundes Zimmer, mit Vorhängen aus hellblauer Seide und dunklen, polierten Wänden. Sie saßen auf einer grauen, mit Perlen besetzten Causeuse. Es war das bequemste Sitzmöbel im Zimmer, ein altes Stück, das noch aus der Zeit des Monarchen Ambalon stammte.

»Lathan sah aus, als wollte er sich auf die Seite Eviraes schlagen, findest du nicht?« Falkenwind lächelte. Sein Besuch der Minen war hilfreich gewesen – trotz des Höhlenwolfs; er hatte in aller Ruhe die anliegenden Probleme überdenken können.

»Ich habe noch nie einen Mann so erschöpft von einem Ritt gesehen«, sagte Ceria.

»Er ist ein guter Mann«, sagte Falkenwind. »Ich kann es ihm nicht verargen, daß er sich vierzehn Tage ausruhen möchte. Es war eine schwierige Mission.«

Ceria nickte. Es freute sie, Falkenwind so gelöst zu sehen. Sie hatten selten Zeit füreinander. Sie spielte mit dem Rubindiadem, das achtlos auf einem Arm der Causeuse abgelegt worden war. »Du mußt achtgeben auf den Rubin«, schalt sie Falkenwind. »Er ist Beweis deiner Stellung in Simbala. Evirae würde alle Windschiffe Kiortes dagegen eintauschen.«

»Nein«, entgegnete Falkenwind. »Evirae ist ein verwöhntes Kind, aber sie ist keine Verräterin.«

Die Äußerung überraschte Ceria. »Das kannst du doch jetzt nicht mehr glauben! Nicht nach Lathans Bericht! Eviraes Treffen mit dem Mann aus Nordwelden war Verrat. Ihre Beschuldigungen waren Verrat! Was muß die Prinzessin noch tun, um dich zu überzeugen? Mich entführen?«

»Das«, Falkenwind lächelte, »wäre kein Verrat. Das wäre Nächstenliebe!«

»*Nächstenliebe!*« Lachend warf Ceria den Edelstein an seinem Diadem quer durch das Zimmer auf Falkenwinds Bett. »*Nächstenliebe!* Ich sollte dich der Prinzessin überlassen. Dann hätte Evirae den Rubin *und* den Palast!«

Falkenwind lächelte belustigt und zog Ceria an sich. »*Das* wäre wirklich Verrat!«

Sie lachten beide, und Ceria kuschelte sich enger in seine Arme. »Ich fürchte, du nimmst Evirae nicht ernst genug«, flüsterte sie. »Zumindest kann das, was sie tut, Zweifel an deiner Integrität aufkommen lassen. Und im schlimmsten Fall können ihre Intrigen dir ernstliche Schwierigkeiten machen. Viele glauben den Kriegsgerüchten. Die Ermordung eines Kindes wird nicht leichtgenommen, Falkenwind, und wegen des verschwundenen Windschiffs machen sich auch viele Leute Gedanken.«

Falkenwind streichelte Cerias Wange. »Ich bin mir dieser Probleme bewußt. Laut Kiorte hat sich das Windschiff in einem Sturm losgerissen. Das Schiff war nicht bemannt, und es ist sehr unwahrscheinlich, daß es die Küste Fandoras erreicht hat. Was das Kind betrifft: Die Sache bekümmert mich zutiefst. Ich habe keine Erklärung dafür. Vielleicht teilt Kiorte meine Betroffenheit. Das würde erklären, warum Lathan ihn im Norden sah.«

»Du meinst, der Prinz hat den Angriff auf das Kind untersucht?«

»Ich hoffe es. Ich glaube ganz gewiß nicht, daß Kiorte beschlossen hat, nach Eviraes Pfeife zu tanzen.«

»Sicher nicht«, sagte Ceria. »Kiorte steht nicht in ihrem Bann. Aber es gibt genügend andere – dieser junge Kämmerer etwa . . .«

»Mesor.«

»Trau ihm nicht!«

»Tu ich nicht«, sagte Falkenwind, »aber laß uns jetzt nicht darüber reden.«

Ceria runzelte die Stirn. »Du vertröstest mich wieder. Fürchtest du, was ich zu sagen habe? Oder legst du keinen Wert mehr auf meine Meinung?«

»Mach keine Scherze. Ich will einfach nicht diesen Augenblick mit Gesprächen über Politik verderben.«

»Dann darfst du deine Geliebte nicht zum Innenminister machen! Was ich zu sagen habe, sollte nicht länger warten. Ich mache mir Sorgen, Falkenwind.«

Er küßte sie. »Du weißt sehr gut, daß Intrigen zum Alltag im Palast gehören. Unter den Bergleuten oder Rayanern gibt es keine – die sind zu sehr damit beschäftigt, ihren Lebensunterhalt zu verdienen. Die Mitglieder der königlichen Familie dagegen haben genügend Muße, Komplotte zu schmieden. Evirae hat keine Aufgabe, kein Betätigungsfeld für ihre Energie. Ihr albernes Komplott gegen mich ist das Ergebnis von Neid und Langeweile. Wir haben keine Zeit für solche Ablenkungsmanöver. Das Schicksal des Kindes erfordert unsere Aufmerksamkeit.«

Ceria lächelte nicht. »Evirae hat mehr vor, als dich abzulenken«, sagte sie. »Sie will dich aus dem Palast entfernen. Laß es außer acht, wenn du willst, aber du wirst es bedauern. Ich habe ein Gespür für Dinge, das dir fehlt, Falkenwind, und du weißt es. Wende dich jetzt bitte nicht von mir ab! Etwas ist geschehen, was weder du noch ich verstehen . . . etwas, was größer ist als Evirae. Was es auch sein mag – es wird immer größer und bewegt sich in Richtung Oberwald. Gerüchte breiten sich wie ein Lauffeuer aus, und die Menschen von Nordwelden sind außer sich vor Kummer. Ein Feuer nähert sich dem Palast, mein Liebster. Laß dich nicht von den Flammen erfassen.«

Ceria stand auf und ging zu dem Himmelbett auf der anderen Seite des Zimmers. »Komm zu mir«, flüsterte sie, während ihr Umhang sich von ihren Schultern löste und langsam auf den Boden glitt. »Es gibt andere Dinge, die ich dir schon lange sagen wollte.«

Der massige Palastbaum im Herzen von Oberwald war umgeben von einem Kreis etwas kleinerer Riesenbäume, jeder von ihnen das Zuhause eines Würdenträgers oder eines Mitglieds der königlichen Familie. Je größer der Baum, um so wichtiger waren seine Bewohner für die Regierung von Simbala.

Außerhalb dieses Kreises endete der Grundbesitz der königlichen Familie, aber die angrenzenden Häuser gehörten zu den sehenswertesten in Simbala. Viele von ihnen bezogen die Bäume mit ein,und ihre Farben – vom glänzenden Kupfer und Silber bis zum dunklen Rot eisenhaltiger Steine – befanden sich im Einklang mit der Schönheit des Waldes. Einige Dächer waren mit glitzernden Edelsteinen übersät, andere mit blühenden Kletterpflanzen bewachsen. Zwischen den breiten Straßen, an denen diese Häuser lagen, und den geschäftigen Plätzen mündete der Kamene in einen blauen See. Bergarbeiter und Kaufleute fanden sich dort ein, um sich von der Hitze des Tages zu erholen. An diesem Abend jedoch schlenderten zwei Personen den Weg um den See entlang, die weder zu den Kaufleuten noch zu den Bergarbeitern gehörten.

»Ich werde ihn morgen aufs Korn nehmen«, sagte Prinzessin Evirae.

Ihr Ratgeber sah überrascht aus. »Wieso? Hat Falkenwind zugestimmt?«

Evirae entgegnete spröde: »Aber, Mesor! Falkenwind weiß nichts davon.« Sie streichelte einen kleinen braunen Baumbär, der fügsam auf ihrer Schulter saß.

»Verzeiht«, sagte Mesor, »aber wie kann Monarch Falkenwind an einem Treffen im Viertel der Kaufleute teilnehmen, wenn er gar nichts davon weiß?«

Evirae lächelte zuversichtlich. »*Du* wirst ihn morgen früh natürlich unterrichten. Teile Falkenwind bitte mit, daß ich in einer dringenden Staatsangelegenheit um seine Anwesenheit bitte.«

Mesor antwortete nicht. Sie geht viel zu schnell voran, dachte er: Sie hat Falkenwind praktisch schon beschuldigt, mit Fandora verbündet zu sein, und nun plant sie auch noch, ihn öffentlich herauszufordern! Sollte Falkenwind etwas von dem Spion gehört haben, würde Eviraes Plan vor ganz Oberwald zusammenbrechen! Er mußte sie überreden, noch zu warten! Zunächst wechselte er das Thema, um sie abzulenken; »Eure Hoheit, gibt es schon Nachricht von Prinz Kiorte?«

»Natürlich!« schnauzte Evirae ihn wenig überzeugend an. »Thalen hat mich soeben von seiner Rückkehr von der Küste unterrichtet. Kiorte hat das Ufer nach Anzeichen von fandoranischen Schiffen überprüft.«

Die Prinzessin log. Mesor wußte es. Über der Küste hing eine Nebeldecke, die auch den erfahrensten Windsegler fernhalten würde. Prinz Kiorte war immer noch unauffindbar – auch für Evirae.

»Vielleicht wäre es am besten, die Rückkehr Eures Gemahls abzuwarten, bevor Ihr etwas unternehmt«, schlug Mesor vor.

»Dazu ist keine Zeit!« sagte Evirae. Dann flüsterte sie: »Tolchin und Alora sind unsicher geworden. Sie zweifeln an Falkenwind. Ich muß schnell vorgehen – bevor Falkenwind von dem Spion hört. Ich muß die Unterstützung der Leute im Kaufmannsviertel gewinnen. Wenn sie Falkenwind verdächtigen, wie es die Nordweldener vermutlich bereits tun, hat er nur noch die Bergleute auf seiner Seite. Ich bin sicher, daß man sie dazu überreden kann, ihre Meinung zu ändern.«

Mesor war besorgt. Ihr Plan war zu durchsichtig, viel zu durchsichtig! Dies war viel schlimmer als alles, was sie sich in der Vergangenheit ausgedacht hatte. Ihm war nicht klar gewesen, wie verzehrend ihre Absichten auf den Thron geworden waren ...

»*Mesor!*« Der Ratgeber blickte erschrocken auf. Der kleine Baumbär war von Eviraes Schulter gesprungen und lief jetzt auf den See zu. »Schnell!« kreischte Evirae. »Fang ihn, bevor er ans Wasser kommt!«

Mesor lief hinter dem Tier her und packte es behutsam. Dabei sah er Eviraes Spiegelbild auf dem Wasser. Es war grotesk verzerrt, mit einem riesigen Mund und winzigen Augen.

»Komm zu mir, mein Liebling«, sagte das Spiegelbild, und Mesor fragte sich, ob er gemeint sei. Er brachte das kleine Tier zu Evirae zurück. »Danke«, sagte sie. »Es wird jetzt Zeit für dich, umzukehren, um deine Rede für Falkenwind vorzubereiten.« Sie lächelte ihn an. »Der Kutscher bringt dich nach Hause.«

Mesor lächelte gezwungen. Im Lauf der Jahre hatte er einen gewissen Fatalismus entwickelt, und er wußte, daß er die Prinzessin im Augenblick nicht von ihrem Kurs abbringen konnte. Er mußte vorerst abwarten. Es könnte schlimmer sein, sagte er sich. Ich bin wenigstens in ihre Pläne eingeweiht. Wenn sie es wirklich schafft, den Thron für sich zu gewinnen, kommt es gerade mir zugute. Er machte sich auf den Weg zur Kutsche, die im Hintergrund wartete, aber als er Evirae seinen Arm reichen wollte, schüttelte sie den Kopf. »Nein«, sagte sie. »Ich gehe zu Fuß zurück.«

Mesor war beunruhigt. Die Prinzessin, gewöhnlich so leicht zu durchschauen, überraschte ihn in der letzten Zeit fortwährend, und das gefiel ihm nicht.

»Gut«, sagte er widerstrebend. »Ich werde Falkenwind morgen früh aufsuchen.« Er stieg in die Kutsche.

Evirae lauschte noch den schwindenden Hufschlägen. Der Kämmerer ist ein Dummkopf, dachte sie. Er bemüht sich um meine Gunst, aber er übersieht die Folgen seines Ehrgeizes. Wenn das Komplott aufgedeckt wird, schiebe ich ihm die Schuld zu. Das Wort eines Kämmerers gilt schließlich nicht soviel wie das einer Prinzessin. Ein alter Spruch kam ihr in den Sinn: »Die Schönheit einer Frau ist die beste Zuflucht für die Wahrheit.«

In den alten Tunneln unter dem Wald saß ein großer, beleibter Wächter auf einem Stuhl vor einer verschlossenen Kammer. Prinzessin Evirae hatte ihm befohlen, den Spion aus Fandora zu bewachen, und das tat er. Aber es konnte niemandem schaden, dachte er, wenn er eine kurze Ruhepause einlegte. Die Zelle war fest verschlossen, und er würde nur eben die Augen schließen. Er hatte über eine Stunde friedlich geschlafen, als er plötzlich von einem Hustengeräusch geweckt wurde, laut und trocken, als wäre jemand am Ersticken, und es kam aus der Zelle.

»Hilfe, Wächter!«

Der Wächter erhob sich schwerfällig und legte das Ohr an die Tür. Der Hustenanfall des Gefangenen war abgeklungen; es war alles still in der Zelle. Er betrachtete die Tür mißtrauisch. Da Evirae befohlen hatte, den Gefangenen zu bewachen, wünschte sie folglich auch nicht, daß ihm etwas zustieß. Der Wächter schloß die Tür auf und spähte in die Zelle.

Der Fandoraner war nirgends zu sehen!

Der Wächter sah sich kurz in der Zelle um. Ein Trick? Vielleicht versteckte der Bursche sich hinter der Tür. Er betrat die Zelle ...

»Hallo«, sagte eine Stimme direkt über ihm.

Der Wächter sah nach oben, und eine Wolke aus feinem Staub legte sich über seine Augen. Er konnte nichts mehr sehen, strauchelte rückwärts, stolperte über den Hocker und fiel auf das Stroh. Er hörte, wie etwas auf dem Boden landete ... rasche Schritte ... das Zuschlagen der Tür. Dies würde der Prinzessin bestimmt nicht gefallen.

Amsel machte vor der Zelle eine kurze Pause, um zu überlegen, welchen Weg er einschlagen sollte. Er erinnerte sich, daß Evirae und die anderen nach links gegangen waren, als sie seine Zelle verließen. Darum ging er nach rechts. Er hastete durch den Tunnel, zuerst so schnell er konnte, dann etwas beherrschter. Der Boden war mit einer dünnen Schicht glitschigen Schlamms bedeckt. Erst jetzt merkte er, wie müde er war. Hoffentlich hat der Wächter sich nicht verletzt, dachte er, während er lief.

Jetzt mußte er sich entscheiden, wohin er eigentlich wollte. Er wußte nichts über Simbala. Er hatte von dem Mann namens Falkenwind gehört, wußte aber weder, wer dieser Mann war, noch wo er war. Einerlei, dachte Amsel, zuerst muß ich sehen, daß ich wieder an die Oberfläche komme.

Plötzlich ertönte weit hinter ihm ein Geräusch wie von einer Explosion; die Echos hallten um ihn herum wider und jagten einander durch den Tunnel. Nach einer Weile wurde es Amsel klar, daß der Wächter wohl gegen die Zellentür trat. Kurz darauf hörte Amsel schwere Schritte, die von hinten rasch näher kamen. Der Wächter verfolgte ihn!

Amsel versuchte, schneller zu laufen, aber er war zu erschöpft. Wurzeln schlugen ihm ins Gesicht und nahmen die Orientierung. Der Wächter holte schnell auf. Amsel kam an Gabelungen im Tunnel, matt von Fackeln beleuchtet, und folgte wahllos einmal dieser, einmal jener Abzweigung, in der Hoffnung, seinen Verfolger abzuschütteln, aber der Wächter war ihm jetzt schon so dicht auf den Fersen, daß er Amsel sehen konnte. Amsel sah kurz vor sich ein Loch in der Wand; wenn er das erreichen konnte, war er in Sicherheit. Der Wächter würde es nie schaffen, seine Körperfülle da hindurchzuquetschen. Amsel biß die Zähne zusammen und versuchte ein letztes Mal, schneller zu laufen, aber sein erschöpfter Körper gehorchte ihm nicht. Eine schwere Hand legte sich ihm auf die Schulter. Amsel riß sich los. Sein Fuß glitt an einer matschigen Stelle aus, und Amsel fiel fast hin; der Wächter rutschte hinterher. Amsel taumelte fort von ihm und sah noch, wie der Mann nach einer herunter-

hängenden Wurzel griff, um das Gleichgewicht zu halten. Die Wurzel gab nach, und dann erfüllte ein merkwürdig rumpelndes Geräusch den Tunnel. Amsel sah die Decke herunterkommen, eine Kaskade aus Schlamm, Wurzeln und Dreck. Er versuchte, sich in Sicherheit zu bringen, wurde aber von einem großen Felsblock an der Schulter getroffen. Er hörte den Wächter um Hilfe rufen. Dann übertönte das Krachen des Einsturzes alles andere, die ganze Welt wurde zu Schlamm, und um ihn herum war Dunkelheit.

Eine plötzliche Windbö erfaßte eines der Boote, die vom Kliff in Kap Bage heruntergelassen wurden. Es pendelte auf halber Höhe an drei Seilen hin und her, gefährlich nahe am Fels. Die Insassen klammerten sich an die Seitenplanken, während das schwankende Boot langsam wieder zur Ruhe kam.

Vom winzigen Strandstreifen unterhalb des Kliffs beobachteten Jondalrun und Dayon, wie fünf Boote von den Winden heruntergelassen wurden. Auf dem Kliff, außerhalb ihres Blickfeldes, warteten viele andere Boote darauf, aufs Wasser gelassen zu werden. Alle waren flüchtig repariert oder aus alten Wagen und Karren zusammengebaut und mit einem hastigen Pechanstrich seetüchtig gemacht worden.

Dayon schüttelte den Kopf. »Ich hätte es nie für möglich gehalten«, sagte er.

»Es spart Zeit«, sagte Jondalrun. »Und Zeit ist es, was wir brauchen. Es würde einen Tag dauern, diese Boote zum Strand hinunterzutragen – und der Strand ist schon überfüllt mit Männern, die für die anderen Boote eingeteilt sind. Auf diese Weise haben wir sie bis zur Morgendämmerung alle auf dem Wasser.«

Lagow, der dabeistand, fragte: »Was soll das nützen, wenn die Männer dabei ums Leben kommen?« Er blickte Jondalrun herausfordernd an, und Dayon erstarrte, weil er einen der berühmten Wutanfälle seines Vaters erwartete. Doch Jondalrun nahm die Frage überhaupt nicht zur Kenntnis, sondern wandte sich ab und ging zu Tamark hinüber, der den Männern oben auf dem Kliff Befehle zubrüllte.

»Bug herunterlassen!« schrie Tamark, als Jondalrun zu ihm trat. »Es kommt zu schnell runter . . .« Er brach ab, als die Überbelastung eines der Seile reißen ließ. Das Boot kippte, und die Insassen wurden mit allem, was sie bei sich hatten, in das zwanzig Fuß tiefere Wasser geworfen. Einen Augenblick später stürzte das Boot hinterher. Jondalrun sah die jungen Männer wieder auftauchen und auf das Fahrzeug zuschwimmen, das glücklicherweise mit dem Kiel nach unten heruntergekommen war.

Tamark blickte Jondalrun an, und Jondalrun war wie üblich etwas beklommen zumute unter dem Blick der schwarzen Augen. Der Fischer schien ihn anzulachen, obwohl er grimmig aussah. »Vielleicht«, sagte Jondalrun unsicher, »geht es mit den größeren Schiffen besser.«

»Vielleicht«, sagte Tamark.

Jondalrun warf ihm einen finsteren Blick zu. Dieses eine Wort versetzte ihn in Wut. Er mochte Tamarks zynische Art nicht. »Hast du etwa eine bessere Idee?«

»Keine einzige«, sagte Tamark. »Nächstes Boot!« brüllte er nach oben.

Tenniel stand oben auf dem Kliff und starrte hinunter. Er hatte geholfen, das erste Boot hinunterzulassen, und war zutiefst erleichtert, daß noch alles gutgegangen war. Aber wie lange würde es dauern, bis jemand verletzt wurde? Schon jetzt hatten sie so viele Probleme, wie würde es da erst auf dem Schlachtfeld aussehen? Er warf einen Blick auf die vielen Männer, die darauf warteten, hinuntergelassen zu werden. Er sah in ihren Gesichtern eine gewisse Gleichgültigkeit, viel Nervosität und Furcht, aber nichts, was man als Eifer hätte bezeichnen können. Der Kampf wird sie verwandeln, dachte er, als er sich dem nächsten Boot zuwandte.

Die ganze Nacht hindurch wurden die Boote vom Kliff hinuntergelassen. Die Männer arbeiteten ohne Essen oder Schlaf, und als die ersten Strahlen der Morgensonne über dem in Dunst gehüllten Simbala auftauchten, setzten sich die Boote in Bewegung, hinüber zur Hauptflotte, die vom Strand aus ihre Fahrt begonnen hatte.

Die fandoranische Armee befand sich jetzt auf See – über eintausend Männer und Jungen mit zusammengeflickten Waffen und in improvisierten Booten – bereit zum Krieg gegen Simbala. Kaum einer ahnte, wie lächerlich sie den Simbalesen erschienen wären: eine Armee aus Bäckern, Kesselflickern, Bauern und Fischern. Doch trotz gemischter Gefühle waren alle entschlossen, Gerechtigkeit zu fordern für den Mord an den Kindern und die Existenz Fandoras zu sichern. Naiv und kriegsunerfahren waren sie doch zum Einsatz bereit – sie bewiesen Mut. Kinder gehörten zu den wenigen Dingen, die für die Fandoraner Trost und Segen bedeuteten – greifbarer Beweis, daß das Leben weitergehen würde.

So machte die Armee von Fandora sich hartnäckig auf ihre Reise nach Osten.

Die Winde aus dem Norden bliesen unablässig und türmten Schnee auf die Klippen. Der Düsterling drosch mit seinen gewaltigen Flügeln auf die Luft ein. Hoch über dem eisigen Strom schwebend, flog er nach Süden zu den sagenumwobenen Höhlen, in denen einst die wahren Drachen, die Feuerdrachen, lebten.

Lange vor der Geburt des Düsterlings, in einer Zeit, als Frost und Eis ihr Land noch nicht völlig bedeckt hatten, waren die Feuerdrachen nach Süden geflogen, zu dem hellen Ort in den Klippen. Die Frostdrachen waren zurückgeblieben und hatten in den kalten Winden ums Überleben gekämpft. Sie waren geschickte Flieger und brachten sich das Jagen bei. In den Höhlen in der Nähe der heißen Quellen hatten sie seit Ewigkeiten überlebt.

Als die Feuerdrachen aus den leuchtenden Höhlen verschwanden, wurden die Frostdrachen von Angst ergriffen, denn es sah so aus, als wäre auch ihr Land nicht mehr sicher.

Die Frostdrachen respektierten die Feuerdrachen, denn in einem früheren Zeitalter hatten diese Riesendrachen sie beschützt; und sie fürchteten sie auch, denn die Feuerdrachen – auch einfach Drachen genannt – besaßen das Geheimnis der Flamme.

Der Düsterling schrie, als er über den eisigen Strom flog, der nach Süden zu den leuchtenden Höhlen führte. Er wußte, wie stark die Drachen waren. Obwohl er sie selbst ohne Erfolg wieder und wieder gesucht hatte, kannte er doch ihr Geheimnis. Es war teilweise sein eigenes. Er stammte von Frostdrachen und Feuerdrachen gleichermaßen ab, war der Nachkomme aus einer eigentlich verbotenen Vereinigung. Die anderen Frostdrachen wußten nichts über seine Herkunft, aber als die Winde immer kälter wurden, zeigte es sich, daß er gescheiter und schneller als sie alle war. Als die Drachen zugrunde gingen, wurde er der Beschützer der Frostdrachen.

Die Qual, die in ihm brannte, hatte ihn schon viele Male zu den Höhlen im Süden getrieben, aber er hatte immer das gleiche vorgefunden. In den leuchtenden Höhlen, die nicht von Felsen und Schnee zugedeckt waren, befanden sich nur noch die furchteinflößenden Überreste jener edlen Geschöpfe, die einst dort gelebt hatten.

Jetzt waren die Frostdrachen allein, und er war der einsamste von allen. Weder Frostdrache noch Feuerdrache, lebte er mit Geschöpfen zusammen, die im stillen immer noch erwarteten, daß die Feuerdrachen sie vor der wachsenden Kälte in Sicherheit bringen würden.

Um ihr Überleben zu sichern, mußte er sie überzeugen, daß es keine Drachen mehr gab. Erst dann würden sie wagen, sich über die Anordnung der Drachen hinwegzusetzen und ihm zu folgen. Erst dann würden sie wagen, nach Süden ins Land der Menschen zu fliegen und notfalls um dieses Land zu kämpfen, von dem die Drachen sie so lange ausgeschlossen hatten.

Die letzte Suche hatte begonnen. Der Düsterling überquerte schnell einen engen Paß zwischen vereisten Klippen und flog mit schweren Flügelschlägen auf eine Wand aus Eis und Schnee neben dem Fluß zu. Er wollte ein letztes Mal gründlich nach einem Hinweis auf die Anwesenheit von Drachen suchen. Erst wenn er selbst ganz sicher war, konnte er die Frostdrachen überzeugen, daß kein Feuerdrache überlebt hatte.

Er stieß durch einen Riß in der grauen Nebelwand zu den Klippen, wo die Höhleneingänge lagen. Einige Höhlen waren mit dickem blauem Eis bedeckt oder unter heruntergestürzten Felsen und Schnee verschwunden. In solch einer Falle würde bestimmt kein noch lebender Drache liegen; sein Stolz würde es nicht zulassen.

Während der Düsterling zu einem vertrauten Felssims hinunterglitt, wo eine der leuchtenden Höhlen lag, sah er im Eis die Gestalt eines alten Drachen mit ausgestrecktem Hals und ausgebreiteten Flügeln, als wäre er erfroren, während er flog. Oder während er stürzte.

Dieser Anblick machte ihn jedesmal zornig, weil er nicht so zugrunde gehen wollte wie jener Feuerdrache vor langer Zeit.

Er schrie, aber das Geräusch ging unter in den schneidenden Winden.

Die Stunden vergingen, während der Düsterling die Höhlen durchsuchte, in denen die Feuerdrachen gelebt hatten. Er fand keinerlei frische Spuren dieser Geschöpfe, nur eine Bestätigung dessen, was er schon wußte. Diese Tunnel hatten sich nicht verändert; die letzte Generation der uralten Drachen war untergegangen.

Schreiend verließ der Düsterling ein vereistes Kliff und flog zurück zu den Höhlen der Frostdrachen.

Er würde es ihnen sagen und Vorbereitungen für die Reise nach Süden treffen. Er würde sie hinführen. Er würde auch einen Kundschafter zum Land der Menschen schicken. Es gab so viel, was er über sie wissen wollte.

19

Evirae hatte für ihre Begegnung mit Falkenwind einen großen Marktplatz am Rand des Viertels der Kaufleute gewählt. Im Osten des Platzes lag ein kleiner Hügel, gesäumt von einer steinernen Sitzreihe. Hier sollten die Einwohner Simbalas Zeugen eines höchst ungewöhnlichen Treffens werden. Zwei Stunden vor Ankunft des Monarchen und der Prinzessin begann der Platz sich mit Menschen von überall her zu füllen. Es lag Spannung in der Luft, und viele Vermutungen wurden ausgetauscht, besonders unter den unzufriedenen Kaufleuten, deren Handel in den letzten Monaten von Falkenwind eingeschränkt worden war. Alle waren neugierig auf den Grund für dieses plötzliche Treffen.

Falkenwind traf ein, den Falken auf der Schulter und begleitet von Adjutanten. Links von ihm ging Ephrion. Es ertönten Beifallsrufe, während sie auf den Hügel zugingen, die aber nicht so begeistert klangen wie zuvor auf dem Podium von Beron.

Während Falkenwind und Ephrion auf Eviraes Ankunft warteten, warnte der ältere Mann seinen Nachfolger noch einmal. »Du mußt vorsichtig sein bei ihr, Falkenwind. Sie ist schlau und verschlagen und wird dir das Wort im Mund umdrehen.«

Falkenwind blickte ungeduldig hinauf zum Hügel. »Ich habe die Behauptungen der Prinzessin schon mehrfach gehört«, erwiderte er leise, »und sie haben mich nicht beeindruckt.«

Ephrion forderte ärgerlich: »Du *mußt* vorsichtig sein.« Er lehnte sich schwer auf seinen Stock. »Sie gehört zur königlichen Familie und hat eine Erfahrung in politischen Dingen, über die du nicht verfügst. Du darfst ihren Einfluß auf die Bevölkerung nicht unterschätzen.«

Falkenwind runzelte die Stirn, hob den Arm und sah dem davonfliegenden Falken nach. Erst Ceria, jetzt Ephrion, dachte er. Sie glauben nicht, daß ich die Prinzessin ernst nehme.

»Es gibt nichts, was Evirae angesichts der Wahrheit unternehmen könnte«, sagte er. »Die Wahrheit ist meine wertvollste Verteidigung. Ich habe nichts getan, was gegen das Wohl unseres Volkes gerichtet wäre. Evirae versucht doch nur wieder, sich einzumischen und mich einzuschüchtern. Sie wird enttäuscht sein.«

Ephrion drückte den Arm des jungen Mannes. »Sie kommt«, sagte er. »Vergiß bitte ihre Stellung nicht. Jetzt ist nicht der richtige Moment, sich die Familie zum Feind zu machen.«

»Die Familie interessiert sich wenig für meine Ansichten«, erwiderte Falkenwind grimmig, bevor er sich umdrehte und die Treppe hinaufstieg, um die Prinzessin zu erwarten. Es dauerte nicht lange, bis er ihre mit Seide drapierte Sänfte entdeckte, die von vier Adjutanten getragen wurde. Es gab ehrerbietigen Beifall aus der Menge, als sie sich dem Hügel näherte.

Weiter unten auf dem Marktplatz ging Mesor beunruhigt neben der Sänfte her. Er hatte immer noch keine Ahnung, ob Falkenwind von dem fandoranischen Spion erfahren hatte. Wenn der Monarch irgendwelche Beweise gegen Evirae besaß, drohte ihr und Mesor die Festnahme.

In diesem Augenblick begann die Sänfte, sich von ihm zu entfernen und einen Weg durch die Menge zu bahnen. Dabei sah Mesor Eviraes lange Nägel, die den Vorhang an einer Seite zur Seite schoben. »Kümmere dich um die Männer«, flüsterte Evirae, »und halte Ausschau nach den Vertrauensleuten meines Gemahls.« Mesor nickte, und die Sänfte bewegte sich auf die Treppe zum Hügel zu. Auf dem Platz herrschte jetzt erwartungsvolles Schweigen. Falkenwind bemühte sich, ruhig zu bleiben, empfand aber zunehmend Zorn angesichts Eviraes Unterfangen: Es ging ja wohl nur darum, die Leute aus Oberwald zu beunruhigen – zu einem Zeitpunkt, da er ihre Unterstützung am meisten brauchte. Dabei gab es schon genug Probleme – die Ermordung des Kindes, die Überschwemmung der Minen –, und er hatte keine Zeit für dieses kleinliche Rivalitätsgehabe. Er war nur hier, um zu verhindern, daß Evirae allein vor die Kaufleute trat mit ihrem wie auch immer gearteten neuesten Komplott. Die Vorwürfe des Nordweldeners hatten schon genug Schaden angerichtet. Zumindest konnte er das Treffen dazu benutzen, die Bürger Simbalas in dieser Hinsicht zu beruhigen.

Evirae kam die Stufen zum Hügel hinauf. Er empfing sie mit einem förmlichen Lächeln. Sie würde die erste Gelegenheit zum Sprechen haben. Auf diese Weise konnte er auf irgendwelche Behauptungen, die sie der Menge gegenüber aufstellte, sofort eingehen.

Falkenwind streckte den Arm aus, wie um Evirae den Vortritt zu lassen. Sie ignorierte ihn, ging rasch zum Podium und blickte dann auf die Menschenmenge. Ihre langen lackierten Nägel glänzten im Sonnenlicht. Sie lächelte nicht. »Mein Volk«, sagte sie theatralisch, »ich bringe eine Nachricht, die für ganz Simbala von großer Wichtigkeit ist.«

Falkenwind hob die Augenbrauen und wartete.

»Unser Wald ist in Gefahr!« sagte sie. »Der Mann aus Nordwelden hat die Wahrheit gesprochen auf dem Podium von Beron. Die Ermordung des Kindes wird nicht die letzte sein, wenn nicht rasch Maßnahmen zu unserem Schutz ergriffen werden – eine Erwägung, die Falkenwind ablehnt!«

Ein tiefes Atemholen ging durch die Menge.

»Die Fandoraner greifen uns an!« rief Evirae. »Simbala ist der Krieg erklärt worden! Wir müssen jetzt handeln, um uns zu verteidigen!«

Evirae drehte sich um, um zu sehen, wie Falkenwind auf ihre Worte reagierte, aber der hatte sich zornig zu Ephrion am Fuß der Treppe gewandt. »Sie würde es nicht wagen!« flüsterte Falkenwind.

Ephrion entgegnete: »Sie hat es schon gewagt.«

Falkenwind trat vor, um Evirae zu widersprechen, aber sie winkte herrisch ab und nahm sogleich ihre Ansprache wieder auf.

»Falkenwind weiß, daß Simbala in Gefahr ist. Er weiß es seit dem Tag, da der Mann aus Nordwelden seine tragische Geschichte am Podium von Beron erzählt hat. Doch er hat seitdem wenig getan. Warum, weiß ich nicht, aber seine Vorstellungen und seine Herkunft sind schließlich ein wenig . . . anders. In diesen Zeiten der Not können wir uns die Feinheiten politischen Manövrierens nicht leisten. Wir müssen schnell handeln. Ich habe meinen Rang und meine Stellung in der königlichen Familie aufs Spiel gesetzt, um jetzt zu euch zu sprechen. Ich tue das aus Liebe zu Simbala. Hört nicht auf den Bergarbeiter oder auf sein Mädchen. Vertraut jenen, die seit Jahrhunderten regiert haben! Vertraut darauf, daß die königliche Familie Simbala schützen wird!«

Falkenwind konnte nicht länger warten. Sie ist verrückt, dachte er. Das ist Landesverrat!

Evirae spürte Falkenwinds Zorn und sprach hastig weiter: »Wir müssen uns gegen jeden Angriff von den Fandoranern verteidigen! Ihr müßt Prinz Kiorte vertrauen, der meine Meinung teilt.«

Nein! schrie es in Mesor. Sie schaufelt sich ihr eigenes Grab und meines dazu!

In der Menge wimmelte es von Vermutungen. Eviraes Gemahl unterstützte ihren Plan? Konnte das stimmen?

Falkenwind drängte nach vorn, und rief laut: »Bürger Simbalas! Ruhe!

Ihr müßt mich anhören!« Falkenwind überflog mit den Augen das Meer von Gesichtern, sah Besorgnis und Betroffenheit. Er sprach ruhig, aber mit Autorität. »Ihr müßt verstehen, was Evirae wirklich meint! Ich habe die gleichen Gerüchte wie ihr gehört und keine Mühe gescheut, die Wahrheit zu erfahren. Wir haben keinen Beweis für einen Angriff der Fandoraner. Seit zwei Jahrhunderten haben sie unseren Frieden nicht gestört. Warum sollte sich das plötzlich ändern? Ich habe vom Drachenkopf aus das Meer abgesucht. Es ist leer! Keine Armee, die sich nähert! Winde und Strömungen sind heftig in dieser Jahreszeit. Nur Dummköpfe würden jetzt eine Flotte in Bewegung setzen – und ihre liebe Not dabei haben!«

Er blickte wieder in die Gesichter und sah in den besorgten Zügen Hoffnung erwachen. Diese Menschen wollten keinen Krieg. Seine Worte blieben nicht ohne Wirkung.

»Geht nach Hause zurück!« fuhr er fort. »Kehrt zu euren Kindern zurück! Sie sind sicher! Ich weiß noch nicht, warum das Kind aus Nordwelden tot ist, aber es war nicht das Werk der Fandoraner! Geht bitte in Frieden nach Hause! Wir werden den Mörder finden!«

Evirae eilte mit hochrotem Gesicht die Stufen herunter. »Mein Volk«, sagt sie, »auch ich möchte unser Land in Frieden leben sehen, aber ich bin kein Dummkopf! Monarch Falkenwind weigert sich, der Wahrheit ins Gesicht zu sehen, und darum beantrage ich, daß die Angelegenheit von euch entschieden wird!«

Falkenwind sah Evirae an. »Der Wille des Volkes ist klar. Es besteht kein Grund für weitere Reden!«

Evirae aber rief mit funkelnden Augen: »Ich fordere ein Treffen des Senats! Hat irgend jemand hier etwas dagegen?«

»Den Senat!« brüllte ein Mann aus Nordwelden vom Marktplatz. »Ja!« sagte ein anderer. »Senat!« Der Ruf wurde von der Menge aufgenommen – die Mehrheit hatte sich entschieden. Jetzt verstummten alle und warteten auf eine Antwort vom Podium.

Falkenwind beobachtete das alles voller Zorn. Die ersten, die gesprochen hatten, waren Männer aus Nordwelden. Das war kein Zufall! Evirae mußte dahinterstecken, und auch Mesors Anwesenheit bedeutete sicher nicht nur eine Demonstration seiner Unterstützung. Falkenwind beschloß, den Senat einzuberufen – andernfalls würde er nur Mißtrauen wecken –, aber zu seinen eigenen Bedingungen und nicht für Eviraes Zwecke.

»Wir werden Frieden haben«, sagte er in das Schweigen hinein. »Ich berufe hiermit für morgen früh eine Versammlung der Familien ein! Prinzessin Evirae, Ihr dürft Euch zurückziehen.«

Evirae zitterte vor Wut über die Entlassung, aber nach einem Blick auf Falkenwinds Gesicht verließ sie wortlos das Podium und stieg die Treppe hinauf. Später, dachte sie, knüpfe ich mir allein die Leute vor.

Falkenwind beobachtete sie. Das Protokoll schrieb vor, daß Evirae jetzt den Hügel verließ, aber sie wartete eigensinnig auf der obersten Stufe. Offensichtlich wollte sie ihn vor versammelter Menge lächerlich machen.

Falkenwind rief Evirae mit lauter Stimme zu: »Ich habe zu lange Nachsicht mit Euch geübt, Prinzessin Evirae. Wenn Ihr öffentlich Eure Spielchen mit mir treiben wollt, werdet Ihr erfahren, was es heißt, zu verlieren! Verlaßt diese Versammlung! Ich muß zu den Bürgern sprechen!«

Evirae wartete gerade lange genug, um ihre Verachtung zu zeigen, und stieg dann die Treppe hinunter.

Falkenwind sprach zu der Menge. »Wir werden morgen zusammenkommen, um über die Erhaltung des Friedens zu sprechen. Kehrt jetzt zu euren Familien zurück, und ruft jene herbei, die die Kristalle werfen werden. Die Versammlung wird in der Höhle der Wasserfälle zusammenkommen. Übt Zurückhaltung in euren Äußerungen bis morgen. Gerüchte bringen das Kind nicht zurück. Wir müssen zusammenstehen!«

Er verließ die Plattform, trat zu Monarch Ephrion und wies seine Adjutanten an, die Pferde zu bringen. Er war ärgerlich, daß er sich von Evirae aus der Fassung hatte bringen lassen. Ephrion hatte recht gehabt. Evirae war gefährlicher, als er gedacht hatte.

Das Volk würde jetzt über Frieden oder Krieg entscheiden. So sollte es auch sein, dachte er; die Wahrheit wird entscheiden. Und doch war Falkenwind beunruhigt. Die Wahrheit und die Prinzessin standen schon so lange miteinander auf Kriegsfuß – viel länger, als er Herrscher Simbalas war.

Ephrion zog die Zügel an. »Mein Sohn«, fragte er, »warum hast du sie nicht entlarvt? Du wußtest doch, daß sie bei dem Mann aus Nordwelden gegen dich intrigiert hat.«

Falkenwind schwang sich in den Sattel. »Das wäre Eviraes Taktik«, entgegnete er. »Ich erniedrige mich nicht zu Beschuldigungen. Ich werde Evirae mit Hilfe des Gesetzes besiegen.«

Ephrion lächelte. »Gut«, sagte er. »Aber ich könnte ja mit Lady Eselle sprechen. Sie hat immer noch einen gewissen Einfluß auf ihre Tochter.«

»Nein!« Falkenwind streckte den Arm für den Falken aus. »Du hast dich für mich entschieden, nicht für Evirae. Wenn ich der Stellung würdig sein soll, muß ich den Leuten beweisen, daß Evirae die Interessen des Volkes gleichgültig sind, und ich muß es so tun, daß es nicht zu einem Bruch innerhalb der königlichen Familie kommt. Wenn du dich bei Lady

Eselle für mich einsetzt, werde ich nicht gerade ihre Achtung erwerben.«

Ephrion nickte mit väterlichem Stolz und sagte: »Aus dem Helden wird ein Staatsmann.«

Evirae stand hinter dem Podium und sah den dunklen Hengst im Wald verschwinden. Der Bergmann weiß nichts von dem Spion, dachte sie, und nichts von Kiortes Verschwinden. Es ist gut gelaufen, viel besser, als ich erwartet hatte.

Mesor reichte ihr den Arm, und sie kehrte wie eine Königin zu ihrer Sänfte zurück, ohne auf seine bewundernden Worte zu achten. Ich habe Zweifel bei den Kaufleuten gesät, dachte sie, und jene, die Falkenwind ohnehin schon mißtrauen, werden ihn jetzt für einen Verräter halten. Ich muß Kiorte finden, überlegte sie, während sie der Menge zuwinkte, und ich muß noch einmal den Spion aufsuchten . . .

Tief unter dem Palast, in einem anderen Teil der Höhlen, kam Amsel zu sich und öffnete die Augen. Das erste, was er bemerkte, war ein stechender Schmerz im Rücken. Er versuchte, den Kopf zu drehen, und merkte, daß ein Felsbrocken ihn festhielt. Er versuchte, die Hände zu heben, konnte sie aber nicht bewegen. Als sein Empfindungsvermögen zurückkehrte, wurde ihm klar, daß er bis zum Hals in kaltem Schlamm begraben war. Er lag auf dem Rücken. Die Schmerzen waren heftig, aber nicht so, daß er befürchten mußte, sein Rückgrat sei gebrochen.

Er öffnete seine schlammverklebten Augen mit Mühe und ohne Erfolg: Er konnte nichts sehen. Im Tunnel war es völlig dunkel. Die beiden letzten Finger seiner rechten Hand waren frei; er benutzte sie, um schwächlich an dem seine übrige Hand bedeckenden Schlamm zu kratzen.

Er brauchte sehr lange und hatte das Gefühl, er müsse hurra rufen, als er endlich die rechte Hand und den rechten Arm von dem zähen Schlamm befreit hatte. Er zog den Felsbrocken, der seinen Kopf eingeklemmt hatte, fort, und die Schmerzen in seinem Rücken ließen nach. Er ruhte sich einen Augenblick aus und begann dann, sich aus dem Schlamm hinauszuarbeiten.

Von Kopf bis Fuß von Schlamm überzogen, war er schließlich frei. Er tastete jetzt den Schlammberg ab, der den Tunnel füllte, konnte aber keine Spur von dem Wächter finden. Der Mann mußte entweder völlig im Schlamm untergegangen sein oder sich auf der anderen Seite des Einsturzes befinden. »Jedenfalls gibt es nichts, was ich jetzt für ihn tun könnte«, sagte Amsel. Er begann, sich einen Weg im stockdunklen Tunnel zu suchen, eine Hand immer an der Wand. Es taten ihm immer noch alle

Glieder weh, und er mußte sich alle paar Minuten ausruhen, aber die Bewegung tat ihm gut.

Der Tunnel schien unendlich lang; Amsel verlor jedes Zeitgefühl und wußte nicht, ob er einer weiten Biegung oder einem geradlinigen Weg folge. Es schien jedoch nach oben zu gehen, und bald änderten sich die Geräuschte seiner Schritte. Schlamm und Lehm waren Felsen gewichen. Amsel lächelte. Er näherte sich der Oberfläche.

Wie lange war es schon her, seit er Fandora verlassen hatte? Er war sich nicht sicher – die Tage im Boot verschmolzen zu einem Traum von Sonne und Wellen –, aber er wußte, daß er mindestens eine Woche unterwegs war. Konnte Fandora in dieser Zeit eine Armee mobilisieren? Es wäre möglich, wenn die Leute hinreichend motiviert wurden, und Amsel wußte nur zu gut, welche Wirkung Johans Tod auf Fandora gehabt hatte. Das bedeutete, daß jetzt bereits eine Flotte auf dem Weg zu Simbalas Küste sein konnte.

»Das darf nicht sein!« sagte er laut, und seine Worte kamen zurück und verfolgten ihn. Das Echo war beinahe furchterregend. Amsel fühlte sich allein und verlassen, aber er hatte keine andere Wahl, als dem Tunnel weiter zu folgen und zu beten. »Johan, es werden nicht noch mehr sterben!« sagte er leise und lief weiter. Nach einer Weile machte er eine Pause, um sich auszuruhen. Die Echos seiner Worte waren verklungen, und alles war still. Dann hörte Amsel weit hinter sich ein Klack-klack-klack-Geräusch. Einen Augenblick lang verwirrte es ihn, dann lief ihm ein kalter Schauder über den Rücken, als ihm klar wurde, daß es Krallen waren, die auf den nackten Felsen trafen.

Irgend etwas folgte ihm.

20

Dayon stand am Bug des Leitschiffs, einem Fischerboot mit zwanzig Mann. Es war gefährlich überbemannt und nahm in der bewegten See ständig Wasser über. Die Straße von Balomar war fünfzig Meilen lang und knapp zwanzig breit, und mit Ausnahme der verhältnismäßig ruhigen Fjorde und Buchten entlang der Küsten von Fandora und Simbala war jede einzelne dieser Meilen gefährlich. Hier trafen nicht nur zwei Meere aufeinander, sondern auch die warme Luft vom Südmeer und die kalte Luft vom nördlichen Drachenmeer. Aus dem Zusammenprall von Wind und Strömungen entstanden turmhohe Wellen und starke Soge. Selbst an heiteren Tagen war die Straße unwirtlich – an unfreundlichen konnte sie ein wahrer Mahlstrom sein.

An diesem Tag war das Wetter erträglich, und so hatte die Flotte eine gewisse Aussicht, die gegenüberliegende Küste zu erreichen. Dayon hatte Weisung erteilt, daß die Boote sich an die Küste hielten, bis sie ein Gebiet der Straße erreichten, wo das Wasser seicht und die Turbulenzen geringer waren. Er starrte nach vorn auf die schaumgekrönten Wellen. Um nicht in Panik zu geraten, gestattete er sich nicht, an all die Männer zu denken, deren Los von jeder seiner Entscheidungen abhing.

Jondalrun, ebenfalls im Leitschiff, nahm voller Schrecken die Wellen wahr, die bis zu zehn, zwölf Fuß hoch waren und wahllos um die Schiffe herum auftauchten und von den peitschenden Winden mit Schaumkronen versehen wurden. »Ich wußte nicht, daß es so aussehen würde«, brüllte er Dayon zu.

»Kaum einer weiß es«, brüllte Dayon zurück. Er hielt die Augen auf die Wellen gerichtet, während die Flotte sich langsam voranbewegte. Seine Knöchel hoben sich weiß ab von den obersten Planken des Bootes.

»Wirst du uns durchbringen?« fragte Jondalrun.

»Ich versuche es«, sagte Dayon. »Der Zeitpunkt ist besonders günstig: Es ist Ebbe, und die Winde sind verhältnismäßig schwach. Das bedeutet natürlich, daß dichter Nebel herrschen wird, aber es ist unwahrscheinlich, daß wir draußen auf irgend etwas auflaufen. Wenn es uns gelingt, das Stück offene See zu überqueren, müßte es auf der anderen Seite so ruhig sein wie auf der, die wir verlassen haben.«

»Wie breit ist diese Wellenbarriere?«

»Das ändert sich von Tag zu Tag. Manchmal nur ein oder zwei Meilen, manchmal bis zu zehn. Es gibt nur eine einzige Möglichkeit, das festzustellen: Wir müssen hindurch. Wenn wir erst drinstecken, gibt es kein Zurück mehr.«

»Dann also los«, sagte sein Vater.

Dayon erteilte Anweisungen, die von Schiff zu Schiff weitergegeben wurden. Alle Männer wurden angewiesen, sich festzuhalten, wo immer sie einen sicheren Halt fanden – an Masten, Ruderdollen, Bänken –, und dort zu bleiben, bis weitere Befehle gegeben wurden. Dayon befahl, die Boote sollten möglichst Abstand halten, um Zusammenstöße zu vermeiden, und ihm folgen, so gut es Wind und Wellen möglich machten. Besorgt verfolgte er die Vorbereitungen der Flotte. Dann rief er: »Segel hissen!« und hoffte dabei, daß sein Vater sein Entsetzen nicht spürte.

Die Männer machten jetzt die Segel los, und der Wind schleuderte die Boote voran, als sei er begierig, sie an der See zu messen. Andere Männer ruderten fieberhaft, bestrebt, es ihren vom Wind angetriebenen Landsleuten gleichzutun, aber ohne Erfolg. Die Wellen wurden bald haushoch und schienen aus jeder Richtung zu kommen, ohne Rhythmus oder Sinn. Die Boote wurden mit einer Wucht hochgehoben und wieder hinuntergestürzt, daß es den Männern – zumeist Landratten – angst und bange wurde. Dayon war insgeheim überzeugt, daß sie viele Schiffe verlieren würden. Er warf einen Blick auf seinen Vater, der hinter ihm saß und mit einem Eimer unermüdlich Wasser schöpfte. Mehr als jeder andere war Jondalrun verantwortlich für die Lage, in der die Männer sich jetzt befanden. Würde man seinen Vater wohl zur Rechenschaft ziehen?

Aber schließlich hatte jeder für sich entschieden – niemand hatte ihnen befohlen, Soldat zu werden. Dayon wandte seine Aufmerksamkeit wieder den Wellen zu.

Im gleichen Augenblick hörte er das Brechen von Holz und Schreie, die das Brausen von Wind und Wellen übertönten. Er blickte nach links. Ein Floß, von den Wellen höher getragen als das Boot daneben, war direkt auf das Boot gestürzt und hatte es in zwei Teile gebrochen. Vier Männer gingen über Bord, laut um Hilfe rufend. Dayon sah drei von ihnen wieder auftauchen. Sie wurden in andere Boote gezogen. Er wandte seine Blicke rasch ab. Er durfte sich einfach nicht verantwortlich für sie fühlen, ja nicht einmal für sich selbst Furcht empfinden. Er durfte nur an eines denken – die Küste Simbalas. Wie er zu Jondalrun gesagt hatte: Es gab kein Zurück mehr.

»Evirae . . .«, sagte Kiorte.

Seine Gemahlin drehte sich erstaunt um auf der Treppe zu ihrem Baumschloß. »Mein liebster Kiorte!« rief sie. »Du bist zurückgekehrt!« Sie lief die Stufen hinunter zum Garten, wo er in der Nähe eines großen Busches stand. Sie war aufrichtig bewegt. Dann sah sie sein Gesicht.

Er weiß es! Er weiß alles! dachte sie. Langsam überquerte sie den Innenhof und wartete darauf, daß er etwas sagte.

Er sagte nichts. Statt dessen musterte er sie, ihr schönes Gesicht und ihre üppige Gestalt, ohne den Orchideenduft wahrzunehmen, blind für das Schimmern des Sonnenlichts auf ihrem kastanienbraunen Haar.

»Kiorte, Liebling!« sagte sie endlich voller Angst. »Soviel ist geschehen, seit du fortgingst. Komm mit nach drinnen, damit wir ungestört über alles sprechen können.«

Prinz Kiorte runzelte die Stirn, und dieser Augenblick in Verbindung mit seinem Schweigen erschien Evirae schrecklicher als alle Drohungen, die sie je gehört hatte.

»Mein Liebling«, sagte sie bebend, »bist du krank?«

Wieder antwortete Kiorte nicht. Evirae schlug jetzt einen energischeren Ton an: »Kiorte! Sprich mit mir. Ich habe dich so lange nicht gesehen.«

Endlich antwortete Kiorte, aber seine Worte brannten wie das Feuer eines Sindril-Edelsteins. »Du hast mich für immer verloren«, sagte er. »Du hast es gewagt, meinen Namen zu mißbrauchen und meine Ehre zu besudeln. Du und ich . . .«

»*Nein*!« schrie Evirae. Der Schrei kam aus den Tiefen ihrer Seele. Tränen stiegen ihr in die Augen, und sie konnte kaum sprechen. »Du mußt mir sagen, was du weißt, mein Liebling! Du kannst unmöglich verstanden haben, was ich getan habe!« Die offensichtliche Aufrichtigkeit ihres Schreis brachte Kiorte aus der Fassung. Er hatte nicht einen derartigen Gefühlausbruch erwartet. Mit weicherer Stimme erwiderte er: »Ich weiß, daß du meinen Namen benutzt hast, um eine Verschwörung gegen Falkenwind anzustiften. Im ganzen Oberwald spricht man von eurer Auseinandersetzung. Ich weiß auch, daß du Falkenwind bei dem Nordweldener verleumdet hast. Aber diese Dinge sind von geringer Bedeutung gegenüber der Tatsache, daß du meinen Namen mit deinem Aufruf zum Krieg in Verbindung gebracht hast!«

Mit einer gewissen Erleichterung hörte Evirae seine Worte. Es besteht eine Chance, dachte sie, daß er noch nichts von dem Spion weiß. Sie weinte wieder; diesmal war es mehr Schauspielerei als echtes Gefühl. »Man hat dir nicht die volle Wahrheit gesagt, mein Gemahl.«

Kiorte starrte sie an. »Ich habe genug von deinen Wahrheiten, Evirae. Meine Reise nach Nordwelden hat mich von deinen Lügen kuriert. Ich werde sie nie wieder dulden!«

Kiorte ging an Evirae vorbei auf ihr Baumschloß zu. »Bis zum Senat werde ich bei Thalen wohnen«, sagte er. »Ich möchte dir vorschlagen, dich gut darauf vorzubereiten. Meiner Rede mag die Geschliffenheit deiner Worte fehlen, aber ich garantiere dir, daß man sich an sie erinnern wird.«

Evirae legte ihre Hände mit den langen Nägeln auf seine Schultern. »Liebling«, bat sie flehend, während ihr die Tränen über das Gesicht liefen. »Ich sage die Wahrheit! Es wird eine Invasion geben! Es *ist* Krieg! Ich habe das alles von einem Spion aus Fandora erfahren.«

»Ein *Spion?*«

Eviraes Gesicht leuchtete auf. »Aus Fandora! Deine ›Quellen‹ haben dir das doch sicher mitgeteilt.«

»Keine Tricks!« sagte Kiorte. »Sonst verliere ich die Geduld.«

»Während deiner Abwesenheit kam eine Nachricht, daß man in der Straße einen Fandoraner gefangengenommen habe. Ich habe den Spion selbst verhört in Anwesenheit von Tolchin und Alora. Er berichtete von den fandoranischen Plänen für eine Invasion. Ich informierte Falkenwind, so schnell ich konnte, aber er weigerte sich, etwas zu unternehmen. Er sah es nur als Finte an und Teil eines Komplotts, um ihn zu stürzen. Voller Beunruhigung forderte ich ein öffentliches Treffen. Man mußte Oberwald doch in Kenntnis setzen, Liebling! Du warst nicht da – was sonst hätte ich tun können?«

Kiorte runzelte wieder die Stirn. »Dieser Spion – wo ist er?«

»In den Tunneln. Ich kann dich sofort hinführen.«

»Wenn das wieder ein Trick ist, werde ich ...«

»Es stimmt«, sagte Evirae. »Ich beweise es dir.«

Die Höhlen der Frostdrachen hallten wider von Heulen und Geschrei. Der Düsterling hatte die Frostdrachen zu den vereisten Klippen geführt, wo sie den eingefrorenen Feuerdrachen und die Leuchtenden Höhlen gesehen hatte. Dieser Anblick und die Überreste weiterer Drachen, der wachsende Hunger und die Verzweiflung ließ die Frostdrachen vor Furcht schreien.

Der Düsterling hockte auf einem Gipfel und brütete über seiner nächsten Entscheidung. Die Panikstimmung würde vorübergehen. Dann würden sie sich an ihn wenden und kaum mehr seinen Plänen widersprechen. Er breitete seine Flügel gegen den kalten Wind aus, beruhigt von dieser Vorstellung. Die Kälte ließ ihn erstarren, reichte tief in ihn hinein, schien bis zu seinem Innersten vorzudringen und zu dem Geheimnis, das dort brannte. Er war versucht, es ihnen zu enthüllen, das Geheimnis seiner Geburt, ihnen zu sagen, daß die Art der Drachen noch nicht völlig ausgestorben war, daß das Geheimnis in ihm weiterlebte. Aber er wagte es nicht. Es war etwas, was kein Frostdrache je besessen hatte; vielleicht würden sie es ihm verübeln.

Der Düsterling beugte den Hals vor und gab ein durchdringendes Pfeifen von sich. Auf dieses Zeichen stieg ein Frostdrache aus dem Nebel auf und näherte sich dem Düsterling. Er war auffallend riesig.

Der Düsterling sprach mit ihm. Die Wächterin hatte berichtet, daß sie einen Menschen habe fliegen sehen. Diese Beobachtung mußte bestätigt werden. Wenn tatsächlich alle Menschen fliegen konnten, hatten die Frostdrachen viel von ihrer Überlegenheit eingebüßt.

Das Wesen drehte langsame Kreise um den Gipfel und lauschte den Instruktionen des Düsterlings. Dann flog es zunächst nach Osten, um nach Bergziegen und anderem Wild zu suchen. Es brauchte Kraft für den langen Flug nach Süden.

Der Düsterling blieb auf seinem einsamen Gipfel und sah den Frostdrachen in den Wolken verschwinden. Er dachte über die Menschen nach. Nur wenige Frostdrachen hatten je Menschen gesehen: Sie waren so klein, so unbedeutend in ihrer Erscheinung, aber sie waren gefährlich. Der Düsterling hatte den anderen von der Entdeckung der Wächterin erzählt. Zorn auf die Menschen war aufgekommen und würde sich nicht so schnell legen. Er konnte sich jetzt Zeit lassen, um das Überleben der Frostdrachen zu sichern.

Am gleichen Abend trafen die Familienoberhäupter in Nordwelden, per Windschiff über die Einberufung des Senats unterrichtet, Vorbereitungen für ihre Reise nach Süden. Es waren keine frohen Vorbereitungen, und es gab wenig Zweifel, wie sie abstimmen würden. Jeder fühlte sich mitverantwortlich für die Familie des Kindes.

Vertreter der Bergarbeiterfamilien bereiteten sich auch darauf vor, in der unterirdischen Höhle zu erscheinen, wo die Abstimmung stattfinden würde. Diese Männer, gezeichnet von dem schwarzen Schmutz der Minen und geschmückt mit gleichmütig getragenen, erstaunlich strahlenden und farbenprächtigen Edelsteinen, unterstützten Falkenwind, aber teilweise nur mit Bedenken. Merkwürdige Dinge geschahen dieser Tage in

Simbala. Und da war Ceria, diese Rayanerin, die Falkenwind so nahestand.

Das Haus von Baron Tolchin und Baronesse Alora hatte der Baron selbst nach verschiedenen Vorbildern entworfen, die er auf seinen Reisen gesehen hatte. Ein hängender Dachgarten voll duftender Blumen gab den Windbrisen einen Hauch von Ingwer und Jasmin. Das Gebäude selbst war niedrig und offen gebaut mit einem Atrium und einem Springbrunnen. Die Fensterrahmen und Türen bestanden aus Elfenbein und dem Holz des Regenschirmbaums und waren überreich mit Schnitzereien verziert. Das Haus war verbunden mit dem großen Baum, in dem sich sowohl der Wohnraum befand, in dem Evirae empfangen worden war, als auch das Boudoir, in dem Tolchin und Alora sich jetzt für den Senat umkleideten.

Mitglieder der königlichen Familie hatten kein Stimmrecht auf diesen Zusammenkünften, die allein für die Bürger Simbalas bestimmt waren. Jede Familie, und das bedeutete alle Zweige einer Familie mit gleichem Ahnherrn in grauer Vorzeit Simbalas, schickte einen Vertreter. Diese Vertreter waren an ihren matriarchalischen oder patriarchalischen Roben zu erkennen, die mit dem jeweiligen Familienwappen bestickt waren.

Während er sich umkleidete, stellte Tolchin Vermutungen über das Ergebnis der Senatsabstimmung an. »Falkenwind sitzt in der Klemme«, sagte er.

Alora suchte unter einer vielfarbigen Auswahl von Fächern nach einer Ergänzung zu ihrem Gewand. »Glaubst du wirklich, daß die Leute in Oberwald ihn als Verräter betrachten?« fragte sie.

»Einige gewiß«, erwiderte Tolchin, »wenn auch längst nicht so viele wie in Nordwelden.« Er hatte Mühe, die Knöpfe eines beigefarbenen Wamses über seinem Bauch zu schließen. »Es gibt viele Gründe, Falkenwind nicht wohlgesinnt zu sein, meine Liebe. Viele in Simbala würden aus seiner Absetzung Nutzen ziehen.«

Alora seufzte. »Falkenwind kann nicht aus wirtschaftlichen Gründen seines Amtes enthoben werden. Wenn die Familie etwas unternehmen will, muß es Beweise für den Tatbestand von Landesverrat geben. Trotz all ihrer Beschuldigungen hat Evirae keine Beweise.«

»Sie wird den Spion benutzen«, sagte Tolchin.

Alora schüttelte den Kopf. »Kein Beweis für irgendein Vergehen, Tolchin. Evirae kann Falkenwind nur loswerden, wenn Monarch Ephrion ihn seines Amtes enthebt, und es gibt keinen Grund zur Annahme, daß Ephrion dies auch nur eine Sekunde in Erwägung zieht.«

»Das scheint dich fast zu freuen, meine Liebe.« Tolchin nahm seinen

Rock vom Bett. »Die Absetzung Falkenwinds würde immerhin zum Frieden in der Familie beitragen.«

Alora hielt ein breites seidenes Band hoch. »Ah! Das blaue Haarband, findest du nicht?«

»Hör mir zu!« sagte Tolchin.

Seine Gemahlin lächelte. »Ich höre dir zu, mein Lieber. Aber mir gefallen Eviraes Pläne grundsätzlich nicht.«

Tolchin sagte etwas versöhnlicher: »Alora, es wäre sehr viel leichter für Falkenwind ohne diese Rayanerin. Was hat sie im Palast zu suchen?«

»Sie lieben sich« – Aloras Gesicht wurde weich –, »es ist so offensichtlich, Liebling. Es ist eine Art von Liebe, wie ich sie schon seit Jahren nicht mehr gesehen habe.«

Tolchin schnaubte. »Kannst du dir etwa eine Heirat der beiden vorstellen? Die königliche Familie würde den Palast abbrennen!«

Alora lachte und dachte an ihre eigene Jugend.

In den Höhlen unter dem Palast stand die Tür zu der leeren Zelle offen; das Schloß hing vom zersplitterten Holz herunter. Evirae stand mit weitgeöffneten Augen davor, die Hände an die Wangen gepreßt.

»Wo ist dein Fandoraner, Evirae?« fragte Kiorte. Er sagte es nicht spöttisch, denn offensichtlich war jemand hier gewesen.

»Genau hier, in diese Zelle eingeschlossen, und auf dem Stuhl dort saß ein Wächter.«

»Er muß ziemlich kräftig sein, wenn er die Tür auf diese Weise aufsprengen konnte«, sagte Kiorte und untersuchte den zerstörten Pfosten.

Evirae stotterte: »Er war nur halb so groß wie du! Es ist völlig ausgeschlossen, daß er dies hier getan hat!«

Kiorte musterte sie prüfend. Sie war sehr blaß und offenkundig verstört. Er hielt seine Fackel dicht über den Boden des Tunnels und blickte in beide Richtungen.

»Dort«, sagte er, »und dort auch. Kleine Fußspuren und da die größeren des Wächters. Komm, Evirae.«

Sie folgten den Spuren. Sie führten anscheinend wahllos in Abzweigungen und Seitentunnel, bis Evirae schließlich gestand, daß sie nicht mehr genau wußte, wo sie waren.

»Wir gehen lieber zurück und holen Unterstützung«, sagte Kiorte. »Der Senat wird bald zusammentreffen, und wir dürfen nicht zu spät kommen.« Er begann zurückzugehen, aber Evirae hielt ihn zurück. »Nur noch ein paar Meter«, sagte sie und versuchte, ihm die Fackel aus der Hand zu nehmen. Kiorte hielt sie jedoch fest, und so ging Evirae ohne Fackel ein paar Schritte weiter und spähte den Tunnel hinunter.

»Kiorte!« rief sie. »Sieh nur! Ich glaube, ich sehe den Wächter – im Tunnel muß ein Einsturz gewesen sein.«

Zusammen eilten sie den Tunnel hinunter. Der Wächter war halb von Schlamm begraben und schien bewußtlos. Kiorte tauchte ein Taschentuch in das schlammige Wasser und massierte ihm Handgelenke und Nakken.

Nach wenigen Augenblicken kam der Wächter zu sich, Kiorte befreite seine Beine vom Schlamm und zog ihn heraus, als es über ihnen drohend polterte und Schlamm heruntersickerte. Der Wächter blickte Evirae an. »Ich bitte um Vergebung, Eure Hoheit – der Gefangene ist mir entkommen.« Mit rauher Stimme erklärte er, wie es geschehen war.

»Der Spion sitzt ohne Zweifel auf der anderen Seite dieses Geröllhügels in der Falle«, sagte Evirae. »Steh nicht da und glotz! Fang an zu graben, wir müssen ihn finden!«

»Es besteht immer noch Gefahr«, sagte der Wächter und blickte besorgt nach oben. »Vielleicht sollten wir lieber gehen . . .«

»Was maßt du dir an!« Elvirae brauchte einen Sündenbock für ihren Zorn. »Wir müssen ihn finden!«

»Der Wächter hat recht«, sagte Kiorte. »Die Gefahr ist zu groß. Wir müssen sofort hier weg.«

»Keiner von euch versteht, wie wichtig das Ganze ist!« rief Evirae. »Wir haben nicht genug Zeit!« Sie beugte sich hinunter und zerrte an einer dicken weißen Wurzel. Dadurch geriet ein Felsblock aus seiner Lage, machte heruntersickerndem Schlamm den Weg frei, der sehr schnell zu einer Lawine anschwoll. Die drei hatten kaum Zeit, auszuweichen, bevor ein weiterer Abschnitt der Tunneldecke einstürzte.

21

An diesem Morgen ging die Sonne ohne den Schatten einer Wolke auf, aber am westlichen Himmel häuften sich schon zornige Sturmwolken. Am Eingang zur Höhle der Wasserfälle versammelten sich die Vertreter der simbalesischen Familien und verschiedener Handelsgruppen, alle in Festtagskleidung. Alle sprachen über die Möglichkeit einer Invasion aus Fandora.

Erschienen waren auch bekannte Mitglieder der königlichen Familie, unter ihnen General Jibron und Lady Eselle, Baron Tolchin und Baronesse Alora, einige Minister des Kreises und Monarch Ephrion, der sich entschieden für Falkenwind einsetzte.

Auch Mesor war anwesend; er wartete schweigend und voller Unruhe auf die Prinzessin; es war nicht ihre Art, zu einer so wichtigen Konfrontation zu spät zu erscheinen. Obwohl sie kein Stimmrecht hatte, würde ihre bloße Anwesenheit die öffentliche Meinung beeinflussen. Doch bald war es zu spät. Gleich würden alle in die unterirdische Wahlkammer gehen. Mesor blickte suchend über die Menge, sah aber statt Evirae Falkenwind auftauchen, der sich vom Palast her rasch näherte. Ceria begleitete ihn.

»Es gibt Augenblicke, wo ich lieber einem Grubeneinsturz gegenüberstehen würde als einer öffentlichen Versammlung«, sagte Falkenwind leise.

»Du brauchst dir keine Sorgen zu machen«, erwiderte Ceria. »Du hast dich in bewundernswerter Weise gegen Eviraes Beschuldigungen verteidigt. Die Bergleute stehen hinter dir, mein Liebster, ebenso wie die Anhänger Ephrions.«

»Ich weiß, Ceria, aber seit Eviraes Rede im Viertel der Kaufleute sympathisieren viele mit den Nordweldenern . . .«

Der melodische Klang eines Gongs unterbrach seine Worte; es war an der Zeit. Falkenwind trat zu den Familienvertretern und sagte schlicht: »Wir berufen den Senat ein.« Mit einem gewichtigen Knarren öffneten sich die Türen hinter ihnen. Falkenwind schritt allen voran die breiten Stufen hinunter und spürte dabei die Blicke der Leute auf sich gerichtet. Entgegen Monarch Ephrions Rat war Ceria an seiner Seite geblieben. Viele, darunter auch Baron Tolchin, betrachteten dies als eine Beschimpfung der königlichen Familie. Die Anhänger Eviraes verliehen ihrer Mißbilligung in einem Flüstern Ausdruck, das Falkenwind gerade noch erreichte.

Mesor betrat als einer der letzten die Stufen. Was hatte Elvirae nur gehindert zu erscheinen? Hatte Falkenwind sie etwa durchschaut und einsperren lassen?

Mesor war jedoch nicht der letzte, der die Stufen betrat. Dieser zweifelhafte Ruhm gebührte General Vora. Der wohlbeleibte Soldat kam angeschnauft, als die Türen gerade geschlossen werden sollten. Mesor wunderte sich über Voras Unpünktlichkeit – hatte sie etwas mit Eviraes Abwesenheit zu tun? Der General hastete an ihm vorbei die breiten, fackelbeleuchteten Stufen hinunter, und Mesor folgte ihm. Er bemühte sich um Gleichmut. Leider war sein Magen anderer Meinung.

Siebenhundert Fuß über der Westküste Simbalas schwebte ein Windschiff durch die Morgenluft. Unter den Ballonsegeln saßen zwei Windsegler nahe bei dem Brenner, denn trotz des Sonnenscheins war es kalt.

Der Ältere blinzelte auf die weiße Sonnenscheibe, die immer wieder hinter Wolken verschwand, und sagte: »Inzwischen muß der Senat angefangen haben.«

»Ich wollte, ich könnte dabeisein«, sagte der jüngere Mann. »Meine Mutter vertritt unsere Familie. Dies wäre das erste Mal, daß ich alt genug bin, dabeizusein und zuzuschauen. Alle sagen, es sei ein wunderschöner Anblick.«

»Kann schon sein«, sagte sein Gefährte, »aber der Senat wurde nicht einberufen, um in einer wunderschönen Angelegenheit zu entscheiden.«

Der andere Windsegler schüttelte entrüstet den Kopf. »Diese Gerüchte um Fandora! Ohne die Prinzessin wären wir jetzt schon zurück und säßen am warmen Herd.«

»Dann bete darum, daß sie gegen Krieg stimmen, oder du wirst noch viel öfter Dienst haben«, sagte sein Begleiter. »Was mich betrifft, ich frage mich ...« Er stellte fest, daß der andere nicht zuhörte. Er hatte sich über die Reling gebeugt und blickte auf das Wasser hinunter.

»Bayis«, sagte er mit erstickter Stimme, »ich glaube, ich träume.«

Bayis überquerte rasch das schmale Deck und trat zu seinem Freund. Beide starrten ungläubig hinunter: Was da aus einem Nebelvorhang auftauchte, war ein Anblick – lächerlich und erschreckend zugleich! Eine Flickwerkflotte aus Fischerbooten, Flößen und praktisch allem, was schwimmen konnte, alle bis zum Bersten mit Männern überladen, näherte sich dem Strand. Die Windsegler konnten sehen, daß sie primitive Waffen trugen – Hacken, Äxte und sogar Keulen und Felsbrocken. Es kamen immer mehr aus dem Nebel. Das machte es so erschreckend – immer mehr Boote kamen aus dem Nebel.

»Sie haben uns noch nicht entdeckt«, flüsterte Bayis mit angespannter Stimme. »Wende und nimm Kurs auf den Wald!«

Einst vor Jahrhunderten war die Decke eines großen Tunnels in Oberwald eingestürzt, so daß ein Teil des Flusses Kamene unter die Erde abgeleitet wurde. Das Wasser floß durch den Tunnel bis zu der Höhle, die heute für die Zusammenkunft benutzt wurde. Dort stürzte es fast fünfzig Fuß hinab und bildete einen tiefen See und einen unterirdischen Fluß. Vor diesem See waren jetzt Falkenwind und der Senat der simbalesischen Familien versammelt. Die wenigen Zuschauer, denen aus dem einen oder anderen Grund der Zutritt gestattet war, füllten die Höhle von den Stufen bis zu den Wänden. Einige kauerten unterhalb eines Dolmens, andere standen auf Felsen, um besser sehen zu können. Die Familienoberhäupter standen in Reihen nebeneinander und warteten auf Falkenwinds Rede. Jeder von ihnen hielt zwei ungeschliffene Edelsteine in der Hand, einen weinroten und einen kristallklaren.

Falkenwind stand auf einem Felspodium vor den Stufen. Schweigend musterte er die Vertreter der Familien vor ihm. Ihre Gesichter ließen sehr unterschiedliche Empfindungen ahnen, er hoffte jedoch, sie gegen einen Krieg stimmen zu können. Außerdem fiel ihm Eviraes Abwesenheit auf, aber er hatte jetzt keine Zeit, sich darüber Gedanken zu machen. Falkenwind trat vor, um zu den Familien zu sprechen; die Akustik in der Höhle ließ den nahen Wasserfall nur wie ein sanftes Murmeln klingen.

»Ihr seid in Frieden gekommen«, sagte er ernst, »um über eine Angelegenheit abzustimmen, die mit Krieg enden kann.« Er ließ seine Blicke über die Reihe von Männern und Frauen schweifen. »Ich bitte euch nur um eines: Denkt an das Wohl Simbalas, nicht an die Angelegenheiten des Palastes oder der königlichen Familie.«

Baron Tolchin beugte sich zu seiner Frau hinüber. »Schlecht gewählte Worte«, brummte er.

Falkenwind fuhr fort. »In Nordwelden ist ein Kind getötet worden.

Etwas Schlimmeres gibt es nicht. Unsere Kinder sind unsere Zukunft. Wir müssen sie beschützen, um jeden Preis, aber es gibt keine Veranlassung, ein armes und unwissendes Volk anzugreifen.«

Bei diesen Worten lief ein Murmeln durch die Menge. Falkenwind spürte die Unruhe und hielt sich an Ephrions Rat, die Ansprache einfach und kurz zu halten. »Es darf keinen Krieg geben«, fuhr er fort. »Ich werde alles tun, um herauszufinden, warum das Kind getötet wurde. Bis wir die Wahrheit kennen, müssen wir zusammenhalten, um die Probleme zu lösen, die die Überflutung der Stollen aufgeworfen hat. Ich habe eine Nachricht ins Südland geschickt und unsere Truppen zur Rückkehr aufgefordert. Sobald sie eingetroffen sind, werden sie Nordwelden überwachen, um unsere Kinder zu beschützen. Andere werden in den Bergwerken aushelfen. Macht euch keine Sorgen wegen einer Invasion. Fandora greift Simbala nicht an! Unser Wald ist geschützt! Unser Volk ist stark!«

Die letzten Worte gefielen General Vora, und er nickte begeistert, während Falkenwind zur Abstimmung aufrief.

Die erste Reihe der Familienvertreter näherte sich dem Wasserfall, um entweder den dunklen oder den klaren Edelstein in den Teich zu werfen. Die Edelsteine glichen den Sindril-Edelsteinen, aber anstatt sich zu entzünden, wenn sie naß wurden, verursachte ihre chemische Zusammensetzung eine Veränderung in der Farbe der Flüssigkeit. Eine Überzahl von dunklen Steinen würde das Wasser rot färben – das bedeutete Krieg. Die hellen Steine würden die Farbe des Flusses in ein tiefes Blau verwandeln.

Falkenwind warf den ersten Stein – dies war ein alter Brauch, mit dem er seine Bereitschaft erklärte, das Volk entscheiden zu lassen. Der Stein, ein makelloser Diamant, flog durch den Dunst über dem Wasserfall und versank im See. Falkenwind verließ das Podium, und die Abstimmung begann.

Reihe für Reihe gaben die Familienvertreter mit einem Wurf ihre Stimme ab. Als erster schleuderte ein Mann aus Nordwelden, ohne zu zögern, einen dunklen Stein in den See, und ein blutroter Fleck erschien auf der Oberfläche.

Als nächster folgte ein Vertreter der Bergarbeiter. Sein Stein war hell, und die rote Färbung wurde vorübergehend durch Blau ersetzt. Es fielen weitere dunkle Steine, dann wieder helle und wieder dunkle. Ceria, Ephrion und der General beobachteten die feinen Farbabstufungen im See. Die Stimmen lagen nahe beieinander, zu nahe. Der See wechselte ständig die Farbe. Doch als der letzte Stein geworfen war, wurde das Wasser langsam, fast überraschend, *blau*.

Ceria lächelte strahlend und blickte zu Falkenwind. Durch den Dunst über dem Wasserfall sah sie die Erleichterung in seinem Gesicht. Es würde Frieden sein, wenn die Wahl auch knapp ausgegangen war. Das wurde durch das Grollen in der Menge überdeutlich.

Zusammen mit Ephrion und Vora machten sich Ceria und Falkenwind auf den Rückweg, Falkenwind voller Stolz und Befriedigung, Ceria voller Erleichterung. Ihre dunklen Vorahnungen hatten sich also nicht bewahrheitet.

Hinter ihnen gab es hitzige Debatten über das Ergebnis der Senatsabstimmung. Falkenwinds Anhänger waren begeistert. Zum erstenmal war er in einer wichtigen Angelegenheit als Monarch auf die Probe gestellt worden, und er hatte bestanden. Viele traten mit Worten der Ermutigung zu ihm, und er empfing sie herzlich mit einem Händedruck und einem ungewöhnlich warmen Lächeln.

Kurze Zeit später wurden die Türen geöffnet, und die Menge kehrte zurück ans Tageslicht.

Der Jubel verwandelte sich in Erstaunen, als plötzlich fünf Brüder des Windes auf den Stufen vor dem Tunnel standen. Thalen, stellvertretendes Oberhaupt, trat vor.

Mit einem wachsenden Gefühl der Gefahr sagte Falkenwind: »Was führt euch hierher?«

Thalen antwortete langsam, als bereiteten die Worte ihm Schmerzen: »Eine Flotte aus Fandora wurde vor kurzem gesichtet. Inzwischen ist sie an unserer Küste gelandet.«

Falkenwinds Gesicht zeigte Entsetzen. »Wie viele Schiffe?«

»Im Bericht steht über zweihundert.«

Die Worte trafen Ceria wie Steine. Sie sah Falkenwind mit General Vora sprechen. Dann breitete sich eine Welle des Schweigens aus – und wie eine wütende Flutwelle kam die Verdammung zurück:

»Er hat uns belogen! Wir sind nicht vorbereitet auf einen Krieg.«

Mesor hatte den Tunnel schon verlassen, als er die Nachricht erfuhr. Er mußte unbedingt Evirae Bescheid sagen, aber erst mußte er sie finden! Er entdeckte Tolchin und Alora in der Menge und versuchte, zu ihnen vorzudringen. Obwohl sich der Baron bei Mesors Anblick rasch abwandte, gelang es dem Kämmerer, sie zu erreichen. Ganz außer Atem beschwor er sie: »Ich . . . ich weiß, daß Evirae etwas zugestoßen ist. Wir müssen sie suchen.«

Tolchin sah, daß er wirklich verstört war. Der Speichellecker kann sich das Verschwinden seiner einzigen Gönnerin nicht leisten, dachte er.

»Sie würde niemals einer Senatsversammlung fernbleiben«, sagte Mesor eindringlich. »Und Prinz Kiorte auch nicht. Ich fürchte, Falkenwind hat etwas gegen Evirae unternommen.«

Tolchin runzelte die Stirn, und selbst Alora war jetzt aufgebracht. Mesors Argumente waren nicht von der Hand zu weisen.

Das Paar machte sich auf zu Eviraes Schloß und ließ Mesor wie einen geprügelten Hund hinterherlaufen.

22

Vorwärts!« Zweihundert Mann standen bereits auf dem nebelverhangenen Ufer, aber erst einige Boote lagen auf dem Strand. Die See war verhältnismäßig ruhig; dennoch waren in den Brechern bei der Landung mehrere Schiffe zusammengestoßen und gekentert. Nun schwamm ein Teil der Armee zum Ufer – oder versuchte es zumindest.

Schreie der Verwirrung und der Furcht erfüllten die Seeluft. Viele Männer hatten sich vor Erschöpfung auf den kalten Sand fallen lassen, andere wateten unter Anweisung der Ältesten im seichten Wasser, um die Boote an Tauen an Land zu ziehen.

Dayon stand im kalten Salzwasser und starrte auf die restlichen Boote weiter draußen. »Ich habe sie durchgebracht«, murmelte er glücklich vor sich hin. Sein Vater hörte ihn und legte eine Hand auf Dayons Schulter. »Das hast du«, sagte er. »Ich verstehe nichts von der See, aber das war Meisterarbeit! Ich bin stolz auf dich.«

Jondalrun kehrte zu den Booten zurück. »Und zieht!« brüllte er den anderen zu, als hätte er sein ganzes Leben an den Ufern von Kap Bage verbracht. »Da draußen sind noch Kranke und Verletzte! Wir müssen sie ans Ufer schaffen!«

Dayon ergriff auch ein Tau. Tenniel stellte sich hinter ihn, stemmte die Füße fest in den Sand, und sie zogen gemeinsam. Ein kleines Boot schoß durch die Brecher, bis es auf dem Strand lag.

»Das hätten wir!« brummte Tenniel. »Weiter, Dayon!«

Die beiden jungen Männer wateten durch die Tide und hielten Ausschau nach weiteren Booten, die Hilfe brauchten, als ein alter Lastkahn aus dem Nebel auftauchte. Dayon erkannte das Schiff; er hatte geholfen, es zu reparieren.

»Merkwürdig«, sagte Tenniel, als sie näher herankamen. »Es sieht verlassen aus.«

»Es nimmt Wasser über«, sagte Dayon. »Sieh dir das Heck an; es liegt viel zu tief.«

Sie wateten hinaus und zogen sich an Bord. Auf den ersten Blick schien das breite Deck leer zu sein; nur Taue und Geräte lagen wirr durcheinander. Ein Faß Limonen rollte langsam mit dem Wellengang hin und her. Das monotone Geräusch machte das Fehlen menschlicher Stimmen erst richtig bemerkbar. Als über ihnen eine Möwe schrie, zuckten die beiden Männer zusammen.

Tenniel berührte Dayons Arm. »Sie doch«, sagte er. Dayon drehte sich um und sah auf der Leeseite des Schiffes einen alten Mann – er schien zu schlafen, zusammengerollt wie ein Ball. Dayon ging auf ihn zu und sagte freundlich: »Wach auf, alter Kumpel. Wir haben die Überfahrt hinter uns. Wo ist deine Mannschaft?«

Der alte Mann bewegte sich nicht. Dayon stupste ihn an und zog ihn dann hoch. Seine Augen waren geöffnet und starrten ins Leere, sein Gesicht war bleich, sein Mund schlaff. Dayon spürte plötzlich die kalte Seeluft.

»Was fehlt ihm?« fragte Tenniel.

»Schock.« Dayon blickte sich auf dem Deck um. Konnte die Überfahrt allein einen Schock verursacht haben?

»Das gefällt mir nicht«, sagte Tenniel. »Dieses Schiff ist bis auf ihn verlassen . . .«

»Da bin ich mir nicht so sicher«, sagte Dayon. »Ich weiß noch, daß Männer aus Jelrich mit diesem Kahn fuhren, also Binnenländer. Wahrscheinlich konnten sie nicht schwimmen.« Er blickte auf die niedrige Kajüte im Heck. »Ich denke, wir sollten da mal einen Blick hineinwerfen.«

Die beiden Männer gingen auf die Kajüte zu. Von drinnen hörten sie Wasser im Rhythmus mit den Wellen an die Wände klatschen.

»Das gefällt mir nicht«, wiederholte Tenniel.

Dayon bedeutete ihm zu schweigen. »Hörst du das?«

»Natürlich«, sagte der Älteste von Borgen. »Hältst du mich für taub? Der Kahn geht unter.«

»Nicht das Wasser. Etwas anderes.«

Tenniel lauschte. Da war ein anderes Geräusch: ein Dreschen, anders als das Plätschern des Wassers, rhythmischer und heftiger – und irgendwie wild. »Und *das* gefällt mir auch nicht«, sagte er. »Ich denke, wir sollten gehen. Die Dame ist verlassen.«

»Erst wenn wir die Kajüte überprüft haben«, erwiderte Dayon. Er drückte die Klinke, aber die Tür rührte sich nicht.

Aus der Kajüte ertönte wieder das Dreschen, lauter diesmal – ein beunruhigendes Geräusch, wie das Schlagen auf nassem Fleisch.

Das Boot verlagerte sich. Tenniel war nervös. »Dayon, es geht wirklich unter! Komm, wir nehmen den alten Mann mit und sehen, daß wir ans Ufer kommen.«

»Hilf mir mit dieser Tür«, sagte Dayon. Tenniel seufzte und ergriff die Klinke – da hörten beide ein Stöhnen in der Kajüte. Das Dreschen nahm zu.

»Zieh!« rief Dayon. »Da ist ein Mann drin!«

Holz splitterte, die Tür sprang auf und enthüllte das Innere der Kajüte. Weder Dayon noch Tenniel waren auf diesen Anblick vorbereitet:

In einem Gestank feuchter Fäulnis trieben mindestens zwanzig Leichen in der überfluteten Kajüte. Tisch und Bänke waren umgekippt und zerborsten, mehrere Kojen waren aufgerissen. In der hinteren Wand befand sich ein zerfetztes, drei Fuß breites Loch, und in diesem Loch hing ein zehn Fuß langes aalähnliches Ungeheuer mit einem Kranz sich windender Fangarme hinter dem Kopf und einem breiten schnappenden Maul. Stachel auf seinem Rücken hatten sich in dem zerfetzten Rand des Loches verfangen, und so hing es dort in der Falle. Zwischen den Zähnen hielt es einen abgetrennten Arm gepackt. Blutstreifen durchzogen das Wasser.

Dayon und Tenniel starrten entsetzt in die Kajüte. Der Angriff mußte schon vor vielen Stunden erfolgt sein, dem geschwollenen Aussehen der Leichen nach. Die meisten waren nicht erreichbar für den Martar. Dieses amphibische Ungeheuer mußte inzwischen rasend vor Hunger sein.

Ein erneutes Stöhnen lenkte ihre Blicke auf eine Wandkoje in der Nähe des Loches. Ein Junge kauerte dort und starrte Dayon und Tenniel mit weit aufgerissenen Augen an. Außer ihm lagen noch einige Jungen bewußtlos in der Koje. Der Martar konnte mit seinen Fangarmen nicht ganz bis zur Koje reichen, um sie herauszuzerren, wohl aber verhindern, daß sie entkamen.

»Hilf dem Jungen!« schrie Dayon.

Tenniel rührte sich nicht. Der Martar schlug mit den Fangarmen um sich und schnappte mit dem Kiefer.

»Tenniel!« drängte Dayon.

Tenniel schüttelte langsam den Kopf. Ein Fangarm schlug in seiner Nähe auf, und er wich mit einem Aufschrei zurück.

Dayon betrachtete die Kajüte prüfend. Der Kampf des Ungeheuers hatte mehrere kleinere Löcher in das Heck geschlagen, durch die Wasser eindrang. Bald würde der Martar vom Wasser hochgehoben werden und dann in das Schiff eindringen können. Er und Tenniel mußten schnell handeln, um alle zu retten.

Er ergriff eine zerbrochene Planke, die im Wasser trieb, und schleuderte sie auf das Ungeheuer. Es griff mit seinen Fangarmen instinktiv danach und führte die Planke zu seinen nadelscharfen Zähnen. Dayon sprang in die Kajüte und streckte dem Jungen in der Koje die Hand entgegen. »Komm!« schrie er. Der Junge sprang und fiel dabei halb ins Wasser. Dayon packte seine Hand und schob ihn zu Tenniel. Tenniel trat vor, die Augen auf den Martar gerichtet, faßte den Jungen unter den Armen und schleppte ihn aus der Kajüte, während Dayon den nächsten aus der Koje zerrte.

Tenniel war noch nicht außerhalb der Reichweite der Fangarme, als sich einer von ihnen um sein Bein wickelte und die Saugnäpfe sich an sein Hosenbein hefteten. Mit einem angeekelten Schrei riß Tenniel sich los, und gleich darauf hatte er mit dem Jungen die Kajüte verlassen.

Dayon und Tenniel betteten die beiden Jungen neben den alten Mann auf das Deck. Sie waren nicht älter als vierzehn oder fünfzehn. Der Junge zu Dayons Füßen versuchte zu sprechen: »Mein Bruder ...«

Dayon nickte. »Wir holen ihn raus.«

Tenniel blickte zum nebelverhangenen Strand. »Es tut mir leid, Dayon«, flüsterte er. »Ich kann dem Biest nicht noch einmal gegenübertreten.«

»Tenniel!«

Tenniel wich seinen Augen aus. »Es ist einfach zu ... Ich hatte noch nie im Leben solche Angst! Es tut mir leid, aber ...«

»In Ordnung«, sagte Dayon leise. »Geh zu meinem Vater und warne ihn.«

»Warne ihn?«

»Wenn hier ein Martar ist, können da draußen zwanzig sein! Sag ihm, er soll dafür sorgen, daß keine Verwundeten im Wasser sind. Blut zieht die Martare an.«

»Noch mehr Martare? Glaubst du das?«

»Nein, aber wir wollen kein Risiko eingehen.« Dayon lief wieder zur Kajüte. »Beeil dich! Es geht um Menschenleben!«

Während Tenniel ins Wasser sprang, wappnete sich Dayon gegen den Anblick der Bestie und betrat die Kajüte wieder.

An der gegenüberliegenden Seite strömte das Wasser tosend durch das Loch im Heck. Das Wasser war zu schnell gestiegen. Der Martar war entkommen!

»Dayon!«

Dayon erschrak. Es war Tenniels Stimme. Er lief zurück aufs Deck, blickte über die Leeseite und sah Tenniel in etwa zwölf Fuß Entfernung im seichten Wasser stehen. Ein Schatten umkreiste ihn.

»Beweg dich nicht!« brüllte Dayon.

Der Kreis wurde enger. Das Blut aus der Kajüte auf Tenniels Kleidern hatte den Martar angezogen, und er war bereit zum Angriff.

»Dayon, hilf mir!«

Dayon rannte zurück zur Kajüte. Er würde später um Vergebung bitten für das, was zu tun er im Begriff war.

Er stürzte sich in die erstickende Atmosphäre der Kajüte und packte eine der Leichen. Die Berührung mit dem feuchtkalten Fleisch bereitete ihm Übelkeit, aber er zögerte nicht. Er schleppte die Leiche an Deck – ohne das Gesicht anzusehen – und ließ sie über Bord fallen. Das aufspritzende Wasser nahm ihm für einen Moment die Sicht.

Er hörte Tenniel aufschreien – dann herrschte Stille.

Dayon wischte sich die Augen und blickte voller Furcht aufs Wasser. Ein langer dunkler Schatten mit einer rotgefleckten Bürde im Maul bewegte sich auf die offene See zu.

Im seichten Wasser nahe dem Kahn stand Tenniel und sah der Spur aus Schaum und Blut schweigend nach.

»Sprich ein Gebet«, schrie Dayon, »und dann schnell zu meinem Vater. Jeder muß gewarnt werden!«

Viel später zog die fandoranische Armee Bilanz, und es stellte sich heraus, daß wie durch ein Wunder nur zwanzig von eintausend Mann ertrunken oder auf andere, nicht bekannte Weise ums Leben gekommen waren bei der chaotischen Überfahrt. Jetzt lagerten die Männer, zitternd vor Kälte und Nässe. Selbst Jondalrun war der Meinung, daß die Männer wenig erreichen würden, bevor sie sich ausgeruht hatten, ihre Kleidung getrocknet und ihr Hunger gestillt war. Also ließ er ein paar kleine Feuerstellen aufbauen und Proviant verteilen.

Der Strand stieg nach Osten langsam an und ging in niedrige, felsige Hügel über. Weiter konnten sie nicht blicken. Jondalrun und seine Helfer streiften durch die Gruppen der Männer, halfen den einen und beschwichtigten die anderen.

In den Morgenstunden sah Lagow Jondalrun auf einem großen Stück Treibholz sitzen; der alte Bauer hielt den Rücken gerade und umklammerte mit einer Hand seinen Stock. Er hatte einen Streifen Seetang in seinem wirren weißen Bart und kam Lagow vor wie ein komischer alter Mann aus dem Meer.

Lagow setzte sich neben ihn und staunte über die Zähigkeit des Alten. Lagow hatte selbst zwei Nächte nicht geschlafen und war zum Umfallen müde. Jondalrun war zwanzig Jahre älter, schien aber von eiserner Gesundheit.

»Wir müssen uns bald in Bewegung setzen, Jondalrun.«

Jondalrun zuckte leicht zusammen und blickte Lagow erstaunt an. Lagow, ebenfalls erstaunt, begriff, daß Jondalrun mit offenen Augen geschlafen hatte.

»Ja«, sagte Jondalrun. Er stand langsam auf und stützte sich auf seinen Stock.

Auf Jondalruns Befehl stellten die Männer sich einigermaßen in Reih und Glied auf. Wer seine Waffen noch hatte, trug sie bei sich, andere bewaffneten sich mit Stöcken oder stopften ihre Taschen mit Felssteinen voll. Viele gingen mit leeren Händen. Langsam, murrend vor Hunger und Sorge, marschierten die zerlumpten Verteidiger Fandoras auf die Hügel zu.

Tenniel führte das Kontingent aus Borgen an. Er war müde. Der Zusammenstoß mit dem Martar war ihm noch frisch im Gedächtnis, aber er versuchte, sich einzureden, daß seine Begeisterung für die Invasion ungedämpft sei. Dennoch kam er immer wieder zur gleichen Schlußfolgerung: Dies mußte die armseligste Entschuldigung für einen Krieg sein, von der er je gehört hatte. Er hatte viel nachgedacht über das Schicksal Amsels, für das er mitverantwortlich war – vielleicht war diese Invasion die gerechte Strafe?

»Ich verstehe immer noch nicht«, sagte General Vora. »Selbst wenn ein Teil unserer Truppen im Südland ist, sind unsere Windschiffe mehr als genug, um uns gegen die Fandoraner zu verteidigen. Wie können sie nur erwarten zu gewinnen?«

Die königliche Familie hatte sich zu einer großen Lagebesprechung im rückwärtigen Teil des Palastes versammelt. Obwohl es kalt war, hatte Falkenwind angeordnet, die Atlasvorhänge des Saales zurückziehen zu lassen, und von ihren Plätzen hatte die Familie einen großartigen Ausblick auf den Wald, der den Palast umgab.

Es lag ein Gefühl der Dringlichkeit wie auch der Verstimmung über der Versammlung. Falkenwind saß am Fuß eines großen Holztisches, zu seiner Linken Ephrion, zu seiner Rechten Ceria. Um den Tisch herum saßen Lady Eselle, Lady Tenor, Thalen und sechs simbalesische Minister. Falkenwind gegenüber stand ein hochgewachsener weißhaariger Mann – General Emeritus Jibron.

»Wo ist meine Tochter? Ich verlange zu erfahren, was mit ihr geschehen ist!« Jibron blickte Falkenwind anklagend an.

Falkenwind erhob sich ruhig. Ephrion beobachtete ihn nervös. Der junge Monarch konnte es sich nicht leisten, die Unterstützung des früheren Generals von Simbala zu verlieren.

»Ich bedaure, daß ich keine Nachricht über Eviraes Verbleib habe«, sagte Falkenwind. »Sie und ihr Gemahl werden seit heute morgen vermißt.«

Jibron erwiderte rasch: »Das ist unmöglich! Es muß einen Grund für Eviraes Abwesenheit bei der Senatsversammlung geben!«

Falkenwind nickte. »Es gibt ein Gerücht, das besagt, Evirae verstecke einen fandoranischen Spion.«

»Einen *Spion?*« sagte Jibron. »Beschuldigt Ihr meine Tochter, im Bunde mit den Fandoranern zu sein?«

Ephrion konnte diesen Wortwechsel nicht ertragen. Jibron spielte mit politischem Kleinkram, während es um die Zukunft des Landes ging! »Nein!« sagte er von seinem Platz aus. »Falkenwind meint nur, daß Evirae vielleicht einen fandoranischen Spion gefangengenommen hat.«

»Und das beunruhigt Euch?« fragte Jibron. »Ist es nicht ein Verhalten, das Anerkennung verdient?«

»Das ist gut möglich«, sagte Falkenwind, »wenn man davon absieht, daß ich von der Anwesenheit des Spions nicht unterrichtet wurde. Thalen hat mir eben erst von dem Gerücht berichtet.«

»Stimmt das?« fragte Lady Eselle. Sie blickte Kiortes Bruder an. Thalen nickte. »Ein junger Kapitän hat mir von einem Fischer aus Fandora berichtet, der festgenommen wurde, während Kiorte sich auf einer Erkundungsreise befand. Nach den Angaben dieses Kapitäns wurde dieser Fischer auf Eviraes Ersuchen zu ihren Adjutanten gebracht. Manche behaupten, dieser Mann sei gar kein Fischer, sondern ein fandoranischer Spion. Mehr wissen wir nicht, denn der Fandoraner ist verschwunden.«

Ein weiblicher Minister erhob sich. »Der königliche Kreis scheint in Gefahr zu sein«, sagte sie ruhig. »Wie wir wissen, sind auch Baron Tolchin und Baronesse Alora verschwunden. Könnte es sein, daß dieser Mann aus Fandora geschickt worden ist, um die königliche Familie zu stürzen?«

»Wie könnte das sein?« fragte Falkenwind. »Die Fandoraner wissen wenig über unser Land und noch weniger über die Familie. Der Wald verbirgt die Geheimnisse Simbalas, und der Wald ist immer geschützt worden. Die Familie ist in Sicherheit! Ich habe die nach Hause zurückkehrenden Mitglieder des Senats aufgefordert, ihre Familien vor der Invasion zu warnen. Die Armee versammelt sich an verschiedenen Punkten im ganzen Wald.«

General Vora stimmte zu. »Unsere Männer sind auf den ganzen Wald verteilt und um den Palast herum aufgestellt. Es besteht kein Anlaß zur Sorge.«

General Emeritus Jibron runzelte die Stirn. »Es ist nicht Eure Tochter, die verschwunden ist, Vora. Ihr und Falkenwind hattet es bei der Versammlung des Senats sehr eilig, die Möglichkeit einer Invasion von Euch zu weisen.«

Vora schlug auf den Tisch. »Das ist nicht fair, Jibron! Wäret Ihr in meiner Position gewesen, Ihr hättet auch gegen den Krieg gestimmt! Es ist bekannt, daß die Fandoraner gar nicht ausgerüstet sind für einen Angriff. Es sind Bauern. Es gibt keinen Grund, es gab keinen Grund, eine Invasion zu erwarten.«

»Nur Dummköpfe sind unvorsichtig, Vora. Eine Kriegsdrohung hätte nie ignoriert werden dürfen. Meine Tochter hat Falkenwind gewarnt, Stunden bevor die Fandoraner entdeckt wurden.«

»Dann wußte sie offensichtlich etwas, was wir nicht wußten«, sagte Falkenwind. »Habt Ihr Euch überlegt, warum nicht?«

Jibrons Gesicht lief rot an. »Verspotte mich nicht, Bergmann! Ich habe dir eine Chance gegeben, dich des Vertrauens Ephrions würdig zu zeigen. Ich dulde es nicht, daß du meine Tochter verräterischer Handlungen beschuldigst!«

»Ich beschuldige sie nicht«, sagte Falkenwind. »Ich suche nur eine Erklärung für diese Invasion.«

»Dann suche in deinem eigenen Kreis danach! Die Rayanerin hat gewisse Fähigkeiten, nicht wahr? Frage sie doch nach dem Fandoraner! Befehle deinen Vertrauten, den Spion zu suchen. Vielleicht finden sie dann auch meine Tochter!«

Ceria wartete zornig auf Falkenwinds Entgegnung. Er ignorierte Jibrons Vorwürfe und setzte sich wieder auf seinen Platz, um eine Diskussion über die Verteidigung des Waldes zu beginnen. Ceria unterdrückte ihre Empfindungen. Wieder einmal hatte die Familie sie als Instrument benutzt, um Falkenwind anzugreifen. Sie wußte, was er fühlte, und bewunderte seine Selbstbeherrschung.

»Eine kleine Flotte von Windschiffen wird Weisung erhalten, nahe an das Tal von Kameran heranzufliegen«, sagte Falkenwind. »Sie werden die Lage auskundschaften und dann versuchen, die Eindringlinge zu erschrecken. Diese Männer sind keine Soldaten. Wir können sie bestimmt ohne Gefahr für unsere Leute besiegen.«

»Ohne Gefahr?« fragte Lady Tenor skeptisch. »Ist es nicht gefährlich, ein paar Windschiffe gegen die ganze fandoranische Armee einzusetzen?«

»Ja«, sagte der junge Finanzminister. »Genauso gefährlich, wie es war, die Hälfte unserer Truppen ins Südland zu schicken!«

Falkenwind verlor allmählich die Geduld. Sie machten ihn verantwortlich für Aktionen, die nicht einmal seine Idee gewesen waren! Er betonte noch einmal: »Die Fandoraner sind keine Soldaten. Es besteht kein Grund . . .«

Bevor Falkenwind seinen Satz beenden konnte, war ein ferner Schrei zu hören. Weitere Schreie folgten und die Geräusche von Panik und Verwirrung. Dann erklang ein völlig fremdartiger hoher Ton. Die Mitglieder der Familie sahen einander erschrocken an.

»Sind das die Fandoraner?« flüsterte Lady Tenor.

Wieder ertönte der Schrei, lauter diesmal. Der Falke erhob sich von seinem Sitz und verschwand durch den Bogengang. Falkenwind lief an die Vorderseite des Saales, dicht hinter ihm Ceria und Vora, gefolgt von den andern.

In der Ferne sahen sie eine kleine dunkle Wolke, die sich schnell voranbewegte, zu schnell für eine Wolke, und auf den Mittelpunkt des Oberwaldes zuflog.

Im Hof brachten kleinere Tiere sich in Sicherheit, und die Wachen sprangen in Deckung, während ihre Pferde davongaloppierten.

Ceria hatte eine seltsame Empfindung, wie aus dem Wind geboren. Sie spürte Schmerz, eine verborgene Wärme und dann plötzlich Kälte.

Sie blickte wieder nach oben. Die Wolke war keine Wolke mehr. Zwei riesige Flügel fegten über das Dach des Palastes. Ein gehörnter Kopf öffnete sein Maul und gab einen Schrei von sich wie tausend böse Träume. Ceria schrie auf. Ein Wesen, das zehnmal so groß wie ein Mann war, warf seinen Schatten über den Saal.

Eine Legende war zu Leben erwacht.

Den Mitgliedern der Familie, die wie gebannt am Rand des Bogenganges standen, schien das Wesen sehr langsam zu fliegen. Alle hatten genug Zeit, die riesigen Flügel zu betrachten, den langen Schwanz und den Kopf, der größer als ein Windschiff war und voll schimmernder Zähne. Der Drache hob den Kopf und schrie von neuem.

»Es ist ein Alptraum!« sagte Jibron.

»Es ist Wirklichkeit«, sagte Falkenwind. »Thalen! Schick einen Boten zu den Brüdern des Windes. Alle Schiffe sollen herunterkommen!«

Thalen verließ eilig den Saal.

Ephrion musterte das Wesen, betrachtete prüfend den langen Hals, die beiden kräftigen Beine. Es mußte ein Drache sein – und doch war es anders. Es hatte kein Feuer gespien, es sah nicht intelligent aus, auch nicht sanftmütig, wie die Legende es von den Drachen berichtete.

»Seht!« rief General Vora und zeigte nach unten. Ein Wächter kam in den Hof gelaufen, in der rechten Hand einen Speer.

»Verschwinde!« rief er dem Drachen zu, als spreche er zu einem Pferd. »Flieg wieder dahin, wo du hingehörst!«

»Ich kann da nicht hinsehen«, sagte Lady Eselle und wandte sich ab.

»Verschwinde!« wiederholte der junge Mann.

Der Drache starrte ihn an und schwebte dann langsam in den Hof hinunter.

»Du wirst den Palast nicht bedrohen!« schrie der Wächter und wich nicht von der Stelle. Er schleuderte seinen Speer auf den Bauch des Ungeheuers. Doch die Waffe prallte kraftlos von dem Schuppenpanzer ab. Der Drache schien beinahe zu lächeln. Mit einer für ein so riesiges Wesen unglaublich schnellen Bewegung fegte er mit einer seiner gewaltigen Klauen den törichten Wächter weg wie ein lästiges Insekt. Der Wächter flog durch die Luft, überschlug sich und kam taumelnd wieder auf die Beine. Einer seiner Arme baumelte sinnlos hin und her. Während mehrere andere Wachen herbeieilten, um ihm zu helfen, stieg der Drache wieder auf. Der Windzug von seinen großen Flügeln zerstörte mehrere kleine Bäume und einen Garten, als er am Palast vorbei höher flog und die winzigen Wesen dort mit einem Triumphschrei verhöhnte.

Falkenwind und die Familie sahen das Wesen über den Bäumen in nordwestliche Richtung davonfliegen.

»Was war das?« fragte Lady Eselle. »Was will es nur in Simbala?«

»Gibt es da noch Zweifel?« sagte der General schroff. »Dies war offensichtlich der Grund für den Angriff der Fandoraner. Irgendwie beherrschen sie den Drachen.«

Baron Tolchin legte die Finger prüfend auf Eviraes Puls. »Sie lebt«, sagte er erleichtert. Prinz und Prinzessin lagen im Schlamm begraben. Mesor meinte: »Sie ist offenbar wegen Mangel an Luft in Ohnmacht gefallen, ebenso wie Kiorte und der Wächter.«

Tolchin ging vor dem Geröll- und Schlammberg rasch auf und ab. Er, Alora und der Kämmerer hatten den Ort des Einsturzes durch eine kleine Öffnung im Tunnel erreicht. »So wie es aussieht«, sagte er, »hat dieser Spalt sich geöffnet, als der Schlamm zur Ruhe gekommen war, aber nicht früh genug, um sie vor Bewußtlosigkeit zu bewahren. Wir hatten Glück, daß wir sie fanden. Mesor, hol Helfer herbei, die sie hinaustragen! Alora und ich suchen einen Arzt, der . . .« Tolchin blickte plötzlich hinauf zur Decke des Tunnels. »Horcht! Hört ihr das?«

Der Kämmerer und die Baronesse lauschten. Sehr, sehr leise, durch mehrere Fuß Erde gefiltert, hörten sie einen Schrei. Einen Augenblick später ging eine Erschütterung durch die Höhle, als wäre gerade etwas Schweres auf den Boden gestürzt. Erde rieselte in einem Rinnsal von der Decke herunter.

»Der Angriff hat bereits begonnen«, sagte Tolchin erbittert.

»Das ist unmöglich«, protestierte die Baronesse. »Die Fandoraner sind gerade gelandet!«

»Vielleicht sind vor den Schiffen, von denen die Windsegler berichtet haben, schon andere gelandet!«

»Das ist egal. Keine Bauernbande könnte in den Oberwald eindringen!« Alora wischte Kiortes Gesicht ab.

»Es ist Falkenwinds Schuld«, sagte Tolchin. »Evirae hatte recht.«

Amsel stolperte durch die dunklen Tunnel, gefangen in einem Irrgarten. Er war zum Umfallen erschöpft, aber jedesmal, wenn er zu rasten versuchte, hörte er die schnellen Tritte des Wesens, das ihn verfolgte.

Es war immer das gleiche: Sobald er stehenblieb und das Echo seiner Schritte verhallte, hörte er das Tick-tick-tick der Krallen auf dem Felsen. Dann blieb das Wesen ebenfalls stehen und wartete, bis er wieder weiterlief. Es beobachtete ihn, wartete darauf, daß er zu schwach war, sich gegen seinen Angriff zu wehren.

Er konnte ihm nicht entkommen; um das Wesen loszuwerden, mußte er es überlisten. Er hastete weiter, fest entschlossen, möglichst viel Abstand zu halten. Nun neigte sich auch noch der Tunnel nach unten – er entfernte sich wieder von der Oberfläche. Amsel dachte verzweifelt: Wenn ich nur sehen könnte! Die schreckliche, alles verdeckende Dunkelheit, und dann dieses Phantom!

Ihm kam eine Idee. Fieberhaft durchsuchte er seine Taschen und fand schließlich seine Brille. Die Linsen hatte er selbst geschliffen, aber den Stahl für das Gestell hatte er von einem Kaufmann aus dem Südland erworben. Die Tunnel waren voller Kristall- und Quarzablagerungen. Amsel kniete nieder und tastete den Boden des Tunnels ab – da war schon wieder das Kratzen von Krallen auf den Felsen! Amsel suchte schneller und schlug einen Stein auf dem anderen gegen das Gestell seiner Brille.

Das Wesen kam immer näher. Er hörte es atmen! Dann war plötzlich alles wieder still. Amsel geriet in Panik, hob einen Stein auf und warf ihn in die Richtung des Wesens. Er hörte, wie er auf Fleisch traf. Ein Knurren ertönte, dann kam ein Geräusch, als mache das Wesen einen Sprung.

Amsel sprang zur Seite. Sein Fuß glitt aus auf einem lockeren Felsbrokken; er fiel und streckte die Hände aus, um das Gleichgewicht nicht zu verlieren. Mit der Hand, die die Brille hielt, schlitterte er über einen langen flachen Felsen. Ein Regen von Funken blendete ihn. *Feuerstein!*

In dem Augenblick, als er sehen konnte, erblickte Amsel ein großes, scheußlich weißes Wesen, wie ein Wolf, aber völlig haarlos und mit zwei großen, rotumrandeten Augen. Das Tier heulte auf vor Entsetzen über die hellen Funken, drehte sich um und entfloh. Amsel hörte, daß es sich nach links wandte; dann war es verschwunden. Er blieb eine Minute lang liegen und atmete tief auf vor Erleichterung. Dieses merkwürdige Tier war offensichtlich lichtscheu.

Als er sich genügend erholt fühlte, machte Amsel sich wieder auf den Weg. Kurze Zeit später fand seine suchende Hand eine Ecke. Ein anderer Tunnel kreuzte seinen Weg. Das Wesen war zur linken Seite gelaufen. »Darum«, überlegte Amsel laut, »gehe ich nach rechts. Kein Tier, das vor ein paar Funken davonläuft, flieht zum Tageslicht.«

Er hastete den neuen Tunnel entlang und stellte bald fest, daß er nach oben ging. »Endlich!« flüsterte er, »gratuliere, Amsel. Vielleicht findest du doch noch eine Erklärung für Johans Ermordung.«

Ceria stand allein in der Bibliothek des Palastes. Sie hielt die Arme eng um den Oberkörper geschlungen, denn es war kalt. Das Zimmer hatte keine Fenster. An den hohen gekrümmten Wänden standen Regale über Regale mit Büchern und Dokumenten über die Geschichte Simbalas. Ceria hatte nur wenig herkömmliche Erziehung gehabt, und die handfeste Anwesenheit von soviel Wissen machte ihr immer einen tiefen Eindruck.

Obwohl sie gern die Lösung der geheimnisvollen Vorgänge gefunden hätte, deren Zeuge sie geworden war, sehnte sie sich nach der Vertrautheit ihrer Heimat, nach der Freiheit der Ebene. Die Möglichkeit eines Krieges bekümmerte sie zutiefst, und sie wünschte, die Familie würde auf die Stimmen der Vernunft hören, auf Falkenwind und Ephrion und alle anderen, die nicht von Ehrgeiz oder Stolz getrieben wurden in ihrer Einstellung zu den Fandoranern.

Falkenwind hatte zusammen mit General Vora den Palast verlassen, um zusätzliche Vorbereitungen für die Verteidigung des Waldes zu treffen. Nach dem Auftauchen des Drachen waren er und Vora übereingekommen, daß es am besten sei, weiterhin so viele Windschiffe wie möglich aus der Luft herunterzuholen. Thalen war nach Nordwelden geschickt worden, um Verstärkung für die Armee zu rekrutieren. Mit Ausnahme seiner Schiffe und derer, die sich bald mit den Fandoranern in den Hügeln auseinanderzusetzen hatten, sollten alle anderen Windschiffe auf dem Boden bleiben. Die Armee war jetzt für die Verteidigung des Waldes verantwortlich. Doch der Drache hatte sogar die Bodentruppen eingeschüchtert.

Das Auftauchen des Drachen beunruhigte auch Ceria. Dieses Tier war weder so freundlich noch so edel wie die Geschöpfe aus den Legenden. Es war nur leider sehr wirklich.

Die Familie betrachtete den Drachen als ein Werkzeug der Fandoraner. Ceria dachte anders. Wie konnten Bauern ein Geschöpf beherrschen, das größer als ein Windschiff war? Hier geschah mehr, als sie verstand. Ceria erinnerte sich an das seltsame Gefühl kurz vor dem Auftauchen des Drachen; eine verzweifelte Traurigkeit, die über alles Tragische, was sie je erlebt hatte, weit hinausging. Es war furchterregend gewesen. In der Stille der Bibliothek spürte sie wieder die Kälte, hörte den Schrei, fühlte ein fernes Entsetzen, das sie wie ein Nebel zu umhüllen schien. Sie lief zur Tür, aber als sie sie öffnete, sah sie nicht den Flur des Palastes, sondern vereiste Klippen und einen bleiernen Himmel. Sie konnte die zerklüfteten Felsen und den eisigen Griff des Windes fühlen. Sie begann zu schreien.

Minuten später ertönten Schritte im Flur. Zwei Adjutanten kamen gelaufen und fanden die junge Frau auf dem Boden der Bibliothek. »Sag Monarch Ephrion Bescheid!« rief der erste Adjutant. »Beeil dich! Es ist Lady Ceria!«

Mehrere Adjutanten trugen Kiorte und den Wächter aus der Höhle heraus. Evirae lag auf einer mit Tanselgewebe bespannten Bahre. Tolchin, Alora und der Arzt gingen hinterher. Sie kamen in der Nähe des Palastes an die Oberfläche und fanden sich von Chaos umgeben. Überall liefen Menschen herum, einige waren bewaffnet, und alle sahen entsetzt oder empört aus. Evirae winkte den Baron mit einer schwachen Handbewegung zu sich. Ihr Gesicht war bleich, so daß die Schlammstreifen auf ihren Wangen sich dunkel absetzten.

»Tolchin . . .« flüsterte sie.

»Ich bin bei dir«, sagte der Baron.

»Der Fandoraner . . . ist entkommen . . . alles Falkenwinds Schuld . . . Der Fandoraner kann . . . Schaden . . . anrichten . . . haltet ihn auf . . . haltet Falkenwind . . . auf . . .«

Ihre Hand fiel kraftlos herunter, und ihre Augen schlossen sich wieder. Der Arzt fühlte ihren Puls und nickte erleichtert. »Sie braucht Ruhe«, sagte er.

Tolchin blickte hinüber zu den aufgeregten Menschen. Evirae öffnete ein Auge einen Spalt weit, um ihn zu beobachten, dann schloß sie es rasch wieder.

Tolchin packte den Arm eines jungen Mannes, der mit einem schweren Messingleuchter in der Hand an ihnen vorbeilief. »Was ist geschehen?« fragte der Baron. »Sind die Fandoraner schon in Oberwald?«

»Nein, aber ihre Dämonen sind hier!«

»Dämonen?« fragte Alora ungläubig.

»Ja! Die Stadt wurde von einem Drachen angegriffen! Die Fandoraner stehen im Bündnis mit Zauberei und Fabelwesen! Die Stadt muß verteidigt werden!« Er entwand sich Tolchins Griff und verschwand durch eine Hecke.

Tolchin ergriff ärgerlich den Arm seiner Gemahlin und sagte: »Ich gehe mit der übrigen Familie sprechen. Falkenwind darf die Führung des Krieges nicht übernehmen! Hätte er auf Evirae gehört, gäbe es jetzt nicht diese Panik!«

»Ich bleibe hier«, erwiderte Alora. »Evirae und Kiorte müssen zum Palast gebracht werden. Ich möchte mich selbst darum kümmern.«

Tolchin rieb sich das Kinn, nickte und hastete davon.

23

Auf den Ebenen Simbalas, weit ausgedehnten flachen Wiesen mit verstreuten Baumgruppen, hatte die fandoranische Armee sich gesammelt. Ohne auf die Kälte zu achten, beobachtete Jondalrun unablässig den fernen Wald. Dayon, Lagow, Tenniel und Tamark standen neben ihm. Die Armee war vom Strand aus über die Hügel marschiert, ohne daß auch nur ein Zaun ihren Vormarsch behindert hätte.

»Sie liegen auf der Lauer«, sagte Jondalrun, dessen Stimme heiser geworden war von den vielen Befehlen und anfeuernden Worten. »Dort.« Die Mittagssonne war von Wolken verdeckt. In diesem Licht sahen die Bäume unheilverkündend aus.

»Ich sehe keine Soldaten«, sagte Lagow. »Auch keine Windschiffe. Hier sieht es nicht aus wie in einem Land, das sich auf einen Krieg eingerichtet hat. Ich . . .«

»Spar dir deine Worte, Lagow«, sagte Jondalrun. »Ich kenne deine Meinung inzwischen. Und ich behaupte immer noch, daß die Sim auf uns warten und hoffen, daß wir in den Wald eindringen. Dann werden ihre Jäger, Bogenschützen und Zauberer über uns herfallen. Nein, wir warten lieber auf dieser Ebene auf sie, unter diesen Baumgruppen. Hier sind wir auf sie vorbereitet und gleichzeitig vor ihren Windschiffen geschützt.«

Zu Jondalruns Überraschung stimmte Lagow zu. Vielleicht, dachte er, passiert gar nichts. Die Nacht wird kalt sein, und dann drängen die Männer darauf, umzukehren. Noch ist es nicht zu spät, dieses törichte Unterfangen zu beenden.

Tenniel aber sagte ungewöhnlich ernst: »Ich bin all dieser Verzögerungen überdrüssig. Meine Männer werden müde. Ohne Verpflegung werden sie bald zu geschwächt zum Kämpfen sein.«

»Die Männer aus Borgen sind wohlgenährt«, sagte Tamark ungeduldig. »Mach dir keine Sorgen um ihre Ausdauer!«

»Wir werden abwarten, Tenniel«, sagte Jondalrun leise. »Morgen können wir weiter diskutieren.«

Der Tunnel führte weiter nach oben. Manchmal ging es so steil bergauf, daß Amsel seine Hände zur Hilfe nehmen und klettern mußte. »Es kann jetzt nicht mehr lange dauern«, sprach er sich immer wieder Mut zu. Während er verbissen weiterkrabbelte, kam es ihm so vor, als höre er Johans Stimme, die ihm gut zuredete. »Ich werde die Wahrheit herausfinden!« schrie er, und das Echo seiner Worte kehrte im stillen Tunnel zu ihm zurück. »Ich werde sie herausfinden!« Jetzt wurde es etwas heller, und er konnte vor sich einen großen Felsblock erkennen. Er zog sich hoch und ließ seine kurzen Beine an der anderen Seite hinuntergleiten, aber der Tunnelboden schien plötzlich nicht mehr da zu sein. Amsel hing unsicher am Rand eines Abgrunds und stürzte dann mit einem erschrokkenen Schrei in die dunkle, unbekannte Tiefe.

»Ihr werdet in Eurer Dummheit ihrer ganzen Armee den Einmarsch in den Wald ermöglichen!«

»Es ist keine Armee! Es ist ein Haufen von Hanswursten! Jibron, Ihr seid nicht mehr General! Mischt Euch nicht in meine Angelegenheiten!«

»Ich mische mich nicht ein, Vora, und dies sind nicht nur Eure Angelegenheiten! Als Mitglied der königlichen Familie bin ich sehr wohl betroffen!«

Falkenwind, Vora und Jibron befanden sich in einem hohen Raum des Palastes, nicht weit von der Windschiffstation im östlichen Flügel. Durch ein großes Fenster in der sich neigenden Wand des Raumes strömte goldgelbes Licht. Es gab jetzt nicht mehr viel Zeit für theoretische Überlegungen; die Haupttruppen Simbalas, Bergarbeiter und andere junge Männer und Frauen aus Oberwald, würden vor dem Wald auf die Truppen aus Nordwelden und auf die Vorhut treffen. Mit der Rekrutierung von Männern und Frauen aus den Waldgebieten des Nordens hoffte Falkenwind, das Fehlen der noch im Südland befindlichen Truppen auszugleichen. Falkenwind bedauerte, daß er Tolchin gegenüber nicht stärkere Einwände geltend gemacht hatte; die Armee war nicht zum Schutz von Karawanen bestimmt. Ein kleines Kontingent von Begleitern hätte genügt.

Seine eigene Unerfahrenheit machte Falkenwind zornig: Evirae und Kiorte waren immer noch nicht da, aber seine Vertrauensleute hatten auch keinen Beweis für die Anwesenheit eines fandoranischen Spions gefunden. Es breiteten sich Gerüchte aus, daß er mit ihrem Verschwinden zu tun habe. Es war Wahnsinn! Zuerst der Krieg, dann der Spion, dann der Drache! An keinem dieser Probleme hatte er schuld, aber für alle wurde er verantwortlich gemacht. Es war, wie Ephrion prophezeit hatte: Wenn in Simbala ein Mann hustet, ist der Monarch schuld an der Erkältung.

»Falkenwind! Was haltet Ihr von der Angelegenheit?«

Es war Vora. Falkenwind blinzelte mit den Augen. Er hatte nicht zugehört.

»Welche Angelegenheit, General?«

Jibron runzelte die Stirn. »Träumt jetzt nicht von der Rayanerin! Wir stehen vor einer Schlacht!«

Falkenwind trat an die dem Fenster gegenüberliegende Wand. In die Wand war eine große Karte von Simbala eingeritzt. Im Mittelpunkt der Oberwald, ein riesiges, fast kreisrundes Gebiet; westlich davon die Gehölze, vereinzelte Bäume und Sträucher, die den größeren Bäumen der Stadt vorgelagert waren; dann das Kamerantal, eine schmale, grasbewachsene Ebene, die jetzt durch die Regenfälle des Frühjahrs feucht und neblig war. Noch weiter westlich grenzten die welligen Kameranhügel an die Küste Simbalas.

Bunte Fäden zeigten den Weg der Fandoraner an, wie er von den simbalesischen Wachposten gemeldet worden war. Falkenwind betrachtete die Fäden erneut und nahm die ungleichmäßige, im ganzen aber genaue Route der Fandoraner durch die Hügel in Richtung Oberwald zur Kenntnis. Sie hatten vor Betreten des Tales eine Pause eingelegt. Wenn sie weiter vordrangen, würden sie am Abend in Oberwald sein.

»Es besteht keine Veranlassung, unsere Pläne zu ändern«, sagte Falkenwind.

»Gut«, entgegnete Vora.

Jibron schüttelte den Kopf. »Die Windschiffe werden die Fandoraner nicht in Schrecken versetzen. Sie sind von zu weit her gekommen, um sich von ein paar farbigen Segeln zurücktreiben zu lassen.«

»Es ist eine Eröffnungstaktik«, sagte Vora. »Wir haben nichts zu verlieren, wenn wir es mit dem sichersten Plan zuerst versuchen. Die Fandoraner bedeuten wohl kaum eine Gefahr.«

»Wir kennen den Grund ihrer Invasion nicht«, erwiderte Jibron. »Jedes Land, das einen Drachen auf seiner Seite hat, muß ...«

Falkenwind unterbrach ihn. »Ihr habt recht, General Jibron. Die Fandoraner haben uns überrascht, aber wir werden nicht noch einmal den gleichen Fehler machen. Wir werden vorsichtig sein. Wenn Thalens Windschiffvorhut die Fandoraner nicht zurück an die Küste treibt, werden unsere Truppen den Oberwald vor Menschen und Drachen beschützen.«

Während Falkenwind noch sprach, ertönten von der gewundenen Treppe vor dem Raum Schritte. »Monarch Falkenwind!« rief ein Adjutant mit nervöser Stimme. »Baron Tolchin! Er besteht darauf, Euch zu sprechen!«

Falkenwind nickte. »Schick den Baron herauf.«

»Gut!« sagte Jibron. »Noch ein Mann mit Erfahrung.«

Falkenwind verschränkte die Arme vor der Brust und wartete. Er hatte sich schon über die Abwesenheit des Barons gewundert. Der Baron kam herein und wandte sich sofort an Falkenwind: »Ich war bei Evirae.«

»Bei der Prinzessin? Ihr habt sie also gefunden?«

»Meine Tochter«, sagte Jibron besorgt. »Wo ist sie?«

»Evirae wird zusammen mit dem Prinzen zu ihren Räumen gebracht. Es hat einen Unfall gegeben, aber sie ist in Sicherheit. Es geht um Simbala, das nicht in Sicherheit ist!« Tolchin blickte Falkenwind durchdringend an. »Ihr wußtet es, nicht wahr?«

Falkenwind blickte Tolchin verständnislos an. »Ich weiß nichts von einem Unfall Eviraes!«

»Nicht der Unfall, Bergmann. Die Invasion! Du wußtest von der Invasion, bevor sie begann!«

Falkenwind wandte sich vom Baron ab, völlig aus der Fassung gebracht. Er verstand die Beschuldigung Tolchins nicht. Er ging mit raschen Schritten zum Fenster an der anderen Seite des Zimmers und preßte die Handflächen gegen den hölzernen Rahmen des runden Fensters, durch das er Soldaten über den Hof des Palastes laufen sah. Er bemühte sich, seinen Zorn zu unterdrücken. Er hatte bei seinen eigenen Auseinandersetzungen mit ihr festgestellt, wie überzeugend Evirae wirken konnte, aber er hatte noch nie erlebt, daß der Baron davon beeinflußt wurde. Wie konnte er nur die Partei der Prinzessin ergreifen?

Trotz Ephrions Ermahnungen, eine Konfrontation mit der Familie um jeden Preis zu vermeiden, schien es Falkenwind an der Zeit, zu handeln. Jibron hielt ihn für einen Dummkopf, und jetzt glaubte Tolchin, daß er ein Verräter sei – wie konnte er ruhig dabeistehen, wenn sie ihn herausforderten? Er war nicht bereit, seine Selbstachtung aufzugeben.

Er blickte Tolchin schweigend an, während Zorn sein Gesicht verdunkelte. Er hob die Hand, zerrte sich das Diadem mit dem Rubin vom Kopf und warf es dem Baron zu. Tolchin zuckte zurück und fing es in letzter Sekunde auf. Falkenwind ging auf ihn zu.

»Ich habe nicht darum gebeten, Monarch zu werden«, sagte er, »und ich brauche kein Erbstück der Familie, um zu beweisen, wer ich bin.« Er blickte den Baron eindringlich an. »Ich bin der Sohn eines Bergmanns. Monarch Ephrion hat mir dieses Amt anvertraut, und ich werde hierbleiben, bis er nicht mehr wünscht, daß ich über das Schicksal Simbalas wache!« Er wandte sich um und ging auf die Tür zu. »Ich hatte gehofft, einen so weisen Mann wie Euch an meiner Seite zu wissen, Tolchin, doch wenn Ihr es vorzieht, den oberflächlichen Ehrgeiz einer Prinzessin zu unterstützen, der ihr Land völlig gleichgültig ist, so werde ich mich Euch widersetzen.«

Er drehte sich rasch um und verließ den Raum.

»Falkenwind ist ein Dummkopf«, sagte Jibron. »Er versucht, der Familie die Stirn zu bieten! Er beleidigt meine Tochter! Weiß er nicht, wie mächtig wir sind?«

Tolchin ging beunruhigt auf und ab. »Das hatte ich nicht erwartet«, sagte er. »Falkenwind hat mich unter Druck gesetzt.«

Vora beobachtete ihn: »Ihr beide habt *ihn* schon viel zu oft unter Druck gesetzt! Falkenwind ist stolz. Er wird sich nicht mehr Euren kleinlichen Vorwürfen aussetzen.«

»Kleinlichen Vorwürfen? Hütet Eure Zunge, Vora!« General Emeritus Jibron wandte sich zur Tür. »Unsere Truppen werden nicht von einem Dummkopf in den Kampf geführt werden! Wenn Falkenwind nicht auf die Familie hört, wird er nicht länger Monarch sein!« Er winkte dem Baron zu. »Komm, Tolchin. Ich muß mit meiner Tochter sprechen.« Die beiden Männer verließen gemeinsam den Raum.

»Nehmt Euch in acht!« rief Vora, als sie die Treppe hinuntergingen. »Wer Falkenwind herausfordert, fordert auch mich heraus!«

Über Simbala schwebte eine Flotte von dreißig Windschiffen von Nordwelden zurück, mit Freiwilligen für die Armee. Weitere Männer aus Nordwelden ritten in den Wäldern unter ihnen auf schnellen Pferden nach Süden, aber die Windschiffe ließen sie bald hinter sich. Sie trugen zehn Mann pro Schiff, und die Ballonsegel waren bis zum Platzen gefüllt, um die schwere Ladung zu tragen. Die grünen und braunen Gewänder der Nordweldener standen in schroffem Gegensatz zu dem Schwarz und Silber der Windsegleruniformen.

In einem der Schiffe stand Willen; er umklammerte die Holzreling so fest, daß seine Knöchel weiß schimmerten. Sein Gesicht bot einen schwachen Abglanz seines grünen Rocks. Aber er hielt die Schultern gerade und zeigte seine Nervosität nicht. Er würde es schon mit den selbstgefälligen und tüchtigen Windseglern aufnehmen.

Thalen musterte Willen belustigt, bewunderte aber doch die Standhaftigkeit, mit der die meisten Nordweldener ihre Angst vor der luftigen Höhe überspielten. Er sagte freundlich zu Willen: »Wir fliegen heute nicht so hoch; die größere Belastung hält uns näher am Boden.«

»Es tut uns leid, wenn wir Euch Unannehmlichkeiten bereiten«, sagte Willen steif.

Thalen hob eine Augenbraue. »Das habe ich nicht gemeint«, sagte er, immer noch bereit zu einem Gespräch. »Ich wollte Euch nur noch einmal versichern, daß in dieser Höhe wenig Gefahr plötzlicher Windströmungen besteht. Ihr braucht die Reling nicht so krampfhaft zu umklammern.«

Zornig bellte Willen ihn an:

»Ich weiß, daß wir Bodenmenschen den Brüdern des Windes feige erscheinen. Aber manche Gefahren, denen wir dort unten gegenüberstehen, sind viel bedrohlicher als irgend etwas in der Luft, besonders in Kriegszeiten. Kommt doch runter aus Eurer sicheren Höhe und kämpft Seite an Seite mit uns, dann werden wir sehen, wer mutiger ist!«

Nach dieser Abfuhr zog Thalen sich zurück. Er hatte schon genug Sorgen wegen Kiortes Verschwinden. Er ging rasch zum Heck, um einen Flaschenzug zu überprüfen. Willen spürte, wie sein Gesicht im kalten Wind brannte. Seine lauten Worte hatten die wenigen Gespräche um ihn herum zum Erliegen gebracht, doch er war zu stolz, irgend etwas zurückzunehmen.

Amsel stürzte in Finsternis und Kälte. Er schien immer tiefer zu fallen, bis er plötzlich von einem eisigen Wirbelwind gepackt wurde. Sein Körper fühlte sich taub an, seine Brust verkrampft wie eine Faust. Er war in einem unterirdischen Fluß gelandet! Er zwang sich dazu, mit den Beinen zu treten, und kam unerträglich langsam nach oben.

Und dann erreichte er die Oberfläche. In seinen Ohren dröhnte es, während er keuchte und hustete, bis seine Lunge wieder mit wunderbar frischer Luft gefüllt war. Die Strömung war recht stark. Amsel stieß auf einen Felsen und umklammerte ihn mit beiden Armen. Seine Finger waren völlig gefühllos, der Fluß zerrte und riß an ihm, aber er klammerte sich eigensinnig fest.

Er zwang sich, langsam zu atmen, um sein klopfendes Herz zu beruhigen. Er wußte nicht, wie tief er gefallen war, er sah überhaupt nichts, und obwohl er mit den Beinen in alle Richtungen trat, fand er keinen Hinweis auf irgendein Ufer rechts oder links oder auf eine seichte Stelle.

Einen Augenblick lang dachte Amsel an die Wärme und Abgeschiedenheit seines Baumhauses in Fandora. Dann traf ihn ein Schwall kalten Wassers, und er wurde wieder in die Strömung geworfen. Er bemühte sich, den Kopf über Wasser zu halten, kickend und um sich schlagend, bis er an einer ruhigen Stelle mit den Füßen voran auf dem Rücken dahintrieb. Während er unablässig Arme und Beine bewegte, um sie warm zu halten, wurde ihm auf einmal klar, daß er die Decke der Höhle sehen konnte. Ein trübes Licht drang zu dem unterirdischen Fluß durch. Er hatte das Gefühl, er müsse hurra rufen – der Fluß trug ihn an die Oberfläche!

Einen Augenblick später trieb er hinaus ans Tageslicht, das, grau wie es war, doch seinen Augen weh tat. Er sah Bäume, die sich wie ein Baldachin über ihm wölbten, darüber Wolkenfetzen. Er trieb unter einer Baumwurzel hindurch, die auch als Brücke diente. Nachdem der Fluß sein unterirdisches Bett verlassen hatte, verbreiterte er sich und floß friedlich dahin. Amsel zwang seine müden Arme, auf das Ufer zuzupaddeln, und zog sich, vor Kälte zitternd, die grasbewachsene Böschung hinauf. »Na ja«, sagte er zähneklappernd, »jedes Ding hat wohl auch eine gute Seite – wenigstens den Schlamm habe ich abgespült. Jetzt muß ich mir etwas zu essen suchen.«

Er hob den Kopf und entdeckte einen prächtigen Baum auf der anderen Seite des Flusses, aber im gleichen Augenblick wurde ihm ein scharfer Speer entgegengehalten.

»Keine Bewegung!«

Einen Augenblick lang war Amsel überzeugt, daß man ihn gefangengenommen hatte. Dann sah er sich den Speer näher an und erkannte, daß seine Spitze nicht aus Metall bestand. Er berührte sie neugierig, und sie bog sich unter seinem prüfenden Finger. Amsel drehte sich um und sah einen großen Jungen vor sich, etwa acht oder neun Jahre alt.

»Du bist mein Gefangener!« rief der Junge. Hinter ihm stand ein etwas jüngeres Mädchen.

Amsel lächelte. »Es sieht so aus.«

Das Mädchen trug einen hübschen roten Mantel. »Ist dir kalt?« fragte es Amsel.

»Ja, sehr kalt.«

»Hier.« Sie zog ihren Mantel aus. »Du kannst dich damit abtrocknen, aber gib ihn mir bitte wieder. Meine Mutter hat ihn gemacht. Er sieht genauso aus wie der von Lady Ceria.«

Amsel nahm den Mantel dankbar an. »Lady Ceria, sagtest du? Trägt sie auch so einen Mantel?«

»Natürlich tut sie das«, sagte der Junge mit dem Speer. »Das weiß doch jeder. Jedenfalls jeder, der sie mag. Woher kommst du überhaupt? Du sprichst so komisch.«

»Ich ... ich bin nicht aus dieser Gegend.« Amsel hatte sich trockengerieben, so gut er konnte, und hängte den Mantel zum Trocknen sorgfältig über einen Strauch. »Vielen Dank«, sagte er zu dem Mädchen.

»Ist dein Vater ein Bergmann?« fragte der Junge. »Ich hab' dich noch nie in Oberwald gesehen. Wo wohnst du?«

Sie halten mich für ein Kind, weil ich so klein bin, dachte Amsel. Klein zu sein kann auch Vorteile haben. Er blickte sich um. Er stand am Rand eines mit Steinplatten belegten Weges, der sich durch einen Bogen aus blühenden Sträuchern wand. An der anderen Seite des Bogens lag ein kleiner Park. Daneben führten mehrere Stufen zu einer Art Säulengang. Amsel wußte, daß er vorsichtig sein mußte; man durfte ihn nicht als Fandoraner erkennen. Es war sehr ruhig und angenehm hier. Vielleicht war noch genug Zeit, Falkenwind zu finden, bevor die Feindseligkeiten begannen. Wer wohl die Frau war, die Lady Ceria genannt wurde?

»Du hast meine Frage nicht beantwortet«, sagte der Junge. »Wie alt bist du überhaupt? Du mußt mindestens sechs sein, wenn du mit uns spielen willst.«

»Er sieht älter als sechs aus«, sagte das kleine Mädchen.

»Das bin ich auch«, stimmte Amsel ihr zu. Dann fragte er schnell: »Wer ist Lady Ceria?«

»Weißt du denn gar nichts?« fragte der Junge. »Alle sprechen von ihr. Sie ist in Falkenwind verliebt.«

»Monarch Falkenwind? Weißt du viel über ihn?«

»Er wird die Fandoraner besiegen«, sagte der Junge stolz.

»Die Fandoraner?« Amsel setzte sich auf eine der Stufen. Ihm war nach Weinen zumute, aber statt dessen flüsterte er: »Johan, ich darf die Hoffnung nicht aufgeben!«

Das Mädchen hatte ihn gehört. »Johan?« fragte sie. »Wohnt er hier in der Nähe?«

Amsel schüttelte den Kopf. »Er war ein Freund von mir, weit weg von hier.«

Als der Junge das hörte, sah er beunruhigt aus. »Wo wohnst du?« fragte er wieder, diesmal aber mißtrauisch.

Es war still in dem Zimmer, nur Falkenwinds Schritte waren zu hören. Er trug nicht mehr die gewohnten blauen Gewänder des Monarchen. Ein Kettenhemd bedeckte seine Brust, und seine Arme steckten in den schweren Tuch-und-Kupfer-Ärmeln der simbalesischen Fußtruppen. Sein Haar war offen nach hinten gekämmt, nicht länger von Diadem und Rubin gehalten.

Er setzte sich an Cerias Bett. Sie schlief, ruhte sich noch aus von der Vision, durch die sie vor nicht allzu langer Zeit bewußtlos geworden war. Falkenwind berührte sie zärtlich. »Meine Liebste«, flüsterte er, »ich werde zurückkehren, bevor du aus deinen Träumen erwachst. Es wird kein

Blutvergießen geben, die Fandoraner werden erkennen, wie töricht es ist, Krieg zu führen.«

Sie lag still da; seine Worte drangen nicht in ihr Bewußtsein. Er küßte sie sanft auf die Wange. »Träume vom Frieden«, sagte er leise.

Dann verließ er Ceria, um sich zusammen mit General Vora auf den Ritt zum Waldrand zu begeben.

Der Frostdrache kehrte zur Spitze des Gipfels zurück und berichtete dem Düsterling, was er gesehen hatte. Die Wächterin hatte recht gehabt. Er hatte ein warmes Tal im Land der Menschen überquert, und dort hatte er Menschen fliegen sehen. Dann war er zum Gipfel im Land der Menschen geflogen, zu dem höchsten Baum in ihrem Wald, und hatte dort ganz aus der Nähe noch eine von diesen stummen Bestien gesehen, in denen die Menschen flogen.

Der Düsterling stieß einen schrillen Schrei aus: Er begriff, daß die Menschen diese fliegenden Ungeheuer selbst herstellten. Sie waren erschrekkend geschickt, und sie waren mit Sicherheit Feinde der Frostdrachen. Der Düsterling hielt seinen Zorn zurück, rief einen zweiten Frostdrachen zu sich und teilte ihm in ihrer zischenden Sprache mit, daß er ein menschliches Wesen aus nächster Nähe zu sehen wünsche, zusammen mit einem der fliegenden Schiffe. Er mußte genau wissen, wie gefährlich sie waren. Sie waren zwar klein, aber die Wächterin hatte gesagt, daß es sehr viele von ihnen gab, und die Kälte hatte die Frostdrachen geschwächt.

Der Abgesandte kehrte in seine Höhle zurück, um sich für den langen, kalten Flug über das Meer vorzubereiten. Der Düsterling aber verharrte auf der äußersten Spitze des Gipfels. In gewisser Weise begrüßte er die Kälte und die Beschwerden, die damit einhergingen. Es schien ihm angemessen, auf diese Art isoliert zu sein – ihm, der weder Feuerdrache noch Frostdrache war, sondern beiderlei Blut in sich trug. Er war in Isolation aufgewachsen. Wenn Feuerdrachen oder Frostdrachen von seiner Existenz gewußt hätten, wäre er entweder verbannt oder getötet worden. Er war immer allein gewesen, und jetzt würde sich das nicht mehr ändern.

Der Düsterling schlug mit den Flügeln und stieß einen Schrei der Qual aus. Die Frostdrachen antworteten aus ihren Höhlen auf den Schrei. Sie wußten von seiner Qual, verstanden sie aber nicht. Verstanden sie nie.

24

Neun Menschen waren im Schlafzimmer von Prinz Kiorte und Prinzessin Evirae versammelt. Vier gehörten zur königlichen Familie: General Jibron, Lady Eselle, Baronesse Alora und ihr Gemahl, Baron Tolchin. In der Nähe der Tür standen Mesor und ein zuverlässiger Palastwächter. Evirae lag in einem Bett an der Nordseite des Zimmers und erholte sich noch von den Folgen des Tunneleinbruchs. Neben ihrem Bett stand Kiorte, in einen Umhang gehüllt, und beobachtete seine Gemahlin mit verschleierten Augen.

Auf dem Bettrand saß der junge Arzt, der sie in den Palast begleitet hatte. Er hatte gerade für beide Ruhe verordnet, aber es war durchaus nicht ruhig im Raum.

»Ihr sagt, ich sei nicht ernsthaft verletzt«, beklagte Evirae sich, »aber Ihr besteht darauf, daß ich im Bett bleibe. Das ist doch unsinnig! Schlagt mir ein Heilmittel vor, und kehrt zu denen zurück, die Euch brauchen.« Sie setzte sich im Bett auf.

Der Arzt machte einen heroischen Versuch, seine Anweisungen zu erklären. »Ihr mögt Euch im Augenblick munter fühlen, aber danach kann die Erschöpfung einsetzen. Medizin ist eine Kunst, kein Gewerbe. Widersprecht mir bitte nicht.«

»Unsinn!« sagte Evirae. »Wie könnt Ihr wissen, was mir guttut? Ihr seid nicht älter als ich. Seht mich an! Sehe ich etwa krank aus?«

Der Arzt sah die Prinzessin an. Ihr langes Haar fiel ihr in wirren Locken über Rücken und Schultern. Ihre rechte Wange war von einem herunterfallenden Felsbrocken aufgeschrammt, und sie trug nur einen einfachen braunen Seidenumhang. An ihrer blassen Haut hing immer noch ein Hauch von Schlammgeruch.

»Ihr seid so schön wie stets«, sagte der Arzt. Müde nahm er eine kleine seidene Tasche vom Bett auf. »Ich muß Euch jetzt verlassen.«

Evirae lächelte hinter ihm her und fragte dann ihren Vater: »Was ist denn so dringend, daß du und Tolchin vom Palast hierhergeeilt seid? Hat unser Bergmann die Fandoraner zum Tee eingeladen?«

»Scherze nicht«, sagte ihr Vater. »Er hat . . .«

»Warte«, sagte Kiorte. »Dies ist eine Angelegenheit der Familie, nicht des Kreises.«

Alle Augen richteten sich auf Mesor.

»Ich werde draußen warten«, sagte der Kämmerer.

»Unten«, schlug Tolchin vor.

Der Kämmerer nickte. »Selbstverständlich. Ich werde mich im Garten mit einem Baumbären unterhalten.«

Jibron wartete, bis Mesors Schritte verhallten, und fragte dann: »Warum duldest du diesen Mann an deiner Seite, Evirae?«

»Meine Gemahlin hat viele Pläne«, warf Kiorte ein. »Mesor unterstützt sie, wenn ich nicht zustimme.«

»Mesor ist nur ein Ratgeber«, meinte Evirae sanft. »Die Bedrohung durch die Armee Fandoras lastet schwer auf mir. In Staatsangelegenheiten vertraue ich nur dir, Liebling.«

»Die Sache ist immer schlimmer geworden«, sagte Jibron. »Die Fandoraner sind bereits bei den Hügeln, die dem Wald gegenüberliegen.«

Kiorte schüttelte den Kopf und ging langsam zu Tolchin hinüber. »Mein Bruder hat den Windseglern doch sicher befohlen, die Eindringlinge zurückzutreiben!«

»Thalen hat von Falkenwind andere Befehle erhalten. Der Bergmann hat sich sowohl dem General als auch mir offen widersetzt!« Tolchin zog das Rubindiadem aus seiner Westentasche. »Vielleicht wird dies euch überzeugen!«

Lady Eselle hielt den Atem an. »Du hast den Rubin!«

Alora fragte: »Was wirst du damit anfangen, Tolchin?«

»Falkenwind sieht keine Veranlassung, ihn zu tragen. Er ist ein Abtrünniger und ein Verräter.«

»Das kann ich nicht so ohne weiteres akzeptieren«, sagte Kiorte, während er den Edelstein in die Hand nahm. »Falkenwind ist, wenn schon nicht uns, so doch Ephrion treu ergeben. Warum sollte er seine Stellung aufs Spiel . . .«

»Er nimmt der Familie ihre Ansichten übel«, sagte Jibron. »Er und Vora denken, sie können Oberwald ohne uns regieren. Sie wollen die Fandoraner mit einer kleinen Flotte von Windschiffen aus den Hügeln zurücktreiben und – falls erfolglos – sie dann im Kamerantal angreifen.«

Kiorte runzelte die Stirn. »Mit einer kleinen Flotte? Wie töricht – dies ist ein Krieg!« Kiortes Hand umklammerte den Rubin.

»Falkenwind möchte die Windschiffe vor dem Drachen schützen. In der Luft könnten sie ihn anlocken.«

»Dem *Drachen?* Was soll das nun wieder sein?!«

Jibron sagte ernst: »Den Drachen gibt es, Kiorte. Ich habe ihn mit eigenen Augen gesehen!«

Kiorte war entsetzt. »Ein *Drache?* In Simbala?«

Tolchin nickte. »Es gibt keinen Grund, daran zu zweifeln. Vora und die anderen glauben, daß die Fandoraner das Wesen beherrschen. Wie sonst hätten sie eine Invasion gewagt?«

»Fandoraner hin, Fandoraner her, mit einem Geschöpf der Lüfte sollten sich die Brüder des Windes auseinandersetzen!« Kiorte ging zur Umkleidekammer. »Ich schaue selbst nach. Wann hat Thalens Flotte Kurs auf das Tal genommen?«

»Das war vor unserer Auseinandersetzung mit Falkenwind«, sagte Tolchin. »Du bist kaum in der Verfassung, ihn einzuholen.«

»Liebling«, rief Evirae, »höre auf Tolchin! Du . . .«

»Komm mir jetzt nicht mit Einwänden, Evirae!« Kiorte verschwand hinter der reichverzierten Holztür.

Evirae schlug ihre langen Nägel leicht gegeneinander. Kiortes Entschluß steht fest, dachte sie. Wir werden ja sehen, wie lange sich der Bergmann der Familie widersetzen kann.

»Wie sehen Falkenwinds Pläne für die übrige Flotte aus?« fragte Kiorte aus der Umkleidekammer.

Tolchin antwortete: »Sie bleiben unten, bis man weiß, was mit dem Drachen ist.«

»Wir nehmen es mit jedem Drachen auf!« sagte Kiorte. »Thalen würde ohne mein Einverständnis nicht zustimmen.«

»Thalen denkt immer noch, daß du vermißt bist«, sagte Jibron. »Falkenwind hat ihn nach Nordwelden geschickt mit dem Auftrag, dort Soldaten zu rekrutieren.«

»Rekruten aus Nordwelden? Raufbolde?«

»Vora ist damit einverstanden.«

»Es ist ein törichtes Unternehmen.«

Jibron nickte. »Falkenwinds General ist ein törichter Mensch.«

Evirae verließ das Bett. »Offensichtlich kümmert das alles Falkenwind wenig. Er hört nur auf Ephrion und die Rayanerin.«

»Darum sind wir hier«, sagte Tolchin. »Falkenwind darf Simbala nicht in den Krieg führen! Er hat keine Ahnung von einer Schlacht!«

»Er ist der Monarch«, sagte Evirae. »Sein Amt gibt ihm das Recht.«

»Dann darf er nicht länger Monarch sein«, sagte Tolchin ernst. »In diesem Punkt sind dein Vater und ich gleicher Meinung.«

Kiorte tauchte in der Uniform der Brüder des Windes aus der Kammer auf. Er schüttelte den Kopf. »Ich möchte mir erst selbst ein Bild von der Lage machen.«

»Dazu ist keine Zeit mehr!« warnte Tolchin. »Du müßtest es doch am ehesten verstehen, daß wir dringend handeln müssen!«

»Es geht nicht um irgendeine Amtsenthebung, sondern um unsere Verteidigung.«

»Höre auf Tolchin«, warf Jibron mit unterdrücktem Zorn ein. »Es ist sinnlos, mit dem Bergmann zu sprechen! Er hat den Rubin weggeworfen! Sage dich jetzt von ihm los! Noch können wir Blutvergießen verhindern.«

Kiorte musterte die Familie. Er wußte, daß Jibron und Eselle für eine Amtsenthebung Falkenwinds waren. Tolchin war zornig, aber das war er oft. Außerdem war ihm wohl seine Bitte um Truppenbegleitung ins Südland peinlich. Mit der Ablehnung Falkenwinds überspielte er seinen eigenen Fehler.

Kiorte sah Alora an. War sie der gleichen Meinung wie ihr Gemahl? Obwohl die beiden ein sehr enges Verhältnis zueinander hatten, stritten sie oft, denn sie vertraten einerseits die Interessen der Kaufleute, andererseits die der Kämmerer Simbalas. »Bist du der gleichen Ansicht wie die Familie?« fragte Kiorte sie.

»Ein Monarch kann nur auf einstimmigen Beschluß der Familie seines Amtes enthoben werden«, sagte Alora mit dem unbefangenen Lächeln der Kämmerer, »oder wenn sein Vorgänger es fordert. Doch daran hat Ephrion kein Interesse, und die andere Möglichkeit lehnst du ab. Meine Meinung ist belanglos.«

Kiorte hatte den Eindruck, die Baronesse stelle ihn auf die Probe. Aber er wandte sich Tolchin zu und sah Mißbilligung in seinen Zügen.

»Alora«, sagte Tolchin, »was für romantische Vorstellungen du auch von Falkenwind haben magst – sie dürfen nicht die Sicherheit des Waldes gefährden.«

Alora entgegnete gelassen: »Ich bin ebenso besorgt wie du, mein Gemahl, aber die Frage einer Amtsenthebung Falkenwinds müssen wir alle uns reiflich überlegen. Schließlich liegen bisher keine Beweise für Landesverrat vor.«

»Was ist mit dem Spion?« fragte Jibron. »Falkenwind hat ihn ignoriert. Ist das kein Landesverrat?«

Alora blickte Evirae an. »Ich glaube, daß Falkenwind nie etwas von dem Spion gehört hat«, sagte sie.

Evirae errötete.

»Ist es nicht so?« fragte Alora.

»Falkenwind hat es gewußt«, sagte Evirae beunruhigt. »Ich habe Mesor zu ihm geschickt.«

Alora schüttelte den Kopf und wandte sich an die anderen. »Einerlei – das, was der Spion gesagt hat, konnte vor der Invasion nicht bewiesen werden, besonders dann nicht, wenn Falkenwind es gar nicht erfahren hat. Und sollte er Eviraes Warnung ignoriert haben, so war das töricht, aber kein Verrat. Er ist noch jung und unerfahren.« Alora lächelte die Prinzessin herablassend an und fügte hinzu: »Vielleicht solltest du den verschwundenen Spion suchen, bevor zu beginnst, den Palast zu renovieren.«

Willen hörte auf seinem Weg entlang des Rands der Lichtung, wo die Fußsoldaten Falkenwind erwarteten, seltsame, klagende Töne. Vorsichtig pirschte er sich heran. Er spähte hinter einem Baum hervor und entdeckte kein verletztes Tier – sondern Tweel: Mit gekreuzten Beinen saß er neben einem Prasselbeerbusch, sang jammervoll und zupfte dazu ein Penorkon, ein zerbrechliches Instrument aus papierleichten Holzstreifen.

Tweel grinste übers ganze Gesicht, als er Willen sah. »Wie gefällt dir mein Kriegslied? Ich habe es selbst komponiert!« – »Um ehrlich zu sein, ich glaube, das Lied könnte selbst schon einen Krieg rechtfertigen!«

Weitere Soldaten aus Nordwelden waren inzwischen aufgetaucht und lachten.

»Mein Lied gefällt dir nicht?« fragte Tweel düster.

»Das habe ich nicht gesagt«, erwiderte Willen. »Für eine Truthahnjagd ging es ja. Aber als Kriegslied! Da höre ich mir schon lieber das Rauschen der Segel eines Windschiffs an.«

»Ich muß eben besser spielen lernen«, sagte Tweel traurig und stand langsam auf. »Vielleicht kannst du mir dabei helfen, Willen.«

»Ich?«

Tweel grinste ihn an und zerschlug das Penorkon auf Willens Kopf – es zersplitterte knackend, ohne Schaden anzurichten.

»Da hast du's!« rief Tweel, das Gelächter der Zuschauer übertönend. »Das war wirklich ein angenehmeres Geräusch!«

Der Lärm brachte einen rotgesichtigen Hauptmann der simbalesischen Armee auf die Szene; er schrie empört: »Sofort aufhören! Monarch Falkenwind kann jeden Moment eintreffen!«

Aber der Befehl ging unter im Gelächter der Soldaten. Willen und Tweel rauften spielerisch weiter und fielen schließlich in eine ansehnliche Schlammpfütze. Der Hauptmann war fuchsteufelswild. »Bringt die beiden Männer zu mir!« brüllte er und wischte sich den Schlamm von der Rüstung. »Ich werde dafür sorgen, daß sie ...«

Doch in diesem Augenblick ertönte aus den Tiefen des Waldes hinter der Lichtung Hörnerklang. Willen und Tweel waren vergessen, und vierhundert Männer und Frauen aus dem Oberwald stellten sich in Reih und Glied auf, um die Ankunft Falkenwinds, Voras und der simbalesischen Kavallerie zu erwarten. Sie standen bewegungslos da, während Offiziere die Reihen mit strengem Blick musterten.

Die Nordweldener hatten sich mit etwas Unbehagen an einer Seite aufgestellt; die Truppen aus Oberwald erschienen ihnen lächerlich pompös: Reihenweise schimmerten Helme, Brustpanzer und Beinschienen im Sonnenlicht. Sie selbst dagegen trugen dauerhafte tarnende Lederkürasse und hohe Ledergamaschen. Da ertönte der metallische Klang der Hörner wieder, aber lauter und näher. In der darauf folgenden Stille erbebte der Boden unter den Hufen galoppierender Pferde. Kurz darauf kam ein Pferd, schwarz wie ein Schatten bis auf den silbernen Sattel und das Stirnschild, aus dem Wald hervorgestürmt.

Falkenwind saß hochaufgerichtet im Sattel. Er trug eine silberne Rüstung und einen mitternachtsblauen Umhang. Sein Gesicht war trotz des langen Rittes blaß und gelassen; es war ja allen vertraut – doch irgend etwas stimmte nicht! Als er näher kam, hörte man Laute des Erschrekkens. Falkenwind trug den Rubin nicht mehr! Doch dicht hinter Falkenwind folgten schon die Kavallerie und Vora mit seiner Begleitung. Der General brachte sein Pferd rechts hinter Falkenwind zum Stehen, wie es die Etikette erforderte. Einige Weldener musterten Falkenwind mit Mißtrauen. Er war es schließlich, der ihre Forderung, Fandora den Krieg zu erklären, anfangs zurückgewiesen hatte. Andere aber hatten beschlossen, Falkenwind zu vertrauen. Sogar Willen sah in der Entscheidung, Männer aus Nordwelden zu rekrutieren, eine Geste der Achtung, wie sie von der königlichen Familie nie gekommen war. Willen wußte nicht, warum Falkenwind ohne Rubin erschien, aber er empfand dies als ein Zeichen der Unabhängigkeit, und das gefiel ihm.

Falkenwind zügelte sein Pferd auf einer kleinen Erhebung und musterte die Truppen vor ihm eingehend. Die simbalesischen Streitkräfte waren nicht vollzählig, und seine Offiziere konnten die Stärke der Eindringlinge nicht genau einschätzen. Viele hielten die Fandoraner lediglich für besitzgierige Bauern, aber Falkenwind war überzeugt, daß es einen anderen Grund für den Krieg gab. Er glaubte auch nicht, daß sie sich den Drachen irgendwie zunutze machten.

Er hatte Thalen und drei Windschiffe zum Kamerantal geschickt, um die Fandoraner aus den Hügeln ins Tal zu treiben, sie dann zu umzingeln und zurück ans Ufer zu zwingen – ein gewagter Plan, aber vielleicht konnte man auf diese Weise den Krieg rasch und schmerzlos beenden.

Der Monarch gebot Schweigen mit der rechten Hand und sprach zu seinen Truppen. »Wir stehen einer Invasion von Bauern und Fischern gegenüber!« rief er mit hallender Stimme. »Sie haben keine Chance, den Wald zu erreichen. Dieser Krieg wird vor Morgengrauen beendet sein.« Er erklärte mit wenigen Worten die Absicht der Windschiffe. »Wir werden die aus den Hügeln vertriebenen Fandoraner im Tal erwarten und alle, die nicht an die Küste fliehen, gefangennehmen.«

Von einigen Seiten ertönte Beifall, aber ein junger Soldat, der Evirae ergeben war, rief zornig: »Und was ist mit den Drachen? Ihr schickt uns schutzlos in den Kampf mit Ungeheuern!«

Falkenwind rief zurück: »Wir haben *einen* Drachen gesehen! Wir haben keinen Grund zur Annahme, daß es noch mehr gibt. Wir sind vorbereitet, falls er noch einmal angreift. Eine Flotte von Windschiffen mit simbalesischen Bogenschützen wird mit jedem Drachen fertig!«

Diesmal hallte die ganze Lichtung wider vom Beifall. Falkenwind zeigte auf Vora. »General Vora wird die Lage mit den Divisionskommandeuren besprechen. Wir reiten jetzt an den Waldrand, um zu warten, bis Thalen seine Manöver abgeschlossen hat.«

Nebel umhüllte das Kamerantal. Auf einer steilen Anhöhe mit Blick auf das Tal und den dunklen Wald dahinter standen die Ältesten von Fandora. Jondalrun, müde, aber rege, suchte den Oberwald mit prüfenden Blikken ab. Lagow lehnte sich mit besorgtem Gesicht an einen alten Butterbaum. In seiner Nähe standen Tamark und Pennel.

»Für heute abend ist hier genug Nahrung«, sagte Tamark.

»Stimmt, aber es gibt andere Dinge, die den Männern Furcht einflößen«, sagte Pennel.

»Die Dunkelheit?«

»Weniger die Dunkelheit als die Stille – das Warten. Es ist merkwürdig – kein einziges Windschiff am Himmel, obwohl wir von Fandora aus sicher ein Dutzend gesehen haben.«

Tamark nickte gleichmütig. »Ich bin überzeugt, wir werden bald mehr Sim sehen, als uns lieb ist.«

Dayon trat zu ihnen. Er hielt eine kleine, farbenprächtige Eidechse in der Hand. »Seht nur«, sagte er, »wenn man ihren Bauch berührt, verändert sie die Farbe!« Er wollte es vorführen, aber Jondalrun hielt ihn davon ab. »Laß sie fallen!« schrie er. »Es ist ein Trick! Vielleicht ein Zauberer der Sim in anderer Gestalt!«

Dayon schüttelte resigniert den Kopf und ließ die Eidechse frei. Sie verschwand unter einem Felsen. Dann drehte er sich um und ging ein paar Schritte weiter zu Lagow. »Ich glaube, dieses Land ist gar nicht bewohnt.«

»Wenn du das glaubst«, erwiderte der Stellmacher, »dann kannst du deinen Vater vielleicht davon überzeugen, daß es Zeit ist, nach Hause zurückzukehren.«

»Mein Vater wird erst umkehren, wenn er das Gefühl hat, der Mord an meinem Bruder sei gesühnt.«

Lagow runzelte die Stirn und blickte über die grasbewachsenen Hügel, die im Norden von steilen Felshängen flankiert wurden. »Was ist, Dayon? Früher hast du dich der starrsinnigen Autorität deines Vaters widersetzt – oder hat das Kriegsfieber dich gepackt?«

»Ich halte zu meinem Vater, Lagow! Wir müssen alle zu ihm halten. Er sucht keinen Ruhm – nur Gerechtigkeit.«

»Gerechtigkeit«, fragte Lagow, »oder Rache? Das sind zwei verschiedene Dinge. Die eine schützt, die andere verzehrt dich. Ich fürchte, dein Vater will Rache, junger Mann.«

Dayon antwortete nicht.

Als jüngster Gemeindeältester hatte Tenniel aus Borgen die undankbare Aufgabe erhalten, die Überführung der letzten Fandoraner von den Hügeln zum Waldrand des Kamerantals zu überwachen. Es waren zumeist verletzte, besonders junge oder alte Männer. Obwohl Tenniel seine Begeisterung für den Krieg verloren hatte, sah er ein, wie notwendig es war, die Männer in straff organisierten Gruppen zu halten. Er fürchtete sich vor der Begegnung mit dem Feind, war aber auch stolz, daß man ihm den Schutz dieser Männer anvertraut hatte.

Vom Gipfel eines Hügels aus warf er einen Blick auf den Wald: Im Nebel sah er wie ein seltsames grünes Meer aus. Tenniel schauderte. Er hoffte, daß Jondalrun ihnen nicht befehlen würde, dort während der Nacht einzudringen.

Plötzlich sah er eine leichte Bewegung im Nebel über den Bäumen. Irgend etwas war dort oben, etwas Großes, was sich langsam zum Tal hin bewegte ... Schließlich begriff er, was er vor Augen hatte und erstarrte vor Entsetzen. Er wandte sich zu seinen Männern und brüllte: »Geht in Deckung! Dort kommt ein Windschiff!«

Sechshundert Mann starrten hoch aus dem Nebel unter ihnen. Thalen hatte den beiden anderen Schiffen mit Flaggen signalisiert, daß sie die Hügel umkreisen sollten. Er selbst hatte die Absicht, mit seinem Einmannschiff direkt über die Fandoraner zu fliegen. Als er nach unten blickte, sah er einen zerlumpten Haufen von Bauern und Fischern, die sich am Rand des Hügels versteckten. Sie haben Angst, dachte er. Vielleicht funktioniert Falkenwinds Plan!

Jondalrun blickte nervös hinauf zu den Windschiffen, deren bunte Segel durch den Nebel hindurchschimmerten. »Es war richtig, die Männer zurück in die Hügel zu schicken«, sagte er. »Wenn sie uns nicht sehen können, greifen sie uns auch nicht an.«

Tamark schüttelte den Kopf. »Sie werden versuchen, uns hinaus ins Freie zu treiben, Jondalrun. Und *dann* werden sie angreifen.«

»Das glaube ich auch«, sagte Lagow. »Wir sind prächtige Zielscheiben für sie.«

Jondalrun warf ihm einen zornigen Blick zu, dann glitt ein fast klägliches Lächeln über sein zerknittertes Gesicht. »Wir führen nicht den ersten Schlag«, sagte er. »Wir werden uns aber auch nicht geschlagen geben und die Flucht zum Ufer ergreifen.« Er blickte zu Dayon, der gerade ein paar Nachzüglern befahl, hinter einem Granitgrat in Deckung zu gehen. »Wir sind schon so weit gekommen, jetzt warten wir erst einmal ab.«

Die Windschiffe kamen langsam näher und flogen jetzt einzeln, um die Fandoraner einzukreisen. Sie schienen von gelassener Gleichgültigkeit, den Menschen unten weit überlegen. Sie kamen immer näher und durchschnitten mit ihrem Bug den Nebel wie Segelschiffe den Schaum des Ozeans.

Unter den Fandoranern ertönten leise und lautere Rufe des Schreckens. »Bleibt, wo ihr seid!« brüllte Pennel, und die anderen Ältesten wiederholten seinen Befehl. »Ihre Zauberkünste können uns nicht schaden – wir tragen den Schutz der Hexe bei uns!«

Doch angesichts des erschreckenden Anblicks war es schwer, den winzigen Armbändern zu vertrauen. Thalens Windschiff überflog sie jetzt in einer Höhe von dreißig Fuß, und jenseits des Tales tauchte noch ein weiteres kleineres Windschiff aus dem Nebel auf. »Warnt die Männer!« rief Jondalrun. »Bleibt im Versteck. Greift nicht an!«

Kiortes Windschiff flog rasch über dem Wald dahin. Der Wind und ein Gefühl der Freiheit belebten ihn; die bedrückenden Auseinandersetzungen mit Evirae und der Familie hatten ihn in eine abenteuerlustige Stimmung versetzt. Er zweifelte nicht an Thalens Fähigkeit, die Windschiffe anzuführen, aber schließlich war er der Befehlshaber und gehörte bei einem Kampf an die Spitze seiner Leute.

Doch obwohl er es eilig hatte, den Ort des Geschehens zu erreichen, flog er vorsichtig und hielt sich dicht über den Baumkronen. Er konnte die Gerüchte von dem Drachen nicht länger für unbegründet halten: Zu viele Leute hatten ihn selbst gesehen. Kiorte konnte jetzt durch den Nebel das Tal sehen. Drei Windschiffe schwebten über den Hügeln an der anderen Seite. Als er näher herankam, sah Kiorte Männer, kleine Männer in barbarischer Kleidung und mit primitiven Waffen, die sich, von panischem Schrecken ergriffen, ziellos hin und her bewegten. Kiorte lachte kurz und verächtlich auf. Diese zerlumpten Kerle sollten eine Gefahr für Simbala sein? Dies würde einen kurzen Kampf geben! Danach konnte man dann mit Falkenwind abrechnen. Der Bergmann hatte nicht das Recht, den Brüdern des Windes Befehle zu erteilen, ohne sich vorher mit ihm abzusprechen.

Tenniel und seine kleine Gruppe hatten das Hauptlager noch nicht erreicht, als die Windschiffe auftauchten. Die Männer wußten nicht, was Jondalrun vorhatte, und verstecken sich in aller Eile an der anderen Seite der Hügel mit Nebel als fast einziger Deckung. Sie duckten sich, als das Windschiff über ihnen hinwegflog. Es schien tiefer herunterzukommen. Der Windsegler konnte sie zweifellos sehen. Tenniel packte seine Axt fester und lauschte dem angstvollen Gejammer der geschwächten Männer um ihn herum. Er war für sie verantwortlich. Er mußte etwas unternehmen. Warum nur hatte Jondalrun noch nicht zum Angriff aufgerufen?

Er hob die Axt. »Einer muß den Anfang machen«, flüsterte er. Dann schleuderte er sie mit ganzer Kraft auf das Windschiff über ihm.

Die Männer in seiner Nähe sahen, wie die Waffe durch den Nebel wirbelte, das Focksegel durchschlug und aus ihrer Sicht verschwand. Einen langen Augenblick war kein Ton zu hören. Der dunkle Schatten schwebte lautlos weiter. Dann schoß plötzlich vom Deck eine orangefarbene Flamme empor.

Mehrere Männer schrien auf, überzeugt, daß die Simbalesen Feuer herunterschleuderten. Dann hob sich der Nebel, und sie sahen, daß die Flammen die Segel ergriffen hatten. Tenniel atmete erleichtert auf. Das Schiff stand in Flammen! Er hatte den ersten Schlag geführt, und der Schlag war erfolgreich gewesen. Endlich würde er ein Held sein!

»*Thalen!*« schrie Kiorte auf, als er sah, wie das vordere Ballonsegel von Thalens Schiff sich aufblähte und zusammenfiel. Ein Nebelstreifen nahm ihm für einen Augenblick die Sicht, und als es wieder aufklarte, sah er Flammen am Segel hochklettern und über die Seile auf andere Segel überspringen. Ein Pfeil, ein Speer oder eine Axt – irgend etwas – hatte ein

Segel aufgeschlitzt, und der zusammenfallende Stoff war in Berührung mit dem Sindril-Brenner gekommen. Das Windschiff verlor langsam an Höhe.

Unten war der Lärm von Truppen zu hören, die durchs Tal gestürzt kamen. Solange das Schiff sich noch in der Luft hielt, konnte ein anderes Windschiff Thalen retten. Aber selbst ein Absturz würde Kiorte nicht von seinem Bruder fernhalten, auch tausend Fandoraner nicht – oder ein Drache. Nicht, solange Thalen noch lebte.

Falkenwind blickte ergrimmt auf die orangefarbene Spur, die im fernen Nebel verblaßte. Thalen war womöglich verletzt – oder tot. Sie mußten das Schiff bergen.

Er hatte auf einen kampflosen Sieg über die Bauern gehofft, aber die Fandoraner waren offensichtlich entschlossen, es zu einem Krieg kommen zu lassen. Der erste Angriff war von ihnen ausgegangen, ohne jede Warnung.

Falkenwind zügelte sein Pferd und blickte auf die Männer und Frauen auf der Lichtung. »Ruft die Hauptleute zusammen!« rief er Vora zu. »Wir werden Korporal Thalen retten.«

Von den Hügeln starrten die Soldaten Fandoras auf den Feind, der sich durch das Tal auf sie zu bewegte. Es konnte nur noch Minuten dauern, bis die simbalesische Armee die Hügel erreichte.

»Wie sollen wir uns verteidigen?« sagte Lagow zornig. »Sie haben berittene Soldaten! Das ist deine Schuld, Jondalrun. Man hätte Tenniel nie allein lassen dürfen mit diesen Männern!«

Jondalrun entgegnete: »Ruhe! Du mußt uns helfen.«

»Helfen? Das hier ist reiner Wahnsinn! Wir sollten uns im Schutz des Nebels zurückziehen, solange es noch geht!«

Jondalrun schüttelte den Kopf. »Nein! Wir müssen ihnen zeigen, daß wir uns weder vor ihren Windschiffen noch vor ihrer Armee fürchten.«

»Um den Preis unseres Lebens?«

»Nein!« sagte Jondalrun. Er packte Dayon am Arm. »Gib es weiter: Die Männer sollen in Deckung bleiben, wie befohlen.« Er blickte Lagow wieder an. »Wenn sie uns töten wollen, müssen die Sim uns erst einmal finden. Wir können sie nicht mehr überraschen, aber wir können in Dekkung bleiben.«

Seine Worte klangen vernünftig, aber sie kamen zu spät.

Vom Gipfel des Hügels hörten sie den Befehl »Zu den Waffen!«, und dann stürzte plötzlich eine in Panik geratene Abteilung der fandoranischen Armee nach vorn.

Mit den beiden Kindern auf den Fersen lief Amsel durch einen Bogengang des kleinen Parks. Der Junge und das Mädchen wurden zu einem Problem. Obwohl sie ihn immer noch für ein Kind hielten, wuchs ihr Mißtrauen. Willow, der Junge, fragte Amsel immer wieder, wo er wohne. Noch war es Amsel gelungen, einer Antwort auszuweichen. Das Mädchen dagegen erwies sich als gute Quelle von Informationen; Amsel kannte inzwischen die genaue Lage des Palastes und weitere Einzelheiten über Falkenwind und die Frau, die Ceria hieß.

Am Rand des Parks kamen sie jetzt zu einer niedrigen Steinbrüstung an einem mit Marmorplatten belegten Weg, der zurück zum Fluß führte. Wenn die Angaben des Mädchens stimmten, führte dieser Weg über einen weiteren zu einer breiten Allee, auf der man Richtung Osten wieder ins Zentrum des Waldes kam.

»Sag uns, wo du wohnst!« forderte Willow und sprang mit einem Satz direkt vor Amsel. »Ich möchte es endlich wissen!« Er versperrte Amsel mit seinem Speer den Weg.

Woni, das Mädchen, schob den Speer zur Seite. »Wohin willst du?« fragte sie Amsel zutraulich. »Warum sagst du uns nicht, wer du bist?«

Amsel sprang von der Steinbrüstung auf den Marmorweg hinunter.

»Warte!« rief der Junge.

Amsel blickte streng zu ihnen hinauf. »Meine Freunde sind in Gefahr«, sagte er. »Ich muß mich beeilen!«

»Geh nicht in die Richtung!« rief Willow. »Dort entlang ist der Drache geflogen!« Drache? dachte Amsel. Der Junge muß jünger sein, als er aussieht, wenn er noch an Drachen glaubt. »Sag uns doch, wie du heißt!« Willow gab nicht auf.

»Ich hab' keine Zeit mehr«, sagte Amsel, drehte sich um und hastete den Weg hinunter.

Willow blickte ihm nach. »Weißt du, was ich glaube?« sagte er zu Woni.

»Was?«

»Ich glaube, das ist der Mann, den die Wachen gesucht haben.«

»Die Wachen auf dem Marktplatz? Aber sie suchen doch jemand aus Fandora, Willow!«

Der Junge nickte langsam. »Ich weiß – genau das!«

Woni blickte Amsel nach, bis er hinter einer Ecke der Brüstung verschwand. »Das glaubte ich nicht«, sagte sie leise. »Er ist doch nur ein Junge.«

Willow schüttelte den Kopf und erwiderte: »Hast du schon jemals einen Jungen mit Falten im Gesicht gesehen? Ich glaube, wir sollten meinem Großvater von ihm erzählen.«

Die Simbalesen rückten schnell vor. Der Nebel war jetzt an einigen Stellen fast undurchdringlich, und Bodennebel war überall. Das brennende Windschiff war nur noch als trüber orangenfarbener Fleck wahrnehmbar; dann durchbrach es die tiefhängenden Schwaden. Falkenwind, der seinen Truppen voranritt, sah, daß Thalen das Ankertau über die Reling geworfen hatte. Die Haken schlidderten über den Boden, wühlten Steine und Grassoden auf und verfingen sich schließlich in einem niedrigen Strauch. Thalen schwang sich rasch über die Reling und begann, sich am Tau Hand über Hand abzuseilen. Das ganze Schiff brannte jetzt; das Tau konnte jeden Augenblick Feuer fangen. Die Fandoraner stießen Freudenschreie aus und liefen auf das Schiff zu. Falkenwind gab seinem Pferd entsetzt die Sporen. Aber er wußte, daß er das Windschiff nicht rechtzeitig erreichen konnte.

Die anderen Windschiffe machten kehrt, auf Thalens Schiff zu, aber sie kamen nur langsam voran, da sie gegen den Wind flogen. Kiorte jedoch machte bessere Fahrt, weil er niedriger flog und weil sein Schiff leichter gebaut war. Obwohl er einen längeren Weg zurückzulegen hatte, kam er als erster bei Thalens Schiff an.

Er legte einen Pfeil in seinen Bogen und visierte die Fandoraner unter ihm an. Das Windschiff hatte sich in ein Flammenmeer verwandelt, und auch das Ankertau brannte bereits, als Thalen eben den Boden erreichte.

Die Fandoraner waren schon auf knapp hundert Meter herangekommen, und Kiorte sah die ersten Pfeile durch die Luft schwirren.

»Sie werden dir nichts anhaben, Thalen«, murmelte er und schoß seinen Pfeil ab.

Tenniel führte den Sturm auf das abgestürzte Windschiff an. Er schrie, ein wortloser Schrei des Überschwanges. Er hatte den Kampf ausgelöst, und jetzt liefen die Dinge endlich. Die Schlacht hatte begonnen, und seine glorreichen Träume konnten wahr werden. Er lief voran, sprang von Felsen auf Grasbüschel, wich Bäumen aus und führte seine Männer in den Kampf – so wie es sein sollte. Jetzt ging es nicht mehr um Recht oder Unrecht.

Im Vorbeilaufen warf er einen Blick auf das brennende Windschiff. Das ehemals unbesiegbare Ungeheuer der Lüfte zerbröckelte zu schwelender Asche. Weiter vorn entdeckte er den Kapitän des Windschiffs: Er sprang von Baum zu Felsen zu Wasserlauf, und es war unmöglich, ihn mit einem Pfeil zu treffen. Aber es spielte keine Rolle – er konnte sich nicht in Sicherheit bringen, denn er, Tenniel, würde ihn einholen und das Nötige erledigen.

Er zog sein Messer und hielt es wie ein Schwert, während er dem fliehenden Sim immer näher kam. Da spürte er in der rechten Schulter einen Schmerz wie glühendes Eisen. Das Messer entglitt ihm, er fiel zu Boden und rollte auf seine Schulter. Der Schmerz wurde dadurch noch unerträglicher – so schlimm, wie es Tenniel noch nie erlebt hatte. Er schrie laut auf. Sturz, Aufprall und Schmerz schienen kein Ende zu nehmen! Doch irgendwann tastete er mit seiner linken Hand: Ein Pfeil ragte aus seiner Schulter hervor. Da ließ ihn erneut ein stechender Schmerz in seiner Seite aufschreien. Nach einer Weile begriff er, daß ihn diesmal ein Stiefel getreten hatte. Rechts und links liefen Männer an ihm vorbei, ohne ihn im dichten Bodennebel zu sehen. Ein Stiefel traf ihn am Rücken, dann stolperte ein Mann und fiel auf seinen verwundeten Arm. Tenniel schrie wieder und begann schließlich, sich mit seinem gesunden Arm vorwärtszuziehen. Es schien eine Ewigkeit zu dauern, bis er Deckung unter einem bemoosten überhängenden Felsblock fand. Durch den Schmerz hindurch, der rot in seinen Ohren trommelte, hörte er in der Ferne Waffengeklirr und Kriegsgeschrei. Endlich war die Schlacht im Gange, dachte er bitter, und er war bereits ausgeschaltet.

»Es ist einfach nicht gerecht«, wimmerte er, während die letzten fandoranischen Soldaten in den Nebel hineinliefen. Dann war er allein, allein mit dem Kampfeslärm und mit seinen Schmerzen.

Von seiner günstigen Position aus sah Kiorte, daß das ganze westliche Tal von Nebel bedeckt war; näher wirbelnde Schwaden drohten den Zusammenstoß der Gegner zu verdecken. Es war ihm kaum noch möglich, Thalen und die Fandoraner im Auge zu behalten. Er hatte einen Pfeil nach dem anderen abgeschossen, aber nur manchmal getroffen. Immerhin hatte er Verwirrung gestiftet und den Vormarsch verzögert – aber nicht ausreichend, um die Flucht zu sichern. Kiorte drehte das Schiff gegen den Wind und folgte dem Weg, den sein Bruder eingeschlagen hatte. Er flog etwa zwanzig Fuß hoch, knapp über der grauen Nebelschicht, als diese plötzlich aufriß und er Thalen unter sich laufen sah, keine fünfzig Fuß entfernt von einem fandoranischen Soldaten, der ihn mit erhobener Hakke verfolgte. Kiorte warf ein Seil über Bord. »Thalen!« schrie er. Thalen blickte hoch, sah das Seil, beschleunigte noch mehr und sprang. Die Nebeldecke schloß sich in diesem Augenblick wieder, aber Kiorte merkte an dem gestrafften Seil, daß sein Bruder heraufkletterte. Einen Moment später tauchte er aus dem Nebel auf, und Kiorte packte ihn unter den Achseln. Das Schiff neigte sich bedenklich, als er ihn an Bord zog.

»Das war knapp!« keuchte Thalen. Er ließ sich neben die niedrige Kajüte fallen, mit zitternden Armen und Seitenmuskeln.

»Knapp, ja«, stimmte Kiorte ihm zu. »Aber jetzt bist du in Sicherheit.«

»Dieses Ungeziefer«, flüsterte Thalen. »Sie haben mein Schiff zerstört – Teil meines Lebens. Ich habe es selbst gebaut.«

»Ich weiß«, sagte Kiorte leise. Die Liebe eines Windseglers zu seinem Schiff konnte man Bodenmenschen nicht erklären, aber zwischen den beiden Brüdern bedurfte es keiner Worte. »Ich werde mich hinter die Kampflinie zurückziehen«, sagte Kiorte nach einer Pause. »Unsere Brüder werden jetzt übernehmen.« Er blickte auf die beiden anderen Windschiffe, die ihnen folgten.

»Viel können sie nicht ausrichten in diesem Nebel«, sagte Thalen. »Außerdem müssen wir an den Drachen denken . . .«

»Schon wieder dieses Gerede vom Drachen!«

»Es ist wahr«, sagte Thalen. »Ich habe ihn gesehen – ein Ungeheuer mit einer Flügelspanne doppelt so breit wie unsere Segel!«

»Gibt es keine vernünftigere Erklärung? Vielleicht sind die Fandoraner gar nicht so primitiv – vielleicht haben sie auch Flugschiffe . . .«

»Kiorte, dieses Ungeheuer lebte, da täusch dich mal nicht! Ich sah seine Muskeln, das schreckliche Feuer seiner Augen. Es war ein Drache!«

Kiorte blickte seinen Bruder an. So müde und aufgebracht Thalen auch war – Kiorte wußte, daß er die Wahrheit sprach.

»Also gut«, sagte er finster. »Wink mit den Flaggen; die anderen Schiffe sollen zu ihren Stützpunkten zwischen den Bäumen zurückkehren. Wir können hier im Augenblick nichts ausrichten – wir landen hinter der Kampflinie. Ich habe ein paar Worte mit Falkenwind zu reden.«

Amsel eilte den schmalen Marmorweg neben dem Fluß entlang. Die Kinder argwöhnen etwas, dachte er. Inzwischen muß die Prinzessin Wegwächter ausgeschickt haben, um mich suchen zu lassen.

Er schirmte seine Augen gegen die Nachmittagssonne ab und blickte den schimmernden Weg hinunter. Große orangenfarbene Beeren von den Sträuchern über ihm hatten Flecken auf dem Marmor hinterlassen. Amsel hob eine reif aussehende Beere auf: Goldbeeren, dachte er, aber die Farbe ist ungewöhnlich. Er probierte eine der Beeren; sie war saftig und voller Kerne. »Die werden mich eine Weile über Wasser halten«, murmelte er. »Zumindest bis ich zum Palast komme.«

Er ging weiter und aß dabei. Am Ende des Marmorweges stand er vor einer gewundenen Steintreppe, die auf einen Hügel führte. Langsam stieg er die steilen Stufen hoch. Sie waren von dichten Sträuchern gesäumt, die so stark dufteten, daß ihm schwindlig wurde. Er wollte sich gerade etwas ausruhen, als von oben Schritte erklangen. Wegen der Windungen der Treppe und des dichten Buschwerks konnte er nichts erkennen, aber das Klirren und Rasseln einer Rüstung war deutlich zu hören.

»O nein!« rief er aus, »Wegwächter!« Er sah sich nach einem Versteck um, doch die Treppe führte, für jeden sichtbar, zum Marmorweg hinunter, und der lief den Fluß entlang. Dorthin aber wollte er nicht zurückkehren.

»Ich weiß nicht, warum sich alle so über diesen Spion aufregen!« ertönte eine Stimme von weiter oben. »Diese Bauern sind doch ungefährlich. Was soll dieser Dummkopf schon anrichten?«

»Die Prinzessin will ihn um jeden Preis haben«, sagte ein anderer Mann. »Ich habe das Gefühl, er ist mehr wert als der Finderlohn für ihn.«

»Egal«, sagte der erste wieder, »immer noch besser, als Falkenwind in das Tal zu folgen. Ich reiß' mich nicht um eine Schlacht, selbst wenn es um die Fandoraner geht.«

Amsel lauschte angespannt. Wenn diese Männer recht hatten, hatte der Kampf vielleicht noch nicht begonnen.

»Laß uns hier entlanggehen«, erklang die erste Stimme. »Wir sollten uns am Fluß umsehen.«

Sie kamen um die Biegung, zwei hochgewachsene Soldaten mit Schwertern an der Seite, mit glänzenden Helmen und Halsstücken. Sie sahen Amsel im selben Augenblick wie er sie – und blieben vor Überraschung einen Augenblick bewegungslos stehen.

Amsel tat das einzige, was ihm einfiel, um sie zu verwirren. Er lief direkt auf sie zu. Es ist eine Belohnung auf mich ausgesetzt, dachte er. Sie werden mir nichts tun – hoffentlich!

Er drückte sich an dem ersten Soldaten vorbei, aber inzwischen hatte der andere sein Schwert gezogen – es war fast so lang wie Amsel. Einen Moment später ertönte auch hinter Amsel Geklirr.

»Sei friedlich«, sagte der Mann vor ihm, »oder du wirst noch kleiner – um einen Kopf.«

Amsel nickte. »So könnte man es ausdrücken«, sagte er. »Ich bin ein einsichtiger Mensch.«

Der Soldat brummte: »Schon besser«, behielt aber sein Schwert in der Hand. Amsel spürte einen heftigen Stoß im Rücken. »Setz dich in Bewegung!« sagte der andere. »Die Prinzessin möchte dich sehen.«

Es ging die Treppe hinauf, Amsel zwischen den beiden Wachen. Dies mag seine Vorteile haben, dachte Amsel, zumindest habe ich eine Begleitung zum Palast.

Der Mann vor ihm hastete über die letzte Treppenstufe und lief auf einen von großen Bäumen beschatteten Weg zu.

»Wenn ich erst in Sichtweite des Palastes bin«, murmelte Amsel vor sich hin, »brauch' ich nur zu entwischen und diesen Falkenwind finden.« Aber beim Anblick der riesigen Gestalt vor ihm bekam er seine Zweifel.

Der Weg führte sie an kleinen Holzhäusern und armseligen Baumwohnungen vorbei zu einer breiten Allee, die mit Läden und Marktständen gesäumt war. Die Bäume waren mit Fahnen und bunten Wimpeln geschmückt, doch die meisten Stände lagen jetzt still da. Über die Straße, von Baum zu Baum, spannte sich ein kompliziertes Netzwerk aus Tansel, an dem Laternen und Fahnen sanft im Wind pendelten.

Amsel musterte die kreuz und quer gespannten Seile; dann fiel sein Blick plötzlich auf etwas in der Ferne, teilweise von Bäumen verdeckt: das Zentrum von Oberwald mit dem gewaltigen Baum in der Mitte, dem Palast!

Er hatte eine Idee. Er blickte noch einmal hinauf: Verschlungen, wie sie waren, schienen die Seile nur an zwei Hauptstellen befestigt zu sein. Amsel runzelte die Stirn und ließ seine Augen wieder wandern. Dort! Er hatte die eine Stelle entdeckt! An einer dicken Eiche, links vor ihnen.

Es galt keine Zeit zu verlieren. Er krümmte sich plötzlich, umfaßte seine Knie und legte den Kopf zwischen die Arme – machte sich so klein wie möglich. Die Wache hinter ihm begriff nicht sofort, was geschehen war, stolperte über Amsel und fiel mit einem Ausruf nach vorn. Amsel zerrte den Dolch aus dem Gürtel des Mannes, drehte sich um und rannte auf die Eiche zu. »Auf die Beine mit dir, du ungeschickter Tölpel!« rief der erste Wächter dem zweiten zu. »Er haut ab!« Er lief hinter Amsel her. Zum Glück hatte Amsel es nicht weit. Bei der Eiche durchschnitt er mit einem Dolchhieb das dünne, aber kräftige Tanselseil, das die Hälfte der übrigen Seile hielt. Sie klatschten herunter, und die beiden Wächter verhedderten sich in dem Durcheinander. Zornige Rufe und das Klirren zerbrechender Laternen folgten Amsel, während er den Dolch in die Scheide an seinem Gürtel schob und rasch den Baum hinaufkletterte. Geschützt vom Laub, sah er sich oben mit klopfendem Herzen um und stellte fest, daß die Zweige der nahe zusammenstehenden Bäume ineinander verflochten waren. Zum erstenmal seit langem fühlte Amsel sich wieder wie zu Hause. Durch das Blätterdach konnte er mit größerer Sicherheit und fast ebenso schnell wie unten vorankommen.

Von ferne hörte er immer noch die aufgebrachten Stimmen der Wächter. Er lächelte etwas mühsam. »Wenn ich nur immer so schlau wäre«, murmelte er und arbeitete sich rasch und geschickt über die Zweige auf das Zentrum des Waldes zu.

Falkenwind hatte die Armee in drei Divisionen aufgeteilt: Die Infanterie sollte den Fandoranern frontal entgegentreten, die Kavallerie, die er mit Vora zusammen anführte, sollte den Feind umzingeln und von hinten angreifen, und die dritte Division aus den Weldenern und anderen Freiwilligen sollte in der Nähe des Waldes die Stellung halten, falls es irgendwelchen Fandoranern gelingen sollte, bis hinter die Linie vorzudringen.

Die simbalesische Infanterie rückte in geschlossener Formation rasch vor und blickte voller Verachtung auf das wilde, undisziplinierte Vordringen der Fandoraner, aber als der Nebel dichter wurde, begriffen sie, daß die Fandoraner, diszipliniert oder nicht, eindeutig eine Bedrohung darstellten: Sie sahen den Absturz des Windschiffs als Beweis dafür, daß sie gegen Zaubertricks ihrer Gegner immun waren. Und jetzt entluden sich all die Gefühle, die sich während der vergangenen Tage angestaut hatten, das Unbehagen, die Enttäuschung und die Qualen. Jetzt endlich hatten sie etwas Greifbares, etwas Menschliches vor sich, gegen das sie sich wehren konnten.

Das erste wilde Aufeinandertreffen war nur von kurzer Dauer. Nachdem Falkenwind und Vora die Einkreisung der Fandoraner durchgeführt hatten, fanden sie sich plötzlich von brüllenden Männern umgeben, die alle möglichen Gegenstände als Waffe benutzten, Fragmente von Rüstungen trugen, sich mit Schilden aus Holz und Häuten schützten und ohne Ordnung oder Vernunft angriffen. Einige der Fandoraner zögerten kurz, als sie sahen, daß ihnen nicht nur simbalesische Männer, sondern auch Frauen gegenüberstanden, aber die Kampfeslust hatte sie zu sehr ergriffen, als daß das lange von Bedeutung war. Falkenwinds kampftrainiertes Pferd scheute nicht, als die Kämpfenden immer näher rückten. Ein fandoranischer Soldat hob eine Hacke gegen Falkenwind; das Pferd bäumte sich auf und schlug mit seinen Vorderhufen dem Bauern die Behelfswaffe aus den Händen. Ein anderer Mann, der die Lederschürze eines Schmiedes trug, sprang von hinten auf den Sattel und versuchte, Falkenwind zu erstechen. Falkenwind schlug ihm ins Gesicht und verlor dabei den Zügel aus seinem Griff. Das Pferd bockte und warf den Fandoraner ab. Das edle Tier reagierte so schnell und so gut auf Falkenwinds Befehle, daß sie zusammen wie ein einziges Wesen erschienen. Aber es erfolgten immer wieder neue Angriffe auf Falkenwind, und sein Schwert war öfter als einmal in Blut getaucht.

Die Schlacht wogte in dem engen Tal hin und her, und keine der beiden Seiten gewann für längere Zeit an Boden. Es wurde vorwiegend Mann gegen Mann gekämpft; es war weder Platz noch Zeit, die Armbrüste zu benutzen. Die Nordweldener verachteten diese komplizierten Waffen ohnehin und zogen die Langbogen vor, aber der Nebel erschwerte die

Sicht und machte die Sehnen feucht und unbrauchbar. So tobte der Kampf mit Schwertern, Spießen, Messern und Äxten, heftig und ohne Pardon.

Falkenwind wendete sein Pferd und sah, wie eine Gruppe von Fandoranern eine kleinere Abteilung von Simbalesen bedrängte. Die Fandoraner wurden von einem grimmigen alten Mann mit wehendem weißen Haar und einem jetzt rotgefleckten Bart angeführt. »Für Fandora!« schrie er und schwang sein Schwert. »Für Johan!« Falkenwind gab seinem Pferd die Sporen und ritt auf ihn zu. Jondalrun sah ihn kommen und erkannte an der edlen Rüstung, daß dieser Mann einer der simbalesischen Anführer war. Er hob sein Schwert gegen ihn. Falkenwind parierte den Schlag, erstaunt über die Kraft des alten Mannes. Den Bruchteil einer Sekunde blickten sie einander an; Falkenwind sah den unverständlichen, wilden Zorn in den Augen Jondalruns, und Jondalrun fragte sich trotz seines Zorns, warum er in Falkenwinds Blick keine Tücke sah, nur Überraschung und Verwirrung. Dann trieb eine neue Welle kämpfender Soldaten sie auseinander, und beide tauchten im Nebel unter.

Der Nebel wurde jetzt schnell immer dichter, und irgendwann, wie durch Telepathie dazu aufgefordert, fingen die meisten Fandoraner plötzlich an zu laufen anstatt zu kämpfen, ohne Rückzugsbefehl. Die erste Tollheit hatte sich ausgetobt, die klare Überlegenheit der Gegner kam ihnen plötzlich zu Bewußtsein, und ihr Zorn schlug um in Entsetzen. Der Nebel unterstützte den Rückzug. In kleinen Gruppen schlüpften sie gebückt zwischen den Pferden und unter den Schwertern der Kavallerie hindurch davon. Falkenwind zügelte sein Pferd, und Vora brüllte: »Wir müssen uns neu formieren! Dieser Nebel hat sie entkommen lassen!«

»Stimmt«, erwiderte Falkenwind. »Laßt das Signal blasen. Weist ein Kontingent an, die Gefangenen, die wir gemacht haben, durchs Tal zum Wald zu führen.«

Dann wendete er sein Pferd. Er hörte immer noch hier und da Schwerter gegen Sensen und Axtblätter klirren. Er war es seinen Soldaten schuldig, zu bleiben, solange noch irgendwo gekämpft wurde.

Jondalrun saß auf einem Baumstamm, nicht weit von den Hügeln entfernt. Er war verletzt: Der Bolzen aus einer simbalesischen Armbrust hatte die Innenfläche seiner rechten Hand gestreift. Dayon saß neben ihm und verband die Wunde. Pennel saß auf seiner anderen Seite. Überall um sie herum lagen Verwundete. Mehrere Wundärzte versorgten sie, so gut sie konnten, mit Salben aus zerdrückten Kräutern und Schienen aus Stökken und Schlingpflanzen. Das Stöhnen der Verwundeten füllte die Luft. Jondalrun entzog Dayon seine Hand.

»Kümmer dich um die andern«, brummte er.

»Sie sind im Moment versorgt«, erwiderte Dayon.

Jondalrun lauschte der unheilvollen Stille. »Und was geschieht jetzt?« sagte er leise, wie zu sich selbst.

»Die Simbalesen werden sich neu formieren«, entgegnete Pennel. »Sie werden das Tal durchkämmen und unsere Männer auflesen, wo sie sie finden. Unsere einzige Chance ist, uns zu den Hügeln zurückzuziehen und zu hoffen, daß die übrigen Männer es auch tun.«

»Vielleicht sollten wir uns auch neu formieren«, sagte Jondalrun nachdenklich. »Der Nebel gibt uns Deckung. Wenn wir ihre Linie durchbrechen könnten . . .«

»Unsere Männer haben sich im Nebel verlaufen!« rief Dayon aus. »Wie können wir sie neu formieren? Wir haben keine Trompeter, die zum Sammeln blasen! Wir haben keine andere Wahl: Wenn wir überhaupt noch kämpfen wollen, müssen wir uns jetzt zurückziehen!«

Jondalrun preßte eine Hand gegen seinen Kopf, und für einen Moment dachten Dayon und Pennel, er würde zusammenbrechen. »Nichts von unserem ganzen Unternehmen läuft richtig«, sagte Jondalrun. »Dabei hat sicher keiner von uns mit der Möglichkeit gerechnet, er könne hier sterben.« Er hob den Kopf und blickte auf die Verwundeten, über denen Nebel aufstieg wie Seelen, die um ihre Freiheit kämpften.

Dayon folgte seinen Blicken und sagte leise: »Dies ist der Preis der Rache. Deiner Rache. Für deinen Sohn und meinen Bruder.«

Nach einer langen Stille sagte Jondalrun, so leise, daß sie ihn kaum vernahmen: »Wie können wir es beenden?«

»Überhaupt nicht«, sagte Pennel. »Jetzt nicht mehr. Wir haben angegriffen; jetzt gibt es nur noch Sieg, oder wir werden niedergemetzelt. Aber erst müssen wir zu den Hügeln!«

Jondalrun erhob sich langsam. »Du hast recht«, sagte er rauh. »Ich wollte die Hügel von Anfang an nicht verlassen. Verflucht sei der Dummkopf, der das Windschiff heruntergeholt hat, wer immer es sein mag!« Er blickte sie an. »Laßt uns möglichst viele Männer zusammenholen, um die Verwundeten zu tragen. Wir kehren zu den Hügeln zurück.«

Er kann das Wort »zurückziehen« nicht über die Lippen bringen, dachte Dayon. Aber Hauptsache, der Rückzug findet statt.

Soldaten von beiden Seiten bewegten sich vorsichtig durch den Nebel, die Waffen fest umklammert und zwischen Hoffnung und Furcht schwankend, der Feind könne plötzlich auftauchen. Tamark führte eine Gruppe dieser Soldaten an. Der Nebel hatte seinen Orientierungssinn ausgeschaltet; so langsam und lautlos wie möglich suchte er den Weg zu den Hügeln zurück. Er war nicht versessen auf einen weiteren Kampf. Im Augenblick hoffte er nur auf einen Rückzug ohne Zwischenfälle.

Seine Hoffnungen wurden jedoch bald zunichte gemacht. Aus dem Nebel vor ihm tauchten Gestalten in edler Rüstung auf, die seinen Weg rechtwinklig schnitten. Die beiden Gruppen erblickten einander gleichzeitig. Tamark hörte erregte Rufe und wie Schwerter aus ihren Scheiden gezogen wurden. Also blieb keine andere Wahl. Er zog sein Schwert und rief: »Für Fandora!« Aber der Schlachtruf klang ihm falsch in den Ohren. Vielleicht sterbe ich in den nächsten Minuten, dachte er, und ich weiß nicht einmal wofür.

Da griffen die Simbalesen an. Sie wurden von General Vora angeführt und waren gerade dabei, Gefangene zurück zum Wald zu bringen. Vora war ebensowenig wie Tamark nach einem weiteren Kampf zumute, aber als er den zerlumpten Haufen auftauchen sah, war ihm klar, daß er dieses Hindernis aus dem Weg räumen mußte, damit ihnen nicht die Gefangenen entkamen.

Aber der Fandoraner, der diese Gruppe führte, war intelligenter als die heulenden Berserker von zuvor – ein reckenhafter, kahlköpfiger Mann, der sein Schwert schnell zog, seine Männer mit einem Ruf um sich versammelte und vorschnellte, um Voras Angriff zu begegnen. Vora dachte an Falkenwinds Befehl, wo immer möglich Gefangene zu machen, und versuchte, Tamark zu entwaffnen. Aber er rutschte an einer schlammigen Stelle aus und stolperte. Der Fandoraner war sofort bei ihm, schlug ihm das Schwert aus der Hand und richtete sein eigenes auf Voras Hals. Vora wich aus und stürzte sich auf den Fandoraner. Sie fielen zusammen auf den Boden und rollten zwischen die brüllenden, fluchenden Soldaten, die um sie herum kämpften. Vora drückte dem Kahlköpfigen das Knie in den Magen, so daß dieser um Atem ringen mußte. Vora keuchte selbst – es war viele Jahre her, seit er sich zum letztenmal auf diese Weise angestrengt hatte. Er kämpfte sich frei und stand mühsam auf. Plötzlich tauchte aus dem Nebel messerschwingend ein anderer Fandoraner auf. Vora drehte sich um, aber einen Moment zu spät: Er fühlte einen stechenden Schmerz in der Seite, als der Soldat sich auf ihn stürzte. Vora verlor das Gleichgewicht und stürzte nieder. Vorübergehend benommen, sah er, wie der zweite Soldat dem Kahlköpfigen auf die Beine half. Dann verschwanden beide stolpernd im Nebel.

Vora blickte sich um. Tote und verwundete Männer und Frauen bedeckten den Boden. Von allen Seiten ertönten Rufe. Jemand erschien neben ihm und half ihm hoch.

»Ihr seid verwundet, General!« sagte sie – es war eine Frau –, »ich werde Euch einen Verband anlegen.«

»Laß nur«, knurrte Vora. »Was glaubst du wohl, warum ich soviel Fett mit mir herumschleppe? Man braucht ein langes Messer, um bis zu meinen lebenswichtigen Organen vorzustoßen.«

»Die Gefangenen griffen uns von hinten an, General«, sagte die Frau. »Wir sind zwischen die beiden Gruppen geraten und haben alle Gefangenen bis auf einen verloren.«

»Ich verstehe«, sagte Vora und seufzte. »Ich glaube, ich möchte doch einen Verband.«

Die meisten Hauptstraßen in Oberwald lagen verlassen da. Die Kutsche der königlichen Familie erreichte das Flußufer schnell. Zwei kleine Kinder und ein hochgewachsener älterer Mann warteten dort zusammen mit mehreren Wächtern.

Evirae lächelte und klatschte in die Hände. Der Vorhang der Kutsche glitt zurück, und sie stieg vorsichtig aus. Sie trug ein langes purpurfarbenes Kleid, ein blaues Cape und einen silbernen Stirnreif.

Woni betrachtete sie, von Erstaunen erfüllt. »Es ist die Prinzessin!« sagte sie. »Sie sieht so schön aus!«

Willow stocherte mit der Gummispitze seines Speers nervös im Rasen herum. »Sie sieht komisch aus«, sagte er. »Warum hat sie ihr Haar so aufgesteckt?«

»Pst!« flüsterte sein Großvater. Als Evirae vor ihnen stehenblieb, sagte er: »Guten Nachmittag, Prinzessin. Ich hoffe, daß wir helfen können.«

Evirae nickte ihm zu und lächelte die Kinder an. Sie streckte eine Hand aus, um Woni den Kopf zu tätscheln. Das Kind schreckte instinktiv vor den glänzenden Nägeln zurück, und Evirae biß sich auf die Lippe. »Ihr seid zwei süße Kinder«, sagte sie freundlich.

»Ich bin ein Junge«, sagte Willow. »Ich bin nicht süß.«

Evirae nickte beruhigend. »Ich habe es nur als Ausdruck der Zuneigung gemeint.«

Der Junge errötete und murmelte: »Was wollt Ihr wissen?«

»Ihr habt den Spion aus Fandora gesehen – wie sah er aus?«

Der Großvater zog Willow an seine Seite. »Nach dem, was er mir erzählt hat, Prinzessin, war der Bursche, den er sah, so klein wie ein Junge, hatte jedoch das Gesicht eines Mannes.«

»Sein Haar sah aus wie Baumwolle!« sagte Woni. »Wie ein Baumwollball!«

Evirae nickte zustimmend. »Das ist er!«

Willow wollte sich nicht in den Hintergrund drängen lassen: »Er ging den Weg hinunter, der zu der Treppe führt. Er sagte, daß wir nicht hinter ihm herlaufen sollen.«

Evirae dachte nach. »Zweifellos hat er die Absicht, den Palast auszuspionieren. Ich muß die Wachen warnen.«

Woni zupfte an Eviraes Gewand und sagte: »Er hat gesagt, er müsse seinen Freunden helfen.«

»Das glaube ich«, sagte Evirae, »aber *ihr* habt Simbala geholfen.« Sie blickte den Großvater an. »Wie kann ich dir danken?«

»Ich habe wenig Wünsche, Prinzessin. Fragt die Kinder.«

Evirae wandte sich wieder zu Woni und Willow. »Sagt mir«, fragte sie, »was hättet ihr gern, wenn ihr euch aussuchen könntet, was ihr wollt?«

Der Junge sagte aufgeregt und freudestrahlend: »Einen Wurfspieß! Wie die, die die Palastwachen benutzen!«

Evirae schüttelte den Kopf. »Das ist zu gefährlich für einen Jungen in deinem Alter, aber ich werde dafür sorgen, daß du einen Wurfspieß zum Spielen bekommst, der schöner ist als alle, die du bisher gesehen hast.« Sie wandte sich Woni zu. »Und du, meine kleine Prinzessin? Was hättest du gern?«

Woni lächelte schüchtern. »Lieber als *alles* andere?«

Evirae lachte. »Sag, was es ist, und es gehört dir!«

Woni lehnte ihren Kopf an Willows Großvater und sagte mit zaghafter Stimme: »Darf ich Lady Ceria kennenlernen?«

Evirae wurde blaß. Langsam, eher betroffen als zornig, wandte sie sich um und ging mit steifen Schritten ohne ein Wort zur Kutsche zurück.

Woni rief ihr verwirrt etwas nach, aber Willows Großvater legte ihr die Hand auf die Schulter und sagte: »Manchmal sind Prinzessinnen schwer zu verstehen.«

In den höchsten Gemächern des Palastes wartete Monarch Ephrion auf eine Nachricht über Falkenwinds Gefecht mit den Fandoranern. Seine Räume auf der inneren Seite eines breiten, kreisrunden Flurs waren nicht weit entfernt von Lady Cerias kleinem Privatzimmer.

Der mit langen pastellfarbenen Gobelins geschmückte Flur wand sich durch den harten Stamm des Palastbaumes. Es war still in diesen frühen Morgenstunden, denn die Posten der oberen Stockwerke waren zu den Truppen abgezogen worden. Deshalb erhob sich Ephrion besorgt, als er ein Geräusch vor seiner Tür hörte. Er öffnete sie einen Spalt und spähte hinaus: Im gedämpften Licht des Flures tastete sich Lady Ceria einen großen Gobelin entlang in seine Richtung. Sie schwankte, als er ihr entgegenkam, und er konnte sie gerade noch auffangen.

»Ihr hättet nicht aufstehen sollen«, schalt er leise. »Ihr wart schließlich über einen halben Tag bewußtlos!«

Ceria schüttelte verschlafen den Kopf und flüsterte: »Ein Traum – ich

hatte einen sehr beunruhigenden Traum. Es ist sehr wichtig, daß ich Euch und Falkenwind davon erzähle.«

»Falkenwind ist auf dem Schlachtfeld«, sagte Ephrion.

Ceria war überrascht. »Er ist fortgegangen, ohne mich kommen zu lassen?«

»Ihr wart nicht bei Bewußtsein, edle Dame.«

Ceria nickte schwach. Ephrion half ihr ins Zimmer und stieß die Tür mit der Schulter zu. Ceria hatte sich soweit erholt, daß sie sein Arbeitszimmer, den kreisrunden Raum mit der hohen Decke, voller Entzücken betrachtete. Kerzen warfen tanzende Schatten auf Wände und Möbel. In einer Ecke stand ein großer Schreibtisch aus Rosenholz, auf dem sich Bücher und Schriftrollen stapelten. Auf dem Boden lagen sorgfältig geordnete Landkarten. An den Wänden waren mit Siegellack Blätter mit Notizen befestigt.

Ephrion geleitete Ceria zu einer großen Couch, und sie ließ sich dankbar in die Kissen fallen. »Es tut mir leid, wenn ich Euch von Euren Studien ablenke«, sagte sie leise, »aber ich muß einfach über das sprechen, was ich gesehen habe. Zuerst jedoch sagt mir – habt Ihr schon Nachricht von Falkenwind?«

Ephrion setzte sich neben sie und schüttelte den Kopf. »Kein Wort.«

Ceria machte ein betroffenes Gesicht.

»Ihr spracht von einem Traum«, sagte Ephrion freundlich.

»Ja, ein Traum. Ein Gefühl. Ich weiß nicht, wie ich es beschreiben soll. Worte können es nicht ausdrücken.«

Ephrion setzte sich in einen kleinen braunen Sessel mit Armlehnen, die wie Flügel aussahen. »Ich weiß von Eurer Gabe, Ceria. Ihr müßt sie jetzt mit mir teilen, um Simbalas willen, Falkenwind zuliebe.«

Ceria blickte auf eine brennende Kerze am anderen Ende des Zimmers. Ihre Augen schienen fern, als seien sie auf einen anderen Ort und eine andere Zeit gerichtet. »In meinem Traum«, sagte sie langsam, »war ich wieder ein Kind und lebte in den Wagen meines Stammes. Es war ein kalter Abend, und es schneite. Ich lag unter meiner Steppdecke und spürte eine unerklärliche Angst. Ich stand auf, um Zurka zu suchen, die Frau, die mich großgezogen hat – aber sie war nicht in ihrem Bett. Ich lief nach draußen, vor Kälte zitternd. Im dunklen Wald, der die Wagen umgab, schienen kalte, glühende Augen zu lauern. Im Mondlicht entdeckte ich einen fremden Wagen in unserem Lager. Die Tür war angelehnt, und ich blickte hinein. Auf einem kleinen Kissen aus Samt lag ein glatter und runder Edelstein. Er war wolkig wie eine Perle, aber durchwirbelt von allen Regenbogenfarben, als sei Licht in seinem Inneren gefangen. Er war groß – so groß wie zwei gefaltete Hände. Ich hatte das Gefühl, ich müßte ihn aus der Nähe sehen. Aber als ich hingriff und ihn berührte, zerplatzte er wie eine Seifenblase. Heraus sprang ein Drache, winzig zuerst, aber er wuchs, wurde riesig. Seine Augen waren dunkelblau wie die Nacht. Sein Gesicht . . .« Ceria schloß die Augen einen Moment. »Es war traurig«, flüsterte sie. »Es war so viel Kummer in seinem Gesicht.«

Sie blickte Ephrion an. »Ephrion, er sah nicht aus wie das Wesen, das wir vom Fenster des Palastes sahen. Das Wesen hatte gelbe Augen und zwei Beine. Dieser Drache hatte vier. Ihr seid vertraut mit den Legenden; sagt Euch das, was ich geträumt habe, etwas?«

Ephrion stand auf und ging schweigend zum Schreibtisch. Ceria hörte das Rascheln der Schriftrollen und wartete. Als Ephrion wieder zu ihr trat, hatte er eine kleine Schriftrolle in der Hand.

»Dies hier«, sagte er, »ist, was Ihr gesehen habt, Ceria.«

Ceria setzte sich auf und nahm die Schriftrolle in die Hand. »Geht vorsichtig damit um«, sagte er, »die Rolle ist älter als der Palast.«

Ceria erschien das Papier zerbrechlicher als der Flügel eines Schmetterlings. Sie betrachtete die verblichene Zeichnung auf dem Pergament aufmerksam. Sie stellte genau das dar, was sie in ihrem Traum gesehen hatte – eine Kugel voller Farben, die im Lauf der Zeit verblaßt waren.

»Es ist einer der legendären Drachensteine«, sagte Ephrion, »vielleicht sogar eine Drachenperle. Das Bild ist zu verblichen.«

»Legendär?« fragte Ceria. »Dann gibt es die nicht mehr?«

Ephrion lächelte. »Wenn es den legendären Drachen noch gibt, können dann nicht auch andere Legenden noch existieren?«

»Ja«, sagte Ceria. »Das leuchtet mir ein. Aber warum kann ich mich dann nicht aus meiner Zeit im Shar-Wagen daran erinnern? Als ich noch ein Kind war, erzählte Zurka mir und meiner Halbschwester Balia die Legenden. Ich kann mich gut an die Drachen erinnern und was für edle, sanfte Wesen sie waren. Und doch kann ich mich nicht an eine Drachenperle erinnern.«

»Davon wußte ich auch nichts«, erwiderte Ephrion, »bis ich mich mit diesen Schriftrollen beschäftigte.« Er nickte in Richtung Schreibtisch. »Sie haben seit Jahrzehnten unberührt in der Bibliothek des Palastes gelegen. Jetzt, nach dem Auftauchen des Drachen, sehe ich sie mit anderen Augen an. Ich glaube, daß vieles, was man für Legenden hält, in Wirklichkeit die Geschichte der auf keiner Landkarte verzeichneten nördlichen Länder ist.« Ephrion nahm die alte Schriftrolle und legte sie behutsam auf einen kleinen Tisch. »Die Drachensteine sind Fundgruben des Wissens, Ceria. Sie wachsen im Kopf eines Drachen, wie eine Perle wächst. Die Erinnerungen, die Geschichte ihres Landes und die Geheimnisse der Drachen sind in diesen Kugeln enthalten.«

»Wie erstaunlich!« rief Ceria aus. »Dann kann man aus diesen Steinen die Geschichte der Drachen erfahren!«

Ephrion nickte. »Ja. Für jeden Drachen gibt es einen solchen Stein. Doch gibt es nach den Legenden nur acht Drachenperlen. Die Drachenperle ist ein Stein, der im Kopf eines Drachenherrschers gewachsen ist, und acht Herrscher soll es in der Vergangenheit gegeben haben. Die Steine enthalten nur die Erinnerungen einzelner Drachen, die acht Drachenperlen aber darüber hinaus die gesamte Geschichte der Drachenwelt. Es sind Zeugen der Vergangenheit, Ceria, und die acht Perlen sind menschlichem Denken zugänglich; durch sie können wir auch erfahren, wie sie heute leben.«

»Wie kann das sein, Monarch Ephrion? Sind denn die Drachenperlen nicht älter als der Palast?«

»Ja«, erwiderte Ephrion, »das trifft zu für die acht, von deren Existenz wir wissen. Wenn es aber heute noch einen Herrscher der Drachen gibt, sind die acht Drachenperlen nicht untätig. Viel von ihrem Wissen ist ineinander verknüpft. Gedanken eines lebenden Drachenherrschers könnten in jeder der Drachenperlen entdeckt werden.«

Ephrion blickte auf die Schriftrolle. »Wenn Euer Traum wahr ist, Ceria, müssen wir den Stein hierherbringen. Sollte es sich um eine Drachenperle handeln, so enthält sie vielleicht die Informationen, die wir brauchen, um diesem Krieg ein Ende zu setzen.«

Ephrion stand wieder auf und ging zu einem Schränkchen in der Nähe der gewölbten Tür. Er goß aus einer Karaffe ein Getränk in ein Glas. »Ihr braucht etwas Belebendes«, schlug er vor. »Wir dürfen keine Zeit verlieren. Ihr wißt, wie schwierig Falkenwinds . . .«

Ephrion drehte sich um und sah, daß Ceria die Couch verlassen hatte und am Schreibtisch die Landkarten betrachtete.

»Bringt sie nicht durcheinander«, bat er.

Ceria lächelte. »Nein, ich suche nur eine Karte von der Valian-Ebene. Es ist lange her, seit ich zuletzt zu Hause war, und ich muß so schnell wie möglich hin.«

Sie nahm das Getränk entgegen und hob das Glas zu einem Trinkspruch.

»Auf daß wir die Drachenperle finden!« sagte sie.

»Auf den Frieden«, entgegnete Ephrion leise.

Ceria nickte und leerte das Glas. Dann zog sie ihr rotes Cape enger um sich und verließ mit einer ehrerbietigen Abschiedsgeste Ephrions Zimmer, um sich auf ihre Reise vorzubereiten.

25

Die Menschen auf den Straßen in der Nähe des »Monarchenmarsches« brachen in Rufe des Erstaunens aus, als die Ebenholzkutsche der königlichen Familie vorbeifuhr – die Prinzessin saß vorn neben dem Kutscher! Evirae hielt in der Menschenmenge Ausschau nach einem kleinen Mann mit weißem Wuschelkopf.

»Einem Dutzend Männern«, rief sie, »gebe ich den Auftrag, den Fandoraner zu suchen, und keiner schafft es!« Sie warf den Kopf zurück und blickte in die Baumkronen. »Wir müssen den Fandoraner finden, bevor er den Palast erreicht!«

Hinten in der Kutsche tupfte Baron Tolchin sich mit einem kleinen blauen Seidentuch den Schweiß von der Stirn. Er blickte finster vor sich hin. »Die ganze Zeit an den Fandoraner verschwendet! Wir sollten uns mit Falkenwind befassen!«

Alora seufzte. »Es gefällt mir nicht. Sie verfolgt den Fandoraner, als handele es sich um den Rubin.«

Tolchin nickte. »Mit gutem Grund! Du hast ihn als Hindernis für den Thron dargestellt!«

»*Ich*?« Alora versuchte, überrascht zu erscheinen.

»Kannst du dich etwa nicht erinnern? Du hast zu ihr gesagt: ›Vielleicht solltest du den Spion suchen, bevor du den Palast renovierst!‹«

Alora schüttelte den Kopf. »Ich wollte die junge Frau nur darauf hinweisen, daß zu viele Dinge noch nicht geklärt waren. Es ist sinnlos, Falkenwinds Amtsenthebung anzustreben, wenn allein die Tatsache gegen ihn spricht, daß er die Warnung vor einem Spion nicht beachtet hat.«

»Evirae interessiert sich eh kaum für deine diskreten Hinweise, meine Liebe. Sie will nur im Palast sitzen und Befehle austeilen.«

»Seit wann bist *du* gegen Evirae?«

»Ich bin für die Amtsenthebung Falkenwinds und dafür, daß wieder ein Mitglied der königlichen Familie den Thron besteigt. Die Prinzessin mag ihre Fehler haben, aber man kann sie lenken.«

Alora blickte ihren Gemahl vorwurfsvoll an. »Du kennst Evirae nicht. Sie wird Simbala führen, wie sie ihr eigenes Leben führt – eigensinnig und kindisch. Und im ganzen Land werden kleinliche Rivalitäten und chaotische Zustände herrschen.«

Tolchin zog den Vorhang an der Seite Aloras zurück. »Sieh dich um!« wandte er ein. »Die Armee führt Krieg. Die Nordweldener beschuldigen uns, ihre Forderungen zu mißachten. Die Fandoraner warten in den Hügeln nahe dem Wald ... und im Hof des Palastes taucht ein Drache auf! Ist diese Situation unter dem Bergmann so erstrebenswert, daß du es nicht riskieren würdest, ihn durch eine Frau aus der königlichen Familie zu ersetzen?«

»Ich traue ihr nicht, Tolchin. Ich werde keine Zugeständnisse machen, bis es eindeutige Beweise für Landesverrat gibt.«

»Beweise!« rief Tolchin aus. »Wenn du Evirae so gut kennst, wie du behauptest, dann weißt du auch, daß sie die Beweise finden wird – und wenn sie sie selbst herstellen muß!«

»Ist das die moralische Gesinnung, die sich für eine Königin ziemt?«

»Sie wird nur dem Namen nach Königin sein. Die Familie selbst wird Simbala regieren.«

»Da ist schon wieder einer«, sagte Amsel leise. Er blickte zwischen den roten Blättern eines Yuana-Baums hinunter auf einen Wächter, der dort einherschritt. Es war der fünfte, den er in ebenso vielen Minuten gesehen hatte. Wenn er auf dem Boden geblieben wäre, nachdem er den Palastwachen entkommen war, hätte man ihn wahrscheinlich schon längst wieder festgenommen. Er fragte sich, ob es den beiden Männern gelungen war, die Prinzessin aufzusuchen, aber er wußte auch, daß es keinen Sinn hatte, darüber nachzudenken. Er mußte einfach zu Falkenwind oder zu der Frau, die sie Ceria nannten, durchdringen.

Trotz seiner Erschöpfung hatte er in kurzer Zeit eine beachtenswerte Strecke hinter sich gebracht, direkt über die Zweige des Blätterdachs oder Hand über Hand entlang Schlingpflanzen. Manchmal stieß er dabei auf Baumhäuser mit offenen Veranden und Stegen, die wieder zu anderen Bäumen führten.

Aber in der Nähe der Palastanlage standen die Bäume regelrecht Spalier. Immer häufiger mußte Amsel gefährliche Sprünge über weite Zwischenräume wagen.

Erschöpft hastete er einige hundert Meter weiter, aber die Abstände zwischen den Bäumen wurden immer größer. Obwohl die oberen Stockwerke der hinteren Palastseite – er nahm an, daß es sich um diese handelte – jetzt deutlich zu sehen waren, wurde ihm klar, daß er das letzte Stück auf der Erde überwinden mußte.

Amsel packte eine lange, blattlose Schlingpflanze und musterte das Gebiet unten. Es gab einige kleinere Bäume, deren Schatten eine gewisse Deckung bieten mochten. Er sah auch ein kleines Gebäude aus Holz, das von zwei Männern bewacht wurde – beide schienen zu schlafen; aus dem Gebäude drangen Geräusche, die von Pferden zu kommen schienen. Westlich davon befand sich eine schmale steinerne Brücke. Wenn es ihm gelang, östlich des Gebäudes vorbeizukommen, konnte er den Fußweg zum Palast erreichen.

Amsel zerrte an der Schlingpflanze. Sie glänzte und war einigermaßen glatt. Gut, dachte er, holte tief Luft und rutschte zwischen den Zweigen hinunter. Doch da sah er etwas völlig Unerwartetes. Eine schöne Frau in einem roten Umhang lief rasch den Weg zum Stall entlang!

»Lady Ceria!« rief Amsel unwillkürlich, und zu seinem Entsetzen blickte die junge Frau zu ihm hinauf. Sie sah, wie sich die kleine Gestalt auf bedenkliche Weise von einem hohen Baum auf einen niedrigeren Ast hinunterließ und dann in den langen, schmalen Blättern eines Wollseidenbaums untertauchte. Sie lief rasch darauf zu.

Im kleineren Baum griff Amsel rasch nach einem Ast. Er holte tief Luft und wischte sich die garnartigen Blätter aus dem Gesicht. Sie hat mich gesehen, dachte er, und sie wird mich gleich finden. Er wußte nicht, ob er sich zu erkennen geben oder davonlaufen sollte. Die Frau konnte ja irgendeine Simbalesin im roten Umhang sein. Aber da war der Palast, und sie hatte aufgeblickt ...

»Komm runter von da oben, junger Mann!«

Amsel spähte zwischen den Blättern hervor und sah, daß die Frau, Hände auf die Hüften gestemmt, ärgerlich zu ihm hinaufblickte.

»Ich habe es eilig!« rief sie. »Komm sofort runter, oder ich hole dich!«

Amsel musterte sie. Sie schien genau der Beschreibung des Kindes zu entsprechen. Er versteckte sein Gesicht hinter Blättern und beschloß, es darauf ankommen zu lassen. »Seid Ihr Lady Ceria?«

Die Augen der Rayanerin weiteten sich vor Erstaunen. »Ja!« rief sie. »Und wer bist du?«

Amsel lächelte. »Endlich!« murmelte er und kletterte rasch den Baumstamm hinunter.

Ceria sah den weißen Haarschopf zwischen den untersten Ästen auftauchen. Der merkwürdige Akzent des Jungen und das Auftauchen eines

»Kindes« in diesem Gebiet ergaben plötzlich einen Sinn. Er war gar kein Junge!

Amsel sprang vor ihr auf den Boden.

»Du bist der Spion«, sagte Ceria leise. »Beweg dich nicht.« Sie hatte ein kleines Messer in der Hand.

»Nein!« rief Amsel. »Es hat ein schweres Mißverständnis gegeben!«

»Ja«, erwiderte Ceria. »Fandora führt Krieg gegen Simbala. Während wir hier sprechen, stehen eure Truppen den unsern im Kamerantal gegenüber. Das ist wahrhaftig ein schweres Mißverständnis.«

Amsel seufzte. »Dann ist das, was ich zu sagen habe, noch wichtiger als zuvor! Wenn Ihr Lady Ceria seid, müßt Ihr mir helfen, Monarch Falkenwind eine Nachricht zukommen zu lassen!«

Ceria musterte ihn schweigend. Dies sollte der Mann sein, den die Fandoraner geschickt hatten, um Oberwald auszuspionieren?

»Ich muß eine Botschaft zu Falkenwind schicken!« wiederholte Amsel hartnäckig. »Die Prinzessin hat mich in Euren Höhlen gefangengehalten. Ich habe Nachrichten, die den Krieg beenden werden!«

Ceria senkte das Messer und trat näher an Amsel heran.

»Die Prinzessin? Sie hat dich daran gehindert, Falkenwind eine Botschaft zu senden?«

»Ja! Ja! Eine Botschaft, die den Krieg verhindert hätte. Ihr müßt mich jetzt zu ihm führen!«

»Wende mir den Rücken zu«, sagte Ceria, »und lehne dich an den Baumstamm. Ich muß sicher sein, daß du keine Waffen bei dir trägst.«

Amsel entsprach ihrem Wunsch. Ceria durchsuchte ihn. Außer dem Messer, das er dem Wächter abgenommen hatte und das sie an sich nahm, trug er keine Waffen. Sie zog flüchtig in Erwägung, die Samenschoten, die sie bei ihm fand, ebenfalls an sich zu nehmen, kam aber zu dem Entschluß, daß sie harmlos seien. »Wir müssen dich von hier wegschaffen«, sagte sie. »Komm mit!«

Sie hasteten einen blumengesäumten Weg entlang. »Eviraes Wachen sind überall!« sagte Ceria. »Sogar in dem Stall dort, wo mein Pferd steht! Wir müssen das Wachhaus des Palastes erreichen. Der Wächter dort ist Falkenwind treu ergeben.«

Amsel nickte. »Die Prinzessin und Monarch Falkenwind sind einander feindlich gesinnt?« fragte er.

Ceria nickte. »Sie möchte gern Königin sein.«

Sie liefen auf eine breite, sich windende Straße zu, den Monarchenmarsch. Direkt vor ihnen, keine zweihundert Meter entfernt, lag der hintere Eingang zu den Palastanlagen. »Schnell!« sagte Ceria. Amsel mühte sich tapfer ab, mit der großen jungen Frau Schritt zu halten, aber er konn-

te nicht mehr – zu lange hatte er weder genug gegessen noch geschlafen.
»Ich muß mich einen Augenblick ausruhen!« bat er, aber Ceria schüttelte den Kopf: »Ich muß Oberwald in einer dringenden Angelegenheit verlassen, und dieser Aufenthalt kommt mir sehr ungelegen!«

»Es tut mir leid«, sagte Amsel keuchend und hustend, »aber ich muß mich ausruhen, nur für einen Augenblick!«

»Wir sind hier nicht sicher!« erwiderte sie. »Ich muß dich von der Wache zu Monarch Ephrion bringen lassen.«

»Ephrion?« fragte Amsel erschrocken. »Was ist mit Falkenwind?«

»Falkenwind ist im Krieg. Ephrion ist sein Vorgänger! Weißt du diese Dinge nicht? Angeblich bist du doch ein Spion!«

»Ich heiße Amsel!« sagte Amsel. »Ich bin kein Spion! Ich bin gekommen . . .«

Pferdegetrappel auf den Plattenwegen unterbrach ihn. Irgendwo hinter ihnen näherte sich eine Kutsche.

Ceria faßte Amsels Hand und zog ihn weiter, fast schleppte sie ihn.

»Was hat das zu bedeuten?« fragte er.

»Ärger«, erwiderte sie. »Wer es auch sein mag – wir dürfen nicht gesehen werden.« Sie winkte heftig in Richtung Wachhaus, und Amsel sah einen kleinen rundlichen Mann heraustreten und zurückwinken.

Ceria blickte sich um. Die Kutsche befand sich kurz vor der letzten Biegung vor dem Palast – sie waren gleich entdeckt!

»Hier entlang!« rief sie und zog Amsel von der Auffahrt herunter. Aber noch während sie dabei war, kam eine Ebenholzkutsche direkt auf sie zu. Oben neben dem Kutscher saß Prinzessin Evirae.

Sie kreischte sofort: »Der Spion! Die Rayanerin und der Spion! Hinter ihnen her!«

Als er diese Worte hörte, spürte Amsel plötzlich neue Kraft in den Beinen, und zusammen mit Ceria stürzte er sich in die schützenden Büsche am Rand der Auffahrt.

»Alora! Tolchin!« schrie Evirae von ihrem hohen Sitz. »Seht euch das an! Die Rayanerin arbeitet mit dem Spion zusammen!«

Von den Büschen aus sah Ceria den Baron durch ein unverhängtes Fenster der Kutsche blicken. Sie ergriff wieder Amsels Hand, aber er entzog sie ihr. »Das gefällt mir nicht!« sagte er. »Wohin laufen wir? Die Kutsche hat uns schon überholt und ist auf dem Weg zum Palast.«

Ceria nickte. »Hinter uns ist der Gärtnerpfad. Am Ende ist eine Pforte. Ich habe die Wache schon gewarnt. Sieh nur!«

Während sie den ungepflasterten Fußweg durch die Büsche entlangliefen, sah Amsel die Kutsche vor dem Palasttor zum Stillstand kommen.

Der Wächter trat vor, machte aber offensichtlich keine Anstalten, das Tor zu öffnen, sondern fuchtelte nur Entschuldigung heischend mit den Händen herum.

Einen Augenblick später zerrte Ceria am Schnappschloß des Gärtnereingangs. Dahinter lag üppiger grüner Rasen. »Wir haben es geschafft!« sagte Amsel. »Noch nicht«, entgegnete Ceria. »Er wird die Prinzessin nicht lange aufhalten können.«

Und wirklich – kaum hatte man Amsel und Ceria auf dem Rasen entdeckt, da öffnete sich auch schon die Pforte hinter ihnen, und Evirae stürmte hindurch, gefolgt von Tolchin und Alora. Sie kreischte: »Haltet sie fest! Wache! Haltet sie fest, bevor sie den Palast erreichen!« Der Wächter gehorchte, jedoch mit der Schwerfälligkeit eines Mannes, der doppelt so alt wie er war.

Ceria und Amsel überquerten den Rasen in einem einzigen raschen Zuge und folgten dann einem kurzen, aufwärtsführenden Pfad, der mit dichten Reihen von Honigblumen und Sanikeln gesäumt war. Sekunden später erreichten sie den Säulengang und standen zwei Wächtern gegenüber, noch außer Reichweite der Schreie der Prinzessin.

»Wache!« sagte Ceria. »Die Prinzessin hat befohlen, diesen armen Burschen gefangenzunehmen. Du mußt sie festhalten! Er steht unter dem Schutz von Monarch Falkenwind!«

Der Wächter salutierte. Die beiden liefen in dem Augenblick in den Palast, als Evirae hinter ihnen auftauchte.

»Er wird sie einen Moment aufhalten«, flüsterte Ceria. »Aber die Prinzessin wird sich über meine Anordnung hinwegsetzen. Komm mit!«

Amsel nickte nur, ihm fehlte der Atem für Worte. Er hatte auch keine Zeit, die Schönheit des Palastes zu genießen. Die Säulen aus poliertem Holz am Eingang waren mindestens fünfzig Fuß hoch, und sie stellten nur einen winzigen Bruchteil der Höhe des ganzen Raumes dar. Der Marmorboden der großen Halle, die sie vom Hintereingang aus betreten hatten, war mit Topasen eingelegt. Sie eilten unter einer hohen, gewölbten Decke entlang, von der übergroße Gobelins mit Bildern der Geschichte Simbalas herunterhingen. Und all das, dachte Amsel voller Staunen, am Hintereingang!

Sie liefen eine schmale hohe Treppe an der Ostseite des Palastes hinauf. Als sie auf dem oberen Flur ankamen, stürzten Evirae, Tolchin und die Wachen in die Halle. »Dort oben!« rief die Prinzessin. »Ihnen nach!«

Ceria und Amsel kamen zur zweiten Ebene, einem Zwischenstock. Weitere Wächter tauchten auf. Sie sahen die Ministerin und den Spion auf sich zulaufen und schnitten ihnen den Weg ab, doch Ceria und Amsel rannten durch eine Seitentür, die in eine der kleineren Bibliotheken des Palastes führte. Es zerriß Amsel fast das Herz, an all den wunderbaren Büchern, Schriftrollen und Landkarten vorbeilaufen zu müssen.

Sie hasteten durch einen verzierten Bogengang und einen kurvenreichen Flur; die Wächter dicht auf den Fersen. Die wenigen noch verbliebenen Kammerherren und Höflinge starrten ihnen nach, verblüfft über den Anblick einer von Wachen verfolgten Ratgeberin des Monarchen. Ein hochgewachsener Mann war den anderen Wachen voraus und packte Cerias Umhang. Sie entwand sich seinem Griff geschickt, so daß er stürzte. Die übrigen Verfolger hielt sie durch einen großen Gobelin auf, den sie herunterriß und ihnen in den Weg warf. Dann lief sie mit Amsel wieder eine Treppe hinunter bis zur unteren Palastebene, wo sich die riesige Küche befand. Düfte, Pfannengeklirr und Rufe der Köche drangen herüber.

»Wir haben etwas Zeit, bevor sie uns finden«, keuchte Ceria. »Am besten ist es, du sagst mir, was du Falkenwind zu berichten hast.«

Amsel holte mehrere Male tief Luft und nickte. »Ich bin aus eigenem Antrieb hier«, sagte er, »aber ich hoffe, daß das, was ich weiß, sowohl Simbala als auch Fandora hilft. Mein Volk wirft Simbala einen unerklärlichen Angriff auf fandoranische Kinder vor.«

»Auf *fandoranische*?« rief Ceria aus. »Ein Kind aus *Nordwelden* wurde doch ermordet!«

Bevor Amsel seine Ungläubigkeit zum Ausdruck bringen konnte, hörten sie Schritte auf der Treppe.

»Schnell!« sagte Ceria. »Sie sind uns auf der Spur!« Sie liefen durch zwei schwere Holztüren und befanden sich in einer der Küchen. Die von einem der großen Herde aus Stein ausstrahlende Hitze war überwältigend. Gestalten in Schürzen liefen umher mit Terrinen und Backformen. Ceria kümmerte sich nicht um sie, obwohl alle sie anstarrten, als sie rasch zwischen ihnen hindurchlief, eine Art Kobold hinter sich.

Überwältigt von dem Überfluß um ihn herum, zögerte Amsel einen Moment bei einem Dutzend frisch gebackener Brötchen. Aber Ceria zog ihn weiter, über den rutschigen Boden, durch zwei weitere Türen und in einen kleinen Lagerraum. Ceria schloß die Tür hinter ihnen – der Raum war von einer einzigen Kerze erleuchtet – und sagte: »Jetzt mußt du ohne mich weiterkommen. Monarch Ephrion muß deine Geschichte hören.«

»Wie soll ich ihn so schnell finden?« fragte Amsel.

Ceria lächelte. »Sieh mir zu, aber rede nicht.« Sie trat an die Wand hinter ihm und begann, ein langes Bord voller irdener Gefäße zu lockern. »Hilf mir«, sagte sie. »Es ist schwer.«

Nach einer Weile gelang es ihnen, das Bord auf den Boden hinunterzulassen. Doch schon erklangen die Stimmen der Wachen und Eviraes Geschrei aus der Küche drüben.

»Sie kommen«, sagte Amsel.

»Hör mir zu!« sagte Ceria. Sie schob ein Holzbrett zur Seite, und eine Wandöffnung kam zum Vorschein. Ein mattes Licht drang in den Lagerraum, und Amsel erblickte eine schmale Treppe, die in das Holz geschnitten war. »Falkenwind hat mir diesen Gang gezeigt«, flüsterte sie. »Du mußt diese Treppe bis zur achten Ebene des Palastes hinaufsteigen und dann dem Gang dort nach links folgen. Dort geh zur dritten Tür – zur *dritten* Tür, Amsel, und du bist im Privatzimmer von Monarch Ephrion.«

Ein Hämmern an der Tür unterbrach Ceria.

»Nimm dies!« sagte sie und zog einen Chrysolithring vom Finger. »Damit wirst du dich bei Monarch Ephrion ausweisen. Sag ihm alles, was du mir gesagt hast. Vertraue ihm, Amsel. Er kann dir helfen, vielleicht besser als Falkenwind und ich zusammen.«

»Ergebt euch, Rayanerin«, schrie Evirae lauter als das Hämmern der Wachen, »oder du wirst mir im Gefängnis gegenüberstehen!«

»*Schnell!*« sagte Ceria. »Gleich brechen sie die Tür auf!«

»Und was ist mit Euch?« fragte Amsel.

»Keine Sorge! Evirae habe ich schon oft gegenübergestanden. Geh jetzt!«

Sie schob Amsel durch die Öffnung und ließ das Holzbrett wieder an seine alte Stelle gleiten.

Als sie sich jedoch nach dem Bord auf dem Boden bückte, ertönte ein Krachen. Die Tür sprang auf, im Türrahmen drei Wachen und eine zornbebende Prinzessin.

Evirae schob die Männer zur Seite, betrat den Lagerraum mit einem Blick auf Ceria und sah sich rasch um. Ihr Gesicht verzerrte sich vor Wut, als ihr klar wurde, daß der Spion nicht mehr da war.

Ceria verschränkte gelassen die Arme. »Prinzessin Evirae«, sagte sie und neigte den Kopf. »Ihr wolltet mich sprechen?«

Amsel lief die Treppe hinauf und hörte, daß Ceria festgenommen wurde, aber die Geräusche schwanden im Dunkel unter ihm. »Sie kennt die Lage besser als ich«, beruhigte er sich selbst. »Ich hoffe nur, daß die Furie mit den langen Nägeln ihr nicht weh tut.«

Im fünften Stockwerk machte er eine kurze Pause. Seine Beine waren verkrampft vor Müdigkeit, und er mußte ständig niesen, weil der alte Treppenschacht voller Staub und Spinnengewebe war. Hier und da drang etwas Licht und Luft durch Schlitze in der dicken Holzwand. Er nahm die noch verbliebenen Treppen in Angriff und zählte die Stockwerke auf seinem Weg nach oben. Endlich kam er zur achten Ebene und wandte sich nach links. Er entdeckte eine Reihe kleiner, rechteckiger Türen in der niedrigen, gewölbten Passage und ging auf die dritte zu. Sie klemmte. Er schob und drückte, und endlich begann sie sich zu öffnen. Amsel ging vorsichtig hindurch. Nicht weiter als einen Fußbreit von ihm entfernt befand sich ein Sims. Amsel blickte hinüber und sah, daß die Tür des Geheimganges sehr geschickt in die Linien eines großen Wandgemäldes eingefügt war. Er befand sich hoch über dem Boden eines großen, kerzenbeleuchteten Gemachs mit Samtsesseln und Tischen aus Holz und Marmor; überall lagen Bücher und Schriftrollen. An der Seite gegenüber sah er das weiße Haar und den Seidenumhang eines Mannes, der von weiteren Büchern umgeben war.

»Das muß Ephrion sein«, flüsterte Amsel. Ohne zu zögern sprang er hinunter auf eine Couch.

Das Geräusch erschreckte Ephrion, und er blickte auf.

»Lady Ceria schickt mich zu Euch«, sagte Amsel. »Die Prinzessin hat sie zur Geisel genommen.«

Im Schutz des Nebels war aus der Schlacht eine Reihe von Guerillagefechten geworden. Doch jetzt war Wind aufgekommen, der den Nebel überall im Tal in lange Fetzen und Bänder zerriß. Aber vorläufig bot er noch reichlich Deckung, zusammen mit den Felsen, Bäumen und Sträuchern.

Falkenwind, der mit einem fast unheimlichen Gefühl für Richtung durch den Nebel ritt, hatte viele Soldaten aufgespürt und zurück zum Gros der Armee geführt. Er saß jetzt zu Pferd, General Vora neben ihm, während die Hauptleute die Armee neu formierten.

»Wir brauchen mehr Truppen«, sagte der General. »Bis jetzt haben die Umstände die Fandoraner begünstigt. Wenn es noch lange so weitergeht, untergräbt das die Disziplin . . .«

Rufe unterbrachen ihn, mehrere Soldaten zeigten zum Himmel. Falkenwind und Vora sahen, wie sich Kiortes Windschiff langsam und exakt auf eine kleine ebene Fläche in der Nähe herunterließ. Soldaten ergriffen die Seile und zogen das Windschiff sicher an seinen Liegeplatz. Bevor es endgültig gelandet war, sprangen Kiorte und Thalen heraus. Thalen bat einen Wundarzt, seine Hände zu verbinden, die von dem Abseilen voller Brandwunden und Blasen waren. Kiorte ging mit raschen Schritten zu Falkenwind und Vora.

»Willkommen, Prinz Kiorte!« sagte Falkenwind. »Die Rettung Eures Bruders war ein Meisterstück!«

Kiorte ignorierte das Kompliment. Er stand mit verschränkten Armen vor Falkenwind. »Diese Schlacht läuft nicht gut«, sagte er. »Der Nebel lichtet sich jetzt. Wir müssen eine Windschiff-Flotte einsetzen und diesem hier ein Ende bereiten.«

»Das geht nicht –«, sagte Falkenwind, aber Kiorte unterbrach ihn zornig.

»Warum nicht? Weil ein Zufallstreffer das Schiff meines Bruders heruntergeholt hat? Das wird nicht wieder passieren, wenn wir richtig vorgehen, anstatt so tief zu fliegen, daß wir die Läuse in ihren Haaren zählen können!«

Vora war entsetzt über diesen Ausbruch.

Falkenwind sagte ruhig: »Es geht nicht, weil wir – so unglaublich es klingt – auch von einem Drachen bedroht werden.« Er wollte weitersprechen, aber einer der Adjutanten schnitt ihm das Wort ab.

»Er kommt zurück!« Der Mann zeigte voller Entsetzen nach Norden. Alle blickten hin.

Im Nebel zeichnete sich undeutlich etwas Gewaltiges ab. Es kam rasch näher, ein dunkler Schatten am Himmel, der sich in ein Riesenwesen mit Fledermausflügeln verwandelte.

»Bei den Wolken!« fluchte Kiorte. »Das kann nicht sein!«

Falkenwind wandte sich an die Soldaten. »Geht in Deckung!« rief er. »Der Drache ist zurückgekehrt!«

Lagow hatte versucht, sich bei jenem ersten Ausbruch wahnsinniger Kampfwut zurückzuhalten. Er hatte versucht, die Männer, für die er verantwortlich war, zur Vernunft zu bringen, aber sie wollten nicht auf ihn hören, und viele waren gefallen. Er hatte sich um die Verwundeten gekümmert, so gut er konnte, aber es reichte alles nicht.

Er fühlte sich alt, und er wurde von Minute zu Minute älter, dachte er bitter. Jetzt kauerte er im Nebel hinter einem Felsen und lauschte. Seit geraumer Zeit schwieg der Schlachtenlärm, aber Lagow rührte sich nicht. Vielleicht sollte er zur anderen Seite des Felsens gehen, unter den Überhang, wo er etwas sicherer war? Er hatte diesen Krieg, diesen Wahnsinn satt. Lagow dachte an seine Familie, an seine Frau und die Kinder. Er konnte ihnen wenigstens ein ansehnliches Erbe hinterlassen. Und er hatte seinen Sohn von diesem Irrsinn ferngehalten. Darauf war er stolz. Keine bemerkenswerte Grabschrift, aber die beste, die er zu bieten hatte.

Er fror, und ihm war elend zumute – um so mehr, als ein Wind aufgekommen war. Er blinzelte nach oben und stellte fest, daß der Nebel sich allmählich auflöste. Jetzt hörte er etwas, ein leichtes Pulsieren des Windes, fast wie Atmen oder das Flattern von Segeltuch. Es kam von Norden. Zuerst beobachtete er es in seiner Teilnahmslosigkeit nicht, aber die langsame, drohende Gleichmäßigkeit des Geräusches veranlaßte ihn endlich, seinen Platz zu verlassen und um den Felsen herumzugehen, um nach oben zu blicken.

Das Geräusch wurde lauter. Lagow blieb unter dem Überhang stehen und starrte in den Nebel hinauf. Seine Augen weiteten sich vor Furcht; über ihm, undeutlich im Nebel, flog eine Riesenkreatur, ein Schlachtschiff der Lüfte. Lagow trat in panischem Schrecken zurück – und fühlte, wie sein Stiefel etwas Weiches, Nachgebendes berührte, etwas, was nicht Teil des Bodens war. Er blickte rasch hinunter. Unter seinem Stiefel sah er eine Hand, und es war Tenniels Hand. Der junge Älteste lag auf dem Rücken, völlig still, mit geschlossenen Augen und blassem Gesicht. Aus seiner Schulter ragte ein simbalesischer Pfeil hervor.

Jondalrun, Pennel und Dayon sahen das Wesen näher kommen. Der Nebel lichtete sich vor ihm, fast als trieben seine mächtigen Schwingen ihn fort. Aus den Reihen der Fandoraner in der Umgebung ertönten Schrekkensschreie, denn das Ungeheuer flog direkt auf sie zu, offensichtlich entschlossen, sie anzugreifen.

»Geht in Deckung!« rief Jondalrun, obwohl er selbst im Freien stand. Er hob einen Speer, den er in einer großartigen und lächerlichen Geste ergriffen hatte. Dayon entriß ihm den Speer und zerrte seinen Vater in den Schutz eines Baumes.

»Es gibt Dinge, gegen die du nicht kämpfen kannst, Vater!«

Männer, die noch keine Deckung gefunden hatten, rannten in alle Richtungen auseinander, als der Frostdrache weiter herunterkam. Der Luftzug, den seine Flügel verursachten, ließ einige zu Boden stürzen. Pennel beobachtete unter einem Busch hervor, wie das Ungeheuer in einer Zickzacklinie flog. Es sieht fast so aus, als suche es etwas, dachte er.

Trotz der unregelmäßigen Flugbahn näherte es sich doch immer mehr den Fandoranern. Jondalrun knirschte mit den Zähnen vor Wut. »Endlich kommen sie mit ihren Zaubertricks!« sagte er. »Damit werden sie uns nicht abschrecken!« Bevor Dayon es verhindern konnte, hatte er den Schutz des Baums verlassen und stand direkt im Weg des Frostdrachen.

»Streng dich nur an!« brüllte er und schüttelte die Faust in Richtung des näher kommenden Ungeheuers. »Du kriegst uns nicht!«

»Vater!« schrie Dayon und sah schon die riesigen Klauen Jondalrun packen – aber das Wesen schlug abrupt eine scharfe Kurve, wie in plötzlichem Entsetzen. Es flog von den Hügeln weg übers Tal auf die Simbalesen zu.

Jondalrun blickte der Kreatur nach. »Habt ihr das gesehen?« rief er Dayon und Pennel zu. »Es hat vor uns die Flucht ergriffen! Tenniel hatte recht – der Zauber der Hexe wirkt! Wir haben die beste Waffe der Sim zurückgeschlagen!«

»Es sieht so aus«, sagte Pennel zurückhaltend, aber im stillen dachte er, daß in diesem Krieg nichts so war, wie es aussah.

Die Segler der beiden anderen Windschiffe hatten nach dem Absturz von Thalens Schiff und nach Kiortes Rettungsaktion noch eine Zeitlang ihre Kreise über den Hügeln gezogen, isoliert von einem weißen Nebelmeer. Schließlich waren sie von ferne Kiortes Schiff gefolgt, wurden aber vom zunehmenden Wind abgetrieben. Sie suchten ihren Rückweg gegen den Wind, als sie das schreckeneinflößende Wesen entdeckten.

Vom Boden aus sahen Willen und Tweel, unter Büschen versteckt, das Geschöpf näher kommen. Aus ihrer Sicht schien es aus dem Nebel über den Hügeln zu kommen, wo die Fandoraner sich versteckten. »Beim Nordwelden-Hirsch!« fluchte Willen. »Siehst du das, Tweel? Als ob sie es in unsere Richtung getrieben hätten!«

»Dann stimmen die Gerüchte wohl«, sagte Tweel. »Irgendwie haben die Fandoraner Gewalt über einen Drachen!«

»Falls es derselbe ist, der auch Oberwald angegriffen hat«, sagte Willen, »und nicht ein zweiter. Sieh mal!« Er zeigte nach Süden. Durch den sich lichtenden Nebel waren die Umrisse der näher kommenden Windschiffe undeutlich zu erkennen.

Tweel holte tief Luft. »Er sieht sie! Willen, der Drache sieht sie!«

Der Frostdrache flog auf die simbalesischen Truppen zu, die, wie die Fandoraner zuvor, nach Deckung suchten, wo sie sie nur finden konnten. Als er die Windschiffe erblickte, änderte er seine Richtung und stieg höher. Ein wachsamer Windsegler sah den riesigen Schatten, der aus dem Nebel unter ihm auftauchte – dagegen erschien das Einmannschiff zwergenhaft. Der Segler warf Asche auf das Sindril-Feuer und reffte die Segel in dem Bemühen, das Schiff auf den Boden zu bringen, aber der Wind und die Flügelschläge des Drachen ließen das Schiff schwanken und schleudern. Der Segler sah die Krallen des Drachen, jede so lang wie sein Arm, als das Ungeheuer versuchte, die Ballonsegel zu packen, und er schrie auf, als das empfindliche Material auseinanderriß. Gas strömte explosionsartig, und der Segler wurde fast über Bord geworfen, als das Schiff sich zur Seite neigte, aber anstatt abzustürzen, stieg es für einen Augenblick höher auf. Dem Segler wurde klar, daß das Ungeheuer das Schiff nach oben zog. Aber die Segel konnten ohne das Sindril-Gas das Gewicht des Schiffes nicht tragen. Das Schiff riß sich los und hinterließ nur herunterhängende Fetzen in den Riesenkrallen. Der Segler spürte einen Moment der Schwerelosigkeit, bevor er und sein zerstörtes Schiff auf den Boden zustürzten. Das letzte, was er sah, war der Frostdrache, wie er sich dem anderen Windschiff zuwandte.

Das zweite Windschiff hatte eine günstigere Ausgangsstellung; der Drache mußte einen Kreis schlagen, um sich ihm zu nähern. Während er das tat, wandte er dem Schiff seine Seite zu, und der Segler des Schiffes hob seine Armbrust an und schoß zweimal.

Er sah, daß ein Pfeil getroffen hatte; er bohrte sich in die Lende des Ungeheuers. Ein weiterer Pfeil drang durch die dünne Flügeldecke. Der Drache zischte vor Schmerzen, dann ging er tiefer hinunter und flog unter dem Schiff hindurch. Er ließ sich bis tief über die simbalesischen Truppen fallen, dann stieg er wieder und flog rasch auf das Zentrum des Waldes zu. Dabei schrie er vor Schmerzen erneut auf und versetzte all jene vereinzelten Soldaten und Bürger in Schrecken, die zwischen der simbalesischen Front und dem Herzen von Oberwald unterwegs waren.

Am Rand des Waldes sprang Thalen auf ein Pferd und gab ihm die Sporen, um schnell zu dem abgestürzten Schiff zu gelangen. Er hatte kaum Hoffnung, daß der Segler noch am Leben war. Das Schiff war nicht heruntergeschwebt, sondern auf den Boden geschleudert worden wie ein Kinderspielzeug. »Das Biest ist bestimmt mit den Fandoranern verbündet!« rief General Vora. »Sie haben ihm befohlen, die Windschiffe anzugreifen, und jetzt nähert es sich Oberwald.«

»Es sah so aus, als versuche es, das Windschiff davonzutragen«, sagte Falkenwind, »so wie mein Falke es mit einem Kaninchen macht.«

»Zweifellos zum gleichen Zweck!« rief Kiorte. »Ich fordere das Recht, den Drachen zu verfolgen!«

Während er sprach, halfen die Soldaten, das zweite Windschiff zu bergen. Nahe dabei standen zwei Soldaten Wache bei dem einzigen fandoranischen Gefangenen. Er war ein mürrischer, stämmiger Mann, dieser Fandoraner, ein Schmied aus Borgen. Sie hatten ihn mit Riemen aus Rohleder gefesselt, seine Kraft aber unterschätzt. Der Fandoraner hatte die Riemen um seine Handgelenke geprüft und wußte, daß er sie sprengen konnte, wenn die Zeit kam. Die gegenwärtige Verwirrung um ihn herum schien günstig – er blickte zum Windschiff.

26

Ephrion sah Amsel an, der sich dankbar auf die blaue Seidencouch gesetzt hatte. »Wenn das, was du mir alles erzählt hast, wahr ist«, flüsterte der bärtige Mann, »dann müssen wir diesem Jondalrun und Falkenwind sofort eine Nachricht zukommen lassen!«

Amsels Stimme zitterte. »Endlich. Ich habe jemanden gefunden, der helfen kann! Monarch Ephrion, dies wird das Ende des Krieges bedeuten!«

Der alte Mann schüttelte erbittert den Kopf. »Nein, ich fürchte, es wird nur ein Schritt sein.«

»Ich habe Euch die Wahrheit gesagt!« protestierte Amsel. »Euer Kind ist nicht von meinem Volk angegriffen worden. Fandora ist aus demselben Grund wie Simbala in den Krieg gezogen! Offensichtlich hat jemand die Kinder *beider* Länder angegriffen. Ich verstehe es auch noch nicht, aber die Tatsachen sollten wenigstens Fandora und Simbala davon abhalten, einander gegenseitig zu ermorden!«

»Ach, wenn die Dinge so einfach wären, Amsel, hätte es keinen Krieg gegeben. Ich werde Falkenwind eine Botschaft schicken, aber ich fürchte, die Antwort auf die Ermordung der Kinder ist nicht in der Welt, die wir kennen, zu finden.«

Seine Worte verwirrten Amsel; er neigte den Kopf zur Seite wie ein kleines Kind.

»Komm mit«, sagte Ephrion, »ich werde es dir erklären.«

Amsel folgte Ephrion zum Rosenholztisch an der anderen Seite des Gemachs. Ephrion nahm ein großes, braunes, mit Edelsteinen besetztes Buch. »Der Kampf unterliegt nicht mehr unserer Kontrolle«, sagte er, »und hier ist der Grund.«

Amsel nahm das Buch und öffnete es auf der Seite, die mit einem gelben Band markiert war. Er blinzelte und bedauerte, daß seine Lesebrille unbrauchbar geworden war. Zu seiner Überraschung sah er das große Bild eines Geschöpfes mit zwei Flügeln, einem grimmigen Gesicht und gewaltigen schwarzen Krallen.

»Ein Drache«, sagte Amsel.

»Nein, kein eigentlicher Drache«, erwiderte Ephrion, »sondern ein Frostdrache.«

»Ein Frostdrache? Ich habe viele Legenden gelesen, aber noch nie von einem Frostdrachen gehört.«

»Das wundert mich nicht. Fandora ist ein junges Land, Amsel, im Vergleich zu Simbala, doch das Südland, woher diese Legenden stammen, ist noch viel älter.«

»Das mag zutreffen«, sagte Amsel, »aber eine Legende ist doch sicherlich nicht der Grund für diesen Krieg.«

»Es ist keine Legende. Ich habe den Frostdrachen mit eigenen Augen gesehen, wie viele Menschen in Oberwald.« Amsel blickte Ephrion erstaunt an, während dieser fortfuhr.

»Ich glaube, daß viele der Legenden des Südlands in Wirklichkeit die Geschichte des Landes im Norden sind.«

»Das Land im Norden des Drachenmeers?«

»Ja«, sagte Ephrion. »Lady Ceria wollte in die Valian-Ebene reisen, um Beweise dafür zu finden. Dort gibt es vielleicht einen Edelstein, der die Geschichte der Drachen enthält.«

Amsel legte das Buch zurück auf den Rosenholztisch. »Die Drachen der Legende waren friedliche Geschöpfe«, murmelte er. »Ich vermute, diese Frostdrachen sind es nicht.«

»Ein Frostdrache hat einen Wächter in Oberwald angegriffen, aber ich weiß nicht, warum er überhaupt aufgetaucht ist.«

Einen Augenblick lang erinnerte Amsel sich an die Tage, die er hilflos treibend auf der Straße von Balomar verbracht hatte, als er schon glaubte, Halluzinationen zu haben: Hatte er da nicht auch das Schlagen riesiger Flügel gehört, etwas Großes und Undeutliches durch die Wolken bemerkt? Langsam sagte er: »Ein Kind, dem ich begegnete, sprach auch von einem Drachen . . .«

»Der Frostdrache ist Wirklichkeit, und er bedroht unsere beiden Länder. Er ist eine Art Vetter der eigentlichen Drachen, der Feuerdrachen, hat aber weder ihre Intelligenz noch ihren Edelmut oder ihre Größe. Er kann auch kein Feuer speien.«

Amsel war in Gedanken verloren, und fragte dann: »Warum sind die Frostdrachen bisher nicht in Erscheinung getreten?«

»Nach diesen Legenden, die ich erst seit kurzem kenne, haben die Frostdrachen immer den Befehlen der Feuerdrachen gehorcht. Die Feuerdrachen verboten ihnen jede Berührung mit menschlichem Leben.«

Amsel blickte wieder auf das Bild. »Das leuchtet mir ein. Dieses Wesen hat die Merkmale eines räuberischen Geschöpfs – eine Gefahr für die Menschen!«

Ephrion nahm das Buch wieder an sich. »Und darum«, sagte er, »mußt du in das Land der Drachen reisen.«

»In das Land der Drachen?« Amsel fühlte sich plötzlich schwindelig und hielt sich am Tisch fest.

»Wenn Ceria gefangengenommen worden ist, kann sie ihre Aufgabe nicht durchführen. Du bist jetzt meine einzige Hoffnung, Amsel, und auch die Hoffnung Fandoras. Du mußt herausfinden, warum die Frostdrachen uns angegriffen haben. Du mußt ihr Geheimnis ergründen und uns darüber berichten. Nur dir werden sowohl Simbalesen als auch Fandoraner trauen.«

»Meine Landsleute halten mich für einen Verräter!«

»Du wirst ein Held sein«, sagte Ephrion.

»Ich habe gar nicht den Wunsch, ein Held zu sein!« sagte Amsel. »Ich will Frieden! Ich möchte die Wahrheit über Johans Ermordung herausfinden.«

»Eben darum mußt du diese Mission übernehmen!«

»Ich bin sehr müde«, entgegnete Amsel. »Ich bin seit Tagen unterwegs mit kaum etwas zu essen und noch weniger Schlaf. Ich bin verfolgt, gefangengenommen, angegriffen, ausgefragt, gejagt, lebendig begraben und völlig durchnäßt worden, und jetzt soll ich auch noch ein Held werden?«

Ephrion lächelte. »Dir bleibt keine andere Wahl, Amsel aus Fandora.«

Während der Monarch sprach, blickte Amsel ihn an. Ephrions Gesicht war gezeichnet vom Alter und von Müdigkeit; auch er hatte einen mühsamen Kampf hinter sich. Amsel konnte ermessen, welch gewaltiges Unterfangen das Entziffern all der Bücher und Karten war, und doch hatte Ephrion in wenigen Tagen Hinweise von größter Bedeutung daraus gewonnen.

»Wenn du hierbleibst«, sagte der Monarch warnend, »wird die Prinzessin dich gefangennehmen lassen, bevor die Nacht über dem Wald herniedersinkt.« Er griff nach einer Schriftrolle. »Mach dich auf den Weg nach Norden. Du kannst dich unterwegs ausruhen, aber zuerst mußt du hier weg.«

Amsel nickte langsam. »Um Johans willen – mein Gewissen ließe mir sonst keine Ruhe.«

Ephrion schob die Schriftrolle, die er in der Hand hielt, in das Futter seines Umhangs. »Und jetzt tritt bitte zurück«, sagte er. »Die Wachen können jeden Moment auftauchen.«

Ephrion zog an einer Klingelschnur in der Nähe des Tisches. Ein Rumpeln ertönte in der Wand dahinter, Ephrion schob einen Wandteppich zur Seite, und eine dunkle Öffnung in der Wand kam zum Vorschein. Offensichtlich ist der ganze Palast von Geheimgängen durchzogen, dachte Amsel, und er fragte sich, welche Ränke im Lauf der Jahrhunderte hier geschmiedet worden waren.

Ephrion sah seinen Blick und lächelte. »Die meisten dieser Gänge werden selten benutzt«, sagte er, »wie du am Staub gemerkt haben wirst. Aber es ist besser, sie zu haben und nicht zu gebrauchen als sie zu brauchen und nicht zu haben, oder?« Er entzündete eine Fackel aus Feuermoos an der Flamme einer Kerze, bückte sich und stieg durch die niedrige Öffnung. Amsel folgte ihm aufrecht.

Zu Amsels Überraschung jedoch waren sie nicht in einem Gang oder Treppenhaus, sondern in einem kleinen holzverkleideten Raum. »Ich nehme an, daß du diese Art der Fortbewegung etwas weniger anstrengend finden wirst«, sagte Ephrion. Er reichte Amsel die Fackel und drehte langsam an einem Rad an der Wand des kleinen Raums. Amsel hörte das Ächzen von Gegengewichten, die langsam näher zu kommen schienen. Gleichzeitig bewegte sich die Öffnung nach unten, durch die sie hereingekommen waren. Nach einem Moment der Verwirrung begriff Amsel entzückt, daß der kleine Raum sich in einem Schacht mitten im Baum mit großer Geschwindigkeit nach oben bewegte, zweifellos mittels eines verborgenen Systems aus Gewichten und Flaschenzügen.

»Das ist genial!« rief er aus. »Eine hervorragende Anwendung einer einfachen Erkenntnis!«

»Außerdem eine angenehme Fortbewegungsmethode für einen alten Mann«, sagte Ephrion. Nach einem Augenblick drehte er wieder an dem Rad, und die sich bewegende Wand vor ihnen schien langsamer zu werden. Ephrion hielt den Fahrstuhl auf gleicher Höhe mit einer Tür an und öffnete die Tür vorsichtig. Amsel erblickte eine große Halle, deren hohe Decke von Säulen getragen wurde. Wandfackeln beleuchteten den Raum, der bis auf gestapelte Fässer, große Stoffballen und Taurollen entlang den Wänden leer war. Von einer Seite, die Amsel nicht sehen konnte, drang das trübe Licht eines bedeckten Himmels herein.

»Tritt leise auf!« warnte Ephrion Amsel. »Wir nähern uns dem Startraum des Palastwindschiffs.«

»Windschiff?« fragte Amsel. »Ihr erwartet doch nicht von mir, daß ich mit dem Windschiff reise?«

»Es gibt keine andere Möglichkeit, deinen Bestimmungsort rechtzeitig zu erreichen.« Ephrion bedeutete ihm, still zu sein. »Ich lenke die Wache ab, während du an Bord gehst.«

»Monarch Ephrion, ich habe kaum eine Vorstellung, wie ein Windschiff funktioniert. Ich war nur ein einziges Mal Passagier in einem – und zumeist mit verbundenen Augen!«

Ephrion lächelte. »Du bist ein erfinderischer Geist. Wenn du etwas so Außergewöhnliches wie die Schwinge, die du mir vorhin beschrieben hast, bauen kannst, dann kannst du auch mit einem Windschiff umgehen.«

Als sie den Fahrstuhl verließen, bot sich Amsel ein Anblick, der sein Herz klopfen ließ. Die Halle war größer als der Marktplatz von Tamberly, und eine ganze Wand fehlte; man blickte direkt in den Himmel!

Ein Gewölbe im Stamm des Palastbaums reichte bis zum Boden hinunter. In diesem Gewölbe stand ein Windschiff. Es war kleiner als das Schiff, das Amsel als Gefangener gesehen hatte, und die Segel hingen schlaff herunter – dennoch war es eindrucksvoll. Eine einzige Wache stand in der Nähe.

»Versteck dich jetzt hinter mir«, sagte Ephrion, und Amsel stellte sich zwischen den Monarchen und die Wand.

»Wache!« schrie Ephrion. »Schnell herbei! Ich habe den Spion aus Fandora in diesem Stockwerk gesehen!«

Der Soldat kam hergelaufen. »Schnell!« rief Ephrion. »Durchsuche den Flur!«

Der Wächter lief ohne zu zögern an ihnen vorbei. Sobald sich die Tür hinter ihm geschlossen hatte, liefen sie zum Windschiff. Mit Hilfe einer Strickleiter gelangten sie an Bord.

Ephrion lief zum mittleren Teil des Schiffes, und Amsel sah dort einen Metallbehälter, der mit Edelsteinen gefüllt war.

»Jetzt gib acht«, sagte Ephrion. Aus einem kleinen Ledersack sprühte er Wasser auf den Behälter: Sobald es die blauen Sindril-Kristalle berührte, zischten und dampften sie. Amsel sah voller Erstaunen, wie die Segel über ihnen sich langsam aufblähten. Die Edelsteine erzeugten eine unglaubliche Menge Gas. Bald würden die Segel gefüllt sein.

»Ich muß jetzt gehen«, sagte Ephrion. »Mache so weiter, bis die Segel voll sind. Die Schoten arbeiten wie bei einem Segelboot. Sie sind vom Heck aus zu bedienen. Das wichtigste ist ein Gefühl für den Wind. Nach deinen bisherigen Unternehmungen sollte dir das Kreuzen gegen den Wind nicht schwerfallen.« Ephrion blickte hinter sich zur Tür der Windschiffstation. »Zum Glück sind die meisten Palastwachen eingezogen worden. Ich werde den einen Wächter so lange wie möglich aufhalten.«

Amsel nickte und schürte das Feuer. »Ich brauche Anweisungen«, sagte er. »Ich weiß viel zuwenig von Simbala, als daß ich blind nach Norden steuern könnte. Und wie steht es mit Proviant und Wasser?«

Ephrion nickte und zog die Schriftrolle aus seiner Robe. »Dies ist die Karte eines erfahrenen Windseglers. Er hieß Eilat.« Er legte die Karte auf das Kajütendach. »Vorräte sind in der Kajüte«, fuhr er fort, dann zog er eine lange Stange aus einem Gestell im Rumpf des Schiffes. »Wenn die Segel gefüllt sind, benutze dies, um das Schiff aus der Vertäuung zu lösen.« Er steckte die Stange wieder in das Gestell und streckte Amsel die Hand entgegen. »Du wirst zurückkommen, Amsel aus Fandora. Du wirst in Frieden zurückkommen.«

Amsel ergriff die Hand des Monarchen.

»Ich muß dich jetzt verlassen, sagte Ephrion und kletterte die Strickleiter hinunter. »Gute Reise, Amsel!«

Amsel winkte wortlos und begann, die Taue loszumachen.

»Gute Reise!« murmelte er, während die Schritte des alten Mannes verklangen. »Ich bin im Begriff, menschenfressenden Kreaturen gegenüberzutreten, und er wünscht mir eine gute Reise!«

Nachdem er alle Taue mit Ausnahme der wichtigsten losgemacht hatte, lief Amsel zurück zum Brenner, um die Edelsteine wieder zu besprühen. Dann nahm er die Karte an sich und ging zum Bug des Windschiffs, um sie eingehend zu studieren.

Doch schon kurz darauf tauchten zwei Wachen auf und kamen schreiend angerannt. Amsel warf schnell das letzte Tau über Bord und stieß das Schiff mit der Stange vom Boden ab. Die Segel waren noch nicht ganz gefüllt – das Schiff schwankte beängstigend, und Amsel verlor den Halt. Die Wachen warfen mit Speeren, aber die Speere erreichten ihn nicht mehr. Er stand mühsam wieder auf und blickte über die Reling. Ihm wurde sofort klar, daß er in der Nähe der Schoten hätte bleiben müssen. Die Spitze des Palastes mit dem Wald drumherum lag schon weit unter ihm. In den vorderen Segeln war offensichtlich zuviel Gas, denn das Deck neigte sich in einem stumpfen Winkel. Amsel verringerte die Gaszufuhr, ergriff die Ruderpinne und begann, das Schiff vorsichtig zu steuern. Zu seiner Erleichterung fand er bald die richtige Einstellung, um die Segel auszugleichen. Er kehrte in die Mitte zurück und nahm Ephrions Karte wieder auf, um seinen Kurs für das Drachenmeer festzulegen.

Er stellte fest, daß die niedrigen Wolken sich allmählich auflösten. Weit in der Ferne, jenseits des Waldes, schien die Sonne, und Amsel sah eine Schar dunkler Vögel durch ihr Licht fliegen. Hier oben war alles so friedlich. Es fiel einem schwer, sich vorzustellen, daß die Menschen in einem so schönen Land an so törichte Dinge wie Krieg und Intrigen dachten.

Das Schiff stieg immer noch und befand sich jetzt in gefährlicher Nähe der nach Norden blasenden Winde; Amsel sah, wie sie die höheren Wolkenschichten in Wirbel zerfetzten. Dann stellte er fest, daß die Vogelschar, die er in der Ferne gesehen hatte, auf ihn zuflog. So sah es jedenfalls aus. Als die Wolken zurückwichen, sah er, daß es ein einziger Vogel war. Merkwürdig, dachte Amsel, wie das Fehlen von Perspektiven hier oben einen zum Narren halten kann.

Dann wurde ihm klar – und ein Kälteschauder überlief ihn –, daß das geflügelte Wesen viel, viel zu groß war – es war kein Vogel, auch nicht eine Schar von Vögeln. Es war ein Frostdrache.

Amsel packte voller Furcht die Reling. Die Riesenflügel brachten das Wesen schneller voran als der Wind das Windschiff. Die gelben Augen, jedes von ihnen so groß wie Amsels Kopf, waren mit einer seltsamen Entschlossenheit auf ihn gerichtet. Der Frostdrache stieß herunter auf ihn, die Krallen auf das Windschiff gerichtet. Diese Krallen konnten die Segel in Fetzen zerreißen – oder eine Schwinge, an der ein lachendes Kind hing ...

Amsel begann zu zittern. Er hatte nicht viel Zeit gehabt, über Ephrions Worte nachzudenken. Die erstaunliche Feststellung, daß Feuerdrachen und Frostdrachen tatsächlich noch existierten, hatte so viele Konsequenzen, daß er ihre Erwägung für den Anfang der Reise zurückgestellt hatte. Jetzt jedoch, mit dem Geschöpf vor Augen, fügten sich in Amsels Vorstellung plötzlich lauter Bruchstücke verschiedenster Fakten zu einem großen Ganzen zusammen. Was Ephrion angedeutet hatte, entsprach der Wahrheit! Amsel hatte das Wrack der Schwinge und Johans zerschundenen Körper nie gesehen, aber er hatte Jondalruns Beschreibung gehört. Die Tochter des Schäfers war in die Lüfte geschleppt und ebenso zugerichtet worden. Jondalrun hatte einen simbalesischen Windsegler beschuldigt – und wie sonst sollte es auch geschehen sein?

Wie sonst – wenn nicht durch diese grausamen Krallen und Zähne, die sich jetzt näherten?

Amsel sprang zurück und öffnete das Abzugsrohr des Brenners. Das Windschiff schoß in die Höhe und schaukelte wild, als der Frostdrache unter ihm hindurchflog und die Luft aufwirbelte. Amsel sah, wie der Drache sich langsam, fast gemächlich umdrehte. Er kam wieder auf das Windschiff zu, diesmal ganz nahe, machte aber keine Anstalten, anzugreifen. Dann flog er vorbei und weiter gen Norden, immer höher.

Amsel schürte wieder das Feuer, und das Windschiff stieg ebenfalls. Er mußte das Geschöpf im Auge behalten! »Johan«, murmelte er, »waren diese gelben Augen das letzte, was du im Leben sahst?«

Der Frostdrache machte eine Kehrtwendung, flog auf ihn zu, umkreiste das Windschiff und wandte sich dann wieder nach Norden. Jetzt war es ganz eindeutig, was er wollte – er wollte, daß Amsel ihm folgte.

Amsel musterte das Geschöpf. »Bist du schuld, daß sie kämpfen?« fragte er leise. »Steckst du dahinter?«

Er zog den Brennerhebel entschlossen nach unten. Das Windschiff stieg rapide und wurde von den starken Winden erfaßt. Jetzt gab es kein Zurück mehr. Er wurde von den Strömungen nach Norden getragen, hinaus übers Drachenmeer und hin zu dem unbekannten Land, wo eine Legende keine Legende mehr war.

»Morgen um diese Stunde bin ich Königin!« Eviraes Worte stießen wie ein Dolch in Cerias Herz. »Falkenwind wird des Landesverrats angeklagt, meine Liebe. In dieser Sache ist die Familie sich einig.«

Die Prinzessin saß Ceria in einem kleinen Gemach in ihrer Villa gegenüber. Es war ein Gästeraum, luxuriös eingerichtet, mit einem Rundbett und einer Frisierkommode unter einem mit Gitterwerk verzierten Fenster. Aber Ceria wußte, daß sie keineswegs als Gast hier weilte. Man hatte sie in der Küche des Palastes festgenommen und dann rasch weggebracht, bevor Falkenwind ergebene Wachen sie befreien konnten. Der Baron hatte Eviraes Vorgehen unterstützt.

»Falkenwind ist bald kein Monarch mehr«, sagte die Prinzessin wieder, »Und du, mein Zigeunermädchen, bist das Instrument für seine Amtsenthebung!«

Ceria ließ sich ihre plötzliche Furcht nicht anmerken. Sie hatte Evirae noch nie so selbstsicher erlebt. Die nichtssagende, launische Prinzessin war verschwunden, ersetzt durch eine Frau, die versuchte, böse und grausam zu sein. Obwohl ihre Grausamkeit übertrieben erschien, ihre Niederträchtigkeit etwas absurd, war es jetzt fast glaubhaft, daß ihre langen Nägel wirklich mit einem giftigen Stoff lackiert waren.

»Du weißt ja«, fuhr Evirae fort, »daß die Zusammenarbeit mit einem feindlichen Spion als Landesverrat gilt. Mehrere Wachen und ein Großteil des Palastpersonals haben gesehen, wie du versuchtest, diesen Spion aus Fandora vor einer Festnahme zu bewahren. Du bist Ministerin des Innern und stehst Falkenwind näher als die Familie selbst, und all deine Handlungen sind auch ihm anzulasten. Es ist ein trauriger Tag, an dem eine Rayanerin versucht, einen Feind Simbalas zu unterstützen.«

Ceria schwieg; die Vorstellung war unerträglich, wie die Prinzessin sie gegen Falkenwind benutzen wollte. Dann sagte Ceria leise: »Ihr habt doch den Spion noch nicht gefunden. Vielleicht kann ich aushelfen.«

Eviraes Augen weiteten sich wie die eines Kindes, das ein neues Spielzeug sieht. »Du möchtest ein Geständnis machen?«

Ceria richtete die Augen auf die Frisierkommode hinter Evirae. »Ich weiß nicht«, entgegnete sie. »Wenn es einen *Grund* für mich gäbe, zu reden ... Es ist so lange her, seit ich meine Familie gesehen habe ...«

Evirae lächelte. »Wer mir hilft, ist meiner Loyalität sicher, meine Liebe. Eine plötzliche Abreise könnte man sicher arrangieren, wenn du ein volles Geständnis über Falkenwinds Rolle in dieser Angelegenheit ablegst. Der Spion ist weniger wichtig, er kann sowieso nicht unbemerkt entkommen.«

»Es gibt so viel zu berichten, Prinzessin. Ich weiß nicht, wo ich anfangen soll.« Ceria blickte auf die Tür neben der Frisierkommode. »Ich muß ganz sicher sein, daß dies unter uns bleibt.«

»Wir sind doch allein!« Evirae blickte sich nervös um.

»Nein. Ich spüre, daß jemand draußen vor der Tür steht.«

Die Prinzessin drehte sich leise um, zog an dem Türknopf und entdeckte im Flur Mesor, der rasch davonging. »Komm zurück!« rief sie und steckte dann den Kopf zur Tür des Gästezimmers hinein. »Nur einen Moment, Ceria ...«

»Mesor!« flüsterte sie. »Die Rayanerin will ein Geständnis ablegen! Sorg dafür, daß niemand diesen Flur bewacht, bis du wieder von mir hörst.«

Mesor seufzte. »Seid Ihr sicher, Prinzessin? Sie könnte versuchen ...«

»Sie besteht auf strenger Vertraulichkeit. Du weißt, wie sie diese Dinge spürt. Geh jetzt, bevor sie noch ihre Meinung ändert!« Mesor eilte widerwillig davon. Evirae schloß die Tür des Gästezimmers und lächelte.

»Nun«, sagte sie, »was hast du mir zu berichten, Ceria?«

Ceria nahm eine Gewürzkugel aus einer Schale auf der Frisierkommode und drehte sie in den Händen hin und her. »Ich weiß nicht«, sagte sie, auf Evirae zugehend, »mein Leben bricht auseinander – wie dies!« Mit einem Griff drückte sie die Gewürzkugel zusammen und hielt sie Evirae unter die Nase. Der trockene, aromatisch duftende Ball zerstäubte. Evirae stockte der Atem vor Überraschung, und sie begann zu niesen. Ceria hob eine kleine Speckstein-Statue vom Fensterbrett, holte weit aus und traf Evirae am Hinterkopf, genau über dem Nacken und unterhalb der dichten Hochfrisur. Evirae fiel mit einem Aufschrei auf die Knie. Ceria sprang zum kleinen Fenster des Gästezimmers.

»Solange ich lebe, wirst du nie Königin sein!« rief sie, dann war sie verschwunden.

»Mesor!« rief die Prinzessin. »Die Rayanerin flieht!«

Die Tür sprang auf, und Mesor kam mit einer Wache ins Zimmer geeilt. »Sie ist fort!« rief er und half der Prinzessin auf.

»Diese dreckige Rayanerin!« Evirae nieste von neuem. »O Mesor, mein

Kopf birst auseinander! Ist Blut zu sehen? Sag bitte nein – es würde mein Kleid ruinieren! Dafür bringe ich sie in den Kerker!«

»Sie wird nicht weit kommen«, sagte Mesor. »Sie ist aus dem Fenster gesprungen, wir sind schließlich im zweiten Stock!«

»Sie ist spurlos verschwunden«, sagte der Wächter vom Fenster her.

Im Schutz der Büsche in Eviraes Garten lief Ceria verstohlen auf ein angrenzendes Gebäude zu. Sie war unversehrt auf den breiten Blättern einer Kissenpflanze gelandet und jetzt zu einem Pferd unterwegs, das in der Nähe an einen Baum gebunden war.

»Dort!« rief Mesor. »Die Rayanerin läuft zum Haus von Lady Tenor! Halte sie fest!« schrie er der Wache zu, doch die Prinzessin hielt den Mann zurück. Mesor starrte sie entsetzt an. »Seid Ihr verrückt? Die Rayanerin ist die Schlüsselfigur in Eurem Plan!«

Evirae nickte. »Richtig, Mesor! Ihr Verhalten ist entscheidend. Wenn Ceria entkommt, kann sie nicht befragt werden. Und dann kann die Baronesse auch meine Beschuldigungen gegen sie nicht in Frage stellen. Schließlich hat die Baronesse sie auch mit dem Spion gesehen.«

Mesor schüttelte den Kopf. »Aber Ceria findet sicher Falkenwind und warnt ihn!«

»Du bist zu ängstlich!« sagte Evirae gereizt. »Ceria kehrt bestimmt in den Süden ins Lager der Rayaner zurück. Das sind doch alles Diebe und Lügner, trotz ihrer Fähigkeiten. Da Falkenwind ihr nichts mehr nützt, wird sie sich woanders nach ihrem Glück umsehen. Wir sehen sie bestimmt nie wieder.«

Evirae wandte sich wieder zum Fenster. Sie sah eine kleine rote Gestalt zu Pferd auf eine Lücke in der Hecke am Rand der Palastanlage zujagen.

»Ruf die Familie zusammen«, sagte sie ruhig. »Ich möchte über die Position des Bergmannes sprechen.«

»Wir sollten wenigstens die Wachen zwischen Oberwald und dem Kamerantal warnen«, sagte Mesor. »Falls Ceria Falkenwind . . .«

»Egal – soll man sie doch ruhig in den Armen des Bergmannes finden!«

Doch es blickte im selben Moment noch jemand anders aus dem Fenster – hoch oben.

»Sie ist deiner würdig, Falkenwind«, murmelte Ephrion erleichtert. »Wir haben Zeit verloren, aber nicht die Hoffnung.«

Er erhob sich langsam, um bestimmte Vorbereitungen zu treffen. Es war da eine Nachricht weiterzugeben, deren Übermittlung er nur einem alten und loyalen Freund anvertrauen würde.

Endlich hatte sich der Nebel fast überall im Kamerantal gehoben. Gleichzeitig jedoch war der Wind stärker geworden, und so war es immer noch gewagt, die Windschiffe einzusetzen.

Die Fandoraner waren jetzt zu den Hügeln zurückgekehrt, und die Simbalesen hatten sich am Talrand gegenüber in der Nähe des Waldes neu formiert. Falkenwind schob den Befehl zum Angriff noch wegen des Drachen hinaus.

»Wir können die Hügel einkreisen und warten, bis sie sich ergeben«, sagte General Vora zu Falkenwind, »aber dort gibt es viele Obstbäume und jagdbare kleinere Tiere – sie könnten tagelang durchhalten.«

»Und jederzeit kann der Drache zurückkommen«, sagte Falkenwind.

General Vora zuckte die Achseln. »Wir brauchen mehr Truppen für einen erfolgreichen Angriff.«

Willen stand in der Nähe, als Vora diese Bemerkung machte. Er wandte sich an den General: »Wir könnten diesen Krieg für Euch gewinnen, General Vora. Meine Leute kommen schneller durch Büsche und Wälder als Ihr durch ein gutes Mahl – und wesentlich leiser. Wir könnten die Hügel durchkämmen und die Fandoraner für Euch aufscheuchen.«

»Die Weldener sind zu hitzköpfig«, schnauzte der General ihn an, »und deshalb lehne ich es ab, solch einen Schritt in Erwägung zu ziehen! Dies ist ein Krieg, keine Blutrache!«

Willen drehte sich um und marschierte zornig davon. Thalen sagte zu Falkenwind: »Mein Bruder und ich müssen nach Oberwald zurückkehren, um die Windsegler gegen diesen Drachen anzuführen!«

»Einverstanden«, sagte Falkenwind. »Macht Euch also auf den Weg!«

Die beiden Windsegler, die Fähigsten unter all den Fähigen, liefen zu den Schiffen. Während sich jeder an Bord schwang und den Brenner in Gang setzte, stieg Trauer in Thalen hoch über den Verlust seines eigenen Schiffes. Er hatte es selbst gebaut und fast wie ein eigenes Kind geliebt. Nun mußte er im Gegensatz zu Kiorte ein fremdes steuern.

Der Gefangene sah, wie die beiden Windschiffe startbereit gemacht wurden. Jetzt war seine Zeit gekommen. Er fürchtete sich, aber er fürchtete sich noch mehr davor, in simbalesischer Gefangenschaft zu bleiben. Bisher hatten sie ihn nicht schlecht behandelt, nur einige Fragen über die Absichten der fandoranischen Armee gestellt. Er hatte sich geweigert zu antworten – nicht weil er besonders patriotisch gesinnt war, sondern weil er einfach nichts wußte. Doch hier kam die Chance: Als die beiden Windschiffe den Boden verließen, ließ eine plötzliche Windbö eines der noch von Kiortes Schiff herunterhängenden Taue hin und her peitschen, und einige Männer und Frauen versuchten aufgeregt, sich in Sicherheit zu bringen, was wiederum die Wachen ablenkte. Der Gefangene holte tief

Luft und maß seine Kraft an den Rohlederstreifen. Sie schnitten in seine Haut, dann rissen sie, und er war frei. Und schon hatte er den einen der verdutzten Wächter gepackt und gegen den anderen geschleudert. Dann lief er auf das andere Windschiff zu, auf das niemand achtete.

Einige Soldaten sahen ihn laufen. Sie stießen laute Rufe aus und nahmen die Verfolgung auf, aber der Fandoraner sprang bereits hoch und packte eines der von Thalens Schiff herunterhängenden Seile. Hand über Hand kletterte er rasch hinauf.

Tweel hörte das Geschrei und sah, was geschah. Rasch ergriff er eine Armbrust und schoß einen Bolzen auf den Fandoraner. Das wild hin und her pendelnde Seil ließ ihn jedoch danebenschießen. Dann war der Fandoraner an Bord des Schiffes.

Thalen bemerkte seine Anwesenheit erst, als das Schiff unter dem zusätzlichen Gewicht plötzlich zu schlingern begann. Er verlor das Gleichgewicht. Als er wieder auf die Beine kam, sprang der Fandoraner auf ihn zu. Er packte Thalen in der Absicht, ihn über Bord zu werfen. Thalen schlug ihm mit aller Kraft ins Gesicht, so daß der Griff des schmerzgepeinigten Fandoraners nachließ. Sie rangen weiter miteinander, und ihre sich verlagernden Gewichte ließen das Windschiff hin und her schaukeln.

Tweel hob wieder die Armbrust und zielte. Falkenwind sah es und brüllte, aber zu spät. Der Bolzen zischte durch die Luft.

Kiorte, der von seinem eigenen Schiff aus hilflos zusehen mußte, schrie entsetzt auf, als aus dem Rücken seines Bruders plötzlich ein Pfeil herausragte – Thalen war im Zweikampf ins Schußfeld geraten. Die Kraft des Bolzens war so groß, daß beide Männer das Gleichgewicht verloren und der Fandoraner mit dem Rücken gegen die Reling schlug. Sie gingen beide über Bord und schlugen auf dem Boden auf.

Kiorte brachte sein Windschiff sofort herunter und seilte sich ab, bevor es den Boden erreicht hatte. Er überließ es den anderen, das Schiff zu verankern und rannte zu seinem Bruder.

Falkenwind rannte ebenfalls und mit ihm die meisten anderen. Kiorte war zuerst bei den Abgestürzten. Er kniete nieder und zog seinen toten Bruder sanft aus dem erstarrten Griff des Fandoraners. Dann drehte er sich um, die Leiche auf den Armen gebettet, und blickte Falkenwind an. Falkenwind blieb stehen; der Haß in Kiortes Augen traf ihn wie ein Schlag mit der Faust.

»Er ist tot«, sagte Kiorte.

Falkenwind sagte nichts. Auch die anderen schwiegen. Kiorte erhob sich langsam. Er zitterte. Er machte einen Schritt auf Falkenwind zu. Zwei Soldaten traten rasch vor, die Schwerter halb gezogen, um ihren

Monarchen zu beschützen. Falkenwind berührte sie kurz an der Schulter und bedeutete ihnen, zur Seite zu treten. Er sah Kiorte an.

»Thalen ist tot«, sagte Kiorte noch einmal, »und ich mache Euch, Falkenwind, dafür verantwortlich.« Halb schreiend, halb schluchzend sagte er: »Ihr habt die Truppen ins Südland geschickt! Sonst wäre dieser lächerliche Krieg längst vorbei!« Seine Augen blickten wild und schimmerten von zurückgehaltenen Tränen. Dann drehte er sich heftig um und entdeckte Tweel, der immer noch entsetzt die Armbrust in den Händen hielt. Kiorte gab einen unartikulierten Laut von sich und machte einen Satz auf ihn zu, die Hände auf Tweels Hals gerichtet. Willen und mehrere andere Männer hatten Mühe, ihn zurückzuhalten. Einen Augenblick lang tobte Kiorte unter ihrem Griff, dann fand er, offensichtlich mühsam, seine Selbstbeherrschung wieder. Einige der Soldaten wandten sich voller Unbehagen bei dem Gefühlsausbruch des sonst so verschlossenen Prinzen ab, Kiorte sah wieder Falkenwind an.

»Evirae hat wohl doch recht!« sagte er. Dann beugte er sich hinunter, hob Thalens Leiche vom Boden und trug ihn zu seinem Windschiff. Er legte seinen Bruder behutsam aufs Deck und stieg mit dem Windschiff wieder auf.

Alle blickten ihm nach, als er rasch in Richtung Oberwald davonsegelte. Vora legte die Hand auf Falkenwinds Schulter. »Ihr seid nicht verantwortlich für diesen Unglücksfall«, sagte er leise. »Es war Kiortes Kummer, der aus ihm sprach.«

Die Winde trieben das Windschiff rasch nach Norden. Schon nach einer guten Stunde hatte Amsel den Wald von Nordwelden überquert. Kurze Zeit später entdeckte er die niedrigen Klippen und Strände der simbalesischen Nordküste, und dann holte er tief Luft – und flüsterte: »Das Drachenmeer! Von hier an ist alles neu für mich.«

Er wandte sich zum Bug des Schiffes und sah in den Wolken vor ihm einen schwarzen Schatten langsam auf- und absteigen. Der Frostdrache flog vor ihm her und wußte offensichtlich genau, was er wollte. Amsel eilte zum Klüverbaum und zurrte ein Vorsegel fest, das der Wind gelokkert hatte, dann überprüfte er die Klampen an der Luvseite.

»Alles in Ordnung«, sagte er erleichtert. »Jetzt kann ich es wohl wagen, einen kurzen Blick in die Kajüte zu werfen.«

Während er die Stufen hinunterstieg, dachte er an den Krieg und an die junge Frau, die ihre Freiheit für seine Sicherheit aufs Spiel gesetzt hatte. Es gab inzwischen viele Menschen, denen er sein Leben verdankte, und ihm wurde klar, daß seine Tage der Einsamkeit, des Experimentierens und der Gärtnerei, der Erfindungen und der Konstruktionen nicht so bald wiederkehren würden. Er hatte sich immer als einen Menschen betrachtet, der niemanden belästigte und dafür ebenfalls in Ruhe gelassen wurde. Aber dann hatte er sich mit Johan angefreundet und ... Er schüttelte abwehrend den Kopf und öffnete die Tür zur Kajüte. Er fand einen klug durchdachten Raum vor voller Wandschränkchen aus Holz und mit vier aufgespannten Hängematten aus Tansel-Gewebe. Amsel fand Decken für die Besatzung, Ersatzseile und Segeltuchflicken und im letzten Schrank endlich ein Dutzend sorgfältig verpackter Brotlaibe.

Hungrig und erschöpft, nach allem, was er hinter sich hatte, machte Amsel sich über einen kleinen Brotlaib her. Er kannte diese Art Brot nicht, es war leicht und schmeckte etwas süß; wahrscheinlich wurde es eigens zur Stärkung der Windsegler hergestellt.

Amsel wurde plötzlich sehr müde. »Nein«, sagte er, »ich muß wach bleiben.« Er wickelte sich in eine Decke und kehrte auf das kalte Oberdeck zurück. Dort setzte er sich auf einen schmalen Vorsprung am Bug und blickte schläfrig in den Dunst hinaus. Wieder hatte er den inzwischen vertrauten Anblick des Drachen vor sich, und nach einer Weile wirkten das Rauschen des Windes und der gleichmäßige Flügelschlag des Frostdrachen hypnotisch auf Amsel. Er fühlte, wie er wieder müde wurde, und diesmal konnte er dem Schlaf nicht mehr widerstehen.

Mit einem Ruck kam er wieder zu sich. Das Windschiff schlingerte wild hin und her und verlor an Höhe. »Was für ein Dummkopf ich bin!« schrie Amsel und sprang rasch auf, um eine Leine zu packen, die gegen die Falten eines Segels schlug. Er blickte über Bord. Es war immer noch nichts anderes als das Meer zu sehen. Er hatte keine Ahnung, wie lange er geschlafen hatte – eine Stunde oder einen Tag? Das graue Licht hatte sich nicht verändert.

»Mein Freund fliegt immer noch vor mir her«, murmelte er, während das Schiff in eine watteartige Wolke eintauchte.

Er lief zum komplizierten Takelwerk am Heck des Schiffes. Das Schiff begann, heftig zu schaukeln, weil der Seitenwind viel stärker als der Rükkenwind geworden war. Aus seiner kurzen Erfahrung in der Straße von Balomar wußte Amsel, daß er diese Strömungen ausnutzen mußte, um das Schiff auf seinem Nordkurs zu halten. Er ergriff die Schoten der Großsegel und zog sie vorsichtig ein.

Es dauerte einen Augenblick, bis das Segel reagierte, aber nach einem kurzen Intervall des Anluvens und Abfallens fand das Windschiff allmählich wieder sein Gleichgewicht und flog einen nördlichen Kurs. Amsel seufzte erleichtert auf. Ephrion hatte recht gehabt – er konnte wirklich ein Windschiff fliegen!

Lange Zeit später flog er immer noch nach Norden. Er konnte unter dem Windschiff nichts mehr sehen, weil die Wolken sich zu sehr verdichtet hatten. Wahrscheinlich war er jetzt nicht mehr über dem Meer.

Amsel fühlte sich sehr einsam und klein. Er wünschte sich – er, Amsel, der Einsiedler! – die Gesellschaft eines anderen menschlichen Wesens; er hätte sich gern unterhalten. Es war ein ganz neues Gefühl für ihn.

Amsel lauschte den Geräuschen um ihn herum, dem Lied der Segel, dem Pfeifen des eisigen Windes und dem fernen Flügelschlag des Frostdrachen. Was wußte er noch von Drachen?

In all den Jahren hatte er sich nie besonders für Drachengeschichten interessiert. Schließlich ging es da um Geschöpfe der Phantasie, und seine Interessen waren wissenschaftlicher Art. Sicher hatte er als Kind über die edlen Geschöpfe gelesen, die in hellen Felshöhlen lebten. In diesen Märchen wurden Kinder des Südlands mit langen Abenteuerfahrten auf dem Rücken eines Drachen belohnt, wenn sie besonders brav gewesen waren. Als Amsel dann heranwuchs, stieß er manchmal auf Hinweise über Drachen in der Literatur anderer Länder. Zurückblickend wurde ihm klar, wie außergewöhnlich übereinstimmend die Beschreibungen dieser Geschöpfe gewesen waren. Er hatte es damals dem gemeinsamen Ursprung dieser Geschichten im Südland zugeschrieben, aber jetzt hielt er eine erstaunlichere Erklärung für möglich.

Er erinnerte sich jetzt auch an einen Schriftsteller aus Bundura, der Seiten über Seiten über die leuchtenden Höhlen schrieb, Worte, die so hell waren wie der Mond. Und ihm fiel eine andere kurze, poetische Stelle über einen Schatz der Drachen ein, legendäre Steine, die in sich die Geheimnisse der Geschöpfe bargen.

Übereinstimmend in all den Geschichten hatten die Drachen vier Beine, dunkelblaue Augen, wunderschöne Flügel und die Fähigkeit, Feuer zu speien. Dieser Frostdrache aber hatte zwei Beine und leuchtendgelbe Augen. Ob er Feuer speien konnte, wollte Amsel vorerst lieber nicht herausfinden. Manchmal konnte wissenschaftlicher Eifer tödlich sein.

Frostdrache oder Drache, dachte er, wohin bringst du mich? Zu den Leuchtenden Höhlen? In ein vergessenes Land? Wieviel deiner Legende ist gar keine Legende?

Stunden später erhielt Amsel die Antwort.

Er war schon geraume Zeit in einer vom Wind vorangetriebenen Wolke gesegelt, als diese endlich aufriß. Im Licht der untergehenden Sonne sah Amsel, daß in nicht allzu weiter Entfernung eine Küste lag. Sie glich keiner der Küsten in Fandora oder Simbala.

Er durchquerte eine weitere Wolke, und als er wieder klare Sicht hatte, konnte er das Land jenseits der Küste sehen.

Es war ein ödes, finsteres Land, ein Land der scharfen Grate und der nadelspitzen Berggipfel – Einsamkeit und Verzweiflung hatten eisige Gestalt angenommen. Es war ein Land der Dunkelheit, ein Land, das kein menschliches Leben zuließ. Ein Fluß wand sich durch einen Boden, der aus Lavaschichten bestand. Dahinter lagen verwitterte, kantige Felsbrokken aufeinandergetürmt, als hätte das Kind eines Riesen sie gleichgültig dorthin geworfen. Die Felsen waren von schwarzer, brauner und rostroter Farbe, und der Wind fegte dazwischen hindurch. Hinter den Felsbrokken erhoben sich Berge, neben denen die Gipfel von Simbala wie Zwerge ausgesehen hätten. Stolz und herausfordernd, manche von ihnen in Eis gehüllt, die meisten zu steil für Schnee, setzten sie sich jenseits des Flusses fort, soweit Amsel ihnen mit den Augen folgen konnte. Ganz im Norden sah er eine weiße, glitzernde Wand.

»Es sieht anders aus, als ich erwartet hatte«, sagte Amsel, »aber eigentlich hatte ich ja überhaupt keine Vorstellung.« Er fragte sich, wohin der Frostdrache ihn führte. Es bestand nicht die geringste Aussicht, daß das Windschiff eine Landung zwischen den sägezahnscharfen Graten dort unten überstehen würde.

Als ob seine Überlegungen den Frostdrachen lenkten, begann dieser, sich etwas mehr nach Osten zu wenden. Amsel veränderte die Stellung der Ruderpinne und folgte ihm. Gleichzeitig verminderte er den Zustrom von Sindril-Gas und brachte das Windschiff tiefer nach unten, heraus aus den heftigen Luftströmungen. Der Drache flog jetzt langsamer. Amsel hatte nicht die Absicht, ihn zu überholen.

Langsam flogen sie weiter nach Norden. Amsel hatte die Ruderpinne fest im Griff. Die Landschaft blieb auf bedrückende Weise unverändert, bis Amsel in der Ferne einen hohen schlanken Gipfel aus schwarzem Basalt entdeckte. Sein Fuß war in Dunst getaucht, der vermutlich von heißen Quellen ausging; dies war zweifellos vulkanisches Gebiet. Die Spitze des Gipfels war von Wolken umhüllt. Der Frostdrache flog auf den Gipfel zu; dies mußte das Ziel sein. Jetzt glaubte Amsel, in dem Dunst etwas zu erspähen, was sich bewegte. Das Windschiff glitt in die lauwarmen Dämpfe, und mit zunehmender Luftfeuchtigkeit glühten die Sindril-Edelsteine heller auf. Dann hob sich der Nebel plötzlich – und was Amsel vor sich hatte, war ein Land, von dem keine Legende je berichtet hatte.

Der gewaltige Berggipfel war durchlöchert von Höhleneingängen, und in offenbar jedem einzelnen von ihnen lag, zusammengerollt wie eine Schlange, ein Frostdrache. Als Amsel näher herankam, drang ein Zischen wie aus einem Schlangennest zu ihm; er war sich nicht sicher, ob das Geräusch von den heißen Quellen kam oder von den Hunderten von Drachen, die ihn alle zu beobachten schienen. Einige kauerten auf Felsen-

vorsprüngen und zerrten an den Kadavern von Tieren. Andere flogen mit langsamen Flügelschlägen durch den Dunst und krächzten einander düster an.

Amsel hatte noch nie etwas so Furchterregendes gesehen; es war schrecklicher als jeder Alptraum. Ihm schauderte bei der Vorstellung, er könnte in ihre Mitte stürzen, aber er zwang sich dazu, wachsam zu sein.

Das Zischen wurde lauter. Stolz, wie in stillem Einverständnis, hoben die Frostdrachen die Köpfe. Dann entfalteten sich Hunderte von Flügeln, und die gefleckten grauen Körper stiegen in einem riesigen Schwarm von den Klippen auf.

Amsel schrie. Die Wesen waren über ihm mit einem mörderischen Gekreisch, das den Wind übertönte. Er sah entsetzt, wie sie begannen, das Windschiff zu umkreisen, aber dann erblickte er hinter ihnen etwas anderes. Als der Nebel sich über der äußersten Spitze des Berges hob, entdeckte er dort oben einen weiteren Frostdrachen, doppelt so groß wie die anderen. Seine gelben Augen waren direkt auf Amsel gerichtet.

Amsel starrte in diese Augen, gelähmt vor Furcht. Dieser Frostdrache, schwarz wie der Basalt, auf dem er saß, war nicht nur größer als die anderen. Er schien Amsel mit einer Intelligenz zu beobachten, die den anderen fehlte. Amsel vermutete, daß der dunkle Drache über die anderen herrschte. Er hörte, wie er den anderen Drachen unter ihm etwas zuschrie. Der Schrei wurde von den um das Windschiff kreisenden Ungeheuern erwidert. Amsel begann, vor Entsetzen zu weinen, als der Kreis dunkler Flügel den Segeln des Windschiffs immer näher kam.

Dann hörte das Kreischen plötzlich auf, und der größte Frostdrache erhob sich in die Lüfte. Seine Flügel waren länger und dunkler als die seiner Brüder, und während er sich vom Gipfel entfernte, kehrten die anderen in ihre Höhlen zurück.

Amsel sprang zum Ruder; die von den vielen Flügeln verursachten Luftbewegungen hatten das Windschiff zum Schaukeln gebracht. Er wollte das Schiff wenden und versuchte zu lavieren, aber die Segel wurden von den Aufwinden aus der heißen Quelle unter ihm getragen.

Amsel blickte nach oben. Der Himmel schien plötzlich leer zu sein, aber ein leises Pfeifen drang durch die Luft. Und dann griff der Frostdrache an, aus einer Höhe, in der Amsel ihn wegen der Segel nicht sehen konnte. Seine riesigen Krallen durchschnitten im Nu das zarte Gewebe eines Ballonsegels, und das Gas strömte aus.

Amsel schrie auf, als das Schiff zu sinken begann. Der Frostdrache stieß erneut nach unten und zerfetzte das andere große Segel. Während es riß, griff Amsel nach dem Segeltuch; er schwang sich nach draußen, über den Rumpf des Schiffes hinweg, und kam wieder zurück, haarscharf am Mast vorbei. Das Windschiff begann, in Spiralen nach unten zu stürzen, und das Segeltuch riß von den Leinen los. Amsel, der sich noch immer daran klammerte, glitt in den Nebel hinaus. Er spürte plötzlich Hitze an seiner Haut, und ihm wurde klar, er würde – falls er in den heißen Quellen landete – bei lebendigem Leib gekocht werden.

Er blickte nach unten und sah durch den Nebel einen zerklüfteten Felsen in Sicht kommen. Er versuchte, seine Richtung zu ändern, aber dann spürte er unerwartet kühle Luft an seinem Rücken. Ein schwarzer Schatten tauchte aus dem Nebel über ihm auf. Sekunden später packten ihn große Krallen an seiner Weste.

Amsel schrie wieder auf, und die gelben Augen des Frostdrachen betrachteten ihn durch den wirbelnden Nebel.

27

Monarch Ephrion betrat vorsichtig die Brücke. Es war eine sehr alte Brücke, und die Kräfte der Natur hatten ihren Tribut gefordert. Er hielt sich am geflochtenen Geländer fest und begann, die Brücke zu überqueren. In der Tasche seines Staatsgewandes befand sich eine schriftliche Botschaft, aus der hervorging, was er Ceria mitgeteilt und welche Instruktionen er dem Fandoraner Amsel gegeben hatte. Ephrion hoffte, daß diese Informationen Falkenwind in die Lage versetzen würden, dem Kampf im Kamerantal ein Ende zu bereiten.

Ephrion hatte beschlossen, diesen Weg über die morsche Brücke zu benutzen, weil er so abgelegen war. Er konnte es nicht riskieren, gesehen zu werden, wie er ohne Begleitung das Zentrum von Oberwald verließ. Er machte in der Mitte der Brücke eine Ruhepause und ging dann vorsichtig weiter, bis er wieder festen Boden unter den Füßen hatte. Durch einen Bogengang ging er auf einen wenig benutzten Pfad zu, der zur Hauptstraße führte, in sicherer Entfernung von Eviraes Wachen.

»Monarch Ephrion!« sagte plötzlich eine Stimme hinter ihm. »Monarch Ephrion! Braucht Ihr Hilfe?«

Ephrion seufzte. Er blickte sich um und erkannte einen der Wächter von den unteren Stockwerken des Palastes. »Nein«, erwiderte er. »Mir geht es gut.«

Der Wächter trat lächelnd auf ihn zu. »Sicher kann ich Euch von Nutzen sein, Monarch! Ihr solltet Euch hier nicht ohne Begleitung aufhalten. Im Wald wird immer noch nach einem Spion gesucht!«

»Ich mache nur einen kleinen Spaziergang«, sagte Ephrion.

Der Wächter war hartnäckig. »Darf ich um die Ehre bitten, Euch zu begleiten?«

Ephrion schüttelte den Kopf. »Ich bedanke mich, aber ich möchte lieber allein sein.« Doch der Wächter war jetzt nur noch wenige Fuß von Ephrion entfernt. Ephrion starrte ihn zornig an. »Wie kannst du es wagen, dich in mein Privatleben zu drängen!«

Der Wächter lächelte immer noch, aber in seinen Augen sah Ephrion eine Drohung. Dem Mann ging es nicht um das Wohlbefinden eines alten Monarchen. Er gehörte zu Eviraes Vertrauensleuten. »In Kürze soll ein Familientreffen stattfinden«, sagte er. »Die Prinzessin wünscht Eure Anwesenheit. Was soll ich ihr sagen, Monarch Ephrion? Ich folge Euch schon eine ganze Weile und wußte nicht, wann ich Euch stören sollte. Ich habe nicht damit gerechnet, daß Ihr Euch so weit vom Palast entfernen würdet.«

Die Bedeutung dieser Worte war für Ephrion eindeutig. Der Wächter wußte, daß er irgendein Ziel verfolgte. Wenn Ephrion an dem Treffen nicht teilnahm, würde Evirae eine Verschwörung zugunsten Falkenwinds argwöhnen.

Ephrion musterte den Burschen zornig. Er würde sich nicht von einem ehrgeizigen Wächter in die Enge treiben lassen! Die Prinzessin konnte argwöhnen, was sie wollte! Er hatte Simbala über vierzig Jahre regiert, und während der Abwesenheit Falkenwinds würde er es wieder tun.

»In diesem Fall, Bursche, kannst du mir wirklich von Nutzen sein«, sagte er. »Kehre zurück zur Prinzessin und teile ihr mit, daß kein Familientreffen stattfinden wird, bis ich zurückgekehrt bin.«

»Würdet Ihr mich nicht begleiten, Monarch Ephrion?« Der Ton war immer noch auf spöttische Weise ehrerbietig, aber eine gewisse Schärfe klang jetzt durch.

»Nein«, sagte Ephrion. »Ich habe andere Angelegenheiten im Kopf.«

Der Wächter blickte Ephrion besorgt an. Dies hatte er nicht erwartet.

»Weigerst du dich, einem Befehl des Monarchen zu folgen?« fragte Ephrion. »Worauf wartest du?«

Der Wächter sah verwirrt aus, dann drehte er sich um und ging auf den Palast zu. Ephrion seufzte. Evirae wird von Stunde zu Stunde dreister, dachte er. Der Bericht des Wächters würde nicht zu seinen Gunsten ausfallen, aber er hatte keine andere Wahl. Falkenwind mußte so schnell und so sicher wie möglich gewarnt werden.

Es war dunkel in den bewaldeten Hügeln, die das Kamerantal begrenzten. Das helle Mondlicht durchdrang das Laubwerk nicht. Hier und dort brannte ein kleines, sorgfältig abgeschirmtes Feuer, und um diese Feuerstellen herum lagerten die Reste der fandoranischen Armee und schliefen den Schlaf der Erschöpften.

Lagow stand im Dunkeln am Rand einer der kleinen Lichtungen. In Gedanken sah er Jelrich vor sich, seine Frau, seinen Sohn, seine Tochter. Im allgemeinen zog um diese Jahreszeit das Geschäft an – die Leute wollten Wagen und Werkzeuge repariert haben, und der Verkauf der Frühjahrsernte würde manch einen dazu ermutigen, sich neue Möbel anfertigen zu lassen. Anstatt ein Wagenrad auszubalancieren oder einen Stuhl zu polieren, stand er jetzt hier und mußte sich darauf gefaßt machen, im Dunkeln Drachen und feindlichen Soldaten gegenüberzutreten. Er blickte sich nach den anderen Männern um. Er hatte viele von ihnen kennengelernt, und ihr erschöpftes und müdes Aussehen erschütterte ihn, wenn er es mit jener festlichen Nacht in Tamberly verglich. Wie lang war das schon her!

Es gab noch andere, die nicht schlafen konnten. Dayon saß neben Tenniel, der im Schlaf stöhnte und murmelte, weil die Schmerzen sich in einer endlosen Folge von Alpträumen äußerten. Jondalruns Sohn starrte in die glühende Asche eines Feuers. Er hatte nicht gewußt, was sie von ihren Gegnern zu erwarten hatten, aber er hatte mit der Möglichkeit eines schrecklichen, übernatürlichen Verhängnisses gerechnet. Und war nicht ein Drache aufgetaucht? Und warum hatte er sie nicht angegriffen – spielten die Simbalesen mit ihnen? Dayon starrte auf die glühenden Kohlen, als Pennel neben ihm auftauchte. Er blickte besorgt auf Tenniel und sagte dann zu Dayon: »Hier sind wir wenigstens sicher vor Windschiffen und Drachen.«

»Oder sie haben uns in die Falle gelockt.«

»Glaubst du, daß die Simbalesen den Drachen gerufen haben, Dayon?«

»Wahrscheinlich.«

»Das frage ich mich«, entgegnete Pennel. Er rührte mit der Spitze seines Stiefels in der Asche. »In diesem Krieg geschieht mehr, als dein Vater erwartet hat. Er hat den Drachen kaum erwähnt, seitdem der in den Wald geflogen ist.«

»Woher soll denn deiner Meinung nach der Drache gekommen sein?«

Pennel schüttelte den Kopf. »Ich weiß es nicht. Mir fällt nur ein Mensch ein, der über genug Wissen verfügte, um etwas Licht in dieses Thema zu bringen.« Er blickte Tenniel traurig an.

»Du meinst Amsel, den Einsiedler?« fragte Dayon. »War er nicht ein Verräter?«

»Ich wünschte jetzt, wir hätten ihn länger angehört.« Pennel seufzte. »Es geschehen Dinge, die wir nicht verstehen. Ich frage mich, ob die Simbalesen nicht noch unsere kleinste Sorge sind.«

Dann verließ er das zaghafte Feuer wieder, und Dayon blieb allein zurück und dachte an einen Mann, den er nur aus den Schilderungen anderer kannte. »Amsel«, murmelte er. »Er wurde beschuldigt, die Ermordung meines Bruders angestiftet zu haben.« Er schüttelte den Kopf. »Ich werde wohl nie erfahren, ob das stimmt. Die Leiche des Einsiedlers liegt unter den Trümmern seines Baumhauses.«

Nach Einbruch der Dunkelheit erhielt Falkenwind eine Botschaft, aber es war nicht die, die Ephrion ursprünglich geschrieben hatte.

Falkenwind hielt die Pergamentrolle auf einer Lichtung ins Mondlicht. Zu seiner Linken stand General Vora, der stirnrunzelnd versuchte, über die Schulter des größeren Falkenwind mitzulesen. »Was steht drin?« fragte er.

»Die Prinzessin hat Beweise für Landesverrat gefunden«, erwiderte Falkenwind. »Sie trachtet danach, mich vom Palast entfernen zu lassen.«

»Unmöglich!« sagte Vora. »Ihr seid doch die ganze Zeit hier gewesen!«

»Offenbar hat Evirae irgendwie Ceria mit dem verschwundenen Spion aus Fandora in Verbindung gebracht.«

»Unsinn!«

Falkenwind schüttelte den Kopf. »Dies ist eine ernst zu nehmende Beschuldigung. Laut Ephrion hat Ceria den Spion unter den Augen von Evirae und Baron Tolchin in den Palast gebracht.«

»Ist die Rayanerin wahnsinnig?« Vora griff nach der Rolle. Falkenwind drehte das Pergament so, daß Vora es lesen konnte. »Laut Monarch Ephrion hat Ceria im Interesse Simbalas gehandelt. Der Spion behauptet, daß Fandora zu den Waffen gegriffen habe, um die Ermordung eines Kindes zu rächen – ein Mord, der dem an dem Kind aus Nordwelden sehr ähnlich ist. Evirae hat eine Möglichkeit gefunden, die Begegnung des Spions mit Ceria als Beweis für ein Bündnis zwischen den Fandoranern und mir zu benutzen. Monarch Ephrion vermutet, daß Evirae die Familie zusammenrufen wird, um über meine Amtsenthebung abzustimmen.«

»Sicherlich wird das erfolglos sein. Es wird Streit geben! Nicht die ganze Familie wird gegen Euch stimmen. Ohne einstimmige Entscheidung wird das Treffen keine große Wirkung haben.«

Falkenwind steckte die Pergamentrolle zurück in die Röhre, in der sie gekommen war. »Wer wird auf meiner Seite stehen? Kiorte gewiß nicht.«

»Monarch Ephrion wird Euch unterstützen.«

»Ja«, entgegnete Falkenwind, »aber er hat mich zu seinem Nachfolger bestimmt. Er darf mich verteidigen oder für meine Amtsenthebung eintreten, aber er hat in der Angelegenheit keine Stimme.«

»Dann wird die Baronesse Euch unterstützen! Ihr habt voller Bewunderung von ihr gesprochen; sie ist nicht so töricht, auf Eviraes Pläne hereinzufallen.«

»Alora und Tolchin haben beide gesehen, wie Ceria den Spion in den Palast brachte. Werden sie es ablehnen, etwas zu bezeugen, was sie mit eigenen Augen gesehen haben? Das würde einem Landesverrat gleichkommen.«

General Vora nickte; allmählich wurde ihm der Ernst der Lage klar. Jibron und Eselle würden für ihre Tochter eintreten, ebenso die weniger bedeutenden Minister und andere Mitglieder der Familie, die mehr zu gewinnen hatten mit der Prinzessin als Königin als mit einem Bergarbeiter im Palast. »Es muß eine Möglichkeit geben, Eure Unschuld zu beweisen«, sagte er hartnäckig.

Falkenwind nickte. »Wie lange braucht man, um zu Pferd zu den Ebenen im Süden zu gelangen?«

Vora war entsetzt. »Ihr könnt doch nicht an Flucht denken!«

»Nein, General, aber ich muß Gebrauch von dem machen, was Monarch Ephrion mir berichtet hat. Ceria ist Evirae entkommen, um eine Mission für Monarch Ephrion zu erfüllen. Sie ist auf der Suche nach einem Edelstein, der Drachenperle genannt wird und vielleicht im Rayanerlager ihrer Kindheit versteckt ist. Er enthält Beweise über die Drachen und könnte den Grund ihrer Angriffe auf uns erklären. Ich muß Ceria und die Drachenperle finden! Es ist unbedingt erforderlich, daß wir die Wahrheit über die Drachen erfahren. Sie sind gefährlicher als die Fandoraner.«

»Ihr könnt die Armee nicht verlassen!«

»Ich werde nichts dergleichen tun, Vora. Auf dem Weg nach Süden kann ich die Truppen, die auf ihrem Rückweg aus dem Südland sind, zusammentrommeln und herschicken. Wenn unsere Männer wieder vereint sind, werden die Fandoraner zur Küste fliehen wie ein Baumbär vor einem Feuer.«

»Es gefällt mir nicht«, brummte Vora. »Wer weiß, was sich die Prinzessin wieder während Eurer Abwesenheit alles einfallen läßt.«

»Zumindest wissen wir, was sie tut, wenn ich bleibe.« Falkenwind lächelte den General etwas mühsam an. »Jeder, der des Landesverrats für schuldig befunden wird, kommt sofort ins Gefängnis. Was erscheint Euch schlimmer? Ein abwesender Held oder ein Monarch in Ketten?«

Vora antwortete nicht.

Falkenwind bestieg sein Pferd, hob den Arm, pfiff, und der Falke schoß von oben herunter und setzte sich auf Falkenwinds Schulter. Falkenwind lenkte sein Pferd nach Osten. Er würde ungesehen im Wald untertauchen und dann zur Valian-Ebene reiten.

Ceria ritt schnell und trieb Lady Tenors Pferd schonungslos. Sie tat es ungern, aber sie durfte keine Zeit verlieren. Ihre Mission war dringend, und sie wußte nicht, ob Evirae ihr einige ihrer Vertrauensleute nachgeschickt hatte.

Es war jetzt Abend. Der Himmel klarte auf. Zu ihrer Rechten war die Sonne unter den Horizont gesunken, und die Wolken über ihr waren rostbraun und bernsteinfarben. Die Luft war sauber und frisch, der Boden feucht, aber Ceria achtete kaum darauf.

Sollte sie als Kind tatsächlich die Drachenperle im Lager entdeckt haben, dann wurde sie mit Gewißheit eifersüchtig bewacht. Wenn es ein so kostbarer Schatz war, würden sie ihn ihr wohl kaum aushändigen.

Gewiß, sie war die Pflegetochter von Zurka, der Anführerin des Shar-Stammes, aber sie hatte als Findelkind immer einen leichten Unterschied gespürt in der Art, wie sie von den anderen Rayanern behandelt wurde. Sie hoffte nur, daß das Geheimnis ihrer Herkunft jetzt nicht gegen sie sprechen würde. Sie wußte, daß Zurkas Tochter, Balia, sie nie als wahres Mitglied der Wagenleute betrachtet hatte, und Balia war nicht ohne Einfluß.

Ceria ritt über die sanft steigenden und fallenden Hügel auf jenes Gebiet der Valian-Ebene zu, wo der Stamm in dieser Jahreszeit sein Lager aufschlug. Es war spät, als sie sich dem großen Halbkreis der Wagen näherte. Es roch nach der Asche der Feuerstellen und der scharfen Ausdünstung der großen Ziegen, die die Wagen zogen. Als Ceria ihr keuchendes Pferd zügelte, kamen unter den Wagen Hunde hervorgekrochen, knurrend und argwöhnisch schnüffelnd. Ceria schwang sich aus dem Sattel und sprach leise zu ihnen, und obwohl sie schon seit Jahren nicht mehr hier gewesen war, leckten sie ihr die Hände, während sie im Dunkeln über ein Wagengeschirr kletterte. Plötzlich bewegte sich ein Schatten vor einem Wagenrad. Sie fuhr zurück, erkannte dann aber erleichtert Boblan, einen stummen Zwerg, der der persönliche Diener ihrer Mutter war. Er kam lächelnd auf sie zu. »Ich bin es, Boblan«, sagte sie. »*Tabushka* – ich bin zurückgekommen. Kümmer dich bitte um mein Pferd – ich muß mit meiner Mutter sprechen.«

Der Zwerg nickte und humpelte davon. Ceria wandte sich zu den Wagen, aber eine vertraute Stimme rief ihren Namen.

Ceria erblickte eine Frau, die aus einem der Wagen in das Mondlicht hinaustrat. Sie war etwa im gleichen Alter wie Ceria; ihr dunkles, lockiges Haar fiel bis über ihre Taille, und sie trug ein knöchellanges, mit Flitter und Kettchen besetztes Kleid, das leise wisperte, wenn sie ging.

»Balia«, sagte Ceria leise. »Hallo, meine Schwester.«

Das Mädchen blickte sie an und sagte: »Nenne mich nicht so. Wir sind keine Schwestern.« Das Mondlicht ließ ihre Züge noch kälter als ihre Worte erscheinen.

»Keine Blutsschwestern«, entgegnete Ceria, »aber ich habe dich immer wie eine Schwester geliebt.«

Balia verschränkte die Arme. Sie hält mich für eine Verräterin, weil ich fortgegangen bin, dachte Ceria. In ihren Augen gehöre ich nicht mehr zu den Rayanern. Der Gedanke machte Ceria traurig, aber er überraschte sie nicht. Sie wußte seit Jahren, daß Balia eifersüchtig auf sie war. Sie wollte sich schon verteidigen, ließ es aber dann auf sich bewenden, da die Zeit drängte.

»Ich bin gekommen, um die Drachenperle zu holen«, sagte sie. »Monarch Ephrion braucht sie dringend.«

Balias Augen weiteten sich, als die Drachenperle erwähnt wurde, aber sie verhielt sich, als verstünde sie nicht, was Ceria meinte. »Wie merkwürdig, daß du hierhereilst, wenn es um Oberwald geht, Ceria, während du dich doch sonst nicht um die Menschen kümmerst, die du angeblich liebst.«

Ihre Worte verwirrten Ceria, aber bevor sie antworten konnte, fuhr Balia fort: »Ich bin jetzt für das Lager verantwortlich. Mutter ist krank. Sie kann den Wagen nicht mehr verlassen.«

»Das wußte ich nicht.«

»Natürlich nicht«, sagte Balia bissig. »Du warst zu sehr mit deinem Liebhaber beschäftigt.« Sie spielte mit einem Kettchen. »Ein Monarch ist ein guter Fang, Schwester, aber für die Wagenleute von geringer Bedeutung. Verlasse uns jetzt. Du bist hier nicht willkommen. Und das, was du suchst, haben wir nicht.«

»Du lügst«, sagte Ceria mit ruhiger Gewißheit. »Vergiß nicht, daß ich das Zweite Gesicht habe. Ich weiß, daß die Perle hier ist, und ich muß sie haben. Fandora hat Simbala den Krieg erklärt, und sie kann uns vielleicht helfen. Laß mich mit Mutter sprechen. Sie wird verstehen, wie dringend mein Anliegen ist.«

Balia blickte sie böse an. »*Ich* bin hier die Königin, und ich nehme keine Befehle und Beleidigungen von der Kurtisane eines Bergarbeiters entgegen!« Sie ging mit vorgestreckten Händen auf Ceria zu. »Fort mit dir, bevor ich dich wegjagen lasse!«

Überraschung lähmte Ceria für einen Moment; ihr war nicht zum Bewußtsein gekommen, wie tief der Neid ihrer Schwester ging. Balia schob sie zurück, fort von den Wagen. Ceria wurde plötzlich zornig. Dies war nicht der Zeitpunkt für kleinliche Streitereien! Während sie mit ihrer Schwester rang, huschte Boblan an ihnen vorbei. Er klopfte an die Tür eines Wagens. Die Tür öffnete sich, und das gelbe Licht einer Petroleumlampe fiel auf das Lager. Die beiden Schwestern blickten auf und sahen eine alte Frau in der Tür.

»Mutter«, flüsterte Ceria und lief die Stufen hinauf, um sich umarmen zu lassen.

Eine Stunde später, als der erste Schimmer der Morgendämmerung die Sterne erblassen ließ, kam Ceria zum Ende ihrer Erklärungen über das Entstehen des Krieges und warum Ephrion sie geschickt hatte, die Drachenperle zu holen. »Ich muß wissen, ob sie echt ist«, sagte sie zu Zurka.

Es gab keine Erörterung zwischen Zurka und den anderen Ältesten des Lagers – nur Nachdenken. Balia beobachtete Ceria, offenbar begierig zu sprechen, aber es war üblich, die Ältesten zuerst sprechen zu lassen.

Die Ältesten sprachen mit leiser Stimme über die Sache. Ceria schüttelte den Kopf, um ihre Augen offenzuhalten; trotz ihrer Unruhe hätte sie gern geschlafen. Sie hatte sich bisher noch nicht von ihrem Ritt ausruhen können.

Endlich sagte Zurka: »Jede Meinung, die ich in dieser Angelegenheit äußere, wird nur eine Meinung sein, da ich nicht mehr die Last der Verantwortung für dieses Lager trage. Die Entscheidung muß bei Balia liegen.« Sie machte eine Pause. »Du hast als Kind wirklich eine Drachenperle gesehen, Ceria. Es war nicht nur ein Traum. Einige von uns mit dem Zweiten Gesicht haben versucht, ihre Geheimnisse zu ergründen. Wir haben einiges an überliefertem Wissen erfahren, aber keineswegs alles. Die Drachen hat es früher wirklich gegeben, aber was aus ihnen geworden ist, das weiß ich nicht.«

Zurka erhob sich langsam und ging zu ihrem Wagen. Ceria sah ihr besorgt nach, wie sie die ausgetretenen Holzstufen hinaufstieg. Als Zurka wieder auftauchte, sah es so aus, als habe sie den Vollmond vom Himmel heruntergeholt und trage ihn vor sich her.

Während Zurka sich wieder setzte, starrte Ceria auf die große schimmernde Kugel. Sie sah genauso aus wie in ihrem Traum – ein glatter, leuchtender runder Körper, in dem sich regenbogenfarbene getönte Wolken mit fast hypnotischer Kraft hin und her bewegten. Ceria starrte auf die Perle, und es kam ihr so vor, als höre sie ein leises Klingen, wie von Äolsharfen, tief in ihrer Erinnerung. Erregung ergriff sie und ließ sie ihre Erschöpfung vergessen. Nur mit Mühe gelang es ihr, den Blick von der Perle zu lösen. Sie blickte Balia an. Die Feindseligkeit im Gesicht ihrer Schwester brachte Ceria in die Wirklichkeit zurück wie ein Guß kalten Wassers.

Zurka sagte gerade: »Es ist bekannt, daß Cerias Fähigkeiten ungewöhnlich sind. Sie waren es seit ihrer Kindheit. Vielleicht ist sie am besten geeignet, die Geheimnisse der Drachenperle zu ergründen.«

»Sollen wir einen Schatz wie diesen einer Frau aushändigen, die ihr Erbe verleugnet hat?« fragte Balia. »Soll sie die Perle mitnehmen und dann wieder jahrelang verschwinden? Ich werde es nicht zulassen! Wenn sie glaubt, sie könne erfolgreich sein, wo der Rest von uns versagt hat, soll sie hier und jetzt versuchen, Simbala zu helfen. Ich verfüge, daß die Drachenperle den Shar-Stamm nicht eher verläßt, als Ceria sich ihrer würdig erwiesen hat!«

Ceria blickte die anderen an. Sie nickten zustimmend. Sie blickte Balia an. Sie weiß, daß ich erschöpft bin, dachte sie; sie will, daß ich versage und gedemütigt werde. Auf diese Weise braucht sie mich nicht direkt abzuweisen.

Zurka sagte: »Es tut mir leid, aber Balia hat recht mit ihrer Forderung. Wir haben die Drachenperle viele Jahre gehütet – wir haben ein Recht, zu erfahren, welche Geheimnisse sie bewahrt, bevor wir sie fortschicken.«

Ceria blickte auf die Drachenperle. Sie hatte den ganzen Tag und den größten Teil der Nacht im Sattel gesessen. Sie war erschöpft, und jetzt stand sie vor einer Prüfung, wie sie ihr noch nie begegnet war.

Es war Nachmittag, als das Sonnenlicht endlich durch die Wolken über Oberwald brach. In der Villa Kiortes und Eviraes herrschte Leben. Ein Familientreffen war einberufen worden, und die Prinzessin bereitete sich auf ihre Rolle vor. Monarch Ephrion würde kommen in der Absicht, Falkenwind zu verteidigen.

Sie klopfte mit ihren langen Fingernägeln an die Tür ihres Ankleidezimmers und rief Mesor auf der anderen Seite besorgt zu: »Mein Kleid! Wo ist mein Kleid?«

»Die Schneiderin wird es gleich bringen, Prinzessin.«

»Es wird zu spät!« rief Evirae. »Geh nach unten und bringe es mir selbst.«

»Es muß jeden Augenblick kommen«, sagte Mesor beruhigend. »Habt bitte Geduld.«

»Geduld! Wie kann ich Geduld haben, wenn ...«

Die Tür ihres Schlafzimmers öffnete sich. »Ist sie das?«

Mesor drehte sich um und starrte erschrocken zur Tür. »Prinzessin«, flüsterte er, »kommt bitte heraus.«

»Ich bin nicht angekleidet!« rief sie. »Ist es die Schneiderin? Sie soll mir das Kleid reichen.« Evirae streckte den Arm durch den Türspalt, als sie die Stimme ihres Gemahls vernahm.

»Kiorte!« rief sie. Die Tür öffnete sich, und Evirae kam herausgelaufen. Sie trug nur einen Unterrock und ein Mieder. Eine Wolke rotbrauner Locken fiel auf ihre zarten Schultern.

Mesor verließ rasch den Raum. Evirae starrte Kiorte erschrocken an. Seine Uniform sah schlimm aus. »Was ist geschehen?« rief sie.

Kiorte setzte sich auf das Bett, ohne sich um Blut und Schmutz auf seiner Uniform zu kümmern. »Thalen ist ermordet worden«, erwiderte er. »Im Kampf von einem sorglosen Nordweldener erschossen.«

Evirae war wie betäubt. Einen schrecklichen Augenblick lang fühlte sie sich direkt verantwortlich, und die Ungeheuerlichkeit dieser Schuld war mehr, als sie ertragen konnte. Bis jetzt war der Krieg etwas Abstraktes für sie gewesen – ein Ereignis, das ihrem Komplott gegen Falkenwind förderlich gewesen war. Sie schauderte, der Hysterie nahe.

Ohne ihr Ränkeschmieden hätte es vielleicht keinen Krieg gegeben, und Thalen wäre noch am Leben. Aber noch während diese Gedanken sie quälten, begann ein anderer Teil ihres Wesens, ein Teil, den sie nie ganz unter Kontrolle hatte, nach Wegen zu sinnen, wie sie diese Tragödie zu ihrem Vorteil benutzen könnte. Kiorte würde jetzt empfänglich sein für ihre Beschuldigungen gegen Falkenwind. Sie spürte Zorn über ihre eigene Herzlosigkeit in sich aufwallen, aber sie war unfähig, umzudenken. Der Krieg war nun einmal da, sagte sie sich, und sicher war es nicht ihre Schuld, denn Falkenwind war unfähig zu regieren. Was sie auch getan hatte – von Falkenwinds Unfähigkeit war sie überzeugt.

Ihr kam zum Bewußtsein, daß Kiorte sprach; seine Stimme kam zu ihr wie aus weiter Ferne. »Falkenwind muß seines Amtes enthoben werden«, sagte er. »Er weiß nicht, wie man eine Armee führt. So etwas wie das mit Thalen darf nicht noch einmal geschehen.« Er streckte sich auf der seidenen Bettdecke aus, und Tränen stiegen ihm in die zornigen grauen Augen.

Evirae ging zu ihm und fragte sich dabei, warum Kiortes Entscheidung sie nicht mit Befriedigung erfüllte.

»Beruhige dich, mein Gemahl«, murmelte sie. »Du mußt wissen, daß heute abend ein Treffen der königlichen Familie stattfindet. Nach diesem Treffen wird Falkenwind Simbala nicht mehr regieren.«

Wenn Kiorte seine Gemahlin gehört hatte, so ließ er sich das nicht anmerken. Seine Augen waren geschlossen. Sie zog ihm behutsam die Stiefel aus und runzelte die Stirn, als sie den Schmutz und den Lehm berührte. Als sie sich neben ihm aufs Bett setzte, um sein Hemd zu öffnen, hob er eine Hand und streichelte über ihren Rücken. Sie blickte ihn an. In diesem Augenblick war ihr Gesicht wie verwandelt, ein Gesicht, das viele überrascht hätte. In diesem Augenblick war die Liebe, die sie erfüllte, frei von den Ketten des Ehrgeizes. Die Verschwörungen und Auseinandersetzungen waren vergessen – in diesem Augenblick.

28

Das Geräusch schlagender Flügel und ein schwacher Geruch von verbrennendem Tansel weckten Amsel. Er hustete, blinzelte verschlafen und blickte in den Nebel hinaus.

Aus irgendeinem Grund lebte er noch, und dafür war er dankbar. Er erhob sich vorsichtig und trat ein paar Schritte vor. Dabei fiel ihm wieder ein, was geschehen war. Der schwarze Frostdrache hatte ihn hierhergeschleppt! Er sah sich rasch um, und sein Blick fiel auf eine naßkalte alte Höhle. Die kahlen Wände erstreckten sich etwa fünfzig Fuß hoch zu einer großen unregelmäßigen Öffnung, die den Nebel umrahmte. Auf dem Boden lagen die Skelette von Bergziegen und anderen Tieren. Amsel spähte vorsichtig über den Rand der Öffnung.

Unter ihm lagen die durchlöcherten Klippen mit all den Drachenhöhlen. Es war nicht sehr steil, aber der Abstieg und das Ziel würden auch dem mutigsten Abenteurer Furcht einjagen. Amsel blickte nach oben. Durch die Nebelschwaden hindurch sah er die Spitze des hohen Gipfels. Nach der Lage der Höhle, dachte Amsel, könnte dies die Höhle des Riesenfrostdrachen selbst sein!

Er schluckte und blickte wieder nach unten, vorbei an den Klippen. Weit unter sich sah er die flachen Felsen und den dahinjagenden Fluß. Durch Wolken von Dampf erhaschte er einen Blick auf die Trümmer des Windschiffs. Vermutlich werde ich auch zu einer Legende werden, dachte er. Die Legende vom Dummkopf, der die Frostdrachen fand, aber nicht wußte, wie er sie wieder verlassen sollte.

Amsel schauderte, als ein Frostdrache an der Höhle vorbeiflog. Wieder starrte er hinunter auf das Wrack des Windschiffs. Zwei der Geschöpfe erhoben sich gerade und trugen den zerbrochenen Mast in ihren Krallen davon. Sie flogen damit steil nach oben, an Amsel vorbei, sogar über die Spitze des Gipfels hinaus – dann ließen sie ihn mit einem lauten Schrei fallen. Der Mast stürzte in die Tiefe, haarscharf an einem dritten Frostdrachen vorbei, der mit einem Stück des Schiffsrumpfs zwischen den Zähnen davonflog.

Amsel klopfte besorgt auf den Beutel an seinem Gürtel und war erleichtert, daß das Brot, das er früher eingepackt hatte, noch da war. Er holte es hervor und aß es. Obwohl er eigentlich keinen Appetit hatte, wußte er, daß er alle Kraft brauchen würde.

Der Dunst unter ihm lichtete sich etwas, und etwa hundert Meter vom Wrack des Windschiffs entfernt entdeckte Amsel ein kleines Feuer. Ein Teil des Hauptsegels hing über die Kante eines riesigen Felsblocks; es brannte, und eine Rauchwolke stieg auf. Amsel starrte die dunkelblaue Wolke an und dachte für einen Augenblick, daß sie einen anderen, größeren Schatten verbarg. Dann wirbelte die Wolke davon, und hinter ihr kamen zwei gelbe Augen zum Vorschein. Die Flügel des schwarzen Frostdrachen durchpflügten die Luft über dem Feuer. Er umkreiste das brennende Segel.

Amsel dachte an den deutlichen Eindruck von Intelligenz, den er von dem Frostdrachen gewonnen hatte, als er ihn das erstemal auf sich zukommen sah. Es war Verstand hinter diesen gelben Augen – anders als der menschliche Verstand, gewiß, aber dennoch mit Wachheit begabt, fähig, Situationen miteinander zu vergleichen und daraus Schlüsse für das eigene Handeln zu ziehen. Könnte er nicht Kontakt aufnehmen mit einem solchen Wesen?

Es war eine schwache Hoffnung. Beim Anblick des Düsterlings über dem Feuer begannen die anderen Frostdrachen, wieder zu schreien. Feuer war für sie ein Symbol der eigentlichen Drachen, der Feuerdrachen, einer höheren Rasse, der sie gehorsam gewesen waren, lange bevor die Eiswinde zu diesen Klippen kamen. Ihre Reaktion auf Feuer war mehr als Verehrung – sie fürchteten sich davor. Sie würden sich dem Felsblock nicht nähern, solange das Segel brannte. Der Düsterling war anders. Obwohl er das Ballonsegel mit Vorsicht betrachtete, flog er nur deswegen nicht näher heran, weil er wußte, daß er damit den Zorn der anderen erregen würde. Für ihn war das Feuer ein Beweis für die verborgene Stärke der Menschen. Er verstand jetzt die Weisheit der Anordnung der Drachen. Die Menschen waren gefährlich.

Der Düsterling stieß einen Schrei aus und stieg höher. Er wollte zu dem Menschen zurückkehren und herausbekommen, wie das kleine Wesen das Geheimnis der Flamme benutzte; dann würde er entscheiden, was die beste Angriffsmethode war.

Amsel sah den Düsterling näher kommen. Es blieb ihm keine große Wahl. Er konnte versuchen, sich mit ihm zu verständigen – eine Methode, die für einen Wissenschaftler (oder für einen Dummkopf) sehr viel für sich hatte –, oder er konnte versuchen, in den dunklen Tunnel hinter ihm zu entkommen. Beides konnte tödlich sein. Der Frostdrache war schnell, und Amsel vermutete, daß er mit seinen gelben Augen im Dunkeln viel besser sehen konnte als er selbst.

Amsel beschloß, sich zu verstecken und abzuwarten. Schließlich – wenn der Frostdrache ihn als Abendmahlzeit hätte verspeisen wollen, hätte er das schon vor langer Zeit tun können.

Während Amsel sich im Schutz eines großen Felsens versteckte, verdunkelte der schwarze Frostdrache mit seinem Körper den Eingang. Amsel hörte das Zischen und Rutschen des gewaltigen Körpers über den feuchten Boden. Dann kam ein ohrenbetäubender Schrei, und ein ekelhafter Gestank drang Amsel in die Nase – der Geruch des Frostdrachen. Amsel hielt sich die Ohren zu und drückte sich tiefer in die Schatten hinter dem Fels. Er konnte sich nicht länger verstecken. Das Wesen starrte mit seinen gelben Augen über den Rand des Felsblocks. Amsel schrie auf, aber sein Schrei ging unter im Nachhall des Drachenschreis. Der Düsterling hieb mit den Krallen durch die Luft, und Amsel fühlte zum zweitenmal, wie eine Riesenkralle seine Weste durchschlitzte.

Dann – bevor er begriff, was geschah – fühlte Amsel sich durch die Luft fliegen. Einen Augenblick lang dachte er, er würde gegen die Decke der Höhle prallen, aber die Klaue des Frostdrachen senkte sich plötzlich, und Amsel sah das grinsende Maul des Geschöpfs.

Der Düsterling hielt den Kopf schief und musterte den Menschen. Die Vorstellung, daß tausend dieser winzigen Wesen schlimmer waren als sogar der Frost, ließ ihn vor Zorn von neuem aufkreischen. Er und seinesgleichen würden nicht das gleiche Schicksal wie die Feuerdrachen erleiden!

Vor dem Maul des Drachen baumelnd, schrie Amsel verzweifelt: »Tu mir nichts an! Ich bin von weit her gekommen in einer Sache, die uns alle betrifft!«

Der Düsterling hob ihn höher. Das hohe Gezwitscher des Menschen hallte in der Höhle nach. Der Düsterling verstand es nicht, aber er war überzeugt, daß ein so kleines Wesen kein Feuer speien konnte. Die Menschen hatten das Geheimnis des Feuers entdeckt, aber sie konnten kein Feuer in sich entzünden. Die Frostdrachen konnten sich der Anordnung der Drachen widersetzen, wenn sie schnell angriffen und es nicht zuließen, daß die Menschen sich in Gruppen verteidigten. Ohne Feuer war der einzelne zu klein, um gefährlich zu werden.

Und was diesen Menschen hier betraf: Er hatte seinen Zweck erfüllt. Ihn weiter zu beobachten hatte keinen Sinn. Düsterling öffnete das Maul.

Verzweifelt suchte Amsel nach etwas, irgend etwas, was er als Waffe zu seiner Verteidigung benutzen konnte. Instinktiv griff er in seine Tasche, aber dort befanden sich nur noch die Samenschoten aus seinem Garten.

Der Frostdrache schrie auf und führte Amsel näher an sein Maul heran.

Amsel umklammerte die Samenschoten. Und dann, als er fühlte, wie seine Weste der Kralle des Ungeheuers entglitt, schleuderte er die Schoten zwischen die langen, scharfen Zähne. Er fühlte sich selbst hinterherfallen. Noch eine Sekunde, und es würde überhaupt kein Gefühl mehr geben.

Die Sekunde kam nicht. Eine Art Explosion schleuderte ihn plötzlich durch die Luft, fort von den Zähnen des Frostdrachen. Zum Glück gelang es ihm, sich während des Fallens zusammenzurollen. Als er auf den Boden traf, sah er, daß der Kopf des Drachen über ihm sich wild hin und her wand. Dann hallte wieder eine Explosion durch die Höhle. Amsel hielt den Atem an.

Der Frostdrache nieste!

Amsel rieb sich den Arm, der bei dem Sturz angeschlagen worden war, und stand rasch auf. Der Frostdrache schüttelte immer noch den Kopf und zerrte an seinem Maul – offenbar eine Wirkung der Samenschoten. Wieder warf er den Kopf zurück und kreischte, ein Geräusch, das Amsel fast das Trommelfell platzen ließ. Er warf hastige Blicke um sich auf der Suche nach einem Fluchtweg, solange der Frostdrache noch abgelenkt war. Große Felsblöcke blockierten zu beiden Seiten den Weg, und so lief Amsel in die einzige Richtung, die ihm noch blieb: zwischen den krummen Beinen des Ungeheuers hindurch. Amsel zog den Kopf ein, um dem glatten Bauch auszuweichen. Der Drache kreischte wieder vor Wut, und Amsel sah den riesigen Schwanz in seine Richtung peitschen. Er sprang hoch in die Luft und über den Schwanz hinweg. Dann lief er weiter zum Rand des Kliffs, verfolgt vom immer noch niesenden Düsterling.

Als Amsel den Rand des Kliffs erreichte, wurde ihm klar, daß es keinen Platz mehr gab, zu dem er laufen konnte. Hunderte von Frostdrachen in den Höhlen unter ihm und direkt hinter ihm der zornige Düsterling.

Er drehte sich ganz kurz um, sah eine schwarze Kralle im Nebel und sprang.

Das Kliff fiel mindestens fünfzig Fuß senkrecht ab, dann neigte es sich allmählich nach außen. Es war feucht vom Nebel, und Amsel rutschte mit

halsbrecherischer Geschwindigkeit hinunter. Seine geringe Größe und der Nebel würden ihn für den Augenblick verbergen, aber er rechnete jeden Moment mit dem Auftauchen des Frostdrachen.

Die Oberfläche wurde rauher und verlangsamte sein Abrutschen, brachte ihm aber schmerzhafte Hautabschürfungen bei. Amsel streckte die Beine nach vorstehenden Erhebungen aus und konnte sich endlich an einem großen Felsblock festhalten, kurz bevor der Hang wieder steil abfiel. Seine Arme schmerzten von der plötzlichen Anspannung, aber er hatte keine Zeit, sich um die Schmerzen zu kümmern; über sich sah er durch den Nebel den schwarzen Schatten des Drachen näher kommen. Amsel schwang sich über den Rand des Kliffs, ohne zu wissen, was unter ihm war, und ließ los. Er fiel einige Fuß tief und landete auf einem breiten Felsvorsprung. Diesmal schaffte er es, das Gleichgewicht zu halten. Ein schmaler Überhang wand sich um den Gipfel nach unten. Amsel folgte ihm vorsichtig, leicht hinkend, und sprang über Risse hinweg. Er kam am Eingang zu einer anderen Höhle vorbei, und Gestank wehte ihm entgegen. Er bückte sich, als das überraschte Wesen in der Höhle durch den Nebel nach ihm hieb. Dann war er außer Gefahr und immer noch am Abstieg.

Ein lautes Kreischen ertönte, und ein plötzlicher Windzug umbrauste ihn. Er klammerte sich an einem Felsblock fest, um nicht vom Überhang gefegt zu werden. Der schwarze Frostdrache stürzte an ihm vorbei und berührte mit der Spitze eines Flügels fast das Kliff. Amsel wußte, daß die Flügel des Düsterlings zu groß waren, um ihn hinunterzustoßen, aber ihr Rückwind konnte das ebenso wirkungsvoll besorgen. Vor ihm war ein schmaler Kamin – er erreichte ihn gerade vor dem nächsten Anflug des Drachen. Mit dem Rücken gegen die eine, den Füßen gegen die andere Wand gepreßt, begann er den Abstieg. Der Basalt war glatt und feucht, was ihm wenig Halt bot, seine Kleider und Haut aber vor weiteren Verletzungen verschonte. Dann fühlte er plötzlich Boden unter sich. Amsel war auf der obersten Schicht eines Steinschlags angekommen, der den Kamin verstopfte. Von dort aus war der Abstieg über den mit Geröll übersäten Hang verhältnismäßig leicht. Amsel lief, hüpfte, stolperte und riß sich die Hände an den Felsen auf. Der Nebel verbarg ihn vor dem schwarzen Drachen und den anderen – aber sicher nur für eine kurze Gnadenfrist.

Er betrachtete die Felsen vor ihm. Unter den Höhlen lag eine Reihe schmaler Schluchten entlang dem Fuß der Klippen, groß genug für einen Menschen, aber zu eng für auch den kleinsten Frostdrachen. Er lief auf sie zu, und schon wieder hörte er den Schlag schwerer Flügel!

Amsel sprang auf die Risse zu, die den kahlen Boden spalteten, und ließ sich in einen nassen Spalt fallen. Dann blickte er hinaus. Über ihm herrschte ein Sturm, hervorgerufen von erbosten Frostdrachenflügeln. Krallen schwebten über den Spalt hinweg, und Amsel duckte sich. Der Riß war zu eng zum Laufen, aber wenn er sich bückte, konnte er sich hindurchquetschen. Nach einer Weile weitete sich der Spalt. »Nur noch ein kleines Stück«, keuchte Amsel, »dann bin ich in der Schlucht.« Er blickte zum Himmel und sah die Frostdrachen kreisen. Er hastete weiter, durch den Felsvorsprung geschützt. Wenige Minuten später stürzte er außer Atem auf die Klippen zu, wo ein Riß sich zu einer Schlucht erweiterte.

»Hier können sie mich nicht finden!« rief er erleichtert aus. Er blickte durch die schmale Öffnung des Kliffs und dachte kurz über sein Entkommen nach; wie ein paar Samenschoten aus Fandora auf ein Geschöpf der Legende gewirkt hatten. »Ich bin in Sicherheit!« rief er und gönnte sich eine Ruhepause.

Dann erinnerte er sich an die eisigen Winde, die zusammen mit der Dunkelheit aufkommen würden.

Wenige Stunden später wurde es Nacht. Trotz seiner Vermutung, daß die Frostdrachen im Dunkeln gut sehen konnten, war sich Amsel ziemlich sicher, daß sie die Suche nach ihm erst einmal aufgegeben hatten. Der Nachthimmel war klar. Er fror und hatte jetzt auch Hunger, aber seine Tasche war leer. Bei der Suche nach einem Stückchen Brot stellte er fest, daß er auch keine Schoten mehr hatte.

»Wenn ich es schaffe, bis an den Fluß zu kommen«, murmelte er, »kann ich dort vielleicht irgendwelche Pflanzen finden.« Kurz darauf mündete die Schlucht in ein breiteres Tal. Im Westen sah er das Ufer des Flusses. Entlang dem Ufer wuchsen Binsen und Schilfrohr und sogar ein oder zwei junge Triebe, alles von einer dünnen Rauhreifschicht bedeckt. Amsel blickte wieder zum Himmel hinauf und seufzte. Ich muß etwas essen, dachte er, und wenn es nur eine Pflanze ist. Langsam entfernte er sich vom Rand der Schlucht und lief durch das Tal auf das Flußufer zu. Etwa fünfzig Fuß weiter sah er plötzlich einen Umriß wie von einem zottigen Tier, das ihm in der Dunkelheit auflauerte. Amsel erstarrte, aber dann wurde ihm klar, daß es gar kein Tier war, sondern einer der Schlafpelze, der offensichtlich beim Absturz des Windschiffs herausgefallen war. »Das nenne ich Glück!« rief Amsel und legte sich den Pelz um die Schultern. Als er ans Ufer kam, entdeckte er etwas, was langsam am Ufer entlangtrieb. Es war ein Stück Holz, mit blauem Stoff bezogen. Nein, dachte Amsel, nicht irgendein Stoff, sondern ein Stück von den Ballonsegeln. Er fischte es aus dem eisigen Wasser heraus. Das Holzstück war einen Fuß breit und etwas länger als er selbst. Das Material des Segels war zerfetzt, und zuerst war Amsel enttäuscht. Doch dann kam ihm in den Sinn, das Holz als Grundlage für ein Floß zu benutzen, und jetzt wußte er auch, wie er das Segeltuch verwenden konnte: Mit Binsen und Schößlingen konnte er Holz und Segel zusammenfügen.

»Ich muß es versuchen«, murmelte er. »Es ist viel zu kalt, um zu Fuß weiterzulaufen.«

Der Mond stand hoch am Himmel, als Amsel nach drei Stunden seine Arbeit beendet hatte. Er schob das winzige Floß in den Fluß und begann seine Reise nach Süden.

Hohe Klippen lagen zu beiden Seiten des Flusses. »Ich werde Ausschau halten nach den Leuchtenden Höhlen«, sagte Amsel vor sich hin. »Vielleicht machen sich die Frostdrachen bald wieder auf. Wenn ihr Angriff auf Johan ein Beispiel für das ist, was uns bevorsteht, dann *muß* ich einfach herausfinden, was hinter den Drachenlegenden steht!« Obwohl er überzeugt war, daß die Frostdrachen die Morde verübt hatten, hatte er immer noch keine Ahnung, aus welchem Grund die Kinder in Fandora und Simbala sterben mußten. Amsel dachte an die Schrecken, denen er im Norden begegnet war, und an den Krieg, für den er sich verantwortlich fühlte.

Ein leises Weinen ging durch den Cañon, ein Laut so einsam wie die heulenden Winde. Weiter nördlich verhüllten Wolken den Mond, und obwohl Amsel es nicht wußte, schlugen immer noch stumme Flügel auf der Suche nach ihm.

Um Mitternacht wurde die Nachricht rasch zum Kamerantal gebracht.

Das Treffen der Königsfamilie war kurz gewesen. Monarch Ephrions Einwände gegen die wenig überzeugenden, betrügerischen Argumente Eviraes waren als unzulänglich zurückgewiesen worden. Er konnte nicht preisgeben, was zwischen ihm und dem Fandoraner vorgegangen war, denn das würde seine Verteidigung Falkenwinds verdächtig erscheinen lassen. Aus dem gleichen Grund durfte er auch über Cerias Mission kein Wort verlieren. Er hoffte immer noch, daß sie rechtzeitig nach Oberwald zurückkehren würde mit Beweisen, die das Geheimnis um den Angriff des Frostdrachen lüfteten.

Die Prinzessin sprach so beherrscht und voller Verständnis, daß Mesor ihre denkwürdige Vorstellung sicher bewundert hätte, doch er durfte nicht teilnehmen. Sie erhielt unerwartet die Unterstützung ihres Gemahls und anderer Minister, die in weniger bewegten Zeiten dem Bergmann bereitwillig eine Chance gegeben hatten, jetzt aber tief betroffen und erzürnt waren über die Verluste, die der Krieg unter seiner Führung gefordert hatte.

Auch Baronesse Alora wurde unter dem Einfluß der Nachrichten vom

Schlachtfeld schwankend; der Mord an Thalen konnte nicht einfach hingenommen werden, wie sehr sie auch Falkenwinds Bemühungen um Reformen bewunderte. Er hatte die hitzköpfigen Nordweldener in die Armee gebracht. Alora forderte die Suspendierung Falkenwinds für die Dauer des Konflikts mit den Fandoranern, wünschte aber die Frage seiner völligen Amtsenthebung zurückzustellen.

Tolchin unterstützte mit Rücksicht auf Alora ihren Vorschlag, aber der Antrag wurde mit großer Mehrheit abgelehnt.

Jibron und Eselle ergriffen als letzte das Wort, und sie beantragten die Entfernung Falkenwinds aus dem Palast wegen Landesverrats und Unfähigkeit in militärischen Angelegenheiten.

Der Antrag wurde einstimmig angenommen.

Trotz der Proteste Ephrions sollte also Evirae Königin werden.

Die Straße, auf der Falkenwind zum Südland ritt, war von den Regenfällen des Frühjahrs am schwersten betroffen, und ganze Abschnitte standen unter Wasser. Der Falke des Monarchen flog von Zeit zu Zeit voraus, um die Straße auf Gefahren zu überprüfen. Bei einer besonders tiefen Wasserrinne lenkte Falkenwind sein Pferd nach links, ritt den Hang hinauf und in den Wald hinein. Sein Pferd kam mühelos voran. Es war für den Kampf und die Jagd abgerichtet; viele Male hatte Falkenwind in diesen Wäldern nach Hirschen und Wildschweinen gejagt. Es war ein gefährlicher Sport, aber das mutige Tier hatte nie versagt.

Falkenwind hatte noch einen weiten Weg vor sich, aber er ließ sich durch nichts zurückhalten. Er wußte von den Lagern der Rayaner; Ceria hatte oft vom Shar-Wagen gesprochen. Er mußte das Lager, er mußte Ceria einfach finden, bevor die Sonne wieder unterging! Das, was sie auf Wunsch des Monarchen Ephrion holen sollte, konnten sie dann gemeinsam zurück nach Oberwald bringen.

Falkenwind war überzeugt, Simbalas Vertrauen wiederzugewinnen, wenn er nur die Wahrheit über den Krieg und den Drachen herausbekam.

Er blickte auf die Straße, die sich zur Valian-Ebene schlängelte. Die Truppen aus dem Südland sollten über den Ostpaß zurückkehren. Wenn er zuerst Ceria und dann die Karawane rechtzeitig finden konnte, würde er in vierundzwanzig Stunden wieder in Oberwald sein.

Tweel saß bekümmert auf einem Felsen am Rand der Lichtung, auf der die Freiwilligen aus Nordwelden lagerten. Er starrte stumm auf den Mond, als Willen zu ihm trat.

»Vora lehnt immer noch ab, uns zu gestatten, in die Hügel vorzudringen«, sagte er. »Man könnte meinen, die Linien der simbalesischen Armee brächen auseinander, so wie der redete.«

Tweel beachtete ihn nicht.

»Sie tun nichts. Überhaupt nichts! Fürchten sich vor dem Drachen, allesamt. Vora auch. Falkenwind ist in irgendeiner geheimen Mission unterwegs, und jetzt wagt keiner, etwas zu unternehmen. Dabei verstecken sich die Bauern doch bloß in den Hügeln. Wir könnten sie in einer Stunde zu den Booten zurückdrängen!«

Tweel schwieg immer noch.

Willen runzelte die Stirn. »Vora traut uns kein bißchen!«

»Kann man ihm nicht verdenken«, brummte Tweel. »War schließlich kein Fandoraner, der Thalen getötet hat.«

»Das war nicht deine Schuld«, sagte Willen. »Es war ein Unfall.«

Tweel schüttelte den Kopf. »Das ändert nichts daran. Ich bin schlimmer als ein Dummkopf.«

»Und jetzt willst du dasitzen und grübeln?« Willen kratzte sich an der Wange, die mit Bartstoppeln bedeckt war. »Du bist ein Weldener, Tweel! Du kannst nicht einfach so rumsitzen!«

»Was soll ich denn tun?« schrie Tweel.

Willen schob ihn vom Felsen herunter. »Vergiß nicht, warum wir hier sind!« brüllte er. »Die Fandoraner haben ein Kind aus Nordwelden ermordet!« Er blickte zu General Vora und der Kavallerie auf der anderen Seite der Lichtung hinüber. »Vora behauptet immer wieder, wir gehörten nicht zu seiner Armee. Warum sollten wir seinen Befehlen gehorchen? Ich schlage vor, wir nehmen unsere Leute, schleichen uns in die Hügel da drüben und jagen diese Kindermörder davon!«

»Und was ist mit dem Drachen?«

»Wer interessiert sich schon für den Drachen. Wir sind alle Jäger! Wollen mal sehen, wie er mit hundert Pfeilen im Bauch fliegt! Komm schon, Tweel! Jetzt kannst du Vora zeigen, daß du auch das richtige Ziel treffen kannst!«

Tweel erhob sich rasch und blickte Willen zornig an.

Willen wurde rot. »Tut mir leid, Freund. Manchmal rutschen mir die Worte zu schnell raus. Ich bin nicht der Feind, Tweel.« Er zeigte auf die Hügel. »Der sitzt dort.«

Tweel atmete tief aus und nickte.

Die beiden Weldener brachten im Nu den Rest der Truppen aus Nordwelden auf die Beine. Leise tauchten sie im Dunkel unter und bewegten sich langsam am Rand der Hügel entlang, durch die tiefen Rinnen und Hohlwege, die ins Kamerantal führten. Sie suchten Deckung hinter Bäumen, Felsen und Sträuchern. Willen wußte, daß auf den Hügeln fandoranische Wachposten standen. Er hatte den anderen gesagt, sie sollten sich Zeit lassen. Manchmal brauchten sie eine ganze Stunde, um eine ungedeckte Strecke von zehn Fuß zu überqueren. In den Hohlwegen, wo undurchdringliche Dunkelheit herrschte, erzeugten sie auf ihrem Weg durch unsichtbares trockenes Laub kaum ein Knistern. Sie bewegten sich langsam und sicher auf Stellungen zu, die eine Art Ring um das Zentrum der Hügel bildeten. Sie hatten nur eine einzige Chance, die Fandoraner zu überraschen, das wußte Willen. Und er würde die Chance nutzen, um sie zurück an die Küste zu treiben.

29

Amsel setzte seine Fahrt flußabwärts die ganze Nacht durch fort. Oft geriet er in gefährliche Situationen; sein behelfsmäßiges Floß schlitterte mit ungeheurer Geschwindigkeit über Stromschnellen und durch Flußengen. Dann klammerte Amsel sich jedesmal an die Stränge, die das winzige Fahrzeug zusammenhielten, und hoffte, daß es nicht an den Felsen zerschmettert würde. Trotz des Fells zitterte er vor Kälte, aber eine neue Hoffnung hielt ihn aufrecht, die Hoffnung, daß es noch Feuerdrachen gab. Denn wenn die Frostdrachen vorhatten, Fandora und Simbala zu überfallen, konnte nur ein Feuerdrache sie davon abhalten.

Amsels Situation wurde noch gefährlicher, als ein Sturm aufkam. Kalte Winde peitschten auf ihn ein, und hin und wieder kamen Graupelschauer herunter. Im Mondlicht sah er Wolken, die sich am Himmel auftürmten. Doch als dann der Morgen dämmerte, war noch kein Regen gefallen. Zwischen fernen Berggipfeln sah Amsel Blitze aufleuchten. Es war eine trostlose Gegend, dieser Cañon. Die einzigen Farben waren das Weiß des Schnees, das blasse Grün der wenigen Pflanzen am Ufer und die Braun- und Rottöne der Felsen und Klippen. Trotz der vielen Gefahren nickte Amsel immer wieder ein, weil er zerschunden und erschöpft war.

Der Düsterling führte seine Frostdrachen durch einen eisigen Paß zwischen den Klippen nach Osten. Sie wollten alles erjagen, was es noch an Lebewesen gab in diesem Teil des Cañons, und sich auf den bevorstehenden Kampf vorbereiten. Der Geist der Feuerdrachen verfolgte den Düsterling. Seine Anordnungen verletzten jetzt den uralten Vertrag mit ihnen, und noch nie zuvor war er so weit gegangen. Aber es gab ja keine Feuerdrachen mehr, und er mußte seine Gefährten retten.

Ein einsamer Kundschafter war in den Süden geschickt worden, um nach weiteren Wolkenschiffen der Menschen Ausschau zu halten, und sollte er die winzige Kreatur finden, die ihnen entkommen war, so würde er dafür sorgen, daß sie nicht in den Süden zurückkehrte.

Der Düsterling stöhnte, als die kalten Winde seine Flügel erzittern ließen. Die Menschen hatten gewagt zu verletzen, was den Frostdrachen heilig war, und damit hatten sie diesen Angriff herausgefordert.

Amsel fragte sich, wie es in Simbala aussah. Er wußte natürlich nicht, was inzwischen geschehen war, aber wenn der erlesene Palast ein Beispiel für das technische Können der Sim war, erschien ihm die Möglichkeit eines Sieges der Fandoraner außerordentlich gering. Er sagte sich, daß zumindest Monarch Ephrion bei einer Kapitulation Jondalruns dafür sorgen würde, daß man Fandora nicht zu übel mitspielte.

Amsel blickte hinauf zu den steilen weißen Wänden, die den Cañon begrenzten. Weiter oben schmolzen riesige Eiszapfen und krachten donnernd auf die Felsen darunter. Weiter vorn sah Amsel einen großen Eisklotz, in dem ein dunkler, unregelmäßig geformter Schatten in Wartestellung zu liegen schien. Fasziniert griff Amsel nach seiner Brille; dann fiel ihm ein, daß er keine Brille mehr hatte.

Er nahm die lange Stange von ihrem Platz zwischen den Brettern seines Floßes und schob sie ins Wasser. Der Fluß war hier langsamer, und er konnte das Floß näher ans Ufer bringen. Er vergewisserte sich, daß keine Frostdrachen in Sicht waren, und stakte das Floß voran.

Am Ufer angekommen, machte er sich auf einen Erkundungsgang. Er hoffte, eßbare Pflanzen zu finden, und wollte sich auch den geheimnisvollen Eisklotz genauer ansehen.

Kurz darauf machte er eine Entdeckung, die die phantastischsten Legenden noch übertraf: Eingeschlossen im Eis einer gefrorenen Kliffwand lag da ein riesiges, geflügeltes Geschöpf. Es sah aus, als sei es im Flug erfroren. Amsel konnte keine Einzelheiten erkennen, aber wenn dies ein Frostdrache war, so war er noch riesiger als selbst der schwarze Drachenherrscher. Amsel ging näher heran und vergaß völlig, daß er eigentlich sein Floß im Auge behalten wollte – dies war kein Frostdrache! »Vier Beine, riesige Flügel«, flüsterte er. »Es ist ein echter Drache!«

Er machte einen Satz in die Luft. »Ein Drache! Es ist ein echter Drache!« Die Legenden hatten recht – es gab die Drachen wirklich! Oder hatte sie jedenfalls einmal gegeben, denn dieses Wesen steckte sicher schon lange im Eis. Aber es machte Amsel Hoffnung. Wie gerne hätte er seine Entdeckung jetzt mit jemandem geteilt; wieder einmal sehnte er sich verzweifelt nach dem Klang einer menschlichen Stimme. Doch statt dessen ertönte Flügelschlagen – ausgerechnet jetzt, wo er eine Weile völlig abgelenkt gewesen war.

Ein Frostdrache kam direkt auf ihn zu. Amsel begann zu laufen und verlor dabei seine Felldecke auf einem Schneehügel. Es war etwa dreihundert Fuß bis zum Rand der Klippen und ging über einen vereisten Schräghang bergauf. Zweimal rutschte Amsel aus und stürzte dabei mehrere Fuß ab. Ein Schneegestöber ging auf ihn herunter, und in der Ferne donnerte es – das Unwetter mußte gleich losbrechen. Amsel schlug seine Stiefel in das schmelzende Eis, als ein Schrei das Donnern noch übertönte: Der Frostdrache stürzte sich auf ihn.

Was dann folgte, war ein Tanz des Schreckens. Amsel wußte später noch, wie ihm der Fels unter den Händen wegglitt und seine Kleider zerriß, während er den Hang hinaufkletterte, ohne sich umzudrehen. Es gelang ihm gerade noch, in eine Spalte am Fuß des Kliffs zu krabbeln, als der Frostdrache zornig an ihm vorbei in die Höhe abdrehte, um nicht auf den Fels zu prallen. Kreischend griff er von neuem an und stieß dann einen enttäuschten Schrei aus, weil die Felsspalte zu eng für ihn war.

Der Frostdrache spähte durch die Spalte herein. Seine Ausdünstung drang in den engen Gang, und Amsel mußte plötzlich gegen Übelkeit ankämpfen. Er lief tiefer in den hellen Tunnel hinein.

Einige Minuten später hörte er das Geräusch eines Felsrutsches; gleichzeitig wurde das Flügelschlagen leiser. Amsel drehte sich um und sah den Frostdrachen davonfliegen. Es ängstigte ihn, daß eines der Geschöpfe dazu bestimmt worden war, ihn zu verfolgen, aber er wußte, daß er jetzt in Sicherheit war – zumindest vor ihm.

Amsel blickte sich in der Höhle um. Der Tunnel war hoch und ziemlich breit, und je weiter er in das Kliff führte, um so breiter wurde er. Offensichtlich war die Öffnung einst viel größer gewesen, aber ein Erdrutsch hatte sie vor langer Zeit verschüttet. Als Amsel wieder zu Atem gekommen war, sah er, daß die Wände und der Boden des Tunnels leuchteten. Sie fühlten sich warm an und waren angenehm zu berühren. Zuerst hatte er keine Vorstellung, worauf dieses Phänomen zurückzuführen war, aber bei näherer Untersuchung stellte er fest, daß alle Felsen einheitlich mit einer Art Flechte bedeckt waren. Amsel kratzte mit dem Finger einige Stückchen von der Wand ab. Sie leuchteten auf seiner Handfläche kurz auf und wurden dann zu Asche. Amsel steckte die Asche instinktiv in seine Tasche, aber dann machte wissenschaftliche Neugier plötzlich kindlicher Erregung Platz. Er wußte jetzt, was er gefunden hatte!

»Die Wände leuchten«, sagte er atemlos, »und dies ist in der Tat eine Höhle!« Er berührte die Flechte vorsichtig. »Die Leuchtenden Höhlen! Dies sind die Leuchtenden Höhlen!« Nach der Legende hatten die echten

Drachen hier gelebt. Er hatte einen im Eis eingefrorenen Drachen gesehen. Vielleicht gab es hier drinnen noch Feuerdrachen, die lebten!

Amsel begann, tiefer in die Höhle vorzudringen und überlegte dabei, warum wohl der Drache im Eis so nahe bei den Leuchtenden Höhlen ein so schreckliches Schicksal erlitten hatte.

Die leuchtende Flechte bedeckte alles hier drin, und ihre unterschiedliche Dichte erzeugte verschiedene Lichtstärken von Beige über ein sonniges Gelb bis zu Orange. Amsel ging unter natürlichen Bogengängen hindurch, an riesigen Stalagmiten und Stalaktiten vorbei. Obwohl gelegentlich ein Wind durch die Tunnel wehte, war die Temperatur sehr angenehm. Alles in allem ein ganz gemütliches Plätzchen, dachte er, aber ziemlich einsam, könnte ich mir vorstellen. Wieder wunderte sich Amsel über sich selbst – er, der Einsiedler!

Er folgte einem großen Tunnel, der auf einen noch breiteren Tunnel stieß, in dessen Mitte ein Bach floß – zweifellos ein Nebenfluß des Flusses, auf dem Amsel gefahren war. Der Tunnel führte stetig nach unten und gabelte sich nach einer ganzen Weile. Amsel wandte sich nach links und landete in einem größeren Raum, in dem es jedoch weiter bergab ging – der Bach verschwand jetzt in einem kleinen Tunnel zur Rechten. »Ich nähere mich irgendwem oder irgend etwas«, murmelte Amsel, und als er an der Öffnung, in der der Bach verschwand, vorbeikam, wurde ihm klar, daß der Tunnel am Rand eines Kliffs endete. Das Rauschen des Baches verblaßte, statt dessen hörte er ein anderes Geräusch – eine tiefe, langsame, gleichmäßige Luftbewegung wie Ein- und Ausatmen. *Das kann nicht sein*, dachte er – was kann so atmen, daß ein einziger Atemzug zehn meiner eigenen Atemzüge entspricht? Und dann begriff Amsel: Die lange Suche war zu Ende. Er ging zum Rand des Kliffs und blickte vorsichtig hinunter. In einem unterirdischen Raum von gewaltigen Ausmaßen bewegte sich im Licht der Flechten stumm ein Paar legendärer Flügel. Auf dem grauen Steinboden schlief ein echter Drache, ein Feuerdrache.

Vora sah Kiortes Windschiff im Licht der Vordämmerung zu Boden gehen. Der Prinz wurde von einem Palastwächter begleitet. Vora wußte, daß dieser Soldat schlechte Nachrichten für Falkenwind brachte. Kiorte und der Wächter traten zu Vora, und der Wächter überreichte ihm wortlos eine Schriftrolle, die eine öffentliche Bekanntmachung enthielt.

Der General sah das Wachssiegel und runzelte die Stirn – es war das königliche Wappensiegel. Er öffnete die Rolle, las den Beschluß und blickte entsetzt auf. Evirae sollte am nächsten Tag zur Königin ernannt werden! Kiorte war gekommen, um die Führung der Truppen zu übernehmen.

»Es tut mir leid«, sagte Kiorte. »Aber es ist zum Besten Simbalas.«

»Es ist zum Besten Eviraes!« rief Vora. »Sie hat Euch alle eingewickelt! Ich lehne es ab, hiermit irgend etwas zu tun zu haben«, fuhr er etwas leiser fort. »Falkenwind regiert Simbala, nicht Eure Gemahlin.«

Kiorte blieb unbewegt. »Wo ist Falkenwind?« fragte er. »Ich habe hier Papiere, die seine Festnahme anordnen.«

Vora lachte höhnisch. »Papiere! Noch mehr Papiere! Sie kriegt ihn nicht, Kiorte. Falkenwind ist nach Süden geritten, um die fehlenden Truppen zurückzuholen.«

Kiorte sah erschrocken aus. »Er hat Euch das Kommando überlassen?«

»Ja! Was sonst hätte er tun sollen, wo Eure Gemahlin ihn bei jeder Gelegenheit beschuldigte?« Er wandte sich entrüstet ab.

Kiorte sah Vora hochmütig an. »Ein echter Monarch würde seine Armee nie im Stich lassen«, sagte er.

»Ein echter Windsegler würde nicht den Ehrgeiz seiner Frau benutzen, um ans Kommando zu gelangen!« Vora funkelte Kiorte an, als wolle er sich mit ihm schlagen.

»Das reicht«, sagte Kiorte leise. »Keine Auseinandersetzungen vor den Männern! Ich schlage vor, daß wir im Interesse Simbalas zusammenarbeiten.«

»Niemals!«

»Die Armee untersteht jetzt mir, Vora. Es wäre sehr töricht, wenn Ihr Eure Leute im Stich ließet. Und vergeßt nicht, mein Bruder wurde ermordet!«

Der General, der sich in gewisser Weise für das, was geschehen war, verantwortlich fühlte, wandte sich ab und sagte etwas betreten: »Das war die Schuld eines Nordweldeners, nicht eines meiner Soldaten.«

»Die Weldener wurden von Falkenwind angeworben – ein weiterer Versuch, andere Methoden einzuführen.«

Vora blickte Kiorte nicht an. »Die Weldener sind für uns ohne jeden Nutzen, da stimme ich mit Euch überein.«

»Wo sind sie? Ich möchte mit dem Verantwortlichen sprechen.«

Vora blickte auf. »Ihr Lager ist auf einer Lichtung hinter den Bäumen dort drüben. Sie warten auf neue Befehle.«

Kiorte schüttelte den Kopf. »Auf der Lichtung ist niemand. Ich bin dort gelandet.«

»Ihr müßt Euch irren, Kiorte. Ich selbst habe ihnen den Platz zugewiesen.«

Vora schickte eine Botin, um Tweel holen zu lassen, aber nach wenigen Minuten kehrte die Frau mit der Meldung zurück: »Die Nordweldener haben das Lager verlassen, und niemand weiß, wo sie sind.«

Baron Tolchin summte eine seiner Lieblingsmelodien, während er den Weg zu Eviraes Villa hinunterschlenderte. Er nahm die Wachen vor dem Haus belustigt zur Kenntnis und blickte hinauf zum Fenster des Schlafzimmers. Er entdeckte General Jibrons rotes Gesicht und hörte ihn zu Eselle sprechen: »Endlich ist es vorbei! Morgen wird Evirae offiziell zur Königin bestallt. Kiorte ist schon unterwegs, um das Kommando zu übernehmen. Bald werden die Fandoraner vertrieben sein.«

Der Baron nickte. Obwohl ihm nicht ganz wohl war bei der Entscheidung, bedauerte er sie nicht; es ging um zu viele Menschenleben. Er tastete nach dem Diadem in einer Geheimtasche seiner Jacke. Er wollte nicht, daß der Bergmann ins Gefängnis geworfen wurde, aber er wußte, daß Evirae keine Gnade kennen würde.

Er ging an den Wachen vorbei und betrat die Villa. Über dem Gebäude leuchteten die bunten Segel der zwei Windschiffe, die Kiorte als Vorsichtsmaßnahme gegen die Drachen dorthin befohlen hatte.

Obwohl er nicht direkt beteiligt war am Zustandekommen des Treffens, betrachtete Mesor das Ergebnis als den Höhepunkt seiner Arbeit für Evirae. Er hatte aus ihren kleinlichen Intrigen Politik gemacht; sein eigener Ehrgeiz hatte zu ihrem Erfolg geführt. Sobald Evirae regierte, waren auch seine Stellung und seine Sicherheit gewährleistet. Er hatte Kuriere unter Kaufleuten und Beamten die verblümte Nachricht verbreiten lassen, daß ein Wechsel bevorstände und daß die Prinzessin sich an alte Freunde erinnern würde – und an alte Feinde. Viele beachteten diese verhüllte Drohung nicht, aber einige reagierten rasch und versicherten ihm, den sie früher nur belächelt hatten, jetzt ihre Anerkennung.

Mesor wußte, daß er ein Vermögen machen konnte, wenn er sofort zugriff. Und sollte Evirae das Pech haben, nur kurz zu regieren – die königliche Familie würde sie genau beobachten –, so hätte er immer noch sein Vermögen, seine Tukas.

Es dauerte nicht lange, bis sein neuer Status bestätigt wurde. Kurz nach Mitternacht verkündeten Ausrufer in ganz Oberwald die Nachricht von Eviraes bevorstehender Krönung. Falkenwind war nicht mehr Monarch!

Die Morgendämmerung war gekommen und gegangen. Die steigende Sonne verwandelte den Tau zu Nebelstreifen, die zart über der Ebene hingen. Ceria saß neben der erkalteten Asche des Feuers und starrte angespannt in die schimmernde Kugel vor ihr. So saß sie schon seit Stunden, ihre Gedanken auf die Drachenperle konzentriert, aber was sie erfahren hatte, hatten die Rayaner selbst schon vor langer Zeit herausgefunden. Die Leute aus den Wagen, die sich zuerst voller Interesse um sie versammelt hatten, waren jetzt an ihre morgendlichen Aufgaben gegangen. Nur Zurka und Balia warteten noch; Zurka schien ihre Pflegetochter angespannt zu beobachten. Sogar Balia war neugierig, ob etwas Neues aus der Drachenperle zu erfahren war, obwohl Cerias offensichtliches Versagen sie freute.

Ceria war jenseits jeder Erschöpfung. Ihr Körper schien sich von ihr gelöst zu haben, und sie spürte kaum noch die Schmerzen von dem langen Ritt und dem Stillsitzen seither.

Sie hatte dem Stein mühelos all das entlocken können, was den anderen Rayanern schon bekannt war – die sanft wogenden Wolken schienen sich fast eifrig für ihren Blick zu teilen: Ein grünes liebliches Land erschien Ceria und den anderen um sie herum; langsam, als trügen Riesenflügel sie, reisten sie durch einen wolkenlos blauen Himmel, über Flüsse und zerklüftete Berge, deren Spitzen schneebedeckt und deren Flanken mit dichten Wäldern bewachsen waren. Das Bild war undeutlich, aber es mußte ein Land voller Leben sein, denn im Dunst erschienen riesige Gestalten, mal mit vier, mal mit zwei Beinen und unterschiedlich groß, aber alle hatten Flügel. Ein tiefer Frieden ging von der ganzen Szene aus. Die Wesen sonnten sich, badeten in heißen Quellen und fanden Nahrung zwischen den Bäumen. Es war ein Paradies aus uralter Zeit; der Eindruck kommender und gehender Jahrhunderte war sehr ausgeprägt, als Bild für Bild langsam in das nächste Bild überging. Die Drachen schienen zu gedeihen; die zweibeinigen nahmen an Zahl zu, aber die größeren Wesen beherrschten weiter das Land. Nach einiger Zeit jedoch ergriff Ceria ein Gefühl der Furcht. Wolken zogen über dem Drachenland auf, und sie bemühte sich, sie mit ihren Gedanken zu durchdringen. Dann überzog der regenbogenfarbene Dunst das ganze Bild, und die Drachenperle hüllte sich wieder in perlmutterne Stille. Ceria konnte nicht tiefer eindringen.

Jetzt spürte sie ihre Erschöpfung. Die Schmerzen in ihren Gliedern kamen ihr zum Bewußtsein und das Bedürfnis, zu essen und zu schlafen. Sie versuchte, sich trotzdem noch zu konzentrieren, denn wenn sie jetzt aufgab, mußte sie ohne die Drachenperle nach Oberwald zurückkehren. Sie mußte einfach wach bleiben. Doch noch während sie darum kämpfte, zerfielen ihre Gedanken zu unzusammenhängenden Bruchstücken und tauchten unter in der vertrauten Dunkelheit des Schlafs.

Zurka hielt Ceria fest, als sie langsam auf die Seite rutschte. Balia starrte weiter in den Stein. Der Nebel war verblaßt, aber die Perle hatte jetzt eine ungewohnte Farbe – obwohl Ceria schlief, schien die Perle noch zu arbeiten.

Zurka lauschte Cerias regelmäßigen Atemzügen. Langsam kehrte Farbe in ihre Wangen zurück. »Sie ruht sich aus«, sagte Zurka. »Im Augenblick kann sie nichts mehr von der Perle erfahren.«

»Warte!« rief Balia aufgeregt. »Sieh den Stein an!« Als ihre Stiefschwester sprach, veränderte Cerias gelöster Ausdruck sich, als habe sie einen Alptraum. Ihre Hand in der ihrer Mutter fühlte sich plötzlich kalt an, und auf ihren Armen erschien Gänsehaut.

»Der Stein, Mutter! Sieh nur den Stein!«

Zurka blickte hin.

Zuerst sah sie nur sich verschiebendes Weiß, als verlören die Wolken in dem Stein ihre Farbe. Dann merkte Zurka, daß sie in der Kugel einen Schneesturm sah. Sie behielt die Kugel im Auge, während verschiedene Leute zurückkehrten, um zu sehen, was geschehen war, und jetzt schien die Drachenperle sich auszudehnen, ihrer aller Blickfeld und ihre Gedanken zu füllen.

Wieder erschienen die Täler und Berge im Drachenland, jetzt aber mit Schnee bedeckt. Schneewehen trieben dahin, und Lawinen stürzten herunter und begruben die Drachen unter sich. Die friedlichen Flüsse froren zu, schneidender Wind fegte durch Bergpässe, und Gletscher bewegten sich langsam, aber unerbittlich durch Täler; ihr blaues Eis scherte Bäume ab und scheuerte die Berge kahl.

Die Drachen tauchten wieder auf, und jetzt ging von den Bildern der Eindruck schrecklicher Einsamkeit und Furcht aus. Die Kreaturen lebten jetzt in Höhlen, und es waren viel weniger geworden. Schließlich begannen einige, das Land zu verlassen, zuerst in kleinen Gruppen, dann zahlreicher. Sie flogen nach Osten oder nach Westen. Ein Gefühl des Verlustes und der Qual entstand, und das Leuchten der Drachenperle verblaßte. Im Dunkel waren nur noch Fragmente zu sehen – Knochen und das vertrocknete Fleisch grauer Flügel auf dem Boden der Höhlen. Das Bild kam immer näher, Knochen aller Größe wie ein Meer von Elfenbein, und ein Gefühl von überwältigender Traurigkeit ging davon aus ...

Ceria stöhnte und setzte sich auf. Sie sah, wie der Nebel die Kugel wieder füllte und ihr Leuchten schwächer wurde. Ceria versuchte aufzustehen, und Zurka stützte sie. »Die Drachen sind umgekommen«, sagte Ceria entsetzt.

Zurka streichelte den Arm ihrer Tochter und sagte leise: »Ceria, du bist tiefer in das Geheimnis der Drachenperle eingedrungen als alle, denen ich begegnet bin. Du mußt dich jetzt ausruhen.«

Ceria nickte, sagte aber: »Ich muß sie nach Oberwald bringen. Wir haben so viel gesehen, was ich nicht ganz verstanden habe. Ich muß Ephrion die Drachenperle zeigen. Ich muß beweisen, daß ich ...«

»Du sollst sie bekommen«, sagte eine andere, tiefere Stimme. Alle Augen richteten sich auf Balia, die sich erhoben hatte. Es war kein Zorn in ihrer Stimme, aber ihre Gefühle waren eindeutig für alle, die die Geschichte der beiden Schwestern kannten. Cerias Triumph hatte wieder einmal Balias eigene Bedeutung untergraben. Wenn Ceria in Shar-Wagen geblieben wäre, hätte man sie zur Anführerin gewählt. Alle hätten ihr den Vorrang gegeben, auch Zurka. »Die Perle steht dir rechtmäßig zu«, sagte Balia. »Simbala braucht sie. Du hast dich ihrer würdig erwiesen. Ich habe keine Einwände mehr.« Balia begann fortzugehen, doch Ceria löste sich von Zurka und lief zu ihrer Stiefschwester, kaum fähig, sich auf den Beinen zu halten. Balia drehte sich um und fing sie auf.

»Sei mir nicht böse«, flüsterte Ceria.

»Böse?« sagte Balia. »Ich bin dir nicht böse. Du hast während deiner Abwesenheit wenig von deinen Fähigkeiten verloren. Ich bin ebenso beeindruckt wie die anderen. Mehr bleibt mir nicht zu sagen.«

»Du beneidest mich, Balia. Leugne es nicht.«

Balias Gesicht drückte Unmut aus, aber sie widersprach Ceria nicht.

»Du bist schön«, fuhr Ceria leise fort. »Viel schöner als ich. Du bist in Shar-Wagen geblieben, ich nicht. Du hast für Mutter gesorgt. Ich habe mehr für mich gesorgt. Es gibt keinen Grund, mich zu beneiden, Balia. Meine Begabung ist ein Geschenk. Ich habe sie nicht so verdient, wie du dir die Achtung unseres Volkes verdient hast. Ich bin gekommen, um zu helfen, den Krieg zu beenden, und um Falkenwind zu unterstützen. Dabei mag es mir auch gelingen, den Menschen in Oberwald meine Unschuld zu beweisen. Ich bin nicht gekommen, um mich mit dir zu messen, Balia. Können wir nicht echte Schwestern sein?«

Balia starrte ihre Stiefschwester an: Sie sah erschöpft aus, und ihr Haar hing verwildert herunter. Balia wußte, daß Ceria recht hatte, und sie wußte auch, daß das Lager eine Freundin wie sie in Oberwald brauchen konnte.

»Wir sind immer Schwestern gewesen«, sagte Balia sanft. Dann winkte sie Zurka zu.

»Mutter!« rief sie. »Bereite ein Bett für Ceria vor!« Sie fühlte ihre Schwester in ihren Armen schwer werden und murmelte: »Ich glaube, sie fällt gleich in Ohnmacht!«

Ceria träumte von Drachen, als Hufschläge durch das Lager dröhnten. Rufe ertönten und Verwirrung entstand, als der Eindringling vom Pferd absaß und Fragen stellte. Dann sahen die Rayaner stumm zu, wie er auf Zurkas Wagen zuging.

Der Lärm hatte Ceria geweckt. »Balia?« flüsterte sie. »Bist du es?«

Die Tür öffnete sich, und Ceria hörte die Stimme eines Mannes, während sie versuchte, im Mondschein etwas zu erkennen.

»Meine Geliebte«, sagte Falkenwind. »Wir müssen uns sofort auf den Weg machen.«

Ceria sah fragend auf, aber Falkenwind fuhr fort: »Evirae hat die Zustimmung der Familie erhalten. Wir müssen nach Oberwald zurückkehren! Hattest du Erfolg bei deiner Suche?«

Ceria nickte. »Ja, ich habe die Drachenperle gefunden. Wenn das, was ich gesehen habe, wahr ist, sind es die Drachen allein, die uns bedrohen. Sie sind nicht die Verbündeten der Fandoraner. Ihre Zahl ist gering, und ich habe das Gefühl, daß sie sich fürchten.«

Falkenwind lauschte Cerias Worten aufmerksam. »Wir müssen den Krieg beenden«, sagte er, »und der wirklichen Gefahr entgegentreten. Ephrion hat mir gesagt, was hinter dem Angriff der Fandoraner steckt. Wenn die Drachen Kinder in beiden Ländern ermordet haben, müssen wir gemeinsam einen Weg finden, sie aufzuhalten!«

Ceria sah ihn überrascht an. »Wie können wir unsere Streitkräfte mit denen der Fandoraner vereinigen? Wir führen einen Krieg gegen sie!«

»Darum bin ich hergekommen, Ceria. Ich muß mit den Truppen aus dem Südland zurückkehren, um die Fandoraner zu besiegen. Dann erst werden wir sie von der Wahrheit überzeugen können. Du mußt mir helfen, Ceria. Ich muß meinen Titel und das Kommando über die Truppen zurückgewinnen, bevor Evirae Königin wird.«

Ceria wickelte sich in Falkenwinds Cape. »Sie wird niemals Königin sein«, sagte sie leise, »nicht, solange Ephrion im Palast wohnt.«

Während Falkenwind sein Pferd versorgte, verabschiedete Ceria sich von Zurka und Balia. Sie war immer noch sehr müde, aber sie wußte, daß sie keine Zeit verlieren durfte. Die anderen Wagenleute hatten sich zurückgezogen, außer Boblan, der zusah, wie Zurka Ceria die Drachenperle übergab. »Als ich sah, daß du zurückgekehrt warst, wußte ich, daß es hierum ging«, flüsterte die alte Frau. »Ich bete darum, daß du das gefunden hast, was nötig ist, um den Krieg zu beenden.«

»Darum bete ich auch«, erwiderte Ceria, »und ich wünschte, ich könnte den Umständen dankbar sein, die mich zu euch beiden zurückgebracht haben.«

Ihre Mutter lächelte über Cerias Worte. In diesem Augenblick ertönte ein schriller Schrei in der Luft über ihnen, Balia blickte nach oben und sah einen Falken über ihnen kreisen, während Falkenwind durch die Lichtung auf sie zuritt.

Ceria sah sich um. Wie friedlich war es hier, wieviel gab sie auf, um in eine Welt des Krieges und der Intrigen zurückzukehren. Sie liebte den Wald und die Ebene, aber sie liebte Falkenwind noch mehr.

»Lebt wohl«, sagte sie leise zu ihrer Mutter und ihrer Schwester, und dann wendete sie ihr Pferd, um mit Falkenwind die Truppen aus dem Südland zu suchen.

Willen spähte durchs Unterholz auf eine große Lichtung, auf der er etwa fünfzig Fandoraner sah. Einige schliefen, aber die meisten waren wach und kauerten neben der Asche kleiner Feuerstellen oder gingen ruhelos auf und ab und schärften die Geräte, die sie als Waffen benutzten.

Willen beobachtete das alles einen Augenblick lang und zog sich dann stumm in die Dunkelheit der Bäume zurück. Nach einer ihm sinnvoll erscheinenden Strecke schürzte er die Lippen und ahmte den Schrei eines Nachtvogels meisterhaft nach.

Nach einer Weile tauchte ein weiterer Schatten aus dem alles verhüllenden Wald auf, dann noch einer und noch einer. Verstohlen versammelten sich die Männer, und wispernd berichtete jeder, wie viele Fandoraner er in den Hügeln gesehen hatte.

Willen hörte zu, dann sagte er leise: »Es sind mehr, als wir dachten. Das Überraschungsmoment ist auf unserer Seite, aber wir sind nicht genug, um sie zu vertreiben.«

»Da wir nun schon einmal hier sind, ist General Vora vielleicht bereit, unseren Angriff mit Soldaten aus dem Oberwald zu unterstützen«, schlug Tweel vor.

Willen nickte. »Geh zu ihm zurück, Tweel. Sage ihm, daß wir bei Morgengrauen angreifen werden und daß seine Truppen am Rand der Hügel darauf warten sollen, sich uns anzuschließen.«

Tweel nickte, erhob sich und schien sich in Luft aufzulösen, so lautlos verschwand er.

In den kalten Stunden vor der Dämmerung war ein leichter Bodennebel aufgekommen und verlieh den verhüllten Hügeln etwas Unheimliches. Tamark und Dayon betraten einen schattigen kleinen Platz, wo die Verwundeten lagen. Die beiden Fischer hatten gewisse medizinische Grundkenntnisse, aber sie konnten nur wenig für die Verwundeten tun. Sie hatten gebrochene Glieder geschient, Wunden verbunden und gegen die Schmerzen Rosenwein ausgeteilt.

»Dieses Warten zerrt noch mehr an meinen Nerven als der Kampf«, sagte Tamark leise und legte einem fiebernden Soldaten die Hand auf die Stirn. »Die Sim haben sich seit Stunden nicht gerührt. Ich möchte wissen, was sie vorhaben.«

»Sicher nichts Gutes«, erwiderte Dayon. Er kauerte neben Tenniel. Der junge Älteste sah sehr blaß aus. Als Dayon den Verband um seine Schulter überprüfte, blickte Tenniel ihn einen Augenblick lang an. Dann schloß er die Augen wieder.

Dayon lächelte. »Er wird genesen«, sagte er.

»Ja«, sagte Tamark erbittert. »Genesen, um das Leben eines Krüppels zu führen.«

Dayon antwortete nicht. Er schaute sich um und hatte dabei das ungute Gefühl, die dunkle Masse der Bäume umschlösse sie immer enger. Er wollte gerade mit Tamark den Verbandsplatz verlassen, als Tamarks große Hand Dayons Oberarm plötzlich wie eine Klammer umfaßte. »Sieh nur!« flüsterte er.

Ein Frösteln überlief Dayon, als er etwas Dunkles, Schattenhaftes zwischen den Bäumen entdeckte. Es bewegte sich rasch auf sie zu.

Der Mond war untergegangen, und die Morgendämmerung erhellte den Himmel noch nicht, als Tweel im Schutze der Dunkelheit durchs Tal auf das Lager der Simbalesen zulief. Ein Wachposten rief ihn an und ließ ihn auch dann nicht passieren, als er sich als Nordweldener zu erkennen gegeben hatte. Trotz seines heftigen Protests wurde er abgeführt. Dann sah Tweel Kiortes Windschiff hinter den Nachschublinien, und sein Herz begann heftig zu schlagen. Er saß in der Falle. In diesem Augenblick traten Prinz Kiorte und Vora aus Voras Zelt heraus ins Fackellicht.

Kiorte schickte ein paar neugierige Soldaten mit scharfen Worten weg und stand dann Tweel mit unbewegtem Gesicht gegenüber. Tweel erinnerte sich an das Gefühl dieser Hände an seinem Hals so deutlich, daß er husten mußte. Dann erklärte er tapfer und so gut er konnte seine Mission: »Willen aus Nordwelden hat ein Überfallkommando zu den Hügeln geführt.« Vora schloß in mattem Entsetzen die Augen, und Tweel stellte plötzlich fest, daß der General in den letzten Tagen sehr gealtert war. Kiorte preßte die Kiefer aufeinander, und Tweel mußte seinen ganzen Mut zusammennehmen, um fortzufahren. »Er bittet General Vora, den Truppen aus Oberwald Befehl zu erteilen, die Hügel zu umzingeln. Bei Anbruch der Dämmerung werden die Nordweldener angreifen. Mit Unterstützung der Armee sollten wir in der Lage sein, die Fandoraner an die Küste zurückzudrängen.«

Kiorte betrachtete Tweel und sagte dann leise: »Nein.«

»Nein?« rief Vora. »Wir können sie dort nicht allein lassen!«

Kiorte wandte die Augen ab, sagte aber mit fester Stimme: »Wir können es uns nicht leisten, noch mehr Soldaten in einem hoffnungslosen Unternehmen zu verlieren. Wenn die Nordweldener töricht genug sind, ihr Leben zu wagen, um als Helden dazustehen, ist es zwar bedauerlich, aber geschehen. So gehen wir in Simbala nicht vor.« Kiorte blickte erst Vora, dann Tweel an. »Ich lehne es ab, noch mehr Soldaten in den Tod zu schicken. Ich habe die Absicht, meinen eigenen Plan durchzuführen.«

»Ihr lehnt es ab, uns zu unterstützen?« brach es aus Tweel hervor, der in seiner eigenen Empörung den Zorn des Prinzen vergessen hatte. »Unsere Soldaten können nicht die ganze fandoranische Armee besiegen, wenn sie nicht unterstützt werden! Ihnen Hilfe zu verweigern ist . . .«

»Ist was?« fragte Kiorte leise und starrte Tweel mit brennenden Augen an. »Mord? Du bist vertraut mit Mord, nicht wahr?«

Tweel versuchte, seinen Zorn zu unterdrücken. »Ich habe versucht, das Leben Eures Bruders zu retten, Prinz Kiorte.«

»Es ist nur bedauerlich, daß du keinen Erfolg hattest.« Kiorte drehte sich um und rief mit einem Fingerschnalzen zwei Windsegler heran. »Bringt diesen Mann nach Oberwald«, sagte Kiorte. »Er ist dort festzuhalten, bis ich zurückkehre.«

Die Windsegler packten Tweel an den Armen. Er wehrte sich, doch ohne Erfolg. »General!« schrie er. »Hört nicht auf ihn! Ihr müßt Willen mit Euren Truppen unterstützen! Ihr müßt Willen unterstützen!«

Kurz darauf stieg am Rand des Tals ein kleines Windschiff auf und flog in Richtung Oberwald.

Dayon trat rasch zurück und griff nach seinem Schwert. Als die Gestalt vor ihm ins trübe Licht der Lichtung trat, erkannte er den Mann, wenn auch ohne große Erleichterung. Der Mann war fast ausschließlich in Schwarz gekleidet und trug eine schwarze Augenklappe. Er war einer der Wegwächter. Dayon hatte ihn oft gesehen, abgesondert von den anderen Männern. Er war größer als die meisten Fandoraner, und aus der Ferne sah es immer so aus, als überwache er die anderen mit einer gewissen Überlegenheit.

Jetzt kam es Dayon so vor, als drücke sein Gesicht Beunruhigung aus.

»Weckt die Männer«, sagte der Wegwächter.

»Warum?« fragte Tamark.

Der Wegwächter runzelte die Stirn. »Stellt mir keine Fragen, Ältester. Ich habe ein erprobtes Gespür für Gefahr. Es ist mein Beruf.«

Dayon nickte. »Ich spüre es auch, Tamark. Irgend etwas lauert dort draußen.«

Der Wegwächter blickte ihn an. »Ruft ein paar Männer zusammen und bringt sie hierher! Es wird Ärger geben, bevor der Morgen dämmert.«

Tamark nickte, und Dayon lief am Verbandsplatz vorbei einen Hang hinunter zum Lager. Mehrere Männer sprangen nervös auf, als er auftauchte. In der Nähe eines kleinen Feuers schliefen einige Älteste, darunter auch Jondalrun. Dayon bemerkte, wie sich selbst im Schlaf die Züge des alten Mannes nicht entspannten. Er gönnte seinem Vater die Ruhe und wandte sich an die anderen Männer. »Folgt mir«, sagte er. »Versetzt die Männer in Alarmbereitschaft. Ich brauche zehn Mann aus jeder Stadt. Seid leise!«

Die Männer ergriffen ihre Waffen und tauchten in den Schatten unter.

Willen hielt die Augen auf den Horizont im Osten gerichtet; eine Andeutung von Dämmerung breitete sich aus, die Dämmerung, die das Signal zum Angriff sein würde. Er verharrte seit über einer Stunde an dieser Stelle und bewegte sich nur, um von Zeit zu Zeit seine Glieder zu strekken. Seine Männer und Frauen umzingelten in einem Kreis das gesamte Gebiet der Fandoraner. Mit der Unterstützung der Truppen von Oberwald mußte der Angriff gelingen.

In einer Hand hielt Willen die regenbogenfarbigen Muschelfragmente, die man bei dem Kind aus Nordwelden gefunden hatte. Er blickte sie an, steckte sie zurück in seine Tasche und packte sein Messer fester. Er dachte an ein zerrissenes blutiges Kinderkleid. Ein Kind, das nicht sein Kind war, es aber hätte sein können.

Plötzlich wurde die Stille von Schritten im Unterholz unterbrochen. Es konnten nicht seine Leute sein; die würden nicht wie aufgescheuchtes Wild durch den Wald trampeln! Dann hörte er Rufen, das ständig lauter wurde. Was konnte das sein?

Einen Augenblick später wußte er es.

Der Himmel im Osten wurde schon hell, als die Männer sich endlich versammelt hatten. »Wir sind ringsum von feindlichen Soldaten umgeben«, berichtete der Wegwächter. »Ich bin durch den Wald gegangen und habe gehört, wie sie sich mit Vogelrufen verständigt haben. Wir müssen den Spieß umdrehen und angreifen, bevor sie es tun. Es können nicht viele sein.«

Die Männer teilten sich rasch in vier Gruppen auf, die von Dayon, Tamark, dem Wegwächter und einem weiteren Ältesten geführt wurden. Sie schlichen in den vier Himmelsrichtungen durch den Wald. Innerhalb von Augenblicken entdeckte Dayon die Silhouette eines Mannes in einem Baum. Gleichzeitig pfiff etwas durch die Luft, und ein Mann schrie auf, einen Pfeil in der Brust. Von allen Seiten ertönten Schreie, als die anderen

Gruppen auf die versteckten Nordweldener stießen. Das lange Warten war vorüber.

Lagow war gerade nicht auf der Lichtung, als Dayon den Befehl erteilt hatte. Er dachte immer noch an zu Hause, während er allein durch den Wald lief. Dann hörte er, wie der Angriff begann. Schreie und Schläge ertönten von allen Seiten und wurden immer lauter. Es geht wieder los, dachte Lagow. Entsetzt rannte er zur Lichtung zurück. Er sah, daß die Ältesten wach waren. Jondalrun sprang auf die Beine. »Sie sind in die Hügel eingedrungen!« rief Lagow.

»Das ist unmöglich!« schrie Jondalrun. »Wir hatten überall Wachposten!«

»Dayon hatte einen Verdacht!« rief ein anderer Mann. »Er hat Männer geholt, um sich umzusehen!«

Jondalrun bückte sich, um sein Schwert mit seiner verwundeten Hand aufzunehmen; der Schmerz ließ ihn zusammenzucken. »Folgt mir!« schrie er und lief auf das Waffengeklirr zu, die anderen hinterher. Auch Lagow folgte ihm, ohne recht zu begreifen, was er tat. Er betete, es möge das letztemal sein.

Der Kampf in den Hügeln war kurz und heftig. Die Nordweldener, die die Fandoraner hatten überraschen wollen, waren selbst überrumpelt worden. Ein weiterer Umstand, der den Fandoranern zugute kam, war die Morgendämmerung, die jetzt anbrach und ihnen zeigte, wie sehr sie ihren Gegnern zahlenmäßig überlegen waren. Der Kampf verteilte sich auf kleine Gruppen überall in den Hügeln.

Der Wegwächter wußte, daß dieser Kampf zu schnell gewonnen worden war, bevor das Hauptkontingent der Feinde sich entschlossen hatte, gegen sie vorzurücken. Obwohl er kämpfte, tat er es mit Bedauern. Er hatte vergebens gehofft, daß der erste Kampf beiden Seiten als Denkzettel genügen würde.

Jondalrun und seine Männer liefen durch den Wald und stießen auf einer großen Lichtung auf Dayon und seine Gruppe, die gegen die Nordweldener kämpften. »Schließt sie ein!« schrie Jondalrun.

Willen hörte Jondalrun seine Befehle erteilen. Er setzte nur ungern zu einem Hieb gegen einen Mann an, der so alt wie sein Vater war, aber offensichtlich handelte es sich um einen der Anführer.

Jondalrun bemerkte Willen gerade noch rechtzeitig, um ihn abzuwehren. Willen verlor das Gleichgewicht und fiel hin. Er rollte hinter einen Busch, wo er für einen Moment den Blicken der anderen entzogen war. Der Kampf lief schlecht – wo blieben nur die Truppen aus Oberwald?

Es wurde bald klar, daß keinerlei Hilfe zu erwarten war. Die Nordweldener, mutlos geworden, da die simbalesische Armee sie nicht unterstützte, und den Fandoranern zahlenmäßig unterlegen, zogen sich zurück in den Schutz des Waldes.

»Jetzt haben wir sie!« rief Jondalrun aus.

Lagow kauerte hinter einem Baum und beobachtete den Kampf. Er wollte nichts mehr damit zu tun haben! Wenn er diesen Hügel lebendig verließ, würde er den Kampf aufgeben, diesen Krieg hinter sich lassen und versuchen, irgendwie zu Frau und Kindern zurückzukehren. Der Krieg würde auch ohne ihn weitergehen, bis sie gefangengenommen oder getötet wurden. Zu bleiben oder zu gehen war nicht mehr eine Frage der Vaterlandsliebe – es war eine Frage der Vernunft.

Er lief am Rand der Lichtung entlang und hielt sich im Schatten, so weit wie möglich entfernt von den Kämpfenden. Vor ihm klaffte zwischen zwei Felsblöcken eine Öffnung, dicht mit Unterholz bewachsen. Er wollte sich zu den Booten durchschlagen und irgendwie die Straße von Balomar überqueren.

Lagow kam durch den natürlichen Bogengang, den die beiden Felsblöcke bildeten, auf einen schmalen Pfad. Hier war kein Kampflärm mehr zu hören. Er zögerte, dann blickte er zurück auf das Schlachtfeld.

Die Fandoraner waren im Begriff, die Simbalesen zurückzuschlagen. Lagow sah Dayon, von den anderen abgeschnitten. Der Junge benutzte einen langen Ast, um die Schläge eines nordweldischen Schwertes abzuwehren. Noch während Lagow hinsah, schlug der Nordweldener den Ast entzwei. Gleichzeitig stolperte Dayon im Zurückweichen mit der Ferse gegen einen Felsen und fiel der Länge nach auf den feuchten Boden. Der Nordweldener holte zum tödlichen Schlag aus . . .

»*Nein*!« schrie Lagow. Er sprang vor und warf sich auf den Nordweldener. Überrascht über den unerwarteten Gegner drehte der Mann sich um und stieß blind zu. Lagow fühlte die Klinge in seine Brust eindringen und mühelos zwischen den Rippen hindurchgleiten, ein kalter Strahl, der seinen Körper zu betäuben schien. Er fiel nach vorn und entriß im Fallen dem Weldener das Schwert. Dayon sprang hoch und schlug mit dem zerbrochenen Ast auf den Kopf des Weldeners ein.

Dann kniete er neben Lagow nieder und bettete den Kopf des alten Mannes in seine Arme. Lagow öffnete die Augen und blickte zu Dayon auf. Er sah aus wie ein Kind, das verletzt worden ist, ohne zu verstehen, warum. Er keuchte, als wolle er etwas sagen. Dayon beugte sich tiefer und versuchte, ihn zu verstehen.

Aber es kamen keine geflüsterten letzten Worte. Lagows Augen schlossen sich.

Dayon legte ihn zurück aufs Gras; seine eigenen Augen waren tränenverschleiert. »Ich weiß«, sagte er zu Lagow. »Ich weiß, es muß ein Ende sein.«

Er sah sich um; der Kampf auf der Lichtung war fast zu Ende. Etwa vierzig Meter von Dayon entfernt saß Jondalrun, nach Atem ringend, auf einem Baumstamm.

»Vater!« rief Dayon. »Lagow ist tot!«

»Nein!« schrie Jondalrun. »Das kann nicht sein! Er hat gar nicht gekämpft!« Er stand auf und lief auf seinen Sohn zu.

Noch bevor er Dayon erreichte, sah er den Körper des Stellmachers im Gras ruhen. »Nein«, wiederholte er mit leiser Stimme. »Das kann nicht sein.«

Dayon packte den Arm seines Vaters. »Er hat mir das Leben gerettet, Vater. Wir haben die Sim wieder zurückgeschlagen. Wir müssen uns jetzt zurückziehen, bevor sie wiederkehren! Du mußt unsere Männer zum Rückzug auffordern!«

Jondalrun sah ihn zornig an. »Kommandier mich nicht herum!« schrie er. »Ich bin dein Vater!« Dann wurde er plötzlich still und sagte leise: »Er war immer gegen mich, aber seine unfreundliche Stimme wird mir fehlen.«

Er wandte sich wieder zu Dayon mit Tränen in den Augen. »Niemand triumphiert«, sagte er. »Wir haben Fandoras Ehre verteidigt, aber es ist mehr Blut vergossen worden, als ich jemals für möglich gehalten hätte. Wenn Lagow nicht gewesen wäre, hätte ich vielleicht auch dich noch verloren.«

Die Verteidigung der Hügel hatte ihn längst den eigentlichen Kriegsgrund vergessen lassen, aber jetzt sah er wieder Johan vor sich. Er dachte an das lachende, fröhliche Kind, sah den Jungen nach dem Pflügen auf einem Ochsen reiten, sah ihn mit der kleinen Axt, die er ihm gemacht hatte, wie ein Mann Holz hacken, sah ihn mit seinen Freunden in den Toldenarhügeln in der Nähe des Hofes spielen.

Er versuchte, wieder denselben wilden Zorn in sich zu spüren wie damals, als er die Leiche seines Sohnes gefunden hatte, aber der Zorn war verbraucht. Er empfand nur noch Traurigkeit und Müdigkeit. Er blickte zu Dayon auf und sagte: »Wir ziehen uns zurück.«

30

Er schläft«, flüsterte Amsel, als er über den Rand des Kliffs spähte. »Er weiß nicht einmal, daß ich hier bin.«

Stumm betrachtete er den Drachen – er erwies sich wirklich der Legende würdig. Er hatte beim Schlafen den gewaltigen Kopf auf die Pranken gelegt, und seine großartigen grauen Flügel waren um ihn herum wie Berge und Täler gefaltet. Er hatte vier Beine, und obwohl er etwa doppelt so groß wie der Düsterling war, vermittelte er den Eindruck von Anmut und Wendigkeit, wie sie eigentlich zu einem viel kleineren Geschöpf gehörten.

Amsel ahnte, daß der Drache zu seiner Zeit Achtung, aber keine Furcht verbreitet hatte, aber Amsel ahnte auch, daß die Zeit der Drachen vorbei war. Die Haut der Flügel war rissig und voller kleiner Steine, und die Haarbüschel in seinem Gesicht waren schneeweiß. Der Atem des Drachen klang trotz der Lautstärke mühsam und schwach. Bei jedem Seufzer des Drachen spürte Amsel einen Kummer, wie er ihn noch nie kennengelernt hatte.

Dann sah Amsel die Fessel aus Metall. Sie umschloß die Vorderpranke des Drachen und hing an einer schweren Metallkette. Die Kette selbst war an einem Stalagmiten befestigt, der in die Form eines terrassenförmigen Gebäudes gebracht worden war. Amsel hielt den Atem an: Das Gebäude mußte von Menschenhand errichtet worden sein! Er untersuchte die übrige Höhle: Bogengänge führten durch das Kliff, und zur Rechten liefen breite Steinstufen entlang der Höhlenmauer nach unten. Überall in der Höhle waren die Felsen mit der leuchtenden Flechte bedeckt. Nur um den Drachen herum schienen die Felsen nackt zu sein; er hatte die Flechte offensichtlich abgenagt.

»Ich glaube nicht, daß er mir eine große Hilfe sein wird«, murmelte Amsel. »Wo wohl die anderen Drachen sein mögen?« Er begann, am Rand des Kliffs entlangzugehen und blickte dabei auf den Drachen anstatt auf den Weg. Plötzlich stolperte er über einen lockeren Stein, und der Stein rollte nach unten. Amsel erstarrte, als der Stein sich dem Boden der Höhle näherte und mit einem dumpfen Laut auf einen flechtenbedeckten Felsblock aufschlug – die Akustik der hohen Steinmauern verstärkte das Geräusch um ein Hundertfaches. Das Atmen des Drachen änderte sich augenblicklich. Dann hallte ein tiefes Schnauben durch die Höhle. Amsel wagte sich vor und warf einen Blick über den Rand des Kliffs.

Dunkelblaue Augen richteten sich auf ihn. Das Wesen war wach! »Beinahe wäre ich von einem Frostdrachen gefressen worden«, flüsterte Amsel, »und jetzt habe ich einen verhungernden Feuerdrachen geweckt!«

Der Drache hob den Kopf und brüllte, ein Geräusch, das Amsel so vorkam, als würde eine Tür zur Geschichte des Landes geöffnet. Voller Furcht versteckte Amsel sich hinter einem Felsen. Das Brüllen ertönte wieder und wieder, und seine Echos hallten durch die Höhle. Amsel hielt sich die Ohren zu. Wie, fragte er sich, konnte ein so altes Geschöpf die Kraft haben, derartig laut zu brüllen?

Amsel glaubte, eine gewisse Reihenfolge in den Lauten zu erkennen. Er lauschte ihnen aufmerksam und machte vorsichtig einen Schritt nach vorn. Als er wieder nach unten blickte, sah er, wie der Drache mit der schweren Kette kämpfte. Das Klirren der Kette ging unter in der tiefen, dröhnenden Stimme des Drachen. Das Geschöpf konnte ihn nicht erreichen, aber es brüllte langsam und offenbar gezielt weiter. Der Rhythmus war wie der von Worten.

»*Ich . . . rieche . . . Menschengeruch!*«

Amsel hörte voller Erstaunen zu. Es waren Worte!

»*Ich rieche Menschengeruch!*« Die langsame, laute Stimme schien in einer Sprache zu sprechen, die der des Südlands glich!

»Er hat etwas von Menschen gesagt«, murmelte Amsel. »Ich glaube, wenn er es noch einmal wiederholt, werde ich es verstehen.«

Er trat näher an den Rand des Kliffs und blickte tapfer hinunter. Der Drache wandte ihm den Kopf zu und brüllte wieder. Sein warmer Atem drang zu Amsel, und Amsel war überrascht, wie angenehm der Geruch war – wenn auch erdrückend.

»*Du . . . bist . . . zurückgekehrt!*« Die Worte des Drachen hallten von den Wänden zurück.

»Zurückgekehrt?« murmelte Amsel. »Ich war noch nie hier.« Er blickte hinunter zum Drachen und wiederholte die Worte vorsichtig. Dann schrie er: »Ich bin noch nie hiergewesen. Ich komme von Fandora!«

Der Drache schwieg einen Augenblick lang, dann hob er den Kopf, so hoch er konnte. »Langsam!« brüllte er. »Deine Stimme gellt mir in den Ohren! Sprich die Worte langsam.«

Amsel schrie die gleichen Worte noch einmal. Wenn das so weitergeht, dachte er, habe ich bald keine Stimme mehr. Dann – während seine Worte in der Höhle verhallten – fügte er hinzu: »Ich brauche deine Hilfe für die Länder Fandora und Simbala!«

Der Drache sah ihn an und wiederholte die Worte langsam und düster.

»Ja!« rief Amsel. »Stimmt! Fandora und Simbala!«

Der Drache senkte den Kopf ein wenig. »Habe ich noch nie gehört«, knurrte er.

»Sie sind von den Frostdrachen angegriffen worden.«

Der Drache hob den Kopf wieder. »Von den Frostdrachen?«

»Ja!« schrie Amsel.

»Komm herunter«, sagte der Feuerdrache.

Amsel blinzelte betreten.

»Komm herunter!« brüllte der Drache wieder. »Die Menschen haben schon vor langer Zeit einen Weg gebaut.«

Obwohl Amsel die Treppe aus Stein schon vorher bemerkt hatte, gab er sich keine Mühe, sofort hinzulaufen. Er musterte die langen gelben Zähne des Drachen. Wenn er sich in Reichweite befand, konnte das Wesen ihn im Nu verzehren. Sollte er es etwa wagen, zum Boden der Höhle hinunterzusteigen? Aber er war überzeugt, daß der Angriff der Frostdrachen auf Fandora und Simbala erst begonnen hatte. Um diese Kreaturen abzuwehren, mußte er sich der Hilfe des Drachen vergewissern. Bedroht oder nicht bedroht – er mußte das Risiko eingehen, um die Wahrheit herauszufinden – und eine Möglichkeit, den Krieg zu beenden.

Amsel wollte wenigstens einen gewissen Sicherheitsabstand einhalten und ging auf die Treppe zu.

Als er unten ankam, schien der Drache wieder eingeschlafen zu sein. Amsel trat vorsichtig auf die weichen, leuchtenden Flechten. Von seinem neuen Standort konnte er den Drachen besser sehen. Beim Anblick der Riesenhandschelle um seine Pranke zuckte Amsel zusammen. Das Metall war rostig vor Blut. Amsel war verwirrt. Wenn die Beschreibungen in den Legenden zutrafen, warum hatte man dann ein so edles Wesen in Ketten geschmiedet?

Amsel war fest entschlossen, das herauszufinden. Während er sich dem Drachen näherte, versuchte er, die Reichweite des riesigen Halses und der enormen Krallen abzuschätzen. Er näherte sich dem Wesen so weit, wie er es für sicher hielt.

»Hallo«, sagte Amsel.

Die Hörner des Wesens schienen sich zu bewegen, aber es öffnete die Augen nicht.

»Hallo!« wiederholte Amsel.

Der Drache hob den Kopf ein wenig, und ein Augenlid öffnete sich. Ein mitternachtsblauer Spiegel erschien, und Amsel sah sich selbst darin.

»Komm her«, sagte der Drache leise und knurrend und schlug dabei mit einer Pranke auf den Boden.

Amsel wartete ab.

Der Drache seufzte. »Komm her«, sagte er etwas milder. »Ich werde dir nichts tun. Es spricht sich leichter, wenn man sich näher ist.«

Amsel holte tief Luft. »Denke an die Legenden deiner Kindheit«, hatte Ephrion zu ihm gesagt. Amsel holte noch einmal tief Luft und ging auf den Drachen zu.

»Die Frostdrachen haben mein Volk angegriffen«, sagte er, während er sich langsam näherte, und gab sich Mühe, jedes Wort mit tiefer Stimme langsam auszusprechen. »Wir brauchen deine Hilfe, Drache.«

Das Wesen stöhnte auf. »Nenn mich nicht Drache«, sagte es. »Das ist ein Wort der Menschen.«

»Ich kenne deinen Namen nicht«, sagte Amsel vorsichtig.

Er befand sich jetzt in Reichweite der Krallen.

Der Drache schnaubte. »Wir haben keine Namen. Das ist ein Brauch der Menschen.«

»Etwas mehr als ein Brauch«, entgegnete Amsel. »Es gibt so viele von uns, daß wir eine Möglichkeit haben müssen, uns auseinanderzuhalten.«

»Dann ist es den Menschen gut ergangen?«

»Ja. Allein in Fandora gibt es Tausende, und Fandora ist ziemlich klein im Vergleich zum Südland.«

»Das Südland«, sagte der Drache mit rauher Stimme. »Das ist die Heimat der Menschen.«

»Es ist eine Gegend, wo Menschen leben«, sagte Amsel, »genauso wie Fandora und Simbala.«

»Du bist nicht vom Südland?«

Amsel schüttelte den Kopf. Offensichtlich hatte der Drache nicht gehört, was er vorher gesagt hatte. »Ich bin Amsel aus Fandora.«

»Amsel«, sagte der Drache verächtlich. »Das paßt nicht zu einem Menschen. Ihr solltet kalte und verletzende Namen haben wie der Frost. Muß ich dich Amsel nennen?«

»Es ist mein Name«, sagte Amsel.

Der Drache stöhnte. »Ich werde dich überhaupt nichts nennen.«

Amsel sah Ablehnung in den Augen des Drachen, aber auch unendliche Einsamkeit, und plötzlich empfand er eine Art Zuneigung zu dem Geschöpf. Der Drache war alt, und er hatte Schmerzen. Amsel hätte ihm gern geholfen, seine Qual erleichtert, aber es ging um die Sicherheit Fandoras und Simbalas. Er mußte die anderen Feuerdrachen finden! Er blickte ihn voller Mitleid an und sagte: »Mein Name ist unwichtig, aber du mußt dir anhören, was geschehen ist.«

Der Drache senkte die Augenlider. »Es gibt wenig, was die Menschen mir noch erzählen können, und nichts, was zu tun sie mich zwingen können.«

»Nein!« rief Amsel verzweifelt. »Hör mir zu! Die Frostdrachen haben uns angegriffen! Die Feuerdrachen müssen einschreiten, bevor noch Hunderte von Menschen getötet werden!«

Der Drache hob den Kopf ein wenig und atmete die angenehme Höhlenluft ein. »Ich habe meine Rasse und die Flammenlosen seit Jahrhunderten regiert«, sagte er. »Sie würden sich meiner Anordnung nie widersetzen.«

»Aber sie *haben* es getan!« rief Amsel. Dann erst wurde ihm klar, was der Drache gesagt hatte. Dieses in Ketten liegende Wesen war der Herrscher der Drachen?

Der Drache hob plötzlich den Kopf und brüllte. »Die kleinen Wesen sind ängstlich und ohne Flamme. Sie würden nie wagen, in das von Menschen bewohnte Land zu fliegen!«

Amsel schüttelte den Kopf. »Es sind Kinder ermordet worden. Die Frostdrachen haben sowohl Simbala als auch Fandora angegriffen. Sie haben sogar mich angegriffen!« Amsel zeigte dem Drachen das Loch, das die Kralle des Frostdrachen in seine Weste gerissen hatte. »Da kannst du es sehen!« rief er. »Du mußt uns helfen, sie dazu zu bringen, niemals wiederzukommen!«

Der Drache antwortete nicht. Er musterte Amsel und schlug dabei in gleichmäßigen Abständen mit der Pranke auf den Boden. Endlich seufzte er und senkte den Kopf zu Amsel hinunter. »Welches Recht haben die Menschen, etwas von mir zu fordern? Die Menschen haben gemordet und uns verraten! Die Menschen sind die Spießgesellen von Eis und Wind.«

Amsel gab nicht nach. Er trat näher an den Kopf des Drachen heran und sprach laut und deutlich. »Ich habe mein Leben aufs Spiel gesetzt, um hierherzukommen! Wenn du mir nicht helfen willst, möchte ich die anderen Drachen fragen. Sage mir, wo ich sie finden kann.« Der Drache schwieg. Dann stöhnte er leise: »Es gibt keine anderen. Ich bin der Letzte meiner Rasse.« Amsel hielt den Atem an. »Das kann nicht sein!« rief er aus. »Das kann unmöglich sein!«

Der Drache schloß die Augen, wie um den Menschen und den Schmerz, den er brachte, zu verbannen. Als er sie Sekunden später wieder öffnete, war Amsel immer noch da.

»Verlaß mich«, sagte der Drache. »Ich möchte allein sein.«

»Du kannst nicht der Letzte sein!« sagte Amsel. »Die Legende spricht von einer ganzen Drachenrasse – stolzen Wesen, die in einem schönen Land mit leuchtenden Höhlen und dichten Wäldern lebten. Was ist aus ihnen geworden?«

Er hörte ein langsames, grollendes Geräusch wie eine Lawine. Der Drache reckte den Kopf in die Höhe und brüllte mit lauter Stimme: »Sie sind tot! Ermordet von der Kälte! Ermordet von den Menschen!«

Die Worte hallten durch die Höhle, und Amsel sah das gequälte Gesicht des Drachen und wußte, daß dies die Wahrheit war. Dies war der Letzte der Drachen, und irgendwie waren die Menschen mitschuldig am Untergang der edlen Wesen.

Der Drache senkte den Kopf wieder und sagte wehklagend: »Der Frost hat uns getötet, die Menschen haben uns verraten.« Seine Augen blickten eine Weile in die Ferne, dann holte er weiter aus: »Vor langer Zeit war dies ein warmes Land. Meine Rasse lebte hier in Frieden. Im Lauf der Zeiten kamen die kalten Winde. Wir zogen allmählich weiter nach Süden, doch als der Frost ebenfalls weiter vordrang, mußten wir uns in diese Leuchtenden Höhlen zurückziehen. Die Frostdrachen, wie ihr sie nennt, lebten nicht mehr bei uns. Sie waren widerstandsfähiger als wir und blieben im kalten Norden.

Die Zeit verging, aber die kalten Winde blieben. Bald konnten unsere Eier nicht mehr ausgebrütet werden, nicht einmal im Land südlich dieser Höhlen.«

Unbewußt zerrte der Drache an seiner Kette, während er sprach. »Meine Vorgänger schickten Boten in das Land südlich des Meeres, um festzustellen, ob wir dort eine neue Heimat finden könnten. Sie stießen auf ein warmes Land voller Wälder und Seen, und nur auf den höchsten Berggipfeln herrschte Frost.«

»Das könnte Simbala sein«, sagte Amsel.

Der ergraute alte Kopf nickte schwerfällig. »Wir blieben dort nur eine kurze Zeit, denn das Land wurde bald zu heiß für uns.«

»Das sind die Jahreszeiten«, sagte Amsel. »Es wurde Sommer.«

»Wir wußten nur, daß wir nicht länger dort bleiben konnten. Eine Anordnung wurde getroffen, um die Frostdrachen vor dem Flug in den Süden zu bewahren. Viele von uns kehrten in diese Höhlen zurück, während unsere Boten weiter nach Süden geschickt wurden, um Hilfe bei den Wesen zu suchen, die sich Menschen nannten. Wir wußten, daß die Menschen in vielen Ländern überlebt hatten, und wir hofften, daß ihr Geheimnis uns helfen würde, den Frost zu besiegen.

In den südlichen Ländern waren die Menschen freundlich, aber sie konnten uns auch nicht helfen. Unsere Boten blieben dort, in der Hoffnung, mehr zu erfahren.«

»Es gab kein Geheimnis«, sagte Amsel. »Der Mensch ist anders als die Drachen, so wie das Land im Norden anders ist als das Land im Süden. Ihr könnt überleben, wo wir es nicht können, ebenso wie ein Seewurm im Meer leben kann.«

»Wir wußten damals nichts über diese Dinge. Wir hatten Angst. Immer weniger Junge wurden ausgebrütet. Wir führten Menschen in diese Höhlen, weil wir hofften, sie könnten uns helfen, die Jungen gegen den Frost zu schützen.«

Das hätte doch möglich sein müssen, wunderte sich Amsel, doch der Drache fuhr fort: »Unsere Boten wurden in andere Länder geschickt, nach Osten und nach Westen, aber nur wenige kehrten zurück. Die Menschen blieben in unseren Höhlen und erforschten uns. Es bestand immer noch Hoffnung, sie könnten einen Weg finden, den kalten Winden Einhalt zu gebieten, aber in der nächsten Generation gab es noch weniger von uns. Nichts half. Die letzten Boten wurden in den Westen geschickt. Ich wurde schließlich Anführer der wenigen Überlebenden, und zu meiner Zeit wurden überhaupt keine Jungen mehr ausgebrütet. Viele von uns gingen in der Kälte zugrunde. Und dann betrogen die Menschen uns.«

»Betrogen euch?«

»Die Menschen waren hinter die Geheimnisse unserer Rasse gekommen. Sie wußten von den Edelsteinen, die von einer Generation zur nächsten weitergereicht wurden. Es gab acht Edelsteine – einen aus jedem Kopf der acht Drachen, die uns in vergangenen Generationen regiert hatten.«

»Du gehörst also zur neunten Drachengeneration?« fragte Amsel. »Ich bin der Letzte«, fauchte der Drache. »Ich bin der Letzte meiner Rasse. Ich habe die anderen an die Menschen verraten.«

Amsel blickte den Drachen bestürzt an. »Du sagtest doch, daß die Menschen *euch* verraten haben!«

Der Drache seufzte kurz und tief auf. »Wir hatten Angst, weil kaum noch Nahrung zu finden war, und was die Menschen mit uns geteilt hatten, ging allmählich zur Neige. Sie erklärten uns noch einmal von ihren Plänen, wie sie uns helfen könnten, zu überleben. Wenn sie die Edelstei-

ne sehen dürften, die die Geschichte und die Geheimnisse unserer Rasse enthielten, könnten sie ihnen vielleicht etwas entnehmen, was sie in die Lage versetzen würde, den Wind zu besiegen.« Der Drache stöhnte. »Das war verboten, verboten durch einen Erlaß aus frühester Zeit, als wir noch im Norden lebten. In meiner Verzweiflung gestattete ich ihnen, die Edelsteine zu studieren, ich selbst enthüllte ihnen also die Geheimnisse unserer Vergangenheit. Ich wollte nur denen von uns, die noch übrig waren, helfen, zu überleben, aber die Menschen betrogen mich. Sie benutzten die Edelsteine, um zu erfahren, wo wir verwundbar waren, und dann lockten sie mich in diese Falle und ketteten mich an. Ich konnte nicht entkommen.« Der Drache blickte hinunter auf seine Handschelle. »Dann verließen sie uns. Die Edelsteine nahmen sie mit. Unser Schatz, unser Erbe war verloren, und ich war gefangen. Der Inhalt der Edelsteine war nicht für Menschen bestimmt, und wenn man ihn benutzte, konnte es großen Schaden zur Folge haben. Aber sie mißachteten meine Warnungen.«

Amsel blickte auf das dunkle, verrostete Metall der Ketten. »Warum halfen die anderen Drachen dir nicht, zu entkommen?«

»Sie haben es versucht«, sagte der Drache, »aber es war unmöglich. Sie bemühten sich, Nahrung zu finden und einen Ort zum Brüten. Kaum einer blieb in den Höhlen. Schließlich war ich allein. Fast eine Generation ist vergangen, seit die Menschen diese Höhlen verließen, und die anderen sind immer noch nicht zurückgekehrt. Ich hätte den Menschen nicht trauen sollen. Sie kümmerten sich nur um ihr eigenes Leben.«

»Nein!« rief Amsel. »Einige haben doch versucht zu helfen.«

»Die Menschen stehlen und lügen.«

»Die Menschen träumen!« rief Amsel. »Menschen, die nur von Reichtum träumen, haben vielleicht die Edelsteine gestohlen, aber nicht alle Menschen träumen so. Ich möchte nur den Krieg beenden, in den mein Land geraten ist.«

»Die Menschen morden«, sagte der Drache. »Wir haben im Südland erfahren, was Krieg ist. Er tötet wie der Frost.«

Amsel schwieg einen Augenblick. Er dachte daran, wie die Ältesten sein Baumhaus angezündet hatten. Doch dies brachte ihn nicht ab von seiner Überzeugung. »Gab es nicht eine Zeit, da die Feuerdrachen Flammen spien, um zu überleben? Um für ihr Land zu kämpfen?«

»Nein!« brüllte der Drache. »Die Flammen wurden nie benutzt, um zu töten oder um Schaden anzurichten. Sie wurden nur bei Fragen der Gerechtigkeit benutzt.«

»Gab es nie Drachen, die andere betrogen oder die den Erlassen deiner Vorgänger nicht gehorchten?«

»Es gab einige«, sagte der Drache, »und sie wurden bestraft. Es gab Zeiten, da einige von uns versuchten, sich mit Frostdrachen zu paaren, aber sie wurden bestraft. Es wurden nie Junge geboren.«

Amsel dachte an den schwarzen Frostdrachen, den großen Düsterling, der ihn in der Höhle verfolgt hatte. Ob er das Ergebnis einer solchen Vereinigung war? Amsel wischte die Frage beiseite und gab sich einen Ruck. Er brüllte den Drachen an: »Wenn keiner die Frostdrachen aufhält, werden sie Menschen ermorden! Sie haben schon getötet, sie haben euren Erlaß mißachtet! Möchtest du uns untergehen sehen, wie deine Rasse untergegangen ist?«

Der Drache senkte den Kopf, blickte Amsel aus kummervollen Augen an und sagte: »Die Menschen sind selbst schuld daran.«

Amsel schüttelte zornig den Kopf. »Es wird deine Schuld sein, wenn die Frostdrachen unser Land überfallen. Und sie werden dort in der Sommerhitze umkommen. Dann hast du Feuerdrachen, Menschen und Frostdrachen verraten. Soll das das Erbe der Drachen sein?«

»Laß mich in Ruhe«, sagte der Drache. »Ich habe mehr gelitten als irgendwer sonst.«

»Auch ich habe gelitten!« rief Amsel. »Ich habe meine Landsleute in einen Krieg ziehen sehen für etwas, was die Frostdrachen getan haben, etwas, was ich immer noch nicht verstehe. Wenn du verantwortlich bist für diese Geschöpfe, dann mußt du sie davon abhalten, nach Süden zu fliegen.«

»Meine Rasse ist untergegangen«, sagte der Drache. »Ich bin allein. Ich bin nicht mehr verantwortlich.«

»Du *bist* verantwortlich! Du lebst noch in dieser Welt, und die Frostdrachen respektieren noch immer dein Wort!«

Der Drache bedeckte sein Gesicht mit der Pranke. »Laß mich in Ruhe«, stöhnte er. »Ich möchte nur noch in Frieden leben.«

»Es *gibt* aber keinen Frieden!« schrie Amsel. »Du kannst nicht allein leben! Solange es andere Lebewesen gibt, mußt du dich mit ihnen auseinandersetzen.« Diese Worte waren Amsel selbst noch nicht vertraut, aber während der vergangenen Wochen hatte er gelernt, was sie bedeuteten. »Du mußt uns helfen«, sagte er, »du mußt beiden helfen, den Frostdrachen und den Menschen.« Er blickte dem Drachen in die Augen. »Wenn du, der Letzte der Drachen, so edel, so geachtet, so alt, nicht helfen willst – welche Hoffnung hat die Menschheit dann noch?«

Der Drache hob den Kopf und brüllte Amsel an: »Ich kann den Geruch von Menschen nicht mehr ertragen! Laß mich in Ruhe!«

Die Wucht des Drachenatems ließ Amsel zurückstolpern, aber als er wieder sicher stand, schrie er zurück: »Ich wollte auch in Ruhe gelassen werden! Aber die Welt hat trotzdem zu mir gefunden. Wir dürfen das nicht einfach von uns weisen. Es kommt mir so vor, als gäbe es keine Hoffnung mehr auf dieser Welt, wenn wir nicht miteinander leben. Ich habe mein Leben gewagt, um dich zu finden. Bitte, *hilf* mir . . . hilf Männern und Frauen, die nichts getan haben, um dich zu verraten!«

Der Drache seufzte. »Ich kann nicht mehr fliegen, und die Flamme in mir ist erloschen.«

»Du hast deine Flügel«, sagte Amsel, »und die Wärme hier kommt nicht nur von deinem Blut.«

»Ich liege in Ketten«, entgegnete der Drache.

Amsel lächelte. »Dann werde ich einen Weg finden, dich von den Ketten zu befreien.«

»Das versuche ich doch schon seit Ewigkeiten.«

»Wenn ich dich befreie«, sagte Amsel, »hilfst du mir dann?«

Der Drache schwieg, aber in seinem Gesicht sah Amsel etwas, was kurz zuvor noch nicht dagewesen war. In den dunkelblauen Augen stand Hoffnung, jahrhundertealt, wartend.

Amsel ging rasch zu der angeketteten Vorderpfote des Drachen. Die Handschelle war riesig – Amsel hätte darin stehen können. Nach einigem Suchen fand er ein Loch in der Umkleidung des Schlosses. Es war größer als seine Hand, und Amsel vermutete, daß es für den dazu passenden Schlüssel bestimmt war.

Er trat näher heran und steckte die Hand in das Loch. Er tastete es ab und entdeckte eine Reihe von Häkchen, aus denen der Verschlußmechanismus bestand. Er hatte bei seinen Studien und Experimenten wenig mit Schlössern zu tun gehabt, aber vor Jahren hatte ihm ein Händler aus dem Südland eine Truhe verkauft, in der sich ein Schlüsselloch befand. Er hatte damals untersucht, wie das Schloß funktionierte, und was er damals in Erfahrung gebracht hatte, mußte er jetzt anwenden.

Er zerrte an dem ersten Häkchen und brachte es schließlich in die richtige Höhe – soweit er das beurteilen konnte. Dann bearbeitete er das nächste Häkchen auf die gleiche Weise. Die weiter von ihm entfernten Häkchen waren noch schwerer hochzuziehen. Er mühte sich lange ab, versuchte, seine Hand so weit wie möglich zu strecken, und zerrte, bis das letzte Häkchen nachgab – und er sich den Finger einklemmte. Er zog die Hand aus dem Schloß und schüttelte sie mit kläglichem Gesicht.

Der Drache sah ihm dabei fast belustigt zu, aber Amsel sagte leise: »Bewege deine Tatze.«

Die große Pranke ballte sich zusammen, die Handschelle hielt noch einen Moment, dann schnappte sie rostig knarrend auf. Amsel wischte sich den Staub von den Händen und lächelte den Drachen voller Stolz an.

»Und jetzt«, sagte er, »werden wir, denke ich, den Frostdrachen einen Besuch machen.«

»So!« sagte Evirae gut gelaunt. »Wir lassen die verrostete alte Truhe wegschaffen, und ich stelle meine Frisierkommode dorthin.«

Mesor schüttelte mißbilligend den Kopf. »Die Truhe ist ein seltenes antikes Stück aus der Zeit vor Monarch Ambalon. Eure Frisierkommode ist zu groß für den Platz. Sie wird das Fenster verstellen, Prinzessin.«

Evirae warf ihm einen zornigen Blick zu. »Königin!« sagte sie scharf. »Ich möchte Königin genannt werden.«

Mesor lächelte. »Wie Ihr wünscht, meine Königin. Die Krönung jedoch findet erst morgen statt.«

»Das ist eine reine Formsache«, entgegnete Evirae.

»Vielleicht, aber bevor die Krönung stattgefunden hat, besitzt Ihr nur begrenzte Amtsgewalt. Die Familie darf Euch nicht für überheblich halten.«

Evirae beachtete Mesors warnende Worte nicht. Sie sah sich unbeschwert in Falkenwinds privaten Gemächern um, öffnete Schränke und Türen, murmelte etwas von Neu-Herrichten und hielt ständig Ausschau nach weiteren Beweisen für Landesverrat.

Was für ein Leben sie vor sich hatte, dachte sie. Sie gedachte die Zügel der Regierung fest in die Hand zu nehmen. Sie würde dem Südland und Bundura erweiterte Handelsbeziehungen anbieten. Sie wollte mit Kiorte in seinem Windschiff in ferne Länder reisen. Die verblichenen Fahnen an den Straßen würden durch neue, farbenprächtige ersetzt werden, und die Straßen Simbalas sollten wahre Kunstwerke werden. Alle Kinder würden die huldreiche Königin Evirae lieben und Kiorte wie einen Helden verehren. Sogar Ephrion würde Evirae achten, und in weniger bedeutenden Staatsangelegenheiten würde sie ihn um Rat fragen.

Evirae ging zum einzigen Fenster des Gemachs und blickte hinunter auf die grünen Hofanlagen. Hier würde sie als Königin walten. Hier würde sie ein Kind zur Welt bringen, eine Tochter, um ihre eigene Rolle in den Angelegenheiten Simbalas fortzusetzen.

»Ich wollte, Kiorte wäre hier«, seufzte sie und blickte Mesor an. »Aber zur Krönung wird er doch zurückkehren?«

Mesor nickte. »Wenn des Prinzen Manöver gegen die Eindringlinge erfolgreich sind, könnt Ihr ihn mit gutem Grund erwarten.«

Evirae fragte, plötzlich besorgt: »Verbirgst du etwas vor mir, Mesor? Etwas, was ich nicht weiß?«

»Gewiß nicht«, erwiderte der Ratgeber. »Warum sollten mir Informationen zur Verfügung stehen, die Ihr nicht habt?«

»Antworte mir nicht mit Gegenfragen!« sagte Evirae. »Wenn du etwas weißt, so sage es mir!«

»Macht Euch keine Gedanken, meine Königin.«

Evirae ignorierte die Anrede und setzte ihm weiter zu. »Du erwartest einen hohen Posten im königlichen Kreis, nicht wahr? Du kannst sicher sein, daß dir ein Platz in den Ställen sicher ist, wenn du mir jetzt nicht antwortest!«

Diese Drohung brachte Mesor so aus der Fassung, daß er sofort eine Antwort erfand. »Eine Sorge habe ich«, sagte er nervös, »und die hängt mit dem Drachen zusammen. Wenn Kiorte die Windschiffe einsetzt, könnte der Drache wieder angreifen.«

Evirae lächelte erleichtert. »Ein einziger Drache!« sagte sie geringschätzig. »Die Windschiffe sind einem einzigen Drachen mehr als gewachsen. Der Bergmann hat die Armee verlassen, um sich mit der geflohenen Rayanerin zusammenzutun, und Kiorte leitet jetzt unsere Verteidigung. So, und ich muß mich jetzt um die Einladungen zur Krönungsfeier kümmern.«

Mesor sah ihr nach, als sie zur Tür ging. Der Anspruch auf den Titel war ihr zwar sicher, doch die Unterstützung der Familienmitglieder nicht. Wenn Kiorte nicht bald zurückkehrte, änderten sie womöglich noch ihre Meinung. Er mußte dafür sorgen, daß ihm ein schnelles Pferd zur Verfügung stand, falls dieser Fall eintreten sollte.

Stunden später ruhte Monarch Ephrion sich in einem dunklen Privatgemach auf einer anderen Ebene des Palastes aus. Er hatte die Schritte auf dem Gang vor seinem Zimmer nicht gehört, und es dauerte einige Minuten, bis eine Wache ihm mitteilte, daß vor der Tür zwei Besucher ständen.

Ephrion forderte die Wache auf, die Besucher hereinzubitten. Er entzündete eine kleine Lampe in der Nähe der Tür. Als Baron Tolchin und Baronesse Alora eintraten und ihn begrüßten, fiel Ephrion eine gewisse Nervosität an ihnen auf. Obwohl im Zimmer eine angenehme Kühle herrschte, benutzte Alora immer wieder ihren Fächer, und Tolchin betrachtete die antiken Möbel, als gelte ihnen sein ganzes Interesse.

»Ihr scheint euch Sorgen zu machen«, sagte Ephrion. »Geht es um Evirae?«

Der Baron schüttelte den Kopf. »Wir sind gekommen, um unser Verhalten zu erklären.«

»Es besteht keine Veranlassung, euch vor mir zu verteidigen«, sagte Ephrion. »Ihr habt bei dem Treffen erklärt, warum ihr so gestimmt habt.«

Alora war offensichtlich beunruhigt. »Ich habe nicht für Evirae gestimmt, sondern für eine Beendigung des Krieges. Falkenwind war nicht der geeignete Befehlshaber.«

»Das ist Evirae auch nicht«, sagte Ephrion.

»Natürlich nicht!« erwiderte Tolchin. »Aber wir alle wissen, daß Kiorte den Oberbefehl über die Armee übernehmen wird, nicht Evirae. Damit hatte sie sich schon vor Beginn des Treffens einverstanden erklärt.«

Alora nickte. »Kiorte wird die Bauern mit Windschiffen vertreiben. Es brauchen keine Kämpfe mehr stattzufinden.«

Ephrion blickte sie beide an und bat sie, ihm in einen anderen Raum zu folgen. Er ging an den Schreibtisch aus Rosenholz, über dem eine dicke Kerze brannte. In ihrem schwachen Licht entrollte Ephrion das Bild von dem Frostdrachen.

»Weder Männer noch Windschiffe haben ihn bis jetzt besiegen können«, sagte er. »Warum denkt ihr, daß Kiorte es schaffen wird?«

Tolchin betrachtete das Bild. »Er sieht furchteinflößend aus, gewiß, aber selbst ein Drache nimmt es nicht mit der ganzen Flotte auf.«

Alora nahm die Rolle und hielt sie ins Licht. »Er sieht nicht aus wie ein wahrer Drache«, sagte sie leise, »aber ich habe noch nie einen echten Drachen gesehen wie du, Ephrion.«

»Ich auch nicht«, entgegnete Ephrion. »Das Geschöpf, das den Palast angriff, war ein Frostdrache.«

»Ein Frostdrache?«

»Ein Wesen, das über weniger Intelligenz verfügt als die Feuerdrachen, aber trotzdem mit ihnen verwandt ist. Ich habe die alten Legenden aus dem Südland noch einmal studiert, Tolchin, und ich bin überzeugt, daß die Frostdrachen für den Krieg verantwortlich sind.«

»Unmöglich!« sagte Tolchin. »Die Fandoraner sind in Simbala eingefallen und haben die Ungeheuer mitgebracht.«

Ephrion nahm das Bild aus Aloras Händen und zeigte es dem Baron noch einmal. »Tolchin«, sagte er, »sieht das hier so aus wie ein Geschöpf, das sich von Bauern und Fischern herumkommandieren läßt?«

»Nein«, gab Tolchin zu, »aber warum griff es dann unseren Wald an?«

»Das weiß ich nicht«, sagte Ephrion, »aber ich habe Lady Ceria fortgeschickt mit dem Auftrag, es herauszufinden.«

»Die Rayanerin?« fragte Tolchin. »Du hast eine Verräterin zu unserer Helferin gemacht? Hast du Falkenwind auch fortgeschickt?«

»Ceria ist keine Verräterin«, sagte Ephrion, die Erwähnung Falkenwinds ignorierend. »Ich habe sie mit einer Mission betraut, und der Zeitpunkt rückt näher, da diese Mission in Frage gestellt sein wird. Morgen mittag wird Evirae Königin sein.«

Alora war beunruhigt, weil sie so vieles nicht verstand. »Was für eine Mission ist es, auf die du Ceria geschickt hast?«

Ephrion setzte sich. Er wußte, daß er jetzt enthüllen mußte, was er getan hatte. Ceria würde die Unterstützung der Familie brauchen, wenn Evirae Königin wurde. Er schätzte den Baron und die Baronesse sehr, und er würde es wagen, ihnen all das anzuvertrauen, was er selbst wußte, um sich ihres Beistandes zu vergewissern. Bei dem Familientreffen war dies nicht möglich, weil Evirae sonst Vertrauensleute ausgeschickt hätte, um Ceria zu suchen. Falls Ceria das Lager erreicht hatte und erfolgreich in ihrer Suche gewesen war, konnte sie jederzeit nach Oberwald zurückkehren. Er mußte dafür sorgen, daß sie sicher ankam. Und dafür brauchte er Hilfe.

»Mir geht es nicht um Evirae, sondern um Simbala«, sagte Ephrion ruhig. »Die Frostdrachen sind noch nie zuvor in unser Land gekommen, und ich fürchte, was wir gesehen haben, ist erst der Anfang.«

Mit dem ersten Licht der Morgendämmerung drang ferner Kampfeslärm über das Tal ins Lager der Simbalesen. Vora und Kiorte starrten in Richtung der Hügel. »Prinz Kiorte«, sagte Vora hartnäckig, »wir können nicht einfach eine Truppe von Weldenern da draußen im Stich lassen!«

»Was soll ich denn sonst machen?« fragte Kiorte herausfordernd. »Es ist mir nicht gerade angenehm, daß die Weldener in Gefahr sind, aber sie haben ohne Befehl gehandelt. Ich werde nicht noch mehr Männer und Frauen gefährden, um sie zu retten.«

Vora runzelte die Stirn. »Vielleicht hätten wir Erfolg, wenn wir den Weldenern jetzt zur Hilfe kämen. Es gibt wenig Eßbares in diesen Hügeln. Die Fandoraner müssen hungrig und müde sein. Wir hatten viel Geduld.«

»Nein!« erwiderte Kiorte. »Bis die Truppen aus dem Südland zurück sind, dürfen wir kein Risiko eingehen. Die Brüder des Windes haben Order, zum Tal zu fliegen. Die ganze Flotte wird die Fandoraner zurücktreiben.«

Bevor Vora antworten konnte, ertönte hinter ihnen aus dem Wald ein fernes Dröhnen. Posten verließen ihre Plätze, und von überall erklangen Rufe.

»Lathan!« rief Vora. »Reite dort hinüber, und stell fest, was geschehen ist!«

Einen Augenblick lang ignorierte Kiorte das Durcheinander. Er blickte nach Westen, zum Fuß der Hügel. »Ich kann in dem Nebel keine Spur der Weldener entdecken«, sagte er. »Vielleicht haben sie eine Möglichkeit gefunden, sich zurückzuziehen.«

Vora blickte hinaus in den Nebel, antwortete aber nicht. Er war sich plötzlich sicher, was der Lärm hinter ihnen bedeutete. Er hatte sehnlichst auf diesen Augenblick gehofft. Jetzt, während Kiorte ahnungslos neben ihm stand, wußte er, daß es soweit war.

Falkenwind kehrte zurück!

Und da ertönte es schon aus der Nähe von Voras Zelt: »Falkenwind kommt!« Kiorte wandte sich zornig an Vora: »Ihr wußtet davon! Ihr habt Euch mit Falkenwind gegen die Familie verschworen!«

»Seid kein Dummkopf!« entgegnete Vora. »Ich habe Falkenwind gegen Evirae verteidigt.«

»Einen Verräter zu verteidigen ist schon Verrat! Ich kann Euch festnehmen lassen wegen ...«

Kiorte blickte plötzlich auf. Aus dem dichten Geäst über ihnen flogen unzählige bunte Vögel auf. Dann kam ein Falke in Sicht. Er umkreiste das Lager der Simbalesen und schrie triumphierend. Verschiedene Hörner ahmten den Ruf nach.

»Er hat sie gefunden!« sagte Vora. »Er hat die fehlenden Truppen gefunden!«

Aus dem Wald ergoß sich ein wahrer Menschenstrom. Reihenweise ritt die Kavallerie in glänzendem Harnisch heran. Aufgeputzte Offizierspferde stolzierten auf die Lichtung. Dann folgten die Armbrustschützen, manchmal zu zweit auf einem Pferd, weil ein Fußmarsch zu lange gedauert hätte. Das übrige Fußvolk erschien auf Packpferden, denen man die Ladung abgenommen hatte.

Die wartenden Soldaten jubelten Falkenwind und Lady Ceria, die in der Vorhut ritt, anhaltend zu. General Vora ließ Kiorte stehen, eilte zu Falkenwind und rief: »Es gibt Schwierigkeiten, Falkenwind! Kiorte hat die Truppen übernommen!«

Zu seiner Überraschung reagierte Falkenwind gelassen: »Kümmert Euch um die Leute hinter uns. Sie sind fast vierundzwanzig Stunden lang ohne Nahrung oder Pause geritten. Ich werde mit Kiorte sprechen.«

Er ritt rasch auf den Prinzen zu. Ceria ritt müde hinter ihm her. Falkenwind saß ab und trat auf Kiorte zu. »Ich bringe die Truppen«, sagte er, »und Ceria hat Beweise für die wahre Bedeutung des Drachen wie auch des fandoranischen Spions. Ich muß es Euch erklären.«

Kiorte starrte ihn an, mühsam seinen Zorn beherrschend. »Ihr seid festgenommen«, entgegnete er, »wegen Verrats der Armee von Simbala und Unterstützung einer Verräterin.« Er packte Falkenwind am Handgelenk. »Wenn nur Thalen noch lebte und sehen könnte, wie Ihr unter Anklage gestellt werdet«, fügte er leidenschaftlich hinzu.

Falkenwind riß sich vom Prinzen los. »Ich bin zurückgekehrt mit den Soldaten, die wir brauchen, um die Fandoraner von unseren Küsten zu vertreiben!« sagte er kurz. »Ihr habt kein Recht . . .«

»Ich habe jedes Recht, Euch festzunehmen!« rief Kiorte. »Ihr seid desertiert!« Er wandte sich an eine Wache und sagte: »Nimm ihn fest!«

Falkenwind trat zurück. »Ihr werdet mich nicht festnehmen lassen!« sagte er warnend. »Noch bin ich Monarch von Simbala!«

»Ihr seid nicht mehr Monarch«, teilte Kiorte ihm zornig mit. »Evirae ist Königin.« Der Wächter wartete, im ungewissen, was er tun sollte.

»Dann hat die Familie abgestimmt«, sagte Falkenwind. »Evirae handelt schnell, wenn es um ihre eigenen Pläne geht. Hat die Krönung schon stattgefunden?«

»Das wird heute nachmittag geschehen, aber es ist nur eine Formsache. Evirae ist Königin.«

»Es sieht Euch so gar nicht ähnlich, die Traditionen unseres Landes zu mißachten, Kiorte. Bis Evirae den Rubin trägt, bin ich Monarch. Das ist simbalesisches Gesetz.«

»Erzählt mir nichts über unsere Traditionen, Falkenwind. Ihr habt gegen sie und gegen die Familie gekämpft, seit Ihr den Palast betreten habt! Im Auftrag der königlichen Familie von Simbala fordere ich, daß Ihr Euch ergebt!«

Falkenwind griff nach seinem Schwert. »Kiorte, wir haben einander immer geachtet. Zwingt mich nicht zu handeln.«

»Dann folgt der Wache, Falkenwind. Ich verbürge mich für Eure Sicherheit und die der rayanischen Verräterin.«

Falkenwind lächelte. »Ich bringe den Beweis für Cerias Unschuld! Er muß rasch zu Monarch Ephrion gebracht werden. Wir haben wenig Zeit, Kiorte. Es ist töricht, diesen Streit fortzusetzen. Wir müssen jetzt die ganze Kraft unserer Armee einsetzen, um diesen Krieg zu beenden!«

Kiorte schüttelte den Kopf: »Wir werden die Truppen nicht an erster Stelle einsetzen. Ich habe den Brüdern des Windes befohlen, in voller Stärke herzukommen.«

»Das ist Wahnsinn! Ihr könnt ihnen nicht allein mit den Windschiffen entgegentreten. Ihr habt gesehen, was geschehen ist!«

»Diesmal sind es nicht nur drei Windschiffe!« rief Kiorte. »So wenige einzusetzen war Euer törichter Vorschlag. Eine Flotte wird die Fandoraner ins Freie hinausdrängen. Die Versuche, sie vom Feld aus zu vertreiben, sind fehlgeschlagen. Die Windschiffe werden nicht versagen.«

»Sie *werden* versagen!« erwiderte Falkenwind. »Die Deckung ist zu dicht auf den Hügeln, und diesmal fehlt der Überraschungsfaktor. Eure Windsegler können nicht auf etwas schießen, was sie gar nicht sehen!«

»Die Diskussion ist beendet!« Kiorte machte eine wegwerfende Handbewegung. »Die Flotte kann jeden Augenblick eintreffen.«

»Die wahre Gefahr sind die Drachen, Kiorte! Die Fandoraner sind nur ein Problem, das schnell erledigt werden sollte. Wir können sie mit einer ihnen weit überlegenen Bodeneinheit zurücktreiben – und die haben wir jetzt. Ihr müßt mich anhören. Es gibt Dinge, die Ihr nicht wißt.«

»Schweigt!« rief Kiorte. »Ihr seid festgenommen!« Er zog sein Schwert.

»Dummkopf!« schrie Falkenwind. Das Klirren von Metall erfüllte die Lichtung. Ungläubiges Entsetzen entstand ringsum, und verstörtes Gemurmel breitete sich unter all den Menschen aus, als der Lärm eines Schwertkampfes über dem Lager ertönte. Männer und Frauen kletterten auf Bäume, um das Duell zwischen Monarch und Prinz besser verfolgen zu können. Zuerst kämpften beide vorsichtig, versuchten, die Stärken und Schwächen des Gegners herauszufinden. Falkenwind wußte, daß das Duell ein rasches Ende finden mußte, aber Kiorte ging mit dem Schwert fast ebenso gut um wie er selbst. Er wußte auch, daß Kiorte nicht die Absicht hatte, das Oberkommando an einen Mann abzugeben, dem er den Tod seines Bruders anrechnete.

Der Prinz führte sein Schwert in einem flachen Bogen, der Falkenwind den Bauch aufgeschlitzt hätte, wenn er den Hieb nicht pariert hätte. Kiorte sah die Überraschung und den Zorn in Falkenwinds Gesicht und hörte das ungläubige Gemurmel im Umkreis.

Falkenwind parierte einen weiteren Hieb von solcher Wucht, daß er mehrere Schritte zurückgedrängt wurde. Es zeigte sich deutlich, daß es hier um viel mehr als die Ehre ging. Der Prinz, so schien es, wollte Blut sehen, aber Falkenwind konnte es sich nicht leisten, zu kämpfen – und er wollte es auch gar nicht. Er war die ganze Nacht geritten und am Rand der Erschöpfung. Er sah den rasenden Zorn in Kiortes Augen und duckte sich unter dem Schwert des Prinzen hinweg, schlug aber gleichzeitig mit der flachen Seite seines Schwertes dem Prinzen in die Seite, was Kiorte vorübergehend den Atem nahm. Falkenwind nutzte seinen Vorteil und drängte Kiorte zurück.

Der Prinz kreuzte die Klingen mit ihm, und sie traten näher aufeinander zu, Auge in Auge.

»Das habt Ihr Euch selbst zuzuschreiben«, zischte Kiorte. Falkenwind antwortete nicht. Statt dessen stieß er mit einer gewaltigen Anstrengung den Prinzen von sich und holte zur gleichen Zeit mit seinem Schwert aus und schlug Kiorte die Klinge aus der Hand. Kiorte blickte ihr nach, als wolle er sie ergreifen und den Kampf fortsetzen. Falkenwind stellte seinen Stiefel darauf.

»Und jetzt ist Schluß«, sagte er ruhig. »Dies ist nicht der Kampf, den wir kämpfen müssen.«

Schwer atmend sagte Kiorte: »Ihr seid unfähig, diesen Krieg zu führen!«

»Ob es Euch paßt oder nicht – Ihr hört Euch jetzt ein paar Dinge an, die ich in Erfahrung gebracht habe«, sagte Falkenwind zähneknirschend. Er holte tief Luft und fuhr mit leiser Stimme fort: »Es gibt einiges, was Euch sehr überraschen wird.« Dann berichtete er Kiorte, was Ceria ihm auf dem langen Weg zurück vom Südland erzählt hatte – vom Fandoraner Amsel, der den Krieg verhindern wollte, wie Evirae ihn gefangen hielt ohne Falkenwinds Wissen, und noch einiges mehr. »Ihr werft mir falsche Entscheidungen vor«, sagte Falkenwind. »Ich gebe zu, daß ich mich manchmal geirrt habe, aber das gilt auch für Euch.«

Kiorte schwieg mehrere Minuten. Dann sagte er mit leiser, angespannter Stimme: »Sie wollte mir diesen Gefangenen zeigen, um mich auf ihre Seite zu bringen. Er war aber schon entkommen.« Er blickte Falkenwind unschlüssig an.

»Ich erwarte ja nicht, daß Ihr mich auf der Stelle akzeptiert. Helft mir nur, diesen Krieg zu gewinnen. Das ist wichtiger als alles andere.«

Ein Schatten legte sich plötzlich aufs Lager. Dicht über den Baumgipfeln im Osten flog die erste Reihe der Windschiffe heran. Mit prallen, im Winde wogenden Segeln kamen die anmutigen Fahrzeuge langsam über dem Lager herunter.

Falkenwind blickte wieder Kiorte an. »Ich erledige die Sache allein, oder aber wir beenden den ganzen absurden Kampf gemeinsam.«

Kiorte nickte langsam. »Ihr habt bewiesen, daß Ihr ein Mann von Ehre seid. Jetzt habt Ihr die Gelegenheit, Euren Mut zu beweisen. Mehr soll im Augenblick nicht entschieden werden.«

Falkenwind lächelte. »Auf einen blutlosen Sieg«, sagte er und streckte die Hand aus.

Kiorte reichte ihm die Hand. »Ich werde die Manöver der Windschiffe von meinem Schiff aus leiten«, sagte er. »Zweifellos werdet Ihr die Truppen anführen wollen, die ja später als wir die Hügel erreichen werden.«

»Ich muß Vora holen lassen«, sagte Falkenwind. »Wir müssen unser Vorgehen koordinieren.« Er blickte nach Osten, wo die Bäume dichter standen. »Wo sind die Weldener?« fragte er. »Es kann sein, daß wir sie noch brauchen.«

Kiorte runzelte die Stirn. »Die Weldener sind nicht mehr unser Problem«, sagte er. »Sie haben törichterweise auf eigene Faust die Fandoraner angegriffen.«

31

In den Gängen der Leuchtenden Höhlen verschluckte ein riesiger Schatten einen winzigen, ertränkte das Geräusch kratzender Krallen kleine Schritte auf den flechtenbedeckten Steinen.

Der Letzte Drache bewegte sich langsam voran; das Gewicht seines Körpers lastete schwer auf seinen Beinen. Amsel folgte dem Weg, den er schon vorher benutzt hatte. Obwohl die Gänge hoch und breit waren, boten sie manchmal kaum genügend Platz für den riesigen Körper des Drachen. Immer wieder brachen Stalaktiten und Stalagmiten krachend zusammen, wenn die mächtigen Flügel und Schultern gegen sie stießen, und Amsel suchte dann unter dem massigen Körper Deckung.

»Wir sind fast da«, sagte Amsel, als er eine rosagelbe Biegung im Tunnel wiedererkannte, »aber der Eingang, durch den ich gekommen bin, ist viel zu klein für dich.«

»Ja«, brummte der Drache, »die Eingänge vieler Tunnel wurden schon vor langer Zeit von Felsen und Eis verschüttet. Wir hatten oft Mühe, die Höhlen zu verlassen.«

Als sie an den Eingang kamen, sah Amsel, daß ein Steinschlag ihn inzwischen völlig verschlossen hatte. Der Drache stieß einen kurzen, knurrenden Laut aus. »Warte«, sagte Amsel und lief vor, um die neu hinzugekommenen Felsbrocken mit dem Fuß zu prüfen. »Sie liegen nicht sehr dicht aufeinander«, sagte er. »Du kannst sie wegschieben.«

Der Drache blickte Amsel an. »Ich bin müde«, sagte er würdevoll. »Ich habe nicht den Wunsch, etwas in Bewegung zu setzen.«

»Aber du mußt! Es ist der einzige Ausweg, den ich kenne.«

»Es gibt noch andere«, erwiderte der Drache. »Wir werden einen suchen, der nicht zugeschüttet ist.«

»Nein«, rief Amsel, »vielleicht sind die Frostdrachen jetzt schon dabei, sich auf den Flug in den Süden zu begeben! Wir müssen so schnell wie möglich zu ihnen gelangen!«

Der Drache schnupperte an der staubigen Luft. »Du weißt nicht, was Geduld ist!« sagte er. »Die Menschen müssen immer genauso schnell handeln, wie sie sprechen!«

Amsel runzelte die Stirn. »Das ist sehr interessant«, rief er, »aber du hast gesagt, daß du uns hilfst!«

Die blauen Augen des Drachen weiteten sich. »Also gut. Tritt zurück, damit du nichts abbekommst.«

Amsel verbarg sich hinter dem Schwanz des Riesengeschöpfs, und der Letzte Drache stemmte die Stirn seines gehörnten Kopfes gegen die Felsbrocken und schob. Etwas verlagerte sich, ein dumpfes Hallen ertönte, und dann war das schabende Geräusch von sich aneinanderreibenden Felsen zu hören. Amsel vernahm, wie sich die alten Knochen des Drachen unter der geriffelten weißen Haut bewegten, und dann hörte er das nervenzerreibende Geräusch von Krallen, die an den Felsen kratzten. Plötzlich war da eine Explosion aus Steinen und Staub. Amsel schaute zwischen den Vorderbeinen des Drachen hindurch und sah eine Lawine von Felsblöcken. Winzige Stücke Fels flogen ihm ins Gesicht, und eine dichte graue Wolke nahm ihm die Sicht und brachte ihn zum Niesen. »Der Drache nennt sich alt und schwach«, murmelte Amsel. »Wie er wohl in seiner Jugend gewesen sein mag!«

Amsel lief auf die neue Öffnung zu, ein Loch, das jetzt auch für ein Wesen von gewaltigen Ausmaßen groß genug war. Als er an den Rand trat, sagte sein Begleiter: »Hoffentlich bist du jetzt zufrieden. Ich jedenfalls bin so müde, daß ich mich nur noch ausruhen kann.« Damit senkte er den Kopf auf den Felsboden. Seufzend blickte Amsel aus dem neu geschaffenen Ausgang und stellte überrascht fest, daß es draußen dunkel war. Offensichtlich war er länger in der Höhle gewesen, als er gedacht hatte. Und das war gut so, denn es hatte geregnet. Schwarze Wolken bedeckten den Himmel, Hagelschauer kamen herunter, der Fluß war nicht mehr zu sehen. Amsel schauderte, als die kalte Luft ihn umfing.

»Ich kann nicht fliegen«, sagte der Drache. »Ich brauche Nahrung und Ruhe.«

Amsel blickte ihn an und nickte. »Am Ufer des Flusses gibt es eingefrorenes Schilf und Gras. Ich könnte mit meinen Händen nichts ausrichten, aber du schon mit deinen Krallen.«

Der Drache stöhnte. »Ich möchte nie wieder den Frost spüren!«

»Völlig einverstanden«, sagte Amsel mit klappernden Zähnen, »aber ich glaube, wir haben keine andere Wahl.«

Der Drache betrachtete die ferne Küstenlinie mit prüfenden Blicken. Dann hob er den Kopf mit einem rauhen und unerwarteten Schrei und rief: »Ich *muß* etwas zu essen finden.«

Amsel trat zur Seite, der Drache bewegte sich nach vorn. Dann verließ er mit einem Aufstöhnen die Höhle. Amsel lächelte, als der Drache den tiefen Hang hinunterlief, mit halb ausgebreiteten Flügeln, um das Gleichgewicht zu halten. Der Drache reckte den langen Hals verächtlich dem Wetter entgegen und begab sich zum Fluß. Amsel wußte nicht, was der Drache dachte, aber er hoffte, daß er glücklich war, glücklich, am Leben zu sein und wieder gebraucht zu werden – wenn auch von den Menschen. Er selbst war auch hungrig und müde – und er fror. Ihm war nicht klar gewesen, wieviel Wärme der Körper des Drachen ausstrahlte. Jetzt, da er allein auf dem Boden der Höhle stand, kam er fast um vor Kälte!

Er lief den Tunnel hinunter, um sich in einer gemütlichen Nische zwischen zwei leuchtenden Felsen zu kauern. Er lehnte den Kopf gegen das Moos, aber während er sich noch vornahm, wach zu bleiben für den Fall, daß ein Frostdrache auftauchte, war er schon eingeschlafen.

Ein Klopfen auf dem Steinboden weckte ihn kurze Zeit später wieder. Der Drache stand vor Amsel und beobachtete ihn ganz offensichtlich erheitert. Er hatte fahle nasse Grasbüschel in den Krallen. »Du hast etwas gefunden!« sagte Amsel. »Hättest du etwas dagegen, wenn ich mir etwas nehme?«

Der Drache reichte ihm vorsichtig die Pranke, und Amsel nahm sich Gras und aß es.

»Es ist kälter geworden. Ich kann nicht fliegen.«

Amsel schüttelte den Kopf. »Wenn ich einen Flug in den Norden überlebe, kannst du es auch.«

Diese Worte verwirrten den Drachen. »Menschen können nicht fliegen«, sagte er.

Amsel lächelte. »Die Menschen haben Schiffe, die durch die Luft segeln wie Boote auf dem Meer. So bin ich zu den Höhlen der Frostdrachen gekommen.«

»Menschen haben keine Flügel.«

»Nein«, entgegnete Amsel, »aber du hast welche.« Er wußte, daß er jetzt seine ganze Überredungskunst anwenden mußte. Der Drache hatte es nicht eilig, die Höhle zu verlassen. Amsel ging auf die Öffnung zu.

»Wo willst du hin?« fragte der Drache.

»Nach Norden«, sagte Amsel. »Wir fliegen zusammen nach Norden. Wir dürfen nicht länger warten!« Er ging weiter und hörte erleichtert, daß der Drache ihm folgte. Am Ende des Tunnels sah Amsel, daß der Himmel zwar noch dunkel war, der Regen aber aufgehört hatte. Amsel drehte sich um und sagte einfach: »Wir müssen uns jetzt auf den Weg machen.«

Der Drache hob stolz den Kopf und rief: »Du winzige Kreatur! Verstehst du denn nicht? Ich bin fast ein Drachenleben lang nicht geflogen. Ich bin müde, und ich bin alt.«

»Du hast deine Flügel«, sagte Amsel. »Du kannst sie immer noch benutzen, wenn du willst!« Er begann, über den nassen vereisten Hang vor der Höhle zu klettern. Der Drache beobachtete Amsel aus seinen dunkelblauen Augen. Ein eisiger Windstoß ergriff sie beide. Amsel kletterte weiter den Hang hinunter, zitternd, aber unerschrocken.

Er drehte sich um und schrie noch einmal: »Du *mußt* fliegen!« Dann blickte er über den Drachen hinweg auf das Kliff über der Höhle. Wieder sah er das schon vertraute Bild eines eingefrorenen Drachen. Und plötzlich wußte er, wie er den Drachen zum Fliegen bewegen konnte. »Sieh dich um!« schrie er. »Sieh dich um, über dir ist ein anderer Drache!«

Er sah zu, wie der Letzte Drache den Hals verdrehte, um den Himmel über dem Kliff mit den Augen abzusuchen. Dabei entfaltete er unbewußt die Flügel. Doch dann brüllte er: »Versuch nicht, mich zu überlisten! Ich werde mich nicht noch einmal von Menschen betrügen lassen!«

»Nein!« rief Amsel. »Dort drüben! Dort ist wirklich ein Drache!«

Der Letzte Drache blickte sich noch einmal um, und diesmal sah er den im Eis eingeschlossenen Drachen. Ein langgezogener, kummervoller Ton entrang sich seiner Kehle und hallte durch die Tunnel hinter ihnen, lauter noch als der Wind.

Die prachtvollen Flügel breiteten sich plötzlich aus, spreizten sich und breiteten sich wieder aus. Der Letzte Drache hob stolz den Kopf, und der riesige Körper bewegte sich bis zum Rand der Klippen. Langsam, aber ohne zu zögern, erhob der Drache sich in die Lüfte.

Amsel staunte über die Schönheit des Wesens im Flug. »Er ist der Legenden würdig«, flüsterte er. Er bedauerte, daß er dem Drachen etwas gezeigt hatte, was ihm solche Qual brachte, aber er wußte, daß es noch mehr Qualen geben würde, wenn er es nicht getan hätte.

Es fiel ihm schwer, zu glauben, daß dieses Geschöpf das letzte seiner Rasse sein sollte. »Irgendwo muß es noch welche geben«, sagte er laut. »Sie sind zu schön, um völlig von der Erde zu verschwinden.«

32

In den kahlen Bergen, wo noch einige kleinere Tiere trotz der Kälte überlebt hatten, fraßen die Frostdrachen sich satt. Der Düsterling hatte sie aufgefordert, zu jagen und zu fressen, soviel sie nur konnten, weil er wußte, daß sie ihre ganze Kraft für den langen Flug und den bevorstehenden Kampf brauchen würden. Während sie fraßen, sprach er in den rauhen, zischenden Lauten ihrer Sprache auf sie ein: Die Feuerdrachen waren verschwunden und würden niemals wiederkehren, also galt auch ihre Anordnung nicht mehr, besonders, da es jetzt ums Überleben ging.

Die Frostdrachen heulten vor Verwirrung und Zorn, was der Düsterling befriedigt zur Kenntnis nahm: Für diesen Kampf war ihre ganze Kraft, ihre ganze Grausamkeit nötig. Nach jeder Berührung mit den Menschen war er fester davon überzeugt, daß die Wächterin und seine Kundschafter die Wahrheit gesagt hatten. Die Menschen mordeten, und als genüge es nicht, daß sie über das Geheimnis des Fliegens und des Feuers verfügten – der Mensch, den er gefangen hatte, war ihm auch noch entkommen. Das empfindliche Fleisch seines Mauls brannte immer noch von der Berührung mit den Schoten. Die Menschen waren klein, aber ihre Intelligenz kam der der Drachen gleich. Wenn ein einziger von ihnen aus den Höhlen der Frostdrachen fliehen konnte, konnten tausend von ihnen sie sicher dort überfallen. Die Menschen mußten vernichtet werden, bevor sie angreifen konnten.

Der Düsterling beruhigte sich mit diesem Gedanken, aber tief in ihm, stärker als sein Zorn, brannte das Gefühl, daß er die Anordnung der Drachen eigentlich durchsetzen, nicht untergraben sollte. Er wußte nicht, warum. Aber die Frostdrachen brauchten ihn; es konnte keinen Zweifel geben, daß er dazu bestimmt war, sie zu beschützen. Er besaß das Geheimnis der Drachen und die Ausdauer der Frostdrachen. Er konnte ihnen seine Hilfe nicht verweigern. Wieder schrie er laut auf, abseits von den anderen und allein unter den Sternen.

Vor Tagesgrauen kam ein Unwetter auf, und der Sturm und die Graupelschauer machten einen Abflug gefährlich. Der Düsterling unterdrückte seinen Zorn, obwohl es ihm nicht leichtfiel; er fürchtete, die rasende Wut, die er in den anderen entfacht hatte, könnte nachlassen. Doch das Warten und die Ungeduld steigerten noch die Angriffslust der Frostdrachen. Den ganzen Tag hielt der Sturm an. Endlich begann die Wolkendecke aufzureißen, und die untergehende Sonne färbte den Dampf und die Wolken blutrot. Der Düsterling schlug mit den Flügeln und stieg hoch in den flammenden Himmel. Eine letzte Nacht in den Höhlen – und dann ging es auf ins Land der Menschen, das bald ihnen gehören würde!

Der Rückzug der Fandoraner sollte in zwei Abschnitten stattfinden. Als erstes Kontingent würden Tamark und Pennel vor allem die Verwundeten und solche, die sich vor Furcht nicht mehr zu helfen wußten, aus den Hügeln ans Ufer bringen. Soldaten aus Kap Bage sollten sie zum Schutz begleiten und dann helfen, die Schiffe flottzumachen.

»Wir werden die Stellung bis zum Abend halten«, sagte Jondalrun. »Dann folgen wir euch so schnell wie möglich. Die Sim kennen inzwischen unseren Mut. Sie werden es nicht wagen, uns bei Tageslicht anzugreifen.«

Tamark schüttelte grimmig den Kopf. »Vergiß ihren Drachen nicht. Er kann jederzeit angreifen!«

Jondalrun schüttelte herausfordernd sein Armband. »Wir haben sie einmal vertrieben – wir werden es wieder tun!«

Tamark nickte und begann mit Dayons Hilfe, die Männer aus Kap Bage zusammenzurufen.

Die übrigen Männer waren auf drei Plätze in den Hügeln verteilt, geführt von Dayon, dem Wegwächter und Jondalrun. Sie wollten ihre Stellung so gut wie möglich verteidigen, um Tamarks Leuten eine Chance zu geben, das Ufer zu erreichen, und sie hofften, daß es den Simbalesen auch diesmal nicht gelingen würde, in die Hügel einzudringen. Bei Einbruch der Nacht wollten sie dann im Schutz der Dunkelheit fliehen.

Jondalrun sah einige der Männer zum Himmel blicken, als verwirre sie irgend etwas. Dann hörte er, was auch sie gehört hatten: ein leises Grollen wie das Donnern eines Sommergewitters. Er blickte besorgt nach oben; auf dem Stück Himmel, das sie durch die Blätter sehen konnten, war keine Wolke zu entdecken. Das Geräusch kam nicht von Windschiffen, aber es kam näher und nahm an Lautstärke zu. Er konnte von dort, wo er Deckung gesucht hatte, das Tal nicht sehen, darum beauftragte er einen jungen Mann, die Sache zu überprüfen. »Auf die Eiche da drüben«, flüsterte er, »und berichte mir, was du herausgefunden hast.«

Der junge Mann kletterte rasch die Äste hinauf und rief kurz darauf: »Ältester Jondalrun! Es sind die Sim-Truppen, weit weg noch, aber es sind *Hunderte* und ihre Windschiffe oben drüber! Es sind viel mehr, als wir je gedacht haben!«

Jondalrun sprang auf. »Unmöglich!« schrie er. »Wir haben sie öfter als einmal zurückgetrieben! Sie können unmöglich . . .«

Jetzt kamen auch andere aus der Deckung hervorgelaufen, um zu sehen, was da auf sie zukam.

»Runter mit euch!« brüllte Jondalrun. »Laßt euch nicht sehen!«

Einige gehorchten ihm nicht; sie sprangen hinter Felsen und Büschen hervor und sahen die Simbalesen, die direkt auf die Hügel zuritten.

»Bleibt unten!« rief Dayon. »Bleibt in Deckung, bis sie euch sehen!«

Der Wegwächter scheuchte zwei verschreckte Soldaten hinters Gebüsch zurück, aber gleichzeitig hörte er Hufschläge im Gesträuch am Fuß des Hügels. In wenigen Minuten würden die Simbalesen dasein.

Der Morgen verrann, während das erste Kontingent so schnell wie möglich für die Rückkehr zum Ufer vorbereitet wurde. Die meisten Verwundeten konnten gehen, waren aber wie Tenniel sehr geschwächt und brauchten sicher häufig Pausen auf dem Weg. Für die schlimmeren Fälle baute man behelfsmäßige Tragbahren.

»Tamark wird den ganzen Tag brauchen, um zu den Booten zu gelangen«, sagte Dayon zu Jondalrun, der das Tal beobachtete. Der alte Mann lehnte sich auf einen Stock und starrte über das Tal hinweg zum Wald. Er wußte, daß viele umgekommen waren, und die Bürde der vielen Toten lastete schwer auf ihm. Wie sollte man es Lagows Frau sagen? Wie all den anderen? Er schüttelte den Kopf. Es war ein hoher Preis für Fandoras Sicherheit.

Dayon stand eine Weile stumm neben seinem Vater. Tamark war vor etwa einer Stunde abgezogen. Dayon griff das Thema wieder auf: »Der Wegwächter sagt, alle seien zum Abmarsch bereit, Vater. Ich habe mit den Leuten aus Borgen gesprochen, und sie möchten jetzt mit dem Rückzug beginnen. Sie befürchten, das Wetter könne ein Entkommen bald schwierig machen.«

Jondalrun nickte und blickte zurück über das Tal. Plötzlich erstarrte er, die Augen fest auf einen Punkt gerichtet. Dayon folgte seinem Blick. »Was ist, Vater?«

Jondalrun zeigte hin. »Dort, über den Bäumen!«

»Das wird eine Regenwolke sein.«

»Eine Regenwolke, ach ja?« sagte Jondalrun angespannt. Dayon blickte genauer hin und hielt den Atem an. Was zuerst wie eine große graue Wolke ausgesehen hatte, die sich über den Baumwipfeln auftürmte, brach jetzt plötzlich auseinander und wurde zu einer unglaublich großen Flotte von Windschiffen! Das Sonnenlicht schimmerte durch die Segel und ließ die Edelsteinverzierungen am Bug der Schiffe schillern, und die vielen Masten schienen einen zweiten Wald am Himmel zu bilden.

»Befiehl den Männern, bereit zu sein!« rief Jondalrun. »Wir verteidigen die Hügel!«

Bei den Simbalesen bereitete man sich darauf vor, die Hügel im Sturm zu nehmen. Die Truppen formierten sich zu geschlossenen Reihen, die Wimpel auf den Lanzen hoch erhoben. Bogenschützen und Infanterie bildeten die Flanken, während der Kern aus dichten Reihen gepanzerter Edelleute bestand. Die simbalesische Armee, jetzt wieder in voller Stärke, machte sich bereit für die letzte Schlacht.

Im Rücken des Heeres, nahe dem Wald, standen Falkenwind und Ceria. Sie waren zum letztenmal vor dem Angriff allein zusammen, und beide waren sich der Gefahr bewußt. Falkenwind konnte im Kampf den Tod finden, und Ceria hielt man für eine Verräterin; ihre Sicherheit hing davon ab, ob sie Ephrion erreichen konnte, bevor die Krönungsfeierlichkeiten begannen.

»Ich weiß, daß du wiederkommst«, sagte Ceria zu Falkenwind. »Wir haben zu viel gemeinsam erlebt, um einander jetzt zu verlieren. Mein Herz sagt mir, daß du wiederkommst.«

Falkenwind zog sie an sich, dann packte er sie an den Schultern. »Du bedeutest mir mehr als das Leben, Ceria, aber ich mache mir Sorgen.«

»Ich weiß«, erwiderte sie, »und ich weiß auch, was geschehen muß. Jeder Augenblick bringt Evirae dem Rubin näher. Wie gefährlich es auch sein mag – ich muß so schnell wie möglich mit der Drachenperle zum Palast gelangen.«

»Nein!« sagte Falkenwind. »Das wäre viel zu gefährlich. Eviraes Vertrauensleute durchsuchen Oberwald immer noch nach dir. Sie würden nicht zögern, dich festzunehmen, auch wenn sie wissen sollten, daß ich zurückgekehrt bin.«

Ceria schob ihn von sich. »Ich muß Ephrion finden!« rief sie. »Ich habe keine Angst vor Eviraes Leuten!«

Falkenwind zog sie wieder an sich. »Du bringst ein Geheimnis, das zu wertvoll ist, als daß man es aufs Spiel setzen dürfte, meine Geliebte. Wir müssen dafür sorgen, daß es in Sicherheit ist. Du mußt auf mich warten, bis ich das Tal verlassen kann. Lathan bringt dich zu einem sicheren Platz

im Wald, wo du dich verstecken kannst. Wir kehren dann gemeinsam nach Oberwald zurück.«

»Nein!« sagte Ceria. »Wir haben nicht genug Zeit! Eviraes Krönung rückt immer näher.«

»Es ist doch nur vernünftig, wenn wir zusammen hingehen, Ceria! Ohne meine Anwesenheit wird auch die Drachenperle nicht genügen, um Eviraes Pläne zum Scheitern zu bringen. Die Perle wird nur von den Drachen berichten – ich aber muß selbst meinen Namen reinwaschen. Evirae wird es irgendwie ausnutzen, wenn wir nicht gemeinsam zurückkehren. Warte, mein Liebling, dieser Krieg wird bald beendet sein.«

»Ich möchte nicht warten«, entgegnete Ceria leise.

»Ich lasse dich festhalten, wenn du versuchst, allein zu gehen«, erwiderte Falkenwind. »Ich will dich nicht an Evirae verlieren!«

Ceria sah die Liebe in seinen dunklen Augen, und einen Augenblick lang gab es keinen Krieg, keine Intrigen und keine Bedrohung durch Evirae. Falkenwind umarmte Ceria, und sie waren verloren in der Berührung ihrer Hände, ihrer Körper und der Liebe zueinander. Als Falkenwind endlich aufblickte und die wartenden Truppen sah, war ihm, als hätte man ihm ein Schwert ins Herz gestoßen. Er hörte die schrecklichen Anzeichen der kommenden Auseinandersetzung, das Klirren der Schwerter, das Schnaufen und Stampfen der Pferde und das Rasseln der Kettenhemden.

Er zwang sich, Ceria loszulassen; dann drehte er sich um zu den wartenden Truppen und sagte leise dabei: »Wir gehen zusammen nach Oberwald zurück!«

Er lief zu seinem Zelt und tauchte kurze Zeit später wieder in einem leichten Panzerhemd, Helm und Ledergamaschen auf. Ceria schaute ihm mit Tränen in den Augen nach, wie er durch die Reihen ging, und hörte den Beifallssturm, als er neben Vora sein Pferd bestieg. Der Falke kam aus den Lüften heruntergeschossen, ließ sich auf Falkenwinds erhobenem Arm nieder und glitt auf seine gepanzerte Schulter hinauf.

Kiorte veränderte den Gaszustrom seines Windschiffes und begab sich auf gleiche Ebene mit den anderen. Sie warteten auf seine Anweisungen. Er war ganz in seinem Element – das sanft schaukelnde Deck –, aber diesmal machte es ihn nicht froh: Ohne Thalen konnte das Fliegen nie wieder so wie früher sein.

Von unten hörte er die Trompeten zum Kampf blasen. Er hob die Flaggen, die den anderen signalisierten, die Segel zu füllen. Die Flotte setzte sich langsam in Bewegung. Kiorte ergriff die Ruderpinne und blickte auf die Hügel.

Falkenwind führte die Truppen an. Er hob den Arm – ungern, aber er mußte es tun. Er hatte seine Soldaten angewiesen, die Fandoraner bei jeder sich bietenden Gelegenheit zu vertreiben oder gefangenzunehmen, aber das, was Ceria ihm auf ihrem Rückritt von der Valian-Ebene erzählt hatte, hatte ihn mehr als alles andere davon überzeugt, daß dieser ganze Krieg aus einem tragischen Mißverständnis entstanden war. Er wußte, daß er so schnell und mit so wenig Blutvergießen wie möglich beendet werden mußte. Etwas anderes bedrohte Simbala, viel gefährlicher als dieser Krieg. Er zog seine Hand scharf herunter. »Für Simbala!« rief er. Die vereinigten Truppen aus Oberwald stürmten auf die Kameranhügel zu.

Die Windschiffe verdunkelten den Himmel – der Anblick der überwältigend großen Flotte war zuviel für die Fandoraner. Sie warfen ihre völlig ungeeigneten Waffen fort und begannen zu laufen. »Haltet die Stellung!« schrie Jondalrun, aber es war sinnlos. Die Männer hatten genug. Sie flohen, so glaubten sie, vor der sicheren Vernichtung. Viele glaubten, daß die Simbalesen endlich ihre gefürchteten Zaubertricks losgelassen hatten. Andere dachten, Drachen verdunkelten den Himmel. Jondalrun blickte sich hilflos um; seine Armee befand sich in einem totalen Durcheinander. Ein simbalesischer Soldat zu Pferd übersprang ein paar Büsche vor ihm. Der Reiter hob sein Schwert, aber Jondalrun schlug zuerst zu; die Klinge seines Schwertes warf den Reiter aus dem Sattel. Bevor er wieder auf den Beinen war, lief Jondalrun zu einem höher gelegenen Gebiet, von wo er die Ereignisse besser verfolgen konnte.

Er sah, daß seine Linien durchbrochen worden waren. Ein breiter Keil simbalesischer Soldaten trieb die Fandoraner durch die Hügel vor sich her. Etwa hundert Meter weiter weg entwaffneten zwei Simbalesen gerade Dayon und warfen ihn ohne große Umstände quer über einen Pferderücken. »Nein!« brüllte Jondalrun, und Zorn trübte seinen Blick. Mit erhobenen Schwert lief er den Hügel hinunter. In den Büschen zu seiner Seite krachte es, und als er sich umdrehte, tauchte hoch zu Pferde eine simbalesische Frau im Kettenpanzer auf. Jondalrun wich nicht von der Stelle. Wenn die Simbalesen so einen Krieg führten, mit Frauen als Soldaten, fehlte ihnen jeder Stolz! Solange Dayon noch atmete, würde er sich nicht geschlagen geben.

Das simbalesische Pferd bäumte sich auf, als wolle es ihn zertrampeln, und Jondalrun sprang zurück gegen einen großen Felsblock.

»Ergib dich!« schrie die Reiterin. »Der Krieg ist zu Ende! Ihr habt verloren! Ergib dich, solange noch Zeit ist!« Sie zog das Schwert, und der Hengst bäumte sich wieder auf. Jondalrun wich dem Pferd aus, stolperte dabei aber in ein Loch und stürzte.

»Idiot!« schrie die Reiterin und ritt weiter, um sich nach anderen Opfern umzusehen.

Jondalrun konnte das nicht einfach hinnehmen. Er zerrte sein Bein aus dem Loch und lief hinter ihr her. »Simbalesische Mörderin!« brüllte er. »Sieh mich an!«

Das Pferd schlug nach hinten aus und traf Jondalrun am Kopf, so daß er schwer zu Boden fiel. »Idiot!« schrie die Frau noch einmal und jagte weiter auf der Suche nach den Generalen der fandoranischen Armee, ohne zu ahnen, wer da bewußtlos hinter ihr lag.

Der Wegwächter kämpfte alleine weiter und verteidigte eine im Gebüsch versteckte Gruppe junger Männer. Als er endlich eine kurze Atempause hatte, entdeckte er jenseits der Bäume einen hochgewachsenen simbalesischen Reiter, auffällig in Schwarz und Silber gekleidet und umgeben von einer Reihe von bedeutend aussehenden Gestalten. Sie trugen lange Lanzen, an denen Fahnen befestigt waren. Ich muß zu ihnen gelangen, beschloß der Wegwächter, bevor noch mehr sterben. Er hatte von weitem Dayons Gefangennahme gesehen, und obwohl er nicht wußte, wo Jondalrun sich befand, war ihm klar, daß jeder weitere Widerstand sinnlos sein würde. Sie mußten kapitulieren, und er, der größer und kräftiger als die meisten Fandoraner war, hatte in Abwesenheit der Ältesten wenigstens eine Chance, die Simbalesen zu beeindrucken. Ein Rückzug war nicht mehr möglich; die Hügel wimmelten von simbalesischen Truppen, und mit noch längerem Hinauszögern war nichts zu gewinnen.

Er pirschte sich vorsichtig an die Baumgruppe heran, wo der dunkle Reiter stand. Jetzt konnte der Wegwächter deutlich vier oder fünf Leute erkennen. Zwei waren offensichtlich Wachen, ein Mann und eine Frau, aufgestellt an besonders gefährdeten Punkten. Die anderen drei waren zu Pferde; der hochgewachsene dunkle Reiter sprach mit einem Mann, der etwa doppelt so alt und doppelt so umfangreich wie er selbst war.

Der Wegwächter seufzte. Die Situation war schwierig – wenn er sich zu schnell näherte, würden sie ihn töten; war er aber zu langsam, konnten sie ihn leicht gefangennehmen.

Vorsichtig schlich er im Schutz einer schmalen Hecke an zwei simbalesischen Soldaten vorbei. Er hörte, wie hinter ihm Soldaten gefangengenommen wurden, und ihm wurde klar, daß die Sim mehr Fandoraner zurücktrieben oder festnahmen als umbrachten.

Dies war zu seinem Vorteil. Die Simbalesen wollten den Krieg offensichtlich möglichst schnell und schmerzlos beenden. Er schlich weiter und vermied jedes laute Geräusch, indem er vorher sorgfältig den Waldboden unter seinen Stiefeln betrachtete.

Als er nur noch wenige Meter von der nächsten Wache entfernt war, zog er sein Schwert und verbarg sich hinter dem schlanken Stamm eines Butterbaumes. »Sim!« rief er in einem Dialekt des Südlands, der die Wache verwirren sollte. »Verteidige dich!«

Die Wache – eine Frau – lief auf ihn zu, aber der Wegwächter glitt zwischen den Bäumen hindurch und erreichte die Lichtung. Als die Wache ihn entdeckt hatte, lief er schon auf den hochgewachsenen dunklen Reiter zu.

Dann sah ihn plötzlich die zweite Wache und sprang vom Pferd, während der dunkle Reiter sein Schwert zog.

»Nein!« rief der Wegwächter, aber während er sein Schwert packte, hörte er die Wache hinter sich. Er würde beiden gegenüberstehen.

Der dunkle Reiter war jung, und sein Gesicht drückte so heftige Empfindungen aus, daß der Wegwächter jeden Augenblick mit einem zornigen Ausbruch rechnete. Der Wegwächter hob sein Schwert langsam; er hatte nur den Wunsch, zu sprechen.

»Ergib dich!« rief der dunkle Reiter. Plötzlich tauchte in der Luft über ihm ein verwischter Fleck auf, und der Wegwächter sah einen Falken mit ausgestreckten Krallen auf ihn herunterstoßen.

Er wirbelte herum, um auszuweichen, aber hinter ihm stand die andere Wache. Der Vogel schlitzte seine Jacke auf, schrie laut und erhob sich wieder in die Lüfte.

»Ergib dich!« wiederholte der dunkle Reiter wieder, und der Wegwächter spürte ein Schwert in seinem Rücken.

»Ich komme in friedlicher Absicht«, sagte er und ließ sein Schwert fallen. Die Wache nahm es an sich.

»Dann wirst du auch Frieden finden.« Der dunkle Reiter senkte sein Schwert. »Ich bin Falkenwind, Monarch von Simbala.«

»Falkenwind«, erwiderte der Wegwächter grimmig. »Ich habe Euren Namen schon gehört.«

Der dunkle Reiter musterte den Wegwächter schweigend. Er war zu groß für einen Fandoraner, und er sprach mit südländischem Akzent. »Du bist nicht vom Westen«, sagte Falkenwind.

»Ich komme aus dem Südland, aber ich spreche für Fandora. Wir verlangen Sühne für die Ermordung eines unserer Kinder.«

»Ich kenne die Gründe eures Angriffs«, erwiderte Falkenwind, »aber Simbala trifft keine Schuld. Auch in Simbala ist ein Kind ermordet worden. Wir glauben, daß es die Drachen waren.«

Der Wegwächter verzog das Gesicht. »Ich halte weder von Drachen noch von Windschiffen etwas. Nach allem, was ich gesehen habe, sind unsere Ältesten gefangengenommen worden – oder zumindest angegriffen. Das Blutvergießen muß ein Ende haben. Wir möchten nach Fandora zurückkehren.«

Falkenwind schüttelte den Kopf. »Es war Fandora, das Simbala überfallen hat. Jetzt gibt es eine Gefahr, der wir gemeinsam begegnen müssen.«

»Gemeinsam?« fragte der Wegwächter skeptisch.

Falkenwind winkte dem beleibten Mann zu, der in ihrer Nähe auf seinem Pferd saß. »Vora«, rief er. »Hierher!«

Während der General sich näherte, beobachtete Falkenwind den Wegwächter. Er schien ein vernünftiger Mann zu sein. Vora wird mit ihm alles für eine rasche Kapitulation regeln können, dachte Falkenwind. Eviraes Krönung rückte mit jedem Augenblick näher, und er hatte es eilig, mit Ceria wegzukommen.

Die Windschiff-Flotte näherte sich den Hügeln, um die Bodentruppen zu unterstützen, aber die Soldaten hatten keine Schwierigkeiten. Von seinem Flaggschiff aus sah Kiorte, daß sich viele Fandoraner von den Hügeln westlich durch das Weideland schlugen, das zum Strand hinunterführte. Er gab rasch eine Reihe von Flaggensignalen, und zehn Windschiffe blieben, um bei der Einnahme der Hügel zu helfen, während die übrigen weiter den fliehenden Fandoranern folgten.

Die Fandoraner sahen, wie die Windschiffe über ihnen den Horizont verdunkelten, und sie sahen die Armbrüste der Windsegler direkt auf sich gerichtet. Sie konnten nicht einmal davonlaufen, denn die meisten von ihnen waren entweder verwundet oder verantwortlich für einen verwundeten Kameraden. Doch es wurden keine Pfeile abgeschossen.

Tamark, der voranging, blickte sehnsüchtig zum fernen Strand, wo die Boote lagen. Er wußte, daß jetzt keine Chance mehr bestand, sie noch zu erreichen. Der Rückzug war zu spät gekommen.

Einige der Windschiffe kamen herunter, angeführt von Kiortes Flaggschiff. Der Prinz kletterte die Strickleiter hinunter und ging auf Tamark zu, der offensichtlich der Führer dieses Kontingents war. Tamark blickte Kiorte an und dachte, daß er trotz des Größenunterschieds dem mageren, blassen Mann körperlich überlegen, aber dennoch sein Gefangener war.

»Kraft meiner Stellung als Kommandant der Brüder des Windes und als Prinz von Simbala fordere ich Euch zur bedingungslosen Kapitulation auf«, sagte Kiorte steif. »Ihr könnt Euch als festgenommen betrachten, und Ihr werdet . . .«

»Wir haben nicht die Absicht, zu kämpfen«, unterbrach Tamark ihn müde. »Wir ergeben uns! Ich bitte Euch nur, Rücksicht auf unsere Verwundeten zu nehmen.«

»Das wird geschehen«, schnauzte Kiorte, verärgert, daß er unterbrochen worden war. »Da Ihr der Führer dieses Kontingents seid, werdet Ihr mit mir nach Oberwald zurückkehren.«

Tamark blickte am Prinzen vorbei auf das Windschiff und bemühte sich, seine plötzliche Nervosität nicht zu zeigen. Es ist nur ein Boot, sagte er sich, als er hinter Kiorte die Leiter hinaufkletterte.

Kiortes Windschiff flog rasch zurück zur Hauptflotte. Es galt, alle übrigen Fandoraner einzusammeln, die zu fliehen versuchten. Falkenwind war jetzt vermutlich schon auf dem Weg, Eviraes Krönung zu verhindern. Er selbst müßte sich auch bald auf den Weg machen, wenn er das Podium von Beron zuerst erreichen wollte. Er blickte zurück zu dem Fandoraner, der zwischen zwei stämmigen Windseglern stand.

»Zumindest dieser törichte Krieg ist vorbei, wenigstens das!« murmelte Kiorte vor sich hin.

Er hatte zu sich selbst gesprochen, aber Tamark hatte es gehört. »Ja«, erwiderte er leise. »Hätte er doch nie begonnen.«

Kiorte drehte sich um und blickte ihn überrascht an. »Euer Land war es doch, das uns angegriffen hat!«

»Das stimmt nicht!« erwiderte Tamark erregt. »Eure Windschiffe haben unsere Kinder angegriffen!«

Kiorte starrte ihn an. Der Mann glaubte offensichtlich, was er gesagt hatte. Kiorte dachte an das, was Falkenwind ihm nach ihrem Zweikampf berichtet hatte von den Entdeckungen Cerias über die Hintergründe des fandoranischen Angriffs.

Sie hatten Simbala also wirklich für den Angreifer gehalten. Falkenwind hatte recht gehabt.

Er starrte nach vorn, sah die Bäume unter dem Windschiff dahingleiten. Sie kamen schnell voran, dachte er. Die Fahrt würde viel zu schnell vorüber sein.

Die wenigen Stunden, die Ceria tief im Wald gewartet hatte, gehörten zu den längsten Stunden, die sie je erlebt hatte. Immer fester war sie davon überzeugt, daß Falkenwind in den Hügeln verwundet oder erschlagen worden war. Lathan sah unglücklich zu, wie Ceria nervös auf der Lichtung hin und her lief, konnte aber nichts unternehmen.

Dann hob Ceria plötzlich den Kopf. »Hör nur!« sagte sie leise. »Hörst du es?«

»Höre ich was, edle Dame?«

Ceria antwortete nicht. Sie lauschte angespannt, und ein Lächeln huschte über ihr Gesicht wie das Schimmern eines Sonnenstrahls durch das dichte Blätterdach. »Es ist der Schrei eines Falken!« rief sie.

Jetzt hörte auch Lathan den Falken, zusammen mit dem Hufschlag eines Pferdes, das sich durch den Wald näherte. Einen Augenblick später erblickten sie Falkenwind. Er hatte seine Rüstung abgelegt, und Lathan und Ceria begrüßten ihn mit Freudenrufen. Ceria lief zu ihm, und einen Augenblick lang umarmten sie sich. »Rasch!« sagte Falkenwind dann. »Hast du die Drachenperle bei dir?«

»Der Stein ist in meiner Satteltasche«, erwiderte Ceria.

Falkenwind nickte. »Dann reiten wir also!« sagte er. »Vora hat mir gesagt, daß acht Kavalleristen im Wald auf uns warten, sie werden uns zum Podium begleiten.«

Er saß auf, und Ceria und Lathan folgten seinem Beispiel.

Von der äußersten Kante des verlassenen Windschiffstartraums im Palast starrte Ephrion durch ein uraltes Fernrohr zum Wald hinüber.

»Nichts«, sagte er. »Nicht ein einziger Hinweis auf Cerias Rückkehr.«

Hinter ihm wartete Baron Tolchin. »Dann müssen wir weitermachen!« sagte er. »Die Krönung muß stattfinden. Es wäre nicht recht, um längeren Aufschub zu bitten. Selbst wenn Ceria beweisen kann, daß sie unschuldig ist, fehlte immer noch Monarch Falkenwind. Wir können nicht einen Monarchen in seinem Amt bestätigen, der die Armee im Stich gelassen hat!«

»Das glaube ich nicht eine Sekunde lang!«

»Und ich glaube nicht, daß der Spion aus Fandora allein aus dem Palast entkommen konnte. Außerdem glaube ich nicht, daß Kiorte Lügen über Falkenwinds Vorgehen erfinden würde. Es tut mir leid, Monarch Ephrion, aber ich bin überzeugt, daß Falkenwind sich entweder als Feigling oder als Verräter erwiesen hat.«

Ephrion schwieg, aber es war offensichtlich, daß sein Vertrauen in Falkenwind unerschütterlich war, obwohl er nicht wußte, was der Bergmann zuletzt unternommen hatte.

»Kiorte hat einen Plan«, sagte Tolchin und blickte auf den leeren Palasthof hinunter. »Er hat die übrigen Windschiffe zum Tal gerufen für einen Angriff auf die Hügel. Noch vor Einbruch der Nacht treiben sie die Fandoraner zurück.«

Ephrion schüttelte den Kopf. »Die wirkliche Gefahr bleibt bestehen.«

»Kiorte wird sich auch mit den Kreaturen befassen, die du Frostdrachen nennst. Die Windsegler locken die Geschöpfe schon in eine Falle.«

»Und das glaubst du, angesichts dessen, was ich erzählt habe?«

Tolchin nickte. »Es sind riesige Geschöpfe, aber sie können nicht besonders schlau sein. Wie viele mag es geben, Ephrion? Wir haben bisher nur einen gesehen.«

Ephrion hob noch einmal das Fernrohr und starrte auf die Straße, die sich von Oberwald aus dahinschlängelte. »Ich weiß nicht, wie viele es gibt oder woher sie kommen, Tolchin – das sollte Ceria ja in Erfahrung bringen.« Amsel und die Mission, mit der er betraut worden war, erwähnte Ephrion lieber nicht.

Der Baron drehte sich zur Tür um. »Die Rayanerin hat es offenbar nicht geschafft, ihre Aufgabe zu bewältigen. Ich muß jetzt gehen und mit Alora Vorbereitungen für die Krönung treffen. Mach dir keine Gedanken, Monarch Ephrion. Wir werden Evirae auf die Finger schauen.« Er klopfte dem älteren Ephrion auf den Rücken und wandte sich ab. Ephrion seufzte. Der Baron war zu nervös, dachte er, aber etwas Wahres hatte er gesagt. Selbst wenn Ceria noch vor der Feier zurückkehren sollte, gab es keinen Grund, Evirae nicht zur Königin zu krönen, solange Falkenwind nicht da war. Für die Familie stand es nun mal fest, daß Falkenwind Fahnenflucht begangen hatte. Die Wahrheit über die Frostdrachen konnte den Krieg rascher beenden, aber den Kampf um den Palast mußte Falkenwind selbst gewinnen.

Ephrion nahm das Fernrohr fest in die Hand. Er wußte nicht, wohin Falkenwind geritten war und ob er überhaupt zurückkehren würde, aber er gab die Hoffnung nicht auf.

»Ich verbringe mehr Zeit in der Luft als auf dem Boden«, dachte Amsel nervös und starrte auf die öde Landschaft hinunter. Er kauerte in einer kleinen Vertiefung dicht hinter dem Kopf des Drachen. Der große Rükkenschild des Drachen schützte ihn vor dem Wind, die Körperwärme vor der Kälte, und an den Hörnern hielt er sich fest. Es war nicht unbequem, wenn Amsel auch von Zeit zu Zeit dachte, ein heftiger Windstoß würde genügen, um ihn hinunterzublasen auf die weiße Decke tief unter ihnen. Der Letzte Drache hatte sein Maul als sichersten Platz für Amsel vorgeschlagen, aber das hatte Amsel höflich abgelehnt. Nicht weil es unbequem gewesen wäre – das Maul des Drachen hatte die Größe einer Windschiffgondel, und sein Gaumen war so weich wie eine Daunendecke, wenn auch zugegebenermaßen etwas feuchter. Sein Atem war angenehm, weil er Pflanzenfresser war, aber Amsel erinnerte sich noch zu lebhaft an den zischenden Rachen des Frostdrachen.

Die Rückkehr ins Land der Frostdrachen ging sehr viel schneller als Amsels Flucht am Tag zuvor. Der Drache nahm eine andere Strecke nach Norden, über die verschneiten Gipfel hinweg und weit entfernt von Fluß und Cañon. Amsel sah kaum Lebenszeichen – ein Rentier gelegentlich oder eine Schneeziege und sonst fast nur Schnee und Eis. In dem matten Sonnenlicht schien Amsels Zuhause sehr weit weg zu sein. Ein Gefühl großer Verlassenheit überkam ihn plötzlich, und wieder einmal war er überrascht, wie sehr er sich nach einem Freund sehnte. Doch er war dankbar für die Gesellschaft des Drachen und die Gespräche mit ihm. Er betrachtete seinen riesigen Bundesgenossen immer mehr als Gefährten.

Obwohl sie sehr schnell flogen, dachte Amsel ständig an die Zeit, die sie schon verloren hatten. Als der Drache sagte, er habe Durst, konnte Amsel einen Protest nicht unterdrücken. »Kannst du nicht warten, bis wir im Land der Frostdrachen sind?« schrie er. »Dort gibt es Wasser.«

»Nein«, brüllte der Drache zurück. »Meine Kehle ist völlig ausgetrocknet.« Er ließ sich sehr plötzlich mehrere hundert Fuß tief fallen, und Amsel hatte das Gefühl, sein Magen sei in den Wolken geblieben. »Gib acht!« schrie er. »Ich bin das nicht gewohnt.«

»Du wolltest doch, daß ich mich beeile, oder?« Ein polterndes Geräusch folgte der Frage des Drachen, während er auf eine mit Wasser gefüllte Mulde tief unten zuflog, und es klang ganz, als ob er lachte.

»Es ist ein See!« rief Amsel, als sie in langsamen Kreisen zur Landung ansetzten. »Er scheint nicht zugefroren zu sein!« Er sah überall am Ufer schmelzenden Schnee und Kieselablagerungen und schloß daraus, daß der See teilweise von einer warmen Quelle gespeist wurde. Unten angekommen, streckte der Drache seinen langen Hals vor und ließ Amsel herunter, damit er auch trinken konnte. Das Wasser war eiskalt und erfrischend, wenn es auch einen starken Mineralgeschmack hatte. Während der Drache seinen Durst stillte, dachte Amsel wieder an die Frostdrachen und überlegte, warum in Fandora wie auch in Simbala ausgerechnet Kinder getötet worden waren. Nur Kinder. Während er noch über die Zusammenhänge nachdachte, sah er mehrere Meter entfernt ein Brodeln unter der Wasseroberfläche.

»Wir sollten uns beeilen«, murmelte er. »Wenn es hier heiße Quellen gibt, könnte es auch Geysire geben.« Doch da tauchte schon etwas aus dem See auf. Amsel stolperte rückwärts über den Schnee, fort vom See, als ein riesiger Kopf auf ihn zuschoß, auf dem sich monströse Flimmerhaare schlängelten. Er hatte keine Möglichkeit, auszuweichen. Ein Maul voller scharfer Zähne klaffte über ihm. Dann ertönte ein pfeifendes Geräusch, und ein gewaltiger Flügel traf den langen Hals des Ungeheuers von oben und brachte ihn in eine andere Richtung. Ein Flimmerhaar traf Amsel wie eine Peitsche, als der Kopf an ihm vorbeisauste; Amsel schrie vor Schmerzen auf und kroch zwischen zwei große Geisiritbrocken. Das Ungeheuer tauchte weiter aus dem See auf, um den Angriff des Drachen abzuwehren. Es bewegte sich mit mächtigen Flossen voran, und die Welle, die es erzeugte, spülte über Amsel hinweg und warf ihn zu Boden, Augen und Nase voller Wasser.

Hustend und spuckend blickte Amsel auf. Er erkannte jetzt das Ungeheuer; bei seinen Studien war er auf Zeichnungen solcher Wesen gestoßen. Es war ein Seewurm, eine Ozeanschlange. Früher das Verderben aller seefahrenden Länder, waren sie inzwischen sehr selten. Er fragte sich flüchtig, wie es kam, daß dieser in einem Binnensee lebte; vielleicht gab es eine unterirdische Verbindung zum Meer. Der Seewurm war mindestens fünfzig Fuß lang; Amsel sah die Windungen seines Schwanzes aus dem Wasser herausragen. Mit einem Teil seines Körpers hatte er sich um den Hals des Drachen gewunden und bemühte sich, ihn zu erwürgen. Er gab keinen Laut von sich außer dem Peitschen der Flimmerhaare auf seinem Kopf. Der Drache krümmte seinen Hals und befreite sich so aus dem Griff des Seewurms, um dann seine Kiefer in den schuppigen, sehnigen Hals zu schlagen. Der Seewurm schlug wild um sich und bewegte sich dabei rückwärts; sein Gewicht brachte den Drachen aus dem Gleichgewicht, so daß er nach vorn stürzte, auf seinen linken Flügel. Amsel zog sich hinter die Mineralablagerungen zurück, um nicht zerquetscht zu werden. Er spähte hinaus und sah, wie der Drache sich aufraffte und die Ozeanschlange langsam aus dem See zerrte – rotes Blut lief ihr über den Hals. Der Drache schüttelte den Seewurm, und Amsel hörte ein lautes Knacken, dann durchnäßte ihn ein zweiter Wasserschwall, als die Zuckungen des sterbenden Seewurms das Wasser zu Schaum aufpeitschten. Langsam erhob sich der Drache und trat zurück. Er breitete den linken Flügel aus und schlug ihn prüfend auf und ab.

»Bist du verletzt?« rief Amsel.

»Ja«, sagte der Drache, »aber ich kann noch fliegen. Komm schnell, bevor der Flügel steif wird. Es wird bald Nacht.«

Er senkte den Kopf, damit Amsel hinaufklettern konnte. Amsel rieb sich die Schulter, wo das Flimmerhaar seinen Ärmel aufgeschlitzt und auf der Haut einen roten Striemen hinterlassen hatte. Dann kletterte er auf seinen hohen Sitz, und als er dort sicher angekommen war, erhob der Drachen sich wieder in die Lüfte. Er flog unsicher, weil er seinen linken Flügel schonen wollte, und war nicht mehr so schnell wie vorher. Aber trotzdem war er offensichtlich entschlossen, weiterzufliegen.

»Er will mir jetzt helfen, was auch geschehen mag«, murmelte Amsel. »Die Legende sagt die Wahrheit, wenn sie von der Tapferkeit der Drachen spricht.«

Eine Frage kam ihm in den Sinn. Er lehnte sich vor, näher an das Ohr des Drachen, und schrie: »In allen Legenden heißt es, daß Drachen Feuer speien können. Die Wärme, die von dir ausgeht, zeigt, daß die Flamme immer noch brennt. Warum hast du sie nicht gegen den Seewurm benutzt?«

»Es stimmt«, brüllte der Drache, »daß die Flamme immer noch schwach in mir brennt. Nur die Feuerdrachen sind mit der Flamme gesegnet; die Frostdrachen haben sie nicht, und das ist einer der Gründe, warum sie uns gehorcht haben. Die Drachenflamme darf nicht leichtfertig benutzt werden oder aus selbstsüchtiger Absicht und nie, um ein Leben zu beenden. Von Anfang an haben wir das für richtig gehalten. Mit mir wird die Flamme sterben; ich werde ihrem Sinn nicht zuwiderhandeln.«

Amsel fragte nicht weiter. In der Antwort des Drachen hatte ein sanfter, aber unmißverständlicher Tadel gelegen, als habe Amsel sich in Dinge eingemischt, die ihn nichts angingen. Nur: Wenn der Letzte Drache sich weigerte, seine Flamme zu benutzen – wie wollte er dann all den Frostdrachen begegnen, noch dazu mit einem verletzten Flügel?

Obwohl diese bevorstehende Begegnung Amsel entsetzte, war er entschlossener denn je, für die Sicherheit Fandoras und Simbalas zu sorgen – und koste es ihn sein Leben.

Und als hätte der Letzte Drache Amsels Gedanken gelesen, schien er plötzlich schneller und kräftiger zu fliegen. Gemeinsam flogen sie nach Norden, in die eisige Region der Frostdrachen, ein winziger Mensch und ein riesiger Drache, einer so tapfer wie der andere.

Als die dritte Stunde des Nachmittags begann, waren die Vorbereitungen für die Krönungsfeier beendet. In Übereinstimmung mit der simbalesischen Verfassung fand die Zeremonie auf dem Podium von Beron statt, wo vor nicht allzu langer Zeit Prinz Kiorte geehrt worden war. Den ganzen Vormittag waren schon am Monarchenmarsch entlang die Fahnen gehißt, und Öldochte in ausgehöhlten Edelsteinen warfen ständig wechselnde Farben in den Schatten großer Bäume. Schon begannen Bürger aus Oberwald, sich entlang dem Monarchenmarsch aufzustellen. Viele betrachteten die Krönungsfeier als Zeichen für ein baldiges Ende des Krieges, aber andere, die Falkenwind weiter ergeben waren, hofften immer noch auf seine rechtzeitige Rückkehr, um Evirae davon abzuhalten, im Palast einzuziehen.

Die Bergleute waren zornig. Ihr Held war aus dem Palast hinausgeworfen worden, ohne Möglichkeit zum Protest. Lady Morgengrau hatte per Windschiff eine Delegation zu der Feier geschickt, drückte aber durch ihre eigene Abwesenheit ihre Mißbilligung im Namen ganz Nordweldens aus. Nur im Herzen Oberwalds gab es eindeutige Unterstützung für Evirae. Die königliche Familie und der Kreis waren glücklich, die Regierung wieder in ihrer Hand zu sehen. Auch viele Kaufleute befürworteten die Wende, denn das würde den ewigen Einmischungen Falkenwinds ein Ende setzen.

Zu Ephrions tiefer Enttäuschung hatte er immer noch keine Nachricht von Lady Ceria oder Falkenwind erhalten. Auch über das Schicksal des mutigen Fandoraners, den er nach Norden geschickt hatte, war er völlig im ungewissen. Langsam machte sich Ephrion auf den Weg. Er fühlte sich sehr müde.

In einem kleinen silbernen Kasten nahm er den Rubin mit, denn nach simbalesischem Brauch war er dafür verantwortlich, ihn dem neuen Herrscher zu überreichen. Er sah der Aufgabe ohne Freude entgegen.

Evirae andererseits konnte die Übergabe des Rubins kaum erwarten. Sie hatte die Prozession von ihrer Villa über den Monarchenmarsch zum Podium von Beron sorgfältig vorbereitet. Trotz der geringeren Anzahl von Menschen in Oberwald wegen des Krieges war sie zuversichtlich, daß die meisten derer, die noch da waren, an der Prozession teilnehmen würden. Die Stunden waren dahingekrochen, aber jetzt war es endlich Nachmittag, und die Zeremonie konnte beginnen. Sie saß in ihrem Salon am Fenster, blickte auf den Palast und fragte Mesor, während eine Maniküre ihre langen Nägel auf Hochglanz polierte: »Wo ist Kiorte? Wo ist mein Gemahl? Warum kommt er nicht?«

Der Kammerherr lächelte tröstend. »Ihr vergeßt, daß wir einen Krieg führen. Prinz Kiorte kann nicht einfach gehen, wann es ihm paßt.«

Evirae warf ihm einen finsteren Blick zu. »Dies ist der wichtigste Tag in meinem Leben!«

Mesor nickte. »Ja, aber unglücklicherweise ist es noch wichtiger, die Fandoraner zu besiegen. Sie halten sich immer noch in den Hügeln auf, das hat man uns mitgeteilt.«

»Diese Dummköpfe«, sagte Evirae und bewunderte ihre edelsteingeschmückte Haartracht im Spiegel. »Ich habe einen Fandoraner gesehen. Wir brauchen uns keine Sorgen zu machen. Sie dringen nie bis zum Wald vor.«

»Ihr vergeßt Thalen. Er sah das bestimmt anders.«

Mesors Worte trafen Evirae, und sie wandte sich zornig vom Spiegel ab. »Das war nicht meine Schuld!« schrie sie.

Besänftigend antwortete Mesor: »Es beschuldigt Euch doch niemand, aber Ihr müßt verstehen, warum Euer Gemahl nicht hier ist. Er verteidigt Simbala, und er will auch Gerechtigkeit wegen der Ermordung seines Bruders.«

»Selbstverständlich verstehe ich das. Glaubst du etwa, Kiortes schwerer Verlust wäre mir entgangen?«

»Nein, Prinzessin, aber Ihr . . .«

»Königin!« schrie Evirae und entriß der Maniküre ihre Hand, um einen schimmernden Nagel auf Mesor zu richten. »Du mußt mich Königin nennen.« In diesem Augenblick öffnete sich die Tür zu ihrem Salon, und ein Bote meldete: »Ich überbringe die Nachricht von der Rückkehr des Monarchen Falkenwind. Er hat mit den Truppen aus dem Südland das Kamerantal erreicht.«

»Zurückgekehrt?« rief Evirae und erbleichte. »Wer verbreitet derartig bösartige Gerüchte?«

»Es ist kein Gerücht! Ich hab' ihn selber gesehen! Er hat sich mit der Armee zusammengetan, um die Eindringlinge zurückzuschlagen.«

»Unmöglich!« Evirae sprang auf und warf dabei die Fingerschale um. Sie stützte sich auf das Fensterbrett. »Falkenwind hat Fahnenflucht begangen! Kiorte befehligt jetzt die Armee!«

»Nicht mehr«, sagte der Bote. »Ich hab' es selber gesehen.«

Evirae holte einige Male tief Luft; einen Augenblick lang dachte Mesor, sie würde ohnmächtig werden, aber sie nahm sich zusammen, entließ die Maniküre mit einer Handbewegung und sprach leise mit dem Boten.

»Weiß ein anderes Mitglied der Familie davon? Weiß es Monarch Ephrion?«

»Soviel ich weiß, hat er nichts gehört«, sagte der Bote. »Ich habe mich sofort nach der Ankunft von Falkenwind davongestohlen und bin auf dem schnellsten Weg hierhergeritten, um Euch die Neuigkeiten zu überbringen.«

Evirae drückte ihm mehrere Münzen in die Hand. »Halte dich versteckt, bis die Krönungsfeier beendet ist«, sagte sie warnend, »und sprich mit niemandem über das, was du gesehen hast.« Der Bote nickte und ging.

Evirae drehte sich langsam um und herrschte Mesor zornig an: »Warum hast du das nicht vorausgesehen?«

Mesor spreizte die Hände. »*Wie* denn?«

Evirae schritt aufgebracht durchs Zimmer. »Bis ich den Rubin trage, ist Falkenwind immer noch Monarch! Sollte er vorher zurückkehren, so wird er die Entscheidung der Familie anfechten! Wir müssen uns beeilen, Mesor! Wir dürfen nicht länger warten! Die Prozession muß sofort beginnen!«

»Geratet nicht in Panik«, erwiderte Mesor. »Habt Ihr nicht selbst gesagt, daß die Krönung nur noch Formsache ist?«

Evirae kickte die Fingerschale über den kostbaren Fußboden. »Dummkopf! Glaubst du alles, was du hörst?«

Mesor suchte nach Worten, um Evirae davon zu überzeugen, daß sie nicht in Panik geraten durfte. Wenn sie jetzt etwas überstürzte, würde die Familie mißtrauisch werden. »Nach dem Gesetz«, sagte er, »sollt Ihr als letzte eintreffen! Ihr könnt Euch nicht schon jetzt auf den Weg begeben, Königin! Was soll die Familie denken, wenn Ihr schon vorher am Podium seid?«

»Dummkopf! Hast du nicht zugehört? *Falkenwind kommt!* Was für eine Rolle spielt da schon das Protokoll?« Sie drehte sich um und verließ das Zimmer in einem Wirbel von Seide und Parfüm. Mesor seufzte und erhob sich, um ihr zu folgen, dann blieb er für einen Augenblick stehen und blickte durch das Fenster auf den Palast. Er sah die Kutschen der Familie auf ihre Insassen warten, und er sah die Menschen, die die breite Allee säumten. Er wußte, daß die Leute wankelmütig waren. Sie hatten ihre Untertanentreue auf Evirae verlagert, aber wenn Falkenwind die Fandoraner besiegte, könnten sie leicht wieder auf seine Seite überschwenken. Vielleicht hatte Evirae recht, und vielleicht fiel ihre Eile nicht allzusehr auf.

Er stieg zu ihr in die schwarze Kutsche, die sich dann in flotter Gangart dem Monarchenmarsch näherte. »Da steckt Ephrion dahinter!« murmelte Evirae. »Er hat die Krönungsfeier so lange hinausgezögert, daß Falkenwind genug Zeit hatte, zurückzukehren.« Sie schaute nervös aus dem Fenster und winkte den Leuten mechanisch zu. Viele waren schockiert, daß die Kutsche der Prinzessin den weniger bedeutenden Würdenträgern so hastig vorauseilte, aber das Geschwätz darüber war eine willkommene Ablenkung von den schrecklichen Nachrichten vom Kampfplatz.

Evirae packte ihren Sitz in der Kutsche mit beiden Händen. Obwohl die Jubelrufe draußen sie ein wenig trösteten, rechnete sie jeden Augenblick damit, einen Hengst die Straße heruntergaloppieren zu sehen, den dunkelhaarigen Bergmann im Sattel.

Der Rest der Prozession setzte sich kurze Zeit später in Bewegung. In einer großen weißen Kutsche saßen Tolchin und Alora, die aus dem Viertel der Kaufleute gekommen waren, um Ephrion zum Podium zu begleiten. Ephrion war ungewöhnlich schweigsam, und der Baron faßte das als Tadel auf. »Es gibt keine Alternative«, sagte er beschwichtigend. »Niemand aus der Familie findet beim Volk so viel Unterstützung wie Evirae. Wenn wir das erst hinter uns haben, Ephrion, unternehmen wir etwas wegen der Drachen.«

Ephrion antwortete nicht. Er öffnete das silberne Kästchen auf seinem Schoß und betrachtete den Rubin auf dem seidenen Kissen. Evirae konnte den Edelstein nicht wie Falkenwind auf der Stirn tragen wegen ihrer riesigen Frisur. Darum hatten die Goldschmiede des Palastes eine neue längere Kette angebracht, die Ephrion der Prinzessin um den Hals hängen konnte. Ephrion schloß den Kasten wieder und seufzte.

Als die Prozession ankam, war Evirae bereits da und klopfte mit dem Fuß nervös auf den schimmernden Boden des Podiums. Leute, die früh gekommen waren, um gut sehen zu können, betrachteten sie belustigt oder verärgert – oder auch belustigt *und* verärgert – wegen dieses Verstoßes gegen die Vorschriften. Der Chor, der das Ganze mit Gesang begleiten sollte, stimmte unsicher ein Lied an, als Evirae eintraf, und verstummte dann nach und nach wieder, als es offensichtlich wurde, daß sie zu früh gekommen war. In ihrer Eile hatte Evirae vergessen, daß die Krönung ohne Ephrion nicht stattfinden konnte.

Endlich fuhr die große weiße Kutsche des Monarchen Emeritus vor dem Podium vor. Der Chor stimmte erneut ein wortloses Lied an, *a cappella,* eine rhythmische Folge von Klängen, die dem Ereignis angemessen schienen.

Die Menschen, die dicht gedrängt auf der Lichtung standen, schwiegen ehrerbietig, als Ephrion, gefolgt von der Familie und ausgewählten Mitgliedern des Kreises, die Stufen zum Podium betrat. Evirae hielt den Atem an, als sie Ephrion ins Gesicht blickte. Sein Ausdruck war starr, und er sah sie nicht an, doch schien er sich damit abgefunden zu haben, seine Pflicht als ehemaliger Monarch zu tun.

Lady Tenor, deren Aufgabe es war, den Beginn der Feier zu verkünden, nahm den dafür vorgesehenen Platz auf dem Podium ein. Inzwischen wurde viel getuschelt über die Kleider der verschiedenen Familienmitglieder, und geflüsterte Komplimente schwebten von Eselle über Alora zu Jibron. Evirae dachte, sie würde noch wahnsinnig, wenn es nicht bald losging. Flüsternd drängte sie Lady Tenor: »Beeil dich! Die Feier muß beginnen!«

Lady Tenor starrte die Prinzessin an. »So etwas überstürzt man nicht«, erwiderte sie hochmütig. »Du tätest gut daran, diesen Augenblick auszukosten, junge Frau. Eine Königin muß Geduld haben können. Es ist ein seltenes Ereignis, wenn der Rubin einer Prinzessin überreicht wird.«

»Wenn du noch länger wartest, findet es überhaupt nicht statt!« zischte Evirae. General Emeritus Jibron und Lady Eselle, bestürzt über das unpassende Benehmen ihrer Tochter, blickten sie tadelnd an. Evirae nickte ihnen zu und lächelte, als sei ihr plötzlich eingefallen, wo und mit wem sie sprach. Sie blickte zum Himmel hinauf. Kiorte, dachte sie, warum bist du nicht hier, um mich zu unterstützen?

Endlich hatten alle Mitglieder der Familie ihre Plätze auf dem Podium eingenommen. Der Gesang des Chors schloß mit einem lautstarken Finale. In die folgende Stille hinein sagte Lady Tenor: »Den Bürgern von Simbala wird hiermit bekanntgegeben, daß laut Beschluß der königlichen Familie, getroffen in einer Sitzung unter Ausschluß der Öffentlichkeit, Falkenwind wegen landesverräterischer Bestrebungen seines Amtes als Monarch von Simbala enthoben wird.«

Evirae schloß die Augen und ließ die willkommenen Worte in sich einsinken. Endlich! dachte sie. Offensichtlich wußte Ephrion nicht, daß Falkenwind zurückgekehrt war. Der offizielle Teil der Krönung dauerte ja nicht lange. Und dann bekam sie den Rubin!

Lady Tenor fuhr fort: »In Übereinstimmung mit den Gesetzen Simbalas wird diese Amtsenthebung rechtskräftig mit der Ernennung eines neuen Monarchen.« Sie blickte Ephrion an, und er trat vor, das silberne Kästchen mit dem Rubin in den Händen. Evirae sah Ephrion an, aber seine Augen waren in die Ferne gerichtet, als blicke er in eine andere Zeit. In diesem Augenblick tat er ihr leid. Er hatte gegen sie gekämpft, aber er hatte verloren.

Lady Tenor sagte: »Wenn jemand Grund hat, Prinzessin Evirae – Tochter des General Emeritus Jibron und der Lady Eselle –, Bewerberin für das Monarchenamt, also als Königin, abzulehnen oder ihrer Bewerbung zu widersprechen, so muß diese Person jetzt gehört werden.«

Evirae hielt den Atem an. Auf der Lichtung herrschte angespannte Stille. Es war der längste Augenblick, den Evirae je ertragen hatte. Sie war überzeugt, daß Falkenwind sich irgendwie unerkannt unter die Menge gemischt hatte und jetzt sprechen würde. Aber zu ihrem Entzücken erhob sich keine Stimme gegen sie. Lady Tenor wartete weiter auf eine Antwort.

Unfähig, einen weiteren Aufschub zu ertragen, flüsterte Evirae: »Fahre fort!«

Lady Tenor trat ärgerlich zurück, und Evirae wandte sich rasch Ephrion zu. Sie zitterte vor Ungeduld.

Ephrion öffnete das Kästchen und entnahm ihm den Rubin an seiner Kette. Er blickte Evirae nicht an, weil er den Ausdruck des Triumphes nicht sehen wollte. Er versuchte zu sprechen, die Worte zu sagen, die man von ihm erwartete, bevor er ihr die Kette um den Hals legte, aber die Ungerechtigkeit der ganzen Angelegenheit überwältigte ihn, so daß er nicht sprechen konnte. Zwei glitzernde Tränen liefen über seine faltigen Wangen.

Ein Gemurmel stieg aus der Menge empor, als die Zeremonie zum Stillstand kam.

»Ephrion«, sagte Evirae leise und angespannt. »Ihr müßt etwas sagen!«

Endlich flüsterte er: »Nach Übereinkunft der königlichen Familie ...«, aber seine Stimme versagte. Er konnte es nicht ertragen, die Amtsenthebung Falkenwinds zu vollziehen.

Evirae durchbohrte ihn jetzt mit den Augen. Er verzögerte die Krönung absichtlich!

»Macht weiter«, flüsterte sie zornig. »Ihr müßt zu Ende sprechen!«

Ihre Augen trafen sich für eine Sekunde, und dann blickte Ephrion plötzlich an ihr vorbei auf die Lichtung hinter all den Menschen.

»Macht weiter!« zischte Evirae, aber inzwischen hatte die Verzögerung die Aufmerksamkeit der Familie erregt.

Ephrion senkte die Hände mit dem Rubin. Ein kreischender Schrei ertönte – und einige dachten schon, Evirae habe ihn in ihrer Ungeduld ausgestoßen. Und wieder schrie es und tönte über die Lichtung hinweg. Die Menge sah sich verwirrt um, aber Ephrion sah den Funken des Erkennens in Eviraes Augen.

»Ja«, flüsterte er so leise, daß nur Evirae es hören konnte. »Der Falke.«

»Nein!« schrie Evirae mit schreckensstarrem Gesicht auf. Über der Menge drehte am klaren blauen Himmel der Falke kreisend seine Kreise. Ephrion lächelte.

»Falkenwind!« rief er stolz. »Falkenwind ist zurückgekehrt!«

Die Familie blickte mißtrauisch auf die Lichtung, während sich die Zuschauer alle ohne Ausnahme dem Rascheln im Wald hinter ihnen zuwandten.

»*Nein!*« schrie Evirae. »Fallt nicht auf diesen Trick rein! Er will nur meine Krönung verzögern!« Ihr Vater trat rasch an ihre Seite, um sie zu unterstützen. »Macht weiter mit der Zeremonie, Monarch Ephrion«, sagte er warnend. »Ihr habt Euch unserer Entscheidung lange genug widersetzt.«

Ephrion rührte sich nicht von der Stelle. Während er wartete, brachen aus dem Unterholz acht Reiter hervor. Der erste von ihnen trug eine schwarzsilberne Fahne.

»Seht ihr!« rief Ephrion. »Jetzt kommt er!«

Aufgeregte Rufe ertönten, als hinter den acht Reitern ein schwarzer Hengst über die Lichtung galoppierte. Im Sattel, in einem schwarzsilbernen Umhang, saß Falkenwind.

»Er ist zurückgekehrt!« rief Ephrion wieder, und dann lächelte er über das ganze Gesicht, als die rotgekleidete Gestalt Lady Cerias auf Lady Tenors Pferd hinter Falkenwind auftauchte.

Evirae stieß einen Wutschrei aus und riß in ohnmächtigem Zorn Ephrion den Rubin aus den Händen. Doch noch während sie versuchte, sich die Kette um den Hals zu hängen, stieß der Falke in einem Wirbel von Flügelschlägen direkt auf sie nieder. Evirae stolperte nach hinten, ihrem Vater in die Arme, schrie laut auf vor Furcht und hielt instinktiv dem

Falken den Rubin entgegen. Die Kette wurde ihr aus den Händen gerissen, der Falke hatte sie mit seinen Krallen gepackt und stieg wieder auf in die Lüfte. Wimmernd sah Evirae den in der Sonne glitzernden Edelstein ihrer Reichweite entschwinden. Dann richtete sie sich auf, trat vor und rief ihren persönlichen Wachen zu: »Faßt sie! Faßt den Bergmann und die Rayanerin, diese Landesverräter!«

Die acht Reiter hatten inzwischen für Falkenwind und Ceria einen Weg durch die Menge gebahnt. Die Wachen gingen auf sie zu, aber Ephrion befahl ihnen, stehenzubleiben. Ob die Autorität in der Stimme des früheren Monarchen oder aber Eviraes unangebrachtes Verhalten sie zögern ließ, war nicht zu erkennen, aber sie blieben stehen.

Das alles kann nicht wahr sein, dachte Evirae, ich muß träumen. Die Belastung war zu groß. Sie schloß die Augen, doch dann sah sie, daß Falkenwind und Ceria immer noch auf sie zu kamen. In ohnmächtiger Wut sah Evirae zu, wie Falkenwind absaß und sich dem Podium näherte.

Evirae blickte wild um sich. Es mußte eine Möglichkeit geben, Falkenwind eine Falle zu stellen, ihn aufzuhalten. Sie blickte auf zum Himmel in der Hoffnung, Kiortes Windschiff zu sehen, aber der Himmel war leer – bis auf den Falken, der über ihnen kreiste. Und vor ihr jubelten immer mehr Menschen Falkenwind zu!

Falkenwind nahm von der Rayanerin einen schwarzen Beutel entgegen und trat näher an das Podium heran. Er hob herausfordernd den Arm, und der Falke kreiste nach unten und landete sanft, mit dem Rubin an der Kette in seinem Schnabel.

Evirae schrie verzweifelt: »Falkenwind ist ein Verräter! Er hat mitten im Kampf die Armee verlassen! Jetzt will er uns wieder betrügen!«

Ihre Worte fanden kein Echo bei der Menge, und sie sah sich hilfesuchend nach der Familie um. Wie betäubt von der unerwarteten Wendung der Ereignisse, war niemand bereit, ihr zu helfen. Nur ihre Eltern standen schweigend neben ihr. Was hatte Falkenwind in dem schwarzen Beutel? Was hatte die Rayanerin herausgefunden während ihrer Abwesenheit von Oberwald? Da sie dies alles nicht wußte, rief die Prinzessin wieder: »Falkenwind will uns mit Hilfe der Rayanerin betrügen!«

Falkenwind sah sie an, sein Gesichtsausdruck unerschütterlich, nicht zu deuten. Er war jetzt gewiß, daß er siegen würde. Er blickte auf zu Ephrion, der neben General Jibron stand. Aus dem Gesicht des alten Mannes sprach Stolz.

Falkenwind wandte sich Evirae zu. »Euer Gemahl und ich haben den Krieg beendet«, sagte er. »Die Fahnenflucht, die Ihr mir zur Last gelegt habt, war ein Auftrag, die Truppen zu suchen, die wir zum Südland geschickt hatten. Mit ihnen und den Kontingenten aus Oberwald konnten wir, unterstützt von den Windschiffen, die Eindringlinge in einem einzigen Angriff aus den Hügeln vertreiben.«

Freudenrufe ertönten aus der Menge. Falkenwind war in Frieden zurückgekehrt!

Evirae glaubte Falkenwind nicht. Der Bergmann und die Windschiffe sollten gemeinsam gekämpft haben? Es war unmöglich, es sei denn, Kiorte ...

»Nein!« schrie sie. »Hört nicht auf ihn! Es ist ein Trick! Er möchte sein Amt nicht verlieren!«

Pfuirufe ertönten jetzt aus der Menge. Evirae geriet in Panik. Ihre Wachen waren widerborstig, die Familie unterstützte sie nicht, und jetzt mußte sie auch noch befürchten, daß selbst Kiorte sie verlassen hatte. »Ich fordere Gerechtigkeit«, rief sie jämmerlich. »Nehmt Falkenwind fest!«

Falkenwind blickte sie an. »Gerechtigkeit gibt es erst, wenn Lady Ceria nicht mehr als Verräterin gilt!« sagte er. »Sie hat Oberwald nicht verlassen, um uns zu verraten. Monarch Ephrion hat sie auf eine Mission geschickt – und *dies* sollte sie bringen!«

Falkenwind holte die schimmernde Drachenperle aus dem Beutel hervor und hielt sie hoch über seinen Kopf. »Es ist eine Drachenperle«, sagte er, »ein Edelstein aus der Legende! Mit Hilfe der Perle können wir die Geheimnisse der Drachen kennenlernen – den Grund für ihren Angriff auf Simbala!«

Er sah Evirae an. »Ihr seid die Verräterin, Prinzessin! Ihr seid es, die das Vertrauen unseres Volkes mit Euren kleinen Intrigen und Lügen mißbraucht hat. Ihr seid es, die einen Spion aus Fandora in den Tunneln unter Oberwald versteckt gehalten hat! Leugnet es nicht!«

»Alles Lügen!« rief Evirae. »Eine Verschwörung, ausgeheckt von Euch und der Rayanerin! Ihr habt nichts außer einem schimmernden Stein in der Hand!«

Noch während Evirae sprach, sammelte Ceria, die hinter Falkenwind stand, ihre Gedanken auf die Drachenperle. Die Regenbogenwolken in der Perle wirbelten durcheinander und lösten sich auf. Dann wurde aus einer wogenden Dunkelheit eine Miniaturlandschaft aus grauen Klippen und einem schwarzen Gipfel.

»Seht nur!« rief Lady Tenor. »Seht nur den Edelstein!«

Wieder tönten Ausrufe und Geschrei über die Lichtung, als viele, die in den vorderen Reihen standen, die Bilder in der Drachenperle sehen konnten. Aufgeregte Mitteilungen drangen bis in die hinteren Reihen: das Land in der Kugel sei wirklich das vergessene Land der Drachen.

Ephrion schwieg, völlig im Bann des Phänomens. Ceria hatte ihre Mission erfolgreich beendet!

»Die Drachen haben die Fandoraner angegriffen«, fuhr Falkenwind fort. »Dann griffen die Fandoraner uns an, weil sie uns für die Angreifer hielten. Die wirkliche Gefahr für beide Länder sind die Drachen!«

Ceria, zu erschöpft, um das Bild länger bestehen zu lassen, atmete tief auf, und die Regenbogenwolken kehrten in die Drachenperle zurück. Die Szenen, die sie heraufbeschworen hatte, waren anders als das, was sie in Shar-Wagen gesehen hatte. Sie mußte versuchen, ihre Eindrücke wiederzufinden, nachdem sie mit Ephrion gesprochen hatte.

Falkenwind trat mit Ceria vor, den Falken auf seinem Arm. Es wurde still ringsum. Dann stieg er langsam und des allseitigen Vertrauens gewiß die Stufen zum Podium hinauf.

»Wir können nicht beide Simbala regieren«, sagte er und trat auf Evirae zu. »Es ist eindeutig, wer mit seinen Handlungen Simbala verraten hat. Gebt Euch ehrenhaft geschlagen, Evirae, sonst werdet Ihr der Familie Schande bereiten.«

»Niemals!« Sie starrte mit funkelnden Augen auf Falkenwind und auf Ephrion, der vorgetreten war, um Falkenwind den Falken mit dem Rubin abzunehmen.

»Dann muß ich Euch festnehmen lassen!« Er wandte sich an die Wache hinter ihm. »Nimm sie fest«, sagte er.

Ephrion widersprach dem Befehl nicht, aber bevor der Soldat bei der Prinzessin war, entdeckte sie eine kleine dunkle Wolke am fernen Himmel. »Kiorte!« rief sie. »Mein Gemahl kehrt zurück! Er wird für Gerechtigkeit sorgen! Wagt es nicht, mich anzufassen! Prinz Kiorte wird allen klarmachen, was für eine Gefahr für Simbala Ihr darstellt!«

Als das Schiff über der Lichtung herunterkam, sahen die Menschen beim Podium, daß außer Kiorte und zwei Windseglern auch ein kleiner, kahlköpfiger, stämmig gebauter Mann in zerlumpter Kleidung an Bord war, offensichtlich ein Fandoraner. Aber kaum einer sah, daß sich gerade ein magerer Mann in der Kleidung eines Kämmerers unauffällig aus der Menge entfernte.

Die Strickleiter kam herunter, und der Prinz stieg rasch nach unten; Tamark und die beiden Windsegler ließ er zurück. Als sein Fuß das Podium berührte, stürzte Evirae auf ihn zu. »Kiorte«, rief sie, »du mußt den Leuten berichten, was Falkenwind getan hat, wie er die Armee im Stich gelassen hat! Sag der Familie, daß er ein Verräter ist!«

Kiorte blickte seine Gemahlin einen Augenblick lang schweigend an. Seine Uniform war zerrissen und beschmutzt wie schon einmal, als er zum erstenmal aus dem Krieg nach Hause gekommen war. Er sah jetzt nicht zornig aus, aber ein Ausdruck ruhiger Entschlossenheit stand in seinem Gesicht.

Falkenwind und Ceria beobachteten ihn besorgt und warteten darauf, daß er etwas sagte. Kiortes Wort fand allgemeine Anerkennung – sein Name war gleichbedeutend mit Ehre –, und die Unterstützung der letzten Anhänger Eviraes hing in der Schwebe.

Evirae kam langsam näher, um ihren Gemahl zu umarmen, und in diesem Augenblick wußte Falkenwind, wie Kiortes Antwort lauten würde:

Kiorte entzog sich ihr und hielt ihre Finger mit den langen Nägeln fest.

»Evirae«, sagte er leise und ruhig, »Falkenwind hat mir gesagt, daß du den Spion aus Fandora versteckt hast.«

»Er kennt die Wahrheit nicht!« rief sie aus.

Er umfaßte ihre zerbrechliche Hand fester.

»Er hat mir auch von deinen Aktionen gegen Lady Ceria berichtet, einer Frau, der ich nicht traue, die aber dennoch Gerechtigkeit verdient.«

Eviraes Gesicht lief rot an. »Die Vorwürfe gegen sie waren eindeutig und gerechtfertigt, wie du selbst gesehen hast!«

»Evirae«, sagte Kiorte, und jetzt war seine Stimme so laut, daß auch die Menge hinter ihnen ihn verstand, »du weißt, daß ich Falkenwind und allem, was er gegen die Traditionen von Oberwald unternommen hat, mißtraut habe!«

Evirae lächelte. »Natürlich, Kiorte. In diesem Punkt waren wir immer einer Meinung.«

»Dann mußt du auch sehen, daß ich ihn unterstütze, weil an der Wahrhaftigkeit seiner Worte nicht der geringste Zweifel besteht.«

Evirae antwortete nicht.

Kiorte fuhr fort – und zum erstenmal, seit sich irgend jemand erinnern konnte, spiegelten seine Worte wirklich seine Empfindungen wider. »Evirae, du hast gegen den Monarchen und seinen Minister eine Verschwörung angestiftet. Du hast nur zu deinem persönlichen Vorteil einen Krieg heraufbeschworen! Du hast gelogen und intrigiert und Menschenleben gefährdet, um die Stellung zu erreichen, in der du jetzt bist.« Er blickte seine Gemahlin kalt an und sagte: »Evirae, gib deine Ansprüche auf den Palast auf. Du hast Schande über dich und Simbala gebracht. Du bist der Familie nicht würdig.«

Evirae wimmerte, als sei sie verwundet worden, und wandte sich taumelnd von Kiorte ab. Doch er hatte ihre Hand noch nicht losgelassen, und so brachen drei ihrer langen, zerbrechlichen Fingernägel ab. Erst jetzt begannen ihre Tränen zu fließen. »Kiorte«, schluchzte sie, »mein Gemahl, warum tust du mir das an?«

»Du hast es dir selbst zuzuschreiben«, erwiderte er. »Du bist ein Sklave deines Ehrgeizes.« Seine Blicke folgten ihr, als sie bei ihren Eltern Zuflucht suchte und vor den Augen der Bürger von Oberwald hemmungslos schluchzte.

Falkenwind trat vor und bedankte sich für die Unterstützung des Prinzen.

Der Prinz runzelte die Stirn. »Ihr bleibt Ephrions Nachfolger«, sagte er kurz. »Ich verlasse mich darauf, daß Ihr in Zukunft den Gesetzen Simbalas mehr Achtung erweist als in der vergangenen Zeit.«

Falkenwind nickte Ephrion zu, und Ephrion trat mit dem Rubin auf ihn zu.

»Noch nicht«, sagte Kiorte. »Meine Gemahlin ist genug gedemütigt worden.«

Zusammen mit Jibron und Eselle führte er die widerstandslose Prinzessin die Stufen vom Podium hinunter. Falkenwind und Ceria blickten ihr nach, als sie durch die Menge zu einer großen Kutsche gebracht wurde, die in der Nähe wartete. Plötzlich blieb Evirae stehen und drehte sich um. Mit vor Zorn und Stolz brennendem Gesicht rief sie: »Ich kenne deine Vergangenheit, Falkenwind! Ich kenne die Geheimnisse in deiner Vergangenheit und weiß, welche Gefahr das eines Tages für Simbala bringen wird! Es wird eine Zeit kommen, da die Leute auf den Knien um deine Amtsenthebung flehen werden! Es wird eine Zeit kommen, Falkenwind, da ich im Triumph hierher zurückkehren werde!« Ceria und Ephrion blickten einander schockiert an, während die Prinzessin mit ihren Eltern die Kutsche bestieg. Die Pferde galoppierten davon und brachten die Prinzessin und ihre zerstörten Träume zurück nach Oberwald.

Ihre Worte waren offensichtlich eine kindische Drohung gewesen, aber sie schienen Falkenwind auf merkwürdige Weise zu beunruhigen. Er blickte hinauf zu dem Windschiff über ihnen, als Kiorte zurückkehrte und befahl, den Fandoraner herunterzuschicken.

Während die Strickleiter heruntergelassen wurde, stand Falkenwind der Familie gegenüber. Tolchin und Alora beobachteten ihn ebenso wie Lady Tenor und andere Würdenträger. Falkenwind hatte es abgelehnt, sich geschlagen zu geben. Es war offensichtlich, warum er weiter ein Held für die Bürger von Oberwald blieb.

»Wir haben einen langen und gefahrvollen Weg vor uns«, sagte er und wandte sich der Menge zu, »aber es wird wieder Frieden in Simbala herrschen. Wir werden unsere Küsten verteidigen, falls die Drachen uns angreifen!«

Als der Fandoraner die Strickleiter herunterkletterte, gingen die Stimmen der Familie im Jubel der Menge unter.

Ephrion lächelte, und während der Falke das Windschiff über ihnen umkreiste, legte Ephrion die Kette mit dem Rubin um Falkenwinds Hals. »Diesem Edelstein entgehst du nicht«, sagte er lächelnd. Wieder jubelte die Menge. Falkenwind umarmte Ephrion und Ceria. »Wir müssen jetzt gleich mit dem Fandoraner sprechen«, sagte er leise. »Man muß so bald wie möglich mit den Vorbereitungen beginnen.« Dann unterhielt Ephrion sich mit dem verdutzten Tamark.

Falkenwind trat auf Kiorte zu. Der Prinz stand abseits, die Augen auf die Allee gerichtet, wo Evirae fortgeführt worden war. Falkenwind war sicher, daß er eine Träne über seine Wange hatte rollen sehen, aber Kiorte wandte sich rasch ab und kletterte die Strickleiter zu seinem Windschiff hinauf. »Der Fandoraner wird Euch sagen, wie es um ihre Truppen steht«, rief er. Kurze Zeit später bewegte das Schiff sich langsam fort vom Podium, auf Oberwald zu.

»Wohin fliegt er?« fragte Ceria.

»Ich nehme an, er will allein sein«, sagte Falkenwind leise, »und dann vielleicht mit Evirae sprechen in der Abgeschlossenheit ihrer Villa. Er hat mehr als die meisten verloren.«

Das Windschiff entschwand ihren Blicken, und Falkenwind wandte sich an all die Menschen. »Geht nach Hause! Die Männer und Frauen werden bald vom Schlachtfeld zurückkehren!« Während die Menge sich langsam auflöste, blickte er die Frau an seiner Seite an.

»Ceria«, sagte er. »Es sieht so aus, als wäre der Bergmann wieder Monarch.«

Ceria lächelte. »Es gab nie eine Zeit, da du es nicht warst«, erwiderte sie.

Dann nahm Falkenwind sie vor den Augen der Menge in die Arme und küßte sie.

33

Der Palast war ein einsamer Riese, und seine Lichter schimmerten wie Miniaturmonde in der Dunkelheit. Obwohl es schon lange nach Mitternacht war, herrschte in seinen Gemächern ein geschäftiges Treiben, denn die Menschen aus Simbala hatten jetzt die wirkliche Gefahr erkannt.

Im achten Stock des Palastes versuchten Monarch Ephrion und Ceria in Ephrions Räumen die wahre Bedeutung dessen zu ergründen, was Ceria in der Drachenperle gesehen hatte. Unter ihnen, in General Voras Räumen, war der Älteste Tamark aus Fandora mit drei Offizieren der simbalesischen Handelsflotte und Baron Tolchin zusammengekommen, um die alten Seekarten des Nordens zu studieren.

Noch weit tiefer, in den unterirdischen Tunneln unter dem Palast, gingen zwei Gestalten durch einen sich windenden fackelbeleuchteten Gang auf eine alte, schwach beleuchtete Tür zu. Es waren Falkenwind und Kiorte.

»Ich weiß Euer Verständnis zu würdigen«, sagte Falkenwind. »Ich möchte die Dinge nicht noch schwieriger für Euch machen.«

»Das könntet Ihr gar nicht«, erwiderte Kiorte und zog seinen blauen Uniformrock glatt.

Falkenwind seufzte. »Auch ich trauere um Thalen. Ich wünschte, das wäre nicht geschehen.«

Kiorte erstarrte. »Eure Worte können ihn nicht zurückbringen«, sagte er mit rauher Stimme. »Es ist besser, wenn wir nicht darüber sprechen. Um den Mann, der den Mord an meinem Bruder zu verantworten hat, kümmere ich mich, wenn in meiner Flotte wieder Ordnung eingekehrt ist.«

»Mord?« fragte Falkenwind. »Ihr denkt doch nicht immer noch . . .«

Kiorte bedeutete ihm mit flach ausgestreckter Hand zu schweigen. »Mein Bruder ist von dem Weldener Tweel ermordet worden. Ich selbst war Zeuge des Vorgangs.«

»Das war ich auch!« sagte Falkenwind. »Es war ein Unfall! Der Weldener hat versucht, Thalen das Leben zu retten!«

»Vom Boden aus sehen die Dinge anders aus. Ich war an Thalens Seite.«

Falkenwind errötete. »Kiorte, haben die Weldener nicht genug gelitten? Viele sind gefallen bei ihrem Angriff auf die Hügel. Erst vor einer Stunde habe ich Lathan fortgeschickt, um dem Mann zu helfen, der uns damals die Nachricht von dem ermordeten Kind brachte.«

»Ein Freund von Tweel, nehme ich an.«

»Er heißt Willen. Ein Jäger, der Lady Morgengrau treu ergeben ist. Er kümmerte sich um Proviant und Versorgung für die verwundeten Weldener, die im Tal zurückblieben.«

»Sie hatten im Krieg überhaupt nichts zu suchen!«

Falkenwind musterte Kiorte und sah das Gesicht eines Mannes, der sich, zumindest in der Angelegenheit des Todes seines Bruders, in eine private Sphäre zurückgezogen hatte. Es hatte vorerst keinen Sinn, mit ihm darüber zu sprechen.

»Wir müssen mit den Fandoranern über die Drachen sprechen«, sagte Falkenwind daher, als sie das Ende des Tunnels erreichten. Er winkte einem Wächter zu. Der Mann lächelte, als er seine Besucher erkannte, zog einen Schlüssel aus der Tasche und schloß die Tür auf. Dahinter lag ein langer, niedriger Tunnel, der vor langer Zeit in eine riesige Wurzel gebohrt worden war. An beiden Seiten des Tunnels lagen reihenweise kleine, gewölbte Holztüren. In ferner Vergangenheit war dies das Gefängnis des Palastes gewesen, eine düstere Unterkunft für Spione und Feinde des Landes. In jüngerer Vergangenheit war es in einen Keller für Wein und Marmeladen umgewandelt worden – ein verschlafener Tunnel voller Staub. Auf dem Boden waren frische Fußspuren zu sehen von den simbalesischen Soldaten und den Männern aus Fandora.

»Kommt«, sagte Falkenwind. »Ich habe die Anführer der Truppen aus Fandora hier einzeln unterbringen lassen.« Er ging mit Kiorte den Tunnel hinunter.

»Wie habt Ihr sie denn erkannt?« fragte Kiorte. »Sie tragen keine Uniformen und unterscheiden sich auch sonst nicht von den anderen.«

»Einige haben uns selbst gesagt, wer sie sind, die anderen hat uns Tamark beschrieben, der Mann, den Ihr mit nach Oberwald gebracht habt.«

»Ein barbarischer Name, aber ich muß zugeben, daß der Mann mir einen gewissen Respekt abnötigt. Er ist also hier?«

Falkenwind schüttelte den Kopf. »Im Augenblick berät er sich mit Baron Tolchin.«

»Tolchin!« Kiorte schnaubte wütend. »Habt Ihr den Verstand verloren, Falkenwind? Was für einen Grund könnte es geben, den Mann aus Fandora mit dem Baron zusammenzusetzen?«

»Er ist ein erfahrener Seemann. Wir brauchen seinen Sachverstand, wie Ihr bald feststellen werdet.«

Kiorte schüttelte den Kopf. »Vielleicht hätte ich nicht kommen sollen. Wir sind über so vieles verschiedener Meinung, Falkenwind. Ihr habt ein Talent dafür, bar jeder simbalesischen Tradition vorzugehen.«

Falkenwind lächelte flüchtig und machte einem Wächter weiter unten im Tunnel ein Zeichen. Es war unbedingt erforderlich, jetzt das Vertrauen des wichtigsten Fandoraners zu gewinnen, denn was er plante, war gewagter und traditionsfremder, als selbst Kiorte argwöhnen mochte.

Das Geräusch von Schritten im Gang weckte Jondalrun, und er spürte den stechenden Schmerz, der von seiner Kopfverletzung ausging. Benommen blickte er auf, und die Erinnerung an den Kampf kehrte zurück. Schwaches Licht drang durch das Gitter in der Holztür. Man hatte ihn gefangengenommen!

Mühsam kam er auf die Füße, taumelte zur Tür und preßte seine knorrigen Hände dagegen. Die mordgierigen Sim hatten Dayon gefangengenommen! Heißer Zorn stieg in ihm auf. Er wollte nicht noch einen Sohn verlieren! Solange er lebte, würde er für Dayon kämpfen.

Er spähte durch das Gitter und erblickte im Schein einer kleinen Fackel drei Männer an der anderen Seite des Ganges. Einer von ihnen war in einen blauen Umhang gehüllt, der zweite trug einen hohen, mehrfarbigen Hut. Der dritte, der die Fackel hielt, war offensichtlich ein Wächter. Er öffnete die Tür einer anderen Zelle und ging hinein. Die beiden anderen blieben vor Jondalruns Tür stehen.

»Ich verlange, freigelassen zu werden!« rief Jondalrun. »Ich verlange, meinen Sohn zu sehen!«

Der Mann mit dem mehrfarbigen Hut drehte sich um und schrie mit rauher Stimme: »Ruhe! Wir kommen gleich.«

»Ich verlange, freigelassen zu werden!« rief Jondalrun wieder. »Ich will keine Minute länger warten!«

Der Mann mit dem Hut ignorierte ihn.

Jondalrun setzte sich auf den Boden der Zelle. Er konnte nur wenig tun, um zu protestieren. Seine Waffe hatte man ihm natürlich abgenommen, aber sein Armband hatte er noch. Und es war wohl auch entsprechend wertlos. Er wartete und hoffte, daß Dayon noch lebte. Er saß auf dem feuchten Stroh und dachte an die anderen – an Lagow, der umgekommen war; an Tenniel, der verwundet war, und an Tamark, der versucht hatte, die Verwundeten zu den Booten zu bringen. Waren die beiden auch von den Sim gefangengenommen worden?

Schritte unterbrachen seine Gedanken. Ein Schlüssel drehte sich im Schloß der Zellentür, und Jondalrun erhob sich mühsam. Als die Tür sich öffnete, seufzte er erleichtert auf. Draußen im Gang standen Dayon und der Wegwächter!

»Vater!« rief der junge Mann. »Du bist in Sicherheit!« Ohne sich im geringsten zu schämen, umarmte er seinen Vater und drückte ihn an sich. »Ich dachte schon, du bist gefallen!«

Jondalruns Augen wurden feucht. Er sah Falkenwind und den anderen Simbalesen näher kommen und wandte sich von ihnen ab. »Ich habe mir auch Sorgen gemacht«, sagte er leise zu Dayon. Über Dayons Schulter hinweg funkelte er die Sieger an. »Man konnte ja nicht wissen, wie heimtückisch die Sim gegen dich vorgehen würden.«

»Wir sind nicht heimtückisch!« sagte Kiorte steif. »Und *wir* sind auch nicht in *Euer* Land eingefallen!«

»Nein!« rief Jondalrun und schob Dayon hinter sich. »Ihr habt es vorgezogen, mein Kind zu ermorden!«

Falkenwind griff ein. Er legte dem Ältesten aus Fandora die Hand auf die zerrissene Schulter seines Rockes und sagte: »Ihr seid Jondalrun aus Fandora. Ich habe von den anderen viel von Euch gehört.«

»Ja«, sagte Jondalrun und entzog sich der Hand des jungen Monarchen. »Ich bin einer der Ältesten von Tamberly und einer der Anführer der Armee von Fandora. Ihr werdet uns alle mit Achtung behandeln!«

Falkenwind lächelte über die Art Jondalruns und sagte: »Ich bin Falkenwind, Monarch von Simbala, und ich versichere Euch, daß wir die höchste Achtung für Euch und Eure Leute empfinden. Euer Ältester Tamark hat uns über die Gründe Eures Überfalls informiert. Ich habe Verständnis für Eure Lage, denn wir befinden uns in der gleichen Situation.«

»Tamark? Ihr habt mit Tamark gesprochen?«

»Er arbeitet jetzt mit uns zusammen, und wir hoffen, daß auch Ihr Euch anschließt.«

»Niemals!« sagte Jondalrun. »Ich werde niemals die Mörder meines Kindes unterstützen. Und Tamark ebensowenig.«

»Wir haben nicht Euer Kind ermordet, Jondalrun. Wenn das, was wir erfahren haben, stimmt, wurde es von einem Drachen überfallen!«

»Von einem Drachen? Dafür gibt es keine Beweise!«

»Es gibt Beweise«, sagte Falkenwind bestimmt. »Ich habe Euch alle zum Palast bringen lassen, damit wir gemeinsam einen Weg finden, dieser Drohung zu begegnen.«

Bei diesen Worten Falkenwinds wandte Prinz Kiorte sich ärgerlich ab. »Ich sehe keine Veranlassung, diesen Schurken nachzugeben!« flüsterte er. »Egal, wie groß die Gefahr ist – wir können allein mit den Drachen fertig werden!«

Jondalrun hatte ihn gehört. »Schurken?« donnerte er. »*Fandora* hat keine hilflosen Kinder ermordet!«

Falkenwind seufzte. Die Zankerei konnte noch Stunden so weitergehen, wenn er ihr kein Ende setzte. »Wache!« rief er. »Laßt die anderen frei und bringt sie her!« Der Wächter nickte und eilte zur nächsten Zelle.

Falkenwind blickte Jondalrun und Dayon an. »Hört mir zu, Männer aus Fandora! Ihr habt gesehen, was Drachen Menschen antun können. Wir haben festgestellt, daß es eine aussterbende Rasse ist. Die Drachen, die Fandora und Simbala angegriffen haben, gehören zu den letzten ihrer Rasse; sie kämpfen ums Überleben! Ich weiß nicht, wie viele es im ganzen noch gibt, aber es können nicht viele sein. Eure Männer sind in einem Lager bei den Hügeln, wo Ihr gefangengenommen wurdet. Wenn das, was Ihr bald sehen werdet, Euch überzeugt, so bittet sie, sich mit unseren Truppen zusammenzutun, um nach den Drachen zu suchen!«

Dayon blickte Falkenwind an. Mit Drachen kämpfen? Hatte es nicht schon genug Blutvergießen gegeben? Nur ein Dummkopf würde Wesen von solcher Größe und Kraft herausfordern. Andererseits – wenn die Simbalesen recht hatten und es tatsächlich ein Drache gewesen war, der Johan getötet hatte, konnten sie dann etwas anderes tun, als dafür zu sorgen, daß sie nie wieder angriffen? War das nicht der eigentliche Grund für den ganzen Krieg gewesen?

Dayon wurde von tiefer Trauer ergriffen. Wenn die Simbalesen nichts mit der Ermordung der Kinder zu tun hatten, wenn sie nichts im Schilde führten gegen fandoranisches Land oder seine Erzeugnisse, dann war der ganze Krieg um nichts geführt worden. Sie hatten angegriffen, ohne eine Ahnung von der Wahrheit zu haben. Es war genauso, wie er es von Anfang an empfunden hatte. Sie hätten nie losziehen sollen.

Kiorte lauschte der Stille mit wachsender Ungeduld. Schließlich wandte er sich an Falkenwind und sagte: »Diese Männer sind unsere Gefangenen! Wir brauchen sie nicht um Hilfe zu bitten! Wir haben das Recht, ihre Hilfe zu *fordern*!«

Jondalrun blickte zu ihm auf und brüllte: »Ihr fordert überhaupt nichts! Es gibt nichts, was Ihr tun könntet, damit wir uns mit den Mördern unserer Kinder verbünden!«

»Streitet nicht!« sagte Falkenwind. »Hier wird es keinen Zwang geben, Prinz Kiorte. Die Aufgabe, die vor uns liegt, erfordert die freiwillige Teilnahme jedes einzelnen. Wenn die Fandoraner ihre Kinder nicht vor diesen Ungeheuern schützen wollen, werden wir die Aufgabe allein durchführen.«

Jondalrun machte ein finsteres Gesicht. »Wagt Ihr zu behaupten, wir seien Feiglinge?«

»Nein«, sagte Falkenwind, »aber es gibt keinen Grund, unsere Bitte zu ignorieren, es sei denn, die Fandoraner fürchten sich vor den Drachen.«

»Jeder Dummkopf ist weise genug, sich vor Drachen zu fürchten«, erwiderte Jondalrun, »und außerdem haben wir nicht den Wunsch, uns auf eine lange und ergebnislose Mission einzulassen. Meine Männer sind müde. Beweist mir, daß es wirklich Grund zu der Annahme gibt, daß ein Drache meinen Sohn getötet hat, und ich versichere Euch, Simbalas Ziele werden die unseren sein, ob es Euch gefällt oder nicht!«

Falkenwind unterdrückte ein Lächeln. »Heute vormittag wird eine Ratsversammlung stattfinden«, sagte er. »Ihr und die anderen Ältesten sollen teilnehmen.« Er blickte Jondalrun noch einmal an. Der Fandoraner paßte gut zu Jibron in seiner mißmutigsten Laune.

Dann wandte er sich zu Kiorte. »Kommt«, sagte er. »Wir werden alles weitere draußen besprechen.« Die Wache wurde angewiesen, den Fandoranern freien Zugang zu den Zellen ihrer Landsleute zu gewähren.

Im äußeren Tunnel nahm Kiorte seine Kritik an Falkenwinds Plänen wieder auf. »Das schmeckt wieder nach Euren üblichen ungewöhnlichen Methoden. Wozu brauchen wir fandoranische Soldaten?«

»Urteilt nicht voreilig«, antwortete Falkenwind. »Erinnert Ihr Euch nicht mehr, was während des Kampfes geschah? Der Drache kam herunter, um die Fandoraner anzugreifen, doch dann wandte er sich ab, als hätte er vor irgend etwas Angst. Wir haben angenommen, daß der Drache auf ihrer Seite war, aber jetzt wissen wir, daß das nicht stimmt.«

»Ja«, erwiderte Kiorte widerstrebend. »Aber warum hat er sich zurückgezogen? Die Fandoraner wissen kaum, wie man kämpft – wie sollten sie einen Drachen vertreiben, ohne auch nur ein Schwert zu heben?«

Falkenwind lächelte etwas mühsam. »Ich weiß es nicht, Kiorte. Aber es wäre einen Versuch wert, das herauszufinden, meint Ihr nicht?«

Kiorte nickte nachdenklich. »Es gefällt mir immer noch nicht«, sagte er, »aber ich denke, Ihr könntet recht haben.«

Der verletzte Flügel des Letzten Drachen hatte zur Folge, daß er unsicher flog, und das Tageslicht war schon lange erloschen, als er und Amsel endlich das breite Flußbecken am Rand des Landes der Frostdrachen erreichten. Die eisigen Winde fegten durch Amsels zerrissene Kleider, und er war hungrig und müde. Mehrere Male hatte er befürchtet, daß die Luftströmungen ihn von seinem hohen Standort herunterreißen würden, aber er hatte sich fest angeklammert und gebetet.

Endlich entdeckte er den schlanken hohen Gipfel, der sich in der Ferne gegen einen einsamen Mond abhob. »Dort müssen wir hin!« rief er. »Unter dem Gipfel liegen die Höhlen der Frostdrachen.«

Der Drache ging langsam tiefer hinunter. »Ich sehe sie nicht«, brüllte er. »Ich sehe nicht einen einzigen!«

»Warte!« rief Amsel. »Du mußt näher an die Höhlen in der Nähe des Gipfels heranfliegen. Dort leben sie.«

Der Drache flog über dem Fluß weiter nach Norden, in den aufkommenden Nebel hinein. »Hier wird es wärmer«, brummte er. »Das Eis hat sich noch nicht ausgebreitet.«

»Das ist die heiße Quelle«, sagte Amsel. »Das kochendheiße Wasser kommt unter dem hohen Gipfel aus dem Boden.« Er starrte mit klopfendem Herzen durch den Dunst. Er rechnete jeden Augenblick damit, daß die Frostdrachen aus den Höhlen hervorschwärmten wie Fledermäuse. Doch er sah nur den in Spiralen aufsteigenden Nebel. Er blickte wieder zum Gipfel und wurde von Furcht ergriffen.

Was war, wenn die Frostdrachen schon fort waren, bereits auf dem Weg nach Simbala oder Fandora?

Das konnte nicht sein!

»Wir müssen zu den Höhlen hinunterfliegen«, schrie er in den heulenden Wind hinein.

Der Drache ging noch tiefer hinunter, als sie sich den grauen Klippen näherten. »Der Klang meiner Stimme wird sie herbeirufen«, sagte er, »wenn überhaupt noch welche hier sind!« Dann schüttelte er seinen massigen Kopf ein wenig, als wolle er Amsel daran erinnern, wie leicht er ihn abwerfen konnte. »Wenn dies wieder ein Menschentrick ist . . .« murmelte er.

»Es ist kein Trick!« rief Amsel. »Ich mache mir große Sorgen! Die Frostdrachen scheinen verschwunden zu sein!«

Der Drache neigte den Hals zu den dunklen Höhlen und brüllte. Das ohrenbetäubende Geräusch warf Amsel fast von seinem hohen Sitz, und während das Echo im Wind unterging, drang aus der Dunkelheit unter ihnen ein gedämpfter Schrei.

Es war der Schrei eines Frostdrachen!

Ein zweiter Schrei folgte ihm und noch einer. Zuerst hielt Amsel diese Schreie für das Echo der ersten, aber dann sah er plötzlich drei Frostdrachen aus einer großen Höhle hervorstürzen. Der Anblick ließ ihn schau-

dern; er erinnerte ihn an das Entsetzen, das er vor so kurzer Zeit empfunden hatte.

Der Letzte Drache beobachtete die Frostdrachen, wie sie hoch über den Höhlen verwirrt und suchend ihre Kreise drehten. Als der Nebel sich vorübergehend hob, brüllte er wieder – ein tragender, trauriger Ton, ein Schrei aus einem anderen Zeitalter. Jetzt sahen die Frostdrachen den Feuerdrachen. Kreischend vor Entsetzen zogen sie sich zurück, als der Drache durch den Nebel langsam auf sie zu glitt. Einen Augenblick lang schwebten sie in der Nähe der Felsgipfel, dann ließen sie sich, kreischend und heulend vor Furcht, wieder zu den Höhlen hinab.

Aus dem mühelosen Gleiten des Drachen wurde ein gezielter Sturzflug, als er die Verfolgung aufnahm. Amsel, um sein Leben fürchtend, klammerte sich mit aller Kraft an. In der Aufregung der Jagd schien der alte Drache vergessen zu haben, daß Amsel immer noch auf seinem Kopf saß!

»Langsamer!« schrie Amsel. »Oder willst du mich umbringen?« Seine Worte gingen im Wind unter. Er schloß die Augen und umklammerte das Horn mit beiden Armen, als der Drache zu dem Felssims am Rand der Höhlen hinunterstieß.

Endlich landete er und brüllte laut in den Höhleneingang hinein, wohin die Frostdrachen geflohen waren. Nur ein Echo des Drachenrufs kam als Antwort zurück.

»Sie fürchten sich«, sagte der Letzte Drache. »Sie schämen sich wegen etwas, was sie getan haben.«

Der Drache trat vor. Der Gestank, der ihnen aus der Höhle entgegenkam, nahm Amsel fast den Atem. Dann hörte er wieder einen Schrei, tiefer in der Höhle. Amsel schloß die Augen; er konnte die Vorstellung eines weiteren Angriffs nicht ertragen. Seine letzte Begegnung mit den Frostdrachen war ein Alptraum gewesen, der ihm für sein ganzes Leben reichte. Aber sein einziger Schutz gegen diese Wesen und gegen die Kälte war jetzt der Feuerdrache; also mußte Amsel mit ihm gehen.

Der Letzte Drache folgte langsam dem Tunnel. Das Geräusch seines Atems kehrte aus den dunklen Schatten leise zurück. Amsel lauschte. Er meinte, ein anderes Geräusch zu vernehmen, ein Keuchen wie von einem verwundeten Tier. Aber bei der Dunkelheit war nichts auszumachen.

Als Amsel dann mit dem Drachen um eine Biegung kam, erschien es ihm, als sehe er etwas Schwarzes auf dem Boden der Höhle liegen.

Es bewegte sich.

Der Letzte Drache ging näher heran. Es war ein Frostdrache, und er winselte vor Furcht! Amsel sah, daß sein zerschmetterter Flügel über einen kleinen Felsblock ausgebreitet war. Das Geschöpf war ernstlich verletzt; Amsel wußte nicht, wodurch, aber sie brauchten sich zumindest nicht vor ihm in acht zu nehmen.

Der Feuerdrache sprach mit leiser, polternder Stimme zu dem Frostdrachen, beruhigend, aber gebieterisch. Der Frostdrache schrie seine Antwort in kurzen atemlosen Tönen. Dann aber brüllte der Letzte Drache, so laut, daß Amsel sich die Ohren zuhalten mußte.

Der Frostdrache verbarg den Kopf unter seiner zerschmetterten Flügeldecke. Der Letzte Drache sprach wieder mit ihm, dann wandte er sich an Amsel: »Es ist so, wie du dachtest – sie sind fort.«

»Nein!« schrie Amsel.

Der Letzte Drache blickte wieder auf das bedauernswerte Wesen auf dem Boden der Höhle. »Ein Frostdrache, der größer ist als alle anderen, führt sie zum Land im Süden, das sie überfallen wollen.«

»Das ist der Frostdrache, der mich angegriffen hat!«

»Ja, die Frostdrachen, die wir gesehen haben, sind die einzigen hier, sie sind alt und verängstigt. Alle anderen sind fortgeflogen.«

»Dann müssen wir uns beeilen!« rief Amsel. »Wir müssen sie aufhalten, bevor sie das Meer erreichen!«

»Sie fliehen vor der Kälte«, sagte der Letzte Drache, »wie wir es einst getan haben. Sie kennen den Grund für die Anordnung nicht, der sie sich widersetzen. Sie wissen nicht, daß es in den Ländern im Süden so warm wird, daß sie es nicht ertragen können.«

»Wir müssen sie abfangen, bevor es zu spät ist!« rief Amsel.

Der Letzte Drache wandte sich langsam von dem verletzten Frostdrachen ab und blickte auf den Eingang zur Höhle. »Wenn wir sie aufhalten wollen, muß ich mich ausruhen. Ich bin weit geflogen, und ich bin verletzt. Ich muß schlafen.«

»Schlafen?« Amsel kreischte fast vor Ungeduld. »Du kannst jetzt nicht schlafen! Wir müssen nach Süden fliegen!«

»Maße dir nicht an, mir Befehle zu erteilen«, sagte der Drache. »Ich werde entscheiden, wann wir fliegen. Es ist noch genügend Zeit, um sie aufzuhalten, bevor es dort zu warm wird.«

»Du denkst an die Frostdrachen! Ich denke an die Menschen. Ich habe dich hierhergebracht, damit wir das *Morden* verhindern! Dafür ist *nicht* genug Zeit!«

Der Drache dachte einen Augenblick nach und bewegte dann gereizt den Kopf hin und her, wobei er Amsel beinahe hinunterwarf. »Ich muß mich ausruhen«, wiederholte er. »Ich kann weder Menschen noch Frostdrachen helfen, wenn ich mich nicht ausruhe.« Er begann, sich auf dem Boden der Höhle niederzulassen.

Zu seiner Überraschung trat Amsel plötzlich vor, stemmte seinen Stiefel in das Haarbüschel über der linken Augenbraue des Drachen und sprang hinunter.

»Wenn du sie nicht aufhalten willst, tu ich es eben!« rief er.

»Du kannst nicht fortlaufen! Es ist draußen zu kalt für dich!« rief der Drache.

Amsel blickte über seine Schulter zurück. Der Drache sah verärgert, aber auch beunruhigt aus. Amsel hoffte nur, daß ihn sein Vertrauen in den Drachen nicht trog. »Ich geh' jetzt!« rief er, nachdem er zum Höhleneingang zurückmarschiert war, dann wartete er ab. Es kam kein Laut von dem Drachen außer seinen regelmäßigen Atemzügen. Amsel drehte sich um. Es konnte nicht zu Ende sein! Nicht nach all den Kämpfen!

Er kehrte noch einmal um. Kurze Zeit später blickten die beiden einander wieder in die Augen. Der Drache sah fast belustigt aus.

»Es gibt Legenden«, brüllte Amsel, »Geschichten, die den Kindern meines Landes erzählt werden, über mutige und starke Drachen. Keiner hat je ein solches Wesen gesehen, aber viele halten diese Geschichten für wahr. Es ist ein Jammer, daß sie nur die Frostdrachen kennenlernen werden, und ein noch größerer Jammer, daß diese Frostdrachen sie alle töten werden!«

Amsel blickte dem Drachen in die weit geöffneten blauen Augen. »Du hältst dich für den Tod der Drachen verantwortlich«, rief er. »Wie kannst du dich da ausruhen, wenn du weißt, daß die Menschen in Fandora und in Simbala getötet werden, weil du es abgelehnt hast, rechtzeitig einzugreifen?«

Der Drache blickte ihn an, stumm und nachdenklich. Endlich gab er einen langsamen, rollenden Laut von sich. »Du bist zornig und ungeduldig, aber du bist auch sehr tapfer.« Der Drache erhob sich plötzlich hoch über Amsel hinaus. »Du bist anders als jene Männer, die uns verraten haben«, fuhr er fort. »Du hast dich als meiner Hilfe würdig erwiesen.«

Amsel nickte. »Gut. Wir müssen jetzt wirklich los!«

Der Drache neigte den Kopf, um seinen winzigen Passagier wieder aufzunehmen.

Wir werden hundert Frostdrachen gegenüberstehen, dachte Amsel und hielt sich am Horn des Drachen fest. Es gab keine Frage, wer im Vorteil war – ein alter und verletzter Feuerdrache gegen eine Horde von rasenden Frostdrachen. Doch wenn die Legenden stimmten, dann mußten sich die Frostdrachen dem Letzten Drachen unterordnen. Aber als Amsel auf dem Drachen zum Höhlenausgang ritt, mußte er an den Düsterling denken – so ähnlich und doch ganz anders als der Drache. Der riesige Herrscher der Frostdrachen würde dem Letzten Drachen sicher nicht einfach gehorchen.

Am folgenden Morgen klopfte jemand an das hintere Fenster von Prinzessin Eviraes Wohnzimmer. Sie saß allein in dem kleinen Raum, verloren in Selbstmitleid. Es dauerte eine Weile, bevor sie das Klopfen hörte, aber als sie endlich aufblickte, sah sie das vertraute Gesicht ihres ehemaligen Ratgebers durch das Fenster spähen.

»Prinzessin!« flüsterte er. »Ich bringe eine Nachricht von größter Wichtigkeit! Falkenwind plant, unsere Armee mit der der Fandoraner zu vereinen für einen Überfall auf das Land der Drachen! In diesem Augenblick trifft er sich mit Eurem Gemahl und der übrigen königlichen Familie!«

Evirae ließ ihn zu Ende sprechen, obwohl ihr die Nachricht schon von anderer Seite mitgeteilt worden war, und erwiderte freundlich: »Mesor, wie nett von dir, dich um meine Interessen zu kümmern.«

Mesor lächelte demütig. »Darf ich eintreten, Eure Hoheit? Ich bedauere die etwas ungewöhnliche Methode, aber ich bin augenblicklich nicht sehr beliebt.«

»Ich auch nicht«, entgegnete Evirae, »wie du hättest feststellen können, wenn du lange genug auf dem Podium geblieben wärest!«

Mesor errötete. »Ich . . . es tut mir leid, Prinzessin. Ihr wißt doch, daß sich an meiner Loyalität Euch gegenüber nichts geändert hat?«

Evirae erhob sich von ihrem Sessel und ging zum Fenster. Das Haar hing ihr lose über die Schultern. Sie sah sehr jung aus.

»O Mesor«, sagte sie mit zuckersüßer, sanfter Stimme, »wie könnte ich dich je für treulos halten, nach allem, was du für mich getan hast?«

Die Erleichterung in Mesors Gesicht war nicht zu übersehen. »Ich danke Euch.« Er seufzte. »Ich hatte auf Euer Verständnis gehofft, Prinzessin, und ich bin sicher, daß Ihr alles, was ich Euch sonst noch zu sagen habe, mit dem gleichen Verständnis aufnehmen werdet.«

»Was solltest du mir sonst noch zu sagen haben?«

Mesor lächelte nervös. »Als Kämmerer habe ich mir große Mühe gegeben, Euren Anstrengungen, Falkenwind zu entthronen, die Unterstützung der Finanzkreise zu sichern, aber . . .« Er errötete wieder. »Prinzessin, ich habe mich auf Eure Protektion als Königin verlassen in meinen Geschäften mit eben diesen Kaufleuten und Bankiers. Die bedauerliche Rückkehr Falkenwinds hat es mir unmöglich gemacht, gewissen . . . sagen wir, Verpflichtungen nachzukommen.« Er seufzte wieder. »Prinzessin, es gibt viele im Viertel der Kaufleute, die mir schaden wollen.«

Evirae schüttelte den Kopf. »Mesor, Mesor, du überraschst mich. Nach all den Ratschlägen, die du mir gegeben hast, hast du dich selbst so schlecht beraten, daß du nicht . . .«

»Nein«, jammerte der Kämmerer. »Ich bin hoffnungslos verschuldet.«

»Und was wollen diese Kaufleute tun, wenn du in ihre Hände gerätst?«

hänselte Evirae ihn. »Du rechnest doch wohl nicht damit, daß man dir etwas antut?«

Mesor schauderte. »Ihr kennt diese Kaufleute und Bankiers nicht! Sie werden mich zertrampeln wie einen Baumbären, der unter eine Kutsche geraten ist! Prinzessin, Ihr müßt mir helfen, ihnen zu entkommen! Ich kann mich nicht einmal ins Viertel der Kaufleute wagen, um ein Pferd zu kaufen!«

Evirae blickte ihn an mit einem Ausdruck, der wie Mitgefühl aussah. »In Ordnung«, sagte sie. »Ich denke, das ist das mindeste, was ich für einen Mann von so großer Loyalität tun kann.«

»Oh, ich danke Euch, Prinzessin! Ich werde mich Eures Vertrauens würdig zeigen.«

»Warte hier«, erwiderte sie. »Ich lasse eine Kutsche rufen.« Sie lief in die Halle, wo Kiortes Kutscher wartete.

»Kutscher«, sagte Evirae leise, »komm her.«

Der Mann stand auf. »Im Garten wartet ein Kämmerer«, sagte sie. »Du wirst ihn als häufigen Besucher dieses Hauses erkennen. Bringe ihn mitten ins Viertel der Kaufleute.«

»Ja, Eure Hoheit.«

»Er wird protestieren«, sagte Evirae, »aber höre nicht auf ihn. Hast du mich verstanden?«

Der Kutscher nickte und eilte hinaus. Evirae kehrte in ihr Wohnzimmer zurück, wo Mesor am Fenster wartete. »In Kürze holt dich Kiortes Kutscher. Er wird dich . . .«

»Prinz Kiortes Kutscher?« fragte Mesor. »Wird der Prinz nicht ärgerlich sein?«

»Ich übernehme schon die Verantwortung.«

Mesor nickte dankbar. »Es mag lange dauern, Prinzessin, aber irgendwann werde ich es Euch vergelten.«

Evirae hörte die Kutsche kommen und sagte Mesor Lebewohl. Er würde bald begreifen, was es hieß, sie zu verraten. Eines Tages würden sie es alle begreifen – der Bergmann, die Rayanerin und alle, die sich gegen sie verbündet hatten. Sie würde noch mit Kiorte im Palast wohnen. Mit dieser Träumerei machte sich Evirae auf den Weg nach oben in ihr Schlafgemach, eine Gefangene ihres Zornes und ihrer ehrgeizigen Pläne.

Die helle Nachmittagssonne fiel durch die Räume, die die Palastanlagen umsäumten, aber im Sitzungssaal des Palastes herrschte Dunkelheit, die nur von sechs matt leuchtenden Fackeln aufgehellt wurde. Die Zusammenkunft des Kreises hatte begonnen.

Am oberen Ende des langen Tisches saß Monarch Falkenwind neben

Prinz Kiorte, Baron Tolchin und Baronesse Alora. Zu Aloras Linken standen die vier Fandoraner, die die Vorgänge beunruhigt verfolgten. Alle waren von dem, was sie bisher vom Palast gesehen hatten, zutiefst beeindruckt. Tamark hatte so etwas nicht erwartet – so viel ungezwungene Schönheit überall! Der Wegwächter sehnte sich nach seiner südländischen Heimat mit ihren wunderschönen Städten. Dayon betrachtete den Reichtum um ihn herum mit wachsamen Augen, sah aber nichts, was den Verdacht seines Vaters bestätigte, daß der Palast das Werk von Zauberern sei. Und er konnte auch nicht verstehen, wie es den Bewohnern eines so schönen Landes je in den Sinn kommen konnte, einen Krieg zu führen.

Jondalrun richtete seine Blicke entschlossen auf Falkenwind.

Trotz seiner Erschöpfung war sein unbeugsamer Stolz ungebrochen. Er betrachtete Simbala immer noch mit Mißtrauen.

»Sei auf der Hut, mein Sohn«, flüsterte er Dayon zu. »Es gefällt mir nicht, daß diese Zusammenkunft im Dunkeln stattfindet.«

Dann hörte er aufmerksam zu, als Falkenwind seine Worte an die dreißig Vertreter des simbalesischen Volkes und die Familie selbst richtete.

»Ratgeber Oberwalds«, sagte Falkenwind und sah sich prüfend in dem verdunkelten Saal um. »Wir haben uns hier versammelt, um über eine der größten Gefahren zu sprechen, denen unser Land jemals ausgesetzt war. Seit Einstellung der Feindseligkeiten habe ich viel in Erfahrung gebracht. Der Drache, den wir in Oberwald gesehen haben, war weder eine Sinnestäuschung noch Werkzeug der Fandoraner. Es handelt sich um ein Wesen, das in der Legende Frostdrache genannt wird – und es gehört zu den letzten Geschöpfen einer aussterbenden Art.

Obwohl es nicht mehr viele sind, stellen sie für Fandora wie Simbala eine Gefahr dar. Prinz Kiorte und ich sind gemeinsam zu der Überzeugung gekommen, daß diese Wesen unsere Küsten nicht wieder bedrohen dürfen!« Er blickte die Fandoraner an. »Wir werden jeden Mann und jede Frau, die wir finden können, brauchen, um nach Norden zu fahren und den wenigen noch existierenden Frostdrachen gegenüberzutreten. Diese edlen Ältesten aus Fandora werden heute entscheiden, ob sich uns ihre Truppen auf dieser gefahrvollen Mission anschließen. Sie fragen aber wie sicher auch viele von euch nach Beweisen für diese Gefahr.« Er blickte auf eine Seitentür des Saales.

»Es gibt Beweise!« sagte er. »Ich habe die Geheimnisse dieser verlorenen Geschöpfe im Herzen eines legendären Edelsteins gesehen, der Drachenperle, die uns von einer einst des Landesverrats beschuldigten Ministerin gebracht wurde.«

Ein schwaches Licht drang in den Saal, und durch einen schmalen

Gang betraten Ceria und Monarch Ephrion den Raum, Ceria in einen grauen Umhang gehüllt, Ephrion in einer schlichten blauen Robe. Alle Anwesenden sahen zu, wie Ephrion und Ceria auf Falkenwind zugingen. Der junge Monarch trat zurück und ließ sie an den Tisch treten. Monarch Ephrion nickte, dann berichtete er von seinen Bemühungen, die Wahrheit über die Frostdrachen herauszufinden, und von Cerias heldenhaftem Ritt nach Süden auf der Suche nach der Drachenperle. Anschließend unterstützte er Falkenwinds Pläne. Ceria trat zu ihm und holte die Drachenperle unter ihrem Umhang hervor.

Die Vertreter Simbalas beobachteten fasziniert, wie die Kugel in der Dunkelheit zu leuchten schien.

»Das ist Zauberei!« flüsterte Jondalrun. »Ich will damit nichts zu tun haben!« Er blickte aufgebracht zur Tür.

Der Wegwächter packte ihn am Arm. »Wartet«, flüsterte er. »Ich habe in Legenden des Südlands von diesem Stein gehört. Er hat überhaupt nichts mit Zauberei zu tun.«

Jondalrun brummte, blieb aber. Ceria nahm den Edelstein in die Hände. »Ich will versuchen, die Bilder in der Kugel zu erwecken«, sagte sie. »Die Drachenperle entzieht sich meiner Kontrolle, aber ich will versuchen, mit meinen Gedanken die Bilder hervorzurufen, die Ihr sehen solltet.« Sie konzentrierte sich auf die Kugel, und langsam gerieten die Nebel darin in Bewegung.

Es gab viele Laute des Erstaunens, als die Regenbogenwolken in der Kugel erst verblaßten, dann grau wurden, als die Kugel sich plötzlich zu weiten schien und die scharfen Kanten von Klippen darin sichtbar wurden.

Ceria war versunken im Traum der Perle. »Dies ist das Land, aus dem die Geschöpfe kamen«, erklärte Monarch Ephrion. Innerhalb der Drachenperle kamen die Klippen näher, als würden sie mit den Augen eines Frostdrachen gesehen. Drei Flügelpaare bewegten sich durch den grauen Himmel und verschwanden in einer Höhle. Tamark schauderte, als er in der Kugel einen Frostdrachen sah, der sich gegen einen schwarzen Felsblock lehnte, mit offensichtlich gebrochenem Flügel. Er dachte an das Skelett des Seewurms, das sie in Kap Bage aus dem Wasser gezogen hatten. Er hatte etwas für Fandora tun wollen, etwas Bedeutendes wie einst sein Großvater. Er hatte sich nicht träumen lassen, daß dies sein Vermächtnis sein könnte – teilzunehmen an einem Angriff auf ein fernes Land, in dem Frostdrachen lebten.

Was würde Lagow sagen, wenn er noch lebte? Er hatte sich so heftig gegen den Krieg ausgesprochen; die Vorstellung, Drachen gegenüberzutreten, wäre ihm zweifellos als Wahnsinn erschienen. Oder nicht? Konnte jetzt noch irgend jemand die Tatsache bestreiten, daß diese Geschöpfe in Fandora und Simbala Kinder getötet hatten? Er hatte den Frostdrachen mit eigenen Augen gesehen.

Das Bild in der Kugel verblaßte. Die junge Frau, die die Drachenperle gehalten hatte, öffnete die Augen, und Tamark sah Falkenwind an ihre Seite eilen.

Ephrion blickte die vier Fandoraner an. »Unsere Truppen werden nach Norden ziehen, ob Ihr Euch anschließt oder nicht«, sagte er bestimmt. »Doch wenn Euch die Sicherheit Eurer Kinder am Herzen liegt, solltet Ihr mit uns kommen.«

Tamark holte tief Luft. Jondalrun würde diese Worte nicht widerspruchslos schlucken. Und wie erwartet, trat Jondalrun zornig vor. »Wagt es nicht, uns zu sagen, wie wir unsere Kinder beschützen sollen!« rief er. »Ihretwegen haben wir diesen Krieg geführt!«

Der Saal hallte wider von Stimmen, die Jondalrun Dummheit und Respektlosigkeit vorwarfen. Ephrion beobachtete den Ältesten aus Tamberly. Er erinnerte sich, daß Amsel ihm erzählt hatte, wie Jondalrun ihn beschuldigt habe, ein Spion zu sein. Es würde sinnlos sein, Amsel jetzt zu erwähnen; er mußte versuchen, Jondalrun zu besänftigen, um seine Unterstützung zu gewinnen.

»Ihr habt völlig recht«, sagte Ephrion leise zur Überraschung der Familie und auch Jondalruns. »Wir haben nicht das Recht, Euch Befehle zu geben. Ihr habt in der Verteidigung Eures Landes einen weiten Weg zurückgelegt; Ihr wißt es selbst am besten.« Er beobachtete, wie Jondalrun auf seine Worte reagierte. Jondalrun hatte sich streiten wollen; jetzt wußte er nicht, was er sagen sollte.

»Vater«, flüsterte Dayon, »wir müssen uns mit ihnen zusammentun! Es waren ganz eindeutig die Frostdrachen, die Johan getötet haben! Ich habe nicht den Wunsch, schon wieder ein anderes Land zu überfallen, aber wenn dieser Drachenstein die Wahrheit zeigt, können wir sie besiegen!«

Jondalrun blickte seinen Sohn an. Sie waren gekommen, um die Mörder Johans der Gerechtigkeit auszuliefern. Daran hatte sich nichts geändert. Was immer mit diesem Zauberstein los war – die Herausforderung, die er erkennen ließ, war eindeutig!

Jondalrun musterte die Simbalesen, die den Saal füllten. Sie hatten versucht, seine Männer zu töten, sie mit Windschiffen zurück an die Straße von Balomar zu treiben. Doch jetzt wollten sie sich mit Fandora zusammentun. Er verstand diese Menschen und ihr Land nicht mit ihren Baumhäusern und den Frauen, die als Soldaten dienten, aber er konnte nicht nach Fandora zurückkehren, wenn er im Innersten wußte, daß es sich immer noch in Gefahr befand.

Es gab noch eine letzte Schlacht, die sie schlagen mußten, eine letzte Fahrt, die sie machen mußten, damit er in Frieden an Johan denken konnte. Die Kinder Fandoras sollten nicht länger bedroht werden.

Jondalrun blickte Falkenwind und Ephrion entschlossen an. »Wir gehen gemeinsam nach Norden«, sagte er. Dann drehte er sich in väterlicher Zuneigung zu Dayon um.

Eine Stunde später waren nur noch die wichtigsten Vertreter Simbalas und die vier Ältesten aus Fandora im Saal, und man begann mit den Vorbereitungen für die Fahrt nach Norden.

Prinz Kiortes Groll auf Falkenwind hatte nicht nachgelassen, und obwohl er bereit war, sich an dem Unternehmen zu beteiligen, blieb er zurückhaltend. Seine Aufgabe bedurfte kaum einer Erklärung. Unter Kiortes Aufsicht sollten die Brüder des Windes die Soldaten aus Fandora und aus Simbala von den Kameranhügeln und aus Oberwald an die Küste westlich von Nordwelden transportieren, wo die Handelsflotte Simbalas vor Anker lag. Tamark und der Wegwächter wollten mit ihm zusammenarbeiten, um die Mitarbeit der Fandoraner zu gewährleisten. Es war bestimmt nicht leicht, die Männer in die Windschiffe zu bekommen, das wußte Tamark, aber sie würden es schaffen. Er hoffte, daß andere Älteste, etwa Pennel und der junge Tenniel aus Borgen, ihm dabei zur Seite stehen würden.

Baron Tolchin und Baronesse Alora hatten den Auftrag, Versorgungsgüter und Nahrungsmittel bei den Kaufleuten und Händlern Oberwalds zu requirieren. Es mußten Vorräte für zwei Armeen beschafft werden. Obwohl der Krieg die meisten schwer geschädigt hatte, war Alora zuversichtlich, daß sie alles bekommen konnten, was sie brauchten. Die Verteidigung Simbalas gegen die Drachen wurde von allen Seiten unterstützt, nur an der Beteiligung der fandoranischen Truppen nahmen viele Anstoß, obwohl es angesichts der Frostdrachen klar war, daß so viele Männer und Frauen wie möglich gebraucht wurden.

Falkenwind hatte unter anderem große Mengen Öl und Jiteseil angefordert. Öl war genügend aufzutreiben, aber die Suche nach Seilen dauerte an, bis ein Zeltmacher seine Vorräte anbot. Zweitausend Tukas wechselten den Besitzer; dann brachten Windschiffe die Fracht an die Küste.

Nach der Ankunft im Norden sollten Jondalrun und Dayon die Führung der fandoranischen Truppen, General Vora und Falkenwind die der simbalesischen Armee übernehmen, zusammen mit Kapitänen und Mannschaften der Handelsflotte.

Monarch Ephrion sollte in Abwesenheit Falkenwinds die Angelegenheiten Simbalas regeln.

Einige Stunden später flogen Falkenwind, Ceria, Jondalrun und Dayon mit einer kleinen Besatzung nach Norden. Jondalrun stand herausfordernd am Bug des Windschiffs, als machte ihm das Fliegen keine Angst. Sein Blick fiel auf das Schotenarmband, das er sich vor so langer Zeit auf Anraten der Hexe aus dem Alakan Fenn umgebunden hatte. »Das brauche ich nicht mehr«, murmelte er. »Ich war ein Dummkopf, es überhaupt zu tragen.«

»Was ist es?« fragte Falkenwind.

Jondalrun blickte ihn ärgerlich an und entgegnete dann: »Ein Armband. Es hieß, damit könnten wir Euch vielleicht besiegen.« Er riß das Armband von seinem Handgelenk und musterte es mißbilligend. »Es taugt nichts.« Er wollte es über die Seite des Windschiffes werfen, aber Falkenwind hielt ihn zurück.

»Laßt mich los!« rief Jondalrun. Falkenwind zerrte Jondalrun das Armband aus der Hand. »Einen Augenblick«, sagte er und winkte Ceria zu sich. Ihr rotes Cape bauschte sich sanft im Wind, als sie näher kam.

»Was hältst du davon?« fragte Falkenwind. Er reichte der jungen Frau das Armband.

»Es ist belanglos«, protestierte Jondalrun.

Ceria nahm das Armband trotzdem in die Hand und rollte die Samenschoten hin und her.

»Eine Frau, die als Hexe gilt, hat gesagt, die Schoten würden uns vor einem Gegner schützen, mit dem wir nicht rechneten«, sagte Jondalrun. »Aber das kann nicht stimmen. Trotz dieser Armbänder sind viele unserer Leute gefallen.«

Ceria hob das Armband an die Nase und roch an den Samenschoten. »Es ist ein Bann«, sagte sie rasch, dann nieste sie. Sie atmete tief ein und fuhr fort: »Es ist ein außerordentlich wirkungsvoller Bann – etwa um Fledermäuse abzuschrecken oder . . .«

»Ein Bann?« Falkenwind starrte Jondalrun an. »Die Frau hat Euch gesagt, die Schoten würden Euch gegen einen *unerwarteten* Feind schützen? Wir waren nicht Eure einzigen Gegner, Jondalrun!«

Jondalrun blickte ihn ungläubig an. »Die Drachen?«

»Die Frostdrachen!« rief Ceria aus. »Vielleicht wirken die Schoten gegen Frostdrachen!«

Falkenwind nahm das Armband wieder in die Hand. »Drachenbann«, sagte er leise. »Das würde erklären, warum das Wesen Euch im Kampf plötzlich auswich. Tragen viele Eurer Männer diese Armbänder, Jondalrun?«

Jondalrun nickte.

Falkenwind gab ihm das Armband zurück. »Wenn meine Vorsichtsmaßnahmen nicht ausreichen«, sagte er, »kommen uns die Armbänder vielleicht noch zugute.«

Die Frostdrachen folgten dem Düsterling nach Süden, eine schwarze Woge am wolkenbedeckten Himmel. Als sie sich dem Meer näherten, stieß der Düsterling auf ein vereistes Kliff hinunter, das die letzten blutroten Strahlen der untergehenden Sonne einfing. Hier würden sie rasten und sich dann auf den letzten Abschnitt ihres Fluges zum Land der Menschen begeben.

Der Düsterling ließ sich in den Eingang zu den Höhlen gleiten, von denen das Kliff durchlöchert war, und die übrigen Frostdrachen folgten ihm, hungrig und elend.

Sie flogen gemeinsam durch die verlassenen Tunnel, als plötzlich ein Schrei des Entsetzens ertönte. In der Dunkelheit hatten die vordersten Frostdrachen riesige Knochen entdeckt, die sich weit über den Boden der Höhle ausbreiteten. Sie bildeten das Skelett eines Feuerdrachen.

Viele der Frostdrachen wollten vor Furcht die Tunnel wieder verlassen, aber der Düsterling beruhigte sie. Sie brauchten vor den Knochen keine Angst zu haben, erklärte er; sie seien im Gegenteil wie das im Eis eingefrorene Wesen Beweise dafür, daß die Drachen ausgestorben seien und daß die Frostdrachen sich nicht mehr an das Edikt der Drachen, dem Süden fernzubleiben, halten müßten. Allmählich gelang es dem Düsterling, alle zu beschwichtigen; sie falteten die Flügel und schliefen ein. Er selbst aber flog zum Eingang der Höhlen und ließ sich auf dem vereisten Fels nieder. Das Land war still; nur das dumpfe Donnern der Eisbrocken, die von den Klippen ins Wasser stürzten, war zu hören und der Wind. Der Düsterling grübelte: Sie mußten schnell und entschlossen zuschlagen – die Menschen waren zu gefährlich, als daß man ihnen Zeit zum Angriff lassen durfte. Er und seine Horde würden über das Land fegen und die mordenden Lebewesen umbringen.

Endlich war die Zeit der Frostdrachen gekommen! Bald konnten sie die Kälte für immer hinter sich lassen.

34

Am Morgen war die Flotte bereit zum Auslaufen. Um den Kurs zu bestimmen, war man weitgehend auf uralte Land- und Seekarten angewiesen, denn kaum je drangen Schiffe bis in den äußersten Norden des Drachenmeers vor. Dafür gab es verschiedene Gründe: Man wußte, daß es in diesen Gewässern Seewürmer gab, auch wenn sie nur selten gesichtet wurden, und die Winde hier waren stürmisch und unberechenbar. Als Vorsichtsmaßnahme hatte Falkenwind angeordnet, daß nur die größten Schiffe der simbalesischen Handelsflotte zum Einsatz kamen.

Das Hinüberschaffen der Truppen von den Kameranhügeln war nicht reibungslos verlaufen. Viele der Fandoraner fürchteten sich vor einer Luftfahrt; andere prahlten mit ihrem Mut und waren eifrig darum bemüht, Voras Leuten ihre Tapferkeit zu beweisen. Es bedurfte der ganzen Findigkeit Tamarks, Pennels, des Wegwächters und anderer, sie unter Kontrolle zu halten. Die Brüder des Windes ihrerseits hatten wenig Achtung vor den Bauern und Fischern mit ihren schlechten Manieren und ihrer ungepflegten Sprache und duldeten sie nur wegen der bevorstehenden gemeinsamen Aufgabe.

Kiorte bemühte sich, die Truppen in den Windschiffen so gut wie möglich voneinander zu trennen: Die Fandoraner kamen in die kleineren, die Simbalesen in die größeren. Zusätzliche Windschiffe brachten Soldaten aus Oberwald zu ihren Truppen an der Küste.

Bei der großen Anzahl von Männern und Frauen, die transportiert wurden, war es für Willen und eine Handvoll anderer Nordweldener nicht schwer, unbemerkt in ein Schiff mit Fandoranern zu gelangen. Willen war entschlossen, Tweel zu retten und den Grund für die Ermordung der kleinen Kia herauszufinden, also mußte er dabeisein, wenn die Schiffe nach Norden ausliefen und schließlich auf die Frostdrachen stießen.

Nach dem Transport der letzten Truppen an die Küste kehrte Prinz Kiorte zurück, um den Ältesten Tamark aus Fandora zu Falkenwinds Schiff zu bringen. Er bewunderte die Ausdauer des Fischers und die Autorität, die von ihm ausging. Obwohl er erschöpft und nicht mehr jung war, hatte Tamark die verwundeten Fandoraner in zwei großen Schiffen sicher über die Meerenge heimgebracht.

An Bord dieser Schiffe sorgten Tenniel und der Wegwächter für Ruhe unter den eingeschüchterten Verwundeten. Die Kräuter eines simbalesischen Wundarztes hatten Tenniels Fieber gesenkt, und in einem Anfall von Patriotismus fragte er sich, ob es möglich sei, das Schiff nördlichen Kurs einschlagen zu lassen, damit sie sich der simbalesischen Flotte anschließen konnten. Doch als er das resolute Gesicht des Wegwächters sah, nahm er schnell wieder Vernunft an.

Der Krieg war nicht so verlaufen, wie Tenniel es erwartet hatte, und sein eigenes Geschick auch nicht. Sie hatten Fandora beschützen wollen. Und jetzt kehrte er nach Borgen zurück und mußte seinen Leuten von den Verlusten berichten und von Jondalruns Teilnahme an der Mission im Norden.

Mit der Ankunft des Ältesten Tamark und General Voras an Bord von Falkenwinds Schiff begann die Flotte, die Anker einzuholen. Man hatte beschlossen, zwei Schiffe an die Spitze der Flotte zu setzen: das erste mit Falkenwind, Vora, Ceria, Jondalrun, Dayon und Tamark, das zweite mit den erfahrenen Seeleuten der Handelsflotte. Für den Fall eines Angriffs würden sie die Flotte in zwei kleinere Verbände aufteilen.

Ein Kornett blies laut zum offiziellen Signal, daß jetzt die Flotte von Simbalas Ufern auslief. Viele jubelten. Von den kleineren Schiffen spähten manche Fandoraner besorgt zum Flaggschiff, wo sie Jondalrun und Dayon im Gespräch mit Simbalesen sahen. Viele waren immer noch durcheinander – vor wenigen Tagen hatten sie noch Krieg gegen die Sim geführt.

Hauptgesprächsthema waren jetzt jedoch die Frostdrachen. Die Besonderheit der Armbänder hatte sich in Voras Armee rasch herumgesprochen, und manch ein Fandoraner fand sich plötzlich von simbalesischen Soldaten umworben, die ihn in den Hügeln noch bekämpft hatten.

Kiorte beobachtete das Auslaufen der Flotte von seinem Windschiff aus. Der Gedanke einer Begegnung zwischen den Frostdrachen und der Flotte beunruhigte ihn, aber er sah keine andere Lösung. Man mußte Simbala vor diesen Geschöpfen schützen.

Er regulierte die Segel an seinem Windschiff. Er würde sich vergewissern, daß die Brüder des Windes vorbereitet waren für den Fall einer plötzlichen Rückkehr der Frostdrachen zum Oberwald.

Er kreuzte gegen den Wind nach Süden und dachte wieder an Thalen.

35

Es war Abend auf dem Drachenmeer. Die Flotte, über zwanzig Schiffe der Handelsmarine, bewegte sich in V-Formation durch die wogende See. Unter dem Großmast des Flaggschiffs fand in einer kleinen Kajüte eine Zusammenkunft von General Vora, den Ältesten Jondalrun und Tamark, Dayon und den beiden rangältesten Navigationsoffizieren der simbalesischen Handelsflotte statt.

Vora hielt eine einfache Karte in den Händen, die Monarch Ephrion nach den Angaben der Legenden gezeichnet hatte. Sie stellte das unbekannte Gebiet im Norden dar und bestätigte in vielen Punkten die Angaben der anderen Land- und Seekarten. Danach mündete auch ein breiter, von Klippen und Bergen gesäumter Fluß im Süden des Nordlandes ins Drachenmeer. Falkenwind ordnete an, daß die Navigationsoffiziere den Fluß aufsuchen und dann auf diesem Weg ins Land der Frostdrachen gelangen sollten.

»Je schneller wir es finden, um so früher können meine Männer heimkehren«, sagte Jondalrun.

Vora runzelte die Stirn. »Ihr müßt Geduld haben! Wir können nicht blind darauflosfahren! Womöglich lauern uns diese Geschöpfe auf.«

»Dann besiegen wir sie eben!« rief Jondalrun. »Das war doch der Grund, warum Falkenwind wünschte, daß wir uns mit Eurer Flotte verbünden, oder nicht? Unsere Stärke liegt in unserer Anzahl. Von diesen Wesen aber sind nur noch ein paar übrig. Wir können uns mit Leichtigkeit gegen sie verteidigen!«

»Ja«, erwiderte Vora gereizt, »aber die Mannschaften sind müde und mißmutig. Sogar wegen dieser verdammten Armbänder haben sie sich geschlagen. Wir müssen selbst bestimmen, wann wir den Geschöpfen gegenübertreten, Jondalrun. Es wäre töricht, die Truppen unnötiger Gefahr auszusetzen.«

Dayon hatte dem Gespräch zugehört und lächelte: Jondalrun bestand jetzt ebenso hartnäckig auf einer Konfrontation mit den Frostdrachen wie ehedem auf dem Angriffskrieg gegen Simbala! Er hat sich nicht geändert, dachte Dayon. Aber vielleicht war es gut so, die Welt brauchte Männer mit starkem Willen. Es war die Aufgabe anderer, diesen Willen durch ihr eigenes Urteil zu mildern.

»Die Frau, die Ceria genannt wird, konnte die Frostdrachen in der Drachenperle sehen«, warf Dayon ein. »Vielleicht kann sie auch erfahren, wo sie sich verstecken.«

Jondalrun blickte seinen Sohn böse an. »Wir haben keine Zeit für solche Dummheiten! Fandora muß beschützt werden. Wir müssen die Biester finden und für die Sicherheit unseres Landes sorgen!« Er wandte allen den Rücken zu und verließ die Kajüte.

»Euer Vater ist kein Mann der Kompromisse«, sagte Vora.

»Er hat einen Sohn verloren«, sagte Dayon, »und einen Krieg. Was erwartet Ihr?«

Vora nickte. »Ich verstehe, aber ich werde ihn einfach ignorieren müssen.«

»Das wird nicht leicht sein.«

Tamark, der neben Dayon stand, lächelte etwas kläglich. »Es wäre beinahe leichter, einen Frostdrachen zu ignorieren.« Er und Vora blickten einander verständnisvoll an und kehrten dann zu ihren nautischen Aufgaben zurück.

Falkenwind und Lady Ceria standen auf dem Vorderdeck des Flaggschiffs, von einem sanften Wind umweht. Ceria blickte in den Nebel hinaus. Sie konnten kaum etwas sehen; die dichten Wolken über ihnen verdeckten den Mond, und auch über dem Deck lagen Nebelschwaden. Über dem Ausguck am Großmast beschrieb der Falke seine Kreise, aber auch er war im Nebel kaum zu sehen.

Es war so still, als sei die Zeit an sich und jede Veränderung dem Meer fremd. Nur das gedämpfte Flattern der Segel war über dem leichten Plätschern der Wellen zu hören. Im Hintergrund warteten auf dem Achterdeck beim Lateinsegel ein paar Fandoraner auf Jondalrun. Einer von ihnen, ein junger Mann, spielte eine traurige Weise auf einer Schalmei.

»Die Fandoraner haben Angst«, sagte Ceria leise, während sie der Melodie lauschte. »Sie sind weit weg von zu Hause.«

»Wie wir alle«, entgegnete Falkenwind mit gedämpfter Stimme, »aber wir müssen weitermachen. Wir haben Eviraes Intrigen nicht Einhalt geboten, um sie durch die Frostdrachen zu ersetzen. Simbala muß geschützt werden.«

»Ja, mein Liebster, aber wie können wir das Mißtrauen zwischen unseren Truppen und denen Fandoras beseitigen? Viele haben das Gefühl, der Krieg sei noch gar nicht beendet.«

»Das stimmt bei einigen«, sagte er, »aber sie werden ein noch viel schwereres Leid ertragen müssen als manche ihrer Kameraden, wenn sie nicht zur Vernunft kommen. Die Frostdrachen sind wilde Geschöpfe. Wir müssen uns alle gegen sie zusammentun.«

Ceria blickte auf das offene Meer. »Falkenwind«, sagte sie, »sieh nur dort drüben. Der Wind vertreibt die Wolken.«

Falkenwind spähte durch den Nebel und sah, daß sich in der Ferne irgend etwas Massiges nach Osten bewegte. Weiter oben verlagerte sich eine andere Masse rasch nach Westen.

»So etwas habe ich während all meiner Reisen noch nie gesehen«, sagte Falkenwind erstaunt. »Wie können die Luftströmungen die Wolken gleichzeitig in zwei Richtungen treiben?«

Ceria nickte. Plötzlich fühlte sie eine Kälte, eine Furcht, genauso wie damals, als der Frostdrache zum erstenmal am Palast aufgetaucht war. Diesmal war die Empfindung stärker, viel stärker. Sie klammerte sich an Falkenwinds Umhang.

»Was ist denn?« fragte Falkenwind, aber während er noch fragte, wußte er schon die Antwort. Durch die aufbrechenden Wolken sah er den schimmernden Mond am Himmel, und vor dieser silbernen Fläche flatterte etwas – etwas wie Flügel! Dann folgten rasch weitere Flügel und noch mehr. Eine schwarze Wolke, furchterregend, ungeheuerlich und unglaublich, jagte vor dem Mond vorüber.

»Das kann nicht sein!« rief Ceria. »Was wir in der Drachenperle gesehen haben . . .«

»Vergiß den Edelstein!« rief Falkenwind ihr zu. »Dies hier ist die Wirklichkeit!« Er wandte sich zum Hauptdeck, und im gleichen Augenblick drang aus der Dunkelheit ein ferner Schrei blutrünstigen Zorns zu ihnen.

»Die Frostdrachen kommen!« schrie Falkenwind. »Wir müssen uns zur Verteidigung bereithalten! Alle Mann an Deck! Alle Mann an Deck!«

Ceria beobachtete die Wolken und spürte, wie der Wind zunahm. Wie hatten sie nur die Bilder in der Drachenperle so falsch beurteilen können? Ihr schauderte. Die geflügelte Horde über ihnen entzog sich jedem Vorstellungsvermögen. Die Ungeheuer schienen selbst die Sterne am Himmel zu schlucken!

Sie sagte leise zu Falkenwind: »Liebster, ich habe nicht gewußt . . .«

»Ich weiß«, erwiderte er. »Wie hättest du auch diese Gefahr voraussehen können? Aber jetzt müssen wir handeln!«

Er trat rasch an den Rand des Hauptdecks und erteilte den Fandoranern und Simbalesen, die aus dem unteren Deck nach oben strömten, mit lauter Stimme die Anweisungen. Die aufgerollten Seile, die sie zum Festmachen und für andere Manöver dabeihatten, würden jetzt einem heikleren Zweck dienen.

»Bring die Ölfässer vom Achterdeck!« schrie Falkenwind, dann ließ er Vora und Jondalrun aus der Kajüte unter dem Großmast holen. Er hatte einen Plan, aber es würde der vollen Unterstützung und des ganzen Muts beider Armeen bedürfen, um ihn durchzuführen.

Jondalrun bahnte sich bereits seinen Weg zum Vorderdeck und tobte los, bevor Falkenwind zu Wort kam: »Diese Teufel! Sie haben mein Kind ermordet! Was habt Ihr vor, Falkenwind? Ihr könnt sie nicht mit Seilen und Öl bekämpfen! Ruft Eure Armbrustschützen zusammen! Die Ungeheuer müssen heruntergeholt werden!«

»Es sind zu viele«, erwiderte Falkenwind kurz, während hinter Jondalrun Fackeln aufflammten. »Wir müssen die Schiffe retten! Ruft Eure Männer mit den Armbändern zusammen, Jondalrun. Sie müssen auf die Masten klettern, damit die Frostdrachen nicht auf die Segel losgehen. Laßt Euch von Eurem Sohn unterstützen, und nehmt so viele Männer von meiner Mannschaft, wie Ihr sie braucht!«

Jondalrun funkelte ihn an. »Ihr habt kein Recht, mir Befehle zu erteilen, Sim! Ich bin ein Ältester aus Fandora!«

Falkenwind packte den eigensinnigen Bauern am Kragen. »Vergeßt Euren Titel! Diese Geschöpfe werden uns umbringen, wenn wir jetzt nicht handeln! Ich habe meine Gründe für den Einsatz von Seilen und Öl! Ihr müßt für den Drachenbann sorgen!«

Jondalrun befreite sich von Falkenwinds Griff und sagte finster: »Das werden wir später regeln! Meine Männer unterstützen mich schon.«

Während Jondalrun sich nach Dayon umsah, rief Falkenwind zweimal laut und schrill in die Ferne. Kurz darauf stieß der Falke herab.

»Wache!« rief Falkenwind. »Bring mir eine Feder und Pergament! Die anderen Schiffe müssen benachrichtigt werden.«

Der Düsterling kreischte vor Zorn, als er die winzigen Schiffe tief unten entdeckte. Die Menschen waren gekommen, um die Frostdrachen zu töten – genauso, wie er es vorhergesagt hatte.

Der Düsterling senkte den Hals und begann an der Spitze seiner Gefährten den langen Flug hinunter zur Flotte der Menschen. Während er flog, leuchteten plötzlich winzige Feuer auf den Schiffen auf. Der Düster-

ling heulte von neuem. Die Menschen dachten wohl, sie könnten die Frostdrachen mit Feuer erschrecken; die Menschen hatten Angst vor ihnen – sie mußten die wertvolle Flamme gegen sie einsetzen.

Der Düsterling kreischte seinen geflügelten Brüdern eine Warnung zu. Die verschlagenen Menschen, die bis zu ihren Höhlen vorgedrungen waren, verfügten auch über das Geheimnis des Feuers, aber es glich nicht der Flamme der Drachen. Die Flamme der Feuerdrachen war immer schnell wieder verloschen. Aber auch diese kleinen Flammen unten würden rasch verschwinden: Die Frostdrachen würden kreischend die Schiffe umkreisen, große Wellen erzeugen und die Menschen in Schrecken versetzen, bis die Flammen verschwunden waren. Dann erst ging der eigentliche Angriff los.

Der Falke hatte die Botschaft seines Herren den Schiffen in der Nähe des Flaggschiffs gebracht. Falkenwind gab den Kapitänen darin Anweisung, den Drachenbann der Fandoraner für die Verteidigung der Schiffe sicherzustellen. Viele der Fandoraner protestierten, weil sie befürchteten, ihr Schicksal sei besiegelt, wenn sie die Armbänder hergäben. Aber durch die Überredungskünste der Mannschaften – oder die Androhung von Gewalt – wurde ihr Widerstand rasch gebrochen.

Auf dem Flaggschiff wurden die Armbänder hastig an Masten und Segeln befestigt. Alle hofften, daß dies die Frostdrachen davon abhalten würde, das Flaggschiff selbst anzugreifen. Außerdem standen simbalesische und fandoranische Soldaten mit langen Stangen bereit, an denen Drachenbann steckte, um jeden Frostdrachen fortzutreiben, der sich dem Deck näherte.

Als die kreischende Horde näher kam, liefen einige der Soldaten in Panik zurück in den Laderaum. Die meisten aber nahmen tapfer ihren Posten auf Backbord- und Steuerbordseite ein, bewaffnet mit Stangen, Pfeil und Bogen, Speeren und sogar mit Schwertern. In der Nähe des Großmastes mühten sich einige Männer, darunter auch – unerkannt im allgemeinen Durcheinander – Willen aus Nordwelden, damit ab, mit langen Speerschäften ein riesiges, mit Öl getränktes Seil rund um das Schiff auf dem Wasser in Position zu bringen. Am Seil waren in Abständen lange, dünne Stangen befestigt, um es gegen die See zu stabilisieren.

»Schneller!« schrie Vora, und Offiziere gaben den Befehl an die Besatzung weiter, die zu mehreren Gruppen an dem Seil arbeitete; nach Falkenwinds Plan war es zu einem Kreis gebunden worden, bevor man es ins Wasser warf. Willen und die anderen schoben es in sicherem Abstand zum Flaggschiff.

Der Weldener blickte hinauf zum Mond. Die Frostdrachen kamen nä-

her. Ihn schauderte. Er war seit zwanzig Jahren Jäger, aber noch nie hatte er etwas so Entsetzliches gesehen. Der Himmel war schwarz von den Geschöpfen, und ihre Schreie drangen durch die Dunkelheit. Er dachte an das ermordete Mädchen und das Entsetzen, das die kleine Kia empfunden haben mußte. Er würde die Kreaturen bekämpfen – bis zum Ende.

Die Anführer der Truppen versuchten, der Panik auf Deck Herr zu werden. Tamark und Dayon beruhigten die Fandoraner, die mit ihren Drachenbannstangen warteten, während Ceria sich um die unter Schock stehenden Soldaten kümmerte, die sich im Unterdeck versteckt hatten.

Falkenwind und Jondalrun standen am Ruder. Jondalrun starrte auf die Frostdrachen. Trotz des inzwischen heftigen Windes konnte er schon hören, wie die Riesenflügel die Luft durchschnitten.

»Gebt den Befehl!« rief Jondalrun. »Sie sind fast hier!«

Falkenwind schüttelte den Kopf. »Das Seil ist noch nicht weit genug vom Schiff entfernt. Sonst geht das Schiff noch in Flammen auf!«

Jondalrun wollte etwas entgegnen, doch da hörten sie einen gellenden Schrei – und das erste und größte der Geschöpfe stürzte auf das Schiff zu.

Der Düsterling ließ sich zu dem schimmernden Segel hinabfallen, um es mit seinen Krallen aufzuschlitzen – das Signal zum Angriff auf die Menschen. Die anderen würden ihm folgen zur Rache für das, was die Menschen zerstört hatten. Binnen kurzem würden sie alle Schiffe zertrümmern und die Menschen dem Meer überlassen. Der Düsterling beobachtete, wie die verzweifelten Kreaturen in Panik auf ihrem Schiff hin und her liefen. Er streckte seine Krallen aus. Es war soweit!

Dann schrie er plötzlich auf vor Schmerzen. Ein Geruch war ihm entgegengeströmt; es war der gleiche wie damals, der Geruch, der es dem Menschen ermöglicht hatte, ihm zu entkommen. Der Düsterling fühlte seine Nüstern brennen von dem scheußlichen Geruch, und er stieg schreiend wieder auf, um die anderen zusammenzurufen. Die Frostdrachen sahen ihn zurückkommen und kreischten vor Furcht. Er umkreiste sie einmal und gab mit zischender Stimme seine Befehle. Sie würden gemeinsam hinabstoßen und die giftigen Dünste mit ihren Flügeln vertreiben. Dann konnten sie das Schiff zerschmettern und die verräterischen Menschen ins Meer schleudern.

Falkenwind sah erleichtert zu, wie das riesige Wesen wieder aufstieg. »Der Geruch vom Drachenbann hat ihn für den Augenblick vertrieben«, sagte er zu Jondalrun, »aber ich fürchte, sie werden uns jeden Augenblick wieder angreifen.« Jondalrun blickte beunruhigt nach oben. Die Wogen schaukelten ihr Schiff jetzt wild hin und her. Wenn das Flügelschlagen der Frostdrachen noch hinzukam, konnte das Schiff leicht kentern. Voller Schrecken sah er plötzlich zwei der Geschöpfe – das eine schwarz, das andere grau – sich von der Masse über ihnen lösen und auf das Achterdeck zustürzen.

Auch Falkenwind hatte es gesehen und gab über den General den Befehl weiter, jetzt das Seil um das Schiff herum zu entzünden. Drei Bogenschützen schossen auf die herunterkommenden Frostdrachen, aber die Pfeile glitten von der Haut der Geschöpfe ab, ohne Schaden anzurichten. Mittschiffs hoben drei andere Schützen ihre Bogen und legten rasch entzündete Pfeile auf. Die Pfeile beschrieben einen orangenfarbenen Lichtbogen über dem Wasser und trafen das Seil, während es gleichzeitig einige Leute der Mannschaft mit langen Stangen vom Schiff fernhielten. Ein Ring aus Feuer flammte auf und umgab das Schiff.

Die Mannschaft faßte wieder Mut. Es funktionierte!

Über den Flammen wichen die beiden Frostdrachen mit entsetztem Geschrei zur Seite aus. Dann flogen sie zurück zu der dunklen Wolke aus Flügeln.

»Die Frostdrachen fürchten sich«, sagte Falkenwind.

»Ja«, erwiderte Jondalrun, »aber wie lange? Wenn das Feuer erlischt, können sie uns wieder angreifen.«

Wie zur Antwort leuchtete plötzlich in der Ferne ein Feuer auf. Weitere Feuerringe folgten. Die anderen Schiffe der Flotte hatten ebenfalls in Öl getränkte Seilringe entzündet.

Der Düsterling zog seine Kreise. Er begriff es nicht! Die Menschen hatten das Meer entzündet! Sie waren noch schlauer, als er angenommen hatte. War dies der Grund für die alte Anordnung der Drachen? Waren diese winzigen Kreaturen zu verschlagen und zu gefährlich für die Frostdrachen?

Laut schreiend beruhigte er seine Gefährten, während er sein eigenes Entsetzen verbarg. Jetzt gab es kein Zurück mehr. Wenn die Menschen Feuer gegen sie einsetzten, mußte er das Geheimnis lüften, das in ihm brannte. Er spreizte die Flügel im Mondlicht. Jetzt also erfahren die anderen, was zu enthüllen er nie gewagt hatte.

Während er mit seiner Schar Kreise zog, bereitete der Düsterling sich auf seinen abschließenden Flug nach unten vor. Er beobachtete die verschiedenen Feuer auf dem Wasser unter ihm, aber er bemerkte den Schatten nicht, der sich ihnen von Norden langsam näherte.

»Sieh nur!« rief Amsel. »Über dem Meer!«

Der Letzte Drache blickte müde durch die Wolken. In der Dunkelheit entdeckte er die Welle grauer Flügel.

»Es sind die Frostdrachen«, rief Amsel. »Wir haben sie gefunden, wir haben sie endlich gefunden!«

Der Drache brummte vor sich hin, während er die hoch über den nebelverhüllten Flammen kreisenden Geschöpfe beobachtete.

»Ich kann in dem Nebel nichts erkennen«, sagte Amsel. »Was für Lichter sind das?«

»Ich sehe auch nicht mehr als du«, dröhnte der Drache.

»Dann müssen wir näher ran!« rief Amsel. »Die Frostdrachen haben mein Windschiff umkreist, als es abstürzte – was könnten sie jetzt umkreisen?«

»Ich weiß es nicht«, entgegnete der Drache. »Aber du warst erfolgreich auf deiner Suche. Wir haben die Geschöpfe rechtzeitig gefunden.« Er flog langsamer.

»Nein!« schrie Amsel, »erfolgreich werde ich erst sein, wenn wir sicher sind, daß sie nicht nach Süden fliegen! Du mußt weitermachen!«

»Dir fehlt es an Geduld«, brummte der Drache, dann aber hob er stolz den Hals. »Die Frostdrachen werden mir gehorchen«, sagte er. »Ich bin zwar verwundet, aber immer noch Befehlshaber.«

Amsel hielt sich mit beiden Armen am Horn des Drachen fest, als der Drache zu brüllen begann – ein Brüllen, das laut genug war, selbst die Wolken zusammenzurufen. Amsel blickte besorgt nach unten: Die dunklen Flügel in der Ferne schienen auseinanderzustreben, und obwohl sie noch so weit entfernt waren, vernahm Amsel einen durchdringenden Schrei.

»Sie haben dich gesehen!« brüllte Amsel. »Sie kommen hierher!« Amsel und der Letzte Drache beobachteten, wie ein dunkler Strom geflügelter Wesen in ihre Richtung flog. Das erste schien größer zu sein als die anderen, und Amsel hielt entsetzt den Atem an, als er im Mondlicht den gewaltigen Körper des schwarzen Frostdrachen erkannte, der ihn in seiner Höhle angegriffen hatte. Dann brüllte der Letzte Drache wieder, der letzte aller Feuerdrachen, und stieß zu Amsels Verwirrung hinunter zum Meer.

»Wo willst du hin?« schrie Amsel, aber der Drache beachtete ihn nicht, sondern durchschnitt mit rasender Geschwindigkeit eine Wolke. Amsel klammerte sich mit aller Kraft an.

Als sie kurz darauf durch die Wolkendecke gestoßen waren, sah Amsel, wohin der Letzte Drache flog: Vierzig Schiffe, von Ringen aus Feuer umgeben, trieben auf der bewegten See unter ihnen!

Die Besatzung des Flaggschiffs hielt den sich nähernden Drachen für einen weiteren Frostdrachen. Doch als er näher kam, sah Ceria den Unterschied.

»Es ist ein Drache!« rief sie. Falkenwind und die Ältesten aus Fandora standen bei ihr auf dem Vorderdeck. »Es ist ein echter Drache, was da kommt!«

Die anderen starrten erschrocken nach oben, denn als das geflügelte Riesentier näher kam, wurde es immer klarer, daß dieses Wesen jenen Angreifern nicht glich. Es war groß, größer sogar als der Frostdrache, der sich als erster heruntergestürzt hatte. Es hatte nicht zwei, sondern vier Beine und . . .

Falkenwind starrte ungläubig nach oben. »Jondalrun«, flüsterte er, »trügen meine Augen mich, oder sitzt da wirklich ein Mann auf dem Kopf des Drachen?«

Jondalrun beobachtete, wie der Drache seine großen Flügel ausbreitete, um sich gegen den Wind abzubremsen, der hoch über dem Flammenring wehte. Als Folge schäumten die Wellen auf, und ein Teil des brennenden Seils erlosch.

Der Drache glitt rasch zum Deck des Schiffes herab. Aus der Ferne drangen die Schreie der Frostdrachen herüber, aber Jondalrun wußte nicht, ob Zorn oder Furcht aus ihnen sprach.

Dann neigte der Drache in einer schnellen Bewegung seinen Kopf zum Hauptdeck hinunter, und eine winzige Figur sprang von einem seiner Hörner ab! Während die kleine Gestalt herunterpurzelte, drehte der Drache sich um, hob den Kopf und stieg rasch wieder zu den Wolken empor.

Amsel rief um Hilfe, als er auf das weiche, gebauschte Marssegel traf, hinunterrutschte und dann weiter in Richtung Deck glitt. Willen und zwei andere fingen den kleinen Fandoraner auf. Falkenwind und Jondalrun liefen auf ihn zu, aber es war Ceria, die seinen Namen ausrief: »Amsel!« rief sie. »Amsel, du bist also heil und gesund!«

Jondalrun hörte ihre Worte und hatte das Gefühl, er werde wahnsinnig. »Amsel?« dröhnte er. »Amsel aus Fandora?« Dann sah er einen weißen Haarschopf zwischen den Beinen von zwei simbalesischen Soldaten hervorschauen. »Macht mir Platz!« brüllte Jondalrun und drückte sich an den anderen vorbei. Einige Schritte von ihm entfernt – Willen half ihm gerade auf die Füße – stand der Erfinder, den er des Mordes an seinem Sohn beschuldigt hatte!

»Du!« rief Jondalrun aus. »Du lebst doch gar nicht mehr!«

Amsel erblickte den Ältesten, und obwohl er noch benommen war, rief er: »Ich habe herausgefunden, wer Johan ermordet hat!«

»Das kann nicht sein!« brüllte Jondalrun. »Dieser Mann war in einem brennenden Baumhaus eingeschlossen! Er kann unmöglich hier stehen!«

Bevor Amsel antworten konnte, umarmte ihn Ceria voller Freude. »Er ist hier, und er ist ein Held!« rief sie. »Er ist unser aller Held. Er hat einen Feuerdrachen hierhergebracht, der die Frostdrachen abwehren wird.«

Amsel lächelte unsicher. »Es sieht so aus, als wäre der Krieg beendet«, sagte er.

»Ja«, erwiderte Falkenwind. »Aber ein anderer Krieg hat begonnen.«

Er blickte hinauf zum Himmel. Gegen das Mondlicht, nur hin und wieder von Wolkenstreifen berührt, hoben sich zwei gigantische Umrisse ab. Der Schwarm der Frostdrachen hielt sich zögernd im Hintergrund. Unter den Blicken der Fandoraner und Simbalesen näherte sich der Letzte Drache dem Düsterling.

Der Düsterling schrie auf voller Furcht und Zorn. Es lebte doch noch ein Drache, ein Feuerdrache, der vor dem Feuer der Menschen keine Furcht hatte! Er war aus dem Dunkel gekommen, der Düsterling wußte nicht, wie oder woher, aber er wußte, daß er den Drachen besiegen mußte. Erst dann konnten die Frostdrachen ihren Flug nach Süden fortsetzen. Wenn der Drache sich durchsetzte, würden die Frostdrachen dem alten Verbot folgen und untergehen – so wie die Feuerdrachen selbst, die Vorfahren dieses Drachen, schon vor langer Zeit untergegangen waren.

Die Frostdrachen hingen stumm hinter dem Düsterling in der Luft und sahen den Feuerdrachen näher kommen.

Der Düsterling zischte; er wußte, welche Verehrung die anderen dem Drachen entgegenbrachten. Und er selbst spürte ähnliche Gefühle in sich, besonders da er ja teilweise von den Feuerdrachen abstammte. Zu einem anderen Zeitpunkt hätte er sich den Wünschen des Drachen gefügt, doch nicht jetzt! Das Zeitalter der Drachen war vorbei.

Der Letzte Drache flog auf den Düsterling zu. Gemäß einer uralten Angriffsregel würde er das Wesen einmal umkreisen, bevor er angriff. Er hatte nicht den Wunsch, zu kämpfen, aber aus den Schreien des dunklen Geschöpfs ging hervor, daß es zum Kampf entschlossen war. Der Letzte Drache brüllte laut, als er durch die Wolken hinabstieß, und machte damit den furchterfüllten Frostdrachen seine Absicht klar.

Die Frostdrachen schrien auf, und der Letzte Drache sah, daß der schwarze Frostdrache direkt auf ihn zustürzte. Er hatte ihn nicht umkreist. Seine Krallen waren ausgestreckt. Er griff an!

Der Letzte Drache war alt und verletzt; er konnte nicht schnell genug wenden, um den Krallen des Düsterlings auszuweichen, und wurde an einer Seite verletzt. Auf den Schiffen in der Tiefe sahen alle die beiden Silhouetten vor dem Vollmond aufeinanderstoßen. Der Letzte Drache verlor etwas an Höhe. Amsel hielt den Atem an. Doch dann raffte der Drache sich wieder auf und flog mit starkem Flügelschlag auf den Düsterling zu. Falkenwind ließ die beiden Kämpfer nicht aus den Augen. Die Feuerringe um die Schiffe herum waren in den Wellen erloschen, und einige Fässer waren in dem Durcheinander über Bord gegangen. Wenn die Frostdrachen noch einmal angriffen, stand es schlecht um die Verteidigung.

Der Düsterling schoß vor; er wußte, daß er seinem Gegner keine Atempause geben durfte. Er stieß hinunter und hackte mit den Krallen an den Enden seiner Flügel nach dem Hals des alten Drachen, aber der Drache zog den Kopf ein, und die Hiebe zischten durch die dünne, kalte Luft.

Der Letzte Drache wußte, daß dieses Wesen anders war als die anderen Frostdrachen. Abgesehen von seiner Größe und Farbe war da auch eine Intelligenz, eine Entschlossenheit, für einen höheren Zweck zu siegen. Der kleine Mensch hatte recht gehabt; das Geschöpf wollte den Süden überfallen!

Der Düsterling kreiste unter ihm und schoß dann mit mächtigen Flügelschlägen nach oben, in der Absicht, den Drachen mit seinen Hörnern zu durchbohren. Der Drache wich laut brüllend seitlich aus und entging dem Angriff. Die Anmaßung des Frostdrachen versetzte ihn in Wut. Er war alt und müde, aber er war immer noch ein Drache – Angehöriger einer Rasse, die die Frostdrachen Generationen lang beschützt hatte! Sie hatten ihm mit Achtung zu begegnen! Er schwang sich empor, um sich erneut auf das anmaßende Geschöpf zu stürzen. Kein Frostdrache durfte sich dem Erlaß der Feuerdrachen widersetzen!

Der Düsterling verlor keine Zeit, sondern stürzte sich ihm entgegen und hackte mit seinen Zähnen nach dem verletzten Flügel des Drachen.

Der Drache schrie auf, als die Haut seines verletzten Flügels aufriß, aber gleichzeitig schleuderte er seinen Schwanz nach vorn und überraschte damit den Frostdrachen. Dann faltete er die Flügel zusammen und ließ sich weiter nach unten gleiten, um ein paar kostbare Momente Ruhe zu finden.

Der Düsterling deutete den Rückzug des Drachen als Furcht. Mit einem Triumphschrei, der bis zu den Schiffen tief unten drang, nahm er die Verfolgung auf. Zu seiner Überraschung stieg der Drache wieder auf, um seinem Angriff zu begegnen. Sie trafen auf halbem Weg aufeinander mit einem Geräusch, das wie plötzlicher Donnerschlag klang. Einen Augenblick lang stürzten sie zusammen ab mit so heftigen Flügelschlägen, daß die Wellen weit unten zu weißem Schaum aufgewirbelt wurden. Der Düsterling umklammerte den Drachen und versuchte, ihm mit seinen Krallen den Bauch aufzuschlitzen, aber der Drache hielt ihn sich mit seinen scharfen Klauen und seinem Schwanz vom Leib. Während sie stürzten, trafen ihre Blicke sich. In den ruhigen blauen Augen des Drachen sah der Düsterling keine Furcht, keine Panik; statt dessen sah er eine Entschlossenheit, die auch hundert Angriffe nicht vermindern würden. Er sah auch Trauer in ihnen.

In diesem Augenblick wußte der Düsterling, daß nur das tief in seinem Inneren gehütete Geheimnis den Drachen besiegen konnte. Der Drache würde sich nicht rächen; er war immer noch an die jetzt bedeutungslosen Gesetze eines längst vergangenen Zeitalters gebunden. Er, der Düsterling, war es, der die Kraft hatte, das Erwachen eines neuen Zeitalters zu lenken – das Zeitalter der Frostdrachen im warmen Land des Südens!

Der Düsterling riß sich los und stieg hoch in die Lüfte auf, und er heulte in einem Taumel der Verzückung, als die Wärme, die er so lange verborgen hatte, in ihm zu wachsen begann. So sollte es sein; er war sich dessen ganz sicher. Das Feuer würde den Weg in ein neues Leben zeigen.

Der Letzte Drache blickte nach oben und sah den gekrümmten Körper des Frostdrachen vor dem mondhellen Himmel. Er hatte mit ihm gekämpft, aber doch sicher nicht hart genug, um ihn so schnell zu vertreiben. Er sah das Wesen erstarren und hörte es brüllen – und es war das Brüllen eines Feuerdrachen, nicht eines Frostdrachen.

Erst jetzt begann der Letzte Drache zu ahnen, was hinter dem Zorn des Wesens steckte. Es war fast zu spät. Ein weißer Flammenstoß schoß aus dem Maul des Düsterlings hervor und raste mit furchterregender Geschwindigkeit auf den Drachen zu. Er wich in einem jähen Sturzflug aus, und die Flamme versengte nur die Spitze eines Flügels. Der Düsterling schrie auf vor Entsetzen. Er hatte sein Ziel verfehlt!

Die Menschen, die von den Schiffen aus die Vorgänge verfolgt hatten, dachten zuerst, daß eine Sternschnuppe heruntergefallen sei. Alle auf dem Deck des Flaggschiffs schirmten ihre Augen ab gegen die grelle Lichtspur. Sie verlor an Farbe, während sie näher kam, und beleuchtete das Schiff in harten Schwarzweißtönen.

Dann explodierte das Meer! Im Nu war das Wasser mit Feuer bedeckt, da der Flammenstoß des Düsterlings das Öl entzündet hatte, das aus den über Bord gegangenen Fässern ausgelaufen war.

»Alle Männer an ihre Plätze!« schrie Falkenwind. »Wir dürfen den Flammen nicht zu nahe kommen!«

Zum Glück hatten die Strömungen das Öl von der Flotte abgetrieben, so daß keine unmittelbare Gefahr für das Flaggschiff bestand.

Amsel blickte wieder nach oben, aber Licht und Rauch hatten den Himmel verdunkelt.

»Hört!« sagte Ceria leise.

Von hoch oben, von jenseits der wogenden Wolken, drang wildes Geschrei zu ihnen herunter. Dayon blickte Amsel an.

»Was ist das für ein Geräusch?« fragte er.

Amsel runzelte die Stirn. »Die Frostdrachen«, sagte er. »Sie sind zornig und fürchten sich.« Dann riß ein Windstoß die Wolken auf, und Amsel sah die dunklen Flügel des Letzten Drachen gegen den Mond.

Der Düsterling flog verwirrt im Kreis herum. Er hatte die Flamme benutzt, aber er hatte nicht getroffen! Sein Geheimnis war kein Geheimnis mehr. Der Drache lebte noch. Das durfte nicht sein! Seine Bestimmung war es, den Drachen zu besiegen, er war es, der sich um das Überleben der Frostdrachen bemüht hatte. Der Düsterling wußte, daß er jetzt nicht mehr zurücknehmen konnte, was er getan hatte. In einem einzigen hitzigen Moment hatte er sich einer der ältesten Anordnungen der Drachen widersetzt, und er hatte versagt. Sein Zorn wich plötzlich einem Gefühl der Panik, und in seiner Panik sah er den Drachen zu ihm emporfliegen.

Er brauchte nicht den Zorn in den Augen des Drachen zu sehen, um zu wissen, was jetzt auf ihn zukam. Er hatte die Flamme benutzt, um zu töten. Etwas Schlimmeres gab es nicht. Der Drache würde selbst sein Leben aufs Spiel setzen, um ihn zu bestrafen.

Der Düsterling zog eine scharfe Kurve von dem Drachen weg und schlug wild mit den Flügeln in dem dicken Rauch, der von unten aufstieg. Er konnte nichts mehr sehen. Irgend etwas schlug heftig gegen seinen Schwanz. Er schrie auf vor Schmerzen und torkelte einen Moment, bevor er wieder Luft unter den Flügeln hatte. In diesem Augenblick riß der Wind den Rauchvorhang auseinander, und plötzlich sah er wieder: Vor ihm und überall um ihn herum flogen die Frostdrachen. In ihren Augen, die im Rauch wie glühende Kohle leuchteten, sah er Zorn und Verwirrung. Er hatte sie davon überzeugt, daß es keine Drachen mehr gab. Er hatte sie in den Süden getrieben. Jetzt war ein Drache zurückgekehrt, und er hatte versucht, ihn mit Feuer anzugreifen! Die Frostdrachen verstanden das alles nicht, aber sie wußten eines: Solange der Drache lebte, würden sie ihm treu ergeben sein, auch auf Kosten irgendeines anderen Lebewesens.

Der Düsterling stieß einen letzten, gepeinigten Schrei aus, einen leidenschaftlichen Schrei, wie er ihn noch nie zuvor von sich gegeben hatte. Die Frostdrachen verstanden nicht, was er für sie getan hatte. Ein Dutzend kraftvoller Schwänze fegte durch die Wolken, und der Düsterling spürte, wie die Schläge seine Flügel zerschmetterten. Begleitet von den Schreien der Frostdrachen stürzte er ab. Unten sah er das brennende Meer warten. Seine eigenen Artgenossen hatten ihn dorthin geschleudert – aber nein, sie waren nicht seine Artgenossen. Sie waren es nie gewesen. Er war einsam und für sich geflogen, immer allein.

Wenigstens würde es jetzt keine Einsamkeit mehr geben.

Der Düsterling nahm den Gedanken mit in die Flammen.

Als Falkenwind aufschrie, blickten auch die anderen auf und sahen einen riesigen Frostdrachen hilflos aus den Wolken herunterstürzen. Der Falke kreischte laut auf, als der Riese auf das Meer zustürzte. Für den Bruchteil einer Sekunde sahen sie den Düsterling deutlich vor sich, dann ging er unter in dem Inferno auf den Wogen. Der Aufprall schleuderte rote und orangenfarbene Flammenbündel hoch, die nahe den Schiffen wieder herunterkamen. Brennende Öltropfen spritzten an Bord und entzündeten kleine Feuer, die jedoch rasch gelöscht wurden.

Inmitten der Flammen tauchte der Düsterling noch einmal auf, mit brennendem Kopf. Aus seiner Kehle ertönte ein letzter Schrei, der alle erschreckte, ein reumütiger Ton, der zu den Wesen über ihnen hinaufzog. Dann verschluckte das Feuer ihn. Er ging unter, und das brennende Meer schloß sich über den übel zugerichteten Spitzen seiner Hörner.

Fandoraner und Simbalesen standen an der Reling des Flaggschiffs, wie betäubt von dem, was sie gesehen hatten. Sie behielten das Meer in den Augen, während das Schiff sich immer weiter von den Flammen entfernte – sie behielten das Meer in den Augen, aber der Düsterling tauchte nicht mehr auf.

Hoch über den Schiffen umkreiste der Letzte Drache langsam die Frostdrachen. Er brüllte vor Stolz, denn die Horde hatte ihm Achtung erwiesen; sie hatten sich zusammengeschlossen gegen das dunkle Wesen, das ihren Untergang herbeigeführt hätte.

Er erklärte den Frostdrachen, warum die Drachen angeordnet hatten, daß sie dem Land im Süden fernbleiben sollten. Die Hitze dort hätte sie umbringen können; die Menschen konnten überleben, wo *sie* es nicht konnten. Die Frostdrachen schrien kummervoll auf, als der Letzte Drache ihnen vom Schicksal der anderen Drachen berichtete. Er wußte, daß sie sich fürchteten. Die Kälte brachte sie um. Aber sie würden nichts erreichen, wenn sie die Menschen angriffen.

Der Letzte Drache brüllte wieder. Er würde nach einem sicheren Ort für sie suchen, einem Ort, wo es nicht so kalt war. Er würde ihn finden, versprach er ihnen. Alles sei möglich, wenn sie die Hoffnung nicht aufgäben. Er forderte sie auf, zu ihren Höhlen zurückzukehren. Er würde ihnen bald folgen. Dann flog die Wächterin zu ihm und berichtete ihm von ihren Angriffen auf die Menschen.

Der Letzte Drache hörte ihr zu und schwor sich, die Gründe für das, was die Menschen getan hatten, herauszufinden. Die Wächterin kreischte zustimmend und kehrte in die graue Masse der Flügel zurück. Dann wandten sich die Frostdrachen nach Norden und begannen den friedlichen Rückzug zu ihren Höhlen.

»Seht nur!« rief Amsel. »Der Drache kommt zurück!«

Aus dem Rauch und den Wolken tauchte der Letzte Drache auf. Die Verletzungen an seinen Flügeln zeigten sich deutlich an der Art, wie er flog. Dennoch ließ er sich so sanft auf die Wellen nieder, daß die Schiffe in seiner Nähe ihre Lage kaum veränderten.

Amsel sah zusammen mit Falkenwind, Ceria, Tamark, Vora und Jondalrun zu, wie der Drache auf dem Wasser aufsetzte. Trotz der beruhigenden Worte von Amsel schreckten viele Besatzungsmitglieder vor dem Drachen zurück. Auf Befehl Falkenwinds waren einige tapfere simbalesische Frauen auf die Masten geklettert und hatten den dort befestigten Drachenbann entfernt. Als der Drache seinen Hals zum Bug neigte, dachte Ceria an den Beutel an ihrer Seite. Die Drachenperle gehörte rechtmäßig den Drachen. Sie würde sie dem Drachen zurückgeben.

Weit hinter ihr, im Schatten des Marssegels, stand jemand, der auch einen Beutel in der Hand hielt. Es war Willen aus Nordwelden. Er tastete nach den regenbogenfarbigen Muscheln. Er wußte jetzt, daß es die Frostdrachen gewesen waren, die Kia getötet hatten, aber er wußte immer noch nicht, warum. Auch in Fandora waren zwei Kinder ermordet worden. Es konnte nicht ohne Absicht geschehen sein, dessen war er sicher. Vielleicht hatte der Drache eine Antwort. Er mußte es herausfinden.

Der Drache neigte den Kopf den Leuten zu, die in der Nähe des Ruders standen, und öffnete langsam den Rachen. Und dann sprach er – zum großen Erstaunen aller außer Amsel.

»Die Frostdrachen sind fort«, sagte er. »Sie wurden eingeschüchtert und zum Angriff getrieben. Sie werden nicht wiederkommen.«

Amsel lächelte. Er hatte Falkenwind und Jondalrun von seiner Begegnung mit Ephrion erzählt und von seiner Mission und seinen Abenteuern im Norden. Doch Jondalrun hatte nur geschrien: »Warum haben die Frostdrachen meinen Sohn umgebracht?« Amsel litt selbst noch wegen Johans Schicksal, und jetzt war sicher die letzte Gelegenheit, die Wahrheit herauszufinden. Er trat zum Bug und rief in der langsamen, bedächtigen Sprechweise, die der Drache bevorzugte: »Diese Leute sind die Anführer der Menschen.« Er nickte dabei in Richtung der Ältesten und der Simbalesen. »Sie sind dankbar für alles, was du getan hast, aber sie stellen eine Frage, die ich nicht beantworten kann.«

»Ja«, sagte der Drache mit seiner dröhnenden Stimme. »Da gibt es noch die Frage nach dem Mord an den ungeborenen Jungen der Frostdrachen.«

»Die Jungen der Frostdrachen?« fragte Amsel überrascht. »Es waren Kinder aus Simbala und Fandora, die ermordet wurden!«

Der Drache brummte: »Nach dem Bericht der Wächterin haben Menschen an der Nordküste ihres Landes das Nest mit den Eiern der Frostdrachen zerstört.«

Während der Drache sprach, war Willen leise vorgetreten. »Es war ein Kind aus Nordwelden, das umgebracht wurde!« brüllte er. »Das Mädchen hatte nichts zerstört! Sie hatte nur Muscheln am Strand gesammelt!«

Willen schleuderte den Beutel auf das Vorderdeck, wo er vor Amsels Füßen landete. Amsel hob ihn auf, schüttete vor allen Augen den Inhalt in seine Hand und untersuchte rasch die regenbogenfarbigen Stückchen. »Das sind keine Muscheln«, sagte er und hielt sie in die Höhe, so daß der Drache sie sehen konnte. Der Drache kam näher, ebenso Jondalrun, Falkenwind und Ceria. Willen drängte sich zu ihnen durch.

»Diese Splitter sehen aus wie Stücke einer Eischale!« fuhr Amsel fort. Er fragte den Drachen, ob er recht habe.

Der Letzte Drache brüllte zustimmend und erklärte, was die Frostdrachen ihm berichtet hatten.

»Dann gab es also einen Grund für Johans Tod«, sagte Amsel. »Die Frostdrachen haben ihn als Vergeltung für die Zerstörung der Dracheneier getötet.«

Die Erkenntnis erfüllte Amsel mit Traurigkeit, denn er wußte, daß der Junge nie umgebracht worden wäre, wenn er die Schwinge nicht gehabt hätte. Johan war an jenem Tag bei seinem Flug ein leichtes Ziel für den vor Wut rasenden Frostdrachen gewesen. Die Wächterin hatte die zerstörten Eier gesehen, hatte gewußt, daß die ersehnten Jungen nie geboren werden würden. Aus Rache hatte sie, rasend vor Zorn, die drei Kinder in Fandora und Simbala getötet. »Sie wußte von keinem der beiden Länder etwas«, sagte Amsel traurig, »und sie wußte auch nicht, daß die Eier wahrscheinlich von unschuldigen Kindern beim Spiel zerbrochen wurden.« Er blickte Willen an. »Kann es nicht so gewesen sein?«

Der Weldener nickte. »Ja, es gibt einige Kinder, die gern dort am Strand herumspielen. Vielleicht hat Kia die Überreste ihres Unfugs gefunden. Sie selbst hätte sicher nicht die Eier zerbrochen.«

Jondalrun begann zu weinen, mit dem Kummer eines Mannes, der die Wahrheit über ein tragisches Ereignis zu spät erfahren hat, um es noch verhindern zu können. Dayon und Amsel stimmten in seine Wehklage ein.

Tränen waren für den Drachen ein unbekannter Anblick, und er sah seinen winzigen Freund voller Mitgefühl an.

»Die Zahl derer, die du gerettet hast, ist größer als die derer, denen du Leid zugefügt hast«, sagte er mit seiner dröhnenden Stimme. »Ich habe viel mehr verloren als du. Wir dürfen nicht länger verzweifeln.«

Amsel antwortete nicht. Er blickte in die Nacht hinaus und fühlte die Last seiner Mission von sich gleiten. Er wußte, daß der Kummer länger brauchte, um zu vergehen. Plötzlich spürte er eine Hand auf seiner Schulter. Er drehte sich um und sah Jondalrun vor sich stehen.

»Ich habe dich des Mordes beschuldigt«, sagte er steif, »aber ich mache dir keine Vorwürfe mehr. Du hast dein Leben gewagt, um die Wahrheit herauszufinden.« Dayon stand hinter seinem Vater. Er war stolz auf ihn. Dieses Eingeständnis mußte Jondalrun sehr schwergefallen sein, aber er hatte es geschafft. Jetzt konnten die Wunden endlich heilen.

Falkenwind trat mit Ceria auf den Drachen zu. »Vielleicht sind nicht alle Eier zerstört worden«, sagte er. »Wäre es nicht eine gute Idee, wenn unsere Truppen die Strände für die Frostdrachen absuchen?«

Der Drache erwiderte mit einem Dröhnen: »Die Frostdrachen haben sich an euren Stränden Nester für ihre Eier gebaut, weil es in ihrem Land zu kalt für das Ausbrüten geworden war. Es ist unwahrscheinlich, daß noch unversehrte Eier übriggeblieben sind.«

»Sollten wir nicht wenigstens nachschauen?« fragte Ceria. »Ihr seid schon so wenige geworden – wenn auch nicht so wenige, wie wir gedacht hatten!«

Der Drache warf ihr einen resignierten Blick zu. »Ich fliege im Augenblick nur mit Mühe«, sagte er, »aber du hast recht. Ich muß mich vergewissern, daß die Frostdrachen sich nicht geirrt haben.« Er breitete seine verletzten Flügel aus und erhob sich langsam. »Ich komme zurück«, dröhnte er. Er flog nach Süden, in Richtung auf die Küste Simbalas.

»Wenn man diese Dinge doch nur früher gewußt hätte«, sagte Falkenwind zu Ceria. »Dann hätte es keinen Krieg gegeben.«

Ceria nickte. »Hätten wir alle die Wahrheit gekannt, dann würde das Kind aus Nordwelden heute noch leben! Es gibt reichlich Platz, wo die Frostdrachen brüten können.«

»Ja«, sagte hinter ihnen Tamark. »All dies hätte nicht zu geschehen brauchen. Wir müssen daraus lernen. Wir müssen miteinander sprechen, damit ein solcher Wahnsinn nicht noch einmal geschieht.«

Hoffentlich! dachte Amsel. Hoffentlich reden wir das nächste Mal, anstatt zu kämpfen. Es gab soviel auf dieser Welt zu lernen, und es war Wahnsinn, sie zu zerstören. Wenn wir diese Lektion lernen, dann ist Johan nicht ganz umsonst gestorben.

Er zog überrascht die Augenbrauen hoch, als ihm klar wurde, daß er in der Form »wir« gedacht hatte, nicht »sie«. Andere waren bisher immer »sie« für Amsel gewesen – er hatte sich selbst nie als zugehörig betrachtet. Zum erstenmal, seit er zurückdenken konnte, fühlte er sich als Teil von ihnen, als Teil von irgend etwas. Zwar hatte er sich als Fandoraner gefühlt, dem seine Landsleute nicht gleichgültig waren, aber doch stets aus der Sicht des Außenseiters. Er hatte sich immer einsam gefühlt, auch wenn er sich an diese Einsamkeit gewöhnt hatte. Jetzt aber gehörte er nicht nur zu Fandora, sondern auch zu Simbala – und noch mehr! Er gehörte zur Menschheit. Richtig verstehen würde er das erst später. Aber für den Augenblick genügte es ihm, es nur zu fühlen – in sich das Gefühl zu haben, daß er dazugehöre. Er lächelte. Er war sehr müde. Jetzt wäre er gern zu seinem Baumhaus zurückgekehrt, um sich auszuruhen, aber das war nicht möglich. Es war abgebrannt. Er würde sich ein neues Zuhause suchen – vielleicht an einem Ort, dachte er, der nicht ganz so abgeschieden lag.

Amsel blickte auf die Fandoraner und Simbalesen, die sich um ihn herum miteinander unterhielten. Er war zuversichtlich.

Der Tag hatte schon begonnen, als der Letzte Drache zurückkehrte. Er landete wieder auf dem Wasser neben dem Flaggschiff. Zwischen den Zähnen trug er vorsichtig ein einziges regenbogenfarbiges Ei, so groß wie ein Faß. Er legte es behutsam auf das Vorderdeck, und alle Anwesenden versammelten sich um das Ei.

»Es ist ein Riß drin«, sagte der Drache, »aber vielleicht lebt es noch.« Er neigte den Kopf über das Ei. Alle traten zurück. Er hauchte eine warme gelbe Flamme aus. Sie berührte das Ei, spielte leicht über die Schale und verschwand. Alle warteten stumm.

Das Ei erbebte. Ein Knacken ertönte, und die zackige Linie auf der Schale wurde breiter. Dann fielen die zwei Schalenhälften auseinander, und vor ihnen saß ein kleiner Frostdrache, nicht größer als ein Pony. Er blinzelte im Tageslicht wie eine Eule und sah sich um. Seine Flügel waren naß und schimmernd grau, und er flatterte ungeschickt, um sie zu trocknen. Er blickte zum Drachen auf und gab ein Geräusch von sich, das zwischen einem Krächzen und einem Zwitschern lag.

Die Menschen ringsherum fingen an zu lachen. Zuerst war es nur ein zögerndes Lachen, fast schuldbewußt, als hätten sie das Gefühl, es sei nicht richtig, nach soviel tragischem Geschehen schon wieder zu lachen. Doch als der ausgeschlüpfte Frostdrache herauszufinden versuchte, wozu seine Beine gut waren, wurde das Lachen lauter. Es hört sich gut an, dachte Amsel. Gut und heilend. Und er lachte mit.

Das Drachenkind blickte mit einem erstaunlich menschlichen, vorwurfsvollen Ausdruck auf. Es schlug wieder mit den Flügeln, mit wachsender Sicherheit und Schnelligkeit, aber zum Fliegen reichte es noch nicht.

»Es muß zu seiner Mutter gebracht werden«, sagte der Drache. »Ich muß Abschied nehmen.«

Ceria holte die Drachenperle aus dem Beutel an ihrer Seite. »Warte!« sagte sie und hielt einer Legende eine andere Legende hin. »Nach allem, was wir erfahren haben, gehört dies den Drachen. Ich möchte es dir zurückgeben.«

Der Drache brüllte laut, als er die vor langer Zeit verlorengegangene Drachenperle sah. Unter seinen Blicken glühte die Kugel zu einem gleißenden Weiß auf.

Es wurde still auf dem Vorderdeck. Sogar das Frostdrachenbaby hob den Kopf, um den Edelstein zu sehen. Das leuchtende Weiß verblaßte langsam, sanft wie eine Wolke. Dann erschien eine riesenhafte, drachenähnliche Kreatur in der Kugel. Es war ein anmutiges Wesen mit großen, wunderschönen Flügeln, aber irgendwie sah es anders und noch größer aus als der Drache, der es beobachtete.

»Was ist das?« fragte Amsel.

Der Drache schaute in stummer Faszination.

»Ich weiß es nicht«, dröhnte er schließlich, aber in seiner Stimme lag Hoffnung.

Falkenwind lächelte. »Es sieht so aus, als wäre das Zeitalter der Drachen keineswegs vorbei!«

»Die Drachenperle enthält die Erinnerungen von acht Drachengenerationen«, sagte Ceria, während der Drache die Wolken in der Kugel angespannt beobachtete. »Keiner kann sagen, wie alt diese Szene sein mag.«

Der Drache hörte ihre Worte und dröhnte: »Nein! Ich wußte genau, was in den Steinen enthalten war, bevor die Menschen sie uns nahmen. Dies gehörte nicht dazu!«

Amsel blickte auf die Bilder in der Drachenperle. Obwohl er nicht viel mehr als den bewölkten Himmel drumherum sah, wirkte das Geschöpf, das dort flog, sehr gesund. »Wenn er noch lebt«, sagte Amsel aufgeregt, »gibt es vielleicht noch mehr!«

Der Drache beobachtete die Kugel, dann blickte er Amsel an, und es sah so aus, als ob ein Lächeln sein uraltes Gesicht erhellte. »Ich muß ihn finden«, sagte er. »Die Frostdrachen können nicht länger im Norden leben. Ich würde es zu schätzen wissen, wenn du, Amsel aus Fandora, mich auf meiner Suche begleiten würdest. Du hast einen schnellen Verstand und bist ein loyaler Freund.«

Es überraschte Amsel, daß der Drache ihn beim Namen genannt hatte, aber der Inhalt seiner Worte überraschte ihn noch mehr.

Er sollte sich auf der Suche nach der Heimat des Wesens in der Drachenperle mit dem Drachen zusammentun? Die Vorstellung schien unrealistisch, aber er glaubte zu verstehen, was den Drachen zu seinem Angebot veranlaßt hatte: Er war einsam und müde, er wollte auf dieser Suche nicht allein sein.

Amsel blickte die anderen an und sah Ceria lächeln. Dies sind meine Freunde, dachte er, und das Wort kam ihm merkwürdig vor. Es würde ihm schwerfallen, wieder Abschied zu nehmen, aber wie konnte er eine solche Reise ablehnen? Ihm wurde die Möglichkeit geboten, eine Welt zu erforschen!

Auch der Letzte Drache war sein Freund. Amsel wußte, wie einsam der Drache war, kannte seinen Kummer und die Notlage der Frostdrachen. Er konnte es ihm nicht abschlagen.

»Zuerst muß ich nach Fandora zurückkehren«, sagte er. »Ich muß wieder richtig essen, mich ausruhen.«

»Wie du es wünschst«, sagte der Drache. »Meine Aufgabe ist es jetzt, dieses Frostdrachenkind zu den Höhlen der Frostdrachen zurückzubringen. Sie müssen von unseren Plänen unterrichtet werden. Behalte du die Drachenperle, bis ich wiederkomme.«

Das Bild in der Perle verblaßte, als Ceria sie in den Beutel zurücklegte. Sie reichte Amsel den Beutel.

»Du wirst immer eine Heimat in Simbala finden«, sagte Falkenwind, »wenn du jemals den Wunsch haben solltest, zurückzukehren.«

Amsel lächelte. »Ich würde den Wald gern einmal sehen, ohne Gefangener zu sein.«

Die Simbalesen auf dem Vorderdeck lachten, und Tamark rief: »Es wäre schön, das alles in Friedenszeiten zu sehen!«

Dann nahm der Drache unter den Augen aller das Frostdrachenbaby auf und begann seinen Flug nach Norden.

Amsel blickte still auf das kühle und blaue Wasser hinunter und dachte an das Abenteuer, das vor ihm lag, und an die Erlebnisse, die schon Vergangenheit waren. Er war ausgezogen, um den Grund für die Ermordung Johans zu finden und um einen Krieg zu verhindern, und er hätte sich nicht träumen lassen, daß er einem Drachen, einer Prinzessin und einem dunklen geflügelten Wesen in einem fernen Land begegnen würde. Aber er *war* ihnen allen begegnet und noch vielen anderen. Er stand da und lächelte – er hatte einen Traum, einen Wunsch und die Hoffnung auf hellere Zeiten.

Wer will schon wissen, wo Träume enden und das Leben beginnt?

Silvan
Gordain
Wayen
Borgen
Delkeran
Jelrich
Durbak
Kap B
Toldenarhügel
Tamberly
Zu den Westlanden
Spindeliner Wald
Hügelland von Warkanen
Mesa
Cirdulan-
Fandora
Opain
Berge
Alakan Fenn
N
W
O
S
Zum Südland